Nacido en 1928, RICHARD VASQUEZ trabajó para varios periódicos, incluyendo el *Santa Mónica Independent,* el *San Gabriel Valley Tribune* y el *Los Angeles Times.* Además de *Chicano,* publicó dos otros libros: *The Giant Killer* y *Another Land.* Murió en 1990.

CHICANO

· *UNA NOVELA* ·

RICHARD VASQUEZ

Introducción por Rubén Martínez

TRADUCIDO DEL INGLÉS POR RAFAEL ZAVALA PIÑÓN

Una rama de HarperCollins*Publishers*

Para mi esposa

...sin ella este libro no se hubiera escrito...

Los Libros de HarperCollins pueden ser adquiridos para uso educacional,
comercial, o promocional. Para recibir más información, diríjase a: Special Markets
Department, HarperCollins Publishers, 10 East 53rd Street, New York, NY 10022.

Diseño del libro por Stephanie Huntwork

Este libro fue publicado originalmente en inglés en 1970 en los Estados Unidos
por Doubleday and Company, Inc.

La primera edición en español de este libro fue publicada en 1972 en México por la
Organización Editorial Novaro, S.A.

PRIMERA EDICIÓN RAYO, 2005

Impreso en papel sin ácido

Library of Congress ha catalogado la edición en inglés.

ISBN-10: 0-06-082105-1
ISBN-13: 978-0-06-082105-0

07 08 09 DIX/RRD 10 9 8 7 6 5 4

Introducción

RUBÉN MARTÍNEZ

A principios de los años setenta, mi primo Mario Castaneda solía venir con frecuencia a visitar a mi familia en Los Ángeles, acompañado de su esposa e hijos. Casi siempre llegaba sin previo aviso (estilo chicano, como diría Mario) y mis padres corrían a prepararles unos bocadillos y destapar algunos refrescos para los niños.

Me gustaban las visitas de Mario porque él era el único en la familia que tenía pelo largo y pantalones bota-campana. Además, hablaba un idioma diferente al que se hablaba en nuestro hogar, un idioma que nos conectaba a una cultura particular—*chicano radical chic,* por así decirlo—con la que mis padres jamás estarían de acuerdo. "Qué pasa, *homes?*" me saludaba Mario. *"How's my little* primo *doing in* la escuela?", decía con la cabeza en alto, ligeramente inclinada hacia atrás, como para enfatizar su aire de chicano "cool".

Lo comprendía, pero a la vez no lo comprendía. Mi familia era bilingüe, pero entre ambos idiomas existía una frontera sumamente clara y nítida: mis padres hablaban español entre ellos, inglés con nosotros los niños, y nosotros sólo hablábamos en español con nuestros abuelos. Mario era el único que hablaba ambos idiomas *a la vez*. De hecho, fue la primera persona a la que le oí decir la palabra "chicano", pues eso era exactamente lo que se consideraba ser: un chicano.

Lo que pasa es que Mario en realidad no era chicano, o por lo menos no en el sentido más estricto de la palabra (un mexicano nacido en los Estados Unidos, es decir, un mexicano-americano). Mario era salvadoreño-americano. Había nacido en Los Ángeles de padres que emigraron de Centroamérica en 1940 y se instalaron en el barrio Pico-Union, al oeste de downtown. Cuando Mario era pequeño, Pico-Union era esencialmente un barrio chicano, y cuando estudió en el Belmont High School se vio fuertemente influenciado por la cultura dominante del barrio. (Irónicamente, años después, Pico-Union se convirtió en el centro de la comunidad salvadoreña de Los Ángeles. Fue el lugar a donde llegaron cientos de miles de refugiados que escapaban de las guerras civiles de los años ochenta.)

Yo, por mi parte, crecí con una madre salvadoreña y un padre mexicano-americano en colonias que eran más que nada anglo-sajones, y la verdad es que no tenía ni idea de qué considerarme. En la primaria, decía que era "Spanish" (español) para evitar ser llamado un "dirty Mexican" (mexicano sucio). En la escuela media, decía que era mexicano para evitar los chistes que se hacían siempre acerca de los centroamericanos. En la secundaria, quise olvidarme de las cuestiones de raza y etnicidad y dedicarme de lleno al rock (supongo que lo que quería era ser "blanco", o mejor aún, inglés de Inglaterra). Más tarde quise partir en busca de mis "raíces" e intenté reclamar mi herencia mexicana y salvadoreña a exclusión, de mi herencia norteamericana. Hoy en día, no soy más que un típico salvadoreño-mexicano-americano.

Sin embargo, siempre me costó trabajo utilizar el término "chicano" para describirme a mí mismo. Recuerdo con claridad cómo mi abuelo salvadoreño me advertía, después de alguna visita de Mario, que nunca hablara de *esa manera,* que, a diferencia de mi primo chicano, yo no tenía porqué sentirme *confundido* acerca de mi identidad. (Según mi abuelo, yo era un latinoamericano lo suficientemente afortunado—o quizás desafortunado—de haber nacido en los Estados Unidos.) Además, también había la cuestión de lo que otros chicanos consideraban lo que era ser chicano. ¿Era posible que un mexicano-salvadoreño-americano fuera un chicano? Mi primo Mario parecía ser la prueba de que sí. Sin embargo, cuando comencé a dar mis primeros pasos como escritor en los años ochenta, viajaba sin parar yendo de East Los Angeles (el barrio chicano por excelencia) a Pico-Union, de las presentaciones de arte chicano en Brooklyn Avenue (ahora llamada la César Chavez Avenue) a las reuniones del movimiento solidaridad salvadoreñas en 7th Street. Me esforzaba por "pertenecer" plenamente a ambos mundos, añoraba poder existir en ellos simultáneamente. De esa tensión nacieron en gran parte las palabras que escribí en ese entonces y las aún que escribo hoy día.

Con un poco de suerte, la edad trae respuestas a las preguntas existencialistas que atormentan a la juventud. En los últimos años he recibido el don de esta simple idea: que al fin y al cabo, siempre fui chicano, precisamente porque era mexicano y salvadoreño y norteamericano, porque crecí entre el inglés y el español, en la frontera política y cultural que divide—mas no separa—los Estados Unidos de las tierras del sur que van hasta Tierra del Fuego. Mario me enseñó que la chicanidad nada tiene que ver con nacionalidad, más bien tiene que ver con la deconstrucción de la idea misma de una identidad fija. Los chicanos y las chicanas cruzan constantemente las divisiones territoriales al igual que los marcadores lingüísticos, políticos e históricos de nuestra sociedad. Habitan un espacio muy emocionante pero también problemático pues al parecer mucha, si no la gran mayoría de la gente en el mundo sigue aferrada a la idea de vivir la vida bajo la denominación de una sola identidad. Ser chicano es todo lo opuesto a tener una sola identidad.

En los últimos años, algunos comentaristas conservadores se han deleitado en caricaturizar a los chicanos como un grupo apasionado de nacionalistas obsesionados con la Reconquista. Y aunque es cierto que cuando primero comenzó el movimiento sí había una noción separatista (una noción que le debemos tanto a Malcolm X como a los nacionalistas chicanos), el chicanismo siempre fue un mundo mucho más amplio, uno que los teóricos nunca pudieron comprender del todo. Es cierto que en más de un sentido, el movimiento buscaba retrazar el camino de un viaje épico a través de varias generaciones, cuyo rastro había quedado marcado en el idioma, la música, la comida, el estilo y hasta la religión de los millones de peregrinos que se habían embarcado en ese viaje. Sí, el chicanismo era un movimiento político, pero también era una manera de ser en la que la cultura no solamente fluía de la historia, sinó que la hacía. Así que si hoy en día fuéramos a buscar la historia chicana, la encontraríamos igual de fácilmente en un manifiesto del movimiento, como en el argot de un nativo de East Los Angeles, en el brillo cromático de los rines de un Chevy Impala, en la rapsodia de un rapero bilingüe o hasta en Mario, mi primo salvadoreño-mexicano-americano, y en su sentido del mundo.

Quizás, en últimas, haya algo intrínsecamente norteamericano en el hecho de ser chicano. No fue nuestro gran poeta el que dijo "Yo soy inmenso, contengo multitudes." Walt Whitman: el primer chicano.

Tal vez más que cualquier otro autor chicano de su época, Richard Vasquez no sólo intentó "explicarle su gente" a los demás, sino que también quiso reconciliar los signos contradictorios que se enfrentan en la naturaleza misma del chicanismo. Y por supuesto, en ese sentido, fracasó. Cuando apareció en librerías, su novela nunca logró que los americanos blancos reevaluaran como por arte y magia la imagen mental que tenían de los chicanos. Los chicanos, por su parte, tampoco vieron resueltos todos sus conflictos de identidad. Sin embargo fue un fracaso importante, casi magnífico, ya que Richard Vasquez hizo un esbozo de una parte esencial del panorama cultural, social, económico y político de los Estados Unidos: la relación entre blancos e hispanos en el sudoeste americano, en particular en la ciudad de Los Ángeles.

Norteamericano de origen mexicano, cuyo abuelo fue de los primeros en instalarse en el barrio de Irwindale en las afueras de Los Ángeles, Vasquez fue boxeador, recogedor de uvas, obrero, taxista, repartidor de periódicos… Digamos que vivió su época intensamente en espacios que le permitían sumergirse en lo que solían ser puntos de vista diferentes y a veces contrarios.

Richard Vasquez , el escritor, se encontraba en el lugar y en el momento adecuado. A finales de los años sesenta, después de décadas de ignominia, los chicanos por fin lograron alcanzar algo de reconocimiento a nivel nacional. Robert Kennedy se reunió con César Chávez en el San Joaquin Valley poco antes de que Kennedy fuera asesinado. Los estudiantes chicanos de las escuelas de East L.A. protagonizaron *blowouts*, saliéndose de clases para protestar contra la falta de recursos educacionales en sus barrios. Y la música de Carlos Santana (nacido en México pero chicano honorario) retumbaba constantemente en la radio.

La novela *Chicano* tardó 10 años en escribirse, y salió a la venta en 1970, el mismísimo año en que la energía activista se concentró para la moratoria chicana contra la guerra de Vietnam en lo que en ese entonces se llamaba Laguna Park, en East L.A.. Era el 29 de agosto y hacía calor y el aire estaba pesado, era uno de esos días de verano con altos indices de polución que solía dejarme con los pulmones adoloridos cuando de pequeño salía a jugar en el patio del colegio. Se estimó que había de veinte a cuarenta mil personas allí, abuelos, bebés, pero más que nada gente joven, adolescentes y veinteañeros, aquella generación que tomó la palabra *chicano* (aquella palabra que había sido utilizada por los mexicanos arribistas para denigrar a los mexicanos de clase obrera, aquellos que a su vez eran los más propensos a emigrar a los Estados Unidos para convertirse en mexicanos-americanos) y la convirtió en su lema.

En ese entonces, se dijo que había sido la demostración chicana más grande de la historia (lo que fue superado por las más de cien mil personas que protestaron en 1994 contra la legislación anti-inmigrante del entonces gobernador de California Pete Wilson). Iba a ser un día de música, poesía y discursos apasionados, un día para decirle *¡basta!* a la guerra en Vietnam y a la cantidad de jóvenes de los barrios que perdían sus vidas diariamente al otro lado del mundo.

Pero los cientos de diputados del condado de Los Ángeles no tardaron en convertir aquella demostración de inocencia e idealismo en un tenebroso baño de sangre. Rubén Salazar, un colega y amigo de Richard Vasquez que trabajaba como periodista tanto en inglés como en español para el *Los Angeles Times* y en la estación de televisión KMEX-TV, murió aquella tarde cuando un oficial lanzó una bomba lacrimógena a través de las puertas del Silver Dollar Saloon; el proyectil le dió en la cabeza.

Salazar había sido un pionero. Fue el primer columnista mexicano-americano que escribió para el *Los Angeles Times;* tras su muerte, Richard Vasquez fue quien siguió en sus pasos, y cubrió lo ocurrido el día de la moratoria chicana. Con la muerte de su amigo Salazar, Vasquez quedó solo en más de una manera. Aunque ya había trabajado en varios periódicos regionales, su llegada al *Los Angeles Times* debió ser una experiencia excitante pero a la vez profundamente perturbante. Me lo imagino recibiendo asignaturas. ¿Qué tal si escribes algo acerca de esos ilegales, Vasquez? Esperaban que Vasquez, al igual que de su predecesor Salazar, fuera el "vocero" de "nuestra gente". *Su gente:* el mismo término refleja la distancia y el desequilibrio de poder que existe entre hispanos y anglosajones en los medios, la política y la economía laboral contemporánea. La señorita caliente. El latin lover. El campesino que siempre dice "mañana," el mojado, el *dirty mexican*. Vasquez se estremece. Y escribe los artículos.

La crítica de la representación de raza, clase y género se ha vuelto uno de los campos de batalla centrales de la crítica literaria posmoderna. Pero, a pesar de todo, seguimos sin perturbarnos cuando vemos a Salma Hayek hacer el típico papel de la latina exuberante, un poco despistada y fulminantemente sensual que Hollywood siempre ha buscado representar desde los tiempos del cine mudo. Tampoco nos molesta cuando en las noticias locales los latinos que vemos suelen ser siempre pandilleros, violadores, "ilegales" y traficantes de drogas, y nunca senadores o miembros de gabinete.

Estas representaciones no sólo tienes efectos sociales, políticos y económicos, sino que también están profundamente arraigadas en las relaciones e interacciones sociales, políticas y económicas. Están arraigadas en la relación política entre México y los Estados Unidos, por ejemplo. O en la relación entre el vasto "sector de servicios" del país (cuya mayoría de trabajos los tienen los inmigrantes latinoamericanos) y la clase media norteamericana. O en la relación entre la pareja anglosajona de suburbios que viaja cada día a su trabajo, y la niñera guatemalteca que les cuida los hijos. En realidad los estereotipos no son más que deformaciones, como cuando se mira a través de las olas de calor, de lo que de ninguna otra manera podemos decir en público. Sirven para tapar y desviar, para evitar el diálogo— el diálogo acerca de si ésta es la única manera de vivir, o si existe alguna otra manera, alguna otra manera de vernos e imaginarnos los unos a los otros.

Así que para un autor chicano o latino en los Estados Unidos, la pregunta en ese entonces era, y aún es: *¿cómo representarnos a nosotros mismos?* ¿Debemos acoplarnos a los patrones instaurados por Carmen Miranda o el Che Guevara? ¿Debemos buscar representación a través de un crudo realismo social, o mejor convertirnos en extravagantes poetas bilingües? ¿Debemos hablarnos a nosotros mismos, a nuestra gente, o debemos hablarle a los demás? ¿Es posible hablarle a "nuestra gente" y al mismo tiempo hablarle a un público más amplio?

En 1970, el reto que tenía Richard Vasquez era particularmente abrumador. Hasta entonces, sólo había habido una novela—UNA SOLA—escrita por un mexicano-americano que había sido publicada por una editorial importante: *Pocho,* por José Antonio Villareal. Es una conmovedora novela que fue publicada mucho antes de su tiempo y que muy pocos notaron en el mundo literario de la época (sin embargo terminó sobreviviendo al paso del tiempo gracias al hecho de que durante años fue enseñada en las universidades, esa forma de "affirmative action" para los escritores minoritarios). El manuscrito de *Chicano* llegó al escritorio de Luther Nichols, un editor de la editorial Doubleday en San Francisco. Nichols es californiano y liberal, y de inmediato vio potencial en el libro. "Era un territorio desconocido," dice Nichols, ya jubilado del mundo de los libros. "Vasquez estaba abriendo una puerta."

Nichols también recuerda cómo los ejecutivos de Doubleday en Nueva York se rascaban la cabeza intentando comprender el concepto de una novela escrita por un autor mexicanoamericano de Los Ángeles—y cómo terminaron siendo los titulares acerca de los militantes hispanos los que terminaron convenciéndolos (no sobra aclarar que en el libro no hay ningún militante hispano, lo que debió en últimas decepcionarlos).

El lanzamiento de *Chicano* no resultó ser el éxito que esperaba Doubleday, pero sus cifras de ventas no fueron despreciables, sobre todo, como era de esperarse, en el sur de California. Sin embargo, les resultó difícil conseguir cubrimiento mediático a nivel nacional, y las pocas reseñas que sí fueron publicadas siempre rayaban en lo étnico: mientras los reseñadores anglosajones tenían por lo general comentarios muy positivos acerca del libro, muchos críticos chicanos fueron tajantemente negativos—algo que no debió ser fácil de digerir para Vasquez. La verdad es que mucha de la crítica que recibió el libro tenía más que ver con el hecho de que el chicanismo está compuesto de varias corrientes contradictorias que hasta el día de hoy se enfrentan en debates acalorados.

En el momento en que se publicó *Chicano*, la estrategia del nacionalismo cultural en el movimiento chicano estaba llegando a su apoteosis. El nacionalismo cultural chicano era un corolario del "Black Power" (Poder Negro) de los africanos americanos, y se enfocaba en celebrar y honrar las raíces indígenas en lugar de las europeas. En su mejor momento, el nacionalismo cultural ofrecía una manera de devolverle el orgullo de su herencia a los mexicanos-americanos de clase trabajadora y de piel morena. Pero en su peor momento, era fácilmente criticable como una versión invertida del racismo blanco, y una negación de la compleja historia mestiza de las Américas.

Lo irónico de todo esto es que Richard Vasquez, el autor de *Chicano*, no era en realidad chicano, o por lo menos no según los estándares de los jóvenes activistas de su época. Era mayor que el resto de la generación (en 1970 tenía 42 años) y en términos de su carácter cultural y político, pertenecía a la generación de mexicanos-americanos que existió antes de la llegada del chicanismo. Los radicales consideraban que sus predecesores no eran más que unos cuantos reformistas tibios, y en el peor de los casos, unos vendidos que se dejaban llevar por la tendencia a la asimilación. Los críticos chicanos apontaban más que nada hacia la tendencia de Vasquez a escribir largas secciones didácticas —cuyo propósito, claramente, era el de explicarle la experiencia chicana a una audiencia predominantemente anglosajón—diciendo que era más un intento de justificar las patologías de los barrios (el concepto de "la cultura de la pobreza," según Daniel Patrick Moynihan y sus secuaces, estaba ganando en popularidad en aquella época) y no un esfuerzo por promover la causa. Cuarenta años más tarde, no es difícil ver que gran parte de esta crítica negativa se debió a la retórica política del momento. Además, claramente hubo muchos otros artistas chicanos que también cayeron en la trampa de ser didácticos al intentar explicarle el chicanismo a los chicanos mismos. Llevamos ya bastante tiempo intentando explicarnos a nosotros mismos y a los demás.

El chicanismo ha hecho surgir diversas preguntas estéticas que son dadas por sentado en otras arenas. ¿Puede decirse que en algún momento el autor "blanco" lucha por explicar algo acerca de "su gente" a una audiencia chicana? Hasta el día de hoy, los jóvenes escritores norteamericanos aprenden que "si escribes *tu propia* historia bien, será universal." Pero la verdad es que si uno lee, por poner un ejemplo, la traducción de algún libro de García Márquez sin saber nada de la historia de Latinoamérica, será muy fácil disfrutar de una historia "colorida" y "mágica" sin darse cuenta de lo atada que está en realidad a la historia latinoamericana en general. Pero *eso,* no queremos saberlo.

Y así, el chicano, aquel exiliado interior (tan lejos de García Márquez y tan cerca a John Updike), se enfrenta a una frontera realmente extraña, que no es lo suficientemente exótica para ser latinoamericana y que es demasiado particular para ser considerada norteamericana. Es esa misma frontera a la que se enfrentó Richard Vasquez al escribir *Chicano.*

Chicano es una saga multifamiliar que comienza con la Revolución Mexicana que arroja a millones de refugiados hacia el Norte a bautizar los barrios mexicanos-americanos del siglo veinte—dando luz a lo que llamamos hoy día el chicanismo.

Ya sea leyéndolo por primera vez o releyéndolo después de

muchos años, *Chicano* profundiza aún más la actual historia literaria chicana e ilumina nuestra lectura de todo lo que fue escrito después. A principios de los años setenta, varias novelas entraron por las puertas que Richard Vasquez había abierto: *Bless Me, Ultima* de Rodolfo Anaya, *Y no se lo tragó la tierra* de Tomás Rivera, y *The Revolt of the Cockroach People* y *The Autobiography of a Brown Buffalo* por Oscar Zeta Acosta. A su vez, estos libros también abrieron las puertas a autoras chicanas como Sandra Cisneros *(The House on Mango Street)*, Ana Castillo *(So Far from God)*, Denise Chávez *(Loving Pedro Infante)*, Demetria Martínez *(Mother Tongue)*, Alicia Gaspar de Alba *(Sor Juana's Second Dream)*, Cherrie Moraga *(Loving in the War Years)* y muchas otras que rescribieron el canon de los ochenta y noventa. *Chicano* es el clásico que le abrió las puertas a todo un género literario.

Además, por la experiencia que tenía Vasquez como periodista y el estilo realista social de la novela, estamos en presencia de un cuasi-documental valiosísimo. *Chicano* sigue la tradición de Steinbeck y sobre todo la de Henry Roth, cuya novela *Call it Sleep,* sobre unos inmigrantes judíos que llegan a Nueva York a principios de 1900, es tal vez la inspiración norteamericana más directa de *Chicano.*

El libro cuenta la historia de la familia Sandoval a través de cuatro generaciones. Comienza con la Revolución Mexicana y termina en las calles de East Los Angeles más de medio siglo más tarde. Héctor Sandoval y su esposa Lita inician su viaje al Norte dejando el paupérrimo pueblo mexicano de Agua Clara (que también tiene el apropiado apodo de "choquetren," por un accidente ferroviario que toma lugar en las afueras del pueblo), cruzan la frontera y se unen los miles de trabajadores inmigrantes que viajan por los Estados Unidos de cosecha en cosecha ("el rancho Tompson en mayo, el de los Gibson en agosto, Selma en octubre...") Pero rápidamente la familia comienza a fragmentarse. Héctor se deja llevar por el alcoholismo, Lita regresa a México con un antiguo novio, las hijas, Hortensia y Jilda, no tienen otra opción que entrar en el mundo de la prostitución, y el hijo, Neftalí (que lleva el nombre del padre de Vasquez), de repente se encuentra completamente solo en los Estados Unidos y decide probar su suerte en el sur de California, donde funda una colonia mexicano que terminará convirtiéndose en la ciudad de Irwindale (como lo hizo el abuelo de Vasquez).

Pero esta no es la única desintegración familiar en el libro. Cada generación sufre su propio shock y tiene sus propias pérdidas. El accidente de tren del comienzo del libro nunca se detiene, aunque sí hay un semblante de avance social cuando Pedro, el hijo de Neftalí, logra conseguir un trabajo con representación sindical (que, en los Estados Unidos de esa época, significaba un sueldo y condiciones de trabajo dignas) y gana más dinero del que Héctor y Neftalí jamás hubieran imaginado. Aquí, como en diversas otras ocasiones en las que se habla del trabajo manual, las descripciones de Vasquez se asemejan a un tipo de modernismo proletario:

Con la luz de la mañana que empezaba a brillar, pudo ver la enorme máquina excavadora, abandonada el día anterior al finalizar las horas de trabajo y alineada con el derecho de paso. Empezaron a llegar por un lado y otro los hombres que arrancaron los pequeños motores auxiliares, que una vez calientes harían funcionar los motores principales de cada máquina. De manera especial oyó el arranque de uno de ellos que producía el ruido semejante a un motor de borda marino. En la relativa quietud aquel sonido ronco escupía y tosía, hasta que tomó un paso rítmico para alcanzar al fin un agudo zumbido y en seguida bajó de tono cuando el embrague operó el motor principal, y momentos después el trepidar ruidoso de la poderosa máquina diesel ahogó el sonido del motor de borda.

Aunque Vasquez a menudo le da a sus personajes la dignidad de su trabajo, su "trabajo" no deja de ser indigno. Los jornaleros buscan trabajo en cualquier esquina, listos para vender sus cuerpos a tan bajo precio como Hortensia y Jilda. No es sino hasta más adelante en el libro (cuando se llega a la tercera generación) que alguien logra acceder al sueño norteamericano de ser clase media. Pero cuando Pedro Sandoval se lleva a su familia a vivir a los suburbios, el corto experimento de integración llega a su fin: los vecinos blancos se unen en contra de la amenaza hispana que acecha su colonia.

La segunda mitad del libro, que se desarrolla más o menos en los años después de la segunda guerra mundial, se centra en la historia de la cuarta generación: Mariana y Sammy, los hijos de Pedro. Mariana parece ser la primera de la familia en tener "éxito" en el sentido norteamericano de la palabra, cuando logra encontrar un hogar permanente por fuera del barrio, que Sammy, por su adicción a la heroína, nunca podrá dejar. Lo que sucede en estas últimas páginas es claramente lo que más está en juego para el mismo Vasquez.

Quizás sintiéndose atrapado entre los impulsos contradictorios del nacionalismo de *la causa* y las nociones liberales de integración, Vasquez intentó representar esta ambivalencia en el romance entre Mariana Sandoval y David Stiver, uno de los güeros más güeros de la literatura chicana. Stiver es el hijo de un importante empresario y estudia sociología en USC, la Universidad del Sur de California. David es liberal pero ambivalente, y esto contrasta de inmediato con la gracia y la inteligencia orgánica de Mariana. Ella sabe más del mundo al que pertenece él de lo que él jamás sabrá del suyo, aunque ésto no le impide a David tratar de "salvar" a los chavos del barrio cuando presencia el clásico encuentro chicano con la policía de Los Ángeles. La relación entre Mariana y David, llevada a un clímax melodramático, no es uno de los momentos más fuertes del libro, pero sí revela la dura realidad que vivía Vasquez en su época. A pesar de su matrimonio interracial y el hecho de vivir en un barrio "integrado", a pesar del hecho de que trabajaba en publicaciones dirigidas al público general norteamericano a finales de los años sesenta, la historia del mundo hispano y el blanco no terminaba con un final feliz. Y, por supuesto, la guerra en Vietnam, que duró unos años más, no dejó de llevarse más y más vidas chicanas.

A mí me parece que, como escritor, Richard Vasquez encarna lo mejor de un perodista y un cronista: confía en que la acumulación de detalles escritos servirá para crear una representación viva y latente con la que el lector se puede identificar. Una representación que nos haga detenernos para preguntar y cuestionar viejas posiciones e imaginar una nueva relación a través de las fronteras de la representación misma. Los detalles dan vida a los personajes, haciéndonos quererlos o odiarlos, comprenderlos y quizás más importante aún: nos hace confiar en el escritor que nos da aquellos detalles.

Al releer *Chicano*, llegué a confiar en el escritor que describe el trabajo de obrero como sólo puede describirlo alguien que ha sido obrero. Confié en el Richard Vasquez cuyo abuelo fue uno de los fundadores de Irwindale, donde Neftalí decide fundar su nuevo hogar; aquel extraño lugar, típico del sur de California, donde se encuentra la belleza natural del paisaje con el brillo industrial de las fábricas. Sabía que podía confiar en lo que Vasquez escribió acerca de las policía de Los Ángeles y sus infames métodos de interrogación e intimidación en los barrios porque fue reportero de crímenes durante muchos años. Y también sabía que podía confiar en sus descripciones de los encuentros y la hostilidad entre hispanos y blancos porque los vivió en carne propia: se casó en segundas nupcias con Lucy Wilbur, una concertista de piano con quien crió a su hija Sylvia (una mestiza, en más de un sentido, una verdadera chicana), cuyos esfuerzos han permitido que este libro sea reeditado en la presente edición. En lo que podría ser la versión Los Ángeles de la película *Guess Who's Coming to Dinner?* el cortejo inicial de Richard no fue rechazado por ella sino por sus padres, quienes se rehusaban a que su hija rubia de ojos azules se casara con un mexicano.

Es imposible leer *Chicano* hoy en día sin darse cuenta que a pesar de todos sus esfuerzos, en últimas Richard no logró sobreponerse a diversos estereotipos. La verdad es que leer *Chicano* hoy en día es sin lugar a dudas una experiencia a más de un nivel. Es leer una novela escrita hace más de treinta años, y eso es imposible hacerlo sin aplicar una mirada revisionista. Los personajes blancos del libro a menudo parecen caricaturas de figuras malvadas que a su vez debilitan la representación de los personajes chicanos. Aunque es evidente que Vasquez buscaba explorar la divisiones de género, el hecho de que su heroína principal sea quien termina pagando por los años de enfrentamiento entre hispanos y blancos no deja de rechinar un poco en el lector.

Esto, sin embargo, no le quita importancia al libro. *Chicano* es un pionero y valiente esfuerzo en crear un diálogo que trascienda el terrible valle que a menudo separa al "extranjero" del "nativo". Algo que hoy en día sigue sucediendo. Casi cien años después de que la Revolución Mexicana diera luz a la primera generación *americana*, han llegando millones más de inmigrantes, trasladando Ellis Island a la frontera entre México y Estados Unidos.

Al igual que la primera y la segunda generación en *Chicano*, hay innumerables familias que hoy en día siguen las cosechas en todo el país. Han aparecido nuevos barrios mexicanos en lugares como Georgia, Arkansas, Wisconsin y Iowa. Hay lugares de trabajo que no difieren mucho de aquellos que describe Vasquez en las primeras páginas de su novela, o en *The Jungle*, de Upton Sinclair. Y hoy en día todavía hay jóvenes como Marianna y Sammy, que deben enfrentar los retos y las glorias de crecer siendo chicano en un país poblado de signos contradictorios.

En la era global, estos signos se están convirtiendo en los del mundo entero. Habrá muchos más chicanos y no todos serán mexicanos. Vendrán también de Asia, Africa, el Medio Oriente y Europa del este. Existirán donde sea que los viajes por necesidad sigan juntando y separando grupos de personas que renacen bajo nuevas identidades. Esta es una novela sobre esos viajes —chicanos, americanos (en el sentido continental de la palabra), humanos.

En la última década, los norteamericanos han debatido el tema de la inmigración con más y más intensidad, resucitando los impulsos de nativismo y de tolerancia que están profundamente arraigados en nuestra historia. En el momento mismo en el que escribo estas líneas, un grupo que se autodenomina los "Minutemen" se ha tomado una parte de la frontera entre Estados Unidos y México en Arizona para impedir que los "ilegales" crucen la frontera. Un igual numero de activistas se les ha enfrentado, pidiéndole al gobierno estadounidense una política migratoria más humana.

Como siempre, en nuestra historia, hay también una tercera narrativa. Ya hemos comenzado a escuchar las voces de los inmigrantes más recientes, y sobre todo las voces de sus hijos— en el trabajo, en los colegios, en nuestros barrios—a medida que decidimos, una vez más, quienes somos. Y una vez más, necesitaremos—y encontraremos—más libros como *Chicano*.

Abril del 2005
Velarde, New Mexico

Una nota de Sylvia Vasquez

Mi padre, Richard Vasquez, tenía más o menos 30 años cuando decidió comenzar a escribir. En aquella época, a finales de los años cincuenta, trabajaba como constructor y taxista. Por suerte, una noche recogió en su taxi a un editor de periódico que se había tomado unas copas de más y el editor, agradecido porque mi padre le había evitado una vergonzosa situación en su trabajo, le ofreció la oportunidad de convertirse en periodista. Y así fue que comenzó a escribir su primera columna semanal titulada "The Cabby" (El taxista), en la que contaba las divertidas historias que le sucedían como taxista y en la vida en general.

Mi madre era concertista de piano y una música extraordinaria. Daba clases de día y de noche, probablemente para dejarle a mi padre el espacio necesario para escribir. Yo era la más pequeña de la familia, y pasaba casi todo mi tiempo en casa con él. Tenía su propio ritual: primero se sentaba a pensar durante un par de horas, y luego atacaba el teclado durante unas cuantas horas más. Se demoró diez años en escribir *Chicano* en una vieja máquina de escribir con copias de papel carbón, lo que le implicaba planear cada frase con detallada precisión.

Para escribir *Chicano,* mi padre se inspiró en gran parte de nuestra propia historia familiar. Mi tatarabuelo Gregorio Fraijo vino a los Estados Unidos desde Sonora, Mexico hacia 1850 (quizás antes) y eventualmente se instaló en lo que hoy día se conoce como Irwindale, California. De hecho, en la alcaldía de Irwindale todavía hay una placa conmemorativa que lleva su nombre.

Mi abuelo Neftalí Vasquez (que fue la inspiración para el personaje del viejo Tony en *Chicano)* fue el ingeniero residente de varios de los puentes que se construyeron en Los Ángeles y sus alredededores a mediados del siglo veinte. Aunque era sin lugar a dudas uno de los ingenieros más experimentados de la zona, sus superiores le informaron un día que jamás recibiría un ascenso debido a que su apellido era Vasquez. Él respondió que estaba dispuesto a hacer cualquier cosa que le pidieran, menos cambiar su nombre.

Aunque haya sido por un breve rato, mi padre si trabajó durante un tiempo en los cultivos. Él y cinco de sus hermanos sirvieron en el ejército, algunos hasta alcanzaron a ser soldados durante la segunda guerra mundial. Para escribir la historia de los Sandoval, mi padre se inspiró en estas vivencias y diversos otros recuerdos.

La publicación de *Chicano* en 1970 coincidió con el comienzo para él de un nuevo trabajo en el *Los Angeles Times,* donde entró a reemplazar a Rubén Salazar, el columnista que murió durante las protestas chicanas contra la guerra de Vietnam en East Los Ángeles. Recuerdo que de pequeña iba con mi padre al supermercado y me daba un poco de vergüenza ver cómo le explicaba a la gente que no debía comprar uvas. Aunque en aquella época, aun no lo comprendía del todo a él y la importancia de lo que representaba, gran parte de mí quedaba debidamente impresionada con su valor y el poder de sus convicciones.

En *Chicano* mi padre se adentró en el análisis de la naturaleza humana con la honestidad que siempre lo caracterizó. Él sabía que sus opiniones eran controversiales, sin embargo sentía la necesidad de decirlas, con la convicción de que la controversia genera discusión y pensamientos inteligentes.

Mi padre siempre decía que el trabajo de un autor no es resolver problemas sino presentarlos. Él no podría resolver los problemas que presentó en *Chicano,* pero sentía la responsabilidad de contarlos. Tengo la esperanza de que los nuevos lectores que llegarán a leer este libro en esta bellísima nueva edición podrán hacerse la siguiente pregunta: ¿ha cambiado algo en los 35 años desde que *Chicano* fue publicado por primera vez? O más aún, ¿ha cambiado lo suficiente?

Con su muerte, mi padre me dejó sus obras, un regalo único, a la vez amargo y dulce. Aunque todavía lo echo de menos y añoro su risa y el gusto con el que vivió su vida, me queda la bendición de su legado. Desde que nos embarcamos en el proceso de la reedición de *Chicano* me he visto abrumada por el entusiasmo y el apoyo que he recibido de aquellas personas que conocían o habían oído hablar de mi padre. Quisiera agradecerle a mi tío, James Vasquez, por su amor y su apoyo incondicional y a Luis J. Rodríguez por el ánimo que nos ha dado para seguir adelante. También quisiera agradecer profundamente a mi agente, Stuart Bernstein y a René Alegría de Rayo/HarperCollins por ver la importancia de reeditar *Chicano.* Finalmente, gracias a Rubén Martínez por su destreza en escribir una introducción que ilumina lo que representa tanto el libro, como la palabra *Chicano.* Una vez más, el público tendrá la suerte de poder leer *Chicano,* y yo estoy más orgullosa que nunca de ser la hija de mi padre.

Contra el consejo de aquellos que estaban familiarizados con las características y habitantes de la región árida del continente, se construyó un ferrocarril a través de los desiertos del norte del viejo México, un poco antes de que empezara el siglo en que vivimos.

PRIMERA PARTE

El rugido de la locomotora emergió desde el estrecho cañón de canteras irregulares y en unos breves momentos el convoy alcanzó gran velocidad mientras los rieles caían en pendiente aguda hasta llegar al nivel del valle desierto que se extendía al frente.

Los hombres en la cabina de la máquina forzaron su vista, y brevemente, antes de que las vías alcanzaran el nivel del valle, echaron una mirada a la máquina y a las dos plataformas que a una gran distancia del convoy que ellos conducían, transportaban el destacamento de tropas que formaba la escolta de protección. En seguida, ya en el desierto, las olas del calor reverberante cortaron la visibilidad en un trecho de varios kilómetros aun cuando los rieles se extendían en un camino recto como tiro de flecha, kilómetros y kilómetros.

Los hombres intercambiaron miradas asintiendo levemente, con un poco de su ansiedad abatida ante la vista confortadora del trenecito que con sus soldados iba adelante.

Cuando el convoy se asentó en ese largo trecho de tierra

desértica y maciza, antes de que trepara por la próxima cadena de montañas rocosas, el ruido de la máquina se estabilizó hasta tomar un compás monótono.

Las ruedas de los cincuenta carros caja y jaulas para ganado, todos ellos repletos de reses, estaban entre las primeras que inauguraban ese tramo de vía a través de aquello que únicamente consistía en terreno desértico y montañoso.

La región pertenecía al México norteño, en donde el sol se elevaba diariamente con horribles venganzas, permitiendo solamente a los cactus martirizados y a los abrojos sobrevivir en aquellas planicies arenosas.

Uno de los hombres que iba con la cabeza afuera de la ventanilla la metió al interior de la cabina, se limpió las lágrimas arrancadas por el viento tórrido y gritó por sobre el ruido infernal producido por la locomotora, por el vapor, las ruedas y el aire violento:

—Debían estar más cerca de nosotros.

Con el pañuelo rojo empapado en sudor que llevaba atado al cuello, su compañero se limpió la cara tiznada.

—No, mi amigo —respondió también gritando para hacerse oír—, necesitan tener tiempo para prevenirnos si es que caen en alguna emboscada…, o en algo.

Fue ese "o en algo" lo que hizo que los ojos de los hombres se quedaran sosteniendo la mirada durante un instante.

Un tercer hombre, que por el momento había terminado de arrimar carbón con la pala, se les unió. Era gordo, se cubría el cuerpo con un mono grasiento semejante al de sus compañeros; tenía un bigote enorme y los cabellos en desorden casi le cubrían las orejas. Los tres usaban camisas con mangas arremangadas hasta los hombros.

—Fue un error construir este ferrocarril aquí. Si los yaquis no nos agarran, lo harán los bandidos. No hay ley, ni ciudad en un tramo de doscientos kilómetros, ni nada. Creo que dejaré la chamba y me largaré a los Estados Unidos —dijo el gordo.

—No me digas —replicó uno de los maquinistas—; en los Estados Unidos no dejan que los mexicanos manejen las máquinas. Y además también ellos tienen bandidos allá.

—No como aquí. Aquí tenemos cincuenta generalitos, cada uno con su tropa, y todos alegan que quieren liberar a México, cuando en realidad sólo asaltan y matan y roban —dijo el fogonero.

Mirándose de soslayo y empapados por el sudor y el viento ardiente, los hombres se pasaron una bolsa de trapo llena de agua y bebieron afanosamente, rociándose el rostro y los cabellos. Después continuaron su vigilancia en las ventanillas, y el fogonero gordo regresó a su tarea de arrimar el carbón con la pala. El tren aumentó su velocidad rompiendo las cálidas olas.

Poco más de una hora después fueron sacudidos de su estado casi letárgico por la ligera disminución del ritmo de la máquina y del traqueteo de las ruedas sobre los rieles, y se dieron cuenta entonces que habían empezado a subir por la ladera que ponía fin al valle. El maquinista empujó un poco hacia adelante la palanca del acelerador y la velocidad se estabilizó durante un buen rato, pero después empezó nuevamente a disminuir su ritmo. Una vez más la palanca de la aceleración fue hacia adelante y momentos más tarde el fogonero volvía a usar su pala para atizar el carbón, pero el tren siguió moviéndose con lentitud dejando una estela gruesa de humo mientras trepaba jadeante la pendiente empinada. Culebreó subiendo a través de una cañada ancha y no muy alta, y entonces, conforme fue acercándose a la cima, tomó más velocidad. Una vez en la cumbre el maquinista aplicó el vapor en reversa a las ruedas de tracción para corregir la velocidad y el descenso fue casi tan lento como la subida. Durante unos instantes al salir de una curva fue visible el plano de un valle amplio y una vez más los hombres del convoy de ganado pudieron ver el trenecillo que los precedía con los soldados.

Casi había terminado el descenso hasta el valle cuando el maquinista que observaba el camino desde su ventanilla, lanzó un grito y aplicó los frenos. Los otros dos se apresuraron a ver lo que el maquinista les señalaba. Allá adelante, con el polvo aún formando una nube, un deslizamiento de piedras y tierra se amontonaba sobre los rieles, y continuaba cayendo desde los riscos de un lado del camino férreo. Gritando, los hombres abrieron una puerta lateral y saltaron de la locomotora del lado del barranco y fueron rodando y rodando por sobre piedras y tierra, y momentos después la máquina salía de sus rieles arrastrando consigo los cincuenta carros que, milagrosamente, no perdieron su posición vertical y dando tumbos sobre la pendiente dispareja se precipitaron en la barranca alejándose de los riscos. Las ruedas de acero y los herrajes de los carros mordían profundamente el terreno mientras los cincuenta vagones, como una mano gigante, empujaban implacablemente hacia abajo, hasta que las ruedas de todo el convoy se hundieron en un piso más suave y el tren completo hizo un alto brusco contra el banco profundo de la barranca.

Solamente podía oírse el ruido de las reses, que asustadas, bramaban desesperadamente, algunas de las cuales estaban lastimadas y agonizantes. Seguía escapando el humo de la chimenea de la locomotora que, como si también estuviera herida, se recostaba sobre un banco de tierra formando un ángulo increíble.

Dos de los ferrocarrileros estaban ya de pie mirando espantados hacia el despeñadero y el barranco que tenían ante sí. El tercero de los hombres, el gordo, aún permanecía en tierra, sentado y acunando uno de sus pies y quejándose.

Los otros se le acercaron conminándolo:

—¡Apúrate! ¡Levántate! ¡Vámonos de aquí!

El hombre lastimado gruñó:

—Mi pie, 'tá quebrao. No me dejen. 'tense aquí.

—No podemos quedarnos. Los que haigan echao esas piedras en la vía vendrán pronto. Tenemos que alcanzar el tren de los sardos.

—Ya se jueron —dijo el lastimado haciendo muecas—. No regresarán.

—Sí, sí vendrán. Apenas se den cuenta de que vamos detrás de ellos, volverán para ayudarnos.

El gordo, que no cesaba de quejarse, rió con ironía.

—Apenas se den cuenta de que los bandidos fregaron el tren pelarán gallo pa'l fuerte onde estén seguros.

Entonces terció el maquinista:

—A la mejor ni fueron los bandidos. Pue' que hayan sido los indios.

El gordo del pie fracturado pensó durante un momento. Cuando habló su voz fue sorprendentemente tranquila:

—Mejor ustedes dos pélense. A la mejor el tren de los sardos los espera, y les pueden decir que regresen por mí. No puedo andar. Tendré que arriesgar el pellejo con cualesquiera que esté allá arriba —dijo indicando hacia donde se había interrumpido el paso del convoy. Los tres entonces miraron en esa dirección, pero no vieron señales de vida.

Uno de los que no estaban lastimados miró al otro.

—Seríamos tontos si siguiéramos. Al menos aquí en el cañón podríamos encontrar agua y comida.

—También indios —repuso el otro.

—Pero podríamos vivir na' más unas horas cruzando ese desierto. A la mejor la tropa siguió adelante.

Finalmente se decidió que los dos irían en busca del tren con los soldados y verían si éstos regresaban por el fogonero.

Y mientras Héctor Sandoval veía cómo se alejaban sus compañeros, frotó suavemente su tobillo, que se hinchaba por momentos. Cada uno de los maquinistas llevaba una bolsa con agua y una pala para utilizarla como arma para protegerse; treparon por el tramo rocoso y se dirigieron hacia el valle, que no muy lejos de ellos despedía débiles resplandores.

Cuando los compañeros de Héctor Sandoval se perdieron de vista, éste se dio cuenta de que se encontraba expuesto a los rayos del sol abrasador. Las reses aún atrapadas en los furgones inmóviles, empezaron a tranquilizarse. Arrastrándose sobre sus manos y rodillas se dirigió hacia la hondonada con rumbo a la máquina. Se acercó hasta un grupo de arbustos de madera dura y cuidadosamente se irguió apoyándose sobre un solo pie; seleccionó el brazo adecuado para improvisarse una muleta. Sacando de uno de sus bolsillos una navaja empezó a cortar y pronto lo logró, limpiándolo de las ramas pequeñas dejó en la parte superior una horqueta que ajustó a su axila. Apoyándose en ella se dio cuenta de que su pie lastimado no podía soportar nada del peso de su cuerpo.

Caminó dolorosamente hasta la locomotora y con gran esfuerzo trepó en la cabina. Aún ardía el fuego, el vapor escapaba de la caldera y el ganado todavía bramaba. Pero los ruidos empezaron a disminuir mientras él esperaba y veía progresar lentamente la tarde. Aumentaba el dolor de su pierna con las horas que se arrastraban.

Finalmente vio a un hombre que montado a caballo se acercaba por el fondo del barranco. Al principio tuvo temor de que pudiera ser uno de los responsables del descarrilamiento del tren, pero entonces reconoció las ropas ordinarias de un vaquero, con sus chaparreras y botas puntiagudas, colgada de la cintura una vieja y pesada pistola de un solo tiro. Lentamente fue acercándose el jinete y en su rostro se reflejaba la incredulidad al examinar el descarrilamiento.

Héctor Sandoval llamó su atención:

—¡Oiga, amigo! Aquí en la cabina.

El jinete dirigió su cabalgadura hacia la máquina.

—¡Madre de Dios! —exclamó—. ¿Qué ha pasao aquí?

—Nos descarrilamos. Estoy herido. Creo que tengo el pie quebrao. ¿Me puede ayudar pa' largarme de aquí?

—¿Y pa' onde? Yo trabajo en un rancho a diez kilómetros de aquí. ¿Cómo pasó esto?

—Bandidos, o indios, qué sé yo. Venían otros dos conmigo en la máquina, pero se jueron pa' buscar ayuda. ¿Cree que los bandidos haigan hecho esto? ¿O los indios?

El vaquero se encogió de hombros.

—¿Quién sabe? Es una vergüenza, pero jue una mala idea poner aquí un ferrocarril; todo esto está tan solo. Yo crio que ora van a abandonar las vías.

Con la ayuda del recién llegado, Sandoval bajó a tierra. Sentándose en el suelo se acomodó para examinar su pie lastimado.

—'ta bien quebrao. No puedo caminar ni montar a caballo; ¿hay algún pueblo cerca?

—Sí. Por el rancho, 'onde yo trabajo. Iré por ellos. ¿Pero qué hacemos con el ganao que está en los carros?

Sandoval hizo un gesto de indiferencia.

—Muchos están lastimados. Creo que mejor los soltamos.

—No —replicó el vaquero, que había dicho llamarse

Lalo—. El pueblo que está cerca de aquí se llama Agua Clara. Las gentes de allí pueden venir por los animales lastimaos, y a mi patrón, el señor Domínguez, le gustaría quedarse con las cabezas buenas hasta que el mero dueño venga a reclamarlas.

Sandoval se rió con ganas.

—¡Újule! Yo crio que naiden va a venir nunca a reclamarlas. Le voy a decir algo. Si hace que los del pueblo vengan por mí, dígales que les daré los animales heridos y también el tren si lo quieren. La compañía no va a arriesgar otro tren pa' recoger las reses.

En seguida Lalo montó en su caballo para irse.

—Les diré a los del pueblo lo del tren descarrilao, y también a mi patrón. Trate de descansar. 'toy seguro que los hombres del pueblo vendrán por usted cuando empiece la mañana.

Y llegaron con la mañana. Don Francisco Rodríguez al frente de sus vaqueros y detrás de ellos los obsequiosos hombres del pueblo. El ranchero Domínguez dirigió a sus hombres para que sacaran el ganado de los furgones, instruyéndolos cómo debieran hacerlo. Fue aparente su alegría cuando contó las docenas de cabezas juntas que no estaban lastimadas. Antes del mediodía había logrado su objeto.

—Las guardaré en lugar seguro hasta que venga su dueño a reclamarlas —dijo en voz alta y emprendió el camino de regreso a su rancho.

Los hombres, mujeres y niños de Agua Clara, como un enjambre, corrían de un lado a otro del tren. Los hombres expertos desenvainaron sus cuchillos y hábilmente cortaron los pescuezos de los animales heridos y la sangre fue recibida en ollas de barro. Se encendieron hogueras y asaron grandes trozos que pasaron a las mujeres.

Héctor Sandoval observó a todos aquellos seres que daban la impresión de que estaban comiendo hasta saciarse por primera vez en su vida. Algunas mujeres se dedicaron a la tarea de asar la carne, otras la freían, algunas más la molían y no faltaron quienes prepararon tasajo para carne seca y cecina; varias de ellas también llevaban consigo grandes sartenes para freír el cebo de riñonada. Prevalecía un ambiente de los que para aquellos sencillos pueblerinos era solamente una vez en la vida; los hombres cantaban y reían mientras desollaban a los animales muertos y acomodaban sus pieles; varios de ellos aserraban los cuernos y desprendían las pezuñas.

—¡Ven a probar esto! —les gritaba un hombre a otros después de cortar un gran bocado de carne asada que estaba apenas sancochado. Sabían perfectamente que con cerca de medio ciento de reses que les habían dejado tenían más de lo que pudieran comer en el lugar. Casi frenéticamente algunos de ellos se atarearon en preparar la carne para conservarla.

Y en medio de aquellas labores y alborozo se produjo un silencio repentino cuando se dieron cuenta de que un grupo numeroso de indios los observaban; la mitad de los hombres iban montados y algunos llevaban a sus mujeres detrás de ellos con niños pequeños en los brazos.

Los moradores del pueblo les hicieron señas para que se acercaran y hablándoles en español les dijeron:

—Vengan, hay mucho para todos.

Y los indios se les unieron. Algunos llevaban las piernas cubiertas con pantalones de gamuza y los torsos desnudos; otros usaban los andrajos que quedaban de finas vestiduras, y muchos más vestían con chaquetas, pantalones y sombreros que alguna vez vieron mejores tiempos; pero todos ellos, hombres y mujeres, lucían cabellos largos trenzados que les caían por abajo de los hombros y era muy notable la carencia de bigotes o barbas en las caras de los indios.

El grupo de los pueblerinos con los que comía Héctor Sandoval fue visitado por uno de los indios.

—A nuestro jefe le gustaría hablar con el alcalde del pueblo —dijo ceremoniosamente.

El hombre que según Sandoval había sabido que era el que llevaba la voz cantante del pueblo y que se había presentado como de apellido Estorga, se puso de pie manifestando una expresión molesta ante la formalidad del jefe indio al mandar un mensajero para que lo llamara desde una distancia únicamente de quizá no mayor de diez metros. Estorga fue atendiendo el llamado y saludó de manos al jefe indio.

—Buenas tardes, jefe —le dijo.

—Buenas tardes, jefe —le replicó el indio—. Me gustaría que supieran que mi gente no descarriló el tren —dijo en un español perfecto—. Si vinieran los federales a castigar a los responsables, yo sé que ustedes les dirán que nosotros no lo hicimos.

Estorga hizo movimientos de cabeza en señal de asentimiento y dijo:

—Si las autoridades llegaran al pueblo a preguntarme les diré que cuando nosotros llegamos aquí no había nadie, y que usted y su gente llegaron después de nosotros.

—Pueden decirles —prosiguió el jefe indio— que nosotros encontramos a los bandidos que hicieron esto y que bajaban de la montaña para venir a reclamar los despojos. Cuando me dijeron lo que habían hecho, me enojé mucho, igual que toda mi gente. No solamente podrán culparnos sino que también nosotros queríamos el ferrocarril por aquí porque de ese modo pensábamos establecer comercio con los mexicanos como otros grupos de indios pobres lo han hecho. Cuando los bandidos vieron nuestro enojo se fueron.

El rostro de Estorga se alegró.

—¿Se fueron? O quizá los mataron ustedes.

La sonrisa del jefe indio fue amplia.

—No, ellos vieron a mis hombres jóvenes furiosos y mirando con deseo sus caballos finos y ensillados y sus rifles, y entonces se fueron.

Estorga corrió la palabra de que los indios habían alejado a un grupo de bandidos responsables del descarrilamiento del tren y entonces continuó el festín durante el resto del día.

Antes de que cayera la noche los del pueblo hicieron sus preparativos para regresar a sus hogares. Cargaron sus burros con la carne, las pieles y otros objetos del botín. Improvisaron una camilla para el fogonero herido y partieron.

A la mañana siguiente Héctor Sandoval despertó en el pueblo de Agua Clara.

Estorga le ofreció su cabaña a Héctor Sandoval y el ferrocarrilero le dijo que planeaba salir para la ciudad tan pronto como estuviera bien su pie. Vio que Estorga intentaba hacer algún trabajo de herrería pero que pasaba dificultades por tener solamente un martillo burdo y carecer de otras herramientas.

—En el tren —le dijo al hombre que lo hospedaba— hay un martillo muy bueno y también tenazas y un fuelle. Los encontrará en el cajón de herramientas de la cabina; tenga la llave.

Días después Sandoval sugirió a algunos del pueblo que trajeran una de las puertas de un carro caja, arrastrándola con los burros hasta el pueblo para utilizarla como techo. Pasada una semana ya pudo él mismo ir montado a caballo hasta el sitio del tren descarrilado y allí enseñó a los hombres de Agua Clara a desarmar algunas piezas que podrían ser útiles en el pueblo.

Cierto día advirtió a una muchacha. Esbelta, de tez morena y de grandes ojos tristes. No había hecho mención en el pueblo de que en la gran ciudad tenía esposa e hijos, los que sin duda a esas fechas ya lo considerarían muerto, y diariamente pensaba cuán agitada había sido su vida en la ciudad, cuán gorda y exigente se había vuelto su esposa, y no podía olvidar cómo ella le entregaba al cura de su parroquia cualquier dinero extra con el pretexto de que le servía para ayudar a algún niño enfermo o para atraerle suerte a alguna hermana viuda que buscara un marido, o para comprar el perdón de los pecados cometidos por un miembro de la familia. Tenía presentes las contribuciones que debía pagar doble por no haber podido pagar las del año anterior; por su mente pasaba la imagen del gato de la familia, muerto por las ratas en una lucha por los desperdicios de comida, y aún recordaba con disgusto el calor bochornoso y los miasmas de los barrios bajos de la ciudad. Sí..., aunque solamente había estado en Agua Clara unos cuantos días ya había advertido cómo lo miraba la joven de los ojos tristes cuando pasaba a llevar agua que recogía del arroyuelo que circundaba el pueblo.

Un día que pasó la muchacha se detuvo frente a él y con voz dulce le dijo:

—Buenos días. ¿Cómo se siente del pie? —y desde ese momento Sandoval tomó una decisión.

—He decidido permanecer aquí en su pueblo —les dijo una noche en un encuentro espontáneo a varios hombres cuando su pie casi estaba bien.

Recibió frases de aliento.

—Muy bueno —le dijo uno.

—No se arrepentirá —le dijo otro.

Y un tercero más le dijo:

—Lo consideraremos como uno de nosotros.

—Y para ganarme la vida atraparé y domaré burros salvajes. Lo hice mucho tiempo cerca de Texas cuando era yo chamaco. Pero ustedes saben que pa' garrar burros se necesitan dos. No sé si sea negocio pa' dos hombres.

Con seriedad los otros aceptaron su idea y uno de ellos le propuso una solución.

—Si se busca una esposa entonces podrá seguir con ese trabajo.

—Sí —repuso Sandoval—, pero parece que no tengo mucha oportunidad pa' eso. A menos que esa chavala, ¿cómo se llama? Crio que Lita, si la convenciera de que fuera mi mujer...

—Sí, es mi'ja Lita —apuntó uno de los del grupo—. Se está haciendo vieja. Ya casi tiene diecisiete. Había estado viendo a ese muchacho bueno pa' nada Eduardo, pero acabé con eso. Cuando usted se case con ella, podrá salir pa'yudarlo.

—El cura vendrá aquí l'otra semana. Viene cada mes de la ciudá', y él los casará.

Sandoval entonces se entregó a la tarea de construir una casa. De la cabina de la máquina desprendió las láminas metálicas del techo y ninguna casa del pueblo estuvo mejor techada; de cada lado colocó desagües aunque raramente llovía. Las puertas de los furgones sirvieron de paredes y del cabuz tomó la estufa vieja y las ollas, y su casa se vio dotada de la única estufa fabricada que existía en todo el pueblo.

Después de la ceremonia del casamiento salió la pareja hacia los montes, con dos burros prestados y un tercero cargado con provisiones y equipo.

Héctor Sandoval había interrogado a los del pueblo acerca de los alrededores y supo bien cómo orientarse. Al caer la noche del primer día se encontraba haciendo su cabaña para pasar la luna de miel a un lado de un pozo de agua. La cabaña fue de varas de mezquite entrelazadas y una pieza de lona por cubierta. Y esa noche, en medio de un valle silvestre y alejado de toda civilización, con su cabaña bañada por la luz de la luna, Lita se convirtió en su esposa.

A la mañana siguiente montó en su burro dejando a Lita cerca del pozo de agua. Durante varias horas y a un trote rápido llegó hasta otro manantial. Levantó entonces una cerca rústica alrededor del manantial y clavó postes en la tierra atando trapos a esos postes para que se agitaran con el aire. Entonces regresó con su nueva esposa.

Le explicó a Lita lo que había hecho.

—El primero está listo. A menos que las vacas silvestres echen a perder mi trabajo, algunas veces lo hacen.

Al tercer día nuevamente salió en el burro, pero esa vez en dirección opuesta hasta que encontró el ojo de agua que andaba buscando. Y llevó a cabo la misma operación dejando también los postes con sus banderines agitándose en la punta, y una vez más regresó al lado de su Lita.

—Y ahora —le dijo— esperaremos.

Y cambió su choza de luna de miel hasta una pequeña hondonada en dirección contraria al viento, en donde pudiera quedar alejado de la vista de cualquier extraño, ya fuera animal o humano.

—Muy pronto, ya verás, Lita —le dijo al siguiente día y no dejaba que siquiera asomara la cabeza por arriba del banco de la hondonada—. Tenemos que escondernos porque esos animales pueden ver a un hombre a muchos kilómetros de distancia.

Pacientemente esperó ella al lado de él en la hondonada, y sacudía la cabeza maravillándose cuando Héctor le dijo que ya tenía todos los ojos de agua al alcance de los burros de la región y muy pronto los animales tendrían que llegar ahí.

Al quinto día ensilló su burro pasando grandes aprietos para no dejarse ver y caminar con el menor ruido posible. Entonces se sentaron los dos amantes, esperando y mirando por la planicie reverberante.

—¿Lo ves? —le dijo tranquilamente mirando hacia el horizonte. Ella forzó la vista y finalmente vio un movimiento.

—¿Son burros?

—No, son vacas silvestres, de las de cuernos largos. También ellas se han quedao sin agua. Serán las primeras en llegar porque tienen menos miedo. Y despúes si tenemos suerte, vendrán los burros a beber. Después de eso a la mejor hasta tenemos caballos.

—¿Y agarrarás las vacas o los caballos?

—Las vacas no, son muy peligrosas. Matarían a cualquier hombre que vieran. Pa'garrarlas necesitaríamos muy buenos arrieros, buenos jinetes con riatas montaos en caballos buenos. Lo mismo con los caballos salvajes. Pero a los burros sí puedo agarrarlos —dijo santiguándose.

Durante casi un par de horas las vacas silvestres se abrieron al fin paso incómodamente hasta el ojo de agua. No eran más de una docena y un toro de mediana edad se detuvo, y mientras se acercaban miró sospechosamente al agua. Las vacas con sus becerrillos pasaron a un lado de él sin volverse a verlo. Tomaron agua a placer los animales y el toro varias veces alzó la cabeza para mirar en dirección de Lita y Héctor.

Era la primera vez que ella tenía la oportunidad de ver tan de cerca a ese ganado salvaje y estaba asustada por su corpulencia y el tamaño de sus cuernos. La pareja estaba acurrucada cerca de la cumbre de la hondonada, con las cabezas apenas saliendo del bordo y espiando entre los matorrales. El toro seguía bebiendo, pero repentinamente levantó la cabeza y pareció mirar directamente hacia ellos. En seguida fue en su dirección y sus grandes ojos sin parpadear continuaban mirando hacia donde estaban escondidos. El animal se detuvo a una distancia de unos tres metros y los miró fijamente, con las orejas echadas hacia adelante, dando la impresión de que eran un par de cuernos para percibir mejor los sonidos.

Lita y Héctor contuvieron la respiración. Uno de los tres burros se asomó detrás de los recién casados y dando coces en el suelo rebuznó. El toro, inmediatamente satisfecho por haber identificado el objeto que llamaba su atención volvió sobre sus pasos y fue a unirse a los otros cornúpetas.

—Gracias, señor burro —murmuró entre dientes Héctor.

Y fue al siguiente día precisamente cuando llegaron los burros.

Lita y Héctor los observaron silenciosamente mientras los animales tuvieron el suficiente valor para sobreponerse a sus sospechas naturales y se acercaron al ojo de agua. Y los burros bebieron y volvieron a beber como si no hubieran visto ni fueran a volver a ver agua durante otros cinco o seis días. Entre el grupo estaba un garañón con dos hembras flamantes, cada una con cría. Héctor esperó con su burro ensillado y permitió que los recién llegados realmente caminaran tambaleándose debido al peso del agua que habían tomado. Entonces de un salto montó en el suyo y lo espoleó lanzándolo a toda velocidad hacia los otros.

Los animales silvestres huyeron, pero su carrera fue demorada por la debilidad que les habían causado los días sin agua y por las panzas que en esos momentos parecían globos llenos de agua. La montura de éstos, más grande y más fuerte que los otros rápidamente alcanzó a una de las hembras, silbó la reata en el aire y con una lazada sujetó las patas de la burra. La cría rebuznó aterrorizada al ver que su madre era atada rápida y firmemente. Sin perder tiempo, Héctor fue tras de la otra, y aunque llevaba ventaja logró alcanzarla después de unos cuantos kilómetros de carrera. No se preocupó del garañón.

Días más tarde, cuando las burras fueron amansadas, Lita y Héctor regresaron a Agua Clara con lo que él anunció era el embrión de su nueva empresa.

El pequeño Neftalí Sandoval despertó y silenciosamente se sentó en el colchón relleno de trapes que le servía de cama a un lado del cuarto pequeño. Sus padres aún roncaban en el otro extremo del mismo aposento que les servía también como cocina para la familia. Contra la pared opuesta las dos hermanitas más grandes que Neftalí estaban acurrucadas con los brazos entrelazados como amantes para calentarse, aunque solamente se sentía un aire fresco. Sin hacer ruido Neftalí cruzó el cuarto y haciendo a un lado la cobija de lana áspera que cubría el hueco de la puerta de la casa salió al exterior pisando el césped.

Cuando Neftalí emergió, el perro de la familia levantó la cabeza y movió la cola. El animal, que no era más que un perro corriente, se estiró, abrió el hocico bostezando y siguió al niño. Neftalí recogió a su paso un balde de madera con una cinta de cuero que servía de asa y se dirigió hacia el arroyo. En cualquier momento se levantaría su madre a preparar el desayuno y a moler el maíz para alistar la masa para las tortillas. Calentaría los frijoles cocidos y el agua sería necesaria para el chocolate caliente endulzado con miel obtenida de las cañas de azúcar que Héctor había plantado cerca de su casa.

Neftalí siguió el camino serpenteante a través del pequeño poblado. Aquella vereda trillada daba muchas vueltas innecesarias que conducían a cada choza, pero el niño siguió por ella debido a que había menos tierras agudas y ramas secas que lastimaran sus pies desnudos. Usaba calzones de manta blanca y una camisa suelta, nada más. Para protegerse del calor del día usaba un sombrero ancho, porque decía que el sol le bronceaba la piel como la de los indios.

La ruta del muchacho lo llevó a un lado de la casucha de Rojas en donde en un cuarto sencillo hecho de piedras sueltas y tablas dormían seis hijas y dos hijos.

Muy pronto las muchachas se levantarían para dar principio a sus costuras diarias. Se dedicaban a coser a mano ropas de niño que su padre periódicamente llevaba a la ciudad a vender, de donde regresaba después de varios días de borrachera, sin otra cosa que un bulto de telas para que sus hijas empezaran a coser una vez más. Los dos hijos trabajaban para Estorga, el herrero, o se turnaban cuidando la cría de gallinas llevándolas a mejores terrenos en donde pudieran rascar, obteniendo uno o dos huevos al día y esperando a que los gallos jóvenes maduraran lo suficiente para ser comidos o bebidos.

Después de aquella cabaña seguía la de Estorga, que años antes había obtenido un buen botín del tren descarrilado, que le había producido artículos diferentes de aquellos que habían tomado otros moradores del pueblo. Aún conservaba las herramientas, el martillo grande y los fuelles utilizados para encender el fuego en la caldera de la máquina. Utilizando burros arrastró carga tras carga de todo el metal que pudo obtener de los furgones de aquel tren descarrilado.

Cuando niño, Estorga había sido por un corto tiempo aprendiz de un herrero y reconocía el valor de los metales y las herramientas. En Agua Clara instaló su herrería haciendo bisagras y zapapicos que el ranchero Domínguez del otro lado del valle le compraba. Se las arreglaba para hacer cinchos de acero para sujetar las secciones de madera de los barriles, y junto con otro de los pobladores que trabajaba la madera vendían sus baldes y barriles. Sí, aquel tren descarrilado había sido de mucho bien para Estorga, fue lo que Neftalí pensó. Él mismo llevaba consigo siempre un cuchillo con un filo como de navaja de rasurar que Estorga había forjado de una pieza de metal del tren. Neftalí observó el día que Estorga sometió el metal a la fragua hasta tenerlo al rojo vivo y en seguida con un par de tenazas también obtenidas de aquel tren, le dio forma a martillazos contra el yunque. Después de esto volvió nuevamente a calentar la pieza que había convertido en cuchillo, con ayuda de su fuelle avivó intensamente el fuego y cuando la hoja estaba casi blanca, y en el instante preciso, Estorga lo introdujo en agua fría para templarlo. "Eso endurece el filo", le explicó el herrero al muchacho, "para que no se achate fácilmente".

Casi todas las casuchas del pueblo tenían un perro, y mientras el chico culebreaba siguiendo la vereda muchos de esos perros se acercaban para olfatear el suyo y ocasionalmente gruñían entre sí. Al fin cruzó el pueblo entero y a menos de cincuenta metros hacia el este llegó al arroyo. Los habitantes habían cavado una pequeña presa a fin de que el agua depositara sus sedimentos y materias extrañas en el fondo antes de proseguir su curso hacia el valle de abajo. Neftalí fue hasta aquel estanque improvisado y llenó su balde. El arroyo producía sola-

mente un leve ruido y todo lo demás estaba callado. Repentinamente el gorjeo de una alondra llenó el aire. El muchacho vio
al sol que empezaba a enrojecer el cielo del este y se dio cuenta
de que el fresco agradable empezaba a disiparse en el aire.

Vagó su mirada por el lado de las montañas sobre las rocas
ásperas y los arbustos que se perdían allá en lo alto. Del otro
lado de aquellas alturas estaban los indios que ocasionalmente
bajaban al valle de Agua Clara para comprar o intercambiar,
siempre con sus mujeres caminando silenciosamente detrás de
sus hombres montados. ¿Cuándo bajarían de nuevo? En aquel
cielo azul sin nubes, coloreado por los tintes del sol de la ma-
drugada volaban en círculos deliberados grandes pájaros. ¿Ga-
vilanes o zopilotes? No podía Neftalí decirlo desde donde se
encontraba.

Vio a doña Pura la Bruja salir de su tejabán en donde vivía
sola, viuda desde hacía muchos años. Vestía con una especie de
túnica de tela de cáñamo que le cubría el cuerpo hasta abajo de
las rodillas. Neftalí siempre se sentía inquieto ante la presencia
de la vieja viuda, que raramente le hablaba a alguien. Cuando
en el pueblo se mataba algún animal, fuera conejo, cabra o gallina, siempre aparecía en la casa afortunada para pedir que le
obsequiaran las entrañas. No tenía ingresos, vivía a base de me-
nudencias de animales y frijoles y ocasionalmente cosía o lavaba a cambio de tortillas.

Esa mañana caminó balde en mano hacia Neftalí. Sus pasos
eran lentos pero firmes. El muchacho permaneció incierto
mientras ella se acercaba, y se dio cuenta de que la mirada de la
bruja no se apartaba de algo lejano en dirección del valle.

—Lo vi desde hace horas —dijo mientras hundía en el agua
su balde.

La mirada de Neftalí siguió la de ella y quedó boquiabierto

al ver un gran pilar de humo ascendiendo entre lenguas de llamas desde la casa del rancho de Domínguez. El lugar distaba del pueblo algunos kilómetros a lo largo del valle y no pudo ver ninguna otra actividad más que las llamas. Quedó entonces como hechizado sin creer lo que sus ojos veían.

—Muy pronto vendrán por aquí —continuó diciendo la bruja, y Neftalí se apartó corriendo velozmente hacia su casa, olvidando el agua y seguido por su perro que ladrando entusiasmado pretendía morderle los talones.

Cuando entró en la casa falto de aliento, su padre y su madre empezaban a levantarse.

—¡Mamá! ¡Papá! El rancho se quema. ¡Pronto, vengan a ver!

Héctor Sandoval dormía vestido, igual que su esposa, de modo que no perdieron tiempo en ponerse las ropas. Su rostro reflejaba su impresión cuando cruzó la puerta de su casa y miró hacia el rancho de Domínguez. Entonces giró sobre sus talones y gritó:

—¡Ortiz! ¡Estorga! ¡Manuel! ¡Y todos ustedes! ¡Salgan a ver eso!

En cuestión de minutos los doscientos pobladores de Agua Clara se habían reunido para ver aquel espectáculo de humo y llamas. Algunos hicieron comentarios terribles, pero todos mencionaron el nombre de Guzmán.

La bruja vieja que había estado observando silenciosamente, levantó una mano y apuntó:

—Miren. El atajo que viene del rancho. Ora vienen pa'cá.

En silencio los pobladores observaron una pequeña nube de polvo que se levantaba cerca de la casa del rancho envuelta en llamas, y que se movía en dirección de Agua Clara por el camino polvoriento que cruzaba las vastas pasturas del rancho de

Domínguez. No podían apartar sus miradas de la nube que se movía y que daba la impresión de avanzar centímetro a centímetro. Niños y desayuno fueron olvidados y muy pronto la nube fue tomando la forma de muchos hombres montados guiando caballos extras y cabezas de ganado. El grupo siguió por el atajo de tierra que salía del valle hacia el pie de las montañas y empezaba a subir el camino ondulado hacia el pueblo de Agua Clara.

—¿Quién va a tomar la voz? —preguntó Estorga el herrero en tono preocupado y reflejando su angustia en el rostro.

—Lo harán ellos —dijo la bruja doña Pura con una risita.

Ortiz el tallador de madera estaba nervioso y dijo:

—Nuestros jóvenes y mujeres… debían huir…

El señor Héctor Sandoval sonrió con tristeza cuando repuso:

—¿Y para qué? ¿Pa' que así las puedan arrastrar desde el monte amarradas a una riata? Mejor que se 'stén aquí y hablemos.

Les tomó casi una hora a los montados culebrear por el camino del lado de la montaña para llegar al pueblo. Los últimos cinco minutos les parecieron a los pobladores los más largos, hasta que los vieron salir de la última curva. Pudieron oír las voces cuando algunos de los jinetes regresaban en tramos para arrear a los animales rezagados. Al fin entraron en el pueblo, treinta de ellos. Neftalí los contó.

Uno de los hombres que aparentemente era el jefe, sin bajar de su montura se acercó a los de Agua Clara, que estaban agrupados a la orilla del pueblo. Con los ojos bien abiertos Neftalí se maravilló de su apariencia; portaba dos pistolones, una de cada lado de la cintura; dos rifles clavados entre la silla de montar con las culatas cerca de la cabeza de la misma silla y un gran sombrero de paja añadían bulto a su cuerpo grueso y corto, pero no ocultaba sus cabellos que le cubrían las orejas y se unían con sus grandes mostachos y barbas irsutas.

Le cruzaban el pecho dos carrilleras que se encontraban con un cinturón ancho también repleto de balas nuevas. Junto a uno de los pistolones colgaba un gran cuchillo de cacería. La camisa que le cubría el torso era de algún material suave y lustroso, pero estaba sucia y manchada de humo.

Sus pantalones eran de algodón y bombachos y descoloridos, pero sus botas brillaban como nuevas y Neftalí reconoció la mano de obra del zapatero a quien el ranchero Domínguez empleaba para que calzara a sus familiares.

El resto de los hombres de a caballo se detuvieron cerca del primero. Todos iban fuertemente armados y con los cabellos en desorden. El líder al fin desmontó y caminó el corto trecho que lo separaba de los de Agua Clara. Dramáticamente gesticuló señalándoles el rancho en llamas.

—Lo que queda se los dejamos. Tomamos lo que necesitábamos.

El padre de Neftalí dio unos pasos adelante y aclaró su garganta para hablar.

—¿Y Domínguez? ¿Y su familia? ¿Y los vaqueros?

El hombre que capitaneaba a los armados hizo un gesto para dar énfasis al poco significado que tenía para él aquella gente del rancho.

—Yo soy Guzmán —dijo con voz altanera—. Les di su oportunidad para que se quedaran, huyeran o fueran muertos. Los que vivieron ahora se encuentran a medio camino para el próximo estado —miró a su alrededor, con fiereza pero amistosamente, y preguntó—: ¿Quién es el herrero? Nuestros caballos necesitan atención.

Estorga dio unos pasos al frente y Guzmán le indicó los caballos diciéndole:

—Algunas de estas monturas andan mal de las pezuñas. Tenemos un camino largo por delante sobre terreno áspero. Nos urge salir pronto de aquí.

Nerviosamente corrió la mirada por el valle en dirección del atajo que salía del pueblo y pasando el rancho desaparecía hasta la lejana cadena de montañas. En seguida gritó a sus seguidores:

— ¡Pelón! ¡Chico! ¡Macho! Agarren los caballos sin herraduras y sigan a este hombre. Y todos ustedes se van a portar bien mientras estemos aquí. Esta gente va a tener bastantes líos cuando vengan los federales mañana o pasado.

Desmontó el resto de los jinetes y todos ofrecieron pagar por tortillas calientes y frijoles. Los tres hombres a quienes Guzmán se había dirigido llevaron los caballos a la choza de Estorga, en donde el herrero empezó a encender su fragua y a ajustar las herraduras a las pezuñas de los animales. Una de las bestias de carga llevaba varias botellas de licor y Guzmán sacándolas las destapó y amigablemente ofreció de su contenido a los moradores de Agua Clara.

—¡Éntrenle! —gritó riéndose—. Les apuesto a que en todos los años que han estao aquí nunca les ofreció el tal Domínguez una gota de licor.

El padre de Neftalí aceptó una botella.

—Tiene razón, señor Guzmán. De verdá' desde que yo vine aquí no había probado licor juerte. Muchas gracias.

Bebió Héctor Sandoval abundantemente y los otros hombres del pueblo se acercaron platicando con Guzmán y sus secuaces, sin embargo, no se atrevieron a pedir más información de la que el cabecilla espontáneamente les daba.

Se elevaba el sol rápidamente y empezó el calor a invadir la región mientras los forajidos y los habitantes de Agua Clara sostenían una charla amistosa en el centro del pueblo. De una mula de carga uno de los hombres de Guzmán tomó una guitarra fina y empezó a afinar sus cuerdas; no pasó mucho tiempo antes de que dos de los del pueblo empezaran a cantar, cada uno llevando un tono separado sin discutir mucho las canciones o los versos. Todos encontraron asientos junto a una de las cabañas o en las peñas diseminadas alrededor mientras Estorga trabajaba afanosamente herrando a los caballos y reponiendo las cadenas de las riendas.

Los que se encontraban en el centro del pueblo se dividieron en dos grupos; uno de ellos cantaba con el guitarrista y el otro se agrupó para platicar con Guzmán.

—El rancho de Domínguez fue nuestro número dieciséis —dijo riéndose estrepitosamente y bebiendo los restos del contenido de una botella. Sacando otra de la mula que tenía a un lado, después de abrirla la pasó al que estaba junto a él para que bebiera—. Pero este rancho fue el primero en este estado. Los federales todavía están buscándonos a trescientos kilómetros de aquí, 'onde dimos el último golpe. Ahora con estos caballos buenos nunca nos alcanzarán.

Sudando profusamente, Estorga, que ya había terminado, llamó a Guzmán.

—Señor, los caballos están listos y vaya que son finos. Domínguez sabía cómo criarlos.

Se levantó Guzmán pesadamente y dijo con un aire de importancia

—Sí, los cuidaba bien, pero a sus vecinos los trataba mal. ¡Bah! De todos modos ahora ya no le sirven los caballos. Tiene mejores medios de transporte, ahora tiene alas.

Todos los forajidos celebraron ruidosamente la gracia y

empezaron a ponerse de pie para tomar sus monturas. Entonces Guzmán se dirigió a los del pueblo y en tono autoritario les dijo:

—Y ahora, ¿quién viene con nosotros?

Los de Agua Clara permanecieron inmóviles y en los rostros de muchos se veían miradas suplicantes. Guzmán y sus hombres miraron alrededor. Durante un momento nadie se movió, pero entonces en la puerta de una casa se corrió una piel de res que servía para taparla y una muchacha, quizá de quince años, bonita y de ojos brillantes, vestida con harapos, se dirigió a Guzmán con lo que obviamente eran sus propiedades personales envueltas en un chal. Todas las miradas la siguieron mientras ella firmemente se abrió paso hasta quedar al frente del líder de los bandidos. La madre de la chica corrió tras ella.

—¡No, no! —gritó la mujer abrazándola—. Mi chiquita, no. Hija, no sabes lo que haces.

Guzmán, suave pero firmemente empujó hacia atrás a la señora y el esposo se le unió para tratar también de alejarla.

—Ella quiere venir con nosotros. México es libre, al menos casi libre —dijo Guzmán. Dio unos pasos hacia una mula cargada que tenía cerca de él y desamarró un bulto. Le tomó sólo unos segundos sacar vestiduras femeninas de muy buena clase. Escogió de entre ellas para encontrar un vestido amplio de montar que le arrojó a la chica—. Toma —le dijo—. Nunca te arrepentirás de irte con nosotros. Hay mucho más que esto esperando que se los quitemos a los ricos que nunca te han dejado vestir mejor que un indio.

La jovencita con los ojos muy abiertos examinó las ropas y en seguida fue apresuradamente a su choza para cambiarse. Guzmán mientras tanto caminó hasta donde estaba un caballo solo ensillado con una montura fina con adornos de plata. Desató la reata que sujetaba la cabeza del animal y le colocó una rienda, guiándolo en seguida hasta el centro del grupo en los momentos en que salía la chica, con el rostro reflejando su alegría al verse ataviada con aquellas ropas que operaron en ella un cambio total.

—Toma —le dijo Guzmán ofreciéndole las riendas—. Mientras andes con nosotros este caballo será tuyo —en seguida se volvió a mirar de nuevo a los pobladores—. Necesitamos hombres bragados —dijo secamente y su mirada se detuvo sobre Neftalí. La señora Sandoval voló al lado de su hijo.

—¡No! —exclamó ella suplicante y de pronto brotaron de su boca palabras atropelladas—. A mis dos hermanos se los engancharon los revolucionarios. Mi padre murió con una bala cuando los federales lo forzaron a que peliara. No quero que le pase eso a mi'jo. ¡Nunca! —rodeó la mujer con los brazos el cuerpo de Neftalí y su vehemencia temporalmente desarmó a Guzmán.

El cabecilla de los bandidos fue hasta donde se encontraba su caballo y de su bolsa de viaje sacó una pistola con cachas de plata y una funda de cuero brillante. Neftalí vio una "D" grabada sobre la funda. Guzmán arrojó funda y pistola hacia el muchacho, que con un reflejo involuntario la recibió en las manos. Nunca el joven había tocado una pistola.

—Déjenlo que él decida —Guzmán dijo autoritariamente.

Neftalí examinó el arma y su funda y después miró los rostros agonizantes de sus padres y devolvió los objetos a Guzmán.

El bandidazo se encogió de hombros y volviendo la espalda les dijo:

—'tá güeno, si no pelea para mí dentro de unos pocos días a la mejor estará peleando contra mí cuando los federales se lo lleven.

Un joven esbelto con la piel tostada un poco mayor de edad que Neftalí se adelantó y silenciosamente recogió el arma de las manos de Guzmán, mientras su mirada viajó desafiante hacia sus padres que no estaban muy lejos. La madre ahogó un sollozo y seguida de su marido volvieron la espalda.

—¡Vaya! Un voluntario —dijo Guzmán con alegría—. Muy bien, toma un caballo, joven. Recoge tus trapos miserables y vámonos antes de que sea muy tarde.

Un cuarto de hora después de que la banda salió del pueblo hombres y mujeres permanecían en el mismo sitio viéndolos alejarse. Los padres del joven y de la chica que se unieron a los bandidos, fueron hacia sus chozas transidos de dolor. Los demás se apresuraron a prepararse para ir al rancho a ver lo que encontraban. El señor Sandoval de prisa reunió su media docena de burros, y Estorga tomó sus herramientas para desmantelar cualquier obra metálica que pudiera utilizar de los corrales, puertas, cocina, vigas y tiendas del rancho.

Sumó más de un ciento el grupo que tomó el camino serpenteante que los llevaba al rancho quemado. Neftalí siguió a su padre, que guiaba a los burros. Mientras viajaban a lo largo del fondo del valle sobre el camino de tierra entre los pastizales, levantaron una gran nube de polvo. Neftalí recordó que las únicas veces que había visitado el rancho fueron durante la sequía cuando el pequeño arroyo del pueblo se secaba. Cada verano su padre ganaba unos cuantos pesos llevando sus burros cargados con botes o barriles pequeños desde el pueblo hasta el rancho de don Francisco Domínguez, cuyos pozos siempre estaban llenos de agua fresca y limpia, y después de suplicarle al amo que le permitiera llenar sus recipientes regresaba al pueblo a vender el líquido entre los habitantes.

Maravillado en aquellos viajes, Neftalí había observado a los vaqueros del rancho llevar a cabo sus tareas. El señor Domínguez siempre se veía elegante cubierta la cabeza con un gran sombrero en la cabeza, usando unos pantalones limpios y ajustados y sus botas siempre brillantes. El bigote permanentemente bien arreglado, y sólo una que otra vez Neftalí llegó a mirar de reojo a doña Irene y a sus hijas que según Neftalí pensaba siempre vestían regiamente. En todas las ocasiones que visitaban el rancho él y su padre se dieron cuenta de que su presencia era apenas tolerable, hasta donde interesaba a los dueños del rancho y a sus trabajadores. No olvidaba Neftalí que constantemente su padre repetía muchas veces "gracias" y hacía caravanas excesivas ante Domínguez y su esposa, que siempre los despedían con ademanes impacientes.

Ese día del incendio cuando se aproximaban no salieron los perros a recibirlos y Neftalí vio sus cuerpos inertes en el patio. Tampoco se acercaron los vaqueros a preguntarles qué querían, y vio él los cadáveres de aquellos que se habían quedado a defender el rancho.

No bien estuvieron los del pueblo cerca de las ruinas cuando irrumpieron precipitadamente. Entonces se encontraron entre un desorden ennegrecido.

—¡Oigan! ¡Miren lo que me encontré! ¡Es un hacha muy fina!

—¡Esta ventana tiene vidrios! La puedo poner en mi casa.

Los caballos y el ganado que quedaba, carretones y carretelas, todo lo que no podía ser escondido, lo dejaron los hombres sin tocarlo. Las pasaría muy duras aquel que se llevara un botín fácil de identificar cuando llegaran en el término de unos cuantos días los federales, y más aún los parientes ricos de Domínguez, que caerían sin duda a reclamar el rancho como herencia.

De los perros muertos tomó Neftalí los collares hechos a mano pensando qué bien iba a verse el perro de su familia con uno de ellos. Algunos de los hombres despojaron de ropas a los cadáveres.

—¡Una lavada y quedarán como nuevos! ¡Qué importan los agujeros de las balas!

Guzmán había decidido dejar el vino, pero se llevó todo el licor fuerte que pudo cargar y los pueblerinos encontraron muy pronto las bodegas intactas.

Con febril actividad Estorga estaba entregado a la tarea de desnudar la casa de las piezas de fierro que pendían de las vigas que quedaron sanas, de las bisagras, muchas de las cuales él mismo había hecho para Domínguez; tomó el yunque que estaba instalado en el corral, el malacate del pozo, y la tubería y coples del molino de viento.

Neftalí por su parte, encontró la alcoba del amo y en un ropero a medio quemar descubrió un tesoro. Una brújula, una hebilla para cinturón incrustada de joyas, un par de guantes de la piel más fina imaginable, una navaja de bolsillo con varias hojas y varias monedas.

Las mujeres también tuvieron su parte, pues obtuvieron colchas no quemadas del todo, sábanas y cobijas de lana. Un becerro en el corral encontró muerte pronta y en cuestión de minutos ya estaba asándose al fuego. Aquella era una fiesta que los moradores del pueblo no habían tenido desde que aquel tren de ganado descarriló hacía ya década y media. Y al llegar la noche emprendieron su camino de regreso por la ladera de la montaña, felices, con sus burros cargados, los brazos ocupados y las barrigas llenas.

Y no trataron de detenerlos? ¿Después de que los vieron matar y saquear? —rugía el teniente.

—¿Y cómo hubiéramos podido, teniente? Somos simples peones, no tenemos armas. Ellos eran como cuarenta o cincuenta que obedecían a Guzmán y casi todos tenían tres pistolas.

—Ahora díganme esto: ¿Alguno de ustedes los ayudó de cualquier modo?

—No —contestó Estorga—, y hasta se llevaron a la fuerza a un muchacho y a una chica de este pueblo. Recuerde, si agarra a ese Guzmán, los dos de nuestro pueblo nunca peliarán contra los federales.

El teniente escupió furioso.

—Ya veremos eso —dijo—. Está bien, dicen que eran cuarenta o cincuenta. Yo tengo treinta y cinco, lo que quiere decir que necesito más. Cinco más harán bien en venir de voluntarios o los obligaré.

Recorrió con la mirada a los pueblerinos que se habían agrupado a su alrededor mientras sus hombres comían tortillas y frijoles desesperadamente. Tantos días de campaña habían hecho de ellos unos hombres flacos y hambrientos.

Mientras el teniente esperaba a los voluntarios, sus miradas viajaban de un lado a otro y al terminar su comida se limpió la boca con un gran paliacate rojo.

—Ya esperaron demasiado —dijo al fin—. A ver, tú —dijo señalando a un joven que pasaría ya de los veinte años—, toma el primer caballo disponible, y hazlo pronto. Y tú, y tú —prosiguió seleccionando a los jóvenes y presumiblemente solteros—. Necesito uno más —su mirada cayó entonces en Neftalí—. ¿Cuántos años tienes, joven?

—No, no, no —empezó a sollozar la madre de Neftalí—, no, él no. Apenas tiene catorce, no más, usted no puede llevárselo.

Pero el teniente Ramos permaneció impasible.

—Lo siento. Tengo que atrapar a los bandidos. Es por bien de usted, de todos ustedes por lo que queremos un México seguro. Todos quieren ley y orden, pero nadie quiere luchar para obtenerlos —y mirando a Neftalí lo apremió—: ¡Ándale! Coge un caballo, ya regresarás aquí cuando Guzmán y sus secuaces estén muertos, y morirán para el fin de esta semana.

Haciendo un gran esfuerzo Héctor Sandoval empujó hacia el interior de su casa a su esposa que se encontraba casi al borde de la histeria, y cuando trató de gritar le tapó la boca con una mano. Entonces, con un estrépito de pezuñas el destacamento se alejó velozmente del pueblo siguiendo el camino de la montaña que los llevaba hacia donde los bandidos se habían ido.

El grupo continuó después a un galope lento pero continuo. Neftalí jamás había montado a caballo y lo encontró un poco diferente de montar en burro. Sin bajarse de la bestia se agachó para ajustar los estribos al largo de sus piernas. Cabalgaba muy cerca de la retaguardia del grupo y las mulas de carga y reses venían detrás de él. De pronto el teniente emparejó su caballo con el suyo y le arrojó un rifle. Tuvo Neftalí que soltar las riendas para atraparlo en el aire e impedir que le golpeara el pecho. Sonrió el oficial y espoleó su caballo para ir al frente de su tropa.

Lita y Héctor Sandoval permanecieron en su casa todo ese día. Periódicamente ella empezaba a sollozar y él la confortaba, diciéndole que su hijo regresaría tan pronto como los forajidos fueran atrapados, pero su rostro reflejaba la duda de sus propias palabras. Al acercarse la noche salió Lita para mirar alrededor y exhausta de llorar. Se sentó en una piedra grande que estaba al frente de la casa y lloró en silencio. Sus hijas habían permanecido acurrucadas y silenciosas, alegrándose de que ninguno de los soldados ni de los bandidos las hubiera seleccionado.

La señora Sandoval permaneció sentada hasta que la envolvió la oscuridad y entonces fue a decirle a su esposo:

—Me gustaría encender una hoguera.

Sin titubear salió Héctor con rumbo al monte y recogió leña. Regresó en seguida y encendió una pequeña hoguera cerca de su mujer.

Héctor Sandoval sentía cierta culpabilidad de que su pena por la pérdida de su hijo era disminuida quizá por el interés profundo que sentía por su esposa. Amaba a esa mujer que aún se veía como una jovencita después de dieciséis años de matrimonio. El destino había sido amable con él, eso pensaba también con cierta culpa, respecto de que sólo había tenido tres hijos. Otros del pueblo tenían siete, ocho y hasta diez, y no podía entender de qué manera unas familias tan numerosas comían en esa tierra de pobreza y necesidad. Lo asaltó nuevamente un pensamiento que a menudo había cruzado por su mente. Los Estados Unidos. Sabía que millares habían huido de México ya fuera de la tiranía o de la pobreza, internándose en la Unión Americana.

Llegaron en ese momento sus hijas a sentarse sobre la traviesa del ferrocarril que servía como banca en el exterior de la casa.

—Regresará, mamá —dijo una de ellas.

La señora Sandoval prorrumpió nuevamente a llorar y

Héctor dirigió miradas de reproche a sus hijas. Mientras tanto el fuego continuaba crepitando.

En silencio hizo Héctor señales a sus hijas para que prepararan algo de comer en el interior de la casa. Las dos hermanas desaparecieron en el interior. Extrañamente los otros pobladores no estaban a la vista. Muy pronto Jilda, la mayor de las hermanas, salió para llevarle a su madre un plato con alimento pero fue rechazado. El resto de la familia se sentó y comió y solamente pudo oírse un sollozo ocasional. En el cielo se elevó una luna brillante y de vez en cuando un animal nocturno dejaba oír su canto. Héctor Sandoval mantuvo el fuego vivo con leños cortos.

Pasada la medianoche la pequeña hoguera chisporroteó y produjo ligeros silbidos en su agonía. Fue entonces cuando Héctor Sandoval pensó que había oído un ruido. Levantó la cabeza y aguzó el oído hacia el valle en dirección del oeste que a esa hora no era más que un basto mar de oscuridad. Y permaneció atento hasta que repentinamente el ruido llegó cerca de ellos. Por el camino serpenteado se acercaba rápidamente un caballo a todo correr. Ya las pezuñas se oían claras al cruzar un trecho empedrado y nuevamente se amortiguó el ruido al pisar sobre terreno suave. Se aproximaba tan rápidamente el caballo que la familia sintió terror, pero entonces caballo y jinete entraron en un pequeño círculo de luz, el animal apoyándose sobre sus cuatro extremidades para hacer un alto repentino cuando sintió que el freno le lastimaba el hocico, y una fracción de segundo después Neftalí corría hacia los brazos de su madre.

Minutos después cuando de algún modo se había abatido la cacofonía de la reunión y la señora Sandoval había cesado momentáneamente de dar gracias a La Madre de Dios, Neftalí explicó:

—No, mamacita —era la primera vez que el joven usaba ese diminutivo cariñoso y Héctor Sandoval sintió una emoción que sacudió su cuerpo experimentando a la vez un sentimiento de igualdad de hombre a hombre hacia su hijo. Neftalí continuó—: Dios no me trajo a la casa. Yo me escapé. Ahora soy un desertor del ejército mexicano y vendrán a buscarme en la mañana pa' quebrarme y que sirva de ejemplo.

Antes de que la madre empezara nuevamente a lamentarse, Héctor Sandoval controló la situación.

—Está bien. Oigan todos. Neftalí sabe lo que tenemos que hacer. Él y yo hemos hablao sobre esto cuando andábamos solos trabajando con los burros. Nos vamos. Ora Mismo. Ámonos pa'l norte. Pronto. Sin hablar. Junten las cosas. Neftalí y yo iremos a agarrar los burros. Tenemos seis, bastantes pa' llevarnos todo lo que tenemos y va a ser un largo camino desde orita hasta l'otra noche.

Excepto por el muchacho las mujeres estaban sorprendidas y Lita preguntó:

—Pero, ¿pa'onde?

—Pa' los Estados Unidos. 'onde no habrá más que nos haga sufrir. Y ora apúrense. Ustedes mujeres recojan y tráiganlo pa' juera. Podemos salir dentro de una hora. El teniente a la mejor viene pa'garrar a Neftalí.

2

El aire frío y penetrante pasaba las ropas hasta la propia carne de Héctor Sandoval obligándolo a ajustarse más la piel contra su cuerpo y puso sus músculos tensos para evitar sacudirse. La plataforma del ferrocarril sobre la cual viajaba la familia sola, se sacudía rítmicamente y algunas veces empujaba el carro que llevaba adelante y otras con impaciencia sacudía al de atrás.

Jilda y Hortensia al lado de su madre iban tiradas sobre el piso de la plataforma, envueltas en pieles, y la última vez que Héctor quiso verificar que iban soportando aquella prueba tremenda, las pobres mujeres apenas pudieron hablar a causa del frío. Solamente Neftalí estaba sentado de espaldas al viento, con la piel de res envolviéndolo y cubriendo su cabeza, pero dejando al descubierto su cara para poder ver.

Todo el día anterior con su noche habían estado viajando. El amanecer y el sol no estaban muy lejanos, si es que había sol. Todo lo que Héctor percibía era un cielo ininterrumpidamente nublado. Había esperado que California fuera un lugar verde, con extensos pastizales y tierras de labor, pero hasta donde podía ver solamente se distinguían montañas rocosas y terrenos áridos salpicados de unos cuantos matorrales y cactus y aquí y acullá grupos ocasionales de arbustos.

Héctor recordaba otro viaje que hizo en otro tiempo y en otro lugar. Aquel día que el tren descarriló y que el calor lo agobiaba. Para sus adentros murmuró qué sería mejor, aquel calor o ese frío.

Con un estremecimiento convulsivo llegó a la conclusión de que el calor era preferible.

Cerró los ojos en la oscuridad y se ajustó aún más la piel con que se envolvía. Esa piel provenía de un infortunado animal de aquel tren que hacía tantos años había ayudado a conducir, y también aquéllas en las que sus hijas, su esposa y Neftalí se arrebujaban. Las pieles habían sido bien curtidas y todavía conservaban su forma y flexibilidad. ¿Cuántas había tenido desde entonces? Los días que sucedieron al descarrilamiento tuvo veinte o más. En el curso de los años había cambiado algunas con el zapatero que le entregaba calzado para su familia. La familia había salido de Agua Clara con una docena pero había ya cambiado la mitad por alojamiento o comida, consideraban haberles sacado buen provecho.

Abrió los ojos y vio que el cielo empezaba a aclararse por el oriente. Qué singular, pensó que la sola presencia de la luz hiciera sentir el aire más tibio, más soportable, aunque sabía perfectamente que el sol aún no era posible que lo calentara.

Disminuyó el tren la velocidad y al decrecer el viento el ambiente fue menos frío. Momentos después no viajaban ya más de prisa de lo que un hombre pudiera caminar y al sentarse vio que también sus familiares estaban también sentados mirando por primera vez su nuevo país. Vio terreno plano, labrado y cultivado hasta donde su vista podía alcanzar con un fondo de unas montañas casi áridas. Pudo apreciar casas de campo con espacios de un par de kilómetros y se impresionó por la aparente opulencia de que daban muestras los edificios auxiliares y grandes graneros para almacenamiento, corrales y cobertizos.

Empezó a caer una llovizna pertinaz y fría.

La familia Sandoval viajaba en una del medio ciento de plataformas que formaban el tren. También viajaban varias otras familias, y como el tren continuara disminuyendo la velocidad vio a un ferrocarrilero que se acercaba recorriendo a lo largo cada plana y saltando a la siguiente. Observó Héctor cuando el hombre llegó a la plataforma inmediata a la suya y no dijo nada a la familia que viajaba en ella. Entonces el hombre saltó a la plataforma de Sandoval.

Héctor se estremeció por la mirada irrespetuosa con que el ferrocarrilero lo vio a él y a su familia.

—Tienen ahora que bajar del tren —le dijo el hombre en un mal español y continuó caminando hacia la parte posterior de la plataforma.

—¿No podríamos esperar hasta que el tren pare? —preguntó Héctor.

El hombre se volvió y como si no lo hubiera oído le dijo en voz alta:

—Si no se apean ahora les va a pesar a todos —y continuó su caminó.

Héctor esperó hasta que pudo apreciar un tramo de terreno relativamente parejo y entonces arrojando primero sus pertenencias, saltó. Corriendo al parejo del tren, ayudó primero a los hijos y después a Lita mientras el tren proseguía su curso. Las otras familias que viajaban prefirieron continuar un poco más su camino y exponerse a las amenazas del ferrocarrilero.

Los cinco miembros de la familia Sandoval caminaron para recoger sus propiedades, y cada uno cargó una parte proporcionada, mientras tanto el cabuz ruidosamente pasó a un lado de ellos. El ruido del tren fue disminuyendo y disminuyendo, hasta que finalmente se perdió del todo y mientras tanto ellos permanecieron mirando hacia todos lados en donde no había ningún ruido y en donde hasta la llovizna era silenciosa.

Se apoderó entonces de la familia una gran sensación de sentirse solos en un territorio hostil. El terreno era plano y a una distancia de dos kilómetros o más en ambas direcciones había dos casas de campo. Desde algún sitio se oyó el ladrido lejano de un perro. El cielo gris se curvaba en el horizonte. A unos cien metros de distancia de las vías destacaba un grupo de eucaliptos, y Héctor vio a una familia acampada muy cerca de un arroyo que corría por allí. Se acercaron a ella para preguntarle direcciones y compartieron su fuego; supieron entonces que la ciudad se encontraba a unos dieciocho o veinte kilómetros hacia el oeste. También esa familia había llegado a ese lugar en tren el día anterior y estaban solamente esperando que un hijo pequeño enfermo se recuperara antes de continuar su camino hacia la ciudad para buscar trabajo.

Fatigosamente los Sandoval caminaron hacia la ciudad, cargados con las posesiones que hasta ese día no habían cambiado por alimentos o alojamiento, o vendido. Temprano por la tarde estaban entrando en la ciudad, entumidos y cansados los huesos. La llovizna seguía cayendo y la vereda a un lado de las vías se alejó para convertirse en un camino ancho y lodoso. Héctor había visto a muchos mexicanos trabajando en los campos que pasaron, pero todos habían estado reacios para detenerse y hablarles.

Las casas que pasaban en el camino eran casi todas sólidas

y de vez en cuando había una tienda o negocio diferente que anunciaba sus mercancías. ¡Oh, Dios! Se preguntó Héctor en voz alta, ¿acaso toda la ciudad no era más que casuchas y caminos lodosos? Le preguntó lo mismo a un hombre que pasaba y éste le contestó sonriendo:

—No, sólo la sección mexicana.

Por ese camino se acercó a ellos una carreta grande cargada con verduras y tirada por los caballos más grandes y finos de los que Héctor jamás había visto. Los caballos tiraban poderosamente y sus arreos se incrustaban en sus carnes cuando la fuerza de los animales luchaba para vencer el lodo en el que penetraban las ruedas de las carretas. Y la lluvia no cesaba.

Al pasar por una hilera de casuchas salió de una de ellas una mujer y les preguntó si eran nuevos. Solícita se apresuró a ayudarlos y les mostró una choza de ladrillo junto a la suya propia.

—Está disponible —le dijo a Héctor—. Creo que el señor Cárdenas se las rentará. ¿Tienen dinero?

Héctor hurgó en su bolsillo y palpó seis dólares. Era todo lo que le quedaba después de haber vendido sus burros y otras cosas que no pudieron llevar consigo cuando salieron de su pueblo en México. Había sido una suma mayor antes de que convirtiera sus pesos en dólares.

—Sí, tengo algo —le contestó a la señora que se brindaba a ayudarlos.

—Bueno. Deje a la esposa y a los hijos aquí conmigo pa' que descansen. Les daré sopa y frijoles calientes. Usté vaya por esta calle hasta la avenida empedrada, tuerza a la derecha y en la taberna que tiene una mujer encuerada en el anuncio, encontrará a Cárdenas. Dígale que le rente su casa. Después ya le diré 'onde encontrar trabajo en este agujero del infierno.

Caminó Héctor bajo la lluvia siguiendo las instrucciones

de la mujer. El lodo se le metía por los agujeros de los zapatos y le dolían los pies. Su sombrero de ala ancha escurría agua que le bañaba la cara cuantas veces inclinaba la cabeza. Con la piel de res se cubría el cuerpo y desde los hombros hasta las rodillas estaba razonablemente seco.

Los edificios que se alineaban por la calle eran primordialmente habitaciones. Se veían en medio de la calle chiquillos andrajosos, con los mocos colgándoles de la nariz, descalzos y chapoteando en el lodo o gritando en el exterior de las casas. En las esquinas de las banquetas sucias estaban hombres de pie y platicando. Algunos tenían harapos por vestidos, lucían rostros sin rasurar y carecían de zapatos. Héctor advirtió una gran variedad de atavíos, pero la pobreza eran el estilo común. Habló con unos cuantos y descubrió que el encontrar trabajo en los campos y huertos era lo que ocupaba la mente de todos. Parecían todos hambrientos y la frase común entre ellos era "trabajaremos cuando las próximas cosechas estén listas", y ese pensamiento los animaba a permanecer en el barrio bajo.

Todas las casuchas, las pequeñas tiendas y negocios en general que se alineaban en las calles formando manzanas y manzanas, habían sido construidas y eso lo notó Héctor, bajo bases puramente temporales, para improvisar algo hasta que pudieran construir habitaciones o comercios más formales, pero todos aquellos hogares y tiendas temporales habían formado una ciudad; una ciudad que vivía en anticipación al tiempo en que "las próximas cosechas estén listas", y era una ciudad también acerca de la cual jamás había oído Héctor hablar.

Por la calle que caminaba ya, era la principal. Se detuvo en una esquina y miró a su alrededor. La llovizna continuaba y había formado pequeños arroyuelos que los niños trataban de contener o canalizar. En dirección diagonal de donde se encontraba se veía la taberna cuyas paredes eran de láminas galvanizadas. El frente estaba abierto y una puerta grande estaba sujeta por goznes en la parte superior de la entrada y echada hacia arriba. La forma en que sobresalía proporcionaba un pequeño refugio para un grupo de hombres que decían palabrotas en español y se pasaban una botella de la que bebían. Estaba Héctor a punto de cruzar la calle cuando oyó pisadas de caballos que chapoteaban en el lodo.

Advirtió las cabezas que se volvían en aquella dirección y vio entonces a dos hombres que se aproximaban montados a caballo. Cuando se acercaron más pudo ver que eran americanos y que portaban placas policiacas. Se dio cuenta de que las cabalgaduras eran magníficas, bien alimentadas, grandes y musculosas, y bien amaestradas. Las sillas eran de piel fina y lustrosa, y los hombres cubrían su cabeza con sombrero de fieltro fino, calzaban botas de montar y de la cintura les colgaba un gran pistolón. Sus caballos sostenían un ligero trote y al acercarse, uno de los jinetes espoleó su bestia adelantándose hacia la entrada de la taberna que Héctor había visto. El otro se dirigió a la entrada trasera y los hombres que bebían en la puerta del frente se escurrieron corriendo en todas direcciones.

Con excepción de los ferrocarrileros en el tren que hizo el viaje, Héctor miraba por primera vez a otros americanos. Se dio cuenta de que esos representantes de la ley eran serios, se veían decididos a todo y de un aspecto cruel.

Desde su punto de observación pudo ver Héctor al jinete con su cabalgadura de frente a la puerta trasera de la taberna, y al otro que desmontaba y dando una palmada a su pistola, entró rápidamente en el interior. Héctor oyó algunos gritos sonoros y en seguida algo que no pudo entender en inglés. No pudo ver al

hombre en el interior, pero la puerta trasera se abrió violentamente y un joven harapiento, barbado y con sombrero, salió corriendo. Era obvio que pretendía huir, pero solamente dio unos
pasos antes de que viera al hombre montado que le cerró el
paso. Se detuvo en el momento en que el americano desenfundó
su pistola y disparó. El joven harapiento se llevó las manos al
pecho y se tambaleó. El jinete apuntó entonces cuidadosamente
y tiró por segunda vez del gatillo. El que pretendía huir se
desplomó y el representante de la ley dirigió su caballo hasta
quedar a un paso únicamente del hombre caído y disparó por
tercera vez contra el cuerpo ya inmóvil.

El que había entrado en la taberna salió y montando en su
caballo fue hacia el sitio en donde había sido muerto el mexicano, examinó el cuerpo inerte y los dos montados se alejaron
con el mismo trote que habían llegado.

Héctor entonces se unió a la multitud que se arremolinó en
la parte posterior del tugurio para contemplar al muerto.

—No debió haber tratado de huir... —decía uno.

—Nunca huyas de un chota gringo... —comentaba otro.

—Querían interrogarlo acerca de la pelea a cuchilladas que
tuvo entre los gabachos la otra noche...

—Era un tipo malo...

—Antes lo tuvieron en chirona y luego lo soltaron...

Llegó entonces una mujer joven llevando en brazos a un
niño como de unos seis meses y de la mano a otro como de tres
años. Cuando los curiosos se hicieron a un lado y guardaron silencio, se dio cuenta Héctor de que la recién llegada era la
viuda. Permaneció parada mirando durante un rato largo a su
esposo muerto, brotándole lágrimas abundantes más de lástima
por él que de pena, según pensó Héctor. El bebé que llevaba en
brazos se revolvió y buscó el pecho materno. Se desabrochó ella

la blusa y mientras una mano limpiaba las lágrimas del rostro, la otra que cargaba al niño guiaba su cabecita hacia el pezón, como si hubiera estado practicando ese movimiento.

El otro hijo que permanecía de pie a su lado tiró de la falda.

—¡Mama!, ¿'tá muerto papa? ¡Mama! Contéstame. ¿'tá muerto papa?

Una mujer gorda, ya entrada en años, que usaba un vestido que le cubría hasta los talones se adelantó y tomó la mano del niño que sujetaba la falda de la madre.

—Sí, chiquito, tu papá está muerto. Ahora ven conmigo. Tu madre necesita llorar y tú la molestarías. Te llevaré a mi casa.

—¿Tienes más pollitos como los de la última vez que me llevaste? —le preguntó el niño.

—Ya veremos. Te prometo que te daré algo de comer.

—¿Todo lo que yo quiera?

La mujer se retiró de la escena con el niñito y la joven madre continuó inmóvil y llorando sin retirar la mirada del cadáver de su marido. El niño de brazos no cesaba de mamar la teta entusiasmado. En un momento que la mujer levantó la cabeza, Héctor vio su rostro delgado y hermoso y lleno de gracia.

—¿Quién me ayudará a enterrarlo? —preguntó.

Media docena de hombres dieron unos pasos hacia ella, algunos quejándose de que el muerto les debía favores o dinero, pero todos acariciando el cuerpo de la mujer por la región de las nalgas o los senos. Héctor se volvió para irse, sabiendo que cuando una chica como esa enviudaba, generalmente iba hacia un destino mejor que el que había perdido, y Sandoval sospechaba que ese sería el caso.

Cuando entró en la taberna del anuncio grande con la mujer "encuerada" que le había dicho la buena señora que lo orientó, y que confirmando el anuncio llevaba ese nombre "La Mujer

Desnuda", ya se había extendido la noticia del hombre muerto a balazos y el suceso estaba en labios de todos los parroquianos.

Lo que primero llamó su atención cuando vio alrededor de aquel antro, fueron las mujeres jóvenes ostentosamente vestidas, sentadas provocativamente en una banca contra la pared posterior como si estuvieran sólo en exhibición. Eran cerca de una docena y algunas parecían apenas quinceañeras. Habían pasado muchos años desde la última vez que Héctor vio prostitutas en su ambiente y la juventud de las que tenía a la vista lo impresionó. Como un relámpago pasó en su mente el pensamiento de que aun sus propias hijas eran mayores que esas.

Diez o doce hombres bebían sentados frente a la barra, y un número semejante estaba diseminado en el establecimiento, bebiendo sentados a las mesas o bromeando con las jóvenes rameras.

Ordenó Héctor un tarro de cerveza junto a la barra y observó. Un hombre gordo como él y más o menos de la misma edad, estaba sentado frente a una mesa cercana a las chicas. Los parroquianos más próximos disfrutaban de la conversación entre el gordo y una de las mujerzuelas.

—¡Cincuenta centavos! ¡Y por una vez! Es mucho.

—Nadie te lo está pidiendo…

—Además mi vieja y mis chavos necesitan la feria pa' comer.

—Entonces lárgate con tu vieja.

—Mira, si me tienes confianza hasta que la cosecha de Valencia empiece la semana q'entra…

—Claro que confío en ti hasta la semana q'entra. Regresa entonces y puedes confiar en que aquí estaré.

Se oyeron risas de los espectadores.

—No crio que valgas los cincuenta.

—No lo sabrás si no pruebas…

—Pero 'tás muy chavala. A la mejor ni sabes coger bien.

—Te costará cincuenta centavos averiguarlo.

—Bah, no seas así, te doy veinticinco.

Movió ella la cabeza con coquetería y replicó:

—Valgo cincuenta. Pregúntale a aquel amigo.

—¿Cuál? ¿Quién? ¿Paco? ¡Oye, Paco! Dime, ¿vale los cincuenta esta chavala?

—¡Vaya! ¡Esa chavalilla vale cincuenta dólares!

Nuevas risas corearon el comentario.

Héctor volvió su atención hacia el hombre detrás de la barra.

—Busco a un hombre llamado Cárdenas.

—Yo soy.

—Quiero rentarle el cuarto cerca de la panadería. 'tá vacío.

Cárdenas mostró interés.

—Muy bien. Tres dólares al mes. Págueme ahora por el primer mes. Tiene llave de agua adentro y hace días escarbé un agujero para excusado en la parte de atrás. También tiene estufa.

Héctor le dio los tres dólares y Cárdenas tomó un lápiz y papel, para darle a Héctor el recibo por la primera renta. Terminado el trato Cárdenas se retiró para ir a atender a otros clientes.

Héctor terminó su cerveza y pidió otro tarro. En ese momento resonó en el salón un nutrido aplauso. Volviéndose a mirar Héctor vio que el hombre gordo y la jovencita habían finalmente llegado a un acuerdo y salían por una puerta lateral. Lo celebraron todos y volvieron a beber.

Sorprendió Héctor una conversación entre dos hombres que estaban sentados cerca de él. Supo que ese lugar era el punto de partida. Allí se reunían inmigrantes mexicanos y otros trabajadores nacidos en la Unión, y cada año en tiempo de cosechas se extendían hacia el este y hacia el norte. Esa era una ciudad costera y le informaron que había un millar de kilómetros de cosechas que levantar para el norte y para el este; pero las cosas eran duras. Se necesitaba dinero para vivir y para trasladarse de un lado a otro. De modo que tenía que trabajar allí un mes o dos para poder comprar ropa y calzado y pagar sus transportes, y el problema era que había allí muchos mexicanos. Si no tenía suerte podría pasarse uno o dos meses buscando trabajo.

Advirtió Héctor la entrada de un americano. Iba elegantemente vestido y parecía tener prisa. Le hizo una señal a Cárdenas y éste se aproximó. Aunque Héctor no tenía esas intenciones, no pudo evitar oír lo que decían.

—Necesito en este momento cuatro. Es una fiesta. Les garantizamos dos dólares a cada una.

Cárdenas llamó a rameras que llegaron al momento.

—Una fiesta gabacha. Vayan con él. Aquí no hay jale. Quiero mi parte de costumbre.

Las mujercillas se alegraron ante la perspectiva de la fiesta "gabacha" y siguieron al gringo.

La cerveza había hecho sus efectos en el estómago vacío. Ordenó Héctor otra, no sin sentir culpabilidad por gastar ese dinero y sin darse cuenta de lo que hacía caminó hacia la parte posterior del salón. Solamente habían quedado cinco ficheras y la que aún estaba con el gordo. Las miró fijamente y de manera inconsciente mientras las estudiaba fue acercándose. Una en particular lo fascinó. Tenía un vestido corto, ajustado, y las curvas exuberantes de su cuerpo joven halagaban la vista.

Provocativamente mostraba sus pantorrillas desnudas y su piel bronceada brillaba con la luz débil del antro. Los cabellos negros y relucientes le caían sobre los hombros y sus labios rojos y sensuales eran una invitación. Sonreía al hablar con otro hombre. Repentinamente echó la cabeza hacia atrás y rió con ganas; sus pechos redondos parecieron salírsele del vestido ajustado. Entonces sus ojos se movieron en dirección de Héctor y éste se dio cuenta de la mirada. Llamaba la atención por sus ropas sucias del viaje, el bigote de varios días sin haber sido recortado, los cabellos en desorden y sus cuarenta y ocho años saltando a la vista con las canas de su barba. Cuando la chica se dirigió a él, su voz tenía un dejo de ironía.

—Señor, regrese a su casa con mamacita, séquese y caliéntese, límpiese, coma y duerma bien. Consígase mañana un trabajo y busque acomodo, y después de unos cuantos días de paga regrese a verme.

Salió Héctor y se dirigió a la casucha de doña Lucero, la mujer que le había demostrado amistad cuando llegó a la ciudad. Cuando Lita lo vio, la preocupación que se reflejaba en su rostro fue desvaneciéndose.

—Oímos que mataron a uno —le dijo Lita.

Explicó él lo que presenció y que ya tenía alquilado el cuarto contiguo.

—Bueno —dijo doña Dora—. Venga y le enseñaré cómo abrir la puerta.

Recogieron los Sandoval sus pobres pertenencias y Héctor vio el cansancio en el rostro de sus familiares. Dieron la impresión de tener que hacer un esfuerzo poderoso para levantar del suelo sus objetos y seguir a la mujer que iba a enseñarles su nueva habitación.

Los condujo doña Dora por la parte trasera. La casa estaba construida con piedra y mezcla, las paredes emplastecidas y el techo delgado tenía parches de papel con brea. La buena señora fue hacia el excusado de la parte trasera y tomó una varilla metálica que estaba escondida allí. Regresando a la puerta posterior de la casa deslizó la varilla por debajo, empujó hacia arriba y al mismo tiempo presionó sobre la puerta que se abrió hacia adentro.

—No tiene cerradura —les explicó—, pero este método funciona bien. Na' más asegúrense de que nadie los vea 'onde esconden el fierro y siempre que salgan podrán cerrar la casa.

Les mostró el interior sin dejar de hablar, diciéndoles la historia de la familia que vivió allí anteriormente y cómo el hombre había robado unas gallinas y la manera en que la familia había tenido que huir cuando llegó la policía buscando al raterillo.

Los Sandoval aún temblaban de frío y estaban sus ropas mojadas. Entonces doña Lucero fue a su casa y regresó con una buena carga de leña.

—Tengan —les dijo, asumiendo más o menos el mando mientras encendía fuego en la estufa de leña—. Señor Sandoval, a menos de un kilómetro fuera de la ciudá, siguiendo el arroyo, hay una casa en demolición. Agarre una riata pa' marrar palos viejos y que pueda cargarlos fácilmente. Mientras su hijo y yo jalamos pa' cá mi tina de baño y calentaremos agua pa' que se bañen. Espere y verá que pa' la noche todos estarán a gusto.

Siguiendo sus direcciones salió Héctor. Empapado como estaba, dolorido hasta los huesos, caminó por la calle lodosa pasando la taberna en donde oyó cantos acompañados de guitarras. Encontró el arroyo y siguió por entre los árboles de eucalipto que le había mencionado doña Dora. En medio de la arboleda, tal como la mujer le había dicho, estaban los restos de una casa de madera. En cuestión de minutos tuvo dos grandes atados de leña que echó sobre su espalda y emprendió el regreso.

Caminaba a lo largo del bordo del arroyo por una vereda estrecha cuando oyó que alguien lo llamaba:

—¡Oiga, amigo!

Se volvió a mirar en derredor. Era evidente que el grito procedía de un grupo de sauces llorones a unos veinte pasos de él. Entonces, de entre los árboles asomó un hombre.

—¿Qué llevas ahí?

—Un poco de leña —contestó con incertidumbre Héctor.

—¿Puedes esperar un momento? Me gustaría hablar contigo.

Héctor titubeó un segundo pero se acercó al hombre. Éste dio unos pasos atrás internándose nuevamente entre el matorral y Sandoval lo siguió sin saber lo que le esperaba. Vio un pequeño claro en donde otros hombres se sentaban alrededor de una hoguera pequeña. Estaban increíblemente sucios y desaliñados. Antes de ver, el garrafón de vino que tenían, vio Héctor sus miradas brillantes. Uno de ellos habló con voz gruesa:

—¿Vienes solo?

—Sí, mi gente 'tá en la ciudá. Viene a trair leña.

—¿De la ciudá pa'cá no viste a los de la ley?

—No, pero hace rato vi a dos que quebraron a uno —contestó Héctor.

Los hombres se interesaron mucho y le pidieron que les describiera al muerto y se cruzaron miradas de entendimiento.

—Sí, fue el Juanito —dijo uno y todos estuvieron de acuerdo.

Le pidieron entonces a Sandoval que no dijera a nadie que los había visto, y cuando él les demostró que estaba dispuesto a callar le ofrecieron el garrafón para que bebiera. Depositó la carga de leña en el suelo y bebió un poco del recipiente casi vacío. Otro de los hombres escanció el resto y dando unos pasos hacia un hueco que Héctor no había advertido, recogió otro garrafón y regresó junto al fuego.

Héctor bebió un poco más y condescendiendo con ellos muy pronto les contó la historia de su llegada a California. Cuando supieron que estaba recién llegado, uno de ellos fue hasta su improvisado almacén y le llevó a Héctor un par de conejos recién muertos.

—Tenemos más, hay muchos por aquí —le explicó.

Sandoval estaba encantado, y mientras hablaba hábilmente ató las patas traseras de los conejos a un árbol, sacó su cuchillo y rápidamente les quitó las pieles y los aliñó. Vio que los habían matado con un rifle de pequeño calibre. En las mismas pieles envolvió la carne de los animalitos y amarró el bulto junto con su leña. Dio las gracias a los forajidos por el vino y los conejos y les prometió nuevamente no decir haberlos visto, reanudando en seguida su regreso.

Cuando llamó a la puerta de su casa respondió Lita. Se había bañado y peinado sus cabellos negros y brillantes y vestía ropas limpias. Iluminaba su rostro una sonrisa radiante. El calor de la estufa había penetrado las paredes de la casa. Doña

Dora se había ido pero les había dejado patatas que estaban friéndose en manteca de tocino. La casa cuadrada tenía un cuarto separado y el resto formaba una "L". La tina prestada estaba en el cuarto contiguo al que hacía las veces de cocina y comedor y Lita tenía preparada agua nueva para Héctor. Sobre la estufa despedía vapor una olla grande lista para agregarla al agua de la tina a fin de acondicionarla a la temperatura del cuerpo.

Héctor agregó leña nueva a la estufa y le dio los conejos a su mujer. Los cinco miembros de la familia estaban jubilosos por su buena fortuna. Para ellos, aquella era una buena casa y pensaban que todas sus penalidades para llegar allí habían valido la pena. El piso de madera de la casucha era un lujo que no habían experimentado, y aunque no tenían lavabo ni fregadero, esa llave con agua corriente los hacía felices ante la disponibilidad de agua fresca en abundancia y cada uno de ellos hacía viajes frecuentes para tomar directamente de aquel recurso.

Mientras los conejos se freían Héctor fue al cuarto dormitorio y desvistiéndose, experimentó una lujosa sensación de privacía y se metió en la tina. Lita entró llevándole sus otros pantalones limpios que ya había secado exponiéndolos al calor de la estufa. Después de disfrutar intensamente de su baño, salió de la tina, se secó, se vistió y con la navaja de hoja libre que siempre guardaba con la tira de cuero de asentar envueltas en un trapo impregnado de aceite, se rasuró. El espejo de mano de la familia había hecho el viaje sin sufrir daño alguno.

Entonces comieron. El único mobiliario de la casa consistía en una mesa improvisada y algunos cajones de madera que servían de sillas. Con los petates que habían llevado enrollados durante el viaje y otras cosas improvisaron colchones e hicieron sus camas, utilizando las pieles como cobijas. Héctor y Lita tomaron el cuarto separado; Jilda y Hortensia se acomodaron en un rincón del cuarto comedor y cocina y Neftalí colocó su lecho cerca de la puerta del frente. Las dos puertas de entrada, frontal y trasera, tenían ventanas con vidrios y el resto de la casa solamente muros cerrados.

Héctor y Lita hicieron uso de la lámpara de petróleo y para los hijos se encendieron velas de parafina. Lita insistió en dirigir una plegaria a la Virgen, para dar gracias por el albergue tibio, los alimentos y la maravillosa sensación que sentía en su nueva morada.

Dieron los padres las buenas noches a sus hijos, se aseguraron de que estuvieran aseguradas las puertas para impedir la entrada a cualquier intruso y pasaron a su alcoba. El cerrar la puerta causó en ellos una nueva sensación en su matrimonio y se sintieron indescriptiblemente aislados.

—Hay el suficiente calorcito en esta casa como pa' dormir encuerados —le dijo tranquilamente a ella, y Lita lo miró asintiendo sinceramente. Se volvió entonces para apagar la lámpara y él dijo—: Deja un poquito de luz.

Pero ella protestó. Se tiró Héctor de espalda sobre la cama improvisada en el piso y por segunda vez ese día se dio cuenta de que estaba verdaderamente excitado. Comparó a su mujer con la prostituta de la taberna. Los senos de Lita eran más exuberantes pero colgaban un poco más. Sin duda debido a los hijos. Sus caderas eran más abundantes. También a causa de los tres hijos que le había dado. Llegó entonces ella para acostarse junto a él y al momento se volvió hacia ella. Mientras la ponía en posición adecuada pensó Héctor:

"¡Dios Santo! ¡O es el vino o este país me 'stá rejuveneciendo!"

No, no vaya 'onde todos esperan. Allá hay un montón de trampas. Juegan, beben y pelean con cuchillos todos los días. Vaya por aquel camino. Camine como una hora y llegará a una casa de rancho. El mayordomo gabacho entiende español. Pídale trabajo —le aconsejaba la señora Lucero a Héctor a la mañana siguiente cuando la familia había comido tortillas calientes y lo que sobró de los conejos la noche anterior.

Emprendió Héctor el camino. A unas cuantas cuadras de distancia pasó por el punto que le había descrito doña Lucero. Por lo menos había reunidos ciento cincuenta hombres que abarrotaban la esquina. Algunos cubrían su cuerpo con harapos. Otros usaban el tipo de ropa de trabajo semejante a un pijama blanco. La mayoría cubría su cabeza con grandes sombreros de palma y con pocas excepciones todos se dejaban crecer el bigote. El español era su lengua común.

La mañana era fría y aún lloviznaba. Los trabajadores bromeaban entre sí. Doña Dora le advirtió que no se mezclara con ellos y Héctor se sentía todavía un extraño y no quería tomar la responsabilidad de desoír aquellos consejos, pero al pasar frente a aquel grupo lo hizo lentamente. El núcleo más nutrido de los hombres estaba en la esquina y observaba una carreta que se aproximaba. Al momento se agruparon al frente del vehículo. Vio Héctor al hombre de baja estatura y mal vestido que tenía un aspecto febril. Trataba de colarse al frente pero alguien se lo impidió echándolo hacia atrás bruscamente.

—Por favor —suplicó el hombrecillo—. Mi gente se muere de hambre. Tengo que encontrar jale pronto —le dijo a un joven bien parecido—. Sólo déjeme pararme aquí cerca del frente.

—Seguro —repuso aquél—, pero na' más no se pare enfrente a mí —y con firmeza lo empujó hacia atrás. Otro tipo alto y con aspecto cruel lo echó también a un lado y otro más igualmente le dijo—: Échese a un lao, yo también quiero jale.

Al fin la carreta llegó hasta el grupo y como una ola de mar los hombres la rodearon. Un americano que guiaba los caballos se puso de pie.

—Veinte, es todo; veinte, no más. Dólar y medio al día si trabajan duro.

Contó el americano los veinte hombres que se apretujaron en la carreta y agitó las riendas de cuero para que el tiro de caballos pusiera nuevamente el vehículo en movimiento por aquella calle lodosa. Los que quedaron volvieron a los empujones y codazos para lograr mejores posiciones para recibir la próxima carreta. Aquellos que quedaron a la zaga, sin esperanza de colarse en el siguiente contrato, fueron a sentarse a discutir o pasarse alguna botella de la cual bebían.

Héctor reanudó su camino.

En el rancho encontró al mayordomo caminando entre los naranjos, con una libreta en la mano mientras llevaba la cuenta del corte de cada trabajador.

—Vienes con suerte —le dijo a Héctor en un pésimo español—. Tenemos que apurarnos con el corte de la naranja ombligona. Llegó tarde y la valenciana estará lista el mes que entra. Métase allí y empieza a cortar las de esa hilera. Corta como los otros y ya tienes tu trabajo.

Un Héctor cansado pero feliz regresó ya pardeando la tarde para dar las noticias a su familia.

Tres días antes de que Sandoval recibiera su primera paga, la familia no tenía ya dinero. La buena vecina doña Dora los proveyó de frijoles y chocolate. Enseñó a Lita cómo hacer las tortillas de harina, de harina de trigo en vez de maíz.

—Es difícil conseguir buen maíz molido aquí, pero una vez que se acostumbren a las de harina les gustarán.

Todos la observaron mientras amasaba la harina con manteca fría, agua y un poquito de sal. Cuando la masa tuvo la consistencia apropiada, doña Lucero empezó a formar bolas del tamaño de un puño y en seguida con la palma de la mano las fue extendiendo sobre una tabla limpia y redondeó las tortillas listas para cocerse sobre la superficie caliente de la estufa.

La noche del viernes regresó Héctor a casa con los doce primeros dólares ganados. Regocijados fueron todos al mercado y compraron cinco dólares de provisiones. Lita envió a Hortensia a que pagara a la vecina Dora lo que le adeudaban y en seguida se entregó a la tarea de preparar la cena. Héctor compró un garrafón grande de vino y se sentó a beber de una taza de hojalata.

—Pero aquí tienen las mejores noticias —les dijo—: Le hablé al mayordomo y me dijo que Neftalí puede empezar a trabajar conmigo la próxima semana. Le dije que tiene dieciséis años y puede trabajar tan duro como cualquier hombre grande.

Neftalí estaba impresionado por la organización del corte de naranja. Un grupo de hombres no hacían otra cosa que guiar una carreta de caballos por los huertos cargando las cajas amontonadas ya llenas. Llegaba el mayordomo que controlaba el corte de cada individuo. Algunos trabajadores habían optado por trabajar a destajo y les pagaban por caja que llenaban, pero Héctor y Neftalí recibían una paga de veinte centavos la hora. El turno era de seis de la mañana a seis de la tarde con un breve descanso para el almuerzo. Al finalizar el día regresaban con paso cansado a casa, uniéndose a los cientos de trabajadores de otros campos y huertos, algunos de los cuales llevaban consigo bolsas de papel vacías para usarlas con su almuerzo del día siguiente. De vez en cuando acertaba a pasar algún tiro de caballos enganchado a una carreta vacía y el carretero, con ese modo único e indescriptible que tienen los mexicanos para comunicarse sin palabras, les indicaba con un movimiento casi imperceptible de cabeza que podían subir para transportarlos sin pago alguno hasta el punto de su destino.

El sábado que siguió al primer día de pago de Neftalí, cada miembro de su familia compró un vestido nuevo, o un par de zapatos o pantalones nuevos.

No había pasado un mes desde que Neftalí empezó a trabajar con su padre, cuando doña Dora llegó corriendo a la casa de los Sandoval.

—Tengo amigos que tienen un servicio de colocaciones. Dicen que pueden colocar a una muchacha que no hable inglés. ¿Cuál de ustedes quiere ir?

Lita y Héctor le hicieron preguntas acerca del empleo que ofrecía. El sueldo era de cinco dólares a la semana; tenía que vestir y dar de comer a dos niños, enviarlos a la escuela y durante el resto del día encargarse de labores domésticas. Aquella era toda una profesión, les dijo doña Dora, y cuando aprendían las jóvenes a ser buenas domésticas nunca carecían de trabajo.

Hortensia regresaba a casa durante los fines de semana.

—Habían de ver comer a los gabachos. Tienen máquinas que hacen "ice cream" y lo comen todas las noches después de cenar "chiquen" o "esteisks" —ninguno de los Sandoval había probado jamás el "ice cream"—. Y tienen una hilera y todos los días llega un hombre que le pone hielo nuevo adentro pa' que la leche y la mantequilla y el queso siempre 'stén fríos. Tienen dos chavales a los que yo cuido. Estos chavales tienen un juego de ropas pa' cada día de la semana. La señora m'está enseñando cómo cocinar todas las comidas. Son de una familia vieja de California y hablan muy buen español. Los excusados están en unos cuartos chiquitos y 'onde vas está lleno de agua y cuando acabas nomás bajas una cadenita y cai agua nueva que se lleva todo por un tubo. Ya 'stoy aprendiendo a hablar inglés. Y tengo un cuartito pa' mí sola, con una cama que tiene resortes.

Con sus ganancias Hortensia compró algunos vestidos nuevos y entregó el resto a su madre. Ya la familia Sandoval pudo comprarse algunos muebles y colchones y utensilios de cocina; y Jilda también quiso vestidos bonitos para poder conseguir un trabajo como su hermana Hortensia.

No mucho tiempo después, un viernes por la tarde, Héctor y Neftalí regresaban a su casa, cansados sí, pero con las ganancias de la semana en sus bolsillos. Héctor se detuvo frente a la taberna a unas cuantas cuadras de la casa.

—Vete pa' la casa y diles que me entretuve pa' hablar de trabajos. Hay muchos hombres aquí que saben muy bien cómo anda el jale y tengo que hablar con ellos.

—¿'on 'tá tu padre? —le preguntó Lita cuando llegó Neftalí solo.

—Tuvo que detenerse pa' hablar de trabajo —explicó el joven Sandoval.

Lita permaneció callada durante un momento.

—¿En la taberna? —preguntó al fin.

—Sí.

Ella no dijo nada. Cuando Neftalí ya estaba en su cama oyó entrar a su padre moviéndose torpemente y respirando con dificultad.

—¿Tu raya? —le preguntó Lita.

—Gasté algo. Tengo que divertirme un poco, y... le presté a un tipo un poco. Me pagará la semana q'entra, no te apures. Además tenemos el dinero de Neftalí. Y Hortensia nos da todas las semanas otro poco. De todos modos 'stamos mejor que si no hubiera insistido en venirnos de México.

Aquellas pláticas de negocios se hicieron costumbre en los días de pago. Héctor siempre encontraba una explicación para la merma de su salario.

—'taban jugando, si hubiera ganao me habría echao a la bolsa cincuenta dólares. Y pronto ganaré, no te apures. Juegan muchos hombres y tarde o temprano tiene uno que ganar.

Una noche regresó a casa muy tarde.

—Gané —anunció jubiloso entregando a Lita algo de dinero que ella contó inmediatamente.

—Sólo hay diez dólares aquí. Dijiste que ganarías cincuenta.

—Los gané, pero cuando ganas tienes que pagar los tragos para los que pierden y además tuve que pagarle a un tipo que le debía algo que me prestó. Así mi crédito es bueno y si algún día necesito pedir prestao, todos saben que siempre pago.

Neftalí tenía la vaga impresión de que la familia había caído en una trampa gigantesca. Las palabras y acciones de su padre hicieron más profunda esa sensación, aunque no sabía cómo expresarla. Y un domingo, cuando Hortensia quiso enseñarles la casa en donde trabajaba, todos excepto Neftalí mostraron su entusiasmo. De todos modos los acompañó cuando salieron del barrio vestidos con sus mejores ropas para ir a la zona residencial. Hortensia los condujo hasta una casa con prados espaciosos, arbustos y árboles muy bien recortados, y muros de piedra circundando perfectamente la casa y dejando una amplia entrada de la calle. La casa tenía techo de teja con una chimenea de ladrillo de cada lado y alrededor de puertas y ventanas había adornos verdes recién pintados. En el piso superior unas ventanas francesas se abrían hacia el exterior dando acceso a unos balcones pequeños.

—¿Qué hace el señor pa' ganar tanto dinero y tener una casa como ésta? —preguntó Héctor a su hija.

—Tiene un negocio de prestar dinero a la gente. Y también tiene un jardinero que viene todos los días y no hace nada más que cuidar los árboles y las plantas. También es de México y ya lo conozco bien —explicó Hortensia, y Neftalí vio que algo cruzaba por su rostro cuando ella mencionó al jardinero.

El grupo empezó a caminar lentamente, examinando la casa en detalle; se detuvieron al ver a una señora de mediana edad que salió por la puerta del frente caminando hacia ellos. El vestido que le cubría hasta los tobillos estaba ribeteado con un listón y producía un ruido suave al rozar con sus pies. Usaba polisón, velo y guantes blancos.

—Es "míses" Wadsworth —dijo Hortensia con un poco de temor—. Espero que no 'sté enojada porque los traje aquí…

La mujer llegó frente a ellos.

—¡Hortensia! ¡Qué bueno! Y esta es tu familia, ¿no es así? —dijo la señora en muy buen español.

—Sí, señora —respondió Hortensia—. Mi papá y mi mamá, mi hermano Neftalí y mi hermana Jilda.

—¡Mucho gusto! —exclamó la señora Wadsworth con una amplia sonrisa—. Me alegro de que hayas querido traerlos aquí. Vengan —les dijo indicándoles el camino—, les enseñaré la casa y así ya no tendrán más curiosidad.

Neftalí advirtió que las miradas de la dueña de la casa se dirigían a las casas vecinas mientras los conducía al interior. Se dio cuenta de la gran torpeza por parte de él y de sus familiares cuando la señora Wadsworth les mostraba la casa precipitadamente; no pasó desapercibido tampoco el modo cortés con que el señor Wadsworth les aseguró que le daba gusto conocerles cuando les presenté la señora; y entonces todo terminó para que nuevamente ella los condujera presurosa rumbo a la salida diciéndoles que tenía que hacer varios arreglos para algunos huéspedes muy importantes.

—Me dará mucho gusto verlos en alguna otra ocasión —dijo ella con toda cortesía, pero Neftalí pensó que no podía ocultar bien sus sentimientos reales.

Mamacita, ¿no te has fijado que cuando no tenemos dinero, que cuando no hay nada que comer, papá no bebe? Entonces él trabaja duro y te da todo su dinero. Pero cuando tenemos bastante y sabe que Hortensia o yo te damos entonces él gasta su raya en la cantina —murmuró Neftalí.

Lita no lo había advertido, al menos así lo dijo, pero con las palabras de su hijo se dio cuenta de que así era. Invariablemente, cuando parecía que iban a tener suficiente con la paga de la semana para comprar algún mueble o quizá ahorrar un poco, Héctor se detenía en la taberna camino de su casa y botaba su salario de la semana. Cuando era preguntado explicaba:

—Este trabajo que tengo ahora, no lo tendría si no hubiera

sido por un hombre que conocí y al que le compré algunos tragos. Es muy necesario que cuide mis contactos y que todos sepan que soy bueno pagando tragos. Si orita me quitaran mi chamba, conozco tres o cuatro tipos con los que podría ir a trabajar. El cuidar los contactos en la cantina es una especie de "aseguranza".

Cuando llegó la fecha en que Neftalí cumplió realmente sus dieciséis años, su madre estaba resignada a la vida que conocía, en la misma casa que se había deteriorado considerablemente desde que llegaron. Se desvanecieron sus esperanzas de cambiarse a un lugar mejor. Los precios de lo más necesario eran elevados y solamente arreglándoselas para escamotear y ahorrar lo que fuera posible del salario de Neftalí, pudieron capear los meses en que escaseaba el trabajo cuando las cosechas terminaron. Sin embargo, Héctor bebía más cada día.

Ya Neftalí tenía bigote. El sol mantenía su piel bronceada y muy bien podía pasar por dieciocho o veinte años de edad. Hortensia y Jilda habían estado trabajando lejos de casa durante dos años y sus visitas no eran ya muy frecuentes. Se veían prósperas y hablaban muy poco de sus empleos.

Sus vestidos eran finos y Lita gustaba de exhibirlas cuando llegaban a visitarla al barrio. Siempre le daban dinero a su madre cuando Héctor no estaba presente.

En su tiempo ocioso Neftalí recorría las calles del barrio. Veía las casas y calles sucias, y la gente con quien convivía, y entonces añoraba la vida del pueblecito tranquilo en donde había nacido libre y podía correr tranquilamente e ir de un lado a otro sin tener que cuidarse de nadie y casi anhelaba regresar.

En sus andanzas encontró una taberna en donde se reunían jóvenes más o menos de su edad, y un sábado cuando vestía sus mejores ropas entró. Ordenó un vaso de vino y empezó a charlar con un joven llamado Francisco. No transcurrió mucho tiempo para que en su plática incluyeran mujeres.

—Conozco un lugar en las orillas del barrio en donde por medio dólar puedes conseguir una —le dijo Francisco—. Hay chavalas bonitas. Harán lo que tú quieras y te puedes pasar con ellas el tiempo que se te antoje.

Le contó Francisco que él iba a ese sitio con frecuencia y Neftalí le pidió que le diera un detalle de sus aventuras. Cortó la charla con su nuevo conocido y se fue a casa temprano para dar rienda suelta a su fantasía en la cama. Durante los días que siguieron recordó vívidamente todo lo que Francisco le había contado acerca de mujeres y llegó al punto de que regresó a la taberna para preguntarle mayores detalles.

—Yo creo que un hombre debe tener una buena mujer, limpia y honrada para que pueda respetarla y casarse con ella.

—Estoy de acuerdo —dijo Francisco—, pero no puedes esperar que un hombre no conozca mujeres hasta que se case. Esas chavalas se cogen con muchos tipos todo el tiempo. No creas que se están reservando hasta que se casan. Si tú no tienes lo que quieres, es tu culpa.

Una vez más Neftalí regresó a su casa pensando en aquella plática, pero había resuelto que el próximo sábado en la noche cuando hubiera ahorrado algún dinero para su propia diversión iría con Francisco al burdel.

Al ceder el distrito del centro principal de la ciudad, el barrio bajo invadió los edificios viejos. Lo que estaba convertido en el burdel en un tiempo fue un hotel de primera categoría, que ya no era más que un edificio sucio y sombrío. El piso interior se cimbraba locamente y las ventanas altas y pequeñas se negaban a admitir mucha luz. Los techos anteriormente blancos se encontraban ennegrecidos por las lámparas de gas, la mayoría de ellas ya sin usarse, y la escalera estrecha que conducía desde el vestíbulo hasta los pisos superiores, exigía que aquellos que subieran lo hicieran de lado.

Las sienes de Neftalí le golpeaban fuertemente cuando un hombre se les acercó pidiéndoles cincuenta centavos a cada uno. Pagaron los dos jóvenes y aquel tipo sombrío les señaló el piso de arriba con aplomo. En el pasillo estrecho del piso superior iluminado solamente por una pequeña ventana en cada extremo, Francisco le indicó a Neftalí una puerta cercana.

—Entra, ahí hay una chavala. Hoy no están muy ocupadas, de otro modo tendríamos que esperar.

Neftalí llevó la mano hasta la perilla de la puerta y esperó para observar a Francisco, que dio unos pasos hasta la puerta siguiente, la abrió y entrando sin titubear cerró la puerta detrás de él.

Con un ligero temblor de su mano abrió Neftalí la puerta. El cuarto era pequeño, iluminado solamente por una vela colocada sobre un buró maltrecho en donde reposaba su hermana.

Sí, aquí he venido acostándome con hombres desde hace dos años, y maldita sea silo siento —nunca Neftalí había oído hablar a Hortensia con tanta firmeza y agresividad—. No sabes todavía todo lo infernal que es este país. ¡Pura basura! Ocurrió los primeros meses cuando entré a trabajar con la familia Wadsworth. El hombre que llegaba a entregar las mercancías en la puerta, un día se metió y estando yo sola me violó. Lo amenacé con decirle al patrón y rió a carcajadas diciéndome que le diría que yo lo había seducido. Desde ese día continuó yendo a la casa

y me obligaba a acostarme con él, hasta que el patrón nos aga-
rró. Lo sacó a puntapiés y en seguida también me abrió las piernas. Y siguió haciéndolo hasta que la señora sospechó. El día
que me encontró con su viejo me dijo todo lo que se le ocurrió y
me arrojó a la calle debiéndome un mes de sueldo. Momentos
después tuve la mala pata de encontrarme con el hombre que
entregaba la mercancía y él me trajo a este lugar. Pero aquí gano
diez veces más dinero que como criada y trabajando menos
horas. Y tengo tiempo para ir a conocer lugares y hacer cosas
que tú nunca harás porque tú sólo cortas naranjas desde que el
sol sale hasta que se mete.

—Hermana, si mamá y papá supieran esto, se…

—¡Bah! Nuestro buen padre también ha estado aquí. No te
hagas el sorprendido. Era él. Oí su voz y cerré esa puerta por
donde entraste pues de otro modo se hubiera metido aquí como
lo hiciste tú. Viste a Manuel el hombre de allá abajo, le dije después de aquello que no volviera a dejar entrar a papá para que
no supiera que aquí estamos…

—¿Estamos?

Hortensia se había echado una sábana encima para cubrir su
desnudez. Salió rápidamente del cuarto y Neftalí la oyó caminar
por el pasillo. Momentos después regresó con Jilda, que lo miró
desafiante. Neftalí sacudió apesadumbrado la cabeza.

—Bueno, y qué. Te sorprendes, ¿verdad? Pero de todos
modos has venido.

—Hubiera…, hubiera sido mejor quedarnos en México…

—¡Qué carajos, no! ¿No te acuerdas, hermano, el hambre, la
nada que teníamos, nada qué vestirnos, frijoles y tortillas todos
los días, y allá en alguna ocasión cuando comíamos gallina?
Bueno, ahora como pollo cuando me da la gana. Hortensia y yo
tenemos un cuarto para nosotras solas a las orillas del barrio

junto a la ciudad, en donde compramos las cosas que tenemos y que nunca soñábamos tenerlas en México.

—Pero…, debías haberte cuidado para casarte…

—¿De la misma manera que te vas a cuidar tú?

—Pero es diferente con los hombres…

Las dos hermanas rieron sarcásticamente.

—¿En dónde estarían ustedes los hombres que creen que es diferente para ustedes y nosotras mujeres creyéramos lo mismo? ¿Entonces adónde irían ustedes?

Permaneció Neftalí inmóvil durante un momento y en seguida se volvió para retirarse.

—Por favor, no dejen que mamá y papá sepan de qué están viviendo.

La actitud desafiante de las dos jóvenes desapareció. Llegaron a abrazarlo y a acariciarlo y vio entonces el hermano cuán cerca estaban de llorar.

—Evitaremos que lo sepan. Los queremos mucho —dijo Jilda con voz entrecortada—, pero ya es bastante duro ser mexicano en este país y ser honrada. O tienes que ser una criada y fornicar con el patrón o casarte con un cortador de naranjas y vivir en una casucha en el barrio bajo. Los gabachos no te dejan ir ni al parque ni a la playa…, todavía no te das cuenta de eso, ¿verdad?

—Sí, ya me di cuenta. Pero tenemos que conocer nuestro lugar o buscarlo. Oí hablar de un pueblecito que se llama Rabbit Town, al norte de aquí cerca de Los Ángeles. Es una ciudad chiquita de mexicanos como nosotros y allí puedes comprar tierra y no es como esto. Yo voy a ir allá, en donde pueda vivir como en nuestro propio pueblo y de todos modos encontrar un trabajo que sólo este país ofrece.

—Está bien, cuando encuentres un lugar como ese manda

por nosotras. No lo creo. Estamos aquí atrapadas. Ya sea que hagas el trabajo de un hombre blanco o si eres una mujer joven, servir a los blancos o vivir como animales en México.

Se sintió sobrecogido por un frío nervioso. Hizo una caricia afectuosa a cada una de sus hermanas, controló sus lágrimas y se dispuso a retirarse.

—Adiós, hermanito —le dijo Hortensia—. Iremos a la casa este fin de semana. Mamá necesita dinero.

Reflexionó Neftalí un momento.

—Sí —contestó retirándose.

Héctor había sentida ya en varias ocasiones ese dolor agudo y repentino, pero esa noche encontrándose de pie ante la barra de la taberna cantando y gritando con sus compañeros de trabajo, el dolor casi lo hizo doblarse. Pensó rápidamente que un poco más de vino haría desaparecer aquello. En distintas ocasiones había surtido efecto en su estómago, pero esa vez repentinamente se arqueó para vomitar. Un compañero vio el líquido rojo y brillante del vómito.

—¡Chingao, Héctor! Echaste afuera todo el vino, ¿eh? A la mejor es bueno. Ahora podrás echarte otros tragos.

Y todos rieron prestando muy poca atención cuando Héctor palideció un poco y después con paso inseguro caminó hacia la puerta trasera para continuar vomitando. Bien sabía que ese líquido rojo que arrojaba no era vino.

Se sentía débil, un poco por estar tomado, pero logró llegar hasta una higuera grande y vació su estómago allí. Cuando sintió que había arrojado todo, y que el cansancio, el sueño y la borrachera se apoderaban de él, se sentó a dormir abajo de aquel árbol mientras la úlcera perforada de su estómago lo llenaba nuevamente de sangre y en seguida invadir también su cavidad abdominal hasta que no quedó suficiente líquido sanguíneo en sus venas para mantenerlo vivo.

A la mañana siguiente Neftalí lo encontró a un lado del tronco de la higuera. Cuando Lita oyó la noticia lloró de pena y Neftalí fue a visitar al burdel a sus hermanas para decirles que su padre había muerto de una borrachera. Y las dos rameras con sus ropas finas y costosos velos se presentaron en la casa. Pagaron treinta dólares por un ataúd, una carroza y los servicios de un cura, y caminaron detrás del cortejo que encabezaban aquellos dos grandes caballos negros que tiraban de la carroza que conducía el cadáver de su padre hacia el camposanto del barrio bajo, el cementerio del barrio mexicano. Hicieron alto con la carroza a un lado de un agujero al que llamaban tumba de un hombre joven desarrapado al que Héctor había visto matar a balazos el primer día que llegaron a aquel lugar.

Caía una lluvia pertinaz cuando el cura preparó un altar portátil para proceder a oficiar las exequias fúnebres y media docena de cortadores de naranja, compañeros de Héctor, sacaron el ataúd de la carroza colocándolo sobre unos bancos mientras los caballos con impaciencia daban de coces en el piso. Un niño pequeño como de tres años de edad, desnudo, salió de una choza y se unió al cortejo, con la boca abierta y rascándose el ombligo hasta que su madre llegó y regañándolo se lo llevó consigo, arrastrándolo materialmente y explicándole como si fuera a entender la mala suerte que podía acarrearles el presenciar un funeral.

Cuando la familia Sandoval llegó de regreso a su casa la oscuridad iba cayendo sobre el barrio. Jilda y Hortensia empezaron a preparar la cena ayudadas por la luz temblorosa de una vela. Lita se sentó pensativa y a Neftalí le pareció que su madre se veía extrañamente serena y tranquila. Al terminar la cena la madre miró a las dos hijas y les dijo:

—Ustedes dos harán bien en regresar a su trabajo.

Las hermanas intercambiaron miradas y en seguida se volvieron hacia Neftalí que hizo un movimiento de cabeza casi imperceptible. Las jóvenes se pusieron de pie y fueron a abrazar a la madre.

—No —Lita respondió la pregunta no formulada—. Su padre no llegó a saberlo. Pero yo las crié y ustedes mamaron de mis senos. Yo puse la primera cucharada de comida sólida en sus bocas. ¿Creen que podían ocultarme su secreto?

Las hermanas no dijeron nada, se concretaron a abrazarla y se dispusieron a partir.

—No se preocupen por mí, hijas —les dijo cariñosamente—, y por favor, vengan a verme pronto pues las extrañaría —nuevamente intercambiaron miradas y se vieron un poco confusas; cuando salían Lita las miró con orgullo—. Que Dios las bendiga —les dijo.

Neftalí permaneció tirado en su lecho pensando durante largo tiempo y tratando de acostumbrarse a la idea de que nunca más volvería a oír la voz de su padre ni sus eructos ruidosos. Que nunca más volvería a ver su rostro redondo tostado por el sol ni a oír sus pisadas fuertes. Oyó entonces los sollozos de su madre y elevó una plegaria a Dios.

Transcurrieron tres semanas. Con su paga en el bolsillo regresaba a su casa la noche del viernes. Pasó frente a la taberna que frecuentaba Francisco. Sí, quizá más tarde iría a buscarlo. Quizá trataría una vez más con otras mujeres, pero en su mente tenía la ilusión secreta de una joven de piel blanca, virginal más allá de toda creencia que deseaba tanto como él ninguna otra cosa que formar una familia unida y ver a los hijos crecer, y esa ilusión le impedía volver a ver a ninguna otra mujer. La de sus sueños sería de un pueblo pequeño, ansiosa por una vida hogareña, en donde él pudiera cultivar las amistades que él deseaba, en donde pudiera recibir por las noches a buenos amigos de la familia y disfrutar de música de guitarras y tener suficiente para que todos comieran, y vivir en donde sus hijos nunca conocieran la pobreza penosa en medio de la cual él había crecido y que no llegaran a sentir las tentaciones que habían destrozado su familia ahí en ese barrio bajo. Continuaba representándose a la mujer de sus sueños y cada vez que pensaba en ella añadía un algo más a su apariencia, a sus modales o a sus intereses.

Cuando entró en la casa su madre le sonrió cariñosa. La deliciosa cocina de ella llenaba el aire de buenos olores. Repentinamente Neftalí se dio cuenta de que su madre se conservaba asombrosamente hermosa y de que ella le recordaba en gran parte a la mujer que su fantasía había creado. Sirvió Lita la cena y charlaron, recibió el dinero que su hijo le daba y le entregó algunas monedas. Sintiéndose un verdadero adulto se sentó en la silla grande que su padre había comprado de segunda mano y enrolló un cigarrillo. Su madre colocó sobre la estufa una olla grande de agua para que pudiera bañarse. En ese momento se oyó un llamado en la puerta.

Al principio Neftalí no reconoció al hombre pero momentos después supo quién era y la sorpresa fue enorme.

—¡Eduardo! —exclamó abrazando al hombre que desde que tuvo capacidad para recordar había vivido en el pueblecillo de Agua Clara. Recordó Neftalí que no hacía mucho tiempo desde que lo había dejado de ver, pero aquel hombre llegaba harapiento, sin rasurar, y se veía a punto de desplomarse de agotamiento.

Neftalí entonces llamó a su madre.

—¡Mamá! Es Eduardo el de Agua Clara. ¡Aquí está! Nos ha encontrado...

Llegó su madre sonriendo e increíblemente no dio muestras de sorpresa. Con el rostro lleno de alegría abrazó a Eduardo y Neftalí advirtió que aquel abrazo era algo más que el que se le prodigara a cualquier conocido. Dio rienda suelta a su imaginación cuando oyó que él decía:

—Lita. Vine tan pronto como supe —y a su madre que contestó:

—Esperamos mucho tiempo. ¿Podrías algún día perdonarme?

Y entonces empezó a entender. Su primera reacción fue una emoción violenta.

—¡Infiel! ¡Traidora! ¡Adúltera! —palabras que sólo pronunció mentalmente pero que las sintió en lo profundo de su corazón. Momentos después se calmó cuando su madre permaneció mirándolo directamente entendiendo su confusión.

—Yo fui para tu padre una buena y fiel esposa. Y así hubiera permanecido aunque hubiera vivido cien años, pero Eduardo y yo sabíamos que habíamos nacido el uno para el otro antes de que tu padre llegara a Agua Clara. No mandé por él, pero sabía que vendría. Tengo mis cosas casi preparadas. Regresaré con él.

Y el rostro de Eduardo no mostró ninguna sorpresa, pero por primera vez en su vida Neftalí quedaba solo. El ruido que producía el agua hirviendo sobre la estufa llamó su atención. Era singular el darse cuenta cuánto ruido podía hacer el agua hirviendo. Se bañó y vistió con sus mejores ropas y escuchó los ruidos de la noche que empezaban en el barrio. Un grupo de mariachis improvisados comenzó a tocar en la calle. Advirtió también los ruidos que producía una carreta cargada con hombres del mismo barrio que regresaban de los campos. Ladraban los perros y gritaban los niños. Desde algún sitio llegó a sus oídos la voz de un hombre que borracho insultaba a una mujer. Pensó entonces en la mujer de su fantasía. No, no habría ninguna de esa suerte en su casa. Solamente armonía y afecto.

Salió de su casa asegurándose de que la cerraba y escondió la varilla de fierro. Se dirigió entonces al lupanar en donde sus hermanas estarían ese viernes por la noche. El hombre del vestíbulo las llamó y Neftalí les contó la partida de su madre. Las dejó verdaderamente impresionadas con la noticia y se fue a la taberna en donde había conocido a aquel tipo que le contó lo de Rabbit Town cerca de Los Ángeles. Sí, ahí estaba Chonte.

—Es únicamente un pueblito, quizá cuarenta o cincuenta casas. Es todo. Pero hay mucho trabajo a unos cuantos kilómetros. Muchas cosechas. Puedes ver a Morán. Él te venderá un lote en cien dólares, completo con papeles para que pruebes que tú eres el dueño y puedas hacer ahí tu casa como quieras.

Cuando el lunes, acercándose la noche llegó a su casa preparó su cena y se recostó. Soñando despierto se dijo que podría tener esos cien dólares en unos cuantos meses si ahorraba. Comería moderadamente y no saldría de noche, y muy pronto se alejaría del barrio. Dejando la cama fue a sentarse en la silla de su padre y trató de seguir la letra de una canción ranchera que cantaban en la taberna de la cuadra siguiente.

Empezaba a tomar forma la joven de sus sueños cuando se abrió la puerta y entraron Jilda y Hortensia, ostentosamente vestidas y sonriendo.

—Qué vergüenza, un joven de tu edad actuando como un viejo. Arréglate, vamos a llevarte a ver las peleas.

Se sintió alborozado ante la perspectiva y empezó a tomar su baño mientras preguntaba acerca de las peleas de box, quién tomaba parte en ellas, cuánto costaba la entrada y en qué localidad estarían.

—Las hacen en un estadio. En el barrio gabacho, pero a nosotros nos dejan entrar porque muchos boxeadores son mexicanos —le explicó Hortensia.

—Nos invitó uno de los principales boxeadores y nos regaló las entradas —dijo Jilda.

Mientras él se vestía una de las hermanas corrió a comprar una botella de vino. Neftalí estaba tan alegre que bebió algo más de un vaso grande.

Y salieron de la casa para ir a la arena. Neftalí se sintió orgulloso al darse cuenta de qué manera las miradas de los hombres del barrio se posaban en sus hermanas hermosas y bien vestidas. El hombre encargado de la puerta en la arena les recibió los boletos entregándole a Neftalí la mitad de ellos y éste momentáneamente se sintió cohibido porque no entendía aquello. Tenían localidades de "ring side".

Una vez acomodados Neftalí vio en su rededor y se sorprendió al advertir que los cientos de espectadores que llenaban el recinto eran mitad americanos y mitad mexicanos. Y se alegró mucho cuando Salazar, el amigo de sus hermanas, subió al cuadrilátero en medio de gritos y porras, y cuando el boxeador escudriñó las hileras de sillas hasta localizar a Hortensia y a Jilda las saludó gritándoles:

—Deséenme suerte.

Neftalí había oído a los cortadores de naranja hablar de box y cuando dio principio la pelea se emocionó. Salazar era más rápido y más fuerte que el americano contra quien peleaba, y el espíritu que animaba a los concurrentes era contagioso. Vio Neftalí a un americano que se ponía de pie y que llevándose las manos a la boca a manera de bocina gritó en un pésimo español:

—Mátalo, Mason, mátalo.

El vino y la emoción del espectáculo llevó muy por alto el ánimo de Neftalí, y le preguntó a su hermana entusiasmado:

—Dime pronto cómo le grito en inglés: Dale duro.

Hortensia pensó durante un momento y entonces estuvo haciéndolo que repitiera la frase hasta que pudiera decirla lo suficientemente clara para que le entendieran. Entonces Neftalí se paró de su asiento y rugió:

—*Give it to him!* Salazar! —

Gringos y mexicanos por igual se sacudieron de risa por la pronunciación y entonces otro espectador repitió por allá:

—*Give it to him!* Salazar! —y muy pronto docenas de aficionados mexicanos hacían eco a ese grito.

Al finalizar la pelea, cuando Salazar había dado buena cuenta de su oponente, el "réferi" hizo una mueca y anunció a través del micrófono:

—¡El ganador de esta pelea: *Give it to him!* —y hasta Neftalí comprendió la broma y rió con ganas.

Al salir del espectáculo, Neftalí les contó a sus hermanas acerca de su plan de cambiarse a aquel pueblecito Rabbit Town, poblado por mexicanos en donde sabía que la vida sería diferente. También les habló de su ilusión por encontrar una muchacha pura para formar una familia y de cómo deseaba enseñar a sus hijos a darle importancia a las cosas. Las hermanas no se ofendieron y Jilda le dijo:

—Hermanito, no tendrás que esperar meses para juntar esos cien dólares. Te los daremos ahora, todos.

Mientras el tren corría siguiendo su camino por la orilla del mar, algunas veces subiendo por partes rocosas hasta alturas considerables para después bajar nuevamente hasta el nivel del mar, Neftalí recordó aquel otro viaje por ferrocarril realizado años antes. Cuán diferente. En este segundo, viajaba como pasajero de paga.

Ocupaba un asiento en el vagón de pasajeros y junto a él llevaba consigo una caja de cartón, grande y amarrada con un lazo, conteniendo sus pertenencias. Llevaba sus trastos de cocina, sus ropas, algunos objetos que consideraba tesoros personales que había reunido durante toda su vida, y unas cuantas pieles curtidas.

El vagón sólo iba ocupado a la mitad de su capacidad y cuando entró, de manera inconsciente había ido a ocupar la parte posterior en donde estaban sentados dos hombres negros y varias parejas mexicanas con niños. Los asientos estaban uno frente a otro y por conveniencia se sentó Neftalí de cara a los negros. La vista de ellos lo impresionó de cierto modo pero trató de no demostrar su sorpresa. Recordó haber visto negros solamente una vez, y estaban trabajando en la reparación de un drenaje en la sección americana de la ciudad. Tenían la piel oscura, más oscura que la de los indios que había conocido en México y su pelo era corto y apretado en rizos contra la cabeza. Nunca había visto esas caras tan de cerca, con las fosas nasales tan abiertas y los labios tan gruesos, y se vio más sorprendido cuando uno de ellos se dirigió a él en un perfecto español:

—¿Has estado trabajando todo el tiempo?

Neftalí buscó palabras para responder:

—No…, sí, todo el tiempo que yo quiera…

Uno de los negros pareció sentir la sorpresa que le causaban y explicó:

—Venimos de Texas. Estamos tratando de encontrar un lugar para vivir y después enviar por nuestras familias. ¿Vas a Los Ángeles?

—No. Voy a un pueblito llamado Rabbit Town, cerca de Los Ángeles. Nunca he estado allá, pero me dijeron que puedo comprar un pedazo de tierra y hacer mi casa.

Iban vestidos de mezclilla y calzaban unos zapatos pesados y cada uno llevaba dos velices. Neftalí se sorprendió una vez más al darse cuenta que aquellos dos sabían leer y se alegró cuando accedieron a decirle cuál sería la estación más cercana a su destino.

Le contaron que eran trabajadores del campo en Texas, pero que habían oído que en California había mucho trabajo y que era posible adquirir terrenos propios. Cuando el tren llegó al punto más cercano de Rabbit Town, Neftalí sintió que aquella pareja de negros eran sus amigos y los invitó a investigar con él las posibilidades del pueblo.

La estación del ferrocarril era pequeña, pero contigua a ella había una pequeña ciudad próspera. Neftalí se dio cuenta de que la gente que estaba en la estación miraba con desprecio a los negros, pero encontró un viejo mexicano que conocía Rabbit Town.

—Ya no se llama Rabbit Town. Ahora se llama Irwindale, y es la única región sin considerar Los Ángeles en donde se han establecido familias mexicanas. Sigue por la calle principal de aquí, derecho, derecho, hasta que llegues a un río seco. Después

subes pal' norte rumbo a las montañas, como unos ocho kilómetros y llegarás a una "marqueta" * en la esquina de dos caminos de tierra, y allí es.

Con la caja grande de cartón que le servía de maleta y que
echó sobre sus hombros, Neftalí tomó el rumbo que le habían
dicho, seguido por los dos negros.

Al llegar al extremo de un camino pavimentado vio Neftalí
la cuenca amplia del río seco. En una zona de varios kilómetros
que se extendía desde ambos lados de aquel río viejo se veían
campos frutales en todo su esplendor, semejante a los que había
ido cruzando el tren toda la mañana, pero allí en el centro del
valle, quizá a unos quince kilómetros de las montañas que se
elevaban hacia el norte, había arena y grava, encinos frondosos
y cactus gigantes, cardos, ortigas y matorrales. Al centro de la
cuenca seca que tenía alrededor de unos ocho kilómetros de
ancho, corría un pequeño arroyo de aproximadamente un
metro de ancho y algunos centímetros de profundidad. El calor
de la tarde era agobiador, pero el agua era fresca y calmó la sed
de los tres.

Una vez que dejaron la ciudad contigua a la estación, no se
apreciaba a la vista ninguna otra morada durante un trayecto
de varios kilómetros, y después de caminarlos Neftalí empezó
a ver una que otra choza que le hizo recordar su pueblecito de
México.

—De donde yo vengo —les dijo a los negros— el terreno
es como éste. Matorrales secos, cactus y chozas 'onde vive la
gente.

No pasó mucho tiempo para que la senda que seguían se

---

* Marqueta es la palabra común que han adoptado los mexicanos residentes para
usarla en vez de mercado en español o market en inglés. *(N. del T.)*

ampliara hasta formar un camino, y muy pronto llegaron a un grupo de casuchas de piedra que rodeaban un edificio grande con el anuncio de "mercado" al frente. Aparentemente en la parte posterior de ese edificio vivía el propietario. Había un corral con gallinas, cabras, una vaca, unos cuantos cerdos y algunos patos.

Cansados y polvorientos los tres viajeros subieron los escalones de madera del frente de la tienda y entraron. En el interior Neftalí vio muchos artículos conocidos: carne seca colgando del techo, masa lista para tortillas de maíz, tripas de res y diferentes tipos de chiles; había varios barriles llenos de frijoles y otros de harina. Desde la parte posterior que servía de habitaciones salió un hombre grueso y de tez morena.

—¿Es este el pueblo de Irwindale? —preguntó Neftalí.

—Sí. Este es Irwindale —respondió el hombre mirando a los negros.

Neftalí extendió la mano.

—Me llamo Neftalí Sandoval. Vine aquí porque supe que podría comprar un terrenito y vivir en una comunidad en donde no haiga gabachos —el propietario del negocio miró nuevamente a los negros y Neftalí dándose cuenta explicó—: También ellos quieren saber si pueden comprar tierra.

Sin siquiera molestarse en contestarles directamente replicó el hombre secamente:

—No hay tierra aquí para negros.

—Ellos hablan español —informó Neftalí.

Entonces el de la tienda se dirigió a ellos:

—No, aquí no hay sitio para negros, pero a unos cuantos kilómetros hacia el norte hay un lugar en donde su raza se está estableciendo. Siguiendo el mismo río. Vayan por el mismo camino y lo encontrarán.

La actitud del hombre era imperativa al estarles señalando hacia dónde debían ir. Los negros se mostraron un poco inquietos. Ya habían sido rechazados otras veces y las miradas de desprecio que estaban recibiendo por parte de aquel hombre no eran nada nuevo para ellos. Cortésmente dijeron un "adiós amigo" a Neftalí, levantaron sus maletas y se dispusieron a salir.

—Iré a visitarlos algún día —les dijo Neftalí, y los negros se alejaron.

El propietario dijo llamarse Morán y empezó a informarle a Neftalí acerca de los terrenos que tenía disponibles en Irwindale.

—Ven —le dijo Morán—, te enseñaré un lote que será ideal para que un jovencito como tú construya —llamó a su esposa para que atendiese el negocio en caso de que llegara alguno y él y Neftalí salieron a recorrer las calles del pueblo.

Morán hablaba con tono amable y muy seguro de sí mismo. Tenía cabellos negros alborotados y un bigote poblado, y Neftalí pensó que ya Morán tenía algunas canas y que vagamente le recordaba a Guzmán, aquel cabecilla, pero solamente en apariencia. Hablaba con elocuencia y Neftalí pensó que sabría leer, escribir y hablar en inglés. Le preguntó Morán acerca de su familia y no pudo Neftalí contener las lágrimas cuando le contó cómo habían llegado a los Estados Unidos y de qué manera se había desintegrado la familia.

—A mis hermanas las extraño mucho y sé que nunca vendrán a mi casa.

Morán asintió comprendiéndolo.

—¿Y tu madre? —le preguntó.

El rostro de Neftalí adquirió una expresión alegre.

—Algún día la veré otra vez. Quizá pueda mandar por ella

y por mi padrastro si llego a tener el dinero —pero en el fondo sabía que su madre no regresaría jamás y que había odiado cada uno de los días que estuvo lejos de su pequeño pueblo desde donde veía los pastizales.

Morán lo guió por aquel camino de tierra y curveado. En ambos lados había grupos grandes de cactus y ocasionalmente algún encino rompía aquel paisaje monótono. El camino que recorrían era de polvo muy fino y arenoso. De vez en cuando pasaban frente a alguna casa y los moradores saludaban a Morán agitando la mano. Finalmente hicieron alto y Morán empezó a contarle a Neftalí la historia de la región.

—Hace muchos años toda esta zona pedregosa y cubierta de cactus en el centro del valle, fue un gran río. Mucho antes de que llegaran los españoles. Ahora sólo un pequeño grupo de mexicanos lo poblamos, aunque viven algunos viejos moradores a quienes conocerás, que pueden recordar los tiempos en que nuestros padres poseían todas estas tierras. ¿Ves aquello? ¿Allá hacia la izquierda? Todos esos huertos tan fértiles hasta donde se pierde tu vista. Y a la derecha, y en frente y detrás de nosotros. Éramos dueños de todo esto mucho antes de que los americanos vinieran. Y ahora sólo tenemos esta ciudad de conejos —como para confirmar sus palabras un par de liebres saltaron de entre unos matorrales y huyeron.

—¿Y cómo estuvo eso? —preguntó Neftalí sinceramente—. ¿Toda esta tierra buena es propiedad de los gringos?

Paternalmente Morán rodeó los hombros de Neftalí con el brazo.

—Bueno, sucedió de esta manera. Ya sabes cómo son los judíos, ¿verdad? Cuando los americanos hicieron la guerra a México, ganaron y lo conquistaron, eso lo sabías, ¿verdad? Pero toda la riqueza, todo el dinero de aquí de California fue para tratar de derrotar a los norteamericanos; pero ellos eran muy ricos y ganaron. Y todos los grandes ranchos, cientos de ellos en todo California se quedaron sin dinero, quebrados. Entonces cuando los americanos empezaron a invadir tomaron las tierras de dos modos. Entre los gringos llegaron muchos judíos y ellos siempre tienen montones de dinero. Hicieron grandes préstamos a los rancheros a intereses muy altos; y cuando los préstamos se vencían y pasaba un día sin que los pagaran, al día siguiente llegaban los judíos con el "sheriff" para apoderarse de la tierra. Así es como todos perdimos los ranchos grandes.

—Pero usted dice que se agarraron la tierra de dos modos.

—Sí. El otro modo fue más fácil. La ley gringa dice que si tienes un pedazo de tierra debes tener lo que ellos llaman una descripción de él. Aquel que enseña a las autoridades gringas la primera descripción legal de cualquier terreno se vuelve su propietario. Aquellos mexicanos que conservaron sus tierras sabían que se las había dado o el rey de España o el gobernador de California, pero no estaban registradas con los americanos, entonces cuando esos gringos vinieron se adueñaron de esas tierras y las registraron, y cuando los propietarios mexicanos protestaban, el "sheriff" les decía: "Enséñame una prueba de que la tierra es tuya", y por supuesto no había ninguna prueba. Los linderos entre los mexicanos siempre habían sido un acuerdo entre gente honrada. Pero no fue así con los americanos.

—¿Y cómo fue que usted se convirtió en dueño de esto?

—Ah, ese es otro cuento. Yo trabajé en una ciudad gabacha en Colorado en la oficina de gobierno y aprendí cómo registrar títulos. Entonces llegué aquí y me puse a buscar tierras sin dueño y sin fincar. Por ejemplo, esta de aquí de Rabbit Town no había sido reclamada oficialmente. Hace muchos años formó parte de un rancho muy grande, pero los dueños quebraron. Encontré los antecedentes. La cesión vieja española de tierras decía que el señor Castillo era dueño de toda la tierra, desde un encino gigante hasta el bordo más largo del río y cosas como esas. Yo tuve que hacer un levantamiento, presentar la descripción adecuada y recibí mi escritura de propiedad. Fue un trabajo muy difícil y todo lo que aquí tengo son piedras y cactus pero será nuestra comunidad.

Demostró entonces Morán a Neftalí el lote de terreno que le vendía. Estaba situado en la calle principal, que no era entonces más que un camino ancho de servidumbre del cual habían sido removidas las piedras más grandes y los cactus. Advirtió Neftalí que las casas de la región estaban construidas en su mayoría de piedra y mezcla.

—¿Te das cuenta? —Morán llamó su atención—, el material de construcción aquí es barato. Hay arena natural en abundancia y millones de piedras. El agua puede traerse desde aquel arroyito, y todo lo que es necesario para levantar una buena casa, son sacos de cemento y músculo. Yo puedo conseguirte el cemento por medio de mi tienda y tú tienes los principales elementos para una buena casa que son tu juventud y tu fuerza.

Neftalí corrió la mirada sobre el terreno. Sí, ya podía verlo. Una casa bonita, esposa, hijos, un perro y una cría de gallinas. A una distancia que se podía recorrer caminando hacia cualquier dirección había campos cultivados y huertos. Sí, ahí estaba todo eso y se sintió emocionado.

—¿Me enseñará usted cómo registrar apropiadamente el terreno con los americanos?

—Sí. Yo te la registraré. Vamos a mi tienda para cerrar el trato. ¿Tienes cien dólares?

Levantándose la parte baja de la camisa, sacó Neftalí un cinturón de trapo cocido a mano y extrajo los cien dólares.

—Veo que eso te deja "quebrado" —le dijo Morán—. Dame nada más setenta y cinco. Ordenaré el cemento y herramientas. Necesitarás tener suficiente para vivir hasta que encuentres trabajo y te paguen.

Cuando regresaron a la tienda una familia estaba comprando sus provisiones. Morán presentó a Neftalí con la familia Méndez. La casa de éstos estaba muy cerca del terreno que había comprado Neftalí y el jefe de los Méndez se alegró con su nuevo y joven vecino, y mientras hablaban, Neftalí tuvo que hacer un gran esfuerzo para evitar ver a la joven Méndez que sería aproximadamente de su edad.

—Mira, joven —le dijo el señor Méndez—. En la parte trasera de mi lote tengo un cuartito que lo utilizaba para almacenar la leña. Arreglándolo un poco podrás vivir en él hasta que levantes tu casa. También allí puedes usar nuestro excusado.

Neftalí empezó a trabajar en su sueño. Imaginó un tipo de vida dinástica. Pronto encontraría una esposa, tendría muchos hijos que crecerían, se casarían también y levantarían su casa cerca de la suya.

Unos días después de llegado al pueblo consiguió un trabajo en los huertos, y todas las tardes cuando regresaba de sus labores hacía algo para su casa. Utilizó todas las piedras que pudo de su propio lote, lo que le sirvió para limpiarlo, y después anduvo en busca de otras piedras útiles en los terrenos contiguos. Cuando era demasiado oscuro para trabajar pasaba a la casa de los Méndez a comer, algunas veces a cantar un poco con la familia, mientras el señor Méndez acompañaba con la guitarra, y a escondidas intercambiaba miradas con Alicia, la joven de una edad apropiada para él.

Un sábado por la noche ella le preguntó:

—¿Vas a trabajar en tu casa mañana?

—Por supuesto.

—Te llevaré un almuerzo.

Cuando llegó Alicia con tacos envueltos en un pedazo de tela que alguna vez formó parte de un saco de harina, se sentó Neftalí sobre una piedra grande y mientras comía charló con ella.

—'onde trabajo estoy acomodando cajas. Si tengo suerte me van a meter en la cuadrilla de planta pa' empacar. Entonces ya tendré un trabajo pa' todo el año. Primero tendré que cargar los carros con las cajas, pero si trabajo duro entraré en la empacadora y ya no importará cuando venga el invierno. Es lo que ambiciono.

Le contó entonces sus planes para la casa, le enseñó en dónde haría la cocina, la alcoba, y los cuartos que haría más tarde al ir creciendo su familia.

Durante los días que no trabajaba en el campo, lo hacía incansablemente en su casa, y Alicia con toda regularidad iba a llevarle alimento y a charlar. Cierto día advirtió ella que él tenía un fuerte resfrío.

—Te traeré un remedio —le dijo Alicia corriendo hacia su casa. No tardó mucho en aparecer llevándole una sarta de dientes de ajo frescos—. Toma, ponte esto en el cuello debajo de la camisa y se te pasará el resfriado en unos cuantos días.

Al día siguiente en su trabajo no tuvo necesidad de decirles a sus compañeros lo que estaba usando como remedio, el olor lo delataba.

—Es el mejor remedio, siempre da resultado —le dijeron.

Y en otra ocasión cuando lo atacó una fuerte tos, Alicia fue al arroyo y recogió algunas flores de cierto arbusto oloroso.

Hirviéndolas le hizo un cocimiento que le llevó a Neftalí todavía humeando. Haciendo muecas por el mal sabor y el mal olor que penetraba por sus fosas nasales, lo tomó y la tos lo dejó descansar en menos de una semana.

Transcurrió cerca de un año pero finalmente la casa de Neftalí tuvo lo suficiente para vivir en ella. Orgullosamente mantenía informada a Alicia de sus progresos en su trabajo. Lo habían cambiado ya al interior de la empacadora y por lo tanto ya era miembro de un grupo hasta cierto punto selecto.

Con el correr de los días Neftalí se dio cuenta de que se iba fijando cada vez más en el trasero grande y redondo de Alicia, en sus piernas bronceadas y fuertes y en sus senos rebosantes que echaban hacia adelante el frente completo de su vestido decolorado. Tenía Alicia un rostro angelical, normalmente sus cabellos largos y negros brillaban y sus pies descalzos estaban perfectamente formados. La mujer ideal de los sueños de Neftalí, la que frecuentemente se le presentaba como su madre, empezó a desvanecerse, mientras Alicia tenía la ventaja decisiva de manifestar su presencia en su carne abundante y real y también de ser la única elegible de su edad en los alredededores.

Se sentía culpable de abandonar a la mujer que habían creado sus sueños. Igualmente al imaginarse sobre el cuerpo de Alicia, sintiendo esos senos exuberantes contra su pecho, se volvieron un verdadero tormento para él esas noches en aquel cuarto en que dormía, sabiendo que Alicia se encontraba en su lecho solamente detrás de un ventana rota a unos quince metros de distancia. Se dio cuenta que sus pensamientos lascivos eran indecentes mientras no estuvieran casados y entonces empezó a conducir su fantasía dentro de la respetabilidad de un matrimonio imaginario.

Llegó el día en que tembloroso llamó al señor Méndez para que viera su casa con el pretexto de mostrarle su proyecto más reciente.

—Está todo listo —le dijo con cierto orgullo—. Únicamente tengo que comprar algunos muebles. Entonces todo quedará arreglado para que Alicia y yo vivamos tan pronto como nos casemos.

Ninguno de los dos parpadeó y los comentarios de Méndez fueron acerca de lo adecuada que había quedado la casa. Platicaron sobre ella, sobre los trabajos, acerca de la comunidad, pero no se volvió a mencionar entre ellos el matrimonio en puerta.

Cuando Méndez fue a su casa llamó a su esposa.

—¿Ya le dijiste a Alicia lo que hacen los casados para tener niños?

—No…, no le he dicho nada…

—Bueno, harías bien en decírselo. El joven Neftalí quiere casarse con ella. Alicia ya tiene casi dieciocho años y si no se casa ahora quizá nunca lo haga.

En el transcurso de un año Neftalí y Alicia tuvieron un hijo. Para el segundo aniversario de su matrimonio les nació otro y al tercer año les llegó el tercero. Llegó la primera guerra mundial y terminó y Neftalí nunca entendió aquella razón por la cual no se llevaban a la guerra a los que no hablaban inglés o que tenían una familia como la suya. El paso de reproducción de la pareja disminuyó su ritmo y al final de sus diez años de matrimonio tenían seis hijos y otro en camino.

Para esas fechas Neftalí tenía veintisiete años de edad y empezaba a incubar la idea de cómo podría obtener mayores ingresos para vivir.

Las casas del pueblo estaban equipadas con un sistema complejo de abastecimiento de agua más o menos satisfactorio y elaborado a través de varias generaciones por los habitantes de terrenos áridos. Una red de zanjas derivadas del arroyo cruzaban la comunidad en todas direcciones y solamente el oficial electo por el pueblo, a quien llamaban "el zanjero", palabra derivada de zanja, tenía la responsabilidad de que la cisterna cavada a mano en cada casa estuviera llena de agua más o menos clara y pura.

Neftalí resolvió lanzar su candidatura para algún puesto público y se convirtió en el zanjero del pueblo. El término del zanjero anterior concluía en unos meses más, pero el pueblo ya estaba un poco disgustado con él. Neftalí se entregó a la tarea de aprender cómo cuidar de las zanjas. Se dio cuenta de que la labor era relativamente fácil y que la obligación principal del zanjero era ver que los canales permanecieran intactos, de que los niños no jugaran en el agua, que los animales muertos que llegaran a caer fueran prontamente sacados, que cada cisterna se mantuviera llena y que no hubiera desperdicios de agua por descuido de las corrientes cuando las cisternas se llenaran.

La campaña por el puesto fue reñida, pero Neftalí Sandoval derrotó al zanjero anterior que había adquirido la reputación de emborracharse en sus horas de trabajo. Un argumento muy importante durante el tiempo de elecciones fue que durante dos semanas había permanecido en el canal principal el cuerpo de una cabra muerta. A eso se sumó que una vez que se rompió un dique inundó la calle principal y varias casas y la cuadrilla del pueblo que se reunió apresuradamente para reparar aquel dique se dio cuenta más tarde de que el zanjero estaba ebrio en una taberna.

Todas las mañanas al amanecer don Neftalí salía a recorrer todo el sistema de canales. Con toda regularidad se detenía en las casas para preguntarles cuándo necesitarían que su cisterna fuera reabastecida. Supervisaba la construcción de un puente sobre el canal principal a fin de que las carretas no se atascaran al cruzar el pueblo. Llegó a convertirse en el mejor zanjero que jamás había tenido Irwindale.

Fue la primera vez en su vida que don Neftalí gozara de un salario mensual. Cada propietario de casa estaba obligado a pagar cada mes una suma específica por el servicio de agua y eso constituía su salario. En sus empleos anteriores Neftalí siempre había sido pagado por hora al finalizar la semana o el día o también después de varios días de trabajo bajo las bases de destajo.

Durante su primer mes como zanjero careciendo de reservas se vio preocupado esperando su día de pago, y cuando éste llegó inmediatamente con todo entusiasmo subió a sus hijos en su carreta de cuatro ruedas tirada por dos caballos y fue a El Monte, en donde compró para cada uno de los hijos excepto para el más pequeño, un par de zapatos.

Los hijos de Sandoval eran los únicos en el poblado que usaban zapatos y lo hacían diariamente. No tenían calcetines y no pasó mucho tiempo para que los zapatos empezaran a oler mal y que los restos del sudor se acumularan. Empezaron a sufrir en los pies de comezón y muy pronto se quejaron de grietas entre los dedos.

Alicia supo precisamente en qué consistía el problema.

—Es la comezón europea —le dijo a su marido—. No deben usar zapatos sin calcetines, anda ve y cómpraselos.

La mujer conocía el remedio para el pie de atleta, aunque el nombre de la enfermedad no era precisamente ese. Reunió a todos sus hijos. Tenía una tina lo suficientemente grande para bañarlos y gritando órdenes con su voz poderosa y chillante, y con algún tirón de orejas y una nalgada a otro, en unos momentos tuvo a todos los hijos infectados de los pies, juntos en la tina de baño.

—Y ahora orínense —les ordenó. Los chicos obedecieron y ella indicó a los niños que orinaran sus pies. Las niñas fueron menos atinadas, pero en unos momentos ya una docena de piececitos sucios chapoteaban en los orines y la competencia de averiguar quién orinaba más terminó hasta que las vejigas de los niños se vaciaron por completo.

—Y ahora —dijo mamá Sandoval— vayan a jugar. Dejen sus zapatos al sol durante tres días y no se los pongan a menos que vayamos de visita o a la iglesia.

Cuando un doctor de la ciudad vecina supo de aquel remedio sacudió la cabeza tristemente y murmuró:

—Esa gente supersticiosa. El pie de atleta nunca puede curarse. Yo tengo unos polvos especiales que pueden contrarrestarlo.

Pero desde ese día las grietas entre los dedos de los pies de los niños Sandoval cauterizaron y sanaron y la comezón desapareció para no tornar jamás.

Así las cosas, cierto día no mucho tiempo después de que Neftalí había sido electo zanjero, el progreso llegó a su encuentro. Los americanos, los gabachos, trataron de explicarle haciendo uso de su mal español algo acerca de un esfuerzo colectivo; impuestos para el condado, distritos para distribución de agua y tanques de almacenamiento. De todo aquello lo único que entendió fue que segarían el río y que colocarían tuberías en todo el pueblo para proveer a las casas.

Con la rapidez y eficacia típicas de los yanquis suspendieron la corriente de agua y en cuestión de días quedaba instalada la tubería principal que abastecería a Irwindale y sólo unos días después se derivaron de aquélla ramificaciones con llaves para el aprovisionamiento de agua pura en cada casa. Eso dio fin a la necesidad de las cisternas, de las zanjas, o del zanjero.

El día en que finalizó oficialmente el empleo de don Neftalí, se levantó temprano, pidió prestada una carreta con mulas, subió a sus hijos mayores y se fue rumbo al pie de la montaña en donde sabía de la existencia de un grueso encino muerto. Empleó todo el día en echar abajo el árbol y hacerlo leña. Sus hijos jugaron y le ayudaron a acomodar la leña en la carreta. Al pardear la tarde Neftalí estaba cansado por su ardua labor. Regresó a su casa con la carreta cargada de leña e hijos y al siguiente día empezó su nueva ocupación.

En Irwindale no había gas entubado. Las mujeres cocinaban en estufas de leña y aquel encino viejo tuvo mucha demanda. Había construido una carretilla grande, la única que existía en Irwindale, y por sólo diez centavos un comprador podía cargarla de leña y llevarla a su casa, con la condición de que regresara esa carretilla inmediatamente. Por unos cuantos centavos más Neftalí hacía la entrega al finalizar el día hasta la casa del comprador. Ese fue entonces su modo de vida. En días alternados subía al pie de la montaña, rumbo a San José hacia el este o hacia el sur por los montes de La Puente. Sus hijos exploraban para localizar árboles secos y él cortaba, aserraba y leñaba y terciando los días era un buen vendedor de leña en Irwindale.

Pero una vez más el progreso en forma de tubos de fierro interrumpió las actividades de Neftalí Sandoval. Esta vez conduciendo esos tubos el gas natural. Luchó durante un buen tiempo ya que muchos de los del pueblo no podían comprar quemadores de gas, pero con el transcurso de los días se dio cuenta que al fin sería inevitable el uso de aquellos equipos modernos.

Las comunidades vecinas desde hacía tiempo tenían gas y agua entubados y el pueblo de Irwindale se ponía al parejo con el mundo. No había lucha que lo impidiera.

Neftalí Sandoval regresó entonces a empacar naranjas.

Angelina Sandoval fue la mayor de la descendencia de don Neftalí y doña Alicia Sandoval. Su primera impresión del mundo que la rodeaba había sido negativa. Cuando era pequeñita sus padres no hicieron ningún intento por ocultar el disgusto de que ella hubiera nacido mujer. Lo que naciera primero en el matrimonio siempre debía ser un niño. Cuando en lugar de eso nacía una niña entonces era manifiesta la preferencia en favor del primer varón de los hermanos. Fue esa la conducta que don Neftalí y doña Alicia siguieron cuando el segundo de su prole fue niño. Ahora bien, ya podían dejar de considerar el sexo o el número de los que siguieran, el modelo para su familia podía dar comienzo. El varón mayor sería el segundo en dar órdenes en la casa. Sería consultado (y solamente él) en lo que concernía a cualquier plan para ampliación de casa, cambiarse, o adquirir cualquier material. Sin tomar en cuenta las necesidades de los demás hijos él heredaría las propiedades. Si la familia solamente podía educar a uno de los descendientes o proporcionarle cualquier ventaja en la vida, sería para el primer varón. Esa era una costumbre, un modo de vida que la familia aceptaba sin objetar, excepto cuando la primera en nacer fuera niña. Entonces la familia aceptaba ese medio de vida y esa costumbre con ciertas objeciones. Lo que aumentaba una situación molesta fueron ciertas cosas. Primero que Angelina fue una niña brillante y tuvo que ir a una escuela americana cerca del poblado. En el curso de unos años hablaba y leía inglés y se dio cuenta de que en el resto del mundo no importaba el que los primogénitos de las familias fueran hombres o mujeres según lo consideraban sus padres. Su primera reacción fue de que ella había sido frustrada al nacer niña y su segunda fue que los hermanos menores habían sido burlados por tener un hermano mayor. Otra de las cosas ante las que se revelaba fue que el hermano nacido después de ella que era el mayor de los hombres, resultó extremadamente egoísta al pensar que las costumbres respecto del hermano mayor varón eran perfectas.

Una mañana cuando Angelina tenía ocho años de edad y Gregorio siete, y Victorio seis, Luisa cinco, Orlando cuatro, Pedro tres, y Roberto, Rita y Dolores aún no habían nacido, la familia se encontraba sentada a la mesa tomando su desayuno.

Sobre la estufa grande dotada de ventanillas de sílice a través de las cuales se podían ver las llamas que despedían los trozos de leña, se cocían cuatro tortillas de harina grandes y redondas. La mesa vieja de madera cubierta por un mantel con manchas de grasa tenía encima platos con conejo frito y el inevitable cazo de frijoles y papas fritas. Don Neftalí había matado los conejos en el patio de su casa esa misma mañana mientras la familia dormía. Los hijos hablaban al mismo tiempo burlándose el uno del otro mientras su padre ocasionalmente elevaba la voz amenazándolos con castigos corporales si no guardaban silencio. Cubría su torso Neftalí con un suéter delgado y llevaba puestos unos pantalones de tela de algodón, calzando unos zapatos gruesos que le cubrían los tobillos. Distribuía porciones del guiso a cada niño de acuerdo con su tamaño. Solamente a Orlando de cuatro años y a Pedro de tres les permitía comer con los dedos. Los otros tenían que comer ya utilizando sus cubiertos.

Cuando las cuatro primeras tortillas alcanzaron su cocimiento completo Alicia Sandoval tomó dos que le pasó a su esposo. Las otras fueron divididas entre las manitas ansiosas y colocó Alicia cuatro más sobre la estufa para cocinarlas. Alicia cubría su cuerpo con un vestido de tela de algodón estampada, rasgado y viejo y unas chanclas de cuero cocidas a mano. Era toda su indumentaria. Se arreglaba los cabellos negros como azabache en un chongo sujeto en la nuca. La maternidad había hecho de ella una mujer gruesa y sólida y gobernaba a sus hijos exigiéndoles respeto en más de una manera. Todos los que la conocían se habían dado cuenta de su inmenso amor maternal que era lo que motivaba su vida más que ninguna otra cosa, lo que influenciaba cualquier movimiento suyo, no obstante su mano fuerte a menudo tenía que posarse sobre alguna pequeña mejilla o dar alguna nalgada para fines correctivos.

Ocasionalmente los niños Sandoval comían queso y todos los días tomaban leche fresca que proporcionaban varias cabras que guardaban en el corral construido en la parte posterior de la casa de piedra. Ese corral estaba contiguo al frente de la cocina y del comedor en donde la familia comía, cocinaba y pasaba la mayor parte del tiempo. Durante los meses calurosos una ventana pequeña que tenía vista al corral permanecía abierta y la cerraban durante el invierno. Una de las más grandes de las cabras parada sobre sus patas traseras coló parcialmente la cabeza a través de la ventana, descansándola sobre el muro de piedra y balando para que le arrojaran comida, hasta que otra cabra celosa la hizo a un lado para tomar su lugar.

—No den de comer a las cabras mientras ustedes comen

—había ordenado don Neftalí muchas veces. Y mientras no los veía, los chicos arrojaban trocitos de tortilla o de papa a la cabra que asomaba por la ventana y ésta atrapaba lo que podía o simplemente lo veía caer al piso de la casa en donde quedaba fuera de su alcance. Aquella ventanita no solamente proporcionaba un lugar para vigilar a los animales sino que también resolvía para la familia el problema de los desperdicios.

También las cabras tenían su problema. Cuando a través de la ventana arrojaban las sobras al corral, el perro de la familia, un animal corriente pero grande, se escurría por debajo de la cerca e intimidaba al rebaño mientras se despachaba lo mejor de aquel desperdicio. Ocurrió que uno de los jóvenes machos empezó a madurar y al principio se libraron terribles peleas entre aquel cabrito y el perro. Los niños se alarmaron y chillaban temiendo que alguno de los animales resultara lastimado.

—Déjenlos —dijo papá Sandoval—. Ya se las arreglarán solos.

Y así fue. Pronto se dio cuenta el perro que estaba siendo fuertemente aporreado y que la recompensa no valía la pena. Y entonces aquel macho continuó madurando; los topes y coces que le propinaba al perro fueron siendo cada vez más severos y el perro al fin fue dominado completamente por aquellos cuernos aguzados y las pezuñas picudas. El can derrotado optó por contentarse con huesos, grasas de la carne y leche que se agriara y no volvió a molestar más a las cabras.

Desde entonces el perro estableció su dormitorio al pie de los escalones de la puerta del frente de la casa y espiaba a través de las rendijas de una persiana burda colocada en la entrada, esperando los huesos de conejo y las entrañas que pronto serían suyas cuando terminara la familia de comer.

El pequeño Pedrito gritó de gusto al meterse una mano

llena de frijoles en la boca. Angelina tomó un trapo grande blanco y cuadrado que había sido un saco de harina y que en su turno lo estaban usando todos los hermanos, y limpió la cara del hermanito que estaba embarrada de frijoles y papas. Papá Sandoval terminó de comer y permaneció sentado saboreando su café, y después de enrollar un cigarrillo de hoja de maíz se volvió a mirar primero a Angelina y después al orgullo de la familia, al hijo mayor Gregorio.

—Qué lástima —le dijo a su esposa por centésima vez— que ella naciera con la piel tan blanca y él tan moreno.

Doña Alicia se volvió a mirar por diezmillonésima vez el rostro moreno, hogareño y de indio puro del mayor de los hermanos. Casi le pareció a ella que la tez de Gregorio se oscureció más al pronunciar su padre esas palabras. El muchacho se volvió a mirar atentamente a Angelina.

—Sí —dijo la madre como lo había dicho antes tantas veces—. Si él hubiera nacido primero habría tenido su piel blanca.

Angelina se dio cuenta de que respondía la mirada de su hermano Gregorio. Sabía ella que las palabras de sus padres no lo ofendían pero sí le recordaban. Aquello ocurría en la escuela con los americanos. Cómo lo hacían objeto de sus burlas y lo echaban a un lado en sus juegos. Había muchos otros niños mexicanos en la escuela, pero solamente unos cuantos eran de piel tan morena y con esas facciones no anglosajonas…, según se daba cuenta ella al comparar a su hermano. Muchas veces se había examinado ella ante el pedazo de espejo que tenían colocado por arriba del lavabo de piedra. Su cutis era del color del aceite de oliva, realmente más claro; sus cabellos negros, los ojos también negros con un tinte que se podrá decir de humo en la parte blanca y sus facciones generales que la hacían verse mexicana, pero muy distinta a Gregorio. Los otros hermanos variaban en sus facciones entre los extremos relativos de Angelina y Gregorio.

Después de que la madre había hecho su comentario, los otros hijos se volvieron a ver a los dos mayores y empezaron a preguntarse a gritos:

—Mamá, ¿yo también soy blanco? —y alguno de ellos también dijo a otro—: Yo soy más blanco que tú. Mira, mamá —dijo Victorio mostrándole la parte interior de su antebrazo—, ¡qué blanco soy!

Ante la futilidad de la situación sintió Angelina todo menos lástima por Gregorio. Recordó de qué manera se había violentado su hermano cuando los chicos de la escuela hijos de americanos sin intención de ser crueles como es peculiar en los niños, le dijeron a Gregorio que no les importaba nada que él fuera el hermano mayor de su familia. Ella entendía bien el disgusto de Gregorio al salir de aquella pequeña población cada vez que era necesario, ya que dentro de ella el ser el hijo varón mayor de la familia lo hacía merecedor de acompañar a su padre a otras casas en donde su posición en la familia era reconocida como importante. Pero Angelina también ya había oído por parte de los vecinos de Irwindale, aun con las más buenas y sanas intenciones frases como estas:

—Pobre chavalo. Es tan moreno.

Cuando Angelina cumplió dieciséis años oyó de su padre la orden de no ir más a la escuela y trabajar en una empacadora cercana para que ayudara a sostener a la familia. Gregorio, un año más joven, continuó asistiendo a sus estudios con la explicación del padre que dijo:

—Es necesario que él se prepare —pero Angelina nunca entendió para qué debía prepararse su hermano.

Cuando Victorio cumplió los dieciséis años también fue a trabajar al lado de su padre en los campos, y al año siguiente fue a Rosita a la que, cumpliendo sus dieciséis años, se le ordenó que fuera a trabajar.

Los planes de Neftalí eran que Gregorio empezara a trabajar en un pequeño taller de zapatería. Mientras la modernización había derrotado a Neftalí en diferentes ocasiones le dijo a su familia:

La gente siempre necesitará zapatos y es necesario que Gregorio estudie todo lo que pueda para que llegue a ser un gran hombre de negocios.

En el pueblo había un hombre viejo, tan viejo que podía recordar haber visto llegar a los gringos y establecerse en los pueblos alrededor de Rabbit Town. Los vio llegar con sus carretones cubiertos y él había sido zapatero, un remendón. Neftalí lo invitó a su casa y los tres hicieron planes. Construirían un taller pequeño junto a la casa con el dinero que los hermanos menores ganaran. Neftalí compraría el equipo necesario para pagarle al viejo, "al pelón" según lo apodaban, para que enseñara a Gregorio el oficio. En unos pocos meses Gregorio levantó un estacado al frente de su casa y clavó en la parte superior un letrero hecho a mano que decía ZAPATERO.

Y empezó a correr el año 1941. Durante años la familia había recibido un diario impreso en inglés y en esas fechas ya los hijos le leían a Neftalí las noticias traduciéndoselas al español y explicándole por qué todos los muchachos de dieciocho años tenían que registrarse para el servicio militar. Pedro acababa de cumplir los dieciocho y Gregorio tenía veintidós; Victorio y Orlando tenían edades intermedias entre aquellos dos. Los cuatro juntos, asumiendo el liderato Gregorio, fueron a la ciudad más cercana a registrarse y en el transcurso de unas semanas, con excepción de Orlando que era retrasado mental, a los otros tres los llamaron para el servicio.

Neftalí y Alicia se habían dado cuenta del padecimiento de Orlando y lo habían retirado de la escuela apodándolo Poca Luz y lo ingresaron a trabajar en los campos. Para ellos, sus padres, el muchacho podía ser tan útil como cualquier otro aun cuando las escuelas de los gringos no lo quisieran.

Y lentamente se arrastraron los días de la guerra. Los tres muchachos llegaban de visita raras veces juntos. Neftalí se dio cuenta de que iban cambiando. Con la excepción de Gregorio los otros dos parecían tolerar únicamente el sistema y tradiciones de la familia implantadas por Neftalí y Alicia.

—Compré una máquina cosedora para zapatos —les dijo Neftalí orgullosamente—. Cuando Gregorio regrese tendrá un buen negocio —y Pedro y Victorio lo oyeron con indiferencia sin hacer comentarios.

Una tarde calurosa en la que el viento levantaba el polvo, cuando Angelina regresaba de la empacadora se encontró a un mensajero de la Western Union tratando de hacer que padre y madre entendieran que tenían que firmar aceptando el telegrama. Firmó Angelina y dio las gracias al mensajero y entonces se volvió a ver a sus padres asombrados. La hija había visto ya que el telegrama había sido enviado por el departamento de guerra y la impresión le causó un hueco en el estómago mientras trataba de mantener la serenidad en su rostro cuando abrió el sobre. ¿Cuál de los tres sería? Pensó.

Leyó las frases breves con una mirada rápida y en seguida dijo suavemente:

—Nos avisan una muerte, papá.

El rostro de Neftalí palideció y reflejó su espanto y la cabeza de Alicia empezó a sacudirse y la cara se le alargó.

—¿Cuál de ellos? —preguntó Neftalí temblando—. Sé que no fue Gregorio.

Angelina se dio cuenta de que no era una manera amable de recibir esa noticia.

—Sí, fue Gregorio el que murió.

Sintió ella como si entrara en un trance cuando vio a su padre ponerse rígido y a su madre mesarse los cabellos y gritar. No fue sino hasta una hora después cuando Neftalí y Alicia pudieron pedirle mayores detalles y Angelina les dio entonces la magra información contenida en el telegrama; que Gregorio había sido enterrado en una pequeña isla del Pacífico y que sus pertenencias se las enviarían a ellos muy pronto. Los dejó abrazándose el uno al otro y salió Angelina a informar a sus otros hermanos de armas para que estuvieran en el pueblo y asistieran a los funerales.

Pedro y Victorio llegaron a la casa y la familia caminó el medio kilómetro que los separaba del templecito de piedra. Después de la misa la familia regresó caminando lentamente a través de los campos de cactus, arena y rocas, hasta llegar a la casa que Neftalí había construido.

Reducida a diez miembros la familia Sandoval se sentó en círculo en aquel cuarto que servía de cocina, comedor y sala. Pedro y Victorio todavía uniformados no dijeron nada. Los hijos menores con astucia se las arreglaron para escurrirse y pasar a los otros cuartos de la casa. Neftalí y Alicia sentados ante la mesa sollozaban con las manos puestas en la cabeza.

Victorio, que pasaba a ocupar el puesto de hijo mayor, rompió el silencio.

—Papá, yo puedo tomar el taller de zapatería. Quizá no lo haga tan bien como Gregorio pero cuando salga del "Army" podré hacer que produzca el negocio. Sé que puedo...

Neftalí sacudió la cabeza.

—No, el taller era para él. Ya no será zapatería. Hice los arreglos con el Pelón pa' que compre el equipo y todo. Ninguno de ustedes tuvo el estudio ni la preparación pa' empezar un negocio —y continuó lamentando la muerte de su hijo mayor.

Permanecieron sentados; pocos minutos después ya todos los hijos menores estaban en los otros cuartos olvidándose del dolor y de la muerte del hermano. Los mayores no se habían movido de sus sillas y de vez en cuando intercambiaban miradas sabiendo que tarde o temprano cambiaría el modo de obrar de los padres. Los jóvenes soldados miraron a Angelina. De algún modo el rostro de ella era diferente de lo que debía ser. Se había puesto un vestido negro, casi ajustado, mostrando su cuerpo bien formado. Sus largos cabellos eran suaves y brillantes. La expresión de su rostro ya no era de pena sino de enojo e impaciencia. Repentinamente se levantó de su asiento irguiéndose en toda su estatura.

Angelina hablaba inglés como lo hacían todos los demás cuando preferían que sus padres no entendieran su conversación.

—Y bien, ya tuve bastante —dijo simplemente, con las manos sobre las caderas y convencida. Los hermanos se miraron intrigados y don Neftalí un poco disgustado levantó la mirada.

—¿Qué quieres decir? —le preguntó Victorio con voz suave y en una actitud que manifestaba todavía su pena.

Antes de continuar Angelina los miró a los dos seriamente.

—Quiero decir que cuando ustedes salgan del "Army" ya podrán regresar aquí a pasarse el resto de su vida recogiendo naranjas y utilizando un excusado al aire libre, pero no me encontrarán aquí.

Pedro la miraba serenamente, pero Victorio parecía enojado.

—¡Angie! ¿De qué estás hablando?

Neftalí Sandoval elevó el tono de voz opacando la de sus hijos.

—¡Óiganme! No les permitiré que hablen inglés enfrente de nosotros. Tenemos el derecho de saber...

Angelina se volvió hacia él hablando cortés pero firmemente.

—Por favor, papá. No te mezcles en esto, tenemos algo que discutir. Cuando nos pongamos de acuerdo te lo diremos todo.

Raramente Neftalí aceptaba que ninguno de sus hijos le replicara, pero esa vez permaneció en silencio sabiendo que ese era uno de los cambios que ocurrían en las generaciones más jóvenes educadas lejos de su país.

Angelina entonces continuó en inglés.

—Tú, Victorio, eres un tipo sin agallas. No te atreves a decirle una palabra a papá porque no te deja manejar la zapatería. Prefirió vender todo que dejar que ninguno de ustedes ocupe el lugar de Gregorio. Y ahora óiganme. Yo pagué por la mitad de esa maldita herramienta y máquina que hay allá y ayudé a sostener a Gregorio mientras él sentado sobre sus nalgas aprendía a meter tachuelas en las suelas. ¡Por Cristo! Tengo veintitrés años ya, ¿y saben ustedes cuántas veces he salido con un amigo! Ni siquiera una. Cada vez que un muchacho venía a verme, papá tenía que hablar con él. O lo que era peor, y eso no podría yo soportarlo otra vez, si papá no iba a estar cuando viniera mi amigo o pretendiente entonces Gregorio tenía que recibirlo, y si parecía ser un buen prospecto para mí, Gregorio lo mandaba al diablo, porque a mí me necesitan para que ayude a meter dinero en la casa.

Victorio se veía impresionado. Orlando como de costumbre permanecía incierto sin objetar nada; sin embargo, Pedro escuchaba atentamente.

Victorio replicó:

—Angie, todo esto fue por tu propio bien. "Dad" se crió allá en México. No debíamos discutir sus viejas tradiciones...

—Oh, tonterías. Te diré lo que son las viejas tradiciones sagradas. Si las cosas hubieran andado realmente mal, me hubiera casado desde que tenía yo quince años con el primer cholo que hubiera venido a pedirme. Pero siempre pude trabajar y eso lo hizo que seleccionara hasta el extremo para mi bien, ahora no hay un tipo en diez "millas" a la redonda que se acerque a mí porque tendrían que contarle su historia a "dad" o a mi "carnal", ya estuvo bien y me largo al diablo, y si ustedes son lo bastante listos no regresarán.

Victorio insistió.

—Pero los papás. Necesitan dinero. "Dad" gana muy poco y todavía están los chavalos chicos...

—Que pena, Víctor. Yo podría conseguir un "jale" en una fábrica en la ciudad, sostenerme sola, y todavía mandar a papá y a mamá más dinero de lo que gano empacando fruta.

—Pero... vivir sola en una ciudad... no es apropiado para una muchacha...

—¡Muchacha! Prácticamente ya soy una solterona.

—No habrá ninguno de nosotros que pueda cuidar de que conozcas a un muchacho bueno...

Angelina encogió los hombros y les volvió la espalda.

—No hay esperanzas. Por la manera en que ustedes hablan, me convenzo más de que tengo que largarme de aquí. En este momento. Inmediatamente.

Pedro se puso de pie y por primera vez habló.

—Tiene razón, Vic. Lo mismo pienso yo —hablaba Pedro con más acento mexicano que los otros y en ese momento su voz estaba alterada como si fuera a llorar—. Estoy cansado de esto. Durante toda mi vida he sentido que yo no les importo a mamá y a papá. También yo ayudé a pagar el taller de Gregorio. Siempre fui bueno para trabajar en los campos cortando naranjas desde que tuve dieciséis años, pero no lo bastante bueno para aprender a usar las herramientas por las que tuve que sudar para que se pagaran. Desde que entré al "Army" aprendí que otras familias no viven como nosotros. Ni siquiera los mexicanos que viven en las ciudades. Se ríen de nosotros los pueblerinos y dicen que somos los "Mexican hillbillies".*

Orlando, que permanecía sentado, escuchaba, se concentraba, hacía muecas y trataba de entender pero permanecía silencioso. Neftalí dirigía miradas fulgurantes, esperando impacientemente que le dijeran en qué consistía aquella acalorada conversación. Alicia también estaba intrigada, tampoco había entendido una sola palabra.

Victorio miró fijamente a Angelina durante unos momentos y después dijo:

—Muy bien, ¿qué planes tienes?

Se encaró con su hermano con determinación.

—Largarme de aquí. En este momento, ahora, rápidamente, para que no haya el menor "chance" de que me apoque y pueda reconsiderarlo ni siquiera una semana.

—¿Y adónde irás?

---

* Hillbillies es la denominación que en Estados Unidos aplican a los americanos montañeses de los pueblos que aún conservan sus tradiciones y que por desgracia en una gran mayoría se mantienen en la ignorancia. De manera especial se encuentran en los estados de Tennessee, Kentucky y las dos Virginias. *(N. del T.)*

—Con la familia Ornelas. Viven en el Este de Los Ángeles. Olivia Ornelas me invitó a que me fuera a vivir con ella, hay mucho trabajo para la defensa. Y me voy.

Se miraron entre sí. El padre aclaró su garganta.

—"O.K.", ahora les diremos de qué se trata —dijo Victorio señalando a sus padres. Angelina esperó durante un momento largo, y después de respirar profundamente se volvió hacia sus padres que continuaban sentados frente a la mesa.

—Papá, mamá, por favor traten de entender…

—No, no entiendo —dijo Neftalí cuando ella terminó de hablar—. ¿Por qué? La pasamos bien aquí. Siempre hemos tenido comida en abundancia. Cierto que hemos tenido que trabajar duro para ello, pero la Biblia dice…

—No trates, papá… —dijo Angelina suavemente—. Tomé una resolución y ahora voy a recoger mis cosas.

Los ojos de Neftalí estaban rasados en lágrimas.

—Yo sé que esto nunca hubiera pasado en México. Es porque ven ustedes a los gringos que no saben lo que es portarse bien. Ninguno se fija en las gringas para ver que todos los hombres que pasan a su lado tomen ventaja de ellas. Es porque ustedes los han visto cómo son de libertinos, y que ya ustedes no quieren portarse…

Angelina suavemente colocó su dedo índice sobre los labios de su padre para cortar la conversación. También en sus ojos había lágrimas cuando dijo:

—Tienes razón, papá.

Pedro tosió una vez y se puso de pie frente a su padre.

—Tengo que regresar al campo —dijo un poco nervioso—. Acompañaré a Angelina hasta la parada del "bus" y de allí me iré. Y es mejor que salgamos antes de que se me haga tarde. Con el "Army" no se juega y hay que llegar a tiempo

—hizo una pausa obviamente deseando decir más, entonces Neftalí esperó—. Y quería decirte, papá, cuando acabe mi servicio dentro de un año o dos, vendré a verte, pero no hagas planes para mí, porque tengo mis propios planes.

Neftalí lo miró con dureza durante casi un minuto y al fin habló resignado:

—Está bien, hijo —y volviéndose a mirar a Victorio le preguntó—: ¿Y tú? ¿También quieres alejarte de tu familia?

Victorio bajó la mirada fijándola en el piso.

—No, papá. Yo regresaré a quedarme.

Entonces Neftalí hablando de Orlando que seguía sentado silenciosamente sobre el sofá dijo conmovido:

—Y mi'jo el de la poquita luz en su cerebro siempre estará conmigo.

3

Julio Salazar, de dieciséis años de edad, despertó y se estiró perezosamente sobre el colchón mal oliente que compartía sobre el piso de la cabaña de un solo cuarto, con sus dos hermanas menores y un hermano menor. Podía oír a su madre que estaba en el exterior bajo aquel techo de lámina que era realmente una extensión del techo de la misma cabaña en donde él dormía, sin paredes, bajo el cual dormían sus dos hermanos mayores.

Hacía una semana que la familia Salazar había llegado allí procedente de aquel valle en el desierto en donde la familia había compartido un granero amplio con otras tres familias de trabajadores del campo. A Julio le gustaba más ese rancho en donde se encontraba. Lo recordaba desde la estación anterior ya que su padre tenía un itinerario regular para la mayor parte del año. Una estación al Valle de Pomona para cosechar nueces. Naranjas en otro lugar cercano, y levantar cosechas en otro campo metido en el desierto, durante otra estación del año y al finalizar la primavera el viaje al condado de Fresno para el corte de la uva.

Le gustaba a Julio ese rancho porque le habían dado a la familia para que se alojara en esa cabaña con agua corriente desde un bitoque instalado precisamente a la entrada. Cuando la familia llegaba allí la escuela había terminado, de modo que nadie se molestaba en obligar a los muchachos en edad escolar a que se inscribieran estando ya tan cercano el fin de cursos. En ese lugar situado en medio de los viñedos había una docena de cabañas juntas a lo largo de un camino de tierra. Era como un pueblecito rodeado de hectáreas sembradas de vides que se extendían hasta perderse en el horizonte, interrumpidas aquí y allá por alguna casa de campo, algún granero, edificios de almacenamiento, casuchas para los trabajadores emigrantes y un sistema completo de vías de ferrocarril que permitía a los trenes entrar a recoger las cosechas de los campos.

Julio vestía pantalones de algodón noche y día hasta que estaban demasiado sucios, lo que no ocurría muy a menudo ya que en cada oportunidad que encontraba, subía a la parte alta de un muro de concreto en donde brotaba el agua de un tubo que servía para alimentar el sistema de riego de los viñedos y aprovechaba aquello para bañarse.

Salió ese día de un sol ardoroso, oyendo a su madre que estaba cocinando en un fogón y que con su modo de hablar rápido y chillante les decía:

—Hoy es domingo. Nos debíamos haber levantado pa' ir a misa. Todavía podríamos llegar a tiempo si tratáramos. Tenemos suerte de tener un coche. Al menos debíamos pasarnos nuestro día de descanso vestidos con nuestras mejores ropas. Y si quieren comer, apúrense, todos ustedes…

Los dos hermanos mayores, Carlos de dieciséis y Ernesto de

diecisiete años estaban levantándose perezosamente de sus catres colocados cerca del brasero en el que cocinaba la mamá.
Carlos vació agua caliente en una palangana y se rasuró frente a
un espejo redondo colgado de uno de los maderos que soportaban el techo de lámina que cubría su refugio. Los dos hermanos
tenían también trajes de algodón, ya brillantes en la parte trasera y camisas de seda del estilo que usaban los jinetes partici-
pantes en los rodeos. Calzaban zapatos borceguíes.

—¿En dónde está papá? —preguntó Ernesto a su madre.

—¿En dónde crees? —replicó su madre con cierto disgusto
mirando hacia el camino de tierra que se perdía en un mosaico
de viñedos—. Regresará cuando haya bebido y peleado lo suficiente.

Mientras su madre preparaba el chile y las tortillas para el
desayuno, los hermanos mayores de Julio tomaron las dos guitarras de la familia y empezaron a afinar sus cuerdas para intercambiar en seguida los nuevos ritmos o palabras de una canción
más para agregarla a su repertorio aparentemente interminable.

Los hermanos menores despertaron hambrientos y todos
comieron afuera de la cabaña saboreando su chile con tortillas y
bebiendo café que les había servido la madre en tazas de hojalata. En seguida los dos mayores volvieron a sus guitarras y a
sus cantos; y como si respondieran a un acuerdo al que hubieran
llegado sin hablar ninguna palabra, los vecinos de las cabañas
cercanas empezaron a agruparse, algunos de ellos llevando sus
propias guitarras o violines.

Cuando se habían reunido algo más de una docena y que la
señora Salazar resignadamente echó a su olla el último trozo de
cerdo para guisarlo y tenerlo listo para la fiesta cantada de la
tarde, Julio se ausentó cautelosamente tomando el camino de
tierra. Sabía por experiencia que aquel sería otro día de cantos y

lamentos de los trabajadores del pueblo. Cantarían interminables canciones de amor, de peleas, de la vida del rancho, y de
caballos magníficos que ninguno de ellos había conocido. Temprano por la tarde alguien llevaría vino y quizá hasta ya entrada
la noche tendrían una fiesta en menor escala. Pero nada de
aquello era planeado, simplemente sucedía.

Continuó Julio caminando por aquel camino polvoso y pasó
la docena de cabañas pequeñas como la suya. De cada lado del
camino las hileras de parras esperaban con sus racimos pesados
el cuchillo curvado de los cortadores. Durante toda la semana
con excepción del domingo, trabajaban las familias en esos
viñedos, padres, madres, hermanas y hermanos. Cada familia
tenía su propia área y para evitar confusión en los pagos estibaban sus cajas en sitios especiales.

Cada caja llena de uvas significaba dos centavos para los
cortadores. Un cortador que trabajaba arduamente podía acumular de tres a cuatro dólares diarios con un gran esfuerzo y
largas horas. La mujer trabajando duramente también alcanzaba casi una suma semejante y los hijos menores proporcionalmente ganaban lo mismo.

En esa California de la década de los treinta la gente que trabajaba en los campos casi desconocía el desastre económico que
azotaba a la nación. Hasta ellos se filtraban muy pocos de los titulares que se referían a las estrellas cinematográficas o los
"gangsters". Quizá aquel núcleo de campesinos estaban en mejores condiciones económicas que varios millones de americanos, ya que hasta con el esfuerzo de la familia los Salazar
pudieron comprarse un coche, un viejo sedán con la mitad de
la carrocería cortada y al que habían montado sobre el piso
unas tablas para convertirlo en una burda camioneta de carga.
Se permitían comer carne la mayor parte del tiempo y usaban

ropas que estaban muy lejos de ser harapos. La única prueba
en esos lugares de la estrechez económica en que vivía la nación
eran los coches destartalados con placas de circulación de otros
estados que llegaban repletos de familias anglosajonas que iban
en busca de trabajo, pero que en realidad no se atrevían a hacerlo una vez que veían los rostros serios y bronceados y oían
la jerigonza de un idioma extraño.

Mientras Julio caminaba no retiraba la mirada de aquellos
viñedos. Se esperaba que él también fuera a cortar uvas, pero él
tenía otras cosas que hacer; había planeado el efectuar un recorrido por entre todos aquellos montones de cajas llenas de uvas
colocadas en los extremos de los surcos y cortadas por otros trabajadores. Obrando con cuidado podría robar grandes racimos
de la parte alta de las cajas llenas, o quizá cajas enteras si es
que estaban estivadas al acaso y por lo tanto probablemente ni
siquiera fueran advertidas. Dentro de su plan entraba el llevar
el producto robado hasta donde él almacenaba lo cortado por
él mismo, y así cada tarde a la hora de contar su padre se sentiría contento de ver la cantidad que su hijo de trece años había
cortado.

Aquello lo dejaba libre durante el día de trabajo para regresar tranquilamente a su cabaña a tocar la guitarra o ir a rondar
por la casa del rancho en donde vivía el propietario para espiar
desde un punto en donde no fuera visto lo que ocurría en un
mundo diferente al suyo.

Sintió el aire caliente de aquel valle que rozaba su piel mientras recorría aquel camino de tierra en donde se hundían sus
pies hasta los tobillos. A su alrededor zumbaban millones de
insectos pero aparte de eso ningún otro ruido podía oírse.

Continuó por aquel camino hasta donde terminaba y se unía
con una carretera más ancha cubierta de grava y cercada por pe-

queños árboles de eucalipto. Tomando su derecha a sólo unos pasos vio el coche de su padre y otros cuantos coches destartalados y viejos estacionados a un lado de la taberna. No le cabía duda, estando a unos veinte metros de distancia oyó su voz de ebrio discutiendo acaloradamente.

La taberna no era más que un gran techo de lámina corrugada montada sobre un mostrador y bancas y mesas hechas a mano. Detrás de aquel mostrador había una hilera grande. El piso era de tierra. No había paredes y de los postes que soportaban el techo de lámina colgaban lámparas de petróleo.

Su padre Leonardo estaba sentado frente a una mesa junto con otros cuatro hombres. Todos tenían ante sí vasos de vino. Al acercarse Julio percibió el aroma excitante del alcohol ya conocido para él.

Julio amaba a su padre pero sentía cierta culpabilidad debida a que se sentía superior a los demás. Su padre había sido boxeador de profesión y tenido peleas en arenas a todo lo largo del estado. Hablaba el inglés bastante bien mientras que su madre nunca pudo hacerlo. Era bastante instruido, citaba frecuentemente a Cervantes y a Lope de Vega y sabía cientos o quizá miles de aquellos dichos en español con los que es posible siempre sostener una conversación completa.

Muchas veces Julio había observado a su padre en una taberna hablando con cualquier hombre y después discutir sobre algo que no tenía sentido, insistiendo en su punto de vista; después seguían las amenazas y en seguida la pelea, y lo que era muy singular que aunque fue un buen boxeador, Julio suponía que a su padre realmente nunca llegó a importarle si perdía o ganaba en esas peleas. Después de aquello aunque estuviera sangrando y golpeado se apresuraba a regresar a casa para esperar temeroso el llamado a la puerta de los representantes de la ley buscando al atacante de un hombre que había golpeado sin razón alguna, para después dar la impresión de que se encontraba feliz y satisfecho.

Ese domingo se acercó a su padre y le tocó el brazo. El hombre no lo advirtió al principio por estar ocupado defendiendo algún argumento tonto. Cuando al fin se dio cuenta de la presencia de Julio se volvió hacia él.

—¡Hijo! ¿Cómo estás? ¿Veniste a espiar a tu pobre padre?

Los hombres que lo acompañaban rieron de buena gana y Julio permaneció de pie y silencioso, pero en sus ojos había una mirada brillante. Su padre levantó su vaso y bebió con fruición dejando un par de centímetros que le pasó a Julio. Este los bebió de un solo trago haciendo una mueca agria que nuevamente provocó las risas de los compañeros de su padre. Entonces permaneció de pie mientras la discusión continuaba. Julio no quiso aventurarse demasiado. Sabía que conforme los hombres fueran embriagándose le darían más y más de beber hasta que al fin sintiera esa felicidad que se le subía a la cabeza y lo hacía cantar, gritar, reír o correr en el momento en que se le antojara.

Los que bebían con su padre llamaron al tabernero, un viejo encorvado y chimuelo que vivía en un carro caja de ferrocarril, sin ruedas y abandonado detrás de la taberna. Fue el viejo hasta la hielera y extrajo un garrafón de barro. Llenó los cuatro vasos grandes que había sobre la mesa, cobró cinco centavos a cada hombre y volvió a su observancia silenciosa detrás del mostrador.

Dos horas después, cuando ya Julio había bebido un par de centímetros de vino de una docena de vasos y su padre estaba llamando a su oponente un tarugo hijo de puta, la pelea dio principio.

Aún estaban sentados, y lanzando un juramento el hombre

al que su padre había insultado desenvainó un cuchillo, pero antes de que pudiera usarlo Leonardo Salazar se inclinó sobre la mesa angosta y estampó su gran puño en la cara del hombre. Cayó hacia atrás sobre el piso al recibir aquel terrible puñetazo, pero se levantó apretando los dientes y avanzó hacia Salazar. Julio no podía ni parpadear pero permanecía ahí de pie fascinado. Contemplaba a su padre que tirando "jabs", y "bolo punches" hacía trizas la cara de su oponente y una vez más lo hizo morder el polvo. Entonces cuando se acercaba arrastrando hacia él aún blandiendo el cuchillo, Leonardo Salazar le dio un certero puntapié en la cara y el hombre rodó para quedar al fin sin movimiento. Antes de que pudiera defenderse, el viejo tabernero con una destreza y velocidad sorprendentes golpeó varias veces la espalda del padre de Julio con un tubo.

—¡Fuera! ¡Fuera! —gritó—. ¡Lárguese de aquí! ¡Lárguese de aquí! No regrese ya para armar lío. Usted es un mal cliente, no vuelva más.

Bajo aquella granizada de tubazos que le propinaba el viejo tabernero, Leonardo Salazar salió corriendo de la taberna hasta su coche. Lo siguió Julio, pero mientras su padre trataba de arrancar el motor viejo del automóvil, Julio se lanzó como una flecha hasta llegar con el tabernero. El viejo estaba ayudando al hombre golpeado.

—Mi padre quiere el cambio de su dólar —le dijo Julio.

El tabernero se había ya embolsado los noventa y cinco centavos que había dejado el padre del muchacho, pero de mala gana los devolvió. Julio los metió en su bolsillo y se dirigió a su casa. Su padre ya guiaba locamente el vehículo por aquel camino terregoso.

La escena en la cabaña era ya conocida. Su padre estaba tirado en el lecho fanfarroneando con palabrotas acerca del éxito de su pelea. Su madre curaba las heridas de sus brazos y los verdugones de la espalda, lamentándose de la conducta de su marido y de las posibles consecuencias. Los hermanos mayores de Julio y varios vecinos de las cabañas cercanas aún seguían cantando bajo aquel techo de lámina.

La olla grande de carne de puerco con chile que había preparado su madre, había sido consumida a la mitad. Los cantantes y su audiencia tenían platos o tazas llenos de aquel guiso y Julio fue a atenderse. Solamente en esos días, domingos festivos, podía hacer aquello. Sin importar cuán hambriento estuviera en cualquier otro día hubiera tenido que esperar para comer algo hasta la hora de la cena. Una vez que terminó de llenar el estómago hasta satisfacerse se sentó sobre una piedra uniéndose a los cantantes.

Una joven quinceañera en la que uno de sus hermanos estaba interesado llegó de una de las casuchas enfundada en lo que obviamente eran sus mejores ropas. El hermano de Julio había estado vigilando la cabaña de ella y en los momentos en que salió la chica le pasó la guitarra a Julio y fue a unírsele. Sin el menor titubeo Julio emparejó el compás con el acompañamiento de los cantantes tocando con firmeza las cuerdas mayores y marcando un ritmo constante y complicado.

Ninguno oyó al gran *sedán* hasta que se detuvo enfrente de la caballa de Salazar. Lo tripulaba el dueño del rancho, un hombre alto, esbelto y muscular que pasaría de los cuarenta años, bien rasurado y de cabellos grises, vestido con pantalones muy bien planchados y una camisa deportiva. El grupo cesó de cantar y esperó respetuosamente mientras bajaba del automóvil y se acercaba a ellos. El hermano de Julio se acercó a él saludándolo en inglés alegremente.

—How are you, señor Thompson?

El señor Thompson sonrió amablemente.

—Muy bien, Salazar —le contestó también en inglés—. ¿Tocando un poco de música?

—Sí. No queremos perder la práctica.

La mirada del dueño del rancho se posó sobre Julio, que estaba de pie, con la guitarra colgándole de un cordel alrededor del cuello.

—Nos pasamos un rato alegres dándoles un "party" a los jóvenes de la casa —les dijo el hacendado—. Nos gustaría saber si le permitirían al chamaco que nos tocara un poco de música con su guitarra.

El hermano de Julio se sorprendió pero le dijo a su hermano menor en español:

—¿Quieres ir a la casa del rancho a tocar para el "party" gringo?

—Sí —contestó Julio mostrando su entusiasmo.

Nunca había entrado en la casa, pero escondido entre los arbustos que la rodeaban había espiado las actividades de un muchacho y una niña más o menos de su edad. Y llegaban a invitarlo aunque sabía que solamente por su habilidad de músico. Dio unos pasos hacia el *sedán*.

—Puedes ponerte algunas ropas, ¿verdad? —le dijo el hacendado con tanta cortesía como pudo. Julio miró a su hermano quien le hizo señales para que entrara en la cabaña.

Mientras tanto oyó Julio al señor Thompson hablando con algunos otros que hablaban inglés. Mencionaron las cosechas, los problemas del agua, los precios en el mercado y las probabilidades para el año próximo. Minutos después Julio salía con pantalones de vestir y una camisa blanca abotonada desde el cuello. También lucía una banda de seda que precipitadamente le había atado su madre a la cintura cuando oyó para alivio suyo lo que quería el señor Thompson. Se había alisado los cabellos con aceite. No usaba zapatos, el último par que tuvo le quedaba chico desde el mes anterior.

El señor Thompson tenía la portezuela delantera abierta para que entrara Julio, y éste subió de un salto. En el trayecto a la casa tuvo la inclinación de sentirse cohibido, pero estaba aprendiendo bien las lecciones de la vida. Tenía la sensación de que su apariencia, su porte erguido, su actitud inocente y su rostro bronceado y de agradables facciones con una sonrisa pronta, eran cosas que gustaban a la gente.

A través de la entrada de una reja de tubos y cadena de eslabones entró el coche al patio de la casa. Aquello era un oasis verde en medio del desierto irrigado, en donde todo el terreno que no disponía de irrigación era tierra suelta y de color café. La casa estaba rodeada de lujosos arbustos y un jardín de rosas, un césped verde y extenso y árboles de sombra. El estilo del edificio era vagamente colonial, con un portal grande en el frente.

Julio vio muchos niños vestidos de fiesta, que jugaban en el patio. Aquella fue su primera mirada de cerca a una casa con juegos para niños; tenía columpios, un tobogán, barras para hacer piruetas y hasta le dio un vuelco el corazón a Julio cuando vio las bicicletas flamantes. Tuvo grandes deseos de correr a tocarlas, encender sus luces y corretear por el patio.

En el portal había varios adultos, hombres y mujeres. Thompson condujo a Julio hasta el portal y en seguida entró en la casa de donde regresó al momento con una guitarra.

—Quiero que oigan a este chamaco tocar y cantar —les dijo el señor Thompson a los huéspedes.

Suspendieron todos su plática y bebidas en mano volvieron su atención hacia Julio. Éste tomó la guitarra y tocó las cuerdas varias veces. Con mano experta y rápida la afinó y corrió la mirada a su alrededor con expresión interrogativa. Una mujer de aspecto agradable preguntó a Thompson:

—¿Habla inglés?

El dueño del rancho estaba a punto de contestar pero Julio se le anticipó:

—Yes, ma'am, I do.

Los invitados no ocultaron el interés que les causó.

—¡Oigan, chamacos! —gritó Thompson a los chicos que jugaban en el patio—. Vengan acá. Tenemos algo especial —entonces se volvió a sus huéspedes y les dijo—: Cierto día caminaba yo por el campo y lo vi cantando y tocando. Nunca había yo oído nada semejante para un chamaco de su edad. ¿Cuántos años tienes? —le preguntó a Julio.

—Trece —respondió con viveza—. ¿Qué quiere que le cante?

—¿Te sabes "Rancho Grande"? —le preguntó el hacendado.

Los invitados se sentaron alrededor de él mirándolo con deseos de que empezara. Los niños se habían acercado al portal y de pie lo veían aburridos de arriba abajo. Julio pudo sentir sus miradas que se detenían unos breves momentos en sus pies descalzos. Pensó que debía sentirse nervioso pero no lo estaba. Sonriéndoles a todos y sin mirar la guitarra, colocó sus dedos para el tono adecuado y empezó a cantar.

—Cántalo con el "ay... ay... ay..." —pidió una voz gruesa y Julio accedió.

Cuando terminó la canción vio a los niños que volvían a sus juegos, pero pensó que los adultos estaban entusiasmados con su canto. Alguien le pidió que cantara alguna canción mexicana conocida y después de ésta le pidieron otra. Finalmente un hombre de cara colorada le dijo:

—Toca todo lo que sepas —y accedió Julio.

Mientras cantaba los oía hablar, algunas veces acerca de él.

—Toca muy bien, ¿verdad?, ¿por qué no tratas de que cante en el radio…? Debías llevarlo a que cantara en el programa de la feria campestre.

Momentos después de que había agotado su repertorio, Julio se dio cuenta de que estaba cantando para él, pero estaba ocupado observando a los niños, fijando su atención en la manera en que vestían y como jugaban. Tuvo deseos de correr a unírseles y esperaba que el señor Thompson lo llevara.

Salió del interior de la casa la esposa del hacendado.

—Te oí cantar —le dijo con entusiasmo—. Tienes una voz muy bonita y tendrás que cantar más para nosotros algún día —en seguida gritó a los niños—: ¡Chamacos, entren, el pastel está listo y el helado se derrite!

Los chiquillos dejaron sus juegos y acudieron presurosos haciendo sonar las duelas del piso del portal con sus pisadas, pasaron a Julio y entraron en la casa. Al abrirse la puerta Julio alcanzó a ver brevemente un gran pastel con velas alrededor. Quedó con los ojos bien abiertos. Jamás había visto un pastel tan grande y tan adornado. Entonces se cerró la puerta y quedó de pie con los adultos perdidos en su conversación. Durante un momento se sintió incómodo y entonces el señor Thompson se fijó en él. Se puso de pie diciendo a los demás:

—Tengo que regresar al chamaco al campo. Regresaré en unos segundos —y condujo a Julio hacia el coche.

Cuando entraron en el camino de tierra el señor Thompson sacó de su bolsillo una moneda de medio dólar y se la dio a Julio.

—Gracias, chamaco —le dijo y Julio pudo percibir claramente el olor a vino que despedía el aliento del hacendado—. Tocas muy bien la guitarra. Sigue practicando.

Llegaron al frente de la cabaña de Julio y dejándolo ahí regresó a la casa.

Su padre estaba durmiendo en el interior de la cabaña; el sol se ocultaba en el horizonte del oeste; sus hermanos mayores y su madre le hicieron preguntas acerca de lo que había visto en la casa de la hacienda y los hermanos menores jugaban con la tierra del camino. En esos momentos llegó un vecino apresuradamente y entrando en la choza trató de despertar a Leonardo sacudiéndolo y gritándole. Los familiares se agruparon alrededor del recién llegado.

—¿Qué pasa? ¿Qué pasa? —preguntó la señora Salazar.

Y cuando Leonardo despertó, precipitadamente el vecino dio su explicación.

—¡El hombre con el que peleó esta mañana ha muerto; la policía vendrá pronto!

La señora Salazar se vio presa del pánico.

—¡Ay, Dios mío! ¡Ay, Dios mío! Sabía que iba a pasar, ya lo sabía.

Leonardo se vio asustado. Violentamente tomó sus pantalones y se los puso mientras su mujer continuaba lamentándose.

—Dame el dinero —le dijo Leonardo con desesperación.

La esposa tomó un puñado de billetes arrugados que tenía en un escondite. Hurgó Leonardo en el interior de un cajón de madera y sacó alguna ropa extra. Contó el dinero que su mujer le había dado sumándolo al que traía en su bolsillo.

—¿Adónde vas? —le preguntó el hijo mayor.

—No lo sé. No lo sé —envolvió en una camisa sus ropas extras y se puso sus zapatones de trabajo.

Julio, de pie en la puerta y mirando la carretera gritó:

—Papá, una nube de polvo se ve por el camino. ¡Papá! —gritó nuevamente Julio metiendo la mano en el bolsillo en donde tenía casi un dólar y medio. Su padre se detuvo un momento y en su rostro se vio el miedo que lo invadía.

—No te preocupes, hijo, regresaré por todos ustedes.

Julio sacó el dinero para dárselo a su padre, pero en vez de hacerlo apretó la mano conservando aquellas monedas y volvió a mirar a lo lejos del camino.

—¡Corre, papá, corre! —y su padre corrió rodeando la cabaña en dirección de los zurcos del viñedo. En cuestión de segundos y corriendo agachado desapareció completamente de sus familiares.

La vida comenzó para los Salazar sin el padre. Los primeros días después de la huida de Leonardo la policía llegaba diariamente para ver si había llegado. Pero después las visitas se volvieron menos frecuentes y en el transcurso de dos meses no volvió más. Aquel hombre no había sido el primer cosechero que cometiera un crimen y desapareciera en el mundo de trabajadores migratorios del campo que recorrían aquella distancia de mil quinientos kilómetros del estado de California.

La señora Salazar intentó desesperadamente localizar a su marido. Preguntaba a todos los que llegaban cerca del rancho pero ninguno supo informarle de su paradero. Con toda pena renunció a su posición de ama de casa y fue a ser una más entre las mujeres que trabajaban en los viñedos. Eran muy pocas aquellas mujeres cuyos maridos fueran buenos trabajadores y que tuvieran hijos de la edad suficiente para permitirles permanecer en casa durante el día y atender los alimentos y cuidar de las ropas de la familia. Los hijos mayores de la señora Salazar aumentaron sus esfuerzos y para sorpresa de todos se dieron cuenta cuando la cosecha estaba a punto de terminarse y era tiempo de emigrar a otros campos, que había más dinero en los ahorros de la familia del que nunca antes habían tenido.

Discutieron los hermanos mayores acerca de quién guiaría el coche cuando se fueran y resolvieron turnarse en el privilegio, y de ese modo llegó el día en que la familia reunió sus pertenencias, no más de un par de colchones, utensilios de cocina, linternas y ropas, y salieron ya cayendo la noche para evitar cruzar las empinadas montañas del desierto con el calor del día.

Mientras el coche ronroneaba a lo largo del camino, Julio dormía. Se enredó en un sarape, más para protegerse del viento que de la temperatura del ambiente. Hizo un alto el vehículo y se despertó para ver que estaban en una estación de gasolina muy lejos de cualquiera luz de la ciudad, excepto aquellas de los coches que circulaban en la carretera. Gasolina, aceite y agua, y nuevamente siguieron su curso hacia el norte, y esa vez Carlos era el que guiaba mientras su hermano mayor Ernesto viajó en la parte trasera del coche para dormir tan bien como fuera posible.

Un poco después del amanecer Ernesto tomó un camino más angosto y condujo el automóvil hasta que se perdió de vista la supercarretera. Se detuvo en un claro de un lado del camino junto a un grupo de árboles. La familia despertó y Julio, que sabía su trabajo, rápidamente reunió leña. Carlos colocó unas piedras grandes una al lado de otra y sobre ellas acomodó una parrilla de hierro y la familia muy pronto tuvo listo el desayuno, que consistió en carne de cerdo frita y tortillas recalentadas. Entre los objetos de importancia que llevaban en el coche había varios botes de cinco litros de agua fresca y la señora Salazar calentó agua en una olla grande para lavar sus trastos y después bañar a los hijos pequeños. En seguida los hermanos mayores calentaron un poco más de agua, se rasuraron y recortaron sus bigotes con sumo cuidado.

—Julio —llamó su madre—, lleva a los chiquitos al excusado.

Obedeció llevando a sus hermanos detrás de unos árboles y explicándoles pacientemente que quizá no tendrían nueva oportunidad de hacer sus necesidades durante horas. Recordó perfectamente que una vez, casi por emergencia, detuvo su padre el coche frente a una estación de gasolina para hacer uso del cuarto de baño. Su padre entró en el cuarto destinado para los hombres antes de que el empleado se diera cuenta de lo que pasaba. No había olvidado Julio la mirada de extremado disgusto que había en la cara del empleado cuando vio el vehículo que se había detenido con la familia Salazar. Había esperado aquel hombre con los brazos cruzados frente a la puerta del excusado hasta que Leonardo salió. Después una mirada fue suficiente. Aunque era muy niño Julio vio lo que eso significaba y las consecuencias que podía tener. Le había intrigado ver cómo su padre había tenido cierta vacilación antes de detenerse frente a la estación de gasolina. Con seguridad que a nadie le importaría que su padre hiciera uso de aquel excusado. Pero aquella mirada de humildad que se reflejó en el rostro de su padre, una mirada que decía:

"La ley me ampara si quiero castigarlo. No vuelva a hacer uso de ese cuarto. No es para gente como usted. Mis clientes blancos americanos pensarán mal de mí si lo ven entrar".

Decía esa mirada todavía algo más que eso. Mostraba el abismo infranqueable entre un mecánico anglosajón y sucio de una estación de gasolina, que era un "americano", y un co-sechero instruido que era algo más que aquel otro tipo. ¿Y qué era ese algo más? Se lo había preguntado Julio muchas veces.

—Es porque esos tipos gabachos no nos quieren a los mexi-canos —le explicó su padre un día en los campos. Pero Julio vio que aquello no era la verdad absoluta. Había visto mexicanos entrar en restaurantes y tiendas americanas. Y había estudiado a los que lo hacían. Se dio cuenta de que esos mexicanos ves-tían con pantalones planchados, hablaban bien el inglés, utiliza-ban para expresarse la jerigonza americana, y por sobre todo Julio se dio cuenta que aquellos veían a los niños sucios y hara-pientos y a esos jóvenes adultos, con una expresión de derrota y humillación en sus caras, con la misma mirada que el empleado le había dirigido a su padre por colarse en aquel excusado sin su permiso.

Cuando el automóvil estuvo nuevamente cargado, la familia subió para que Carlos una vez más regresara a tomar la carre-tera principal y continuara hacia el norte. Julio viajaba en la parte trasera descansando los brazos en sus rodillas y obser-vando cómo iba desenvolviéndose el campo frente a ellos, cuando vio a un hombre parado junto a un coche viejo estacio-nado a un lado del camino. Conforme se acercaron a él, Julio pudo ver que aquel hombre era también un cosechero. No hacía ninguna indicación de que necesitara ayuda, se concretaba úni-camente a ver pasar los vehículos sabiendo que inevitablemente algún curioso se detendría.

Entonces Carlos echó el vehículo a un lado del camino, se detuvo y caminó hacia el vehículo parado. Julio y Ernesto lo si-guieron, y Julio vio una señora y a muchos niños apretujados en el coche.

—¿Qué pasó? —preguntó Carlos—. What happened?

El cosechero era todo sonrisas y ansias.

—Creo que de la manguera del radiador se cayó una abrazadera —el cofre del coche estaba levantado por ambos lados del motor y salía humo y vapor—, ¿no tiene por casualidad una abrazadera?

Carlos y Ernesto examinaron el radiador y la manguera.

—Un momentito —dijo Carlos y fue al coche para revisar con una caja de herramientas que contenía unas pinzas, un destornillador, una llave ajustable, tuercas, tornillos y alambre delgado. Sin hablar una sola palabra Ernesto puso la manguera en su lugar mientras Carlos amarraba el alambre alrededor retorciendo los extremos con las pinzas hasta que la dejó bien apretada.

—Ya está —dijo Carlos hablando en español—. Eso va a ser mejor que la abrazadera. ¡Julio, trae el agua! —Julio se apresuró a ir al coche de su familia y regresó con un bote de agua—. Eche a andar el motor y déjelo trabajando mientras yo le echo el agua —instruyó Carlos al campesino.

Minutos después el motor funcionaba suavemente y se había enfriado.

—Mil gracias —dijo el hombre ofreciendo su mano.

Se presentó con ellos con el nombre de Macho y misteriosamente les hizo una seña a Carlos y a Ernesto para que fueran a la parte trasera del coche en donde descansaba sobre el parachoques un baúl grande de madera hecho a mano.

Llegó Macho detrás de ellos y sacó un garrafón cubierto de trapos. Julio observó cómo los tres ceremoniosamente tomando su turno y metiendo el dedo índice en el asa del garrafón, lo descansaron sobre la palma de la mano y bebieron profusamente.

Cada uno de ellos reprimió un pequeño eructo, se limpió

la boca con el dorso de la mano y comentó lo bueno que estaba el vino.

Para entonces ya dos familias estaban visitándose a un lado de la supercarretera. Los niños menores se correteaban alegremente a una corta distancia del camino. La señora Salazar preguntaba si la esposa de Macho sabría algo acerca de Leonardo Salazar y contó a grandes rasgos la costumbre de embriagarse y pelear, y las tremendas consecuencias que eso le acarreó. Sí, la mujer de Macho sabía de esos casos, beber era una cosa terrible, el diablo estaba metido en las botellas.

Les contó Macho que acababa de dar fin a un trabajo cerca de Bakersfield. Un hermano le dijo que el tomate estaba madurando con anticipación cerca de Olmo y que estaban pagando muy bien a los cortadores.

—Cerca de Olmo, ¿eh? —preguntó Carlos mirando a Ernesto—. Vamos allá.

—Me parece bien —repuso Ernesto.

Después de un buen rato se cambiaron despedidas, la mujer de Macho le dio a la señora Salazar y a los niños algunos tacos.

Antes de arrancar el motor, Carlos gritó a Macho:

—Quizá lo veamos en Olmo. ¿Sabes algunos nombres?

—Mi hermano nombró un rancho Gibson. Dijo que cerca de trescientas hectáreas de tomate estaban en peligro de perderse —informó Macho.

Y las dos familias al fin se despidieron con el coche de los Salazar adelante.

Habían pasado varios años desde aquella temporada cuando la familia Salazar, careciendo ya de su padre, había llegado a Olmo. Inmediatamente encontraron aquella vez trabajo y la familia estuvo viviendo en una casa abandonada del rancho de Gibson. Los señores Gibson dueños de la propiedad habían construido nuevas habitaciones en los campos y las casas y cabañas viejas fueron los mejores alojamientos que los Salazar habían conocido. No habían vuelto a tener noticias de Leonardo desde aquel día que se escurrió entre los viñedos después de saber que había matado a un hombre y que la policía andaba en busca suya.

Los Salazar ya habían establecido como calendario el regresar a Olmo cada año a vivir en aquella vieja y destartalada casa del rancho. Dos veranos después de la huida de su padre, Ernesto se casó con una muchacha que conoció en los campos y aumentó la familia. Al verano siguiente Carlos hizo lo mismo y un verano después empezaron a nacer nuevos niños; Julio se sentía ya molesto por esos dos años de viajar con Ernesto y Carlos, sus esposas y sus hijos, su madre y sus hermanos y hermanas menores. Entonces la desesperación para alejarse de aquello lo obligó a formarse algunos planes de largo alcance.

Entre las piezas viejas de equipo que no se usaban en la parte abandonada del rancho en donde vivían los campesinos había un camión viejo. Todo lo que necesitaba era un motor nuevo, luces, el cristal del parabrisas y llantas. El señor Gibson le dijo a Julio que podría comprarlo en cinco dólares.

Julio llegó a conocer muy bien el barrio de Olmo, que era el poblado mayor de habla hispana que hasta entonces había encontrado y se las arregló para localizar un motor para el camión. Consiguió las otras partes faltantes en algunos cementerios de vehículos. Trabajaba en el camión por las tardes y los domingos, y cuando llegó el tiempo de que la familia emigrara a otra zona de cultivo, Julio anunció que iría por su cuenta. Sus planes encontraron muy poca oposición, quizá hasta con cierto entusiasmo. Ya era demasiado el que diez personas vivieran en uno o dos cuartos y viajaran en el mismo auto.

De modo que llegó el momento que les dijo adiós. Carlos se encontraba detrás del volante del coche de la familia y todos los demás miembros y pertenencias estaban dentro amontonados. Julio abrazó a su madre que lloró y le dijo:

—Cuídate mi'jo, no te des a la borrachera. Busca bien a tu padre. Yo sé que algún día lo encontraremos. Si lo encuentras, tú ya sabes en dónde estaremos; en mayo en el rancho de Thompson, en agosto en el de los Gibson, en Selma para octubre…

Y se alejaron. Julio los vio irse y se dijo:

"Sí, los quiero mucho, pero nunca saldrán de lo mismo".

Permaneció vagando por los alrededores de la vieja casa del rancho construida unos sesenta años antes. Un cobertizo destinado para almacenar leña había servido para albergar a una familia que también había salido ese mismo día. El establo viejo que alguna vez encerró los caballos de la hacienda, normalmente daba alojamiento a cuatro familias, y bastante retirado de éste, se levantaba el viejo granero gigantesco, aparentemente capaz de recibir a cualquier número de personas. Pero ya la temporada había terminado y todos esos sitios estarían vacíos hasta que el año próximo empezaran las nuevas cosechas. Julio entró en la casa y se puso sus zapatos nuevos, su pantalones y su camisa, y se dirigió hacia el camión viejo que había rejuvenecido. Trepando en él oprimió el botón del motor de arranque e hizo funcionar la máquina.

No llevó consigo sus efectos personales ya que tenía las intenciones de permanecer un día o dos en la casa vacía. Recorrió aquel largo camino que serpenteaba entre las arboledas y en seguida tomó la carretera formal para ir al barrio de Olmo.

Había trabajado arduamente para comprar ropas y zapatos nuevos y deseaba disfrutarlos. Sintió una euforia repentina al verse solo. Sintió por primera vez en su vida lo que era la libertad y se proponía llevar adelante los planes que había hecho.

La ciudad de Olmo se extiende en el centro de una región plana y muy basta, de tierra de cultivo, técnicamente formando parte de un sistema de valles pero sin ningunas características de barreras limitadas visibles. Parece ser y en realidad lo es, un desierto irrigado. El constante brillo del sol durante los días calurosos, aunado a la abundancia de agua, causaba el crecimiento frenético de todas las formas de vegetación, lo que en su turno redundaba en que los seres humanos trabajaran constantemente en la región, limpiando la tierra, efectuando las siembras, regando, y a su tiempo, cosechando los frutos de aquella combinación de sol, tierra, agua y labor.

La ciudad empezó con las promesas de cerveza helada, alojamiento, ropas, artículos para el hogar, equipos agrícolas y otros enseres para los viajeros de las carreteras. Esas promesas se hacían realidad en unas cuantas cuadras una vez entrando en los límites de la ciudad. Las calles perfectamente pavimentadas daban cabida a una hilera de establecimientos de aquellos que tenían nexos con la lotificación de las tierras, venta de verduras al mayoreo, ganado, fertilizantes y control de plagas.

Los hombres que trabajaban en el Olmo usaban trajes de tela de algodón delgada y sombreros de paja de ala ancha. Saludaban afectuosamente y daban palmadas en la espalda de los hombres que guiaban camionetas lujosas de carga y llevaban puestos monos y camisas de mezclilla, o pantalones de caqui bien planchados y camisas para hacer juego con los pantalones. Las carreteras pavimentadas conducían a una zona de burdeles baratos y cabaretuchos en donde también había instalados hoteles de segunda categoría y salones de cinematógrafo que ostentaban grandes anuncios de "aire acondicionado". Después continuaban esas calles para terminar abruptamente al principio del barrio. Ese barrio se encontraba a las orillas de la ciudad. Hasta hace dos generaciones aquel barrio realmente formaba el poblado. Algunos de los edificios aún conservan su originalidad, y fueron construidos cuando la mano de obra, y los ladrillos rojos desprovistos ya del aplanado, eran los principales materiales para los muros y escaleras. De vez en cuando se encuentra uno todavía con banquetas de ladrillo a los lados de calles sin pavimentar, rodeando respetuosamente algún tronco voluminoso de árbol muerto o algún olivo anciano que se negó a morir.

Guiando su vehículo hasta el centro de un área de una docena de cuadras que formaba el barrio, Julio algunas veces tuvo que culebrear por el carril del sentido contrario del tráfico para evitar caer en algunos hoyancos o bordes peligrosos de las calles. Había muy pocos coches en esa zona. Las paredes onduladas y los aleros irregulares de los techos de las casas manifestaban su autenticidad, de que habían sido colocados en una era olvidada por personas que ya no existían. Pasó Julio guiando su camión frente a un gran edificio con un anuncio de una panadería; aquel edificio había sido hecho con bloques de granito, arrastrados hasta ahí por generaciones pasadas por alguna cantera, utilizando yuntas de bueyes que tiraban de

algún trineo sobre el terreno áspero. Las piedras poligonales
habían sido ajustadas a la perfección, formando un completo
rompecabezas en donde uno de éstos jamás había existido, y llegando a ser entradas de puertas y huecos de ventanas perfectamente cuadrados, que daban fe de la paciencia de su constructor
para seleccionar tanto su material como su vista para darle una
buena apariencia.

Los muros altos de los negocios daban frente a la calle, y tenían ventanas pequeñas colocadas en la parte superior, todas
pintadas recientemente o en años pasados, anunciando sus mer-
caderías o los servicios que prestaban en el interior.

En la parte superior de aquellos comercios se veían los grandes letreros en español, PANADERÍA, LICORES, ZAPATERO, en
donde aquel remendón cocía con una máquina vieja cualquier
artículo de cuero; y CAFÉ sobre la parte alta de un restaurante.
LA POSADA era el nombre que le habían dado a la taberna y
frente a la cual estacionó Julio su camión y entró. Las letras de
ese nombre las habían conservado vivas, quizá innecesaria-
mente, ya que el establecimiento estaba situado en la esquina de
dos caminos por un término casi de un siglo. El resto de sus
muros altos a primera vista parecía blanco, pero vagamente podían verse los característicos colores verde y rojo sobre fondo
blanco, anunciando el nombre de algún producto que alguna
vez fue muy conocido pero que ya había sido olvidado, o quizá
un producto recordado solamente por el hombre canoso y con
unos bigotazos, que durante los días de trabajo atendía la negociación, algunas veces apuntando hacia una piedra de mortero
rectangular diseminada por aquí o por allá y que había sopor-
tado en tiempos lejanos algún conducto de agua, o discutiendo
sobre la localización exacta de algún pasamano podrido desde
hacía mucho tiempo.

La pared que daba al oeste de la taberna había sido construida de un metro de gruesa, lo que podía comprobarse desde adentro por las ventanas relativamente pequeñas que formaban un nicho, con el grueso equivalente a la longitud de un brazo normal. Ese nicho formado en las ventanas proporcionaba el único testimonio de las dimensiones de las paredes de una verdadera fortaleza, siendo el calor del sol el único enemigo para el que fueron levantadas para repeler.

Las vigas gruesas aserradas a mano, manchadas con pintura café y con la edad de una generación, pero que ya no eran las originales, sostenían el techo y su ligereza en el peso era una mofa en la calidad de la madera que había sido considerada un intercambio ridículo por lo efímero de su duración al ser comparadas con los muros que aún durarían buenos siglos.

En el interior de ese antro de vicio se veía un anuncio con letras esmaltadas en fábrica sobre una lámina de metal delgada que tenía el propósito de engatusar a los parroquianos a quienes recomendaban en español que tomaran una bebida cuyo nombre estaba ridículamente escrito en inglés.

La firmeza del piso se había logrado mediante el aplanado de incontables pisadas, del licor y cerveza de innumerables botellas que habían sido derramadas y también de la sangre que lo había regado, eso impedía que se levantara el polvo cuando barrían.

Los olores que penetraron por las fosas nasales de Julio cuando entró, fueron el de sudor, bebidas y chile; y un poquito de perfume.

La pared trasera del establecimiento estaba abierta casi a todo lo ancho del salón desde una altura de medio cuerpo humano hacia arriba, lo que permitía que se efectuara una transfusión, gradual pero constante, del aire. Al pie de esa gigantesca ventana estaban las estufas en las que se cocinaban las comidas, la hielera con sus asas y bisagras casi acabadas debido al uso incesante, y también los fregaderos recubiertos de cobre, y en el suelo un pasillo de linóleo. Enfrente de todo eso estaba el mostrador corrido de pared a pared, con una pequeña sección que se levantaba para permitir el paso de la parte trasera del mostrador. Había un solo foco eléctrico colgado de una viga en el centro del salón que competía débilmente con la luz intensa que penetraba del claro de la gran ventana, pero de todos modos esa única bombilla reflejaba su luz contra los nichos que formaban las ventanas.

No había bancos en la barra, pero una media docena de mesas estaban diseminadas al acaso por el salón, y cada una de ellas estaba acompañada de bancas de madera hechas a mano. Detrás del mostrador había varias guitarras y sobre las paredes colgaban anuncios cuyas letras estaban hechas artísticamente a mano, dando muestras de las intenciones del pintor de exhibir su cultura literaria.

Uno de esos anuncios decía en español:

"Mientras los hombres duermen, todos son iguales".

Como una réplica a esa cita estaba escrito con letra femenina y con lápiz grueso en la parte baja:

"Quizá, pero no antes de que se duerman", y firmaba: Rosa.

Y abajo de eso algún hombre escribió:

"¿Quién podría saberlo mejor que Rosa?"

En una pared en la que la luz daba de lleno, se veía un mural grande mostrando a un caballero joven y apuesto, ataviado con un traje de colores ajustado excepto en la parte baja de los pantalones, con una banda de seda atada en la cintura y dos pistolas con cachas de plata en las caderas, tocando una guitarra para una embelesada señorita que lo oía desde un balcón, exhibiendo unas trenzas negras y largas, con una mantilla sobre los hombros y un vestido a la usanza europea del siglo diecinueve. El mural se extendía para presentar un pastizal interminable salpicado de vaqueros montados a caballo, espléndidamente vestidos, con aspecto despreocupado mientras veían pastar al ganado. Como complemento el pintor había colocado en un extremo un río ancho con aguas azules, circundado por naranjos llenos de fruto, pero ya nadie creía en eso.

La entrada casual de Julio pasó inadvertida. Dirigiéndose con pasos lentos hacia la barra del fondo, oyó a una media docena de viejos exagerando los salarios que habían tenido en el pasado. Un hombre y una mujer con un recién nacido estaban sentados en otra mesa frente a dos botellas de vino, preguntando acerca de trabajo, y tres hombres les proporcionaban informes sobre la situación local. La mujer era hermosa pero rolliza, con manos grandes y brazos musculares, y vestía con una blusa descolorida y una falda que a fin de ajustársela había tenido que usar alfileres de seguridad. El hombre usaba guaraches mexicanos de los que Julio no veía muy a menudo, pero con excepción de eso tenía el mismo aspecto de cualquier otro cosechero de California. Recargados sobre el mostrador había dos hombres pasados de copas; uno de ellos apenas capaz de levantar la cabeza mientras de su boca le escurría abundante saliva.

El dueño del negocio, de rostro pálido por la falta de sol, regordete y bien vestido, estaba de pie con los brazos cruzados detrás de una registradora junto al mostrador. Una mujer delgada cocinaba en la estufa, y sus ropas flojas buscaban en vano una cintura; guisaba alguna salsa picante y sazonaba una gran cazuela de frijoles. Se daba maña también para transformar bolas de masa en tortillas.

Los ojos de Julio aún se ajustaban a la escasa luz del establecimiento cuando tomó su lugar en la barra. Un hombre con delantal que había estado barriendo le dirigió una mirada interrogante.

—Cerveza —pidió Julio poniendo quince centavos sobre el mostrador.

Mientras levantaba su tarro para beber, el aroma de un perfume corriente le indicó que aquella a quien buscaba se encontraba cerca. Volviéndose a mirar detrás de él y a su derecha, la vio, a Rosa, la chica que había visto la vez anterior que estuvo allí. Estaba sentada al lado de un hombre que reía. Julio prestó atención a lo que hablaban.

Rosa hablaba el inglés con muy poco acento mexicano.

—No me toques. No estoy de humor, particularmente para un cholo borracho sin dinero.

El hombre rió y continuó tratando de acariciarla. Entonces ella levantando una botella de cerveza amenazadoramente le dijo:

—Te hablo en serio. Te daré un botellazo si insistes. Y ahora largo de aquí.

—Rosa, yo te compré esa cerveza. ¿Es esa la manera de mostrarme tu gratitud golpeándome con ella?

Julio vio moverse los ojos de la muchacha para mirarlo. En seguida empujaba al hombre que insistía en molestarla.

—¡Lárguese! ¡Fuera de aquí! Tengo un negocio que atender.

Rió el hombre de buena gana y le dijo:

—¡Negocios! Con seguridad que usaste la palabra exacta —y encogiéndose de hombros se retiró.

La muchacha se corrió un poco sobre la banca en que estaba sentada y miró a Julio invitándolo a sentarse. Con su botella de cerveza en la mano fue Julio a su lado. Casi inmediatamente el hombre con el delantal colocó una botella de cerveza enfrente de Rosa y miró a Julio.

—Quince centavos, señor —le dijo tranquilamente a Julio.

Con un poco de disgusto pagó Salazar los quince centavos y se volvió hacia la muchacha. Ambos hablaban inglés; para aquellos que lo hablaban bien era una cosa normal hacerlo.

—My name's Julio Salazar —le dijo presentándose y mirándola.

Pensó de ella Julio que tendría unos veinte años, quizá dos más o menos. Usaba un vestido con colores combinados negro y anaranjado, que le cubría hasta la rodilla y zapatos de tacón alto. Aquel atavío le quedaba ajustado en las caderas y en el busto y se lo ajustaba más aún con un cinturón ancho. Sus nalgas eran llenas pero no desproporcionadas, su vientre firme pero no sobresaliente y se extendía hacia arriba para dar nacimiento a unos senos agresivos que terminaban abajo de un cuello robusto y de unos hombros bien formados.

La agradable carnosidad de sus labios no podía ser ocultada por los zarcos encarnados de lápiz labial que parecía la intención de un niño, de dibujar un pájaro en pleno vuelo. Sus ojos negros y expresivos se movían bajo esas pestañas, embadurnadas de rímel para darle una apariencia de una mujer oriental. Sus cabellos eran de un negro brillante y los mantenía en su sitio con pasadores cada uno con una cuenta grande de vidrio rojo en cada extremo. Adornaba su cuello, orejas y muñecas con joyería barata de tiendas de cinco y diez.

—Hola —le dijo respondiendo a la presentación que le había hecho—. Me llamo Rosa. Ya te había visto antes aquí. Gracias por la cerveza. ¿Tienes un cigarrillo?

Del bolsillo de su camisa Julio sacó una cajetilla de Bull

Durham y sus ojos la interrogaron. Ella hizo un movimiento de aprobación y él le encendió el cigarrillo, mientras tanto le dijo:

—He querido hablar contigo desde que te vi la otra noche.

—Habla —dijo ella mirándolo admirada. Empezó él a decir algo, tomó un sorbo de su cerveza y tartamudeó. Rió ella y le dijo—: Habla, Julie. Parece que te amarraron la lengua.

Era la primera vez que Julio oía su nombre familiarmente pronunciado en inglés.

—Me llamaste Julie. Ese es nombre de mujer.

—Vamos, corazón, no necesitas preocuparte de que te tomen por una mujer.

—O.K. De todos modos esto es de lo que yo quería hablar contigo. Desde que te vi he venido pensando mucho. Yo...

—¿Has estado siempre con los cosecheros?

—Mmm... sí. ¿Por qué?

—Porque eso salta a la vista. Muy pocos escapan de ello, pero quizá tú seas uno de esos. Como yo. Ya sabes que soy una prostituta, ¿verdad?

En cierta forma Julio no estaba prevenido.

—Pero, mmm...

—No sientas vergüenza. Todo mundo lo sabe aquí. No pretendo aparentar otra cosa.

Durante un momento permaneció Julio silencioso y después empezó a preguntar:

—Pero, ¿por qué...

—¿Por qué? Simplemente porque sí. Llegó el momento en que me sentí endemoniadamente enferma y cansada de recoger tomates y lechugas, uvas y naranjas y espárragos. Vi a mi padre ya viejo matarse. Pobre viejo bastardo. Sólo tenía yo quince años. Trataba de ahorrar suficiente dinero para establecerse en algún lado. Se había pasado toda su vida en los campos y repentinamente resolvió que esa vida no era para él. Empezó a trabajar de sol a sol, domingos y días festivos, cosechando, cortando, trabajando, trabajando. Todo para ahorrar dinero, estaba ya tan delgado como una escoba. Cierto día simplemente cayó muerto. Lo encontramos en el campo todavía con el cuchillo en una mano y la otra sujetando un racimo de uvas. El jefe suyo hijo de perra, el tipo dueño de aquel lugar nos dijo que le pagaría solamente su salario del día anterior. ¡Maldito sea! Bien que sabíamos que mi padre no había retirado ni un solo *dime* desde hacía dos meses. Y allí estaba mamá con nueve chiquillos y otro en camino.

Hizo una pausa y se vio un poco confundida de hablar tan abiertamente. Julio estaba conmovido.

—¿Y ahora en dónde está tu familia?

Lo miró ella desafiante.

—No lo creerías. Tienes coche, ¿verdad? Vamos. He estado en este tugurio durante tres días y quiero largarme de aquí. Te enseñaré en dónde está.

Julio la siguió acompañado de las risas y silbidos de felicitación de los parroquianos.

Dirigió Rosa miradas de aprobación al camión viejo destartalado y mientras cruzaban dando tumbos y zangoloteos para salir del barrio ella escuchó con admiración y un poco divertida cuando él le contó la historia del renacimiento del vehículo. Cuando al fin llegaron a la carretera principal siguiendo las direcciones de ella, Rosa echó la cabeza hacia atrás, y dejó que el viento jugara con sus cabellos.

—Y ahora dime tus planes. Primero, creo que me necesitas por alguna razón. Segundo, lo que planeas tiene que ser ilegal. La gente siempre llega a una prostituta con planes ilegales.

Julio rió de buena gana preguntándose por qué se sentía tan a gusto, siendo una de las pocas veces que estaba solo con una mujer, y la primera vez que se le presentaba una buena oportunidad para desenvolverse sexualmente. En ese momento tuvo el deseo de que se volviera ella a mirar más hacia su derecha en dirección de los campos, porque de ese modo el vestido se le subía más arriba de las rodillas y él podía echar algunas miradas rápidas.

—Bueno, he estado pensando y planeando. Ya sabes cómo es el trabajo de las cosechas. A menudo un agricultor verá que la cosecha se ha retrasado un poco. No contrató suficientes hombres y se le echaría a perder algún producto. Entonces con urgencia busca un par de docenas de hombres para que le trabajen un par de semanas. Les paga un poco más si puede encontrarlos, pero algunas veces no encuentra a nadie. Entonces con el arado riega el producto echado a perder y lo utiliza como fertilizante. Su problema es encontrar trabajadores buenos cuando todos están empleados. Y ahora te diré mi idea. ¿Más o menos cuántos "mojados" crees que haya en el barrio? Quiero decir, tipos que estén ilegalmente sin papeles, escondiéndose de "la migra".

Torció los labios antes de contestar.

—Oh, I don't know, cincuenta, maybe. Esos tipos generalmente están aquí sin familia, así que los veo muy a menudo. Casi siempre viven en los peores cuartuchos del barrio…

—I know. Esperan noticias de un "chance" para ir a trabajar por allá en los montes, esperando trabajar un par de meses antes de que la migra los atrape y los regrese a Tijuana. Entonces se la rifan y tratan de regresar otra vez para un nuevo par de meses. Pues bien, esta es mi idea. Yo tengo esta "troca" (camión). Es un buen transporte, voy a averiguar durante un par de días quién necesita ayuda extra. Y aquí es en donde entras tú. Necesito que me busques a esos mojados. Les ofreceré un "ride" para llevarlos al trabajo que yo les encuentre. Será diariamente. Y les daré su "lunch". Necesito que te pongas en contacto con esos tipos y también que les hagas algunos tacos. Esa es la chamba. "Un jale", transporte ida y vuelta y su lunch. ¿Qué te parece?

Lo miraba Rosa con interés.

—Sí, parece estupendo. Pero tendrás que andarte con cuidado. Un mojado salta a la vista por ciertas razones como un pulgar lastimado en una mano. Tan pronto como un gabacho en el pueblo te vea con ellos llamará a la "chota".

—Right. Entonces creo que tengo que hacerlo por abajo del agua. Por eso necesito ayuda. Tú estás en buenos términos con el dueño de La Posada. Si podemos correr la voz entre los mojados para que se junten allí, sería un buen lugar para hacer los lunches y todo. ¿Te parece bien?

Ella pensó durante un momento.

—¿Cuánto vas a cobrar por cada paquete?

Encogiéndose de hombros dijo Julio:

—Estaba pensando en un varo y medio al día.

Pensativa Rosa le preguntó:

—¿Y cuántos puedes controlar al día? ¿Conseguirles jale y llevarlos?

—Creo que en mi troca puedo llevar veinte sin romper muelles. Puedo salir con una carga del barrio al amanecer y regresar por otra en dos horas. Eso llegará a cuarenta mojados por día. A un dólar y medio cada uno, serán sesenta dólares al día, y dólares, no pesos.

Continuó él guiando el camión dejándola que le hiciera

digestión aquello. Después de breves momentos lanzó ella un ligero silbido.

—Por supuesto que no todo es ganancia —continuó Julio—. Necesito a alguien como tú y tengo que pagar. También hay que pagar por los lunches y lo demás, y también piensa en la gasolina.

Rosa se acercó a él y sonriendo le tomó una mano.

—Desde la primera vez que puse mis ojos en ti supe que eras interesante.

—Entonces, ¿estás conmigo? ¿Trabajarás conmigo en esto?

Dio la impresión Rosa de rejuvenecerse y verse más hermosa cuando exclamó con entusiasmo las primeras muestras de alegría que Julio vio en ella.

—Sí. Oh, Julio, quiero intentarlo. Este es el primer trato que me hayan ofrecido que no fuera cosechar verduras o dar las nalgas. Vamos a trabajarlo, y no te preocupes por pagarme —al sonreír se le hicieron hoyuelos en las mejillas—. Nos partiremos. En todo. Yo buscaré a los mojados. No te preocupes por lo de La Posada. Con lo que tengo con el jefe, ese lugar será como nuestro —deslizó Julio su brazo detrás de ella y Rosa se retiró un poco del respaldo para que él pudiera abrazarla completamente—. Allá. Toma este camino. Mamá y los chavalos viven junto a aquel pantano.

Julio guió entonces el vehículo hacia donde le señalaba Rosa, que era un sitio aislado, y del interior de una casucha salió la señora Grijalva, la madre de Rosa. Alrededor de una docena de niños de todos tamaños, salieron corriendo rodeando a Rosa mientras ésta presentaba a Julio con su madre. Intercambiaron cumplidos y en seguida la señora tomó una vara para alejar a los niños de Rosa.

—¡Largo de aquí! Rosa no tiene "monedas" para chamacos mugrosos. Déjenla sola, ha venido a visitarme.

Uno de los chicuelos recogió una piedra pequeña e hizo un ademán amenazador, pero huyó inmediatamente cuando la señora Grijalva le hizo frente blandiendo la vara.

Entonces para diversión de Julio la madre de Rosa dio principio a una invectiva.

—Tus hermanos mayores nunca me traen un centavo. Bueno, allá de vez en cuando, cuando vienen a casa después de andar por allá puteando en los campos me dan un dólar. Ahora ni siquiera tengo el dinero que gano por cuidar a todos estos mocosos. Estábamos tan pobres que tuve que pedir adelantado de los padres de ellos. Y ya sabes que cuando pides adelantado, en vez de darte veinticinco centavos porque se los cuides todo el día te recortan a quince. Tu hermano Juan cree que ya es lo bastante grande pa' irse a cortar fruta y eso quiere decir que tendré que comprarle zapatos tan pronto como encuentre a alguno que vaya a la ciudad en donde se pueden conseguir algunos usados…

Antes de que ella terminara Julio vio a Rosa sacar algunos billetes arrugados de un pequeño bolso que llevaba consigo, para dárselos a su madre. Los ojos de la vieja mujer se humedecieron y besó a su hija diciéndole con intensa sinceridad:

—Con seguridad que el bien y la misericordia te seguirán durante todos los días de tu vida y morarás por siempre en la casa de Dios.

Cuando Julio y Rosa estuvieron listos para retirarse la señora Grijalva llamó a los hijos:

—Vengan a decirle adiós a Rosa, ya se va.

Y desde los tules oyeron:

—No podemos. Encontramos un animal raro en el agua.

—No lo toquen. Podría morderlos.

—No nos morderá, no puede correr muy de prisa y lo tenemos agarrao con una estaca.

Julio regresó a la casa desierta del rancho de los Gibson. Estacionó su camión al frente y apagó el motor. Durante un momento permanecieron sentados apreciando la quietud del lugar mientras Rosa miraba alrededor.

—Está bonito aquí —dijo ella—. ¿No hay nadie?

—No. Mi familia se fue esta mañana.

Bajó ella del vehículo y él fue a unírsele mientras caminaba observando los alrededores. Pensó Julio que él estaba ocultando su emoción.

—¿Vive tu familia en la casa grande?

—Sí. En donde nos alojamos es el lugar mejor. Venimos todos los años. Esta casa está algo así como reservada para nosotros.

Directamente a la casa que los Salazar llamaban suya había un bebedero para caballos, seco en esos momentos, pero que podía llenarse con una bomba de agua colocada en un extremo. Rosa subió y bajó la palanca unas cuantas veces y el agua brotó del bitoque haciendo gorgoritos.

—Funciona —dijo ella mirándolo fijamente durante un momento. En seguida le pidió—: Hazme un favor.

—Dime —respondió él.

—Llena de agua el bebedero. Me encanta bañarme.

Empezó Julio a bombear y ella escudriñó alrededor del granero, de la casa y de los establos.

—¿No hay nadie por aquí?

—Ni un alma hasta la primavera.

En tanto el agua iba alcanzando la mitad del bebedero, ella empezó a quitarse sus ropas. En cuestión de segundos estaba completamente desnuda exponiendo su cuerpo a la pálida luz del anochecer.

—Es bastante —le dijo, y volviéndose de espaldas a él colocó una de sus nalgas bien formadas sobre el borde del bebedero subiendo una pierna que metió en el agua.

—¿Fría? —preguntó Julio y se sorprendió del sonido de su voz.

—Sí, pero está sabrosa —y se volvió a él para preguntarle—: ¿Jabón?

Con paso rápido entró Julio en la casa y regresó con una teja delgada de jabón. Ella agachó los hombros y le presentó la espalda. Los dos pudieron sentir la pasión en sus manos mientras él enjabonaba y frotaba la piel suave y bronceada de su espalda. Repentinamente se llevó ella la mano a la nariz y apretándosela con los dedos se echó hacia atrás dejando que el agua la cubriera, después se sentó y limpiándose el agua de los ojos le pidió murmurando:

—Enjabóname todo el cuerpo.

Cuando terminó aquel delicioso baño le llevó él una toalla hecha de saco de harina y ella lo siguió al interior de la casa. El único mueble que había quedado era una cama hecha de un tambor de resortes montado sobre bloques de madera y un colchón delgado. Se dio cuenta Julio de que no sabia cómo resolver esa situación. Pensó furioso que a menos que le manifestara sus sentimientos, ella se vestiría pensando que él no estaba particularmente interesado en poseerla. Pero los conocimientos que había adquirido en una buena parte de sus dos décadas de vida lo cohibieron de modo que hecho un tonto titubeó. Había deducido según su experiencia que las chicas que fornicaban, prostitutas o no, fornicarían con cualquiera, en cualquier tiempo, y que todo lo que había que hacer era pedírselos con el más bajo de los lenguajes. Y sabía también que para las rameras todo era negocio y que jamás podrían sentir afectos o amores personales. Y ahí estaba él enfrentándose a una prueba de que quizá todo lo que sabía de mujeres no era verdad. Pero de todos modos no sabía cómo acercarse a ella y expresarle su deseo. Entonces imaginó que ella de algún modo adivinó su situación y resolvió su dilema. Secando su cuerpo se tiró en la cama boca arriba.

—Ven —le dijo con suave urgencia tomándolo de una mano y atrayéndolo hacia ella. Él accedió—. No, no. Así no. Despacio, despacio —pero había sido demasiado tarde. Un poco divertida, deslizó ella su cuerpo haciéndolo a él a un lado y descansando sobre un codo lo miró a la cara—. Ustedes primerizos —dijo ella moviendo la cabeza lentamente y con una mirada de sabiduría—: Platícame cualquier cosa. Dentro de cinco o diez minutos estarás bien otra vez.

Todavía respiraba agitadamente cuando él echó su cuerpo encima de ella.

—Estoy bien ya en este momento —dijo él, y ella recibiéndolo rió un poco.

Y dio principio la empresa de Julio. En cuestión de dos días había establecido contacto con un buen número de hacendados en las áreas circunvecinas. Tomó nota de lo que uno estaba cosechando, y cuándo había probabilidades de que una cosecha atrasara su programa y de lo que el hacendado pagaría por ayuda extra durante la crisis. Rosa reunió a los espaldas mojadas del barrio. Julio obtuvo permiso de la familia Gibson para permanecer en la casa abandonada del rancho mientras, según explicó, encontraba algo en que trabajar.

Al tercer día Julio y Rosa estaban en La Posada al amanecer y encontraron a más de una docena de trabajadores que esperaban ansiosos. Algunos tenían el dinero para pagar por el empleo conseguido, por el transporte y el almuerzo, y Julio tomó nota de los que no pagaron de inmediato. Él y Rosa estuvieron en bancarrota antes de que los espaldas mojadas recibieran su primera paga, pero cuando cobraron, recuperaron sus gastos y les quedó un remanente de cuarenta dólares.

Una mañana iba conduciendo su camión felizmente, después de haber dejado en el campo a quince trabajadores y con muy poco quehacer hasta que llegara la hora de recogerlos por la tarde. Entonces pensó que después de hacer una parada más para ver si el viejo señor Bivins iba a necesitar ayuda extra, iría a encontrarse con Rosa en la casa del rancho.

El señor Bivins lo recibió en el patio del granero.

—Hola, Salazar, no sabes cómo me alegra verte. Me voy a ver en líos si en dos semanas más no consigo dos docenas de buenos brazos. ¿Puedes conseguírmelos?

—Seguro —repuso Julio sin saber en dónde podría conseguirlos, ya que los que había disponibles estaban trabajando todos.

—Muy bien, pues de otro modo tendría que jalarlos desde el condado de Fresno y pagar sus pasajes. Les pagaré buenos salarios. Tres centavos más de lo normal. También Jack Hibbs por allá en aquellos riscos. ¿Ya conoces su propiedad? Me dijo que si te veía te dijera que pasaras a verlo. Creo que navega en el mismo barco que yo.

Cuando regresó a Olmo después de ver a los dos hacendados estaba furioso pensando cómo podría suministrar más trabajadores. Si fuera a conseguirlos de otras regiones, no sólo sería peligroso sino que el barrio no tendría alojamiento para ellos. Como andaban las habitaciones, durante la temporada de cosechas, estaban llenas de trabajadores inmigrantes.

Entonces se le ocurrió una idea. En sus viajes hacia la ciudad había visto una negociación que desempacaba maquinaria agrícola nueva. Recordó que al ver las grandes cajas pensó que eran mejor para vivir que muchas de las casuchas en que vivían los cosecheros. Con esa idea guió su camión hacia esa compañía.

Al entrar en el patio en donde estaban aquellas grandes cajas vacías se le dijo que viera a Johnny Rojas en la oficina.

—El es nuestro contador —le informaron.

Cuando Julio entró en la oficina de ventas se sintió incómodo. El lugar olía a maquinaria nueva, tenía ventanas grandes y un inmenso aparato de aire acondicionado bañaba de aire fresco todo el lugar. Había algunos vendedores alrededor y Julio se dio cuenta de que mientras pensaba que se veía bastante bien vestido en el barrio, debía verse muy fuera de lugar allí. Sus pantalones de vestir eran más bien voluminosos, llevaba puesta una camisa deportiva de manga larga con un cuello muy amplio con una corbata y sus zapatos estaban muy gastados.

Lo enviaron hasta el fondo de un salón grande, detrás de un equipo nuevo y muy limpio que descansaba sobre el piso. Encontró a dos mujeres jóvenes trabajando sobre sus escritorios. Eran americanas y lo vieron con una tolerancia cortés.

—Hola —dijo—, busco a Johnny Rojas.

—¿Es usted amigo de él? —le preguntó una de las mujeres.

—No, sólo quiero comprar algunas cosas y me dijeron que lo viera.

—Un momento, veré si está —la mujer que lo atendía cruzó

una puerta que estaba detrás de su escritorio y regresó después de unos momentos——. Venga usted conmigo, señor…

——Julio Salazar ——dijo siguiéndola y pensó que ella sabía que Rojas siempre estaba.

——El señor Salazar quiere verlo ——dijo la mujer presentándolo y se retiró.

Johnny Rojas estaba de pie junto a un archivero revisando una carpeta. Usaba una camisa blanca de cuello almidonado y un traje de hombre de negocios, de color gris. Sus zapatos eran de un negro brillante combinados con blanco. Su corbata se mantenía en su sitio con un broche. No usaba bigote y su cabello era corto y muy bien arreglado. Desde el sitio donde se encontraba Julio pudo distinguir los ojos grises de aquel hombre, esos ojos que a menudo se encontraba entre sus conterráneos y que siempre eran motivo de comentario. El cutis de Rojas era menos blanco que el de un americano pero no demasiado moreno. Dirigió una mirada breve a Julio y después titubeó un poco antes de volver a mirar los papeles de negocios que estaba estudiando.

——Estaré con usted en un momento ——le dijo a Julio. Su inglés era perfecto hasta el punto de la inflexión americana popular.

Se le ocurrió a Julio que nunca había oído a ninguno de sus amigos o compañeros trabajadores usar esa frase. Allí estaba de pie torpemente, y mirando alrededor vio que el hombre tenía una fotografía suya con una mujer y niños, y pensó Julio que era obvio que fuera su familia y que obraba como los americanos. Llamó su atención un documento enmarcado que estaba fijo en la pared y trató de leer aquella impresión desconocida, pero sólo pudo entender:

"La Escuela de Negocios de Olmo"
otorga el presente diploma
A JUAN ROJAS
que ha terminado satisfactoriamente
su curso de contador y administrador de empresas.

Julio se dio cuenta de que Rojas estaba viéndolo.

—Es un diploma universitario —le dijo Rojas sonriendo y Julio lo examinó más de cerca.

—Nunca había visto uno —le dijo.

—Son muy útiles —comentó Rojas con un tono de rutina—. Y ahora dígame, ¿qué puedo hacer por usted? —y se sentó en una silla giratoria entrelazando las manos con los codos sobre el escritorio.

—Quiero comprar esas cajas grandes en las que llegan sus máquinas.

—¿Aquellas que están cerca de la reja? Espere un minuto —fue Rojas a su archivero y repasó algunos papeles hasta que finalmente encontró lo que quería—. Veamos. Sí. Esas cajas son en las que nos llegan las "Y-15". Casi cada dos meses viene un hombre y se las lleva. Nos paga dos dólares y medio por cada una de ellas.

El rostro de Julio se alargó.

—Bueno, ¿y no me podría vender algunas?

Le sonrió Rojas con complacencia.

—Todo es negocio…, ¿cómo dijo que se llamaba?

—Salazar. Julio Salazar.

—Oh, sí. Si nos quiere usted pagar más haremos negocio con usted. ¿Quiere comprarlas todas? Salen alrededor de una docena al mes.

—No..., yo sólo necesito cinco o seis. ¿Me las vendería?

Rojas hizo una mueca y dijo lentamente:

—Sí creo que podamos, pero usted comprenda que no nos gusta hacerlo. Ese otro comprador nos las arrebata de las manos como un reloj y a nosotros nos gusta ser serios en nuestros negocios.

Se sintió Julio atrapado entre el resentimiento contra Rojas por ese uso que hacía del pronombre personal "nosotros" con el que deliberadamente trataba su negocio, y la admiración que sentía por ese mexicano obviamente sin tacha.

—¿Me vendería seis a tres dólares cada una?

Rojas pensó durante un momento y al fin aceptó.

—Creo que sí, Salazar. ¿Puede recogerlas?

—Sí, tengo un camión propio —contestó y rápidamente sacó de su bolsillo un rollo de billetes y contó dieciocho dólares. Extendió el dinero a Rojas pero éste no hizo el intento de tomarlo.

—Pague a la muchacha que está en el escritorio de afuera —le dijo.

Una vez más Julio estaba indeciso de si considerar a ese hombre como un renegado de su sangre o admirarlo porque hacía las cosas al estilo gringo. Finalmente llegó a la conclusión de que lo admiraba. Dio las gracias y se volvió para irse echando una última mirada a aquel diploma que colgaba de la pared. Mentalmente tomó nota del nombre, Escuela de Negocios de Olmo, y pensó: si esa escuela hizo eso por ti un día de estos voy a echarle una mirada para ver qué hace por mí, aunque sabiendo que probablemente nunca iría.

Mientras observaba a las mujeres con quienes hizo la transacción de su pequeño negocio las analizó. Bastante bonitas. Las dos solteras, si es que el no llevar anillos en los dedos significaba algo. Muy bien vestidas, sus cabellos estilizados. Más que nunca se dio cuenta de que para mujeres como esas para él ni siquiera existían. Lo habían mirado sin verlo y no les importó nada. ¿Por qué? Rojas salió y la actitud de ellas fue de chicas que flirtean con su jefe.

Julio sintió que aun su disgusto era inútil; como bracero mexicano él era demasiado insignificante para esas mujeres y no les causaba impresión ni de un modo ni de otro. Una de ellas le recibió el dinero, le entregó su nota de compra, lo guió hacia donde estaban las cajas y en seguida le dio la espalda para regresar hacia su oficina.

La imagen de Johnny Rojas grabada en la mente de Julio continuó persiguiéndolo. Mientras más se familiarizó con la ciudad de Olmo observaba con mayor detenimiento a los mexicanos americanizados. Había pocos, pero se dio cuenta de que vestían un poco diferente. Tan pronto como pudo hacerlo, una vez que sus servicios a los cosecheros empezaron a producirle un ingreso constante, fue de compras y adquirió un traje. Fue moderado en sus gastos y exigente, pero se dio cuenta muy pronto que la clase de trajes que usaban las personas como Rojas eran diferentes de los que él podía conseguir en la tienda donde compraba. Y también se dio perfecta cuenta de que se necesitaba algo más que un traje para tener la personalidad de Rojas. Investigó la posibilidad de entrar a estudiar un curso de administración de empresas, con el que estaba seguro que aprendería algo más de las materias que enseñaban. Empezó a ahorrar dinero. Su plan fue ahorrar lo suficiente para vivir mientras estudiaba; pero eso requería montones de dinero.

Averiguó que no se requerían estudios secundarios para ese tipo de estudios y él sabía leer y escribir bastante bien.

Pero el dinero era muy difícil de ahorrar. Particularmente con Rosa que ya se sentía completamente relevada de las responsabilidades de cualquier ganancia. Vivían los dos en una casa pequeña que alquilaban. Reconocía Julio cada día que pasaba lo viejo que estaba su camión, pero también pensaba que de comprar un coche jamás ahorraría lo suficiente para iniciar sus estudios. Y pensaba que gracias a Dios Rosa no era de ese tipo de mujeres que estuviera deseando vestidos nuevos y coche nuevo. Era hermosa, y estaba satisfecha con todo lo que tenían y hacían. Aun lo ayudaba a él a preparar los almuerzos y hacía los contactos de los trabajadores recién llegados al barrio. Y todas las noches ya era para él solo.

Entonces llegó un día en el que un hacendado llamó a Julio a su casa para tomar unas copas. Eso raramente sucedía, y Julio ante esa invitación decidió jugar el papel como de un igual de los negocios.

—Julie —empezó el viejo Smith—, ando bastante mal, financieramente quiero decir y necesito ayuda.

Julio dio un sorbo a ese whisky importado que le habían servido y esperó a que continuara.

—No voy a poder pagar mis rallas —le dijo Smith para abreviar. Los dos permanecieron sentados durante unos minutos sin decir nada.

—Ojalá pudiera ayudarlo —dijo al fin Julio rompiendo el silencio—, pero apenas la voy pasando.

—Quizá pueda —le dijo Smith. En la pausa larga que siguió Julio y el viejo Smith terminaron sus copas y el hacendado sirvió otras—. Mire, tengo alrededor de veinte hombres trabajando en el campo en estos momentos. Son los hombres que me trajo. Espaldas mojadas todos. Necesito pagarles alrededor de dos mil dólares porque les pedí que trabajaran por mes. De todos modos no tengo el dinero para pagarles.

Julio dio a entender que comprendía la situación. No le cabía duda que era algo serio.

—No me caería en gracia que veinte espaldas mojadas se volvieran contra mí enojados porque no pude pagarles —le dijo Salazar.

—Ese es exactamente mi punto de vista —dijo Smith—. De modo que para hacer corto mi cuento le diré. Si los oficiales de inmigración llegaran a mis campos este viernes y se los llevaran después de atraparlos trabajando me ahorraría grandes dolores de cabeza y ya después podría pagarles cuando regresaran nuevamente. Usted sabe tan bien como yo que algunas veces esos espaldas mojadas son deportados a la frontera y regresan en cuestión de días.

Julio hizo un movimiento de cabeza asintiendo.

—Y ahora —le dijo—, para hacer corto mi cuento le preguntaré: ¿Cuánto vale eso para usted?

Smith se golpeó la barba y dijo secamente:

—Cuatrocientos.

—Que sean quinientos.

—Trato hecho.

Escondido tras de unos árboles en una loma Julio observaba cuando llegaron tres automóviles llenos de agentes y un autobús de la inmigración de los Estados Unidos.

Los rodearon, les mostraron su identificación y no hubo resistencia. A través de aquel ambiente inmóvil vio Julio salir a

Smith de su casa y exigir en voz alta que le dijeran qué era lo que ocurría.

También otro hombre, un trabajador legal, había sido testigo de la redada y cuando Julio y Rosa entraron en La Posada esa noche la noticia estaba en los labios de todos. Era la primera vez que Rosa había oído que ocurriera algo semejante.

—¡Veinte de nuestros trabajadores! —exclamó—. Me pregunto quién sería el hijo de perra que los delató.

—No lo sé —aventuró un hombre—, pero no me gustaría estar en su pellejo cuando ellos regresen.

—"Si" es que regresan —dijo confiado Julio.

Pero estuvo preocupado y se mantuvo alejado del barrio durante varias noches hasta que después de algunos días de que no tuvieron noticias volvieron él y Rosa a frecuentar La Posada.

Fue alrededor de un mes después cuando él y Rosa sentados frente a una mesa hacían planes para más colocaciones cuando Julio oyó que alguien gritaba detrás de él:

—¡Oye, cabrón! ¡Grandísimo bastardo!

Se volvió rápidamente y al principio no reconoció al hombre, que había sido uno de los que les consiguió trabajo y albergue. El hombre estaba harapiento, sucio de pies a cabeza, los zapatos eran más pedazos de cuero que calzado, pero el cuchillo que sostenía en su mano era brillante como si fuera recién comprado.

El hombre habló a gritos para que todos lo oyeran:

—Este perro traidor nos delató con la migra para que el patrón gringo no nos pagara. Lo sé bien. Uno de los agentes que nos agarraron no era gringo y cuando nos echaron pal' otro lado de la frontera nos dijo todo. Ahora tiene que pagar.

En esos momentos ya Julio se había puesto de espaldas al

mostrador y sin retirar la mirada del hombre que llegaba a cobrarse estiró el brazo para coger la botella que había visto a un lado suyo. Se sintió sorprendido cuando la botella no cedió, y volviéndose vio que el tabernero la sujetaba firmemente y movía la cabeza al mismo tiempo.

El hombre del cuchillo apresuradamente fue hasta la puerta y gritó por arriba de su hombro:

—¡Aquí está! —y otros tres del mismo aspecto del primero entraron.

Avanzaron los cuatro hacia Julio. Rosa hizo el intento de intervenir y el hombre con el cuchillo le hizo una finta fallando deliberadamente por unos cuantos centímetros y ella retrocedió.

Cuando finalmente cesaron los golpes y los puntapiés, Julio sólo se daba cuenta vagamente de que Rosa estaba ayudándolo a subir al camión. Fue ella la que guió el vehículo hasta su casa y lo despojó del traje y la camisa ensangrentada. Le limpió las heridas y le aplicó compresas calientes en los verdugones.

—¡Tarugo, hijo de perra! —le dijo ella con disgusto—. ¿Qué fue lo que te hizo delatarlos?

—Quinientos dólares —dijo Julio a través de sus labios hinchados que le dolían terriblemente para hablar.

—Bueno, pues acabaste con nuestro negocito. ¿Oíste lo que él dijo? ¿Lo que dijo el tipo del cuchillo?

—No.

—Dijo que también los otros vienen en camino. Entre todos establecieron una competencia para ver quién te pescaba primero. De modo que en cualquier momento llegarán los demás. Tenemos que huir de aquí. ¡Imbécil, hijo de perra! Y ahora empaquemos para largarnos. ¿Tienes una idea a dónde podamos ir? Quiero decir en algún sitio en donde no puedan encontrarte.

Julio estaba sentado sobre la cama limpiándose el rostro con un lienzo húmedo.

—Sí —dijo después de un momento—. A Los Ángeles. Allá podemos empezar de nuevo, y nunca nos encontrarán. Además, de todos modos allá quería ir. He oído que allá hay buenas escuelas en donde podré estudiar y también… creo que allá es donde está mi padre…

Lo primero que hizo Julio cuando llegaron al barrio mexicano del Este de Los Ángeles fue iniciar la búsqueda de su padre en todas las tabernas. Rentaron un apartamento pequeño y en el curso de unas cuantas semanas todas las cicatrices de la golpiza que le propinaron a Julio habían desaparecido. Todas las mañanas dejaba a Rosa sola y regresaba por la noche después de haber estudiado las posibilidades de la ciudad. Había esperado que el Este de Los Ángeles fuera un lugar en donde encajaría fácilmente, pero se encontró con que no era más que un muchacho campesino que lo demostraba en todo lo que hacía, decía y en el modo de vestir.

Los varios cientos de dólares con que llegó a la ciudad se esfumaban rápidamente hasta convertirse en una miseria. Y una noche Julio se enredó en una pelea de taberna con un hombre a quien pertenecía el cambio que había sobre el mostrador. Y llegó la policía y Julio y el hombre fueron a dar a la cárcel.

—Por emborracharse en un lugar público, veinticinco dólares o doce días de cárcel.

Rosa se encontraba entre los asistentes en el tribunal. No tenía dinero pero trató de hacerle señales para animar a Julio. Éste se pasó dos días sudando en la cárcel, después de los que el carcelero abrió la cerradura de la reja y llamó su nombre diciéndole que alguien había pagado su multa.

—¿De dónde carajos sacaste esos veinticinco varos? —gritó cuando llegaron al apartamento, pero al momento vio los ceniceros llenos de colillas y las botellas vacías—. ¿En dónde está el resto del dinero? —rugió y en seguida se apoderó de los quince dólares que Rosa le mostró.

Al día siguiente salió en busca de trabajo pero no pudo encontrar nada. Dos días después al regresar por la noche encontró a un hombre pasado de copas, bastante bien vestido, que estaba a punto de llamar a su puerta.

—Aquí es en donde trabaja esa niña, ¿verdad? —preguntó el desconocido.

Julio entró para hablar con Rosa. Le dijo que estaban en la inopia y que si recibía a aquel hombre saldrían de aprietos. Ella estuvo de acuerdo, y Julio salió al pasillo y tomó el dinero de aquel tipo diciéndole que la "niña" estaba esperándolo.

—Bueno, y ahora soy un padrote —dijo resignándose mientras se sentaba frente a una mesa en una taberna ordenando una bebida.

Platicó Julio con Rosa diciéndole que continuara de puta durante una semana o unos días más, y esa semana se alargó a un mes y el mes a dos años.

Mientras tanto Julio seguía investigando las escuelas comerciales y las oportunidades para trabajar. No pasará ya mucho tiempo, le dijo a ella antes de que llevara a cabo sus planes.

Entonces llegó el día en que conoció a un hombre muy bien vestido que tenía un bigote muy bien recortado y hablaba inglés y español a la perfección. Aquel hombre y Julio rápidamente se hicieron amigos y le dijo a Julio que necesitaba una chica, y que tenía dinero. Lo llevó a su apartamento y se lo presentó a Rosa, que aún se veía como una real mujer, y en el momento preciso en que Julio recibía el dinero por el servicio y estaba metiéndolo en el bolsillo, el hombre bien vestido sacó unas esposas y arrestó a Julio y a Rosa llevándolos a la cárcel bajo los cargos de alcahuetería y prostitución.

—Sesenta dólares o treinta días —sentenció el juez.

Julio tenía, y lo sabía Rosa, más de cien dólares. Los dos estaban en el mismo tribunal y se encendieron en ira los ojos de Rosa cuando vio a Julio pagar su propia multa y salir sin siquiera molestarse en volver la cara para mirarla.

Salió del tribunal y caminó por la calle en busca de algo que hacer. Tenía cuarenta dólares y algunas monedas más, buena apariencia, ropas presentables, ¿por qué no podía él triunfar allí en donde medio millón de otros mexicanos triunfaban?

Vagó sin rumbo fijo por una y otra calle, y cuando pasaba frente a un comercio pequeño oyó algún ruido que venía del interior. Mirando a través de una ventana abierta, vio a una joven bastante atractiva tratando de instalar una estufa de gas no muy grande. Estaba utilizando una llave de tuercas demasiado pequeña que no era apropiada para lo que pretendía. Mientras ella no se dio cuenta de su presencia estuvo divirtiéndose observándola. Al fin se dijo para sus adentros:

"Esa chava me necesita".

4

Angelina Sandoval llegó al barrio mexicano del Este de Los Ángeles y como lo había anunciado a sus hermanos fue a vivir con la familia de la amiga de su niñez, Olivia Ornelas. Olivia era una joven vivaracha, morena, que trabajaba en una maderería que cortaba piezas de madera de diferentes tamaños y formas y las enviaba a diversas compañías que las ensamblaban fabricando gabinetes, cajas y cuadros de todas clases.

Olivia le consiguió empleo a Angelina en la misma planta y las dos chicas, una al lado de la otra, regulaban la producción de bloques y espigas que salían de las máquinas, y los seleccionaban y acomodaban para su embarque. La experiencia de Angelina de ardua labor en los campos hacía que apreciara en extremo las oportunidades de la vida citadina y trabajaba con entusiasmo, incluyendo horas extras diariamente, y llegó a ganar dos veces más de lo que su padre obtenía después de tantas horas de trabajos tan rudos.

Sin tener prácticamente ninguna experiencia con hombres

que no hubieran sido sus familiares, evitaba constantemente las situaciones en las que pudiera existir alguien que la cortejara. Su ineptitud para responder o reconocer formas sutiles de flirteo dieron como resultado el que fuera considerada por los hombres de la planta como una mujer que no estaba disponible para nadie. Las opiniones que oía de ellos no le importaron.

Después de varios meses de trabajo continuo en la maderería encontró aquella rutina aburrida y descubrió que aquella caminata de casi medio kilómetro todas las mañanas era lo más pesado de todo. En su camino diario pasaba frente a una bolería en donde el dueño vendía también diarios y revistas. Una de tantas veces al pasar frente a aquel sitio pensó que sería un buen lugar para instalar una taquería.

Por costumbre a la salida de su trabajo empezó a detenerse en la bolería para comprar algún diario (cualquier mujer del Este de Los Ángeles que se consideraba inteligente leía siempre uno de los grandes diarios impresos en inglés) y aprovechaba Angelina la oportunidad para charlar con el propietario, un hombre viejo que no hablaba inglés pero que alardeaba que era capaz de bolear un par de zapatos mejor que cualquier negro.

Cierto día el viejo bolero le dijo a ella:

—El negocio anda mal. Cuando se venza mi renta del mes voy a cerrar.

Esa noche Angelina se revolvía en su lecho sin poder conciliar el sueño pensando acerca de la taquería que deseaba establecer en aquel local. A la mañana siguiente camino a su trabajo preguntó acerca del arrendamiento. Sí, podría arrendar el local por un año con opción de renovarlo.

Aprovechando los diez minutos de descanso que en la planta les daban a media mañana para tomar café realizó algunas rápidas llamadas telefónicas para averiguar cuáles eran los permisos requeridos para abrir un negocio que incluyera la venta de alimentos.

Mientras consideraba las perspectivas de trabajar por su cuenta se sintió verdaderamente emocionada. Estaba más que dispuesta para controlar las horas de los desayunos, de atender a los trabajadores que iban a almorzar y de cuidar del servicio a los que acostumbraban tomar algún bocadillo por la tarde. Había advertido muy bien que no había ningún negocio de ese tipo en esa área considerando un buen número de cuadras en direcciones opuestas.

Renunció entonces a su empleo y se entregó a la tarea de convertir aquella bolería antigua en un expendio de tacos. Compró una estufa de gas con un mostrador amplio y estaba tratando de instalarla precisamente en el momento en que Julio Salazar entró en la que hasta entonces había sido su vida tranquila. Para ella Julio era grande, apuesto en un sentido moderado, de fácil palabra, de buen carácter y atractivo.

Con caballerosidad masculina en extremo Julio le indicó que estaba usando una llave inadecuada para instalar tubos de gas y se ofreció a ayudarla. Una cosa se combinó con otra y antes de que cayera la noche Angie estaba encantada con su nuevo socio, que había aceptado trabajar sin sueldo excepto por la comida y un poco de dinero para comprar cigarrillos y algunos pequeños antojos.

Con la ayuda de él la taquería estuvo lista para funcionar semanas antes de lo programado y un buen día los dos llegaron a las seis de la mañana para colocar un gran anuncio en que se leía ABIERTO.

Y llegaron los clientes. Al caer la noche las existencias de Angie casi se habían agotado y las tiendas estaban cerradas.

—Oye —le dijo a Julio—, mañana cuando hayas pasado la

hora de los desayunos te encargas del negocio mientras yo voy a comprar más carne, huevos y chiles.

Angelina estaba casi exhausta de dinero, pero los ingresos del día serían suficientes para abastecerse de lo necesario para dos o tres días más. Y así fue. Todas las noches Angie le daba a Julio un dólar o dos hasta que el negocio empezó a tener un ingreso considerable y fijo, y después de esto recibió Julio un aumento jugoso. Pero a pesar de eso estaba ganando mucho menos de lo que hubiera podido en cualquier otro trabajo para hombres, pero eso no lo molestaba.

Lo que sí lo incomodaba era el que esas muchas horas de trabajo habían cortado sus actividades sexuales. En vano trató de ver en Angie alguna señal de afecto por él. Algunas veces la acompañó hasta su casa y en todas ellas siempre lo dejó parado en la banqueta con la despedida trillada de:

—See you in the morning.

Pero Julio se dio cuenta de que tenía algo bueno entre manos. Era socio en cierto modo de un negocio y tenía una socia de muchas energías. Se permitía decir a las personas que conocía en las tabernas que frecuentaba después de las horas de trabajo:

—Tengo mi propio negocio —y no cejaba en hacer sus planes.

Si solamente pudiera casarse con Angie entonces la tendría a ella y a la taquería.

Cierto día entre las horas más ocupadas, Julio dio rienda suelta a sus sentimientos y con los ojos rasados en lágrimas le confesó su amor a Angelina. Le dijo que nunca había amado de esa manera. Que era una tortura para él continuar así estando tan cerca de ella y sin tenerla como esposa. Que si ella lo aceptaba él trabajaría en el negocio día y noche para darle a ella una real casa y tratarla como una mujer tan hermosa debía ser tratada. Le dijo terminantemente que no podía continuar así sin tenerla a ella como esposa.

Angie estaba sorprendida. Jamás había pensado demasiado en Julio, pero después de aquella fervorosa declaración quedó convencida de lo cruel que había sido. Sin haberle dado mucha importancia a un romance y aun cuando solamente sentía un poco de afecto por Julio, razonó que un hombre era tan bueno como cualquier otro. Julio no tenía malas costumbres hasta donde ella se daba cuenta, y la idea del matrimonio no le desagradaba a Angelina.

Finalmente Julio la convenció a que le diera su "yes" y en seguida hablaron con la familia Ornelas para que les prestaran su coche y al momento se pusieron en camino rumbo a la línea divisoria del estado, en donde un juez de paz en cinco minutos los unió hasta que la muerte los separara.

El concepto que Julio tenía del matrimonio no era nada nuevo. Creía en que todas las atenciones tenían que ser demostradas a una prometida o amante en potencia. Pero que una vez casados todas aquellas atenciones se hacían a un lado. El patriarcado completo había existido entre las gentes de ambos durante muchas generaciones y Julio no encontraba nada malo en ello.

A menudo les decía a sus amigos de taberna:

—Cuando un hombre le dice a su esposa: ¡brinca!, ella debe decir: ¿a qué altura?; y cuando el marido dice: a un metro, ella debe contestar: ¿cuántas veces?, y él debe decir: no importa cuántas, sigue brincando hasta que te diga que dejes de hacerlo.

Aquello por supuesto era una variación de una máxima americana que una vez oyó a un jefe suyo. Simplemente la adaptaba cambiándola de la costumbre original entre empleado y jefe a marido y mujer.

Angie debía estar en la taquería desde las seis de la mañana para abrir el negocio. Servían burritos de huevo, de chorizo, de frijoles, tamales, tortillas tanto de harina como de maíz y unos antojos más como hamburguesas y "hot dogs".

Julio llegaría durante las horas de más apremio y controlaría la caja registradora y quizá le gritaría unas cuantas órdenes a ella. Después de que los desayunos terminaban él salía de negocios, para ver de conseguir provisiones más baratas, "quizá", y regresar a tiempo para controlar la caja a mediodía. Las tardes eran básicamente lo mismo. Todo caminaba bien en la taquería. El negocio producía. Julio rentó entonces una casa pequeña para los dos. Tuvo muy pocos problemas para dominar la situación en el negocio.

Sin embargo, sí tuvo problemas para dominar a Angie en ciertos renglones. Ella no quería empezar a tener niños.

—Mira, baby, ahora estamos casados. Tiene que ser en cualquier momento que yo lo quiera…

—Lo siento, no voy a empezar a embarazarme cuando apenas vamos empezando en el negocio. Si quieres nalgas, tendrás que conseguir algo para protegerme —le dijo ella secamente.

—Eso va contra la Iglesia —le recordó Julio.

—Bueno, no va contra la Iglesia el que yo me conserve sin embarazarme —le replicó ella—. Si eres tan religioso tendrás que abstenerte, creo que así le llaman a eso.

Gruñendo Julio fue a una farmacia cercana en donde tenía cuenta corriente, y confiando en el farmacéutico tuvo que oír una larga disertación respecto a cómo debía ir a la cama con mujeres que deseaban hijos, o con otras protestantes o católicas que se habían hecho ligar las trompas, lo que el de la farmacia consideraba que reducía las probabilidades. Pero Julio compró preservativos y una vez más volvió a ser el amo de su casa.

Con el correr de los días el negocio prosperó más y más. Julio resistió todos los consejos de Angie para renovarse o ampliarse. Pensó que todo marchaba bien, y su conducta inflexible acarreó cada vez más discusiones hasta que las peleas con arrastradas y quedar fuera de combate se volvieron comunes. Realmente las arrastradas eran pocas, pero el que quedaba fuera de combate no era precisamente Julio y eso sí ocurría a menudo.

Salazar se había rehusado a dejar completamente varias de sus amistades femeninas y tampoco accedía a retirarse de sus borracheras. Angie era lo suficientemente cándida, o quizá lo bastante americanizada para creer que, por Dios, si podía trabajar y ganar tanto como Julio (y no había duda de que trabajaba y ganaba más que él), por lo tanto debía disfrutar de iguales derechos respecto a querer saber en dónde se pasaba las noches y gastaba su dinero.

Fue durante una de esas fricciones, unos cuantos años después de su matrimonio, cuando casualmente pasaban en su patrulla dos policías americanos enfrente de la casa de Angelina y Julio. Fue en una noche calurosa y las ventanillas del coche policiaco estaban bajas. Los dos policías oyeron claramente el inconfundible sonido de vidrios que se rompían y gritos. Detuvieron su vehículo y sacudiendo la cabeza uno de los agentes transmitió a su central la dirección y dijo que iban a investigar lo que parecía una infracción al código penal establecida en el artículo 415 referente a Disturbios Familiares.

Y así fue como en el momento en que Julio abofeteaba a Angie debido a que ella era lo suficientemente perruna para exigir que le dijera a dónde había estado antes, se oyó un fuerte llamado en la puerta. Aún furioso por lo que consideraba un insulto, Julio abrió la puerta con violencia y vio a los dos jóvenes policías parados en el cubículo de la entrada, con una apariencia muy formal.

—¿Qué es lo que quieren? —preguntó Julio entre dientes.

—Pensamos haber oído que alguien peleaba y nos preguntamos si alguno podía estar en dificultades.

—Aquí nadie está en dificultades, y ahora lárguense al carajo y no regresen o los echaré de mi casa con una escopeta.

Sin inmutarse los agentes miraron hacia dentro de la casa y vieron que Angie tenía exactamente el aspecto como si alguien hubiera estado golpeándola.

Uno de sus ojos estaba inflamado y su labio inferior sobresalía casi unos tres centímetros del superior.

—¿Está usted bien, señora? —le preguntó uno de los policías. Angie apenas estaba recuperando el aliento.

—No se metan en lo que no les importa. Esta es propiedad privada. Y ahora lárguense y déjennos solos —rugió Julio.

Uno de los representantes de la ley lo miró fijamente.

—Lo siento, señor, pero si la señora tiene dificultades tendremos que ayudarla. Si es que ella desea esa ayuda.

—Ella no quiere ayuda ni de ustedes ni de nadie —replicó Julio a gritos—. Ninguno les dijo que vinieran. ¡Y ahora lárguense!

El policía ignoró a Julio y preguntó nuevamente:

—¿Está usted bien, señora?

Angie fue hacia la puerta.

—No hay nada que puedan ustedes hacer —dijo todavía falta de aliento—. Por favor, retírense, todo irá bien.

—Hay mucho que podemos hacer, señora; si usted cree que necesita ayuda, simplemente díganos.

El rostro de Julio estaba lívido, principalmente por sentirse ignorado. Entonces gritó:

—Malditos bastardos, van a largarse de aquí antes de que...

Uno de los policías le interrumpió abriendo la puerta de alambre.

—Está usted infringiendo la ley —le dijo sin alterarse, pero con tono autoritario—. Será mejor que se calle mientras investigamos esto o nos lo llevaremos a la oficina central. Y ahora díganos, señora, ¿hay algo en que podamos ayudarla?

Angelina estaba recuperando su serenidad.

—¿Realmente lo... arrestarían? —les preguntó.

—Señora, todo lo que tiene que hacer es decirnos que él le ocasionó eso en su cara, que él fue quien la golpeó, y nos lo llevaremos.

Angie permanecía de pie ante ellos mirándolos y entonces se volvió mirando a Julio. Éste aún estaba furioso pero no lo bastante derrotado para desperdiciar sus oportunidades para permanecer libre. En esos momentos llegó otro auto policiaco, lo que no era extraño ya que era generalmente costumbre que durante las noches una unidad respaldara a otra que estuviera haciendo una investigación, y se detuvo sin apagar su motor.

Angie miró con desprecio a Julio, en seguida a los dos agentes que estaban en la puerta y después a las tres patrullas estacionadas al frente de su casa. Inmediatamente se dio cuenta del cambio de actitud de Julio, que pasó del estado furioso al de la apatía y en seguida al de la súplica.

—Baby, tú sabes que yo no te hice eso, ¿verdad? —le dijo humildemente.

Ella titubeó un momento. Otro de los agentes policiacos salió de una de las patrullas y se acercó a ellos. Cuando estuvo dentro del círculo de la luz del cubículo se pudo apreciar que era un chicano.

—¿Me necesitas, Walt? —le dijo a uno de los compañeros. Estos se volvieron para responderle.

—Hi, Raúl. No. Todos hablan aquí inglés, es un caso de rutina 415, podemos arreglárnoslas. Gracias de todos modos —Raúl se despidió con un ademán, regresó a su patrulla y se retiró.

Angelina aún continuaba pensativa.

—Entonces —les dijo, aún mirando desdeñosamente a Julio—, si se lo llevan será peor para mí cuando él regrese.

—Oh, no, no será peor, señora. Podemos asegurárselo; pero voy a decirle esto. Todas las noches tenemos casos como este, y continuará ocurriéndole a usted lo mismo hasta que no lo ponga usted a él ante la presencia de un juez.

—¿Y todo lo que tengo que hacer es decir que él me hizo esto? —preguntó gustándole repentinamente la sensación de poder.

—Es todo —contestó sencillamente el policía.

Con amargura Angie empezó a escupir las palabras.

—¡Llévenselo! Este hijo de perra bueno para nada. No es la primera vez, ni la segunda, tercera o cuarta. Regresa todas las noches oliendo a perfume de elaboración francesa, después de haber gastado mi dinero y me abofetea. Sí, él me hizo esto. Y espero que el juez lo encierre durante un año.

Los dos policías se irguieron un poco más y se pusieron también más alertas.

—¿Cómo se llama usted?

—Julio Salazar —contestó Julio derrotado.

—Salga por favor, míster Salazar —dijo uno de los policías cortésmente y sujetando la puerta de alambre. El otro agente con rapidez esculcó a Julio mientras el otro le esposaba las manos. Salazar se veía destrozado moralmente. Dirigió sus miradas por las casas vecinas y vio cabezas en todas las ventanas. Dos de los autos patrullas permanecían en la calle y ambos tenían encendidas las luces rojas intermitentes. Uno de los policías condujo enérgicamente a Julio hasta uno de los coches mientras el otro llenaba un reporte.

—Y ahora, señora Salazar, ¿tiene la bondad de firmar esto? —dijo tranquilamente—. Es solamente la queja en la cual manifiesta todo lo que nos acaba de decir.

Angelina titubeó un poco y preguntó:

—¿Y si no la firmara?

—Entonces simplemente lo dejaremos aquí con usted y nos retiraremos.

Angie tomó el lápiz que le ofrecía el agente y estampó su firma.

Cuando Julio fue empujado bruscamente al interior del automóvil policiaco, entendió muy bien su situación. No tenía excusas. Pusieron en movimiento el vehículo y recorrieron las pocas cuadras que los separaban de la Calle Primera, doblaron hacia el oeste y el vehículo fue directamente hasta la cárcel de la estación de policía Hollenbeck. Inmediatamente Julio fue conducido a través de una puerta rumbo a la oficina de registro.

—Conozco el camino —dijo molesto cuando uno de los agentes lo empujó.

—Entonces será bueno que te conduzcas bien, Pancho, nosotros contestamos las agresiones —le advirtió uno de los policías de guardia.

Julio protestó en su interior por ser llamado Pancho y quiso replicar:

"My name's not Pancho", pero sabía que sería inútil. En esa cárcel tenía que aceptar cualquier cosa que los chotas gabachos le dijeran y mantener la boca cerrada, pues de otro modo

cuando lo llevaran ante la presencia del juez, con el rostro semejante a una hamburguesa cruda, habrían escrito en el reporte:

"Se hizo necesaria la fuerza para someter al sospechoso", y
eso era todo. No había manera de probar que lo habían golpeado hasta cansarse.

En seguida fue Julio metido en una celda general que
ocupaban un par de docenas de hombres, todos mexicano-
americanos. Recorrió con la mirada el grupo, y finalmente vio
dos caras conocidas.

—¡Julie! —gritaron acercándose a él para abrazarlo—.
How are you, you old son-of-a-gun?

—Fine, fine —contestó Julio sonriendo—. Ahora trabajo
regularmente. Tengo mi propio business.

—Yeah, eso oí —le dijo uno de sus amigos y se sentaron
sobre un catre y encendieron cigarrillos.

—¿De modo que cómo has estado, Charlie? —le preguntó
Julio.

—Fine —contestó Charlie—. Mi chavalo mayor se va a
graduar de high school. Es realmente un chaval a todo dar.
Fuerte y abusado.

Julio preguntó:

—Cuéntame, ¿qué pasó con aquella chavalilla mesera a la
que andabas siguiendo en la calle Brooklyn?

Charlie se rió de buena gana.

—Me resultó una lesbiana. ¿Te imaginas? No lo sabía yo. El
tugurio en donde ella trabajaba era en donde se reunían y se
amarraba a las chavalas que llegaban ahí. Yo pensé que sólo trabajaba por las propinas.

Hablaron hasta muy entrada la noche y hubo un momento
en que Charlie preguntó:

—¿Y a propósito por qué te encerraron?

Julio se encogió de hombros.

—Tenía una pequeña discusión con mi ruca. Dos chotas hijos de puta pasaron por la casa cuando ella me arrojaba un florero. Oyeron el alboroto y se metieron; y entonces ella les dijo que yo la había golpeado.

—¿Y sí la golpeaste?

—Un poquito. Apenas se le notaba. Firmó ella una queja.

—Te la buscaste, Julie.

—¿Qué quieres decir?

—Quiero decir que cuando estés frente al juez tendrás que agachar la cabeza y que se vea en tu cara la promesa de ser un buen chico cuando salgas de aquí.

—Cuando salga de aquí voy a patearle las nalgas a esa perra, y lo haré tan duro que va a pensar que fue un tren de carga.

Charlie sonrió.

—¿Es la primera vez que te agarran por golpear a tu ruca?

—Yeah.

—Con diez varos y decir que cantarás diferente cuando llegues mañana a su casa.

—No me molestes ahora —le dijo Julio echándose sobre el piso porque todos los catres estaban ocupados—. Mañana platicaremos.

—Good night.

Breakfast, breakfast, perros afortunados! —era el carcelero que empujando un carro de ruedas, llegaba con avena cocida sin leche y café hasta la reja de entrada de la celda.

Los prisioneros despertaron de mala gana, bostezando algunos y profiriendo palabrotas otros. Julio se levantó y fue hasta las rejas para mirar lo que les llevaban de desayuno. Pensó que le caería bien algo de café y avena si tuviera un poco de azúcar o crema, y se volvió para decirle al carcelero:

—Sé que me perdonará si ahora no tomo nada, me podría echar a perder mi comida.

El carcelero sonrió de buena gana.

—Piensa en todos aquellos chinos que se mueren de hambre y tú aquí rechazando este delicioso desayuno.

Alrededor de la mitad de los prisioneros rechazaron la avena y casi todos aceptaron el café. En un pequeño cubículo y bajo vigilancia se les permitía a los hombres rasurarse.

—Mientras mejor te veas, más le gustarás al juez Morganthau —les decía el carcelero y Julio sabía bien que esa era una peculiaridad de los jueces.

Empleó bastante tiempo aseándose y peinando sus cabellos. Se recortó de una manera perfecta el bigote. Poco tiempo después se abrió la puerta y aquellos que tenían que comparecer para ser juzgados, después de atarlos con una cadena, fueron conducidos en camión hasta el tribunal del Palacio de Gobierno de Los Ángeles.

En seguida fueron conducidos hasta un salón vacío en donde tuvieron que esperar la llegada del juez Morganthau. Julio tomó el asiento que le señalaron y miró a su alrededor para ver cómo la galería de concurrentes iba llenándose. Sentada en una silla de la segunda fila y usando anteojos oscuros para cubrir sus heridas, estaba Angelina. Al verla Julio no le dirigió ninguna señal de reconocimiento.

Momentos después un alguacil americano uniformado anunciaba las palabras de rutina en el tribunal.

—De pie todos y permanezcan así hasta que Su Señoría entre y tome posesión de su estrado.

Llegó el juez Morganthau y con paso vigoroso se dirigió a su sitial, y el alguacil entonó:

—Atención todos, este tribunal en la ciudad de Los Ángeles, actuando en representación del condado de Los Ángeles y del estado de California abre ahora sus audiencias, presidiendo el juez Richard Morganthau.

Cuando todos tomaron nuevamente sus asientos el juez se dirigió a los prisioneros:

—Están ustedes aquí para responder de un cargo, no para tratar su caso. Cuando sean puestos ante mi presencia, se les leerán las acusaciones que haya contra ustedes. En ese momento ustedes indicarán si son culpables o no. Será todo. Si se confiesan culpables, les impondré una sentencia. Si creen que no lo son, tienen derecho a un juicio legal. En el caso de que no puedan pagar un defensor, el tribunal les señalará a uno que los represente. Si manifiestan su culpabilidad, solamente en raras circunstancias prestaré oídos a cualquiera explicación. Ante los ojos de la ley, ustedes no pueden ser un poco culpables, del mismo modo en que una mujer no puede estar solamente un poquito embarazada.

El juez Morganthau en seguida seleccionó algunos papeles y leyó en silencio durante unos minutos.

—Rubén Santos —llamó entonces mirando hacia los prisioneros. Uno de éstos se levantó y fue hasta el banquillo de los acusados para ponerse frente al juez. Morganthau continuó leyendo el reporte policiaco durante otros minutos más. Entonces miró hacia la mesa de los fiscales de la ciudad—. Señor agente del Ministerio Público —le dijo—, este hombre está acusado de vender licor a menores de edad. ¿En dónde están ellos? No veo aquí ninguna indicación de que hayan sido arrestados.

El agente del Ministerio Público hizo un esfuerzo por no tartamudear.

—Según entiendo, Su Señoría, los menores huyeron del lugar. Los agentes de policía que efectuaron el arresto del acusado los vieron comprar el licor y entraron en la tienda para detenerlos, pero los chamacos, eran quinceañeros, huyeron por la puerta trasera.

—Comprendo. ¿Y en dónde están ahora?

El del Ministerio Público hizo un ademán de desesperanza.

—Escaparon…, eran… —dijo titubeando.

El juez Morganthau lo interrumpió:

—¿Entonces cómo sabe usted que eran quinceañeros?

—Era…, era obvio. Los policías que fueron a arrestarlos vieron…

—No me importa lo que hayan visto. Debía usted pensar mejor antes de presentarme un caso como este. Significa molestias para mí.

—Su Señoría, no creo que hayan tenido los policías intenciones de molestarlo.

Rubén Santos interrumpió cortésmente:

—Su Señoría, ¿puedo decir algo? —su acento mexicano era muy marcado.

—Diga usted.

—Estos policías, siempre tratan de hostilizarme. Esperan al frente…

—Tanto como a mí me gustaría, señor Santos; no es de mi incumbencia oír quejas contra el departamento de policía.

Hay un lugar apropiado para presentarlas. Sin embargo, sí me incumbe rechazar un cargo que ha sido presentado inadecuadamente. Agente del Ministerio Público, ¿realmente pensó usted que podría encontrar culpable al acusado con esa clase de pruebas?

El del Ministerio Público vio el lazo que le tendía el juez.

—Creo que los policías que arrestaron al detenido pensaron que podría haber una oportunidad...

—Si los agentes que efectuaron el arresto pensaron que podrían encontrar culpable al acusado en este caso, le sugiero que necesita algunos agentes nuevos. Si ellos se hubieran dado cuenta de que la acusación era demasiado débil, entonces esto no hubiera constituido hostilidad. Este hombre fue arrestado, lo sacaron de su negocio y lo tuvieron encarcelado durante la noche, y yo no encuentro fundada la acusación que se le hace. ¿Qué intenta usted hacer, señor agente?

El representante social sabía cuál era la respuesta que esperaba el juez Morganthau.

—Hablaré con los policías y me aseguraré de que esto no vuelva a suceder.

—Será muy bueno que lo haga, pues de lo contrario me vería obligado a hacerlo yo —replicó el juez y en seguida se volvió hacia Rubén Santos—. Queda en libertad, puede irse, señor Santos. No hay cargos contra usted.

En seguida el propio juez tomó otro reporte y leyó:

—El próximo caso es la Ciudad versus Julio Salazar —su pronunciación para el primer nombre "Julio" fue correcta.

Julio se levantó de su asiento y fue al banquillo. El juez leyó silenciosamente el reporte policiaco y dirigió la mirada hacia él.

—Do you speak English? —le preguntó.

—Yes, Your Honor.

—Está usted acusado de golpear físicamente a la señora Salazar. ¿Es usted culpable o no?

Julio bajó la cabeza.

—Creo que soy culpable, Su Señoría. Fue sólo una pequeña discusión...

—Señor Salazar —lo interrumpió el juez—, ¿sabe usted cuántas de estas "pequeñas discusiones" fueron reportadas en el Este de Los Ángeles el año pasado?

—No, señor.

—Cientos de ellas. Cuatro de esas llamadas "pequeñas discusiones" terminaron en muertes —hizo una pausa para que hicieran eco sus palabras—. ¿Qué piensa usted de ello?

Julio trató de pensar en algo que decir.

—Creo que..., que eso es muy malo —dijo finalmente.

—Tres mujeres recibieron golpes de los maridos que fueron mortales. Otra mujer disparó y mató a su marido en defensa propia. A eso es a lo que conducen esas pequeñas rencillas. Personalmente no creo que haya disculpa para que un hombre golpee a su mujer. Ninguna disculpa. ¿Tiene algo que decir en su favor antes de que pronuncie yo mi sentencia?

—No, Su Señoría.

El juez Morganthau pensó durante un momento.

—¿Está usted preparado para esa sentencia?

—Sí, Su Señoría.

—¿Está la señora Salazar en este tribunal? —preguntó el juez mirando hacia los concurrentes. Vacilante, Angelina se puso de pie—. ¿Haría el favor de venir acá, señora Salazar? —le pidió el juez.

Angelina obedeció. El alguacil abrió la puertecilla del barandal que separaba a los espectadores de la sala de jurados. Entonces ella se puso de pie junto a Julio, que no se volvió para mirarla.

—Por favor quítese usted los anteojos —indicó el juez Morganthau y Angie lo hizo. Entonces el magistrado consideró durante unos momentos el ojo lastimado. Mientras tanto Julio tenía la mirada fija en el piso. Sabía bien cómo conducirse ante un juez—. Señor Salazar —prosiguió el juez mientras escribía sobre un papel—, una de las cosas que tiene usted que aprender si desea convivir en esta sociedad es que no debe usted golpear a una mujer. Nuestras leyes no lo tolerarán. En otros países, en otras sociedades, lo que pasa entre un hombre y su esposa parece no importarle a nadie. Pero en este país no es ese el caso. ¿Lo entiende usted?

—Sí, Su Señoría, ya lo he entendido —respondió Julio humildemente.

—Bueno, parece que le ha tomado a usted largo tiempo para entenderlo. Según el reporte del agente de policía que lo arrestó, la señora Salazar dice que esto ha ocurrido en muchas ocasiones. ¿Es eso correcto, señora Salazar?

"Vamos, maldita sea", pensó Julio. "Déme cinco días de cárcel y deje de tratarme como un chamaco de diez años".

Angelina asintió. El juez tomó nota de algo más y dijo:

—Le diré lo que voy a hacer. Voy a sentenciarlo a un año de cárcel… —Julio levantó la mirada, se veía consternado—, y le suspenderé esa sentencia con la condición de que se reporte a un oficial de prueba cada semana durante dos años. El licor también parece ser parte de sus problemas. Otra condición para suspender esa sentencia será que se abstenga de beber alcohol durante su término de prueba. ¿Le parece eso justo? ¿O prefiere cumplir su sentencia?

Julio estaba falto de palabras.

—Me parece… justo —pudo al fin decir.

El juez Morganthau prosiguió:

—Entiendo que ustedes dos administran juntos un negocio. Durante su término de prueba permanecerá usted todo el tiempo como un empleado a sueldo; y se abstendrá de tocar a su esposa cuando esté enojado. Cualquier violación de esos términos será causa para que sea encarcelado y cumpla la sentencia de un año que le impongo. ¿Está claro?

"Gabacho bastardo, bueno para nada", pensó Julio.

—Sí, Su Señoría. Creo que ha sido usted más que justo conmigo.

—También yo lo creo así, señor Salazar. Y ahora, señora, su esposo puede ir con usted a su casa. Si viola los términos que le he fijado para su término de prueba, es obligación de usted reportarlo ya sea al departamento de prueba o al oficial de policía más cercano. No se preocupe, si él la golpea, o amenaza golpearla, lo único que usted tiene que hacer es tomar un teléfono y él estará cumpliendo su pena —el juez Morganthau sonrió con benevolencia—. Puede irse ahora, señor Salazar, y por su bien espero no volverlo a ver.

"Sucio güero hijo de perra", pensó Julio, y en voz alta contestó:

—No se preocupe, Su Señoría, no me verá usted. He aprendido mi lección, gracias por su amabilidad.

Cuando llegaron a su casa de regreso del tribunal la actitud de Julio parecía haber sufrido un cambio. Angie se dio cuenta del poder que la ley le había dado, lamentándose de no haber sabido que era dueña de esos derechos con anterioridad. Bueno, por Dios, ya los tenía y sabría tomar ventaja de ellos.

—Okay, lover boy —le dijo quitándose los anteojos oscuros. Julio parpadeó ante la vista de aquel ojo amoratado—. ¡Me golpeaste por última vez! ¿Entendiste eso? Y ahora hablemos del número dos: si tratas de controlar la taquería, saldrás volando. Me aseguraré de que el juez gabacho sepa que no te portas como un empleado. ¿Entiendes?

Julio se veía atribulado.

—Entiendo.

—All right. De ahora en adelante yo soy quien manejará las cosas. Y lo primero que voy a hacer será ampliar el negocio. Voy a comprar la tienda de junto. Nosotros, tú y yo, empezaremos a reacondicionarla para convertirla en un café en toda forma. Con una cocina. ¿Y adivina quién va a hacer la mayor parte del trabajo? Anda dime.

—Okay, okay —dijo Julio—. ¿Y qué vamos a hacer de dinero?

—Vamos a utilizar el salario que estaba yo pagándote. Porque desde ahora ha sido reducido drásticamente, a cero. Y será mejor que dejes de reír o haré la primera llamada al oficial de prueba.

Julio no pudo soportar más.

—Escúchame, perra —gritó fuera de sí—. No tengo que soportar todas tus tonterías...

—Pues no las toleres. Lárgate. Sal de aquí. Ve a conseguirte un empleo a cualquier otro lugar. No necesito de ti.

Julio estaba verdaderamente ofendido. En parte ante el pensamiento de buscar un empleo, y también porque ella le había tocado el punto doloroso cuando le dijo que no lo necesitaba. Al principio, sí lo necesitaba. Había sido útil. Y después empezó a hacer tonterías, a tomar dinero y a descargar todo el trabajo en ella. Y de pronto había oído esas palabras: "No te necesito".

Y él sabía que era verdad. El advirtió entonces que la expresión de ella se suavizaba y entonces se dio cuenta de que la ofensa recibida se asomaba en su propia cara.

Entonces empezó a usar de su astucia.

—Okay, okay. Déjame decirte algo. Crees que yo sólo hacía tonterías, emborrachándome nada más, y todo eso sin alguna razón, sin ningún plan ni nada. ¿Verdad que eso pensabas?

—Eso es exactamente lo que pienso.

—Okay. No me necesitas, ¿eh? Deja que te diga lo que tenía en mente. No quería desanimarte ni cortarte las alas porque has levantado un buen negocio en la taquería. No quería decirte esto porque sé que nunca terminaste high school. Pero me necesitas, perra. Y me necesitas mucho. Todo ese tiempo cuando pensaste que estaba tirando nuestro dinero ahorré la mayor parte de él. Hace algún tiempo que me avisaron que había sido yo aceptado para ingresar en un curso de administración y contabilidad de restaurantes. Casi ahorré lo suficiente para pagar ese curso, pero ahora creo que lo haré por mi cuenta y abriré un negocio para mí solo.

Hizo una pausa y observó cómo se iluminaba el rostro de Angie.

—¡Julie! ¿Quieres decir que estás planeando…, planeando ir a la universidad?

—Right. Y si crees que puedes empezar a ampliarte y administrar un negocio sin alguien que sepa cómo hacerlo, mi vida, te vas a llevar una gran sorpresa.

Ella trató desesperadamente de creerlo, y al fin lo logró.

—Pero…, ¿por qué no me lo habías dicho?

—Porque, maldita sea. Un hombre no tiene que participar a su esposa cada vez que se le ocurra una idea. Desde hace mucho tiempo me di cuenta de que si alguien quiere trabajar en grande tiene que saber cómo llevar sus cuentas, calcular las deducciones por impuestos y todo eso.

Angie lo miró afectuosamente.

—Siento…, siento haber dicho que no te necesitaba. Fue simplemente porque… no te necesitaba del modo en que eras. Pero realmente necesito mucho de alguien que pueda llevar el control de todo.

Julio se mostró arrogante.

—¡Ajá!, ahora el zapato está en el otro pie. De pronto lloras pidiéndome que te ayude ahora que sabes que no puedes pasarla sin mí.

—Por supuesto que necesito de ti. ¿Hablas en serio, Julio, que has planeado hacer eso que dices? ¿Vas a la universidad para estudiar cómo administrar un negocio en grande? ¿Y has ahorrado el suficiente dinero para pagar tu curso?

La mente de Julio trabajó con rapidez.

—Por supuesto que voy a hacerlo. El curso cuesta ciento cuarenta dólares y casi los he ahorrado. El nuevo semestre empieza en septiembre, y tengo todo listo para ingresar.

Quizá sin darse cuenta Angie se resistió a presionarlo más para que le diera detalles más específicos de sus planes. Dio unos pasos para acercarse a él y le rodeo el cuello con las manos, pero él se retiró hacia atrás.

—Ese maldito juez dijo que no debo tocarte.

—Dijo que no debías hacerlo enojado.

Entonces él la abrazó suavemente y en seguida la condujo hacia la alcoba. En una parte de su cerebro estaba anticipando el cuerpo de Angelina y en la otra calculaba cómo se las arreglaría para birlarle a sus amigos aquellos ciento cuarenta dólares, y desesperadamente deseaba que en la escuela de administración de negocios tuvieran algún curso que incluyera el manejo y contabilidad de restaurantes.

Una hora más tarde estaban acostados juntos, respirando profunda y lentamente, casi durmiendo, cuando llamaron a la puerta. Julio se sentó en la cama parpadeando. Aún no era muy tarde. ¿Quién demonios podría ser?

Y llamaron nuevamente.

—All right, all right —gruñó echando los pies fuera de la cama y poniéndose los pantalones.

Angie abrió los ojos y lo miró con amor. Julio se detuvo frente al tocador para asegurarse que sus cabellos estaban en su sitio y en seguida fue a abrir la puerta de la casa.

Vio a un hombre apenas pasado de sus veinte años, pero que daba la impresión de ser mayor debido a que estaba casi calvo. Sus largos dientes estaban incrustados aquí y allá con oro, de eso sé dio cuenta Julio cuando el hombre sonrió un poco. Era bajo de estatura, sería como de un metro y medio de alto y usaba uniforme del ejército americano. Su estatura combinada con las botas de casquillo voluminoso le daban la apariencia de un gallito de pelea.

—Hola, ¿es aquí en donde vive Angie? —preguntó el hombre en bastante buen inglés.

Julio lo miró sospechosamente.

—Yeah. ¿En qué puedo servirle?

—¿Es usted su esposo?

Julio tuvo cuidado de no decir nada que en cierto modo pudiera ser usado contra él.

—Soy su hermano Pete —respondió el recién llegado—. Usted debe ser Julie.

Al momento los dos hombres sonrieron francamente y se abrazaron.

—¡Cuñado! —dijeron al mismo tiempo.

Julio condujo a Pete a la alcoba. Al oír las primeras palabras de Pete, Angie había saltado de la cama y se había cubierto con una bata. Y en esos momentos corría por la alcoba para arrojarse a los brazos de su hermano.

—¡Pedrito! ¡Pedrito! ¡Pedrito! —dijo ella besándolo en los labios, en las orejas, en las mejillas. Pete simplemente se apretó contra el cuerpo de ella y a pesar de que cerró los ojos las lágrimas resbalaron en abundancia. Trató de hablar y temblorosamente sólo pudo pronunciar:

—¡Angie!

Angelina empezó a sollozar y Julio lloraba abiertamente, entonces los tres tomaron asiento y sin contenerse durante varios minutos sollozaron.

Después empezó la plática entre hermano y hermana. ¿Que si había visto a mamá y a papá? Sí, él había estado con ellos durante una semana. Que les había dado la mitad de sus seiscientos dólares, que eran sus ahorros de su paga del ejército y que también era la cantidad mayor que había tenido en su vida. Julio paró las orejas.

Sí, había sido terrible lo de Gregorio. La mención del hermano muerto acarreó otro intervalo de llanto. Pete le preguntó de su ojo amoratado.

—Julie y yo tuvimos una pequeña discusión —explicó Angie y Pedro lo aceptó con un movimiento de cabeza—. ¿Que cómo va el negocio? Fine, estamos por ampliarlo. Julie va a tomar un curso en administración de restaurantes.

—¿Cómo te caería un trago, Pete? —le preguntó Julio dirigiéndose a una alacena en donde tenían una botella de whisky—. Dejamos de beber pero esta es una ocasión especial.

—Nos los echamos —dijo Pedro y Julio se volvió a mirar a Angie, que le dio su aprobación con una sonrisa.

Cuando estaba la botella casi vacía, Julio le preguntó a Pedro si tenía hambre.

—Estoy rabiando —aseguró Pedro. Cuando no reía daba la impresión de estar un poco alarmado. Angie se dio cuenta de que era el momento de ir a la cocina a preparar algo.

—Mientras tienes algo listo, Pete y yo caminaremos un poco y tomaremos una cerveza —le dijo Julio sabiendo que su alegría por la presencia de su hermano sería un intermedio para cualquiera exigencia inmediata de los términos de su condena suspendida. Angie abrazó a Pedro una vez más y lloró un poco.

—Por favor regresen pronto —les pidió—. Les tendré tortillas, de las hechas a mano, y frijoles calientitos cuando regresen.

En la taberna de la esquina en la Calle Primera, Julio y Pedro tomaron un reservado y hablaron, casi a gritos para poder oír lo que se decían debido al estruendo de la música de la sinfonola. Ordenaron cerveza mexicana con chicharrones, los que comieron mojándolos en una taza de salsa picante.

—¿Y qué piensas hacer, Pete? —le preguntó Julio después de haberle dado voluntariamente los detalles de su encuentro reciente con la ley y el periodo de prueba a que estaba sujeto.

—Bueno cuando estuve en el Pacífico me tuvieron ayudando a construir trincheras y casas. Aprendí un poco acerca del negocio de la construcción. Todavía tengo más de trescientos dólares y voy a comprar una troca "pickup" usada y conseguiré un empleo con una compañía constructora. Un tipo me dijo que a veces pagan cien dólares a la semana sólo por mano de obra.

—That's right —verificó Julio— En la taquería a la hora de salida de obreros siempre llega una cuadrilla de hombres que trabajan en la construcción. Conozco muy bien a algunos de ellos y apostaría a que puedo conseguirte un trabajo.

Pete estaba encantado.

—Puedes quedarte con nosotros. Te llevaré mañana y te presentaré con alguno de esos del casco duro que van a la taquería —le prometió Julio y se dio cuenta de que sinceramente simpatizaba con Pete, y sentía en su íntimo que también él era del agrado de Pedro.

Entre sorbo de cerveza y bocado de chicharrones, Julio continuó la historia de sus problemas con Angie.

—¿Te das cuenta? Ella realmente me necesita pero no puede darse cuenta de ello. Por eso es que tengo que enseñarle la importancia de tener a su lado a un hombre competente.

Pedro estaba de acuerdo por completo. No podía ver nada extraño en un hombre como Julio y se sentía un poco disgustado con su hermana al oír cómo lo había tratado. Finalmente Julio terminó su narración diciéndole:

—Bueno, de todos modos, este curso me cuesta alrededor de ciento cuarenta dólares y yo le dije a ella que los había estado ahorrando y que los tenía, pero no tengo nada.

—¿Y qué hiciste con el dinero? —le preguntó Pete sinceramente.

—Me lo bebí. ¡Pero, por Dios! No fueron más que uno o dos varos al día. Por el resto de mi trabajo no recibía yo nada.

Pete vio la injusticia de aquello.

—¿Y ahora ella piensa que tú tienes esos ciento cuarenta?

—Right —contestó Julio—, pero se me ocurre una buena

idea. He estado pensando en ello desde que dijiste que ibas a comprar la "pickup" con ese dinero que tienes. Te diré lo que puedo hacer. Me prestas los ciento cuarenta y compras la "troca" en abonos.

—No puedo. No hay quien me dé crédito. Acabo de recibir mi baja del army.

Julio estaba listo para contestar.

—Ya había pensado en ello. ¿Qué te parece si logro que Angie firme como fiadora para que compres una buena "troca", tú me prestas ese dinero, eso es aquí entre nosotros, y tienes algo mejor de lo que pudieras comprar, y yo tengo para pagar mi curso.

—Beberé por eso —dijo Pete utilizando una de las muchas frases americanas que había aprendido en el ejército.

Julio continuó confidencialmente:

—Y Angie no necesita saber nada acerca del dinero.

Pedro se indignó un poco.

—Son cosas que no le importan —repuso enfáticamente.

—Y tan pronto como pueda te pagaré.

—No te preocupes —le dijo Pete con un ademán de indiferencia. Sacó su billetera y contando los ciento cuarenta dólares se los entregó a Julio.

Al momento Julio se arrepintió de no haberle pedido más.

Los dos hombres caminaban con paso vacilante pero estaban hambrientos cuando dos horas más tarde regresaron a la casa.

Mientras comían Julio informó a su esposa:

—Pete va a trabajar en la construcción, "Honey". Le dije que van muchos de esos tipos de los cascos anaranjados a la taquería y que probablemente le conseguiré un trabajo.

Angie se sintió halagada.

—Estoy segura que alguno de ellos puede colocarte. Y será mejor que lo hagan. Algunos de ellos tienen deudas con la taquería y he sido muy tolerante.

Julio tomó nota mentalmente:

"Revisa los cajones para ver en dónde guarda ella los registros de los que deben".

Después de la cena Pete y Julio se sentaron a platicar en la sala mientras Angie preparaba un sofá para que Pedro durmiera. Este la observaba mientras ella se movía enfundada en su suéter de un material suave y su falda tejida. De vez en cuando se asomaban lágrimas a los ojos de ella y se acercaba a su hermano besándole la cabeza calva y murmuraba:

—Pelón, peloncito —y momentos después él se ponía de pie.

—Julie me va a enseñar un poco de la ciudad —le dijo a su hermana poniéndose su chaqueta de militar. Y Julio por su parte tomó la suya de civil—. No llegaremos tarde —le prometió Pedro.

Lo despidió con un beso y en seguida fue por su bolso de donde extrajo algunos billetes que colocó en la mano de Julio. Este le mostró su agradecimiento acariciándole las nalgas y en seguida siguió los pasos de Pedro.

5

Durante los pocos días que Pedro pasó con sus padres en Irwindale se convenció completamente que ese no era un lugar para él. Visitó a su padre en la planta empacadora de naranjas en donde trabajaba y observó cómo su viejo estaba orgulloso de su trabajo, que consistía en escoger las naranjas más selectas de los huertos de más alto grado y envolverlas separadamente en una pieza de papel de China rojo. Tenía gran cuidado de que esa envoltura fuera perfecta y las colocaba con sumo cuidado en cajas especiales. Aquellas naranjas eran enormes, de un color brillante y aromáticas.

—¿Por qué las envuelves tan bien? —le preguntó Pedro.

El viejo dirigió una mirada al mayordomo de la planta y no interrumpió su ritmo de envoltura.

—Porque las mejores van a otros lugares. Hay muchos lugares en los Estados Unidos en donde no cultivan naranjas y éstas van pa' esos lugares.

Pedro estaba un poco intrigado por esa lógica.

—Si no cultivan naranjas allá, ¿por qué no les mandan de

las naranjas comunes? De todos modos se sentirían contentos de recibirlas.

Neftalí sacudió la cabeza con ademán de superioridad.

—No entiendes, hijo. En lugares en donde las naranjas son escasas, la gente compra una o dos. Las compra para ocasiones especiales, o para obsequios, tienen que ser realmente especiales. Por esto pagan un precio alto.

—Bueno, si les mandas de las naranjas ordinarias, no tendrán que pagar un precio tan alto; entonces esas naranjas no serían escasas y comprarían más. Nunca he visto naranjas como esas para la venta en Irwindale.

Pedro permaneció en el lugar hasta la hora del almuerzo, observando a los trabajadores de esa negociación gigantesca. Aunque había nacido a sólo unos cuantos kilómetros de distancia nunca había estado en el interior de esa empacadora.

Tuvo oportunidad de ver los camiones cargados con naranjas que llegaban junto a las tolvas enormes en donde las descargaban. Y vio después cómo la fruta se deslizaba en un aparato transportador que las extendía uniformemente para que una máquina estampara el sello de la organización en cada una de ellas.

Había un gran número de mujeres, todas mexicanas, que de pie empacaban las frutas en diferentes tipos de cajas después de que otra máquina las había seleccionado según los tamaños. Posteriormente unas bandas transportadoras acarreaban las cajas llenas hasta el extremo opuesto de la planta en donde eran recibidas por carros caja de ferrocarril que las esperaban y en los cuales había hombres, también todos mexicanos, que recogían las cajas de las bandas transportadoras y las iban acomodando en el interior de los carros. Tan pronto como uno de estos furgones estaba totalmente lleno, era movido y colocado uno vacío en su lugar. Pedro entendía que según los diferentes tipos de naranjas se maduraban en distintas épocas del año, y dedujo entonces que probablemente muchos trabajadores estuvieran ocupados durante todo el año.

A la hora del almuerzo Neftalí Sandoval orgullosamente llevó a Pedro con el mayordomo.

—Dile que eres m'ijo —le dijo el viejo. Pedro miró a la cara roja del mayordomo de cabellos grises.

—I'm his son —le dijo Pedro en perfecto inglés.

El mayordomo lo miró.

—¿Acabas de salir del ejército? —le dijo echando una mirada al emblema de baja que ostentaba Pedro en su uniforme y frotándose las manos con entusiasmo—. ¿Buscas empleo?

Pedro miró en su derredor.

—¿Para hacer qué?

—Si eres tan buen selector como lo es tu viejo, te podemos tomar inmediatamente. Se necesita habilidad para trabajar de prisa y escoger las especiales. Parece fácil, pero después de unas cuantas horas todas las naranjas se ven iguales a menos que sepas lo que estás haciendo.

Pedro simuló considerar la oferta y preguntó:

—¿Y cuál sería la paga?

—Pagamos sesenta centavos a los veteranos de guerra. Cincuenta a los otros. Tu viejo recibe cincuenta y cinco porque es rápido.

Pedro le dio las gracias y el mayordomo se alejó. Neftalí quiso saber cuál había sido la conversación y Pedro evasivamente le dijo una versión un poco diferente, queriendo evitar que su padre empezara a insistirle en que tomara el empleo.

Terminó la hora del almuerzo, los trabajadores empezaron a regresar a los lugares en que permanecían todo el día; los mo-

tores que movían las bandas y los otros aparatos empezaron
con un aullido bajo y muy pronto aumentaron su ritmo hasta
que se estabilizó un zumbido uniforme y continuo.

Pedro se despidió de su padre con un hasta luego, y se alejó
de aquella planta empacadora de naranjas con sus rechinidos,
con sus golpeteos de cajas y con los zumbidos de motores.

Su madre, bañada en lágrimas y todavía vestida con harapos, haciendo aún las mismas deliciosas tortillas y su sazonado
guiso de conejo con patatas, oliendo todavía a chile y con sus
cabellos un poco más canos, trató de convencerlo para que se
quedara en Irwindale.

—Te necesitamos, m'ijo. Papá gana muy poco y los conejos y las papas están ahora muy caros.

—Te mandaré dinero. Le prometí a Angelina que viviría
cerca de ella.

La mañana de su partida abrevió la escena de llantos y un
poco exasperado les recordó que estaría a sólo treinta kilómetros de distancia. Acarició y besó a mamá y a su hermanita
Dolores que trabajaba en otra empacadora cercana. Encaminó
a su padre al trabajo y después, aún usando el uniforme del ejército, viajó de un "aventón" desde la calle principal de Irwindale
hasta el bulevar del Valle y allí tomó el autobús de pasajeros
para Los Ángeles.

Después de su llegada a la casa de su hermana caminó por las
calles de la ciudad durante una semana y días. Mientras sirvió
en el ejército sólo pequeños trozos del mundo vasto se habían
desenvuelto ante él. Recordaba vívidamente el entrenamiento
básico que recibió en un estado limítrofe con México y cómo
había aceptado el hecho de que sus permisos de fin de semana
tenía que pasarlos en el "barrio latino", obedeciendo las instrucciones de los "MPS" (policías militares) para que observara

las reglas en los restaurantes o tabernas en lo que se refería a las secciones de "White Only" (sólo para gente blanca). Se sorprendió un poco al saber que en el barrio mexicano del Este de Los Ángeles, los anglosajones, o gringos o gabachos, para quienes siempre había usado cualquiera de esos términos, eran llamados blancos, del mismo modo que en otras grandes ciudades.

Había explicado a su hermana y a Julio que deseaba conocer la ciudad antes de entrar a trabajar. Después de sus aventuras en los barrios de otros estados del sureste, esperaba que el Este de Los Ángeles sería un Irwindale en grande. Pero se sorprendió al encontrar muy poca similitud.

Llegó a una calle en la que hormigueaba la gente, había un gran número de negocios pequeños, restaurantes, tabernas y mercados al aire libre. Cruzó uno de éstos carente de limpieza, en el que vio una buena variedad de productos alimenticios, carnes de animales y verduras de las que conocía los nombres pero que nunca había visto en Irwindale. Aquellos con los que hablaba le hicieron darse cuenta de que el idioma español era diferente allí del que había aprendido. Por primera vez oyó la palabra "chicano".

Vio a dos policías americanos arrastrar desde el interior de una taberna a un hombre inconsciente y se preguntó si el pobre diablo estaría borracho o habría sido golpeado, y de haber sido esto, por quién. Advirtió que los que acertaban a pasar ante aquello, evitaban mirar directamente a los policías violentos y tuvo la impresión clara de que ninguno se atrevía a objetarles el modo rudo en que trataban a su víctima.

Vagando por una sección residencial vio casas construidas en lo que no hacía mucho tiempo habían sido lotes baldíos. La construcción comprendía combinaciones de tablas que alguno habría considerado inservibles, láminas de metal, y maderos burdos con botellas acomodados juntos. La electricidad era llevada hasta esas casas por una serie de cordones de extensión que conectaban en casas bien construidas. Al pasar frente a un garaje que tenía la puerta abierta, vio que era el alojamiento de una familia completa y miserable.

Al pasar frente a una combinación de taberna y comedor, percibió el aroma delicioso de carne de cerdo con chile y entró abruptamente. Sentada detrás del mostrador vio a una mujer con aspecto de matrona que al mismo tiempo que cocinaba veía un juego de billar que tenía lugar en la parte del fondo del establecimiento.

Solamente había mujeres allí. Pidió una orden de aquel guiso que había abierto su apetito y preguntó a la mujer acerca de las condiciones de trabajo que había en el área.

—Intente en el punto de reunión —le respondió la mujer con impaciencia y volviendo su atención hacia una disputa que sostenían dos mujeres robustas sobre una mesa de billar.

—¿Punto de reunión?

La cocinera lo miró y señaló con la mano.

—Allá en esa calle y a la izquierda en la próxima esquina. Allí lo encontrará.

Pedro terminó de comer mientras la disputa de aquellas dos lesbianas se acercaba a la violencia y se gritaban las palabras más injuriosas en español que él jamás había oído.

Salió del establecimiento y caminó por la calle sin rumbo fijo pasando a un lado de un grupo de niños harapientos que llevaban sus cajoncitos de dar bola hechos en casa. Lo identificaron como un tipo con dinero en los bolsillos y lo siguieron acosándolo para darle bola a sus zapatos, pero supo ignorarlos completamente y muy pronto lo abandonaron para seguir a otros hombres que pasaban uniformados.

Haciendo un alto y mirando en ambos sentidos de la calle se preguntaba todavía lo que podía hacer ese "punto de reunión". No vio nada extraño, edificios sucios, casas más sucias aún, pequeñuelos andrajosos, perros comiendo desperdicios de botes de basura arrojados a las alcantarillas, y del lado izquierdo de la calle vio un gran grupo de hombres.

Entonces dirigió sus pasos hacia allá y al aproximarse vio que aquel grupo que había visto desde la esquina era solamente una pequeña parte del grupo mayor que estaba concentrado en un espacio baldío entre dos edificios. Había más de un ciento de hombres bulléndose en aquel callejón, discutiendo, charlando, gritando y pasándose botellas. Algunos literalmente vestían con harapos, otros en ropas más o menos decentes, se veían aquellos que durante varias semanas no se habían rasurado; las edades fluctuaban desde aquellos que apenas habrían alcanzado la pubertad y otros que francamente entraban a su vejez.

Conforme se acercaba más a aquella turba Pedro experimentó temor y curiosidad.

"¡Qué carajos!", pensó mientras se internaba en el grupo, y además no había otra cosa que pudiera hacer excepto retroceder. "Después de lo que pasé allá en el Pacífico no hay nada que pueda asustarme aquí entre los de mi barrio".

Pero si lo asustaron, y aquel no era su barrio.

Había hombres sentados de espalda contra la pared o echados en el suelo. El vómito era común entre una docena de ellos. Pedro se dio cuenta de que conforme caminaba iba causando un movimiento de cabezas debido a que era muy notable su buena manera de vestir y de ser el mejor rasurado de aquel montón.

Antes de que hubiera recorrido la mitad del grupo, advirtió que casi una docena de ellos lo seguían. No había oído que entre ellos hablaran inglés. Entonces se volvió para mirar a los que lo seguían.

—¿Buscas gente pa' trabajar? —le preguntó un hombre mal vestido, haciendo la pregunta en español.

Pedro trató de demostrar confianza en sí mismo.

—No —respondió parándose con firmeza.

—¿Entonces también buscas trabajo? —le preguntó otro.

—Sí.

Los ojos de aquel hombre escudriñaron el traje de Pedro.

—Debes haber llegado hasta lo último como para venir aquí con tu mejor traje, ¿verdad?

Pedro se apresuró a contestar:

—Acabo de salir del... —pero vio que era demasiado tarde para pronunciar, del "Army"...

Aquel tipo encogió los hombros tratando de entenderlo y se acercó más a él, pero hubo uno en particular que se aproximó a Pedro. Era de mediana estatura, de tez morena y pensó Pedro que su aspecto no hubiera sido desagradable con una buena rasurada y un corte de cabello. Los pantalones que llevaba puestos estaban sucios y arrugados y habían sido parte de un buen traje. Sus zapatos también habían visto mejores tiempos y la chaqueta sport que cubría su espalda era vieja y se veía rota en varias partes; debajo de ella usaba una camiseta deportiva.

—Me dicen Canto —dijo aquel hombre presentándose—, y tú, ¿cómo te llamas?

—Me llamo Pete.

—¿Y qué clase de trabajo buscas? —le preguntó, y Pedro se dio cuenta de que el tipo que lo interrogaba dirigió miradas autoritarias a otros que se encontraban allí cerca, haciéndolos

apartarse de ellos como si estuvieran cediendo ese trofeo a
Canto. Pete trató de evitar que había advertido aquello.

—Oh, no lo sé. ¿Qué clase de trabajos se consiguen aquí?

—Vamos, hombre —le dijo Canto tomando a Pedro del
brazo—. Puedes dispararme una cerveza, lo sé. Ya te diré qué
"jale" puedes agarrar aquí. Tú no eres de aquí, ¿verdad?

Se dio cuenta Pedro de que aquello era un juego y tenía que
seguirlo. La actitud ligeramente agresiva de Canto era debido al
conocimiento del temor y la incertidumbre que tenía Pedro ante
esa situación, pero éste sabía que mientras él tuviera el dinero,
él sería quien mandara.

—Está bien, te pagaré la cerveza —le dijo Pedro y se dirigieron a una taberna cruzando la calle.

Precisamente en esos momentos todo aquel grupo como si
fuera una sola criatura salió del callejón para plantarse en el
centro de la calle. Pedro vio entonces a un camión de estacas
que se detenía, y antes de que sus ruedas hicieran un alto total,
ya el vehículo estaba rodeado de hombres que gritaban y se empujaban. El chófer abrió su portezuela y de pie en el pescante,
gritó en español, poniendo en alto cuatro dedos de su mano:

—Necesito cuatro de los fuertes, para almacenar sacos de
cemento. ¡Cuatro horas de trabajo, dos dólares!

Alrededor de la mitad del grupo, compuesto por los que tenían defectos físicos, los borrachos macilentos, y los más viejos,
al oír aquello se apartaron del camión. Los otros se agruparon
alrededor, gritando y poniendo las manos en alto. El camionero
recorría con la mirada aquel grupo. Agachándose dio de palmadas en el hombro a uno que tenía cercano de complexión ro-
busta y el hombre trepó a la cama del camión. Con el mismo
cuidado llevó a cabo la selección de otros tres, y tan pronto
como los vio sentados de espaldas contra la cabina el chófer

arrancó el camión a través de la multitud y sólo por algún milagro no pasó sobre algunos del grupo.

Una vez que volvieron todos a su punto de espera, Pedro vio a un hombre que venía por la banqueta usando un sombrero de petate. Debajo de su camisa descuidada y suelta medio escondía una botella de vino. Se unió a la multitud y con energía rechazó a la mayor parte de aquellos que se agrupaban a su alrededor pidiéndole un trago. Alargó la botella a uno de sus amigos y dejó que le diera un sorbo. En seguida se la pasó a otro que inmediatamente trató de beber tanto y tan rápido como pudo. Lanzando una palabrota el hombre del sombrero le arrancó la botella de las manos y le dio un puñetazo en la nariz. Le brotó la sangre al momento y cayó boca abajo quedando inmóvil. Antes de que Pedro tuviera tiempo para pensarlo, una criatura semejante a un fantasma que parecía dormir contra la pared se deslizó como una voluta de humo sobre el hombre caído y en un instante repasó todos los bolsillos encontrando solamente una colilla de cigarro, que retuvo, y huyó en seguida.

Levantó la cabeza el hombre golpeado y apoyándose sobre manos y rodillas trató de levantarse, pero el hombre del sombrero colocando un pie sobre sus nalgas lo empujó haciendo que nuevamente cayera el hombre sobre el piso. Logró al fin ponerse de pie y huyó como una gallina entre un gallinero lleno de pollos tratando de perderse entre los otros.

Sentados frente a la barra de la cervecería cercana al punto de reunión, Pedro y Canto charlaban. Pedro hizo a un lado sus pretensiones de ocultar que todo aquello era nuevo para él.

—Este es el fin del camino —explicó Canto deleitándose en hacer el papel de guía de turista—. Cuando te arrojan en la cárcel por borracho y al salir te encuentras con que no puedes entrar a tu cuarto hasta que pagues el alquiler y has sido despojado por todos tus amigos hasta de tu último "penny", entonces vienes aquí al punto de reunión y esperas.

—¿Pero por qué? —le preguntó Pedro—. ¿Por qué no van y consiguen empleos en otros sitios? Hay montones de trabajos.

—No montones, pero sí los hay —Cantó estuvo de acuerdo—. Pero sucede que la mayoría de esos tipos están escondiéndose de algo o de alguien, de la policía, de los oficiales de la migra, para no ir al servicio, o tienen líos y trabajan solamente cuando tienen que hacerlo. Ninguno de ellos quiere un trabajo estable. Pero mira, aquí viene "Give-it-to-him". Hace años fue boxeador. Ahora cualquiera lo llama de esa manera. No tiene otro nombre porque anda escondiéndose de algo o de alguien. Míralo.

Pedro observó al hombre viejo y melancólico que entraba en la cervecería y se aproximaba hacia la barra. Se sobrecogió ante la vista de la cara del recién llegado. Llena de cicatrices, maltratada, era obvio que la nariz había sido fracturada varias veces y la boca carecía de la mitad de la dentadura; pero el verdadero daño a esa cara había sido causado por el licor, siendo un testigo de ello aquellas arrugas arriba de los ojos y esa carne fláccida que le colgaba de las mejillas.

Estirándose sobre el mostrador tomó una lámpara muy singular. En seguida colocó la mano debajo de ella y la examinó a cierta distancia aunque no había ninguna luz visible que despidiera esa lámpara. Finalmente el hombre profirió alguna maldición haciendo a un lado aquel objeto y se sentó en un banco junto a la barra. El tabernero se le acercó.

—Hola, "Give it to him". ¿Se ve todavía? —le preguntó el tabernero.

Guiv-it-tu-jim se veía desesperado.

—Un poquito nada más. En unos cuantos días estará bien. ¿Confías en mí? Por favor.

El tabernero sacudió la cabeza negativamente.

—No, no hay crédito. En unos cuantos días quizá estés muerto.

Dándole la espalda al tabernero se retiró. El antiguo boxeador dio la impresión de tener que hacer uso del resto de sus energías para ponerse de pie y salir del establecimiento, con sus zapatos viejos arrastrándose por el piso en cada paso que daba.

Canto se río ante aquel espectáculo.

—Eso es lo que provoca la porquería del moscatel. Siempre podrás saber cuando un borracho acostumbrado al vino va acercándose al final de su atajo, por el modo en que arrastra los pies.

Pedro estaba intrigado.

—Pero... la luz, ¿qué es lo que miraba?

—Bah, eres nuevo en eso, ¿verdad? —le dijo Canto asumiendo nuevamente su papel de instructor—. Esa lámpara es de rayos ultravioleta. Un modo de hacerse de unos cuantos varos es vender sangre al banco que está en la Calle Cuarta. Pero no puedes vender más de una vez en seis semanas. De modo que cuando te la sacan del brazo estampan una marca pequeña e invisible en la uña de tu dedo meñique. Esa mancha te dura cerca de un mes y medio. Cuando vas a vender tu sangre colocan tu mano bajo una lámpara como esa. Y pueden decirte cuándo fue la última vez que te la extrajeron. Mira esto.

Canto colocó su mano izquierda bajo los rayos de aquella lámpara y la uña del meñique mostró una luz fosforescente.

—Hace sólo tres días. Tengo una espera larga —dijo con estoicismo.

Pedro estaba intrigado.

—¿Cuánto te dan por tu sangre?

—Dos varos y medio… Hay un lugar allá en la ciudad en donde te dan tres, pero está muy lejos.

—¿También allá te marcan el dedo?

Canto sacudió la cabeza tristemente.

—Exactamente lo mismo. No puedes engañarlos. Dicen que hay un tipo allá en la Calle Main que si te partes con él, pondrá algo sobre la uña y entonces la mancha no aparece, pero yo nunca he podido encontrarlo.

—Pero, ¿para qué tienen una lámpara de esas aquí?

—Para que con ella el tabernero y los clientes puedan saber cuando están listos para vender. Si aquel "gallo" hubiera tenido la uña limpia el tabernero le hubiera dado un trago o dos a crédito.

Siguieron charlando y Canto contaba a Pedro en términos impresionantes la vida de la gente del barrio y de la ciudad. Pedro ordenó otra ronda de cervezas, ya era entendido que Canto no tenía dinero, pero muy pronto de todos modos ya estaba ordenando que le sirvieran de nuevo.

Ya para caer la noche Pedro estaba de pie en aquel lugar sin construir entre los dos edificios, rodeado por una multitud de admiradores a quienes decía de qué manera el entrenamiento que había tenido en el "Army" lo iba a ayudar para conseguir un "jale" que le daría cien varos a la semana. Todavía no estaba demasiado borracho y ellos le decían que con una "chamba" de esas que con toda seguridad podía desempeñar, en muy corto tiempo tendría un muy buen "carro" y viviría realmente bien.

Sí, decía modestamente, eso pensaba que iba a hacer, quería comprarse un "Cadillac". No titubeó cuando alguien le dijo que si podría distraer un dólar para comprarse un galón de "Dago" rojo, y sólo fue cuestión de minutos para que uno regresara con el vino. Después de todo, un dólar no es nada, se dijo mientras sacaba otro billete para un nuevo garrafón.

La noche iba acercándose y Pedro se dio cuenta de que empezaba a tambalearse y de que alguien le ofrecía una caja de madera contigua a la pared para que descansara. Y antes de que pasara mucho tiempo llegó a la conclusión de que sólo tenía que cerrar los ojos durante unos cuantos minutos. Se recargó contra la pared y el último resto de su conciencia lo previno para que cruzara los brazos a fin de proteger su billetera que cargaba en el bolsillo interior de su chaqueta, y que contenía el remanente de su pago de retiro del ejército.

Despertó repentinamente y con frío, y durante un momento miró a su alrededor recordando en dónde estaba y por qué. En seguida se llevó la mano al pecho en busca de su billetera. Se dio cuenta entonces de que su chaqueta había desaparecido, también sus zapatos y su reloj de pulso. Dirigiendo su mirada hacia el reloj de la cervecería de enfrente vio que eran casi las cuatro de la mañana. Un grupo aproximado de dos docenas de hombres estaba acurrucado en el lote baldío, algunos hablaban y otros dormían. Se levantó y dio unos pasos entre aquellos vagos, en busca de sus zapatos y de su chaqueta. Trató de encontrar a Canto o a cualquiera de los otros con quienes había bebido, pero no reconoció a ninguno.

Con la mente aún no lo suficientemente clara para darse cuenta con exactitud de lo que le había pasado, esperó por allí, temblando de frío durante casi una hora. Otro camión de estacas como el que había la tarde anterior, se aproximó y los hombres que esperaban se lanzaron hacia él. Pedro aún sin darse plena cuenta de lo que hacía caminó hacia el vehículo y poniendo atención oyó que el chófer decía que necesitaba diez hombres para distribuir volantes de propaganda en el área residencial de la ciudad. Dólar y medio y tendrán su vino al mediodía. Momentos después se alejó el camión con su carga humana.

Repentinamente se dio cuenta Pedro de que no veía más a Canto, ni a sus compañeros de vino, ni su billetera, zapatos, chaqueta o reloj. Y al aclararse sus pensamientos la pesadilla de aquello se posesionó de su ánimo y apresuradamente se alejó de allí. Aún estaba oscuro, y si caminaba de prisa quizá llegaría a la casa de Angie y Julio antes de que amaneciera.

Despuntando el día y él escurriéndose por la puerta trasera de la casa. Fue directamente al baño y tomó una ducha, se rasuró, se vistió con ropas limpias y se preparaba a meterse dentro de las sábanas que su hermana había tendido sobre el sofá, cuando oyó el reloj despertador que sonaba en la alcoba de Julio y Angie. Julio salió caminando de puntas. Casi había amanecido.

—Ja, estás despierto —le dijo a Pedro—. Muy bueno. Dijeron unos "gallos" que trabajan en la construcción que estuvieras con ropas de trabajo esta mañana; que hoy mismo puedes empezar como miembro de la unión. De modo que date prisa. Te esperarán en la taquería listos para salir dentro de una hora.

Angelina llegó a sentarse en el sofá junto a él. Con una sonrisa radiante y con agrado acarició la mano de Pedro.

—Te ves como si hubieras pasado una mala noche —le dijo en tono comprensivo y Julio le hizo mueca disimulando.

Al pensar en su hermana y en su cuñado se dijo que jamás había visto gentes tan honradas, decentes, limpias y de tanta valía.

El círculo de la vida social de Pedro empezó a formarse cuando conoció la pandilla de una media docena de hombres con cascos de acero destinados a los trabajadores de la construcción, que estaban tomando café con donas en el negocio de Angie esa mañana. Todos vivían a unas cuantas cuadras de distancia de la taquería y viajaban juntos en una camioneta *Pickup*, turnándose para ocupar el interior de la cabina.

Eran cordiales, informales y amistosos hasta el punto de intimar desde un principio, y Pedro podía decir que ninguno de ellos abrigaba muchas esperanzas de permanecer durante mucho tiempo como obreros en la construcción.

—Tienes que trabajar duro —le dijeron en inglés.

Pero Pedro no les dio importancia, como tampoco al jefe.

Poco antes de las 8 a.m. los nuevos compañeros llevaron a Pete con el jefe a la oficina de la construcción, lo presentaron con él brevemente como "el hombre que necesitaba" y lo dejaron solo. El jefe, un gringo, después de preguntarle brevemente acerca de sus actividades en el ejército lo contrató y en seguida le dijo:

—Sígueme.

Condujo a Pete hasta un punto cercano en donde la compañía estaba construyendo un puente.

—Lo que más construimos son puentes —le dijo de una manera amistosa—. Eso quiere decir que colamos muros de concreto, refuerzos, puertos, pavimentamos, ponemos banquetas, paramentos y alcantarillas; tendemos tuberías y un medio millón de otras cosas endiabladas. Por lo pronto tenemos que tender una tubería gruesa subterránea aquí precisamente —le dijo señalando dos estacas encajadas en el terreno—. Abre una zanja como de un metro veinticinco entre estas dos estacas. Encontrarás todo el equipo necesario en aquel cuarto de herramientas.

El jefe se quedó de pie observando mientras Pete fue con un trotecito hacia el cuarto que le había señalado y regresó momentos después con la pala del tipo apropiado para el trabajo. Gruñó el gringo pensando que muy pocos de esos hombres nuevos sabían qué clase de pala tenían que usar para ese tipo de trabajo en particular.

Siguió de pie el jefe observando el modo en que Pedro empezó a escarbar. Vio que Pedro sabía el modo de cavar primero un poco y en seguida entrar en el agujero para que no se hiciera necesario agacharse tanto, escarbar un poco más profundo y después cambiarse a ese sitio. Se sintió complacido que el jefe estuviera observándolo. El abrir una zanja de un modo eficaz y fácil era algo que pocos hombres sabían hacer. Se retiró el jefe, pero volvió pronto.

—Sería bueno que les llevaras a aquellos carpinteros de allá arriba una caja con dieciséis paquetes de clavos —le ordenó a Pedro.

Con toda diligencia dejó Pete su pala y con el mismo paso apresurado fue al cuarto de herramientas en donde encontró rápidamente los clavos. Con destreza se echó la caja al hombro, caminó hacia la escalera del fondo del puente y subió con facilidad hasta la parte alta apoyándose con una sola mano. Nuevamente el jefe se retiró.

Al finalizar el día Pete estaba cansado pero feliz. Y le alegró saber que sus compañeros tenían el hábito de detenerse en cierta taberna y lonchería diariamente después del trabajo.

Esa tarde cuando entraban en aquel sitio repentinamente sintió Pedro al fin como si hubiera encontrado la clase de gente a la que él pertenecía. Su ropa de trabajo consistía en pantalón y camisa de caqui, medias botas y casco de acero que le habían dado ese mismo día. Cuando sus compañeros entraron fueron saludados a gritos por otros hombres con atavíos similares.

Pete fue presentado con los otros compañeros mientras tomaban asientos en la barra o en los reservados y empezó la charla de taller. Se dio cuenta de que las labores que había desempeñado en el ejército lo habían capacitado para sostener cualquiera conversación acerca de grúas, de vigas, vibradores y placas metálicas.

Cuando una voz femenina se acercó para tomarle su orden, Pete se volvió a mirarla descubriendo que era una joven que rayaría en sus veinte años, las cejas arqueadas producto del maquillaje, las mejillas coloreadas intensamente y los labios con las huellas de un lápiz labial muy fuerte. Usaba una falda y una blusa, las dos prendas demasiado cortas y ajustadas. Despedía un olor penetrante a perfume barato y sus cabellos negros le colgaban hasta los hombros.

Sonrió tímidamente cuando tomó la orden a Pedro, y éste, sin quitar la mirada de ella, le preguntó al hombre que se sentaba junto a él:

—¿Quién es la chica?

—Oh, es Minerva. No está mal. Pero a nadie le da una oportunidad. Ni siquiera dejará que le toques un dedo.

Cuando salieron Pedro le dejó medio dólar de propina.

En el transcurso de una semana Pete tenía ya su propia camioneta y en ella viajaba a su trabajo. Al finalizar el día iba derecho a la casa de Angie en donde se cambiaba de ropas para regresar al restaurante en donde trabajaba Minerva. Todas las noches se sentaba solo en la barra y sólo ocasionalmente se unía a la charla de sus compañeros de trabajo. Muy pronto fue sobreentendido que cortejaba a Minerva aunque nunca le había pedido que saliera con él ni que hiciera nada para demostrar que la cortejaba, sino únicamente sentarse frente a la barra y platicar con ella tranquilamente en los ratos que tenía disponibles. Fue conocido de todos y cuando entraba Pedro todas las noches ella le sonreía cariñosamente, y eso lo hacía sólo con él; y en seguida él tomaba un asiento al extremo de la barra adonde ella acudía para vigilar y atender los llamados de los clientes. Pedro daba mayores muestras de afecto para sus compañeros de las que tenía para Minerva, pero era entendido que estaba desarrollándose una amistad que terminaría en matrimonio.

Conforme pasaban las semanas empezó a volverse más posesivo y llegó el día en que celoso empezó a decirle que no atendiera a determinado cliente porque no le gustaba la manera en que la veía. Hablaba largamente de sus hermanos, hermanas, padres, sobrinos y sobrinas, y un día Pedro le dijo:

—Creo que deberíamos casarnos —y ella estuvo de acuerdo.

Muy pocas cosas interrumpían la rutina de don Neftalí y doña Alicia Sandoval. Durante muchos años la empacadora había estado trabajando cinco días a la semana después del tiempo de la depresión en que aumentaron a cinco días y medio por semana, pero llegó la época en que trabajara sábados y domingos cuando él quisiera o bien cuando hubiera una época de apremio para levantar cosechas y hacer envíos apresurados o por otras razones distintas.

Irwindale había crecido muy poco en su población. Pero el terreno pobre y pedregoso había sido ideal para explotarlo y alrededor del pueblo se establecieron muchas quebradoras de piedra. También sentaron sus reales fábricas de bloques de concreto y tabiques y compañías de tubos que fueron a convertir aquella comunidad desértica en un centro de actividad industrial pesada.

Neftalí y Alicia tenían la casa ya para ellos solos. Dormían en una alcoba que durante un buen tiempo había sido animada todas las noches con los niños. Alicia se cubría el cuerpo para dormir con un camisón de franela mientras Neftalí lo hacía solamente con unos calzoncillos cortos y una camiseta. Esa mañana Alicia lo sacudió para despertarlo.

—Es sábado —dijo gruñendo—. No voy a trabajar ahora.

—Debes haberte olvidado. Victorio vendrá para llevarnos a comprar algunas ropas, porque recuerda que mañana se casan Pedro y Minerva.

Neftalí se levantó y se puso su pantalón y camisa de caqui, calzando sus pies con aquellos zapatos que le cubrían hasta más arriba de los tobillos. Y mientras Alicia se vestía él fue a la cocina.

El aire de la mañana estaba fresco y para calentar un poco la casa encendió los cuatro quemadores de la vieja estufa de gas que una de sus hijas le había dado cuando su marido le compró un modelo nuevo. Momentos después Alicia hizo su entrada en la cocina para preparar un desayuno de huevos con chorizo.

—¿Y cómo está eso que para esta boda tengamos que comprar ropas nuevas? —preguntó Neftalí a su mujer.

Alicia, que con un tenedor en la mano derecha ponía cuidadosamente huevo y chorizo en una tortilla que sostenía en la mano izquierda, explicó:

—La boda será en la ciudá, y van a haber montones de gente que no conocemos.

Neftalí realizaba la misma operación con los huevos y el chorizo.

—Me parece que si fuimos con nuestras propias ropas a los otros matrimonios de los hijos esta no debería ser diferente.

—Creo que los tiempos están cambiando. Además me alegro de tener un vestido nuevo. A la mejor vamos a más lugares.

—Nuestras ropas son buenas para cualquier lugar que vayamos en Irwindale —afirmó Neftalí.

Estacionó Victorio su *Buick* casi nuevo a la entrada de la casa de sus padres e hizo sonar el claxon. Sacudió la cabeza cuando vio a su padre con aquellos pantalones de caqui arrugados y su chaqueta de algodón, los cabellos cubriéndole las orejas y a su madre vestida con aquella ropa de hacía veinte años. Su padre, que realmente no era demasiado viejo, caminaba con lentitud y estaba un poco encorvado. Se dio cuenta de que su madre le recordaba a aquella mujer anglosajona de una de las varias películas que divertían mucho burlándose de los angloamericanos rurales. Ella es la contraparte, se dijo Victorio sonriendo.

—Piensa que no es muy bueno cuando la gente pobre quiere demasiado —empezó a decirle su padre cuando puso el coche en movimiento—. Y en esos casos tienes que trabajar muy duro y conseguirte uno mejor. Después piensa uno que tiene que tener en casa mejores cosas y así sigue la cadenita. La gente debía seguir viviendo cerca de donde fue criada y estar contenta.

Victorio ya había oído eso muchas veces. Sabía que su padre estaba resentido con él por haberse alejado del trabajo del campo y cambiarse de Irwindale. Era inútil discutir con él.

Victorio los llevó directamente a una tienda de ropa usada en el barrio mexicano del Este de Los Ángeles, en donde su padre prontamente escogió un traje muy poco usado que había estado de moda veinte años antes, y su madre seleccionó un vestido muy semejante en su corte al que alguna vez usara en su niñez, y en seguida los dos insistieron y se las arreglaron para encontrar zapatos para hacer juego a aquella indumentaria. Fueron atendidos por un hombre con un traje inmaculado que usaba un bigote recortado a la perfección, y que hablaba un español sin tacha y procedía como si hubiera hecho frente a situaciones como esas muchas veces. Cuando este empleado le entregó, aún Victorio exasperado, el paquete con los artículos viejos de Alicia y Neftalí y después de que éstos insistieron en usarlos en casa, habló por primera vez en inglés para dirigirse al hijo:

—Es inútil discutir.

Los invitados empezaron a llegar al patio de la casa de Angie y Julio esa mañana del día de la boda, aunque la ceremonia no iba a tener lugar sino hasta después del mediodía.

Los hermanos y hermanas de Pedro llegaron con sus niños. Los hermanos y hermanas de Minerva llegaron también con sus niños. Los vecinos de Angie y Julio acudieron también con sus niños. Los amigos de Minerva desfilaron también con sus niños y los compañeros de trabajo de Pedro no podían dejar de llevar a sus niños.

Angie se constituyó vigilante de Minnie (diminutivo en inglés de Minerva), y la mantuvo en la casa alejada de la vista de los invitados, mientras el resto de las mujeres se entregaron a la tarea de preparar montañas de comida en la cocina.

Pedro nerviosamente se movía entre los invitados, hablando de trabajos, de salarios, de coches, de camiones, de todo excepto de la boda. El punto culminante fue la llegada de los padres de los novios que fueron presentados rigurosa y formalmente. Los consuegros cayeron en una conversación dolorosa y cortés, mientras los invitados bebían whisky a escondidas. Los niños más pequeños vagaban entre los mayores en busca de sus respectivos padres para que los llevaran al "escusado", mientras que los chamacos mayores se diseminaban entre el vecindario para hacer amigos o enemigos, lo que el destino les deparaba.

Para el mediodía se habían reunido casi un ciento de personas y seguían llegando. Hormigueaban formando grupos indistintos de mujeres jóvenes, de mujeres de mediana edad y viejas, de muchachos jóvenes, de edad media y viejos. Un cura del templo cercano a quien Julio había invitado para la ceremonia, buscaba en vano una cara conocida. Trató de llevar a cabo un ensayo, pero cuando les pidió a Julio, que sería el padrino, y a Pedro que no se movieran de su lugar, el padre de la novia se había alejado, y cuando al fin lo localizó, ya los otros se habían confundido entre los invitados. Finalmente acabó por decirles a Pete y a Julio a qué horas y por dónde hacer su entrada, y entonces encontró escondida en un cuarto a Minerva y la instruyó en la forma en que debía proceder.

El vapor y los aromas de los guisos se colaban desde la cocina, mientras las montañas de comida eran llevadas al buen número de mesas que habían acomodado en el patio para servirlas después de la ceremonia. Una ola de interés invadió a la multitud cuando llegaron los mariachis vestidos con sus pantalones ajustados y sus camisas muy adornadas estilo ranchero y cubriéndose la cabeza con grandes sombreros de fieltro. Eran seis los que formaban el conjunto y el cura los llamó. Mientras instruía al jefe del grupo, otro de los miembros hizo sonar las cuerdas con las notas de una canción conocida y el resto de los músicos al momento lo siguieron, provocando entre los concurrentes los agudos falsetes que siempre demuestran la alegría de las canciones rancheras mexicanas. Los que sabían cantar al momento se pusieron al frente y formaron su coro. El cura se dio por vencido y se alejó en busca de una bebida.

Menudearon las botellas y Pedro iba aceptando copa tras copa mientras circulaba en medio de los cantantes gritando y conversando. Oyó que su padre hablaba con los padres de Minerva, que se sentaban a su lado…

—…sólo tenía yo trece años, pero era alto y fuerte y sabía yo bien cómo manejar un rifle. De modo que cuando el forajido Guzmán vio que estábamos listos pa' defender nuestro pueblo hasta el último hombre, mandó a un tipo pa' que hablara con nosotros y llevaba una bandera blanca. Mi padre era el que llevaba la voz en el pueblo y salió a su encuentro, pero conmigo detrás para protegerlo cuando hablara con los bandidos para pactar una tregua…

Pedro había oído esa narración muchas veces, pero siempre con diferentes variaciones y sabía que su padre estaba a gusto y batiendo amigos. Acertó a llegar un tipo con cara anglosajona, indeciso o incierto, y cuando aparecieron algunos otros semejantes, Angie, o los hermanos de ésta, o Julio, o Pedro, se apresuraron a recibirlos para presentarlos al grupo diciendo en inglés:

—He's my friend, trabajo con él, atiéndalo bien —y los recién llegados eran abandonados a su suerte.

Fueron los estómagos vacíos más que otra cosa, los que empezaron a gritar pidiendo que empezara la ceremonia, y Pedro, tambaleándose un poco, fue empujado al centro del patio con el cura y el padre de Minerva. Finalmente los mariachis dejaron de tocar y cantar cuando Minnie, deslumbrante en su vestido blanco de novia y su rostro pintado moderadamente, enmarcado por sus cabellos negros y brillantes, salió de la casa al patio. El cura trató de prolongar la ceremonia, pero viendo que los concurrentes estaban muy impacientes y casi borrachos, se apresuró a pronunciar las palabras rituales de:

—Os declaro marido y mujer, unidos en santo matri...

Y al momento se elevó el grito de:

—¡Al banquete!

Y empezaron a desfilar las charolas y más charolas repletas de comida, primero para las personas mayores y después para todos los demás. Había platillos de enchiladas, menudo guisado en salsa roja, y un medio ciento de guisados abundantes. No había lugares especiales para los niños y vagaban de un lado a otro con sus manitas morenas metiéndose entre los invitados para apoderarse de algunos bocadillos, y Pedro, aún con paso vacilante, pretendía enfurecerse cuando alejaba a los niños que a juzgar por sus ropas habían acudido de las casas vecinas. Todos sus invitados, había advertido Pete, se habían vestido con sus ropas domingueras.

Apenas una que otra cabeza se volvió para mirar a Pedro cuando anunció que él y Minerva se iban. Los mariachis habían reanudado sus cantos y su música y tuvo que gritar para hacerse oír. Él y Minnie fueron hacia su *Pickup* vieja que estaba estacionada en la entrada de la casa enfilada hacia la calle. Sus pasos no eran firmes y su hermano Victorio le suplicó:

—Pete, please, no manejes.

—Estoy bien, déjame.

Minnie le puso una mano sobre el hombro y lo miró fijamente.

—Pete, deja que yo guíe, por favor.

De mala gana le entregó las llaves pues no quería que una disputa aguara su noche de bodas. Subió del lado del pasajero y Minnie se colocó detrás del volante. A la camioneta le habían pintado el consabido letrero:

JUST MARRIED, RECIÉN CASADOS, y un sinnúmero de latas vacías fueron atadas de la parte trasera del vehículo. Hizo funcionar Minnie la máquina y la *Pickup* arrancó velozmente.

Serpenteando entre el tránsito pesado del Este de Los Ángeles guió Minnie hacia la supercarretera abierta, sonrojándose cuando otros conductores veían la hermosa novia detrás del volante y a un Pete de cara larga y ojos vidriosos mirando fijamente hacia afuera de la ventanilla.

—Hace mucho que no voy a Ensenada, vamos allá —dijo Pete momentos antes de que descansara su cabeza sobre el regazo de ella y empezara a roncar.

Pete había alquilado la casa contigua a la de su hermana y regresaron el domingo por la noche. La amuebló debidamente con muebles usados, pero Minnie estaba encantada. Ya no volvería a trabajar a la taberna.

Tan pronto como llegaron esa noche del domingo, Julio y Angelina fueron a visitarlos. Era la primera noche que tenían invitados en su propia casa y Pedro estuvo más feliz de lo que jamás había estado. Alrededor de la medianoche Pete bostezó y

estiró los brazos diciendo que era tiempo de ir a la cama. Angie
y Julio permanecieron solamente media hora más y al fin se re-
tiraron.

Cuando empezaban a dormirse y Minnie se acurrucaba deli-
ciosamente dándole la espalda, Pete murmuró:

—Quizá mañana me tome el día. Es probable que el jefe se
enoje, pero hay montones de trabajos.

Pero soñó que estaba en aquel "punto de reunión" viviendo
los horrores que había visto, y a las seis de la mañana estaba listo
para salir a su trabajo.

En el transcurso de los meses que siguieron Pedro se convirtió en un obrero de planta en la compañía constructora. Cuando
una obra terminaba y la compañía empezaba una nueva, conservaban a Pete junto con unos cuantos selectos, incluidos en la
nómina de pagos. Estaba ganando más dinero de lo que nunca
había ganado y estaba verdaderamente contento con su trabajo,
hasta que un día su jefe llamó a la unión de albañiles especialistas en cemento para que le enviaran obreros con la habilidad
para aplanar el concreto.

Pete rápidamente se dio cuenta del aire de superioridad de
aquellos especialistas que adoptaron desde que llegaron dando
órdenes con absoluta confianza en sí mismos a los obreros que
como Pete arrimaban el concreto con la pala. Aquellos seis albañiles eran chicanos, y cada uno de ellos tenía una caja de llanas, niveles, cucharas y herramientas especiales con las que iban
a trabajar después de que el concreto había sido vaciado sin necesidad de recibir órdenes del jefe. A la hora del descanso del
mediodía Pedro buscó comer junto a uno de aquellos especialistas a quien llamaban el Viejo Antonio. Lo había visto entre
aquellos que frecuentaban el negocio de Angie y Julio.

Le preguntó a aquel hombre experimentado acerca del salario que percibían y supo que esos albañiles, que generalmente trabajaban tiempo extra, ganaban dos veces más que él.

—¿Cómo podría ingresar en la unión de ustedes? —le preguntó.

El viejo sacudió la cabeza y le dijo:

—Es muy difícil. Solamente hombres con mucha experiencia pueden entrar. Lo que puedes hacer es pedir que te dejen en tu trabajo hacer algunos acabados en cemento y cuando sepas algo entonces ve al edificio de la unión y págales cien dólares.

Decidido a progresar Pete se compró una llana, una media cuchara y empezó a aprender. En su afán de practicar coló en su patio una losa de cemento y después una banqueta en toda la entrada de la casa.

Cuando se presentaba en los trabajos de la compañía alguna pequeña colada de concreto y que el jefe de Pete hubiera tenido que contratar a un albañil especial y pagarle un día entero por unas pocas horas de trabajo, se sentía feliz dejando a Pedro que se hiciera cargo de ella. La mayoría de su tiempo la pasaba trabajando con pala y zapapico o acarreando madera y clavos para los carpinteros, pero llegó a ser el albañil no oficial para las pequeñas obras de concreto. Fue para él una verdadera obsesión la idea de convertirse en un trabajador especializado y su oportunidad tardaba mucho en llegar.

El buen éxito que tuvieron Angie y Julio cuando ampliaron su taquería transformándola en restaurante y obteniendo una licencia para vender licores consolidó la posición estable de Pete. Continuó observando los progresos de las obras de construcción y un buen día respirando profundamente encendió un cigarrillo y metiendo las manos en sus bolsillos para ocultar su nerviosidad se acercó a su jefe.

—Oiga —le dijo como al acaso—, estaba pensando que muy pronto van a necesitar un trabajador de tiempo completo para el acabado del cemento, ¿no es así?

El jefe, un mayordomo de muchos años en la construcción y hombre rudo gustaba de Pedro. Le gustaba su ambición y había convivido entre mexicano-americanos durante largo tiempo y no eran gentes que le desagradaran.

—Yeah, ¿y tú quieres ese "jale"? —le contestó.

Pete se sintió un poco turbado al advertir que había sido descubierto y antes de que pudiera replicar su jefe continuó:

—Mira, Sandoval. Vete a la unión de trabajadores del cemento y logra tu ingreso como miembro, entonces te pondré en nuestra nómina como albañil de planta para los trabajos de concreto. Dentro de un par de semanas casi estaremos colando diariamente y será durante los próximos cuatro o cinco meses. Si crees que puedes realizar el trabajo la chamba es tuya.

Pete se llenó de júbilo, pero tuvo cierta desconfianza de sí mismo.

Pete Sandoval estacionó su camioneta vieja y maltratada a un lado de la banqueta en la calle de San Pedro en el centro de Los Ángeles y bajó de ella. Durante un momento permaneció de pie mirando aprensivamente el gran edificio de ladrillo con un gran anuncio por arriba de la puerta de entrada que decía:

CONSTRUCTION TRADES UNION
American Federation of Labor

Sintió que alguien lo detenía cuando empujó la puerta para entrar.

Muy poco seguro de sí mismo caminó por el pasillo, leyendo los letreros de las puertas de las oficinas hasta que llegó a una en la que se leía:

Hermandad Internacional de Albañiles del Cemento
A.F. of Labor

Durante unos momentos permaneció leyendo aquello y frotándose la barba bien rasurada pensando en adoptar alguna actitud que pareciera natural, empujó al fin la puerta y se dirigió hacia un mostrador frente al cual había varios escritorios. En éstos había media docena de hombres y dos mujeres que trabajaban. Uno de los hombres, dejando lo que hacía, llegó a atender a Pedro.

—*Can I help you?* —le preguntó el hombre y Pete no se amilanó.

—¿Es aquí en donde hace uno solicitud para ingresar a la Unión? —le preguntó en su mal inglés.

—¿Quiere usted ser especialista en acabados de concreto? —inquirió el empleado y Pedro asintió.

—Sí, aquí es, ¿tiene usted alguna experiencia?

Pedro se dio cuenta de que su respuesta podía ser incriminatoria. Se esperaba que ningún buen miembro de la Unión soñaría ingresar sin pertenecer al gremio, no obstante era imposible convertirse en asociado sin tener la experiencia necesaria, entonces respondió creyendo realmente que sus palabras serían una disculpa original y aceptable:

—He hecho algunos trabajos. He venido haciéndolo para algunas compañías, y algunas veces cuando alguien se enferma y hay trabajos de colado entonces tomo una plana y adquiero una poca de experiencia.

El empleado miró acusadoramente a Pete, sin embargo éste sintió que no le desagradaba.

—De modo que ha estado trabajando mucho en acabados de concreto, ¿eh?

—No —aclaró Pedro—, no creo que nadie deba hacer ciertos trabajos a menos que pertenezca a la unión que les corresponda.

—Bueno, entonces, ¿qué es lo que le hace pensar que usted reúne la capacidad suficiente para ser un albañil de acabados? Aquí no queremos hombres que salgan a trabajar y estropeen un trabajo de banquetas para que después el contratista venga con reclamaciones. Ya tenemos suficientes problemas con ellos.

—Bueno, como le decía no he trabajado mucho en eso, solamente cuando se hacía necesario evitar que el concreto se secara y fuera a quedar muy áspero, pero lo poco que hice lo aprendí bastante rápido —esas palabras las dijo Pedro después de tragar saliva, pero tenía la impresión de que iba ganando terreno al dar excusas lógicas.

El empleado de la Unión miró a Pedro con simpatía y éste continuó:

—Pensé que antes de seguir trabajando más en el concreto debía yo venir a obtener mi tarjeta como miembro de la Unión, para que de esa manera no estuviera yo violando las reglas. Por eso estoy aquí.

El empleado se esforzó por permanecer serio. La cándida sinceridad de Pedro, su lógica simple basada en puras mentiras, sumada a su apariencia provocaría por lo menos las sonrisas de cualquiera.

Repetidas veces barrió con la mirada el metro sesenta de

Pedro, su calva, la hermosa dentadura en esa boca grande perteneciente a esa cara arrugada prematuramente y supo que la Unión local de Los Ángeles de los trabajadores del cemento tenía otro hermano.

Suspiró profundamente adivinando con precisión la respuesta que sin duda Pedro tendría preparada.

—Okey. ¿Tiene usted algún empleo ahora? Quiero decir como albañil de concretos.

Sólo un momento titubeó Pedro.

—No. ¿Cómo podría yo tenerlo? Ninguno contrataría a nadie que careciera de su identificación como miembro de la Unión —y diciendo esas palabras demostró un poco de enojo—. Por eso vine aquí. Para ingresar, y poder ir a…

—Okay, okay —lo interrumpió el de la Unión apresuradamente y extendiéndole la mano—. Me llamo Harrington. Soy uno de los agentes de negocios, ¿y tú cómo te llamas?

—Pete, Pete Sandoval.

—Ya sabes que te cuesta cien dólares el ingreso, ¿verdad? —Harrington sabía ya la contestación.

Pete metió la mano en su bolsillo y palpó los cinco billetes de veinte dólares que anidaban allí, pero su cara mostró desaliento.

—¿Cien dólares? No creo que pueda pagar tanto hasta que esté trabajando. Un albañil del cemento me dijo que podría pagarles veinte dólares cada vez que pudiera yo hasta que consiga trabajo y me paguen.

Harrington emitió un gruñido de disgusto y empezó a escribir en una solicitud.

—Okay, Sandoval —le dijo mientras escribía—, te ingresaremos. Pero me traerás veinte dólares cada vez que te paguen, ¿entendido? Y tienes que traerme tres de tus amigos que sean miembros de la Unión para que firmen que tienes capacidad para desempeñar el trabajo. ¿Puedes hacerlo?

Pete sonrió gustoso y afirmó:

—Sure —con la pronunciación de la "sh" que agregó una extraña combinación de su lengua natal que pareció que decía "choor".

Harrington lo ayudó a llenar las formas necesarias y le entregó una libreta con los reglamentos de la Unión y una placa con la siguiente inscripción:

I.B.C.M.—A.F.L.—Local 628, L.A.

Cuando regresó a su cansada camioneta su habitual aspecto fanfarrón había vuelto a él. Y en realidad un poquito más acentuado. Le imprimió vida al motor de su vehículo sonriendo con la satisfacción de que después de muchas generaciones, un Sandoval en la familia finalmente lograba ser un trabajador especializado y muy bien pagado. Estaba tan contento con los sucesos que había vivido durante la media hora pasada, tan feliz de no haber pagado esos cien dólares, al menos por el momento, que olvidó verificar si no venía vehículo cuando salía del lugar en que se había estacionado. El coche que se aproximaba tuvo que frenar bruscamente haciendo patinar sus cuatro ruedas y evitando por centímetros una colisión, mientras el chófer hacía sonar prolongadamente su claxon. Pete dirigió una mirada rápida al hombre pecoso que lo veía furibundo y hacía un viraje brusco para pasar a la vieja *Pickup*. Pete le devolvió la misma mirada furiosa y acusadora.

—Fíjate por donde vas, maldito oakie (oriundo de Oklahoma) tonto, son-of-a bitch —murmuró Pete al mismo tiempo que oprimía el acelerador a su máquina perezosa, y su última palabra, "bitch" (perra), la pronunció como "beach" (playa).

Tomó Pedro la misma Calle San Pedro hasta llegar a la Calle Cuarta y en ella dobló la esquina rumbo al barrio del Este de Los Ángeles. Nuevamente sonrió al reconsiderar su buena suerte.

Del modo en que él veía el ingreso, acababa de ganar esos cien dólares, y los quería compartir con Minnie. En realidad había sido ella la que había ahorrado y durante meses había escamoteado hasta el último "penny" para reunir ese dinero que sabían era la cuota de Ingreso en la Unión, pero de todos modos pensaba Pedro que había sido como si no hubieran tenido que pagarlos. El hecho de que tuviera que pagar los veinte dólares cada día de pago hasta cubrir los cien quedaba descartado, porque era una realidad que ganaría al menos esos veinte más de lo que estaba ganando al trabajar como cualquier peón ordinario en la construcción. Y cuando llegara la fecha en que quedara cubierta esa cuota de ingreso entonces sería como si recibiera un aumento en su salario de veinte semanarios. También eso lo alegraba. Sí, quería compartir su buena suerte con su querida Minnie.

Frunció el entrecejo ante el pensamiento que cruzó por su mente. Se le ocurrió que podía darle solamente cincuenta y decirle que Harrington había insistido en la mitad del pago, pero tenía nada más cinco billetes de veinte y eso no lo podía dividir en dos partes iguales. Entonces pensó en darle dos de a veinte y decirle que Harrington había exigido sesenta. Pero estos sesenta era demasiado para privar de ellos a una buena esposa como Minnie. Después de todo ella los había ahorrado. Y darle sólo cuarenta inquietaría su conciencia, porque era ella una mujer bastante buena para que mereciera que la tratara así, pero por otro lado sesenta dólares eran demasiado para dárselos inesperadamente y de ese modo nada más le quedarían para él cuarenta. Bueno, entonces sólo había una cosa que hacer. Detenerse y cambiar un billete, de ese modo ya podía repartir con ella en partes iguales, y aprovecharía para hacer una parada en la taberna y tomarse un trago mientras cambiaba; mataría dos pájaros de una sola pedrada.

Al siguiente día Pedro se acercó a su jefe gringo y le mostró su tarjeta de la Unión y el permiso para trabajar que lo capacitaba para hacer el trabajo de un albañil especializado en concreto. Le recordó al jefe que le había prometido el puesto.

—Puedo arreglármelas —le dijo Pete en un tono que esperaba fuera de esa típica confianza yanqui, pero en su interior tenía sus dudas.

—Muy bien —aprobó el jefe—. Entonces aceptado. Ven conmigo y te enseñaré cuál es nuestro programa de colado.

Por primera vez en su vida Pete se sintió importante. Mientras docenas de otros trabajadores aserraban, martillaban cinceles y soldaban, y operaban máquinas enormes, Pete acompañaba al jefe por todos lados en aquella construcción.

—Mañana —le explicó su jefe cuando se detuvieron junto a un banco de acercamiento— vamos a colar este corto tramo de la cubierta. Es únicamente un colado pequeño comparado con lo que viene. ¿Cuántos hombres crees que necesites?

La mente de Pete trabajó febrilmente, pero conservó su calma.

—Déme dos peones para la pala y un albañil para acabado del concreto —dijo tranquilamente.

—Tú consigue el albañil. Ya sea que llames a la Unión o que lo traigas, pero quiero un buen trabajo, que sea de primera calidad. Ya tengo bastantes problemas con los inspectores del estado. Lo único que quiero es que estés seguro de que el trabajo esté bien hecho. Y ahora ven para mostrarte lo que tenemos para el viernes, para el lunes y para el miércoles…

Ese día al salir de su trabajo fue Pete directamente al negocio de Angie y Julio, pero no se le ocurrió llamar a Minnie para avisarle que llegaría tarde.

Cenó y tomó algunos tragos. No pasó mucho tiempo para que empezaran a llegar los compañeros de los cascos. Como de costumbre llegaban con la cabeza metida en sus cubiertas de acero, sus pantalones y camisas de caqui sucios, los zapatones de suelas gruesas, sudorosos y con las caras mugrientas, pero en cierto modo sonrientes, y no se les veía cansados.

Comieron y bebieron, gritaron y discutieron, mitad en inglés y mitad en español. Para ellos había pasado otro día y empezaba la noche. Ninguno de ellos pensaba en la esposa y los hijos que los esperaban en casa. Ninguno consideraba las fatigas que había pasado en el día. Todos se sentían orgullosos al decir lo arduamente que habían trabajado, pero sin reflexionar cuánta energía habían consumido. Muchos bebían hasta las primeras horas de la mañana y después llegaban a su casa con paso vacilante para decir a la esposa "Shut up" y dormir hasta el amanecer cuando daba la hora para levantarse y empezar la misma rutina.

La camarera de Angie circulaba entre ellos, tomando sus órdenes, diciendo palabrotas en voz alta y propinando algún manazo a esas manos rudas y morenas que trataban de acariciarle sus nalgas redondas. La sinfonola tocaba ruidosamente la última canción llegada de México y todos los asistentes al lugar trataban de opacarla con sus cantos.

Orgullosamente Pete vagaba entre los grupos sentados a las mesas, y tratando de no darse importancia, al menos eso pensaba, extraía de su bolsillo su tarjeta flamante de la Unión. La placa con las iniciales I.B.C.M.—A.F.L., la había asegurado en su cachucha de beisbolista que siempre usaba para cubrir su calvicie cuando no llevaba puesto el casco protector.

Finalmente vio Pedro entrar al hombre con quien deseaba hablar. Era Antonio.

El Viejo Antonio era el mexicano residente y veterano reinante en el trabajo del concreto. Había sido muchos años antes uno de los primeros en agruparse en la Unión de Trabajadores del Concreto. Ya era un hombre viejo y prácticamente no hablaba inglés, pero fueron muchos jefes gringos los que suspiraban aliviados y descansaban cuando veían que de la central de la Unión de albañiles habían mandado al "Old Tony". Sabía todo lo que había que saber del oficio y cuando él le decía a cualquier jefe que cierto trabajo valía más de las tarifas normales, no había quien se lo discutiera.

Old Tony ganaba muy buen dinero, eso lo sabía Pedro, y era respetado entre sus compañeros, aunque generalmente todos coincidían en que se preocupaba demasiado por su trabajo.

Pete fue a su encuentro y le ofreció una silla para mostrarle en seguida su libreta y su placa de la Unión.

—¡Qué bueno! —le dijo el viejo—. Ya te recibiste.

Entonces le dijo Pete lo que pensaba. Estaba muy preocupado por el colado del día siguiente. Sabía que aquello era completamente distinto de darle el acabado a las banquetas, pisos o aplanar los apartamentos; en efecto, le explicó Pedro, sabía que no debían usarse llanas en los colados de cubierta. Le describió a Antonio detalladamente lo que tenía que colarse y le pidió que le dijera cómo hacerlo, pero el viejo albañil le replicó moviendo la cabeza:

—No, no es tan fácil como decirlo. Iré a tu chamba en la mañana y te ayudaré. ¿Son gabachos los jefes?

—Sí.

—Bueno. No entenderán mientras te enseñe lo que hay que hacer. Créeme, yo sé cómo arreglármelas para que sepan que al tomarte hicieron una buena promoción. No te preocupes de mi trabajo. No estamos haciendo nada importante y llamaré pa' decirles que estoy enfermo.

Pete le dio santo y seña para llegar a su trabajo y muy pronto el viejo, después de decir adiós formalmente a muchos amigos, se fue para su casa.

—Hasta mañana —le dijo a Pedro agitando su mano callosa.

Repentinamente Pete sintió deseos de tomar y despreocuparse de todo. Pero momentos después lo invadió una inquietud y volvió a pensar en el colado de la mañana siguiente. De pronto quedó silencioso y resolvió irse a casa.

Una vez en ella estuvo poco comunicativo con Minnie y eso no era común. Estaba un poco molesto y cuando se metió en la cama se quedó cavilando preocupado durante largo tiempo. ¿Qué pasaría si su camioneta no arrancaba por la mañana? Se sentó cuando lo asaltó ese pensamiento y tuvo deseos de salir para asegurarse de que su motor no fallaría. ¿Y si se dormía? Sería mejor entonces que no durmiera. Entonces salió de la cama y probó el timbre del despertador eléctrico. Lo ajustó a las cuatro y media en lugar de las cinco y media. Dos veces durante el resto de la noche lo asaltó la idea de que no oía el leve zumbido del motorcito del reloj y se levantó para verificarlo.

Y a las cuatro estaba vistiéndose. Minnie se levantó con él para prepararle su desayuno, pero antes de que él hubiera tomado la mitad de lo que su esposa le sirvió, ya estaba mirando al reloj. Quizá Old Tony fuera a dormirse o quizá no podría encontrar el sitio indicado.

Se despidió al fin de Minnie diciéndole que quizá trabajara hasta muy tarde y montó en su *Pickup*.

Despuntaba el alba cuando estacionó su viejo vehículo a un lado de la construcción y trepó hasta el entarimado de lo que sería el puente. Miró a su alrededor. Aquella franja de doscientos metros de tierra fresca que dividía la ciudad le pareció a él cruda y primitiva. La cama de la supercarretera se extendía hacia el horizonte, curvando suavemente en medio de las fábricas y edificios para desaparecer en algún punto cercano al conjunto de edificios que formaban el centro gubernamental de Los Ángeles.

Desde la altura de aquel puente se encontraba casi al nivel de las plantas empacadoras, de los silos de almacenamiento, de la planta de ensamblado, de las laminadoras de acero y de los complejos industriales que se extendían ante él y detrás de él y hacia cualquiera dirección hasta donde sus ojos podían ver.

Con la luz de la mañana que empezaba a brillar pudo ver la enorme máquina excavadora, abandonada el día anterior al finalizar las horas de trabajo y alineada con el derecho de paso. Empezaron a llegar por un lado y otro los hombres que arrancaron los pequeños motores auxiliares, que una vez calientes harían funcionar los motores principales de cada máquina. De manera especial oyó el arranque de uno de ellos que producía el ruido semejante a un motor de borda marino. En la relativa quietud aquel sonido ronco escupía y tosía, hasta que tomó un paso rítmico para alcanzar al fin un agudo zumbido y en seguida bajó de tono cuando el embrague operó el motor principal, y momentos después el trepidar ruidoso de la poderosa máquina Diesel ahogó el sonido del motor de borda.

El operador de la máquina excavadora la puso en movimiento sobre sus orugas y momentos después daba el primer mordizco gigantesco en donde se hundiría en un paso a desnivel la supercarretera, para depositar en seguida la tierra arrancada en la parte en que se elevaría para alcanzar la altura del puente. Mientras Pete observaba el despertar de aquella primera máquina, otra semejante empezó a moverse y fue seguida de otra y otra más. En otro sitio el "bulldozer" empezó a extender la tierra en una capa nivelada y un camión tanque de gran capacidad la regaba saturándola de agua, seguida de una pesada aplanadora que a su paso le daba a aquella tierra recién removida, la firmeza del granito.

Una conformadora dio los toques finales a la desviación temporal de la calle cercana y en cualquier momento empezarían a llegar los grandes camiones con sus revolvedoras del concreto pintadas con espirales negras sobre sus panzas para dar la ilusión de un movimiento continuo, semejantes a los anuncios blancos y rojos de las barberías. Esas revolvedoras se acercarían girando, ansiosas de descargar su carga semilíquida, y en seguida, vacías de su peso tremendo, balanceándose ridículamente sobre el piso áspero, irían por una nueva carga para regresar tan pronto como el chófer pudiera maniobrar a través de las calles congestionadas de vehículos.

Los hombres interesados en el colado de la cubierta del puente empezaron a llegar. El jefe, al principio preocupado, tomó una expresión de alivio cuando vio a Pete esperando en la parte superior del puente y lo saludó agitando la mano desde el remolque casa que servía como oficina cerca de un extremo de la base del puente. Los inspectores del estado, con los bolsillos de pecho de sus chaquetas repletos de libretas de apuntes y lápices de varios colores, y sus cinturones cargados de plomadas, niveles de mano, reglas de cálculo y cintas métricas, empezaron una verificación sistemática de las varillas y placas metálicas que reforzarían el concreto. Pete pretendió entender cuando aquel personal colocó sus teodolitos y verificaron las posiciones de todo lo que iba a ser cubierto con el concreto, incluyendo las cimbras y obras falsas.

Desde la oficina improvisada llegó corriendo el jefe para hablar con Pedro.

—La compañía de concretos está en el teléfono —le dijo con seriedad—. Dicen estar listos para enviar las primeras cargas y que estarán aquí dentro de veinte minutos si salen en este momento. ¿Les doy el "okay"?

—Estoy listo —repuso Pete, y su corazón le dio un vuelco cuando vio al Viejo Antonio trepar sobre la cubierta, pronto para trabajar. El jefe corrió de regreso a su oficina y regresó minutos después para permanecer con los inspectores del gobierno que habían terminado de verificar las posiciones. Pete sabía que el jefe estaba intranquilo y al hablar con Old Tony lo hizo con grandes aspavientos. Esa colada del concreto iba a ser parte del paso sobre el que el tránsito de alta velocidad se movería. Pedro entendía que tendría que tenderse a un nivel preciso. Los técnicos del estado toleraban solamente una fracción de quince milímetros de irregularidad en un tramo de tres metros. Era necesaria la intervención de expertos en materia de concreto para ir de acuerdo con las especificaciones para supercarreteras. Las máquinas de acabado que serían utilizadas para pavimentar la cama de caminos de alta velocidad, no podían usarse en aquel puente debido a su peso enorme. Esa parte del puente tenía que hacerse a mano y debía quedar perfectamente tersa, esto se lo explicó el Viejo Tony a Pete, porque si quedaban algunas protuberancias que ocasionaran que los vehículos perdieran su estabilidad cuando se abriera el puente, podrían concebiblemente poner en peligro la estructura. Una cubierta de concreto dispareja tendría que ser levantada a un costo prohibitivo para el contratista.

Y empezaron a llegar los camiones con las revolvedoras llenas de la mezcla. La compañía proveedora del concreto sólo permitía la estancia de sus vehículos un tiempo determinado después de su llegada para descarga. Después de ese límite se le hacían cargos al contratista por el tiempo excedente tanto por el camión como por el chófer.

El primer camión describió un arco amplio sobre la zona de acercamiento y empezó a echarse en reversa, con el motor rugiendo mientras el tambor de la revolvedora giraba lentamente conservando la mezcla de doce toneladas que llevaba en su vientre. Con destreza el chófer detuvo su vehículo a unos centímetros del recipiente de un metro y medio sujeto al cable de acero de la grúa elevadora. Los inspectores del gobierno llevaron a cabo una verificación final de las cimbras de madera. El jefe de la obra ordenó una revisión de todo el equipo que incluía compresoras, vibradoras y máquinas. Todo tenía que estar perfecto porque una vez empezando a vaciar el concreto bajo ninguna circunstancia podría suspenderse ni por un momento.

Pete observaba las actividades de pie junto a Old Tony y de pronto se dio cuenta de que todo había llegado a una pausa y que todas las miradas se hallaban fijas en él, esperando. Llevándose el jefe las manos a la boca para formar una bocina gritó con todas las fuerzas de sus pulmones, oyéndose su voz por sobre el traqueteo de las máquinas y el equipo:

—¡Cuando tú digas, Pete!

Old Tony sin volverse a mirarlo le ordenó:

—¡Dile que empiecen!

Sólo vagamente se dio cuenta Pete de que ese era el punto culminante de su vida. Con el corazón latiéndole violentamente y del mismo modo que su jefe se había ayudado con las manos para amplificar su grito exclamó:

—Let'er rip! —en lo que él pensó sería un buen inglés gringo que significaba: que descarguen, o que vaciaran las ollas de las revolvedoras.

El mayordomo le dio la señal al chófer del primer camión, que movió sus palancas de uno y otro modo y el concreto mojado empezó a chorrear de la parte trasera de la revolvedora. En cuestión de segundos había ya dos toneladas de la mezcla en aquel recipiente y el operador de la grúa aceleró su máquina y el rodillo brillante acanalado empezó a enrollar su cable de acero elevando aquella primera carga por arriba de las cabezas de los trabajadores, y en seguida hizo un viraje suave para colocar su depósito a un par de metros de distancia de la cimbra en el extremo más lejano, a unos pasos de donde se encontraban Pete y el Viejo Tony. Uno de los peones ayudantes movió la palanca del cazo y las primeras dos toneladas de concreto se vaciaron sobre las formas de cimbra. Los peones ordinarios, usando botas de hule que les cubrían hasta cerca de la rodilla y gruñendo ruidosamente, se agacharon para empezar a extender con sus palas de mango corto el concreto dejando aquella mezcla gruesa y gelatinosa a la profundidad aproximada requerida. El Viejo Tony permanecía de pie a un lado de Pedro y los dos observaban.

—Nosotros no haremos nada hasta que vacíen la superficie a todo lo ancho de la cubierta y se alejen de nuestro alcance —le aconsejó Antonio en español con voz apenas perceptible.

Y el colado seguía su curso.

Hacia atrás y hacia adelante a lo largo del ancho de la cubierta aquel recipiente descargaba su pesado contenido, y los peones con la pala extendían aquellas lomas de dos toneladas hasta que el concreto era colocado más o menos parejo y a una distancia de unos tres metros del principio del colado. Entonces el Viejo Tony, sin ademanes, le aconsejó a Pete cómo mover el entarimado bajo sobre la superficie del concreto, lo que le permitiría después trabajar con sus herramientas de acabado sin caminar sobre la superficie fresca. Los peones encargados de extender el concreto se movieron otros tres metros hacia atrás para repetir todo el proceso completo mientras Old Tony y Pete suavizaban la cubierta para darle el acabado final.

Conforme avanzaba la longitud del colado sobre la cubierta, Antonio mantenía un torrente constante de instrucciones moderadas para Pedro. Y éste a su vez las pasaba a los peones, al hombre que operaba la grúa y a los trabajadores que extendían el concreto. Ostensiblemente Pete estaba dirigiendo el vaciado del modo en que podía hacerlo un excelente mayordomo especializado. Los otros trabajadores, la mayoría de ellos de habla española, rápidamente vieron lo que estaba ocurriendo y todos los que realizaban esa labor, excepto el jefe gringo y los inspectores de gobierno, se unieron en una conspiración silenciosa para elevar a Pedro a la categoría del héroe de la colada.

Cerca del mediodía el vaciado alcanzaba su punto medio, pero el detenerlo para almorzar era inconcebible. El jefe y los inspectores permanecían observando el avance del trabajo, y las arrugas de preocupación fueron desapareciendo en sus rostros cuando vieron la estupenda coordinación con que aquello seguía su cursó y cómo el nivelado del pavimento adquiría en su superficie la tersura esperada cada vez que Pedro y el Viejo Tony se movían con aquella tarima para trabajar sobre un nuevo tramo. Pero de pronto se presentó un incidente muy cercano al desastre.

Mientras esperaban la operación del vaciado suficiente para otro aplanado, Pedro vio a Antonio dirigiendo sus miradas a un lado de la sección que acababan de terminar. Casi imperceptiblemente Antonio movió la cabeza llamando la atención de Pete. Éste se aproximó a él y apoyándose en una rodilla miró hacia la parte de la cubierta terminada y aún húmeda que le señalaba Antonio.

—¿Ves aquella mancha cerca del centro en donde la humedad se ha concentrado? —le preguntó Tony al señalarla. Pete se esforzó para verla. El concreto húmedo brillaba en toda la superficie terminada, pero había un área en donde un charco de agua de un medio centímetro de profundidad aproximadamente no se resumía. Solamente un ojo extremadamente experto podría haberlo notado Pete asintió. El viejo Tony le explicó en el mismo tono tranquilo:

—Cuando lo terminamos estaba perfectamente nivelado; pero las cimbras han cedido bajo el peso y la vibración. Ese pequeño charco indica una depresión.

Los dos continuaban silenciosamente agachados, Pedro esperando que continuara su explicación.

Antonio lo hizo.

—Los inspectores no lo verificarán con su barra recta hasta que haya endurecido y entonces será demasiado tarde para corregirlo. Entonces te culparán a ti.

A Pedro le sobrevino un poco de pánico.

—¿Podemos arreglarlo?

—Haz lo que yo te diga —le dijo Tony hablándole suavemente sin volverse a mirarlo—. Yo regresaré al vaciado. Quédate aquí un momento y entonces llamas a los gringos y les enseñas ese pequeño charco. Les dices lo que te he dicho. Verificarán y se darán cuenta de que tienes razón y harán el gran escándalo. Entonces me gritas pa' que yo venga. Yo puedo arreglarlo.

Pete era un buen actor. Permaneció arrodillado observando aquella superficie terminada. Momentos después llamó la atención de uno de los inspectores del estado y del jefe y les hizo señales de que subieran. Con la preocupación en sus rostros se apresuraron a atender a su llamado.

—¿Sucede algo malo, Pete? —le preguntó el jefe aprensivamente.

Pete le señaló aquel sitio mojado.

—¿Ve el agua ahí en ese lugar? Creo que la cimbra cedió un poco. Será mejor que verifiquemos ahora.

Rápidamente el jefe se proveyó de una barra de acero recta de tres metros de largo y la colocaron sobre la superficie extendiendo un poco aquel charco de agua. Cuando brotó nuevamente, la superficie en ese lugar estaba alrededor de unos tres centímetros más baja que el área que la rodeaba. Los inspectores se volvieron a mirar acusadoramente al mayordomo. La reputación de ellos quedaba en entredicho y sería el mayordomo el responsable por un acabado pobre.

El jefe mismo estuvo al borde del pánico. Una cosa era el ser capaz de localizar algún punto defectuoso y la otra el tener la habilidad suficiente y los conocimientos para saber cómo remediar aquel defecto.

—¿Suspendemos la colada, Pete? ¿Puedes arreglar eso?

—Sí —dijo Pete dándose importancia—, aún está lo bastante fresco para poder arreglarlo. Por fortuna lo advertimos a tiempo. Llamaré a Old Tony y le diré lo que hay que hacer.

Pete llamó al viejo. El mayordomo y los inspectores permanecieron observando mientras los dos cambiaban frases en español; después de unos momentos Antonio les gritó a dos peones para que llevaran palas de concreto fresco. Tomó entonces una de ellas y con la destreza de un jugador de baloncesto arrojó el concreto que fue a dar directamente al sitio mojado. Entonces rápidamente clavó un asa a una tabla plana y ancha y parado en el borde de la cubierta sujetó fuertemente el asa y con una habilidad extraordinaria guió la tabla plana sobre el área en donde había arrojado el concreto hasta que repentinamente como por arte de magia la mancha mojada desapareció. Los inspectores verificaron nuevamente la superficie y la encontraron perfectamente nivelada. Y se deshicieron en amplias sonrisas. El mayordomo dirigió miradas de aprobación a Pete, pero éste no tenía tiempo para cumplimientos.

—Come on Tony! —le dijo con impaciencia—, los peones están listos para que nivelemos nosotros.

Minutos antes de terminar el turno la última de las revolvedoras se había alejado. La primera sección del puente había quedado colada, la superficie tersa y nivelada perfectamente. El mayordomo estaba encantado. No le había costado a la compañía ni un minuto de tiempo demorado para camiones y choferes. El equipo de operadores de máquinas con salarios elevados no habían tenido que trabajar tiempo extra.

El modo en que Pete dirigió el colado había sido un modelo de eficacia y de ahorro de tiempo y de dinero.

Las alabanzas del mayordomo para Pedro fueron breves pero sinceras. Para el día siguiente entraba dentro del programa otra colada. Y una vez más Old Tony sacó a Pete de su aprieto, y del mismo modo el vaciado que siguió a aquel.

Volaba el tiempo y después de un mes Old Tony dejó que Pedro volara solo, que contratara a sus propios especialistas y tomara sus propias decisiones. Los ingenieros del estado comisionados para la supervisión de las obras de esa compañía cuyas reputaciones estaban comprometidas para la vigilancia de que aquel contratista realizara el trabajo con la calidad especificada, estaban encantados con la labor de Pete, y el contratista a su vez estaba encantado de que los ingenieros estatales estuvieran encantados.

Pedro se regodeaba en la gloria de sus habilidades recién descubiertas, de su importancia recién descubierta y de su riqueza recién descubierta. Se extendió su reputación por sus habilidades especiales y vio aumentadas sus ganancias en proporción con las demandas de sus trabajos. Y cuando Minnie le informó que el médico le dijo que iba a tener gemelos, Pete asintió aceptándolo como cosa natural y diciéndole:

—Después de todo, ¿qué podías esperar de un hombre como yo?

6

Aunque Neftalí Sandoval se acercaba a los sesenta años tenía el aspecto de una década más viejo. Doña Alicia casi había envejecido comparativamente y vivían todavía los dos solos en la casa de la familia que en sus años mozos construyó Neftalí de piedra y mortero sobre la calle principal de Irwindale.

Durante los días de la semana cientos de camiones gigantes arrastraban grandes remolques rugiendo por la ciudad cargados con arena y grava y regresaban en cuestión de unas cuantas horas por otra carga. Aquella faja de ocho kilómetros de ancho, pedregosa, cubierta de cactus por donde habían corrido las aguas de un río, se había convertido en la capital de la arena, la grava y la piedra del sur de California, y las amplias cuevas de cantera, algunas de ellas de cerca de un kilómetro de ancho y algún centenar de metros de profundidad, ahogaban a los residentes de la zona en unas manzanas angostas que les habían dejado para sus moradas.

Las compañías poderosas que habían levantado las trituradoras de piedra habían rentado la tierra a sus propietarios y ninguno de los residentes originales de habla española de Irwindale compartían aquel negocio de cantera que producía más de cien millones de dólares al año.

Pero ese día era domingo y la tranquilidad era completa con la ausencia de las nubes de polvo constantes que acompañaban los días de la semana, junto con el silbar de los frenos de aire y traqueteo de los camiones. En unos cuantos días más sería el aniversario del nacimiento de Neftalí y los hijos y las hijas empezarían a llegar ese día con sus automóviles cargados con los nietos.

Si por lo menos hubiera vivido Gregorio, musitó Neftalí, él hubiera hablado con los vecinos para alquilar esa propiedad a la gente de las trituradoras de piedra y ya podría él independizarse. En lugar de eso tenía que levantarse temprano todas las mañanas para ir a la empacadora a seleccionar naranjas. Pero quizá no sería ya durante mucho tiempo.

A esas horas del domingo se encontraba sentado en su sillón en aquel cuarto del frente que servía de cocina, y vestía con su acostumbrada camisa y pantalones de caqui recién lavados y planchados, una corbata ancha anudada al cuello y calzando sus pies con zapatos borceguí. Siguiendo un impulso fue hacia el escondite en donde guardaba sus cosas de valor. Aquel escondite lo cubría una losa de piedra suelta al pie de la ventana. Removiendo aquella losa metió las manos en el hueco de abajo y sacó una caja de madera que él había hecho para que encajara allí. Regresó con ella a su sillón y empezó a repasar sus objetos. Los días de cumpleaños eran buenos para recordar.

Aún conservaba aquella brújula en su estuche de bronce, una hebilla de cinturón incrustada de joyas y algunas monedas, todo aquello que había encontrado en aquella casa quemada del rancho en México hacía ya tantos años. Dejó que desfilaran en su memoria los recuerdos de aquel día, los forajidos con sus rifles, los del pueblo de Agua Clara escarbando entre los escombros, y después vio a los soldados recordando el terror de su conscripción y la escapada subsecuente. Aquel largo viaje que hizo con su padre gordo y su hermosa madre.

Colocó la brújula, la hebilla y las monedas sobre la mesa y hurgó nuevamente en su cofrecito. Sacó tres talones de boletos. Recordó la pelea de box a la que sus hermanas lo habían llevado días después de la muerte de su padre. ¿Cuál era el nombre de aquel boxeador? Un nombre muy común. Ah, sí, Salazar, el mismo apellido de su yerno Julio. Se había olvidado ya de haber visto aquella pelea, tendría que decírselo a Julio.

Después sacó de la caja un cuchillo forjado a mano. Recordó al herrero de Agua Clara que se lo hizo de una pieza de metal que había sido parte de aquel tren que llevó a su padre a aquel pueblecillo antes de que él o sus hermanas hubieran nacido, aquel pueblo al que su madre había regresado con el que él había considerado amante de su madre, después de la muerte de su padre. Indudablemente ya para esas fechas su madre habría muerto. La última vez que tuvo noticias de ella había sido hacía veinte anos cuando hizo un viaje a San Bernardino para ver a un hombre del que había oído que llegaba de Agua Clara. Ese hombre le había confirmado que su madre vivía aún con Eduardo, quien estaba trabajando para la iglesia reconstruyendo la vieja misión que los jesuitas habían construido en Agua Clara en el siglo XVI.

Sí, ahí estaban las dos cosas que buscaba: una era el título legal de aquel pedacito de terreno sobre el cual estaba construida la casa de la familia. Se atribuló su corazón con el pensamiento de la manera en que Gregorio se hubiera alegrado al heredar esa propiedad cuando él y Alicia murieran. Considerando que el heredero en primer término había desaparecido, realmente Neftalí no le había dado importancia a la forma en que debía distribuir sus propiedades entre sus hijos e hijas. Y qué importaba si de todos modos las intenciones no eran que pasaran a ellos. No sabía exactamente lo que aquel título de propiedad dijera ya que no sabía leer, pero de lo que sí estaba seguro es que era un documento legal y debidamente registrado ante las autoridades respectivas.

Y ahí estaba también su acta de nacimiento. Se la habían entregado Hortensia y Jilda cuando salió de aquel barrio bajo para irse a Irwindale. Le habían explicado que los americanos estaban poniéndose muy estrictos acerca de los ciudadanos que procedían de otros países y que algún día quizá resolvieran quitarle todas sus propiedades y enviarlo a México si no podía probar que era ciudadano americano.

Aceptaba que aquel certificado de nacimiento era uno de los pocos actos deshonrosos que él había cometido. Sus hermanas le dijeron que era auténtico, obtenido de un doctor que había muerto y cuyos archivos personales habían sido destruidos en un incendio. Había un hombre que por cien dólares entregaba un certificado firmado por un doctor. Que ese hombre de algún modo había entrado en posesión de un legajo de actas que el doctor había firmado con anticipación a su uso entre los muchos pacientes que había tenido en el condado de San Diego.

Neftalí había seguido la corriente en aquello y aceptado el documento falso sólo para la protección de su familia futura. Pero ya en esas fechas le serviría para otro propósito. Al alcanzar la edad de sesenta y cinco años recibiría una pensión y sería libre por el resto de su vida. No sería mucho, pero sí lo suficiente y entonces podría disfrutar de la compañía de sus nietos, hijos e hijas hasta el final de sus días.

Pero todo aquello lo llevó hacia un grave problema. Siempre había enseñado a sus hijos a que fueran honrados en todos aspectos. Les había leído su código moral, el código de la gente del pueblo en el que su padre había pretendido creer pero que realmente no había observado. Neftalí estaba seguro que ninguno de sus hijos bebía excesivamente, que no galanteaban a las mujeres, ni golpeaban a las esposas o fueran indignos de confianza o ladrones. Entonces, cuando llegara el tiempo de su pensión, ¿cómo les explicaría?

Fue en esos momentos cuando pensó que cuán cierto era el viejo adagio de que una mentira conduce a otra. A través de los años había tenido miedo de hacer su solicitud de ciudadanía, ya que no había sido capaz de aprender a leer o escribir ni recitar lo requerido para la jura de la bandera, y por lo tanto estaba sujeto a deportación. Pero quizá cuando llegara el tiempo de pensionarse podría decirles a sus hijos que había presentado su solicitud y recibido su ciudadanía desde hacía largo tiempo. Ese problema lo preocupaba con frecuencia.

Echándose atrás en su silla fumó un cigarrillo de hoja. Consultó la hora en el gigantesco reloj despertador que tenía sobre una repisa. El ruido que hacía al caminar estaba en proporción con su tamaño. Era muy viejo, pero aún conservaba el orgullo de su propietario y le alegraba verlo cada vez que consultaba la hora recordando los tiempos en que un reloj en una casa era un lujo. Su hijo Orlando había aprendido el oficio de albañil especializándose en levantar muros de piedra, y cierto día llegó y desprendiendo una sección de la pared había instalado una chimenea abierta completa con su tiro de tabique y su repisa. Sí, los tiempos habían sido buenos para él. Su casa ya tenía un piso sólido de concreto. Aquello había sido una contribución de su hijo Pedro, que era el que más triunfos había obtenido entre sus hijos. Su éxito superaba al de Angelina, que era dueña de un restaurante, aunque él, Neftalí, se encontraba molesto hasta cierto punto por saber que ella vendía bebidas alcohólicas. Consideraba que eso era un mal negocio.

Su hijo Pedro había hecho un trabajo magnífico en el acabado de su piso. Los otros hijos le habían ofrecido instalar en la casa un excusado con agua corriente, pero él se había resistido; nunca le había gustado la idea de tener el excusado en la casa, y además, esos tubos siempre se atascaban, ¿no era cierto?, no, la vieja moda de salir cuando tuviera necesidad era preferible, aunque sabía que ya aquella costumbre casi había desaparecido en Irwindale.

No tenía medio de transporte pero eran pocos los días cuando salía de su casa para ir a la empacadora a pie y que algún chófer de uno de los gigantescos transportes de grava no reconociera al viejo Sandoval y se detuviera para llevarlo, a pesar de que contravenían con eso las reglas de la compañía y de la unión de transportistas.

Viajaba en el pescante para que de ese modo disminuyera un poco lo gratuito del viaje y al mismo tiempo negar su condición física, y solamente utilizaba aquel servicio hasta el cruce de la calle sobre la cual estaba situada la empacadora de naranjas. El vehículo solamente disminuía su velocidad y él brincaba para atenuar la inconveniencia al chófer y también una vez más para hacer alarde de su capacidad física y desde ese punto empezar a caminar; pero también allí fueron pocas las veces en las que caminara más de treinta metros antes de que otro empleado de la planta pasara con alguno de los vehículos y le ofreciera llevarlo hasta la propia empacadora.

El mayordomo de la negociación algunas veces se exasperaba con la lentitud de Neftalí y su torpeza para cambiar sus costumbres de trabajo o adaptarse a métodos nuevos, pero nunca nadie le dijo nada. La gerencia gustaba de ese hombre ya que había trabajado con el mismo salario durante muchos años, había mantenido su ritmo de trabajo o casi, y nunca se había quejado ni pedido aumentos. Jamás había faltado a sus obligaciones ni había llegado tarde, ni perdido un solo día. No importaba que nunca hubiera aprendido a hablar inglés. El viejo Sandoval era un empleado ideal, quizá un poco lento, pero respecto de eso la compañía tampoco le pagaba gran cosa.

Las grandes manecillas del reloj se movieron lentamente para marcar las diez de la mañana y Neftalí oyó que un automóvil entraba en su callejón. El primero de su descendencia llegaba. Salió para recibir a Pedro y a Minerva y a sus nietos gemelos de tres años, que bajaron de una camioneta grande, tipo *Pickup,* flamante.

Abrazó cariñosamente a su hijo y a su nuera, pero tenía su mirada puesta sobre los niños de ojos grandes, vestidos con ropas de bebé inmaculadas. Tomó en sus brazos a Sammy y lo estrechó fuertemente.

—¡Caramba, chiquito! ¡Cómo estás creciendo! Crecerás para ser un gran hombre y hacerte cargo del negocio de tu padre, ¿verdad? —y se volvió hacia Pedro—. Espero que lo quieras. No importa cuántos más tengas ya sabes que nunca volverás a tener otro primogénito. Algún día llenará muy bien tus zapatos.

Pete miró de reojo a Minnie, quien respondió con otra mirada de inteligencia, y después hizo a un lado lo que había dicho su padre.

—Papá, te traemos algunos regalos.

Fue hacia la cabina de la camioneta y extrajo una caja envuelta que entregó a su padre, quien vio que obviamente aquello era un paquete de cigarrillos.

—Te lo regala Minnie —explicó Pedro y en seguida estiró el brazo para tomar una lámpara cuya base la formaba una pantera negra y grande de cerámica.

—Para tu chimenea, así podrás ver mejor tus revistas.

Minnie terció entonces.

—También le trajimos algunas revistas —le dijo entregándole una media docena. Entonces el viejo Sandoval vio a la hermana gemela de Sammy, Mariana, parada junto a él y que a todas luces se veía molesta por sentirse ignorada.

—¡Vamos a ver, bonita! ¿Tienes también un beso para tu abuelo?

Levantó y besó a la niña para bajarla en seguida. Tomando sus regalos condujo al primer grupo al interior de la casa. Colocó la lámpara sobre la repisa de la chimenea. Pedro también había llevado consigo un cordón de extensión y pidió a su padre un martillo y algunos clavos, y parándose sobre la mesa introdujo los clavos a lo largo de la moldura del techo, corrió el cordón siguiendo la misma línea y dobló los clavos para sostenerlo.

—Ya está —dijo cuando terminó, y enchufando la clavija de la lámpara le dijo a su viejo—: Y ahora, papá, tienes una verdadera lámpara.

Neftalí Sandoval la miró con aprobación preguntando:

—Es un tigre, ¿verdad?

—Sí, papá —respondió Pedro.

—¡Qué bonito!

A la entrada de la casa se oyó el sonido de las cornetas de otro coche y vieron a Angelina y a Julio que llegaban en uno enorme y flamante. Los dos llegaron vestidos con lo mejor, de la misma manera que Pedro y Minerva, y cada uno llevaba un regalo para Neftalí.

Los tres hombres se sentaron alrededor del cuarto y charlaron mientras las mujeres automáticamente empezaron a hacer montones de tortillas y una enorme olla de frijoles. Las dos parejas habían llevado consigo provisiones, y como se esperaba la llegada de otros que se presentarían durante el día, estaba en puerta una fiesta.

No tuvieron que esperar demasiado para la llegada de Victorio con su esposa y sus hijos, y en seguida Rosita con su familia, y después Orlando y Roberto y Dolores, y para entonces la casa y el patio era una misa de carreras y niños que gritaban, desde unos cuantos meses de nacidos hasta varios años de edad, y los hombres estaban apretujados en bancas o sillas y las mujeres alrededor de la estufa cuidando los frijoles o volteando las tortillas.

Pedro vio a Julio escurrirse hacia su coche tratando de disimular y fue detrás de él y se echó unos tragos de la botella de Julio. En seguida regresaron los dos.

—Oye, Julio —le dijo el viejo Sandoval a su yerno—. Antes de que llegaran estaba aquí sentado recordando cosas del pasado. Y recordé una pelea de box de profesionales a la que fui recién llegado a este país. Recuerdo que el apellido de uno de los boxeadores también era Salazar —los otros también estaban escuchando hablar a su padre y vieron la reacción de Julio.

—¿No recuerda que lo llamaran de otra manera? ¿Con un nombre o algo más?

—No. No recuerdo. Lo llamaban algo en inglés. Pero lo he olvidado. Creo que yo fui quien lo llamé primero de esa manera. Tuve que preguntarle a mi hermana cómo decirlo en inglés porque yo quería que los gringos entendieran.

—¿No fue acaso "Give-it-to-him"?

—Sí, sí. Así fue. ¿No era pariente tuyo?

Julio sonrió.

—Sí, era mi padre.

Todos se asombraron ante la coincidencia, y entonces el hombre viejo continuó:

—¿Y qué pasó con él? ¿Vive todavía?

Julio encogió los hombros.

—No lo sé..., tuvo que dejarnos en Fresno cuando yo era un niño. Creímos que volveríamos a verlo, pero jamás volvió. Desde entonces lo he buscado inútilmente.

Pedro se concentraba en sus pensamientos y empezó a hablar.

—Give-it-to-him... Oí ese nombre en algún lado no hace mucho tiempo. También lo conocí. Pero en dónde fue... —y mientras pensaba, el rostro de Julio se ensombrecía.

—¿Lo conociste? ¿Recientemente? ¿En dónde? ¿En dónde?

—Estoy tratando de recordar. Fue en..., no puedo recordar ahora, pero estoy seguro. Alguien dijo: "Ese es un boxeador al que llamaban Give-it-to-him". Pero no dijeron cuál sería su nombre ni su apellido.

En esos momentos ya Julio estaba verdaderamente excitado.

—¡Piensa, hombre! ¡Recuerda! Yo he buscado por todos lados, en los altos y en los bajos durante casi quince años.

Todos esperaban que Pete recordara. Trató arduamente y al fin pareció darse por vencido y el rostro de Julio se entristeció.

—Más tarde lo pensaré y estoy seguro de recordarlo —dijo Pedro y se reanudó la conversación general, pero Julio fue una vez más a su coche. Pedro no lo perdió de vista y lo siguió.

—Ya lo recuerdo —le dijo cuando estaban los dos afuera de la casa—. Los primeros días que estuve en tu casa, recién salido del "army", por casualidad fui a dar a ese mercado de esclavos, ya sabes al que me refiero.

—Sí, al "punto de reunión".

—Right. Y fue en ese lugar en donde conocí a un tipo Canto que me dijo en una cervecería quién era aquel otro tipo. Dijo que ese era su nombre pero que estaba escondiéndose de alguien o de algo. Ahora recuerdo que realmente no me presentó con él. Se veía verdaderamente viejo y su cara estaba abotagada y con muchas cicatrices.

—¿Qué buscaba en ese lugar?

—Creo que trabajo como todos los demás. Yeah, ya lo recuerdo bien. Vendía su sangre. Todos lo hacen ahí. Al menos eso fue lo que Canto me contó.

Julio daba la impresión de que estaba esperando hacer más preguntas. Fumó su cigarrillo con impaciencia y después regresó al interior de la casa sin decir una palabra.

Habían llevado guitarras y brotaba la música. No era sólo el canto de canciones en el sentido en que las canciones son cantadas, sino versos emotivos completos traducidos a palabras tangibles y armonía. El viejo Sandoval escuchaba las promesas de amor, las leyendas de grandes boxeadores y cuentos de caballos magníficos y pastizales abundantes y campos de maíz.

Para la medianoche había niños durmiendo sobre las sillas, sobre la cama y el piso y en todos los coches estacionados afuera de la casa.

Minerva tendió a uno de los niños entre ella y Pedro mientras éste guiaba la camioneta y sostenía al otro.

—¿Adónde fueron Julie y Angie tan temprano?

Pedro le explicó acerca del padre de Julio y lo emocionado que éste estaba.

—Me imagino que no pudo esperar para regresar a buscarlo.

Durante un momento largo guardaron silencio y al fin Pedro habló nuevamente:

—Y a propósito, no quiero educar a nuestros chamacos para que piensen que el primer varón es el favorito. Es una mala costumbre.

—Sí. No me gusta la manera en que mamá y papá sirven a los primogénitos primero y dejan que los otros chamacos se atiendan con las sobras.

—Es una costumbre con la que no estoy de acuerdo —dijo Pedro mirando a su hijita dormida—. Quiero que ella se sienta tan importante como si fuera un hijo mayor. Para lograrlo tenemos que prestarle muchas atenciones extras.

—Yo me encargaré de eso. Aquello de prodigar más atenciones a los varones es una moda antigua. Nosotras como mujeres somos igual de importantes.

Pete estuvo de acuerdo.

Al día siguiente cuando Pedro regresó a su casa después de trabajar Julio estaba esperándolo.

—Vamos al punto ese de reunión para que me enseñes en dónde lo viste —le pidió Julio.

Pedro se puso sus mejores ropas para ponerse a la altura de Julio, que llevaba un hermoso traje, y fueron en el coche rumbo a aquello que había llamado Pedro un mercado de esclavos. Casi habían pasado cinco años desde que Pedro estuvo ahí pero el lugar no había cambiado. Los hombres que se agrupaban ahí malinterpretaron las preguntas que, les hicieron debido a las buenas ropas y modales de hombres de negocios de los cuñados y se rehusaron a cooperar. Finalmente Pete mencionó a Canto. No, nadie lo había visto desde hacía mucho tiempo. Ya no iba por ahí para nada.

Entonces los cuñados cruzaron la calle y entraron en la cervecería pero con los mismos resultados. Julio estaba abatido cuando regresaron al coche que habían dejado estacionado a media cuadra de aquel muladar humano. Estaban a punto de arrancar cuando un hombre se aproximó. Pete al momento reconoció a Canto y se dio cuenta de que alguno de entre aquel grupo le había pasado recado.

—¿Preguntan por alguien? —les dijo Canto.

—Éste es el gallo —le dijo Pedro a Julio—. Es al que conocí y él sabe en dónde está Give-it-to-him.

—¿Lo conoces? —le preguntó Julio.

Canto contestó con evasivas.

—Es posible. A la mejor. Conozco una bola de tipos por aquí.

—¿Podrías buscarlo?

—No lo sé. ¿Para qué lo quieren? Yo no voy a echar de cabeza a un cuate.

Julio lo miró de arriba abajo. Canto usaba unos pantalones de lana rasgados, una sudadera sucia y zapatos viejos sin calcetines.

—Trepa en la parte de atrás —le dijo Julio autoritariamente.

—¿Y para qué?

—¿No te gustarían ropas mejores, una barriga llena, algún buen whisky y un par de varos?

Canto subió en la parte trasera del automóvil.

Ya tienen que ir a la escuela? Si parece que sólo hace unos días eran unos bebés.

—Bueno, ahora ya los niños empiezan a ir a la escuela desde los cinco años de edad. Mañana voy a comprarles ropa. Mariana y Sammy serán los chavos mejor vestidos en la escuela —le aseguró Minnie a Pete.

—Cuando los lleves el primer día asegúrate de decirle a la teacher lo lista que es Mariana y que no espere mucho de Sammy. Ella tiene que saber esas cosas.

—Sí, se lo diré.

Y cuando Minnie le dijo a la maestra aquello, vio que Sammy bajaba la mirada y que Mariana se movía más cerca de su hermanito como para protegerlo.

La maestra había suspirado diciendo:

—Bueno, quizá podamos hacer algo para cambiarlo.

Y Minnie sin reflexionarlo había dicho:

—Si usted pudiera, no creo que a su padre le gustaría.

El primer día del nuevo semestre la maestra, señora Eva Weimer, se sentaba detrás de su escritorio en la escuela elemental en el barrio Este de Los Ángeles y esperaba que se llenara su salón de clase. Era una mujer gruesa de cara redonda y mechones de cabellos rojos atestiguaban que no todo el tiempo habían sido grises. Dirigía sus miradas a través de anteojos gruesos mientras una cabecita de cabellos negros tras otra entraban en el salón mirando para uno y otro lado.

—Come in, busquen un asiento —les dijo en tono agradable mitad en inglés mitad en español. Su gramática y sintaxis eran perfectas, pero en las docenas de años que había hablado el español había encontrado imposible dominar la "e" franca, ni había podido pronunciar con corrección la doble "r" y ni siquiera la sencilla. Se había dado al fin por vencida en cuestión de su acento americano del cual no se había podido despojar, pero se sentía feliz de su habilidad para sostener una conversación en español a cualquier paso y decir cualquier cosa en ese idioma tan bien como podía ser dicho.

Momentos después todos los asientos estaban tomados y la señora Weimer se puso de pie para dirigirse a sus alumnos.

—Buenos días, niños. Soy la profesora Weimer.

En toda la clase se oyó un intento a medias para coordinar la frase.

—Buenos días, profesora.

Los alumnos, semana más o menos, tenían siete años de edad, y aun así entendían que los gringos que hablaban español con fluidez, pero con un acento americano marcado, eran generalmente la clase de personas que estaban más prontas a ayudarlos.

—Este es nuestro primer día del segundo curso —les dijo la señora Weimer en español— y este año todos vamos a aprender a trabajar en inglés. ¿Puede alguno de aquí decirnos por qué tenemos que aprender a trabajar en inglés?

Recorrió con la mirada aquellas caritas morenas y ansiosas y sintió la confianza de esos niños en ella. Uno de los niños de estatura un poco más elevada que los demás levantó la mano y la maestra lo autorizó para hablar.

—Porque vivimos en los Estados Unidos —dijo el muchachito con toda confianza en sí mismo en español y rápidamente se sentó. Advirtió la profesora que el niño dirigió miradas a su alrededor en busca de señales de aprobación o desaprobación entre sus compañeros.

—Sí —continuó la señora Weimer—. Vivimos en un país llamado los Estados Unidos de América. Y en los Estados Unidos la mayoría de sus habitantes hablan inglés. Pero hay muchos otros idiomas que también se hablan aquí. En esta ciudad de Los Ángeles muchos de nosotros hablamos español. ¿Puede alguno de ustedes decirnos algún otro idioma que se hable en esta ciudad?

Una manita de niña se levantó y la señora Weimer dio su consentimiento. La niña se puso de pie.

—El japonés —dijo tranquilamente y se sentó.

Otra mano se agitó por arriba de las cabezas y autorizó la maestra. Un niño de pie dijo con toda seriedad:

—Tuvieron que encerrar a todos los japoneses porque eran espías, pero ya los soltaron.

La señora Weimer escuchaba complacientemente mientras los niños mencionaban los diferentes idiomas que oían hablar. Un niño se puso de pie y dijo:

—Mi papá dice que no somos españoles, que somos mexicanos, entonces, ¿por qué hablamos español?

—Hablamos mexicano —intervino otro.

La profesora Weimer suspiró ligeramente. Estaban en una edad muy temprana para establecer la diferencia entre españoles, mexicanos, ingleses, mexicano-americanos y americanos. Aún no estaban listos para ningún intento de cristalizar las paredes opacas de su pequeño mundo. Sabía que su misión durante ese semestre era hacer que esos niños se hicieran entender en inglés hasta donde fuera posible. Se oponía a ese reglamento, al menos en lo que concernía a niños de tan tierna edad, pero no tenía otra alternativa más que obedecer. La dirección había recibido muchas críticas al aceptar graduaciones de adolescentes que no eran capaces de hablar ni leer inglés.

—Muy bien, y ahora veamos —aún seguía hablándoles en español—. Vivimos en Estados Unidos de Norteamérica, que es una nación de habla inglesa. Algunos de nosotros hablamos español. Y ahora digan la verdad. Todos los que hablen inglés levanten la mano —y ella levantó la suya para animarlos.

Unas cuantas manos se levantaron rápidamente, otras con lentitud y después, aún más lentamente se levantaron otras. No había ningún niño presente que no tuviera su mano en alto. La señora Weimer sonrió y ligeramente movió la cabeza.

—Muy bien —dijo amablemente—. Bajen las manos. Y ahora, empezaremos con la fila de aquí; quiero que cada uno en su turno diga algo en inglés —ese era el único modo que encontraba para asegurarse de que decían la verdad—. Por favor pónganse de pie, digan su nombre y digan algunas palabras en inglés —no quería que sintieran sus discípulos ninguna presión—. Digan cualquier cosa que quieran.

El primer niño se levantó de su asiento.

—My name is Jorge Alejandro —dijo en un inglés bastante

claro. Hizo una pausa y la señora Weimer tuvo que esforzarse para no reír cuando vio al niño arrugar el ceño hurgando en su mente para decir algo—. I have two dogs at home with fleas —dijo finalmente y se sentó volviéndose hacia su compañero de atrás para ver cómo actuaba. Con su frase quiso decir que tenía dos perros pulguientos en su casa.

—My name is John Garza. John is the english word for Juan.

Le llegó el turno a una niña que dijo llamarse Alicia Herrera. Que vivía en el Este de Los Ángeles y que tenía tres hermanas y cinco hermanos, y la señora Weimer movió la cabeza en señal de aprobación por el modo en que lo dijo.

El siguiente niño titubeó. Cohibido miraba alrededor suyo y la profesora le dijo, animándolo, en español:

—¿No quieres decirnos tu nombre y algunas palabras en inglés? Todos estamos aquí para aprender ese idioma.

El niño se puso al fin de pie y después de una pausa dijo:

—Raúl Gómez. Got dam son-oof-a beech —y se sentó. Su pronunciación fue pésima y con seguridad que no tuvo idea de lo que quería decir. Algunos de los alumnos se rieron un poco y la señora Weimer tuvo que esforzarse una vez más para mantener su seriedad. Recordó que las malas palabras son las primeras que en cualquier idioma se aprenden.

La siguiente niña, levantándose, dijo:

—María Torres, *ice cream, candy, doughnuts.*

Obviamente hasta ahí se extendía su vocabulario.

Y la niña en turno llamó la atención de la señora profesora. Pensó que esa niña sería algún día una belleza extraordinaria que ya empezaba a manifestarse. No debía tener distinciones con ella, porque ya, debido a su belleza infantil, había recibido atenciones especiales en cualquier lado en donde había ido. Sin duda que se había formado una imagen de ella como algo especial.

—My name is María Sandoval —dijo con una voz clara y firme y continuó diciendo en perfecto inglés—: Vivo con mi madre, mi padre y mi hermano. Él está aquí, se llama Sammy —Mariana se volvió hacia su hermanito que estaba sentado directamente atrás de ella.

Sammy se levantó también de su asiento y murmuró torpemente:

—I'm Sammy Sandoval. She's my sister.

La señora Weimer sintió que Sammy se daba cuenta de cómo Mariana lo opacaba. Aunque no era difícil adivinar que eran gemelos la niña estaba mucho más avanzada. No ignoraba la maestra cuánto destrozo podía causar en el carácter de un niño ser superado y opacado completamente a esa edad. En ese punto era en donde se desarrollaban las tendencias. Advirtió la diferencia de su pobre inglés comparado con el de ella, que no era más que el resultado de la falta de confianza en sí mismo, una carencia causada por los espléndidos encantos irresistibles y modales brillantes de su hermana.

Cuando todos en su turno habían dado su nombre y hablado, la señora Weimer supo que menos de la mitad del grupo podían platicar en inglés, alrededor de una docena podían reconocer muchas palabras, y unos seis o no sabían palabras o las que sabían no eran para repetirse entre personas decentes.

Entre las primeras cosas que hizo la profesora Weimer fue poner a Mariana y a Sammy tan lejos el uno de la otra como fue posible para eliminar comparaciones entre hermanos, para que no hubiera rivalidades dentro de la clase.

A la hora del primer descanso ya los tuvo sentados como ella quería. Con todo cuidado les explicó de cuánto tiempo constaría el descanso y que debían regresar a sus pupitres tan pronto como terminara.

Los observó levantarse cuando sonó la campana. Vio cómo los más avanzados se buscaban entre sí cautelosamente, mientras que los que no hablaban inglés rápidamente formaron una liga y se sintieron más a gusto juntos, y ella no pudo reprimir un suspiro.

Cuando todos estuvieron de regreso y ocupando sus lugares, respiró profundamente y fue hacia el pizarrón.

—Ahora todos juntos digan: I wanto to learn english.

La clase repitió la frase en inglés y ella la escribió en el pizarrón y empezó a traducir.

—"I" quiere decir "yo" en español —aún continuaba hablándoles en español. Uno de los alumnos levantó la mano.

—…sí. En español con esa pronunciación quiere decir "there is" en inglés. Pero son dos cosas diferentes. Suena lo mismo pero se deletrea en español "H-A-Y". La "H" es muda y sólo se pronuncia la "A" y la "I" que es la misma pronunciación del "YO" en inglés, que se escribe "I" y se pronuncia "ai".

Vio la maestra que Mariana Sandoval levantaba la mano.

—¿Yes, Mariana?

—"Hay" también quiere decir "is there?" en español.

Tan claro para muchos, tan confuso para otros. Quizá sería mejor si colocaran a todos los que no supieran el inglés en una clase y a los bilingües en otra. Pero eso hubiera resultado en que un grupo se encontrara a kilómetros de distancia del otro, que se rezagaría sin esperanza de emparejarlo.

Suspiró sin poder evitarlo.

—Sí, Mariana, tienes razón. Pero ahora no hablemos de eso y más tarde lo explicaremos. Por favor todos repitan esto…

En el tercer curso Mariana conoció a Elizabeth Jameson y nació entre ellas una estrecha amistad. La profesora del grupo, la señora Flanner, creía sinceramente que el propósito de la escuela era educar a los niños hasta donde fuera posible. Era otro tipo de maestra y se daba perfecta cuenta de que los alumnos de esa escuela tenían problemas poco comunes para la mayoría de niños de esas edades, pero no creía que su labor principal fuera orientarlos para el mundo exterior.

Sin considerar los sentimientos precisó el nivel de cada alumno y los puso en grupos. Los atrasados trabajaban a su nivel, los medianos al suyo y así los más adelantados. De ahí que Sammy y Mariana se encontraron en extremos opuestos en la clase.

El hermanito se daba bien cuenta de que se esperaba menos de él que de Mariana y en cierto modo lo perturbaba la idea. Se vio arrojado entre un grupo de niños y unas cuantas niñas, la mayoría de los cuales apenas hablaban inglés; y los niños de ese grupo formaron una especie de pandilla, que se reunía por separado en el descanso y durante la hora del almuerzo. El aspecto de ellos era pobre y empeoró cuando empezaron a tomar una actitud defensiva y orgullosa por ser fracasos intelectuales y postergados.

"Somos lo peor del montón", pensaban inconscientemente, y cuando cualquiera de ellos daba muestras de ser inferior o decaía intelectualmente o lo que era más importante, moralmente, los otros acudían en su defensa ansiosos de rebajarse a ese nivel y de ese modo asegurarse que el individuo no estaba abandonado. Se formaba en ellos un prototipo.

Mariana se encontró "in" con un grupo de niños avanzados, la mayoría niñas, que se sentían orgullosos de ser bilingües y de que leían bien. La profesora Flanner creía que con abstenerse de alabar al grupo avanzado era suficiente para asegurar a los otros de que eran desiguales. Pero cada alumno del grupo elevado sabía bien que la carencia de interrupción y corrección por parte de la maestra era un elogio del grado más alto y cada uno de ellos se empeñaba en superarse.

Mariana y Elizabeth fueron las estrellas del tercer año. Elizabeth era la única anglosajona, "niña americana", así la consideraban la señora Flanner y los otros alumnos de la clase. La niña se daba cuenta de ello pero no le molestaba.

Era natural que Elizabeth y Mariana tuvieran mucho en común y que se hicieran buenas amigas. Descubrieron que no vivían muy lejos una de la otra y no pasó mucho tiempo desde que se conocieran para que estuvieran almorzando juntas y del mismo modo fueran a su casa a la salida de la escuela.

Cierto día rumbo a sus casas, Elizabeth preguntó a Mariana:

—¿Podrías venir a mi casa a jugar?

—Le pediré permiso a mi mamá, generalmente sí me deja —contestó Mariana.

El instinto maternal natural de Minerva hacía que le gustaran todos los niños. Cuando la gringuita fue a su casa, Minnie advirtió que no miraba alrededor, examinando ni comparando. Elizabeth vestía bien y era limpia y de buenos modales. Mariana presentó a su amiguita de una manera formal y Minnie se dio cuenta de que aquello no era una costumbre natural en su hija, pero le agradó.

—All right —le dijo a Mariana en inglés cuando le pidió permiso—, pero regresa antes de oscurecer.

Lo primero que llamó la atención de Mariana en la casa de

Elizabeth fue que todo parecía planeado. Advirtió que el color de las paredes coincidía con el de los muebles y el de éstos con el piso. Las pinturas que colgaban de las mismas paredes estaban enmarcadas sin contrastar con nada en los cuartos y esas pinturas era obvio que habían sido hechas por el mismo artista estando éste del mismo humor.

En su propia casa y en la de todos los amigos de la familia en donde había estado, existía muy poca imaginación. Cuando sus padres necesitaban una silla, o una mesa, simplemente iban a comprar la más bonita y cara que pudieran pagar. La escogían de acuerdo con la presentación hermosa y estilada que fuera sin pensar en cómo se veía al lado de otros muebles del cuarto en que sería colocada. Mariana recordaba que su madre la había llevado para comprar algunas telas para cortinas. Minnie había hecho la compra hasta que encontró la tela más atractiva que pudo pagar. La llevó a su casa y confeccionó las cortinas, sin considerar una sola vez el color del mobiliario de los cuartos.

En la alcoba de Elizabeth, según lo notó Mariana, las cortinas eran de la misma tela de la colcha y hacían juego con los tapetes.

—Hello, Liz —oyó Mariana la voz de una mujer que saludaba desde otro cuarto.

—Come on —dijo Elizabeth y continuó hablándole en inglés a Mariana—, quiero presentarte con mamá.

La señora Jameson dejó la revista que leía y Mariana tuvo la impresión de que las atendía por igual. ¿Por qué?

—Tengo "mucho" gusto en conocerte, Mariana —dijo la señora Jameson—. Elizabeth me ha hablado mucho de ti. Dice que eres su mejor amiga en la escuela.

La sonrisa de Mariana fue natural cuando miró con agradecimiento a Elizabeth.

—Creo que nos llevamos bien —contestó dándose cuenta de la rápida sonrisa de aprobación de la señora Jameson.

—¿Vives cerca de aquí?

—Vivo en la Calle Segunda, cerca de Soto.

—No es muy lejos. Espero que te veamos seguido por aquí.

Elizabeth intervino:

—La verás, no te preocupes, Mom.

La señora Jameson se echó hacia atrás en su sillón y preguntó amablemente:

—¿Y qué les gustaría hacer? ¿Jugar en el patio trasero? ¿Oír discos? ¿Coser?

Elizabeth se volvió hacia Mariana, que estaba en cierto modo impresionada por las atenciones, y sonriendo le preguntó:

—¿Te gusta cocinar?

—Nunca..., nunca he cocinado más que huevos... y pan tostado.

Elizabeth preguntó entonces a su madre:

—¿Podríamos hacer un pastel, Mom?

La señora pensó durante un momento y Mariana creía que trataba de ver si otorgaba el permiso.

—No tenemos harina para hornear, pero empiecen ustedes y volaré a traérselas —se levantó y fue directamente por su bolso mientras Elizabeth condujo a Mariana a la cocina.

—Vamos a ver, necesitaremos huevos, harina, azúcar, vainilla... —y así continuó haciendo la lista de ingredientes y utensilios que necesitaban.

Mariana se quedó pensativa y al fin preguntó:

—¿Va tu mamá a la tienda sólo para comprarnos esa harina para nuestro pastel?

—Ajá. Pero regresará dentro de unos minutos.

Mariana seguía pensando.

—¿Y por qué no compran un pastel ya hecho? No son muy caros.

—Bah, porque eso no tiene gracia. La diversión es hacerlo todo perfecto. ¿Nunca has hecho un pastel?

—No.

—Bueno, lo principal es hacerlo todo con exactitud. Primero necesitamos delantales —y Elizabeth fue a un gabinete en donde encontró dos chicos, en medida para niñas. Mariana una vez más se impresionó. Un delantal era una cosa que su madre jamás compraría ni para su propio uso, menos para ella. Minnie siempre se ataba un secador de platos alrededor de la cintura.

Regresó muy pronto la señora Jameson con la harina y Elizabeth se dio a la tarea de mezclar, amasar, preparar y decorar. En todos sus pasos instruyó a Mariana y poco tiempo después estaba cociéndose en el horno un gran pastel.

Cuando estuvo listo, Mariana y Elizabeth aplicaron el decorado que faltaba y la sustancia para enfriarlo, y en seguida llamaron a la señora Jameson.

—Mom, toma la primer rebanada —le dijo Elizabeth alegremente.

Los ojos de la señora Jameson se abrieron a su máximo cuando saboreó el pastel.

—Es precisamente el mejor pastel que jamás haya probado —exclamó—. Es delicioso, guarda una rebanada para papá.

Cuando llegó la hora de que Mariana regresara a su casa, Elizabeth cortó el resto del pastel en dos y colocó una mitad en un plato con una cubierta. Mariana notó que en la casa de los Jameson, aunque obviamente no eran ricos, todo tenía un uso y estaba en buenas condiciones y atractivo. Pensó que allí había alguien que pensaba en todos los detalles.

Llegando a su casa con su parte del pastel corrió en seguida a la cocina.

—Mamá, mira lo que hice en la casa de Elizabeth —dijo entusiasmada y colocando el plato sobre la mesa de la cocina. Minnie tomó un bocadito, pero se impresionó más con el plato y su cubierta.

—Esto es algo muy útil que deberíamos tener —comentó—. También sirve para que las moscas no se paren en los alimentos.

—Lo hicimos las dos —le siguió diciendo Mariana—. No lo compramos hecho. Nosotras mezclamos los huevos, la harina y todo. También lo decoramos.

—Los pasteles de la tienda son mejores —dijo Minnie convencida—. También tienen decoración. No pierdes tiempo y sólo cuestan unos centavos más. La próxima vez que se te antoje hornear uno, invita a tu amiguita y te lo compraré ya hecho.

Todos los días Mariana y Elizabeth jugaban juntas. De vez en cuando pasaban algunas horas en la casa de Mariana, pero invariablemente terminaban las dos en la de Elizabeth. Para consigo misma Mariana se preguntaba por qué y trataba de analizarlo. Una razón era que Elizabeth tenía más cosas para jugar, pero eso no era todo. ¿Por qué siempre había más cosas que hacer en su casa? No era porque los Jameson tuvieran más dinero para comprar más; era un hecho que había notado, que su padre ganaba mucho más que el señor Jameson. ¿Pero por qué su casa no era tan bonita y atractiva como la de ellos? ¿No sería porque Pete y Minnie no empleaban mucho dinero en ella? No. El aparato de televisión de la casa Sandoval era dos veces más grande que el de la casa Jameson. La estufa de los Sandoval era de las más grandes y más modernas que podían comprarse.

Afuera de la puerta de alambre desvencijada, la que daba al cubículo, había un juego de lavadora automática y secadora, nuevo y mucho más lujoso y caro que el juego pequeño, adecuado a un apartamento chico, que tenían los Jameson.

Mariana hizo mentalmente una lista de las cosas que había en la casa de su amiguita y que faltaban en la suya y llegó a un descubrimiento sorprendente. Elizabeth tenía una camarita fotográfica propia y Mariana no, pero Pete tenía una grande, cara y complicada. Recordó que su padre le dijo que le había costado varios cientos de dólares, y la guardaba bajo llave sacándola solamente en ocasiones especiales, provocando que los amigos ante quienes la sacaba se agruparan en su derredor mientras éste hacía de aquello un gran espectáculo ajustando los lentes y distancias. Los Sandoval tenían un tocadiscos de alta fidelidad, mucho muy superior al que los Jameson tenían en su sala, pero Elizabeth tenía para ella sola un fonógrafo barato con un anaquel para sus discos. Cuando Mariana tenía deseos de oír algún disco, siempre su padre le decía:

—Espera, yo lo pondré. La aguja sola cuesta cuarenta dólares.

Mientras que si Elizabeth quería oír los suyos, no tenía que recurrir a sus padres para hacerlo.

Un sábado, cuando Mariana salía de la casa de los Jameson, la señora le dijo:

—Voy por ese rumbo en estos momentos. Te llevaré a tu casa.

Mariana aceptó y cuando la señora estacionó el coche enfrente de la casa le dijo:

—Me gustaría conocer a tu mamá. ¿Estará en casa?

Mariana la condujo al interior y la hizo sentarse en la sala, yendo en seguida a llamar a su madre. Llegó Minnie usando unos pantaloncitos cortos que con seguridad eran un número más chicos de su medida, y una blusa demasiado grande. Mariana se dio cuenta de que la señora Jameson no prestó atención ni a la casa ni a los muebles.

—Hello. I'm Lyn Jameson —se presentó la señora y continuó naturalmente hablando en inglés—. Mariana me ha hablado mucho de usted. Espero no molestarla por venir sin avisar.

—No —respondió Minnie tendiéndole la mano—. También me da gusto conocerla. Nos sentimos contentas de que Mariana juegue con Elizabeth. ¿Sabía usted que son las más inteligentes de su clase? —aquello fue más una afirmación que una pregunta.

—Mariana es una niña encantadora. No nos cansamos de tenerla en casa. Ella y Liz juegan hora tras hora. Sinceramente le digo, cuando están juntas nunca oímos que se excedan en sus juegos. Me siento feliz de que vivamos tan cerca para que puedan verse a menudo y sean buenas amigas.

Mariana permaneció observando a las dos mujeres mientras hablaban y las comparaba. Había algo acerca de la señora Jameson que ella no entendía por completo.

—Y a propósito —dijo la señora—, voy a la tienda de comestibles. Y he encontrado un lugar en donde puede usted conseguir unas carnes fantásticas y verduras. ¿Por qué no viene conmigo? Le enseñaré en dónde es.

Mariana tuvo la sensación de que esa había sido la razón real por la que la señora Jameson había ido, para llevar a Minnie a algún sitio. Minerva estaba indecisa.

—Está a sólo unos cuantos minutos en el coche y las gangas

que se consiguen valen la pena ir. Yo voy allá cada semana —insistió la mamá de Liz.

—Yo generalmente mando a Sammy y a Mariana todos los días a la tienda —le dijo Minnie. Estaba incierta. Pensó que quizá lo propio sería aceptar la invitación de la señora y quería portarse bien.

—Estoy segura de que a las niñas les gustaría venir con nosotras —añadió la señora Jameson.

—Okay —dijo al fin Minnie observando el vestido de la señora que era sencillo y elegante—. Espere un poco mientras me cambio —agregó.

Desapareció Minnie para regresar minutos después vestida como si fuera a una gran comida. La señora Jameson pareció no advertirlo.

Las niñas viajaron en la parte trasera del coche y guió la señora Jameson. Se dirigió hacia la supercarretera y condujo de prisa.

—Realmente ese mercado no es más barato que las tiendas de nuestro vecindario —le explicó a Minnie—, ¡pero qué calidad!

Minutos después se salió de la carretera principal y entró en una zona residencial de clase media. Estacionó el vehículo en un estacionamiento muy amplio de un centro comercial moderno, casi enfrente de un supermercado.

Mariana jamás había visto un mercado semejante. Notó el sinnúmero de coches nuevos y muchos autos europeos. El estacionamiento era precioso y muy limpio.

Siguieron Mariana y Elizabeth a las mamás empujando los carritos para las compras. Minnie estaba impresionada con el establecimiento muy amplio e inmaculado. La señora Jameson se detuvo frente a los estantes de verduras y las examinó. Mariana se dio cuenta perfecta de la impresión que todo aquello causaba a su madre. Los tomates estaban muy maduros y sólidos, y tenían el aspecto de haber sido cosechados en el tiempo preciso. Las lechugas estaban frescas y sin ninguna hoja quemada en las orillas. Los apios llamaron la atención de Mariana, pues nunca los había visto tan selectos.

—¿En dónde conseguirán verduras como estas? —preguntó Minnie, que veía a otras señoras examinando los tomates, y arrancando una que otra uva de los racimos—. Los precios son los mismos que pagamos, pero qué diferencia.

La señora Jameson rió un poco.

—Vale la pena manejar hasta acá, ¿verdad? —señaló—. Nosotros vivimos cerca de aquí. Por eso es que conocí este lugar.

Pero Mariana sospechó que ese mercado no era único, que en los vecindarios gringos todo era un poco mejor.

En el mostrador de las carnes Minnie quedó aún más impresionada. Examinó cuidadosamente la mayoría de las carnes que se encontraban detrás del cristal y después pidió al carnicero que le cortara algunos filetes "mignon". Mariana no recordaba haber oído a su madre ordenar eso, y se dio cuenta de que era la carne más cara. Pensó entonces que había entendido por qué su madre lo había hecho.

De regreso al barrio mexicano Mariana tuvo la idea de que su madre se encontraba resentida y quizá un poco ofendida porque la gringa le había enseñado un modo mejor de hacer las compras, que le había demostrado que el comprar cerca de sus casas no era lo bastante para alguien de buen gusto.

Oyó que su madre le decía a la señora Jameson:

—La semana próxima Pete me va a comprar un *Cadillac*

nuevo y entonces la llevaré de compras conmigo —y Mariana jamás había visto en el rostro de su madre una sonrisa más forzada.

—Oh, me gustará mucho —dijo la señora.

Mariana sabía que quizá de vez en cuando su madre iría a hacer las compras en el supermercado grande, pero que el *Cadillac* sería usado para llevarlo al mercado viejo a tres cuadras de la casa, en donde las verduras tenían el aspecto de haber estado metidas en un horno caliente durante toda la noche anterior y las carnes ya no tenían el color de sangre sino café.

Cuando Sammy empezó a llegar a su casa con reportes malos a través del primero y segundo años, Pete lo consoló diciéndole:

—No te preocupes. También yo tuve malas calificaciones. Cuando crezcas lo bastante como para no tener que ir a la escuela, tienes ya un buen trabajo conmigo. Ganarás más dinero que la mayoría de los gringos. Espera y verás.

Cuando la maestra del tercer año envió una nota con Sammy diciendo que quería hablar con los padres, Minnie fue sola. Después de una breve plática con ella, dijo la maestra:

—Quizá sería mejor si pudiera yo hablar con el señor Sandoval.

Esa noche Pete accedió a ir.

—Okay. Tomaré un par de horas por la mañana y veré qué es lo que quiere.

La señora Flanner miró con curiosidad a Pete cuando llegó a verla. Usaba sus zapatos de trabajo y pantalones y camisa de caqui.

Se presentó con ella y se estrecharon las manos.

—Seré completamente franca con usted, señor Sandoval —dijo la profesora—. Creo que Sammy va a tener serios problemas en esta escuela.

—¿Problemas? Es demasiado chico para tener problemas.

—No es demasiado niño para mostrar sus tendencias —le dijo la señora Flanner seriamente—. No tengo que decirle que en esta sección de la ciudad hay muchos delincuentes. Sammy se ha agrupado con unos niños que..., bueno, que no tienen la mejor de las historias del mundo. Algunos de sus amigos más allegados provienen de familias en las que por alguna razón o por otra, no hay padre en la casa. Esos niños sencillamente son una mala influencia para él. Ya he descubierto que han empezado a abrir un hueco en esta escuela. Desde hace mucho tiempo he enseñado en esta zona y sé de lo que estoy hablando. Sammy es muy afortunado en tener un padre tan próspero y brillante. Yo creo que usted debía de hacer algo, o mejor dicho, todo lo que pueda ayudarlo.

Pete estaba intrigado.

—¿Qué puedo hacer? Haré todo lo que sea necesario.

—Está en posición de enviarlo lejos de aquí. Sacarlo del Este de los Ángeles.

—¿Cambiarlo del barrio? —los ojos de Pete se empequeñecieron.

—Sí. La mayoría de los niños de este barrio jamás tienen la oportunidad de salir de aquí, debido a que sus padres carecen de medios para hacerlo. Pero usted puede. Podría usted comprarse una casa hermosa en alguna área suburbana en donde Mariana y Sammy pudieran tener todas las ventajas que usted puede pagarles. Mientras vivan aquí jamás las tendrán.

Pete continuó platicando con la profesora. Esta nuevamente mencionó las cifras altas de delincuencia en el barrio, la criminalidad tan elevada. Era una zona de barrios bajos, le dijo a Pete, y un padre debía a sus hijos el hacer todo lo posible para alejarlos de esa influencia del Este de Los Ángeles.

Se retiró Pete de la escuela pensando en todo aquello. Conocía a otros chicanos que se habían cambiado y que la pasaban muy bien. De manera especial a uno al que decían el "Güero", uno de sus albañiles especializados en el cemento, había comprado una casa "High class" y estaba viviendo allá con su esposa americana.

Pete nunca había considerado el cambiarse a una sección americana. Pero mientras más pensó en ello más le agradó la idea. Él sabía que la pasaba bien con los americanos y no veía razón por la cual no pudiera comprar una buena casa. Ganaba mucho más que la mayoría de los gringos que trabajaban en las fábricas y en las oficinas.

Ya podía verse en una casa nueva, con un jardín en la parte trasera con árboles bonitos y un césped bien cuidado. Un patio en donde pudiera hacer barbacoas, esas cosas que nunca había tenido y que no había extrañado. Pero, ¿por qué no iba a comprarla? Tener una buena cochera con un pequeño taller, semejante a los que los gringos presentaban en sus revistas de casas. Sería muy divertido.

Y mientras más pensaba, más se convencía de que tenía que hacerlo. Lo que más disfrutaba era la especialidad que ya tenía, la libertad debida a su éxito económico, que le permitía tomar la decisión de cambiarse a donde quisiera. Ese era un lujo apenas conocido dentro de su ambiente. Y empezó durante los viajes que hacía en los alrededores de la ciudad para llevar a cabo trabajos que le encomendaban, a visitar casas en nuevas zonas residenciales.

Era un cuento viejo, pero nuevo para Pete. Los barrios bajos protegen, pero aprisionan. Durante sus recorridos por los suburbios burgueses, vio fraccionamiento tras fraccionamiento, con anuncios de ventas de casas en todas direcciones por varios kilómetros.

A DOS MINUTOS DE PLAZA DEL RÍO

SIN ENGANCHE PARA VETERANOS

Viva lujosamente y pague modestamente.

TOME SU DERECHA PARA CASAS ASOLEADAS—CON

200 DÓLARES PUEDE CAMBIARSE.

casas con chimeneas, patios y cocheras para dos autos.

LAKETREE HIGHLANDS—CASAS QUE HAGAN JUEGO CON

SU PERSONALIDAD.

aire acondicionado, cocinas instaladas, techos de teja.

Casi lo creyó Pete cuando el vendedor de la primera oficina en donde se detuvo le dijo que no había casas disponibles. No quiso discutir, pero días después, cuando se detuvo en las oficinas de venta de casas de la Calle Quinta y Sexta, ya estaba un poco mejor preparado. No mucho, sólo un poquito.

—No, señor Sandoval, lo siento. Todas las casas están vendidas.

—Bueno, aquella de la esquina tiene el anuncio de que se vende. Quiero esa.

—Está vendida. No hemos tenido oportunidad de quitar ese anuncio.

—No lo creo. Enséñeme el nombre del tipo que la compró.

—Espere un momento —y el vendedor fue a consultar a un hombre con más experiencia. Llegó el otro y le dijo a Pedro:

—Todas nuestras casas están vendidas —lisa y llanamente se expresó.

—Entonces por qué...

—Piense lo que quiera, señor, pero no tenemos casa para venderle a usted.

Pete se alejó en su flamante *Pickup* y lo condujo durante varios kilómetros hasta una sección nueva en donde se detuvo frente a la entrada de una casa. Quedó pensativo durante un momento y en seguida hizo sonar las cornetas de su vehículo. Después de un instante salió un hombre que fue hacia él.

—Hi, Pete. ¿Qué te trae por aquí?

Pete lo miró seriamente.

—Quiero comprar una casa como la tuya, Güero, pero parece que no puedo encontrar ninguna.

Pete se dio cuenta de la lástima con que el Güero lo miró por un breve instante. Él había menospreciado a ese hombre. El Güero lo entendió perfectamente.

—Yo encontraré una casa para ti, Pete —le dijo sin preguntarle por qué quería cambiarse ni nada personal—. ¿Cuándo la quieres?

—¿La puedes encontrar mañana?

—Seguro, Pete, estoy seguro que puedo.

Con toda naturalidad Pete metió la mano a su bolsillo y sacó un rollo de billetes que se acercaría a dos mil dólares. Dándoselos al Güero le dijo:

—Utiliza lo que necesites y me devuelves el resto.

Mariana y Sammy empezaban su cuarto año cuando Pedro obtuvo al fin la casa en la que él consideraba una sección suburbana de la clase media y cambió a su familia del barrio Este de Los Ángeles. Consideró las ventajas que sus hijos tendrían en un vecindario agradable. Iba a ser tan diferente para ellos como fue para él cambiarse de Irwindale.

Se dio cuenta de que tal cambio tendría que ser por decisión familiar y la idea de esto fue mencionárselo a Minnie cuando salió para su trabajo una mañana, y después de que el Güero había asegurado la casa lo anunció una noche cuando regresó a su casa.

Minnie fue sorprendida y estaba encantada.

—¿Cómo es la casa? —le preguntó con entusiasmo.

—Ya la verás —le dijo Pete con indiferencia mientras abría el periódico y empezaba a leer con toda atención. Ella permaneció de pie esperando y deseando platicar más sobre aquello, hasta que él dirigió la mirada hacia la cocina. Entonces ella se apresuró a preparar la cena.

El sábado siguiente un grupo de amigos de Pete de la industria de la construcción, llegaron temprano con sus camionetas. Morenos, robustos, con voces firmes y francas y con zapatos pesados atados con agujetas de cuero. Cortésmente Minnie les ofreció de comer, lo que ellos rehusaron también con cortesía. Entonces ella les ofreció whisky, y eso si lo aceptaron cortésmente. Los hombres y las camionetas de carga estuvieron listos para salir al mediodía llevando todo el mobiliario de la casa.

La despedida de Mariana y Elizabeth fue sincera y triste.

—Acompáñame a mi casa —le pidió Mariana sabiendo que sería la última vez que las dos recorrieran caminando ese tramo.

—Pero, ¿por qué se cambian?

—Oh, no lo sé. Daddy parece pensar que será bueno para Sammy. Creo que él anda con malos amigos.

Había lágrimas en los ojos de Elizabeth cuando agitaba la manita para decir adiós a Mariana, cuando el *Cadillac* arrancó de la casa de los Sandoval con un montón de artículos caseros que sobresalían de las ventanillas.

—Te escribiré a menudo —le gritó Elizabeth.

—Yo también —le respondió Mariana.

· 7 ·

Todos los residentes a lo largo de la calle Corson en la sección residencial de Casas de Prestigio "Dow Knolls" (un concepto nuevo en el nivel colectivo de vida), habían oído que los Sandoval se cambiarían. Aunque no fue debido a un acuerdo de los vecinos, todos permanecieron en el interior de sus casas ese sábado. Más de un ama de casa dijo:

—Allá vienen —a su esposo, mientras espiaba por la ventana, y vieron las cuatro camionetas doblar la esquina y exhibiendo las camas viejas, las mesas, alfombras y varios artículos modernos.

Los vehículos se estacionaron enfrente de la nueva casa de Pete y de dos a cuatro hombres salieron de cada cabina, algunos de ellos con botellas en la mano.

Todos hablaban a gritos haciendo comentarios acerca de la casa mientras Pete orgullosamente hacía funcionar la cerradura de la puerta del frente y los hacía entrar. Las alfombras gruesas, que se extendían de pared a pared, provocaron exclamaciones de aprobación. Todos admiraban la sala de dos niveles.

—Hombre, a mí no me gustarían escaleras como esas cruzando mi sala —dijo uno de los acompañantes de Pete—. Alguien se va a caer cuando trate de subirlas borracho y te va a demandar.

Pete estaba indignado.

—Es la última moda —le dijo—. Se llaman salas a desnivel. Todos los gallos ricos las tienen en sus casas.

Su amigo no se dio por vencido:

—Es porque ellos pueden permitirse el lujo de ser demandados. Hombre, no me gustaría estar en tu pantalón metido en esta casa que no es más que una trampa mortal.

Pete adivinó las razones que había detrás de esa crítica.

—Lo dices sólo porque estás celoso de que yo tenga una buena casa y todo lo que tú tienes es una porquería porque te gastas todo tu dinero en vino. No hay razón para que te burles, hombre.

Fue la protesta de Pete y los pasó a que conocieran las grandes alcobas. Continuaron admirando los lujosos tapetes que cubrían el piso entero y comentaron que con esas alfombras tan gruesas en donde según dijo uno de ellos hasta se podía cohabitar, las camas eran innecesarias.

Después de la gira completa empezó la descarga. Minnie llegó guiando el *Cadillac,* con Sammy, Mariana y las esposas de los hombres de las camionetas. Después de unas horas durante las cuales los hombres bebieron abundantemente y las mujeres empezaron a cocinar carne con chile y frijoles, la mayor parte del mobiliario y otros enseres, había quedado en su lugar. Y dio principio una fiesta improvisada. Antes de cambiarse, Pete había hecho instalar el teléfono y llamó a otros cuantos amigos y parientes invitándolos a la inauguración.

A las primeras horas de la tarde empezaron a llegar automóviles repletos de invitados. Una de las atracciones naturales de la casa era una pecera pequeña en el prado de la entrada, y una fuente activada con un motor eléctrico. Orgullosamente Pete hizo funcionar el switch del motor y todos lanzaron exclamaciones de admiración cuando la fuente empezó a ponerse en movimiento con sus chorros de agua. Los pequeños gritaron de alegría y empezaron a quitarse las ropas para jugar en el agua. Con seguridad que la Calle Corson jamás había visto nada semejante.

—¡Papá, Pablito se va a orinar en la fuente! —gritó un chiquillo chismoso, de carita morena.

—¡Pablito! —le gritó el papá regañándolo—. No lo hagas —y en seguida se volvió para reanudar su conversación con los compañeros.

Pete le dio dinero a un hombre y direcciones para que buscara la tienda de licores más cercana. Partió el hombre guiando una camioneta erráticamente, pero regresó con los trofeos.

Una niñita menuda que jugaba en la fuente gritó de dolor y fue corriendo al lado de Pete mostrándole un raspón en una rodilla. Pete levantó a su sobrinita y la consoló; en seguida la arrojó un par de veces en el aire, recibiéndola suavemente, y entonces las lágrimas se trocaron en risas. La llevó después a la orilla de la fuente y poniéndola en alto una vez más, le besó las nalguitas desnudas y la depositó de nuevo en el agua. En esos momentos anunciaron las mujeres que la comida estaba lista.

Cuando llegó la noche, después de que todos los presentes estaban con los estómagos llenos, vistieron a los niños, los llevaron a descansar en camas y alfombras y los dejaron que charlaran, jugaran y peleáran hasta que la fatiga los venció y quedaron dormidos. Las mujeres siguieron en la cocina, platicando y limpiando, mientras los hombres salieron al portalito del frente de la casa para beber de los garrafones de vino. Avanzó la noche y sus voces crecieron en intensidad. Discutían los invitados, cambiaban chismes y cuentos groseros y se orinaban en el césped del jardín del frente de la casa.

Pete retó a uno de sus amigos a una lucha india; perdió y exigió la revancha que ganó, sólo para que otro de los presentes lo retara y muy pronto tenían lugar luchas entre varios, alumbrados por los focos del portalito de la casa. Cuando al fin quedaron exhaustos, se tiraron en el césped, teniendo a su lado los garrafones de vino y discutiendo sucesos sin importancia, pero haciéndolo en voz alta hasta que las esposas salieron con los niños dormidos en los brazos y obligando a los visitantes a retirarse.

Pete despidió efusivamente a todos, abrazó a los hombres, besó a cada una de las mujeres, esperó hasta que desaparecieran las camionetas y los coches, se detuvo para una última orinada en un rosal y entró en la casa. Mientras hacía todo eso, pensó haber visto una cara detrás del cristal de una ventana oscurecida de la casa contigua, y se preguntó qué razón había para que alguien estuviera mirando desde la ventana de un cuarto sin luz a las tres de la mañana.

—Debe vivir alguna gente loca en esa casa —le dijo a Minnie antes de que cayera a lo ancho de la cama y empezara a roncar. Minerva dio principio a la rutina de desvestirlo.

Don Cameron se dio cuenta de que sus nervios estaban un poco alterados cuando salió de su casa para ir a otra de la misma calle pero en la acera de enfrente.

¡Junta de vecinos, por vida de Dios! Eso es lo que saco

por dejar que Beth me convenciera de cambiarnos a esta zona de oakies.

Caminó con paso normal frente a las casas bien cuidadas pero poco sólidas. Había sólo tres modelos básicos en esa sección residencial, pero la construcción de las casas en diferentes ángulos y alternado de los modelos hacía que un observador ordinario se confundiera pensando que habría quizá una docena de tipos distintos de casas. Pero después de hacer esa observación pensó Cameron que eso sería si las veía desde un vehículo que circulara frente a ellas a una velocidad de cien kilómetros por hora. Y la mayoría de sus moradores eran también muy semejantes en eso a las casas. Por ejemplo, reflexionó Don, el vecino de esta casa que voy pasando, pasó muy buena parte de sus días de trabajo arreglando ese armatoste de coche para carreras para tenerlo después allí cubierto con una tela de plástico. Y qué pensar del vecino de junto que tiene una máquina maestra que incluye una mesa de aserrar que puede convertirse en un talador, que a su vez puede ser transformado en un torno, pero que podía funcionar como machihembradora o también como pulidora, etc., etc. Se pasó ese vecino haciendo unos muebles amarillos y horrorosos, extremadamente bajos, mesas para tomar café, sofás, cabeceras para camas y repisas para teléfonos.

Era singular, seguía diciéndose Don Cameron, como esa sección atraer a la gente con una increíble cantidad de cosas en común. Cada propietario de casa parecía haber adquirido el máximo de sus aspiraciones y lo había logrado con su capacidad como operador de máquinas, tenedor de libros, inspector de condado, electricista, mecánico de automóviles o trabajador de líneas telefónicas. Entre aquel montón no había ni un doctor, ni un arquitecto, ni profesores.

Beth lo acusaba de ser un jactancioso porque estaba disgustado por la clase de vecinos, y quizá tenía razón. Estaba aburrido de muerte con la gente que hablaba sólo de convertir la cochera en un salón de juegos que incluyera el patio, o cubriendo el piso del frente de la casa con baldosas. Y allí, frente a la casa que pasaba en esos momentos se encontraba un tipo que por una pequeña suma le hacía una réplica exacta en miniatura de su casa para ser colocada en la puerta como un buzón de correo. ¡Oh, Dios!

Y llegó al fin a la casa de la familia Nueman y oprimió el botón del timbre. La señora Nueman atendió a su llamado, se alegró de que hubiera ido y lo invitó a pasar. Tan pronto estuvieron en la sala le preguntó si le gustaría tomar un escocés con soda o ginebra con Seven Up. Cameron dijo que prefería esto último y entonces esperó mientras la señora lo preparaba en la cocina para llevárselo en seguida.

—Los otros llegarán pronto —le dijo con voz agradable sentándose en un sofá frente a él. En ese momento entró el marido, Bill Nueman.

—Hi, Cameron —lo saludó Nueman—. Estaré contigo en un segundo —le dijo y fue a la cocina desde donde oyó Don que estaba mezclando una bebida.

—¿No pudo venir Beth? —preguntó la señora Nueman.

—Tenía un dolor de cabeza terrible —respondió Cameron.

Con un vaso en la mano entró nuevamente Bill y estrechó la mano de Don.

—Me alegro que hayas venido —le dijo.

Tomó un asiento al lado de su esposa y estaba a punto de hablar cuando sonó el timbre de la puerta indicando que alguien llegaba. La señora Nueman se levantó para atender al llamado. Momentos después regresó conduciendo a una pareja y mientras Bill Nueman se aseguraba que todos se conocían y tomaba órdenes para las bebidas de los recién llegados, se presentaron otras cuatro parejas. Cuando todos estuvieron sentados tan cómodamente como el espacio lo permitía Bill empezó a hablar:

—Ninguno de nosotros nos conocemos bien mutuamente —dijo con un tono que vagamente semejaba a un organizador de unión de trabajadores dirigiéndose a sus agremiados—. Y pienso que eso en cierta forma es bueno. Es hasta cierto punto el modo en que nosotros los americanos hemos elegido ser: independientes. Si yo tengo problemas como sin duda los tengo, generalmente los resuelvo solo. Si usted, o ustedes los tienen, me imagino que hacen lo mismo porque jamás he oído que los tengan.

Su esposa le golpeó suavemente con el codo.

—Bill, nada de discursos. Ve al grano.

—Okay, Honey, tú diles. De todos modos nunca fui bueno para hablar en público —explicó, y la señora Nueman tomó la palabra.

—Está bien. No hay necesidad de que nos andemos por las ramas. Se trata de nuestros vecinos de la casa de junto a los que estoy segura de que ustedes conocen —hizo una pausa y recorrió a los concurrentes con la mirada esperando ver una reacción.

Cameron repentinamente se iluminó.

—No entiendo —dijo echándose hacia atrás en su asiento y acomodándose los anteojos—. ¿Quiere decir que nos llamó a todos aquí para hablar acerca de algunos vecinos?

—Pero no de cualquier clase de vecinos, Cameron —le

contestó Nueman sacudiendo la cabeza y señalando en dirección de la casa de los Sandoval—. Se trata de esos Sandoval. De esa familia española que vive aquí junto. ¿Los conoces?

—Querrás decir la familia mexicana —corrió Cameron—. No, no los conozco. Los he visto solamente y muy a menudo. Ya sabes que vivo a media cuadra de aquí.

—A media cuadra, o junto a su casa, o a cinco cuadras —dijo Bill Nueman solemnemente— es lo mismo; de lo que queremos tratar es de lo que van a causar al vecindario.

—Y créanme —intervino nuevamente la señora Nueman—, no es lo mismo cuando se vive en una casa junto a ellos. No tienen idea de cómo la hemos pasado.

Otro vecino a quien Cameron recordó que vivía cruzando la calle un par de casas más abajo, tomó su turno para hablar.

—También yo me he estado preguntando —dijo tratando de ser enfático en sus palabras—. Me parece que estaba sobreentendido cuando compramos aquí que no habría en la zona familias que no fueran de raza blanca. ¿Cómo podrían comprar ellos?

Cameron se echó hacia atrás en su asiento para observar lo que sabía que iba a pasar. Bill Nueman habló.

—Según lo entiendo tiene un amigo "mex" de piel blanca que tiene buen crédito y que fue el que compró la casa, y entonces Sandoval la tomó.

La señora Nueman hizo un ademán con la mano como para callar a un rebaño inquieto.

—Ahora esperen un minuto. No hablemos inútilmente. Como hayan comprado la casa pertenece al pasado. Ya investigamos y nos informaron que no hay nada que podamos hacer acerca de eso. Para lo que Bill y yo los llamamos aquí es para asegurarnos de cómo es esa familia y entonces podemos decidir en una acción apropiada que podamos ejercer. Dentro de las leyes.

Otro de los presentes tomó la palabra. Cameron lo reconoció como aquel que se pasaba sus fines de semana recogiendo partículas diminutas de esto o lo otro en el césped de su casa.

—Francamente me di cuenta de su modo de ser cuando se cambiaron. Los vi llegar en sus camiones viejos. Pero pensé que para ser justos debíamos darles una oportunidad para que probaran su conducta de un modo o de otro antes de que los juzgáramos.

La señora Nueman habló nuevamente:

—Bueno, pues ya la han demostrado, y no en un modo sino en el otro —todos excepto Cameron pensaron que aquel era un chiste gracioso.

Otro de los vecinos que no había hablado se unió al grupo para exponer lo que pensaba.

—Yo vivo casi hasta la esquina. ¿Pero exactamente qué quiere usted decir ser vecino contiguo de ellos?

Bill Nueman dibujó una sonrisa.

—Se lo pondré de esta manera. ¿Quiere cambiar de casas?

Nuevamente todos menos Cameron rieron ruidosamente y en ese momento aprovecharon para terminar sus bebidas e indicar que querían más. Bill fue a la cocina para reabastecerlos.

La señora Nueman continuó con la voz cantante:

—Bueno, no hay nada malo en vivir junto a ellos. Esto es si a ustedes no les importa ver a la gente correr en cueros por el patio. O ir a hacer pipí en el césped de la entrada, o aun en la propia calle al frente de Dios y de todo el mundo.

Aquello provocó una reacción general de exclamaciones durante la cual Bill Nueman gritó desde la cocina:

—Cuéntales en dónde vimos que Sandoval besaba a aquella niñita ese día. Anda, cuéntales.

La señora Nueman llegó a un punto tan cercano al sonrojo como pudo.

—¡Bill! Eso es algo que no podría decirles. Y no me gustaría que tú tampoco lo hicieras. Hay cosas que simplemente no puedo…, no sé —finalizó encogiendo los hombros.

Bill Nueman regresó con una charola con bebidas que distribuyó entre los vecinos mientras éstos esperaban que les dijera en dónde había besado Sandoval a esa niñita, y todos tenían igual curiosidad por saber si la parte de aquella criatura pequeña que había besado había sido el de un niño o de una niña. Todos, menos Cameron, que analizaba los sentimientos de aquel grupo y que sintió deseos de levantarse y salir, pero se contuvo encontrándose casi igualmente equilibrado por una curiosidad morbosa para quedarse y ver hasta qué grado odioso llevarían esa situación.

La señora Nueman eligió el momento para continuar y mientras lo hacía abrió y cerró los ojos varias veces asegurándose de que estaba dando suficiente énfasis a sus palabras. Así pensó Cameron.

—No estoy bromeando cuando digo que salen a hacer pipí en el frente de su casa o en la calle. Tampoco bromeo cuando digo que se exhiben encuerados —hizo una pausa para recobrar el aliento y prosiguió—: Ni bromeo tampoco al decir que organizan orgías salvajes estacionados al frente de su casa a las dos de la mañana —y asegurándose de que todos la veían mantuvo los ojos abiertos—. Y les diré algo más, la gente que entra y sale de esa casa noche y día, esas mujeres se ven exactamente como las prostitutas que ven ustedes en todo Tijuana.

Cameron no pudo al fin ocultar su disgusto.

—¿Señor Nueman, exactamente cuál fue el propósito de invitarnos aquí?

Una nota de hostilidad apareció en la voz de Bill Nueman.

—El propósito, Don, fue decirles a todos ustedes exactamente contra lo que tenemos que luchar.

—Bueno, ¿y qué cosa es exactamente contra lo que tenemos que luchar? —preguntó Cameron y continuó—: Hasta este momento todo lo que he oído son algunos chismes, la mayoría de los cuales no creo y el resto de ellos probablemente se deba a que ustedes mal interpreten los eventos...

Nueman interrumpió:

—¡Mal interpreten! —exclamó y volvió la cara hacia un hombre que hasta entonces había permanecido en silencio—. Max, usted vive al otro lado de la familia Sandoval. Ahora le pregunto a usted, ¿lo que hemos dicho mi esposa y yo son hechos o fantasía?

El grupo se volvió a mirar a Max. Este aclaró su garganta y contestó:

—Bueno, tengo que confesar que aunque ahora vivo solo y no estoy en casa mucho tiempo, puedo verificar una gran parte de lo que usted dice. La familia Sandoval no es precisamente una clase de gente con la que tuviera usted que convivir...

Cameron empezó hablar aunque sabía de antemano que sería inútil.

—Ahora esperen un momento. Estoy seguro de que si no se meten con ellos...

—Ya tratamos de no meternos con ellos —lo interrumpió Bill—, pero ellos sí se meten con nosotros. Este chamaco que tienen, Sammy, estuvo aquí todos los días hasta que le puse un pie por delante. Tenemos una hijita más o menos de la edad de él, ustedes lo saben. Nuestra niña es la criatura más hermosa y limpia que cualquiera de ustedes puede esperar, y por Dios que quiero mantenerla así por siempre.

—¿Qué quiere usted decir con haberle puesto un pie por delante? —Cameron le preguntó fríamente.

—Le diré lo que quiero decir. Quiero decir que los pesqué a él y a mi niña juntos en la cochera, y lo mandé a su casa con términos enérgicos que no dejaban lugar a duda.

—¿Qué hacían precisamente? —preguntó Cameron.

Bill Nueman le dirigió una mirada furiosa para replicar:

—¿Que qué estaban haciendo? Bah. ¿Qué no harán unos chamacos cuando están juntos y solos en una cochera?

—¿Quiere decir —insistió Cameron— que pescó usted al chamaco Sandoval y a su hija haciendo algo inmoral?

Nueman miró a su alrededor dándose cuenta de que tenía al grupo de su lado.

—Mire, Cameron, cuando usted ve que está algo a punto de ocurrir, usted no deja que eso suceda. Una obligación de los padres es tratar de mantener a sus hijos saludables. ¿Qué piensa usted que debí haber hecho? ¿Sentarme y esperar hasta que él la desvistiera? Corté aquello desde la raíz.

Cameron se levantó para irse, colocando su vaso sobre la mesa.

—Bueno, si han dicho ustedes todo lo que tenían…

Bill Nueman se levantó como impulsado por un resorte.

—Espere, Cameron, usted está metido en esto tanto como nosotros, sea de su gusto o no. El peor curso que uno puede tomar cuando algo como esto se presenta es sentarse y no hacer nada. A todos nos afecta esto. Esta casa en que estamos es una buena casa. Todo lo que ahorré durante años y años está metido aquí. Lo que va a suceder me va a costar, no sólo a mí sino probablemente a todos los que estamos en este cuarto, un par de miles de dólares.

La conversación cesó mientras Bill Nueman hablaba, y Cameron aceptó el reto.

—¿Y puede decirme ahora precisamente qué será lo que va a costarnos ese par de miles de dólares?

—Empezó con el cambio de ellos, eso es lo que nos costará a nosotros. Cualquiera que haya tenido que hacer algo con bienes raíces, como todos los que estamos aquí, le dirá a usted que cuando los mexicanos y los negros se cambian a una zona, los precios se vienen abajo.

Otro de los vecinos intervino.

—No sabía que permitieran que los negros compraran casas en esta sección.

—Todavía no —respondió Nueman—. ¿Pero quién va a evitar a Sandoval que les venda a los negros? Quiero decir, ¿cuál es la diferencia? Max, aquí presente, no gusta de vivir contiguo a una familia de esa clase. Del mismo modo que nosotros. Ahora, supongamos que yo quiero cambiarme. No se alarmen todavía, sólo estoy diciendo que supongamos que resuelva cambiarme. ¿A quién voy a venderle mi casa con esa familia viviendo junto a mí? No podría vendérsela a ninguna gente del calibre nuestro, de eso estén seguros. No habría una sola persona que comprara esta casa si viera a esa familia "mex". ¿Entonces qué ocurrirá? Si quiero vender tengo que bajar mi precio. De otra manera no podría vender. Y en el mismo minuto en que baje de precio, ¿quién compraría?

—Negros —dijo alguien simplemente—. Ellos no pueden pagar precios "high class" como nosotros.

—De acuerdo. Y se vuelve un círculo vicioso. Si una casa va

a caer en manos de un negro, las de junto también tienen que caer. No hay poder de Dios en la tierra que pueda detener eso. Eso es lo que tenemos ahora en nuestras manos.

Aquel hombre que identificó Cameron como el que recogía cosas invisibles en su césped habló:

—Ya los Sandoval nos han costado un buen pico. No me crean, traten de vender su casa a alguien y le dicen que no todos los vecinos son blancos.

Nuevamente Bill Nueman intervino.

—¡Y por Dios! Si los mexicanos son considerados de raza blanca, entonces he sido mal informado durante toda mi vida.

Una mujer que no llegaba todavía a los treinta años de edad y que pudiera llamarse hermosa, vestida con un traje sastre impecable, se levantó para presentarse a aquellos que no sabían que se llamara Ann Clark. Habló como si estuviera dirigiéndose a una reunión de filósofos.

—Tengo a mi cargo un cuarto año en la escuela local y he tenido una experiencia considerable con esas gentes —hizo una pausa y era evidente que deseaba que le preguntaran cómo había tenido esa experiencia.

—¿Y cómo la obtuvo? —fue Cameron el que preguntó.

—Antes de venir a este distrito escolar estuve de maestra en el barrio mexicano del Este de Los Ángeles y creo que todos los que estamos presentes pueden descansar con la seguridad de que esa familia llegará a la conclusión por sí sola de que se encuentran fuera de su elemento. No les dará resultado, están tratando de ser algo que jamás podrán alcanzar, muy pronto se darán cuenta de ello. Los leopardos no pueden despojarse de las manchas de su piel. Si al agua se le da el tiempo suficiente buscará su propio nivel —hizo una pausa y su mirada recorrió a todos los que formaban ese grupo——. Es una vergüenza que pueda causarse tanto daño y a tantas personas antes de que los Sandoval se den cuenta de que fue un error, pero todos tenemos que aprender a través de juicios y errores, a través de esos errores que nos afectan a nosotros.

——No veo hacia dónde va ——Cameron replicó——. ¿Por qué no habla usted claro?

——Estoy refiriéndome por lo que a los niños interesa. La semana pasada esos chicos, Sammy y Mariana, que así se llaman, fueron inscritos en la escuela en donde yo trabajo. El niño está en mi clase y empiezo a conocerlo. A la niña la pusieron en una clase más avanzada por alguna razón. Pero desde este momento puedo decirles que esos chamacos se darán cuenta de que no pueden competir con los niños americanos. No tienen un pasado intelectual como lo tienen los nuestros. El haberlos puesto en una de nuestras escuelas solamente les dará un sentimiento de inferioridad más profundo.

——¿Ya decidió usted eso? ¿Y el niño ha estado en su grupo hace solamente una semana? ——interrogó Cameron.

La señorita Clark se vio indignada.

——Como he dicho, tengo suficiente experiencia con esa raza. No era ninguna otra la que yo tenía en el Este de Los Ángeles. Yo tengo preparación para juzgarlo, soy maestra profesional y sé de lo que estoy hablando.

——Dígame, señorita Clark ——le dijo Cameron no haciendo caso de la antipatía que estaba despertando——, a usted no le gusta enseñar a esos niños, ¿verdad?

Hizo una pausa la profesora y al fin respondió.

——Preferiría enseñar a niños más capaces de asimilar. Es un poco desalentador el enseñar a pequeños que no entienden. Sí, a mí me gusta la sensación de gozo que experimento cuando veo a niños que absorben los conocimientos como una esponja absorbe el agua. Cualquier maestro le dirá a usted que no hay nada como sentir una recompensa cuando se imparten conocimientos.

Cameron siguió presionando.

—Dice usted que a la niña la enviaron a una clase avanzada. ¿Debo entender que usted da clases a los retrasados?

—...Yo no doy clases a los avanzados, no...

—¿Por qué no?

—Sencillamente porque no. Quizá la administración piense que soy más efectiva con los difíciles de trabajar... —dijo sin mucha seguridad.

—Pero a usted no le gustó esa clase de grupos en el Este de Los Ángeles.

—No. Ya se lo dije. Yo quería la recompensa de...

—Entonces, sin gustarle a usted esa clase de estudiantes, usted no fue enviada a la escuela del barrio del Este de Los Ángeles porque usted quisiera trabajar allí. ¿De acuerdo?

—No veo por qué tenga que responderle a usted eso. Yo soy una maestra altamente preparada, una profesional...

—Lo sé, lo sé. Pero también sé que es una política del distrito escolar de Los Ángeles el enviar a trabajar a una maestra en las comunidades minoritarias como una medida disciplinaria. Excepto cuando esos maestros lo quieran hacer voluntariamente, y es obvio que usted no lo quería, teniendo en cuenta sus sentimientos.

La maestra lo miró fríamente, y esbozó una sonrisa forzada.

—No tengo por qué estar oyendo sus insinuaciones, si lo que trata es de decirme que quizá yo no sea una profesora competente...

—No trato de insinuar nada. Simplemente estoy diciendo lo que sé acerca de la política escolar en Los Ángeles.

—Eso no es precisamente verdad. Alguien tiene que impartir la enseñanza en esas zonas…

—De acuerdo. Y tomando en cuenta que nadie quiere, cualquier maestro, o maestra, que haga algo malo por cualquiera razón, o que no cumpla con lo requerido, generalmente acaba en el Este de los Ángeles o en Watts.

Bill Nueman se puso de pie agitando un dedo amenazador a la cara de Cameron.

—Mire, no sé por qué piense que tenga derecho a lastimar la opinión pública. Estamos hablando entre personas inteligentes y usted cree que…

—¡Buen Dios! Aquí están ustedes dejando decir a esta mujer cómo va a hacer la vida miserable a un niño sólo porque ella piensa que no es bueno…, le van ustedes a perdonar el manifestar sus sentimientos contra ese niño sólo porque pretenda enseñarles a estos vecinos el lugar al que…

—Señor Cameron —replicó la señorita Clark—, le diré a usted lo que "no" voy a hacer. No voy a degradar el nivel de mi clase por un solo individuo. ¿Es eso lo que usted iba a decir?

—En otras palabras, va usted a degradar al niño.

—Si no puede permanecer en mi clase, quiere decir que no es ese su lugar. Todos los padres que se encuentren aquí presentes se pondrían furiosos contra mí si no me adhiero estrictamente a una demanda uniforme de actuación.

Los otros estuvieron de acuerdo. Después de todo ellos pagaban sus impuestos con los que eran pagados los sueldos de los maestros, con los que se construían los edificios para las escuelas, entonces lo menos que podían tener era el derecho de esperar que una medida de niveles fuera reducida a nada.

Cameron se dirigió a la puerta en el preciso momento en que sonó el timbre. La señora Nueman se levantó rápidamente y fue a ver quién llamaba. Espió a través del lente pequeño colocado en el interior de la puerta y que le permitió ver quién era, y se volvió para decir casi en un murmullo:

—Son los Sandoval.

Parece que tienen una reunión de vecinos o algo parecido aquí junto —le dijo Pedro a su mujer. Aunque ya era de noche la larga tarde de septiembre conservaba la luz del día.

—Yeah —respondió Minnie—. Ya he visto a tres parejas que entraron y que viven de este lado de la calle, y una de la acera de enfrente.

—Quizá debíamos ir a esa casa para conocerlos y presentarnos.

—...Pero creo que aquí tiene que ser uno invitado antes de ir.

—Bah, vecinos son vecinos en todos lados. Si esperásemos a ser invitados nunca veríamos a ninguno de nuestros amigos. Es como si nuestros amigos esperaran a que los invitáramos, jamás veríamos a ninguno.

—Okay, Pete. Espérame hasta que me ponga otro vestido mejor. Podemos dejar aquí a los gemelos viendo la televisión, ¿verdad?

—Sí. Oigan, chamacos. Su mamá y yo vamos a la casa de junto por un rato. Si alguien llama o viene, van a llamarme, ¿eh?

Y salieron dirigiéndose a la casa de los Nueman. Conforme se acercaban oyeron que hablaban en voz alta.

—Parece que están discutiendo sobre algo —apuntó Pete.

—Yeah, acerca de la escuela o algo.

—No estaremos mucho tiempo —dijo Pete haciendo sonar el timbre—. Mira, tienen un timbre como el nuestro.

Esperaron unos momentos.

—Qué gracioso. Ya no oigo voces.

—Llama de nuevo, Pete —así lo hizo y el silencio se prolongó—. Quizá salieron por la parte de atrás.

—Pero de todos modos debían oír nuestros llamados.

—Pues llama de nuevo.

El silencio continuaba y afirmó Pedro:

—Estoy seguro de que oí gente en el interior.

—Quizá fue la televisión o algún disco.

—Quizá, pero es probable que algo malo pase. ¿Puedes ver a través de la ventana?

Minnie se dirigió para espiar a través de la ventana.

—No, las cortinas son demasiado gruesas. No puedo ver nada. Ve a la parte trasera, quizá estén en el patio.

Pete dirigió sus pasos a la parte posterior de la casa y regresó.

—No hay nadie allá. Pero los dos coches están allí.

Lentamente regresaron a su casa mirando hacia atrás.

—¿Piensas que algo malo ocurra ahí? —preguntó Minerva.

—No sé, pero es extraño —le contestó Pedro, pero en su voz ya no había seguridad.

Estimado señor Sandoval:

Han transcurrido ya varias semanas desde que Sammy ingresó en esta clase y no ha dado muestras de que se incline a sobreponerse a sus debilidades. Su inglés, su aritmética y lectura son pobres. Debe usted ayudarlo inmediatamente

para que se ponga al nivel de otros estudiantes de su grupo si
es que va a permanecer con nosotros.

Profesora A. CLARK.

Leyó Minerva la nota y se la pasó a Pedro. Acababan de cenar y Mariana y Sammy estaban en la alcoba viendo la televisión. Pedro llamó al niño.

—¡Hijo! Hemos recibido una nota en la que dicen que no cumples con tus tareas.

Sammy se encogió de hombros.

—Es muy difícil.

—¿Muy difícil? Los otros chamacos están cumpliendo, ¿no es cierto?

—Yeah, pero… yo no entiendo nada.

—¿Por qué no?

—Sencillamente porque no sé cómo.

—Okay. Tráeme tu aritmética. Te enseñaré.

Sammy trajo su libro de trabajo y lo puso sobre la mesa. Pete lo miró con cuidado.

—¿Qué quiere decir este signo chiquito aquí?

Sammy sonrió y le explicó:

—Eso quiere decir que hay que dividir este número entre este otro.

Pete estudió la página un poco más.

—Y esto, y esta pequeña "X" quiere decir que hay que multiplicar ese número por uno, ¿verdad?

—Sí —afirmó Sammy.

—Okay, entonces, ¿cuál es lo difícil? Vamos a ver cómo lo haces.

—Pero, papá. No sé las tablas de multiplicar, ni dividir. No puedo aprenderlas.

—Está bien, entonces llama a tu hermana. ¡Mariana!

—Mande, papá —respondió ella.

—Ven a ayudarle a Sammy con su aritmética. Tú puedes con esos líos fácilmente, ¿verdad?

Llegó Mariana diciendo:

—Sí, papá, sí puedo, pero él no me deja que lo ayude.

Pedro miró a Sammy.

—¿Cómo está eso que no dejas que te ayude?

El niño se hizo el remolón.

—No quiero que ella me enseñe.

—Tonterías. Nunca oí nada como eso. Ahora vas a dejar que ella te ayude o te va a pesar. Ándale. Y ahora largo de aquí.

Al día siguiente la profesora lo llamó desde su escritorio.

—Has entregado una tarea muy limpia, Sammy. Aprendiste rápidamente, ¿verdad?

Sammy asintió.

—Miren, niños —dijo la señorita Clark teniendo en alto la tarea del muchacho—. Sammy hizo su tarea correctamente. Estoy verdaderamente impresionada. Y ahora, Sammy, ve al pizarrón y toma un gis.

Sammy la miró fijamente y al principio no se movió.

—Vamos, Sammy. Ve al pizarrón. Resolverás un problema.

Sammy obedeció al fin y tomó el gis. La profesora continuó:

—Y ahora escribe estos números…

El niño escribió el problema y quedó inmóvil con las manos caídas. Primero las instrucciones de la profesora fueron con voz suave, después autoritarias y en seguida lo puso en ridículo, y él permaneció de pie, sin parpadear hasta que finalmente oyó:

—…y ahora ve a sentarte y no vuelvas a tratar de engañarme. No te dará resultado. En esta escuela no engañamos a nadie. Tienes que aprender para merecer buenas notas.

Sammy fue a tomar su asiento hasta el fondo de la clase y no levantó la mirada.

A la hora de descanso esperó para ser elegido en un juego. Cuando el juego se inició sin la participación de él y sin tener compañero con quien jugar, rápidamente se entregó a jugar solo. Antes había tenido la idea de que lo habían hecho a un lado, pero con esa nueva ocasión estuvo seguro de ello. Cuando ingresó a la escuela, los primeros días sí había participado como cualquier otro niño, pero todo estaba cambiando. Llegó a la conclusión de establecer las grandes diferencias entre esa escuela y la de Los Ángeles, que consistían en que allá cuando los maestros la emprendían contra uno, al menos tenían compañeros. Todos los condiscípulos que se veían afectados por los maestros llegaban a consolar al postergado. Pero en esta nueva escuela no era ese el caso. En Los Ángeles aquellos tipos que querían hacer todo lo que la maestra decía, eran considerados consentidos y chamacos mimados. A aquel niño a quien molestaban más los otros era siempre el mejor estudiante.

Por todo aquello a Sammy le gustaba más la otra escuela.

Una semana después todo el grupo de la señorita Clark leía en voz alta. Sammy había sido llamado con anterioridad para leer una o dos veces, y lo había hecho mal, deliberadamente, sabiendo que era el único que hablaba con acento mexicano. Pero cuando el grupo leía en coro siempre trataba de leer con ellos y estaba aprendiendo a reconocer más y más palabras. Lo que estaban leyendo ese día trataba de algunos niños que observaban a una cuadrilla de trabajadores hacer ciertas reparaciones en una calle.

—All right, Sammy, your turn —le dijo la profesora Clark.

—The foreman walked to the... —se interrumpió.

—Excavation —le apuntó la profesora, pero Sammy se saltó la palabra.

—...and took a... —sabía que la palabra siguiente no podría pronunciarla y de todos modos se esforzó para decirla—... cha-bull.

Un rumor de risitas circuló por la clase.

—Esa palabra es shovel, Sammy —le dijo la maestra con un aire de tolerancia y Sammy continuó:

—He looked at the... —pero la maestra lo interrumpió.

—Di "shovel", quiero que lo repitas.

Sammy titubeó un poco y el silencio fue prolongado.

—Vamos, dilo —insistió la maestra. Sammy se esforzó en decirlo pero las vocales y consonantes eran demasiado extrañas para él.

—Chabull —dijo nuevamente. Esa vez todos los de la clase, pensando en la crítica de la maestra que trataba de poner en ridículo al compañero, rieron más ruidosamente.

—Sammy —le dijo la profesora en un tono que implicaba una paciencia extrema—. Tienes que aprender a decir esas palabras si es que quieres conservar el nivel de este grado. Y ahora repite conmigo: sh-sho-vel.

Sammy retrocedió. De su cara desapareció toda expresión y bajó la mirada dándose cuenta de que todos en la clase tenían puestas las miradas en él. ¿Qué quería decir ella con eso de que si quería conservar el nivel de ese grado? ¿Estaba acaso considerando degradarlo a un curso inferior? Con ese pensamiento atormentando su mente trató de leer en voz alta utilizando un rincón de su inteligencia. Desesperado trató de acomodar su lengua y sus labios en la posición que le permitieran pronunciar aquellas palabras para que se oyeran como si los güeros las pronunciaran. Vio la palabra "pick" que se aproximaba a él en la frase que estaba leyendo. Sabía que las palabras que contenían la vocal como en "pick" eran las que más a menudo usaban aquellos que denigraban a los mexicanos. "Pee-eek", decían siempre bajando el tono de voz en la última mitad de la palabra. Sammy leyó "pick" esforzándose para evitar su pronunciación natural. Pero se oyó "peck" y nuevamente la profesora lo interrumpió:

—Di "pick", Sammy —Sammy permaneció silencioso con la mirada fija en el libro.

—Tienes por lo menos que hacer un último intento —le dijo la maestra en tono autoritario. Sammy guardó silencio—. Y ahora oye bien lo que voy a decirte —continuó la maestra—, una de las cosas que tienes que aprender es que cuando decimos algo, hay que hacerlo.

Sammy levantó la mirada hacia ella. Él entendió lo que ella decía, aunque ella no lo entendiera a él. Él sabía que cuando ella decía "decimos" se refería a los otros, a los anglosajones, a los americanos, y que cuando se dirigía a él diciéndole "tienes que" se refería a toda su gente, a los mexicanos. Hasta ese punto era adonde llegaba el razonamiento del pequeño. Jamás podría expresarlo en palabras, ni en inglés ni en español. Guardó silencio y la señorita Clark permitió que ese silencio se prolongara.

—Repite la palabra "pick", Sammy —dijo ella obstinadamente.

Sammy volvió la mirada hacia la puerta que conducía al pasillo. Era su única salida. Correr. Resolver por el momento el problema inmediatamente. Qué importaba lo que mañana pudiera ocurrirle. La maestra viendo que Sammy podría escapársele se movió con presteza para colocarse entre él y la puerta. Sintiéndose atrapado Sammy velozmente trató de hacerla a un lado para huir, y la señorita Clark lo asió fuertemente por los brazos y lucharon mientras Sammy sollozaba sin poderse controlar. El grupo de alumnos estaba fascinado, inmóvil.

—¡Sammy, sosiégate ya! ¡Ve a sentarte! —le ordenó la señorita Clark. Con su fuerza física superior se las arregló para llevarlo a su pupitre. Sujetándole aún las manos le dijo al niño que se encontraba detrás de ella—: Ve en busca del señor Scott —le ordenó.

Apresuradamente el niño fue a la oficina del director. Momentos después regresó acompañado del director de la escuela que a todas luces se veía preocupado. La señorita Clark aún sujetaba los brazos de Sammy.

—¿Qué es lo que pasa aquí? —preguntó descansando pesadamente una mano sobre el hombro del niño.

Al sentir esa fuerza mayor, Sammy dejó de luchar. Cedió y tembloroso ocupó su asiento con la mirada baja.

—Se niega a leer —reportó la señorita Clark—. Trató de huir de la clase. No sé qué hacer con él.

El director recorrió con la mirada todo el grupo, la mayoría del cual estaba sentado con la boca abierta observando lo que ocurría.

—Muy bien —dijo con un tono conciliador—. Hablaré con él en mi oficina.

Tomó firmemente a Sammy por el brazo y lo condujo hacia la puerta; volviéndose hacia la profesora le dijo:

—Venga a mi oficina tan pronto como suene la campana.

Caminando por el pasillo Sammy podía sentir los dedos del señor Scott que se encajaban en el brazo.

—Está lastimándome —le dijo con una vocecita.

—¿No tratarás de huir si te suelto? —le preguntó el director y él negó con la cabeza.

Continuó por el pasillo un paso adelante del director, sintiendo en su pecho un sacudimiento espasmódico terrible y esperando ser golpeado en cualquier momento. Pero el golpe jamás llegó. Al llegar a la oficina de la dirección el brazo largo del señor Scott apareció frente a él para hacer girar la perilla de la puerta. Sintió Sammy que era empujado al interior.

—Siéntate, Sammy —le ordenó el señor Scott.

Obedeció sentándose en un sofá a un lado del escritorio del director. Aún sollozaba. El señor Scott sentado detrás de su escritorio miró severamente a Sammy y le dijo:

—Y ahora dime cuál es el problema que tienes —Sammy permaneció en silencio, sentado con las manos cruzadas y los ojos bajos. El director advirtió que Sammy encogía los hombros y preguntó—: ¿No estás contento en la clase de la señorita Clark? —por segunda vez Sammy se encogió de hombros y permaneció en silencio—. Muy bien, entonces esperaremos hasta que la señorita Clark venga.

El niño permanecía sentado, escuchando, mientras el señor Scott empezó a revisar algunos libros y papeles. Podía oír Sammy el tictac del reloj de pared. La escuela parecía extrañamente silenciosa. Mantuvo la mirada baja. Finalmente la campana anunció el fin de la clase. Quizá durante un medio minuto el silencio de la escuela prevaleció y en seguida empezaron los ruidos. Al principio ruidos lejanos de puertas que se abrían y pies que caminaban. Después empezaron a surgir los ruidos de las voces de los niños, coros de voces agudas de mil tonos y de sílabas ininteligibles. Mientras los pasillos se llenaban, el ruido de aquellas voces crecía, más intenso, sin embargo ahogado. Sammy se imaginó que todos los estudiantes estaban discutiendo su caso. Se abrió la puerta en ese momento para dar paso a la señorita Clark.

Sin esperar a ser preguntada dijo al director:

—Se rehusó a cooperar conmigo. Era la hora de lectura y quiso ponerse a una altura superior a los demás, me imagino que fue eso —se volvió entonces a ver a Sammy acusadoramente.

El señor Scott también lo miraba. Sammy tuvo la sensación de que la señorita Clark estaba a la defensiva y aquello lo intrigó un poco. Siempre había considerado que el personal de la escuela trabajaba al unísono, unido colectivamente. Pero en ese momento la señorita Clark tenía miedo del director.

—¿Cuánto tiempo ha estado actuando de esa manera? —preguntó el señor Scott.

Antes de responder la maestra titubeó un poco.

—Realmente ahora fue la primera vez que yo me di cuenta que tenía problemas para leer. Pero lo grave es que él no tiene el menor deseo de tratar. Intenté hacer que mediante un esfuerzo leyera, pero él simplemente quiso salirse de la clase.

Los dos miraban al niño. Durante un momento él respondió a esa mirada con una expresión suplicante en su rostro. Desesperadamente deseaba decir algo, pero sabía que sus palabras tendrían una pésima pronunciación. Decidió entonces guardar silencio.

—¿Qué es lo que sugiere usted? —preguntó el director a la profesora.

—Creo que para su propio bien, así como para el resto de los estudiantes, debía regresar al tercer año y aprender los fundamentos básicos de la lectura.

El director observó a Sammy por unos momentos.

—¿Oíste eso, Sammy? La señorita Clark piensa que debes retroceder un año. ¿Qué piensas de eso?

Rápidamente consideró Sammy su situación. Por sobre

todas las cosas él no quería regresar a la clase de esa maestra, razón por la cual no titubeó más y asintió con la cabeza.

—Muy bien, Sammy —le dijo terminantemente el director—. Pero antes quiero hablar con tus padres. Te daré una nota para que la lleves a tu casa.

Escribió esa nota para Pete y Minnie, y aunque sólo era el descanso del mediodía, le permitió a Sammy que fuera a su casa sabiendo que de ese modo posiblemente le evitaba el sentirse cohibido y quizá el ser puesto en ridículo por los otros niños de su clase.

Esa noche después de que Minnie había leído a Pedro la nota del director y mientras Pete, sentado todavía a la mesa, limpiaba con un trozo de tortilla la salsa de chile que quedaba en su plato, se acercó Minerva para preguntarle qué iba a hacer al respecto.

—¿Y para qué quiere vernos?

—Me imagino que como la carta dice, para hablar acerca de Sammy.

—Y ese "Miiister Escott", qué no sabe que es un día de trabajo? Yo no puedo faltar. Tenemos una colada de concreto muy grande para mañana.

—Okay, Pete, okay —le dijo Minnie antes de que él pretendiera disimular un arranque de enojo—. Yo iré a verlo. Sabré cómo arreglármelas.

Pete elevó la voz para que pudiera oírlo Sammy, que se encontraba en el cuarto contiguo.

—Oye, mi'jito, ven aquí —Sammy obedeció al momento—. ¿Por qué te portas mal con tu maestra? ¿No puedes portarte mejor?

Sammy reconoció los regaños de su padre, sabía que todo aquello era teatro. Tenía Pete que hacer un esfuerzo para no oírse siempre como un padre amoroso. Sammy sonrió. No tenía miedo a su padre.

—Quería que yo dijera algunas palabras que no puedo pronunciar.

—¿Qué palabras?

—...Pala, pico, pero en inglés.

—Esas son palabras fáciles. "Chawbool and peek". ¿Por qué no las dijiste? —Sammy levantó un hombro y su padre continuó—: Ahora tu madre tiene que ir a la escuela para hablar con el director. Por favor ya no armes más líos —dijo finalmente y se volvió hacia la televisión.

El señor Scott y la señorita Clark observaron severamente a Minnie cuando entró al día siguiente llevando a Sammy a la oficina del director. Iba vestida con una combinación de tafeta negra con un escote y listones que lo bordeaban; un sombrero negro con un velo grueso sobre la cara y guantes blancos con cuentas de vidrio. Scott y la señorita Clark se dieron cuenta de que era una mujer notablemente atractiva a pesar de la forma exagerada en que se pintaba la boca y de la cantidad enorme de sombra con que pretendía adornar sus ojos y como coloreaba sus mejillas.

—Señora Sandoval, me alegro que haya venido. ¿Ya conocía usted a la señorita Clark?

Mientras Scott le dirigió esas palabras la observó de pies a cabeza. Minerva se aproximó a la profesora y le tendió la mano sonriendo. El aroma del perfume que usaba Minerva llenó rápidamente la atmósfera de la oficina.

—Encantada de conocerla —dijo la señorita Clark sonriendo dulcemente.

—Lo mismo yo —contestó Minnie sentándose y teniendo a un lado a Sammy.

—Supongo que el señor Sandoval no pudo venir —dijo el señor Scott.

—Sí —respondió Minnie—, él tiene que trabajar todos los días. Pero él se lleva su *Pickup* y yo tengo el *Cadillac* —Sammy dirigió una mirada rápida hacia el director y la maestra y alcanzó a ver cómo intercambiaban miradas. Lo preocupaba un poco aquello de que en lugar de sentirse orgulloso de que su madre mencionara el *Cadillac,* se sintiera un poco avergonzado.

—Comprendo —continuó el señor Scott—. Como la nota dice, parece que Sammy tiene ciertos problemas de lectura en el cuarto año. ¿No les dijo a ustedes?

—No —contestó Minnie—. Yo sólo recibí la nota. Pero él siempre había leído bien. Todos leemos bien. Él obtuvo algunos dieces en la escuela del Este de Los Ángeles. Su hermana, ¿conoce usted a Mariana? Ella lee muy bien.

—Vea usted, señora Sandoval —le dijo la maestra—. Queremos que Sammy... —y haciendo una pausa seleccionó sus palabras cuidadosamente como si estuviera tratando de decirlas con la mayor sencillez posible— sea tan buen lector como los demás, pero parece que no capta lo fundamental..., las primeras cosas que debía saber acerca de la lectura. Pensamos que quizá si continúa en este nivel estropearía sus oportunidades para desarrollar en él la facultad de un buen lector. Quizá si regresara a lecturas más fáciles durante un buen tiempo...

—Okay —Minnie estuvo de acuerdo—. ¿Quieren que empiece a leer libros más fáciles?

El director Scott habló:

—Sí, eso en cierto modo. La señorita Clark piensa que si regresamos a Sammy a un tercer grado podría rápidamente ponerse al corriente de lo que carece.

Minnie se veía un poco impresionada. Pero sabía que no podía hacer nada para remediarlo. Con suma ternura miró a su hijo. Sammy se sentaba inmóvil y con los ojos bajos. Una vez se volvió el niño a mirar a su madre con una expresión suplicante. Entonces Minerva le dijo con amabilidad:

—¿Entiendes tú?

—Sí, entiendo —le respondió en español—. Pero es que ella quería que yo leyera palabras que no puedo pronunciar.

Durante un buen rato continuaron hablando en español, para el disgusto del director y de la maestra que estaban seguros que Sammy los estaba acusando en su presencia. El señor Scott tuvo deseos de preguntarles qué era lo que hablaban pero le faltó valor para hacerlo. Muy pronto la conversación entre Minnie y Sammy terminó y entonces ella se volvió hacia maestra y director.

—Dice mi hijo que hará lo que le digan ustedes y que procurará agradarlos en todo lo que pueda.

S ammy fue retrocedido un año. Su nueva maestra fue la señora Sanford. Escuchó con toda paciencia lo que la señorita Clark le explicó acerca del problema de Sammy y la acción oficial subsecuente.

—Siéntate, Sammy —le dijo con voz amable—. Tan pronto como le dé al grupo alguna tarea haré que alguien te lleve a la biblioteca de la escuela. Allá podrás escoger algunos libros especiales que quieras llevarte a tu casa para que los veas en la noche.

Sammy sintió que todas las miradas estaban puestas sobre él

cuando se sentó en un pupitre vacío. La señora Sanford distribuyó algún material de trabajo y les dio instrucciones a sus alumnos; en seguida, dijo:

—Y ahora, ¿quién enseñará a Sammy en dónde está la biblioteca? —con esa pregunta los niños se vieron un poco intrigados.

—¿Quién es Sammy? —preguntó uno.

La señora Sanford lo señaló diciendo:

—El... chamaco español —dijo con cierta dificultad y Sammy sintió que la sangre se le subía a la cara. Uno de los alumnos levantó la mano.

—Está bien, Charles. Llévalo a la biblioteca y regresas inmediatamente, ¿entiendes?

Y Charles llevó a Sammy presentándolo al bibliotecario.

—Éste es Sammy y viene a escoger algunos libros especiales para que los lea —recitó Charles y en seguida añadió—: Es español.

Sammy se volvió a mirarlo y después hizo lo mismo con el bibliotecario.

—No soy español —protestó.

El encargado de la biblioteca, con un ademán de su mano, despachó a Charles.

—Vamos a ver. ¿No eres español? Conozco a tu hermana y pensé que ustedes descendían de una muy buena familia española.

—Somos mexicanos —dijo Sammy casi con agresividad.

El de la biblioteca parpadeó un poco al oír la palabra y por un breve instante buscó una cosa apropiada que decir.

—Bueno, por aquí usaremos solamente la palabra "español". Suena... —titubeó un poco más— precisa.

Enseñó a Sammy en qué lugar estaban los libros más sencillos, animándolo a que tomara lo que quisiera, pero de todos modos a que escogiera algunos que su maestra pensara que él podría leer.

Sammy repasó algunos libros. Mostraban niños, más o menos de su edad, pero no se veían como él. Todos eran de piel blanca. Recorrió varias páginas de uno en especial y se dio cuenta de que todos los padres que representaban eran casi idénticos. Todos tenían facciones anglosajonas. Los hombres usaban todos ropas de trabajo y las madres eran esbeltas y hermosas. No recordó haber visto libros como esos en el Este de Los Ángeles. Leyó cuidadosamente pero también se pasó un tiempo igual estudiando las imágenes de la familia en el libro. Vio cómo representaban una familia subiendo a su coche para ir de paseo. Vio y leyó cómo se sentaban a la mesa del comedor y cómo reaccionaban ante la visita de los abuelos. Todo aquello lo hizo sentirse un poco incómodo ya que no podía encontrar nada en el libro que indicara que hubiera algo imperfecto en la familia.

—¿Encontraste algo que te guste? —le preguntó el bibliotecario sorprendiéndolo, y él asintió—. Esos libros que has seleccionado son de una serie interesante —le dijo al niño—. ¿Por qué no te llevas unos de esos? Es una serie completa de libros acerca de una familia encantadora. Tienes muy buen gusto para haber escogido ese libro, Sammy.

Le dio tres de esos libros sobre la familia y Sammy regresó a su clase, la señora Sanford sonrió cuando vio lo que había escogido. Le explicó entonces la maestra amablemente que no tenía que unirse a ninguna de las actividades de la clase hasta que no se sintiera cómodo. Ella no quería de ninguna manera presionarlo.

—Emplea tu tiempo improvisando tus estudios hasta que te

sientas precisamente como cualquiera de nosotros —le dijo la maestra.

En el transcurso de una semana Sammy había leído las series de la familia Carter. El mundo que encontró en el libro fue para él completamente extraño y se preguntaba si todos los anglosajones trataban secretamente de ser como la familia del libro. Trató otros libros más pero no encontró nada que pudiera interesarle. Los que trataban de aventuras, los que presentaban la vida en general, todos requerían un campo de entendimiento común que él no tenía. Llegaba a la conclusión de que algo andaba mal. Mariana.

Mariana, en su cuarto año de clase de avanzados, salía media hora de clase más tarde que él y esa media hora de espera diaria constituía para él un sufrimiento, ya que sus antiguos condiscípulos empezaban a atormentarlo. No se daba cuenta que lo que hacía que aquellos lo importunaran y se divirtieran a costa de él, era mayormente por su timidez y cortedad. Muy pronto se hizo un juego para los otros niños atraparlo, arrinconarlo y despojarlo de sus libros.

—Bah. Nosotros leímos éstos desde hace muchos años —le gritaban arrojando los libros al suelo. Y Mariana iba a rescatarlo simplemente con su presencia. Cuando ella estaba en seguida dejaban de molestarlo. Realmente aquello no era tan importante, para ellos.

Cierto día durante uno de sus periodos libres en la biblioteca de la escuela, acertó a escoger una primera lectura acerca de una sociedad utópica que comprendía animales pequeños, benevolentes, que hablaban.

Leyó acerca del Conejo Brer que vivía en el zarzal. El Conejo Brer usaba solamente pantalones de peto de mezclilla, no usaba zapatos y salía a pescar cuando le venía en gana, asociándose con otros animales pequeños y despreocupados como el tejón Bobby, el tío zorrillo Billy y la ardilla Roja Parlanchina. Era verdad que en aquella sociedad había elementos peligrosos, primordialmente el Zorro Rojo y el astuto Coyote Viejo, pero los miembros más desvalidos de aquel grupo podían predecir invariablemente desastres personales al decirle alguna mentira sobrenatural ya fuera al Zorro Rojo o al Coyote Viejo, y enviaban a esos presuntos rapaces a que llevaran a cabo alguna inofensiva pero efectiva cacería de algún ganso silvestre. Los personajes más pequeños tenían un campeón intrépido aunque ignorante en el Galgo Borracho, cuya única obligación era corretear al Coyote Viejo o al hermano Zorro en cualquier parte que los encontrara. El Galgo Borracho pertenecía al Ranchero Café, un tipo humano de apariencia oscura que de vez en cuando vagaba entre los matorrales.

La vida entre los pequeños animales de la floresta, creados por Thornton W. Burgess, era verdaderamente paradisiaca. No había autoridad paterna, sin embargo, tampoco había la necesidad del amor a los padres. En realidad entre esas pequeñas criaturas no había problemas morales respecto a su conducta. Obviamente todos eran distintos, sin embargo, eran iguales en cuanto a poder de razonamiento, excepto por supuesto, el zorro y el coyote. Estos dos eran muy fáciles de engañar.

No había lucha por la vida en la floresta. Muy pocos crecían para medrar. No había escuela, ni programa, nada se esperaba de nadie excepto el que fuera un gran amigo.

Sammy leyó el primer libro con gran interés. Se encontraba embelesado por la sencillez de la vida en el bosque. Llegó a conocer muy bien a los personajes. Estaba encantado al encontrar que la serie de libros sobre animales de Burgess era casi interminable y empezó a leer más de ellos. En el transcurso de un mes había terminado todos los libros sobre animales pequeños que había en la biblioteca de la escuela. Y entonces empezó a releerlos.

De algún modo, cuando los otros niños lo molestaban parecía ya no importarle. Soportaba el tormento hasta que ellos se cansaban o le llegaba alguna ayuda; y entonces iba a su casa para leer en su cuarto acerca de la vida de los animalitos.

Empezó a soñar despierto, incluyéndose en el mundo de aquellos seres, ansiando tocarlos, hablarles y ser un amigo entre ellos. Se imaginaba estar sentado contra un árbol de la floresta rodeado de los animalitos vestidos en sus trajes de mezclilla, mirándolo como amigo, sabiendo que el Coyote Viejo y el Zorro Rojo le darían un dormitorio muy amplio con él en medio de ellos.

Perdió interés en tratar de ponerse al corriente en su trabajo escolar y leía y releía libros de animales y andaba siempre en busca de libros similares.

—Sammy, esta es la tercera vez en este día que te sorprendo leyendo ese libro. Tienes que poner atención a lo que estamos haciendo en clase —lo previno la maestra. Trataba, sí, pero se sentía irremediablemente adelantado por los otros. Entonces sólo deseaba volver a los bosques.

—¿Qué pasa contigo? —lo regañaba Pedro cada vez que Sammy llegaba con una nota informando de su comportamiento poco satisfactorio en la escuela—. Tu hermana siempre saca las mejores notas. Haces que me avergüence, los vecinos ya no te quieren en sus casas, y no se los reprocho.

Cuando Pedro le decía esto, Sammy advertía que su padre y su madre intercambiaban miradas. Y pensaba sin manifestarlo; "Tampoco a ti te quieren. ¿Qué crees que no me doy cuenta de esas llamadas telefónicas, y de las llantas bajas de tu camioneta cuando sales a trabajar por las mañanas?"

Desde aquel fin de semana que salieron para regresar y encontrar muchos destrozos en su casa, la familia ya nunca había vuelto a dejarla sola por las noches. Sammy sabía de todas las preocupaciones que tenían sus padres cuando todos salían de compras. Una noche ya estando en la cama oyó:

—Ese maldito Nueman. Yo sé que fue su chamaco el que esta vez le puso las tachuelas a mis llantas. Él era el único que estaba en el patio y cuando le dije al viejo se enojó y me dijo que debíamos largarnos.

—Eso es lo que la señorita Clark dijo. Llamó nuevamente para decir que debíamos regresar a los gemelos a la escuela de Los Ángeles o que los dos saldrían completamente mal en ésta. Tenemos que regresar a aquella casa. Sí, pronto.

"Muy bien", pensó Sammy cuando trataba de dormir esa noche mientras su hermana estaba haciéndolo tan fácilmente en su alcoba.

Solamente unos meses después de aquello fue cuando sonó el timbre de la puerta de los Jameson y Elizabeth gritó de alegría al encontrar a Mariana allí.

—Y hemos regresado esta vez para siempre —le dijo Mariana.

Fueron renovadas todas las viejas amistades. Sammy regresó al cuarto año con sus viejos amigos y se puso al nivel en que había quedado. Cuando su pandilla lo invitó a que pintaran venado y en vez de ir a la escuela fueran a la casa de un compañero cuyos padres trabajaban todo el día, fue.

Cuando estaba preocupado acerca de sus tareas escolares sus compañeros lo tranquilizaban.

—Bah, no te preocupes. En esta escuela tienen qué pasarte. Aunque no sepas nada de nada. No pueden expulsarnos a todos —le decían riendo.

—Solamente espérate hasta que cumplas los dieciséis años. Después ya podrás salir de aquí para ir a una escuela de continuación de estudios. Allá solamente medio día a la semana.

En esa escuela siempre fue asignado a clases diferentes de las que tenía Mariana y eso le hacía más fácil irse de pinta porque de esa manera no tendría que hacer que su hermana le mintiera a sus padres por él.

Llegó a aprender que mientras más lejos se mantuviera de Mariana y de su círculo de amigos, tendría más libertades.

—¿Cuál es la razón para que llegues tan tarde? —le preguntó su madre una tarde cuando él se había pasado el día con cuatro muchachos y dos muchachas del sexto año en un apartamento vacío.

—Fui a jugar béisbol —y ahí paró todo.

El primer año de escuela secundaria fue más fácil. Los maestros parecían ser más descuidados y había mucho más jóvenes de su edad a los que lo único que les importaba era salir de sus clases para ir a divertirse. La mariguana era común; algunos realmente fumaban la yerba en los pasillos entre clases; lo único que tenían que hacer era esconder el cigarrillo en el hueco de la mano. Había un pacto entre los "squares", aquellos que iban a la escuela para aprender y tomar parte en ella y los otros que acudían a ella sólo porque la ley lo exigía. El grupo de despreocupados dejaba a los squares en paz, casi generalmente, y éstos cerraban los ojos a las drogas que se distribuían en los cuartos de baño, no prestaban atención a los hurtos que se efectuaban en el almacén, ni a las venganzas tipo "gangsters", golpizas y riñas.

Cierto día el director lo llamó:

—Sammy, vas a cumplir ya dieciséis años. Te aconsejo que consigas un empleo y vayas a una escuela de ampliación de estudios. Aquí no estás aprendiendo nada ni tampoco haces algún bien a la escuela. No dudo que pueda yo lograr que tus padres firmen los documentos necesarios. ¿Tienes algún empleo en el que puedas trabajar?

—Sí. De vez en cuando trabajo para un tipo que tiene un pequeño lote de coches. Creo que él me dará tiempo completo.

—Muy bien —le dijo el director escribiendo en una hoja de papel—. Lleva esta nota a la oficina principal y harán los trámites necesarios. Ahora solamente quiero decir unas cuantas cosas. No entiendo cómo sucede esto. Conozco a tus padres. Son gente buena. Conozco a tu hermana Mariana. Una estudiante muy honorable. Algún día aprenderemos el modo de prevenir esas pandillas que se forman entre ustedes y que parecen dominarlos y dictarles sus leyes sociales y el modo de comportarse y los aleja de todo lo que es bueno y deseable. Yo sé precisamente hacia dónde vas, Sammy, lo sé con exactitud. Solamente deseo que alguien supiera cómo hacer algo para evitarlo. Es todo. Adiós.

Tan pronto como la escuela terminó, fue a reunirse con su pandilla y sonrió de oreja a oreja y dijo:

—¡Me tocó a mí ahora el discurso, hombre!

Los otros lo envidiaron y felicitaron acompañándolo al lote de coches para que obtuviera una nota de verificación del empleo.

El profesor Hitchcock se pasó los dedos entre sus cabellos ralos y se paró al frente de su salón de clase, con los brazos cruzados, una mirada furiosa en sus ojos, o al menos esperaba estar viendo con ojos de furia a los muchachos que entraban de una manera insolente en el salón. Permaneció de esa manera hasta cinco minutos después de que había sonado la campana, esperando a que los muchachos se callaran. Varios de ellos hablaban en tono de una conversación normal hasta que estaban listos para dejar de hacerlo. Todos se sentaron como patanes en sus asientos y de un modo altanero correspondieron su mirada.

"Vamos a ver", se dijo para sus adentros el profesor, "aquí tenemos ahora a un nuevo muchacho. Tiene que ser aquel".

—¿Eres tú Samuel Sandoval?

—Yeah.

—Estás obligado a asistir a esta clase cuatro horas por semana. En el caso de que faltes, será notificado a las autoridades respectivas y te enviaremos a una escuela correccional. Entiendes eso, ¿verdad?

—Yeah.

—All right. ¿Vargas? No estuviste aquí la semana pasada. ¿Por qué?

—Estuve enfermo, hombre.

—¿De qué?

—No lo sé, hombre, no soy doctor —risas y el señor Hitchcock dirigió miradas fulgurantes a todos.

—¿Tienes alguna declaración escrita de tus padres?

—No pueden escribir, hombre —nuevas risas.

—Tendrás que traer alguna prueba de que estuviste enfermo en casa o quedará asentado en tu expediente como una ausencia no justificada.

—Nadie está todo el día en mi casa, así es que tendrá que tomar mi palabra, no soy un mentiroso —aquello fue festejado ya no con risas sino con carcajadas.

El señor Hitchcock resolvió no continuar con ese insolente.

—Sam Sandoval, en este curso de continuación de estudios todos tienen que mostrar una prueba de que están empleados.

Sammy se puso de pie y se acercó a él, sacando un pedazo de papel arrugado que llevaba en su bolsillo. Se lo entregó al profesor y regresó a su asiento. Hitchcock lo leyó.

—¿Estás trabajando como vendedor de coches usados en el lote de automóviles de Timmy?

—Yeah.

—Entiendo. Parece que estás demasiado joven para ese empleo, pero si es un trabajo auténtico, eso es todo lo que se necesita. Ahora veamos, en dónde estábamos...

El profesor Hitchcock empezó su instrucción. Habló y habló largamente dándose cuenta apenas de lo que estaba diciendo. Ocasionalmente dos o más muchachos daban principio a una conversación y entonces él, caminando hacia ellos, elevaba el tono de su voz mientras hablaba sobre historia americana y ellos callaban de mal humor. Hubo un momento cuando hizo una pausa, alguno cercano al fondo del salón expulsó un gas ruidosamente y los otros se sacudieron a carcajadas. El profesor continuó. De pronto se dio cuenta que sus ojos buscaban el reloj esperando que esas cuatro horas de torturas para él y para los otros terminaran.

Cuando al fin transcurrieron y sonó la campana, a media frase dejó de hablar en el mismo momento en que los muchachos salían atropelladamente del salón.

Mientras arreglaba su escritorio murmuró:

—Nunca hubiera creído que llegaría yo a esto. Ni creído jamás que esto fuera completamente irremediable.

Cuando Sammy salió de la escuela caminó hasta la Calle Cuarta en donde estaba situado el lote de coches de Timmy.

Éste, el alto y flaco anglosajón dueño del lote siempre tenía trabajo para Sammy. Tenía en venta alrededor de cien vehículos destartalados y quizá una media docena de coches decentes. Sammy lo encontró en el taller de reparaciones al fondo del terreno. Rápidamente Timmy describió a Sammy el trabajo para la tarde. Otro muchacho de la edad de Sammy acababa de telefonear para decirle que le había echado el ojo a un coche. Los dueños habían entrado hacía unos minutos a un cinematógrafo y no saldrían dentro de las próximas cuatro horas. Para entonces Timmy quería que el auto fuera llevado a su taller, despojado de los asientos de lujo y de un carburador grande, del aire acondicionado, del radio y de la calefacción. También le quitarían las llantas buenas y los rines, y después de aquellas operaciones el coche tenía que ser abandonado en la ciudad antes de que los propietarios salieran de la función y lo reportaran robado.

Era un trabajo de rutina y Sammy lo llevaba a cabo admirablemente. Le pagaba Timmy con una lata de mariguana. Escarbaba un agujero en un terreno cercano baldío, echando cuidadosamente sobre él algunas yerbas secas y salía en busca de un comprador. Ese día en menos de una hora encontró a un hombre que le iba a pagar veinte dólares por la lata. Caminó con él hasta el lugar del escondite y tomando el dinero le señaló el sitio.

"Veinte varos". Se dijo sonriendo. "No está mal para un tonto chicano que difícilmente puede leer". Regresó a la Calle Cuarta y dobló la esquina. Se encontraba a la vista de su propia casa pero no iba a ella. Vio la camioneta de su padre estacionada enfrente y también vio a su hermana Mariana caminando en dirección contraría a donde él se encontraba, acompañando aquella muñeca americana, Elizabeth.

La casa frente a la que se hallaba era típica del barrio. Casa vieja, una pintura amarilla toda descolorida y pelándose, y los adornos que alguna vez fueron llamados así alrededor de las ventanas cayéndose a pedazos. La estrecha entrada para coche se extendía hasta el límite de la propiedad a unos centímetros de la casa contigua. Esa entrada era demasiado angosta para un coche moderno y estaba poblada con yerbajos y arbustos. Fue por allí por donde entró a la casa del fondo. Esa casa no era visible desde la calle y estaba en peores condiciones que la que se veía al frente. Entró sin llamar a la puerta y vio a Celia descansando en un sofá viendo la televisión.

Celia era una chica de tez morena de catorce años de edad, un rostro agradable e ingenuo pero con un cuerpo precoz. Descansaba sobre su espalda con la cabeza apoyada sobre un cojín colocado sobre el brazo de aquel viejo sofá. Cuando vio entrar a Sammy lo saludó con un "Hi" sin entusiasmo ni disgusto y se acomodó contra el respaldo del sofá para que él pudiera sentarse junto a ella. Ya su mirada había regresado a la pantalla de la televisión.

Se sentó Sammy en aquel sitio que ella le había hecho y colocó una mano debajo de la falda sobre el muslo y la corrió hacia arriba. Ella hizo un movimiento para que esa mano tuviera más fácil acceso.

—¿De qué se trata? —le preguntó señalando a la pantalla.

Ella le informó de la trama y momentos después repentinamente retiró la mano de Sammy.

—Espera. Tengo una diversión especial para ti ahora.

—¿Cuál?

—Espera hasta que termine el programa. Es algo muy especial.

Siguieron hasta el fin del episodio en silencio. Después ella fue hasta un jarrón con flores artificiales y hurgando en el fondo de él sacó dos cigarrillos enrollados a mano. Los encendieron, inhalaron profundamente y exhalaron el humo con lentitud.

—¿Cuál es la sorpresa que me tienes?

Fue ella hasta la mesita del teléfono diciéndole:

—Espera hasta que vea si mamá y papá están trabajando como de costumbre —la oyó Sammy marcar un número y preguntar por su madre—: ¿Mom? Iba yo a hacer algo sabroso para la cena. ¿Quieres que guarde algo para "daddy"? ¿A qué horas regresarán? —escuchó durante un momento y después dijo—: All right, good bye —después de colgar el receptor se volvió a Sammy—. Como de costumbre. Regresarán cuando cierren la taberna, después de las dos. No han fallado de atender el negocio una sola noche desde hace meses, pero es mejor estar seguros.

Lo condujo al interior de una alcoba en donde había una cama con cabeceras de madera pintadas, unas sábanas grises de mugre destendidas y arrugadas y una colcha que colgaba cayendo la mitad al suelo. Ella usaba una sudadera y una falda y se despojó de ellas mientras Sammy también se desvestía. Habían llevado consigo sus cigarrillos de mariguana y en ese momento ella le quitó el suyo de la boca y lo puso en un cenicero. Los dos estaban de pie y desnudos en la semioscuridad del cuarto. No había cortinas que correr, pero las ventanas eran pequeñas con sus vidrios sucios y el alambre del exterior estaba tan oxidado que apenas permitía que la luz se filtrara a través de las ramas de un árbol de sombra que había en el patio. De un bolso de mano tomó Celia un recipiente pequeño y lo abrió. En seguida le mostró a Sammy dos pequeñas cápsulas de gelatina.

—Éstas —le dijo— son la nueva diversión. Las conseguí con unas amigas de la escuela.

—¿Y qué son?

—Te dan una patada de alrededor de cinco minutos como jamás la has tenido. Son para gente enferma, cuando el corazón casi les ha dejado de latir. Tomas una y brrr... —hizo girar su mano rápidamente frente a la cara de Sammy—, y tu corazón levanta el vuelo.

Se tiró entonces en la cama. Bajo la influencia de la mariguana Sammy observaba el cuerpo de ella que exageraba su femineidad. También ella sentía la exageración mental que le provocaba la yerba y con toda destreza lo excitó hasta un grado elevadísimo y levantándose a medias sobre el lecho tomaron las cápsulas remojándolas en un vaso con agua que tenían a un lado de la cama.

—Empecemos ahora —le dijo Celia.

Bajo las direcciones de ella y la influencia de la droga fue Sammy capaz de sincronizar su clímax con el clímax de la píldora.

Tuvo la sensación de que su consciente lo dejó por unos instantes y cuando lo recuperó, alcanzó a oír su corazón latiendo apresuradamente y su respiración como si hubiera efectuado una veloz carrera. Aún estaba encima de ella y habiendo pasado ese clímax rodó para descansar su espalda en la cama y la cabeza sobre la almohada. Se volvió para ver a Celia y también ella estaba bañada en sudor y respirando con dificultad.

—¡Man oh man, vaya patada! —pudo apenas decir.

—Te lo dije —dijo ella en un suspiro.

Estiró la mano Sammy y tomó los restos de su cigarrillo que Celia había dejado en el cenicero y volvió a encenderlo. Aún respirando agitadamente dejó que su inhalación llevara el humo de la mariguana hasta lo más profundo de sus pulmones y entonces sintió transportarse a otra fase de sus sensaciones. Estaba seguro de que su mente estaba más despejada, de que tenía más agudeza, aunque su voz venía de muy lejos.

—Y ahora dime, ¿en dónde conseguiste esas capsulitas? ¿En cuánto puedo comprarlas? ¿Y cuántas puedo conseguir?

Hi, mom.

—Sammy, no te ves bien. Tus ojos se ven raros. ¿Te pasa algo?

—Nooo, sólo necesito irme a la cama, es todo.

—Creo que estás trabajando mucho en ese lote de coches. Un muchacho de dieciséis años no debía trabajar tantas horas como tú lo haces. Siempre que regresas del trabajo te ves casi muerto.

—I'm fine. Me gusta y gano buen dinero. Hoy me pagó veinte dólares.

—Sí, pero mira a qué horas regresas a casa. ¿Fuiste a la escuela esa de continuación de estudios?

—Sí. Ojalá que ya tuviera mis dieciocho años para dejar de ir de una vez por todas.

—Bueno, a mi me gustaría ya que fueras a trabajar con tu padre.

—Quizá lo haga dentro de unos cuantos meses.

—¿Te vas a la cama ya? Nos veremos por la mañana..., ¿pero por qué te alejas de mí? ¿No te gusta ya que te bese tu madre?

—...estoy cansado, mom. Hasta mañana.

—Tu papá y Mariana regresarán en cualquier momento. ¿Por qué no los esperas para que los veas? Difícilmente los ves ya.

—¿Y para qué?

A la mañana siguiente Sammy fue al lote de coches de Timmy. Entró en el taller antes de que viera a Timmy de pie con las manos esposadas y el agente Big Ed de la escuadra de narcóticos estaba registrando el lugar. Habían descubierto el escondite de yerba de Timmy y estaban buscando más.

—Espera, chamaco —le ordenó Big Ed cuando Sammy se detuvo en la entrada. Rápidamente fue hacia él y lo registró de pies a cabeza. Examinó la tarjeta de identificación de la escuela.

—Okay, Sammy. ¿Estás en esto con Timmy?

—No sé lo que quiere decir, hombre.

Timmy intervino entonces.

—Déjenlo. Él no tiene nada que ver con esto.

Big Ed de todos modos registró una vez más a Sammy, haciéndolo minuciosamente y después lo empujó con rudeza hacia la calle.

—Esta vez estás limpio, chamaco. Pero te apuesto a que la próxima vez que te vea no lo estarás. Puedo distinguir a un mariguano a un kilómetro de distancia. Y ahora lárgate.

Sammy se alejó pensando:

"Bueno, pues esto se acabó. Será mejor que encuentre algo pronto pues si no mi viejo me hará ir a trabajar con él. Mientras él piense que me desenvuelvo solo, me dejará en paz".

Recordó entonces el nombre de la chica con quien Celia

había conseguido las cápsulas. Era sábado y quizá estaría en su casa.

Roberta era otra jovencita de rostro dulce, de cuerpo bien desarrollado y de menos de dieciséis años de edad.

—Las consigo con un doctor —le dijo a Sammy—. Es un doctor de verdad, de México.

—Dime dónde puedo pescarlo.

—No, no puedo decirte. Pero te puedo llevar con él. Si yo te doy mi okay, él hará negocio contigo.

Roberta condujo a Sammy en el mismo barrio mexicano por una vieja calle con edificios semidestruidos.

—Aquí está él —dijo ella y caminaron alrededor de un callejón. La casa parecía desierta. Las ventanas arrancadas. Intentó ella entrar por una puerta trasera pero estaba cerrada. Entonces guió a Sammy hacia una ventana. Los clavos con que estaba sujeta una de las tablas que cubría el hueco pudieron ser arrancados fácilmente y entonces brincaron a través de ese hueco al interior de la casa, después de que se aseguraron de que nadie los veía.

Una vez dentro, ella lo condujo a un tercer piso y a una oficina. El doctor la miró sorprendido y un poco disgustado. Les habló en español.

—Roberta, ¿qué vienes a hacer aquí? Te dije que no vinieras.

—Éste es mi amigo Sammy, quiere saber acerca de esas píldoras para el corazón.

El doctor examinó a Sammy cuidadosamente. Le hizo algunas preguntas y después se dirigió a Roberta.

—Por favor vete. Y no regreses nuevamente hasta que lo hagas con nuestro amigo el que te trajo aquí por primera vez. Quiero hablar con Sammy a solas.

Cuando salió la chica, el doctor se paseó de un lado al otro de la oficina mientras hablaba con Sammy.

—Aquí tengo un buen negocio para el tipo adecuado con los contactos necesarios. Tengo aquí un negocio de abortos. Soy de lo mejor. Pero cobro mucho. Y te explicaré cómo puedes ganar dinero. Arregla algún transporte para muchachas que quieran echar fuera al chico. Tú las buscas, las traes en alguna camioneta cerrada o algún otro vehículo adecuado. Asegúrate que tengan trescientos dólares. Yo les haré la operación y te daré cien. Eso es mejor que las pildoritas.

Sammy se sintió muy importante mientras él y aquel médico hacían sus planes.

El restaurante bar de Julio y Angie había estado produciendo sustancialmente en una forma constante. Ya habían transcurrido muchos años desde que Julio se había apartado de Rosa y encontrado a Angelina, y se habían ampliado firmemente, primero a un café con reservados; en seguida a un restaurante tipo familiar informal y después a un centro para comer tipo americano, y finalmente a un salón para comidas y con servicio de cantina al que fue agregada la combinación de tienda de regalos. Para las adaptaciones y agregados finales Julio había tenido que usar todos sus conocimientos para recurrir al banco que los financiara. Había aprendido ese modo de financiar negocios en la Escuela de Administración de Empresas y su diploma enmarcado era la posesión de la que más se sentía orgulloso.

Se daba cuenta perfecta de que volaban tan alto en el negocio debido a la frugalidad de Angie, a su tendencia de vigilar las salidas del dinero. Cómo podía esa tonta chavala asegurar que lo amaba tanto y al mismo tiempo insistir en vigilar los libros, era algo que él no podía entender. Pensaba que algunas veces actuaba ella como cualquier tipa gabacha en lo que a dinero se refería. Pero gracias a Canto ya tenía él su ingreso extra.

Ese ingreso se lo había procurado cuando instaló el departamento de regalos unos cuantos años antes. Nunca había podido encontrar Canto al padre de Julio, pero periódicamente se aparecía por una tajada para continuar la búsqueda y Julio lo financiaba para que siguiera las pistas que le proporcionaba el sistema de vagos a quienes había encomendado aquella misión.

Años antes había llegado Canto cierto día para decirle:

—Escucha, Julie. ¿Qué tal te gustaría ganarte unos cien varos extras por hacer prácticamente nada cada vez que vas a Tijuana a comprar tus porquerías para el negocio de regalos?

Esas porquerías del negocio de regalos a que se refería Canto, consistían en pequeños toros hechos de cerámica, ceniceros tallados en piedra burda, joyas baratas de plata y turquesa y otras chucherías semejantes.

—¿Qué es lo que tengo que hacer?, y dime el peligro que hay.

—Todo lo que tienes que hacer es llegar con tu coche a una estación de gasolina en Tea Town y dejar ahí el coche para que lo engrasen o cualquiera otra cosa.

Julio esperó un poco, y al ver que Canto no le daba más información le preguntó:

—¿Es todo?

—Es todo lo que necesitas saber. En efecto, es todo lo que yo quiero que tú sepas. Y te daré cien dólares cuando regreses de tu viaje.

Al principio a Julio le gustó la idea de no saber nada acerca de lo que hacía. Según le había dicho Canto, cada semana cuando regresaba de Tijuana a su restaurante, llegaba Canto más tarde y le entregaba los cien dólares prometidos. Él sabía que colocaban algo en su coche y que también Canto ganaba dinero con ello, porque ya Canto vestía bastante bien y siempre traía dinero en el bolsillo. Poco a poco Julio fue obteniendo más información sobre lo que hacía. Le exigió más dinero a Canto que le dijo que entonces el tamaño de los envíos de narcóticos tenía que ser aumentado.

Julio de esa manera pudo conservar un apartamento acerca del cual Angie no sabía nada y que él decía que necesitaba para cuando encontrara a su padre. También lo utilizaba cada vez que alguna aventurera anglosajona lo llamaba y le decía:

—Señor Salazar, ¿sería posible que me diera la receta para esa salsa que usted sirve...?

Y Julio contestaba con un poco de acento latino deliberado:

—No, pero podría enseñarle cómo hacerla. Tengo un apartamentito en donde de vez en cuando cocino. Si gustara usted venir...

Se encontraba ese día sentado detrás de su escritorio de encino trabajando en sus cálculos. De una cesta de alambre de vez en cuando tomaba un recibo o carta o pedido y lo estudiaba comparándolo con una tabla de números y cantidades, y después marcaba rápidamente algunos botones de una máquina sumadora eléctrica, arrancaba la tira de papel con las respuestas y asentaba en un libro las cantidades. Repentinamente se abrió la puerta y entró Angie maravillosamente vestida y llena de alegría.

—¡Julie! —exclamó—. ¡Todo está terminado! ¡No puedo creerlo! Es nuestra gran inauguración. Esta noche. Finalmente arreglé que los colocadores de alfombras terminaran de instalar la última. Vamos, echemos una última mirada antes de abrir.

Julio se levantó y rodeando su escritorio fue hacia ella. Sonrió cuando con la punta de los dedos levantó la barbilla de ella y la besó.

—¿Happy, baby?

—Nunca lo he estado más en mi vida. Lo hemos logrado, Julie. Nuestra ampliación final. Ahora trabajamos en grande. Es el mejor lugar del Este de Los Ángeles y todo te lo debo a ti.

Él rió con esa risita suya encantadora.

—Yo soy quien te lo debo a ti, amorcito. Sin ti probablemente aún continuaría vagabundeando y haciendo trabajitos raros.

—No. Pero me alegro de que hayamos hecho esto juntos. Fuiste tú el que estudió de noche en esa escuela de administración para aprender realmente cómo manejar un negocio. Ni en un millón de años podría yo haber conseguido ese préstamo para hacerlo todo, ni calcular cuántos cocineros íbamos a necesitar, ni saber lo que costaría proveer un bar cocktail en toda forma. Tú eres quien realmente ha hecho esto. Y ahora vamos. Echemos una mirada a todo el lugar. Abriremos dentro de unos cuantos minutos. Nuestro anuncio grande de neón es verdaderamente magnífico.

Julio sonrió complaciente y en seguida se puso serio.

—Una cosa, Angie. Sé que piensas que gasté un montón en esta oficina… —le dijo indicando las cortinas lujosas y las paredes tapizadas, el sillón con respaldo y asiento de cuero tipo ejecutivo y el gariboleado candelero.

—¡Yo no pienso tal cosa! Sé que un hombre de negocios que administra uno como este debe tener una oficina bonita. Esa es una de las cosas que te enseñaron en la escuela de administración —con estas palabras se volvió a ver orgullosamente el diploma con un marco costoso que colgaba de la pared.

—Bueno, y hay otra cosa también que debe tener un hombre de negocios. Y esa es privada. Me gustaría que tú o cualquiera que tenga que venir a verme llamara a la puerta antes de entrar. Voy a estar en negocios con algunos proveedores en grande y no quiero que me interrumpan en las transacciones de negocios, ¿okay?

Más que ofendida Angelina se vio intrigada. Entonces el orgullo asomó a su cara.

—Por supuesto. Tienes todo el derecho. Le diré a todo el personal que llamen antes de entrar aquí —en seguida rió extasiada—. Tenemos quince trabajando para nosotros, Julie. Sin contar con los que no trabajan tiempo completo como los lavaplatos y los acomodadores de coches. ¡Imagínate! Finalmente lo logramos. Tú y yo. No puedo creerlo.

Caminó él hasta un perchero y tomó la chaqueta de su traje.

—Aún no hemos triunfado, eso será hasta que la gente empiece a venir —se puso la chaqueta abotonándose sólo el botón apropiado, se arregló la corbata y el clip que la sujetaba, tomó a su mujer del brazo y salieron juntos al pasillo alfombrado y mullido que los conducía al salón comedor.

Salieron a la calle para admirar el gran anuncio de neón que estaba a punto de encenderse. Ya esperaba una multitud y Julio sonrió a aquellos que lo llamaban por su nombre, estrechó las manos de muchos y dio de palmaditas en la espalda a los amigos. El estacionamiento del negocio ya estaba lleno y permaneció de pie admirando el anuncio, y en el minuto fijado uno de los empleados hizo funcionar el switch que iluminó:

ANGIE'S

excelente comida mexicana

cocteles—tienda de regalos

Se abrieron las puertas y los clientes entraron en tropel. Julio y Angie los siguieron cuando la mirada de él tropezó con un hombre entre la multitud. Canto no se alejaba mucho ya que tenía ropas medio presentables y el cabello recortado, pero de todos modos se veía mal entre aquella concurrencia y Julio no quería verlo por allí.

—Entra tú, honey, estaré contigo en un minuto —le dijo a Angie. Ella obedeció y él se fue directamente a ver a Canto.

—¿Qué estás haciendo aquí? —le preguntó secamente.

—Tengo un chamaco aquí que necesita un pegue terriblemente —replicó Canto.

Furioso Julio miró alrededor para ver si no los había oído nadie.

—¡Maldita sea! Te dije que nunca vinieras aquí y ahora me traes a un vicioso…

—Este es distinto. Dice que es tu sobrino y que necesita yerbas y polvo a crédito. Dice que tú lo apoyarás.

La incredulidad apareció en el rostro de Julio cuando siguió a Canto hasta su coche. Sammy estaba en el asiento de adelante viéndose como si tuviera una cruda de órdago.

—¡Sammy! ¿Qué te pasa, chamaco? ¿Qué es lo que te trae…?

—Tienes que ayudarme, Julie —le dijo Sammy estremeciéndose—. Canto me ha estado vendiendo, pero ahora dice que no confía en mí y necesito un pegue ahora mismo.

Canto intervino.

—Pero no tiene lana. Dice que…

Julio hizo callar a Canto.

—¿Te enganchaste mal, chamaco?

Sammy asintió.

—Pero generalmente tengo "jando".* Tengo un negocio con un doctor y de vez en cuando doy buenos golpes. En este momento no tengo ni un varo.

Julio había estado inclinado en el interior del coche. Se irguió para mirar a Canto.

—Llévatelo de aquí y dale ese pegue —en seguida se volvió a hablar con Sammy—. Regresa cuando estés bien, chamaco. Trata de sacudírtelo, pero cuando de veras lo necesites ven a verme; ya nos las arreglaremos.

Y Julio entró a la inauguración.

Nerviosamente paseaba Julio sobre la alfombra gruesa de su oficina. Fumaba con fruición su cigarrillo y se volvió hacia el reloj que con su péndulo de bronce estaba sonando suavemente las nueve de la noche. Escuchando atentamente podía oír la suave música mexicana mezclada con las conversaciones tranquilas de un medio ciento de clientes del restaurante más allá de su puerta.

Un suave llamado se oyó en la puerta trasera que tenía salida al callejón. Rápidamente caminó para atender a ese llamado y abrió para dar entrada a Sammy.

—¡Por vida de Cristo! Pensé que nunca vendrías —le dijo Julio un poco disgustado.

—Llego en punto —replicó Sammy.

Entonces Julio fue a la caja de seguridad que tenía incrustada en la pared y cubierta con un cuadro, y después de hacer girar la combinación para uno y otro lado abrió un extremo simulado

---

* "Jando" es el término que para el dinero usan los "pochos", mexicano-norteamericanos vulgares, especialmente entre los californianos, los del estado de Nuevo México y Arizona. (N. del T.)

en el fondo de la caja que revelaba todavía otra caja más pequeña. Extrajo una bolsa de plástico chica conteniendo polvo blanco que le entregó a Sammy.

—Aquí tienes, chamaco —le dijo y Sammy colocó la bolsita debajo de su cinturón.

Viendo la cara preocupada de su tío le preguntó:

—¿Pasa algo?

Julio dio una fumada intensa a su cigarrillo y paseó un poco, en seguida se sentó en el sillón detrás de su escritorio indicándole a Sammy una silla en la que éste se sentó de mala gana. Julio tomó la vacilación nerviosa de Sammy como una prueba de que todo estaba entendido. Contestando la pregunta que le había hecho dijo:

—Realmente no —y dejó escapar una nube de humo mientras desbarataba los restos de su cigarrillo en un cenicero de bronce lujoso—. Pero tengo un presentimiento raro. ¿Sabes lo que quiere decir intuición?

Sammy se encogió de hombros.

—¿No es algo con lo que pagas a tus profesores de colegio?

Julio sonrió con benevolencia.

—¡Maldita sea! ¡Que si eres estúpido! —le dijo—. No. Quiere decir que me late que este negocio muy pronto va a volar. El hombre está a punto de que lo agarren. Canto ha estado rondando como un fantasma, está que arde.

—Su hombre sabe que él empuja duro y vende mucho y por eso lo cuidan. Al que quieren es al que le da el polvo.

Julio miró fijamente a su sobrino.

—¿Estás seguro de eso?

Nuevamente Sammy se encogió de hombros con indiferencia.

—Hasta donde el hombre concierne, no puedes estar seguro

de nada. Lo pueden agarrar con el polvo en cualquier hora. Pero no es como la hierba. Con el polvito tú siempre tratas de no llevar más de lo que puedes tragar en un rato de apuro. Sí, con el polvo es diferente.

—Okay, okay —dijo Julio con impaciencia—. La razón por la que quería hablarte es esta. Me imagino que me debes unos favores —Sammy asintió con la cabeza de mala gana y Julio continuó—: He estado sosteniendo el chango sobre tu espalda durante un buen tiempo. Sólo porque eres el chamaco del hermano de mi ruca y no quiero que vayas a parar con tus nalgas en la cárcel, porque tú tienes que salir a vender como Canto y sus batos. ¿Me entiendes?

Movió la cabeza asintiendo. Para Sammy lo único que le interesaba era la continuación de su abastecimiento gratis de heroína.

—All right —dijo Julio solemnemente haciendo girar un poco su sillón—. Voy a dejar que manejes las cosas en grande. Te dejaré que lo hagas porque estoy demasiado ocupado para ello.

Sammy lo miró con cierta duda.

—De verdad, Julie, me gustan las cosas como están. A mí no me importa…

—¡Claro que te gustan las cosas como están! —protestó Julio—. Hace ya más de dos años que lo único que has hecho en el mundo ha sido venir a llamar a mi puerta por el callejón durante unos cuantos días y tienes tu porquería gratis. ¿A qué bato no le gustaría eso? Si sumaras el precio de toda la "H" que te he dado no podrías pagarme ni en diez años. Así que vas a oírme.

Sammy permaneció en silencio, esperando.

Julio continuó:

—Como te decía voy a hacerte importante. Si es que puedes manejar el negocio. ¿Ya sabes cómo cortar el polvo puro?

Sammy lo miró.

—Seguro. Nada difícil.

—¿Ya sabes cuál es la proporción, cuánto debes poner en una bolsita para dos, para tres pegues, y de vez en cuando quemar a algún petimetre para ganar algo extra?

—Seguro, eso es simple, no hay mucho del trafique que yo no sepa.

—Bueno. Entonces te necesito —hizo una pausa Julio para dejar que se profundizaran esas palabras en la mente de Sammy.

—¿Y cómo?

—Quiero cortar a Canto de este negocio. No sé cuánto agarre él, pero mientras yo me arriesgo él se lleva el jando. Y para completar la dicha, como tú dices, lo traen fichado. Si seguimos traficando con él, reventaremos todos.

Sammy se quedó pensativo por un momento y al fin dijo:

—You're right. Está quemado.

—Okay. Ahora veamos. ¿Sabes cómo operamos esta cosa?

Sammy mostró interés.

—No.

Julio se levantó y paseaba de un lado a otro mientras hablaba.

—Bueno, yo nunca veo nada. Generalmente dejo mi "carro parqueado" en el lugar de siempre. Cuando estoy listo para salir para Tea Town hago una llamada por teléfono. Alrededor de diez minutos después, Canto o uno de sus batos coloca algún dinero en un tapón de las ruedas. Yo nunca lo veo. Llego a Tea Town, entro en una estación de gasolina y le digo a cierto tipo, quiero que me cambie una llanta. Después me voy caminando para ver algunos negocios y cuando regreso recojo el carro y voy a comprar las chácharas para nuestra tienda de curiosidades. Al regresar aquí dejo el coche en el mismo sitio y alguien a quien nunca veo ni tengo ganas de ver saca el material del tapón de la rueda. Entonces Canto en persona llega aquí, a esta oficina, y me entrega un sobre con tres de a cien. Es todo lo que sé. Y todo lo que jamás quise saber. Hasta ahora.

Sammy dejó escapar un leve silbido.

—¿Qué pasa? —le preguntó Julio nerviosamente.

—Hombre, eres un topo.

—¿Por qué? ¿Porque podrían agarrarme?

—Has tenido suerte. Tienes tu hoja limpia. Si un chota encuentra el paquete en tu tapón, probablemente te salgas con la tuya. Pero eso es un truco viejo. Los traficantes van a Tea Town y hacen una compra. Después buscan alrededor hasta que encuentran el carro de un turista con unas placas que tengan número de aquí de Los Ángeles. Entonces plantan el polvo dentro del tapón o quizá en un lugar mejor. Muchos batos han sido pescados con aquello en sus coches y no lo sabían. Tu hoja está limpia y podrías operar hasta que te pesquen una vez. Pero eres un topo porque yo sé lo que Canto lleva en eso. Si te está pagando trescientos na' más por eso puedes estar seguro que él agarra un "milagro" o dos cada vez que tú haces un viaje.

Julio se veía enfadado.

—Eso es lo que yo pensaba, pero la razón por la que quiero descartarlo es porque se está quemando. Tenemos tu tía y yo un buen negocio aquí y un día de estos le van a seguir los talones directamente a este lugar. Eso no puedo permitirlo. Por eso es que necesito tener a alguien que sepa tirar de las cuerdas. Alguien que pueda manejar el polvito. Cortarlo con polvo de azúcar como debe ser, empacarlo y echarlo fuera rápidamente y con seguridad. Tú eres mi sobrino y pensé que podría darte una corta en esto y confiar en ti.

Sammy se veía preocupado.

—Pero, como te dije, hombre, me gustan las cosas como están. Yo…

Julio empezó a hablar seriamente.

—Mira, chamaco. Quieres seguir tronándotelas, ¿verdad? Tienes un King Kong encima de ti y tú lo sabes bien. O lo haces como yo quiero, o te corto. Ese polvo que yo te doy se acabará para ti y ya sabes que es puro. No sé cómo lo uses pero te apuesto a que te sobra bastante como para vender un poco. ¿Right?

Sammy bajó la mirada.

—¿Right? —le preguntó Julio elevando la voz.

—…Right —tartamudeó Sammy—. Con lo que me das me las trueno bien y hago algo de dinero para gastar. Mom y daddy creen que todavía tengo ese jale de vender carros.

—Okay, juega como yo quiero y tendrás todo lo que necesites para ti y al final te daré una buena corta.

Sammy miró fijamente a su tío.

—¿Qué es lo que quieres que haga, hombre?

Julio reanudó sus pasos por la oficina y empezó a explicar.

—Lo arreglé ya con el empleado de la estación de gasolina en Tijuana. Le puedes pedir a tu viejo el *Pickup* para fines de semana, ¿verdad? Le dije al contacto que a partir de la semana siguiente te esperara para que recogieras el material en lugar mío. Ya le expliqué cómo eres tú y en qué vehículo irás. Le dije que estarías haciendo el viaje regularmente dentro de un mes o algo así. Mientras tanto vamos a preparar aquí una operación de menudeo.

Sammy preguntó intrigado:

—¿Aquí?

Julio sonrió y dio unos pasos hasta alcanzar una caja grande de cartón. Abrió la tapa y sacó una pequeña figura de cerámica mexicana.

—¿Ves esto? —le dijo—. Tiene un agujerito en la parte de atrás. Quiero que empieces a cortar el polvo. En pegues sencillos. Lo pones en una bolsita de plástico. Aquí las tengo en mi escritorio —dio unos pasos hacia su escritorio y de un cajón sacó algunas bolsitas de plástico—. Ahora espera —fue a la caja de seguridad y sacó otra bolsa llena de polvo blanco semejante a la que le había dado a Sammy antes—. Hice que Canto aceptara darme algo de "H" cada vez que hacía yo un viaje. Lo hice por ti, chamaco. Así es como siempre lo he tenido a la mano. Yo nunca he probado esa porquería —miró a Sammy cuya nariz le fluía en abundancia—. Estás temblando, chavo. ¿Necesitas un pegue?

—Yeah —confesó Sammy—, tengo que meterme en cualquier lado, pero ya.

—Aquí —le dijo Julio caminando hacia una puerta simulada—. Usa mi cuarto de baño privado —Sammy vaciló un poco mirando hacia la puerta del restaurante—. No te preocupes, nadie puede entrar aquí sin tocar. Mi puerta está cerrada por dentro. Anda, métete.

Sammy metió la mano en un bolsillo de su chaqueta y sacó un estuche pequeño del tamaño de una cajetilla de cigarrillos.

—Generalmente no cargo equipo conmigo, pero esta noche necesitaba un pegue rápido.

Entró en el cuarto de baño y Julio fascinado y observándolo lo siguió, mientras Sammy sacaba una cucharita con el mango cortado. Preparó la heroína en una cantidad precisa y en seguida tomando una jeringa abrió la boca, echó la lengua hacia arriba con una mano y con la otra inyectó el narcótico. Julio lo miró con incredulidad.

—¿Y por qué en la boca?

Apenas parpadeó Sammy cuando se aplicó la inyección y volvió a colocar la jeringa en su estuche. Sonriendo explicó:

—Los pegues en los brazos dejan huellas. Mira esto —arremangándose la camisa podían verse en su brazo apenas visibles unas diminutas manchas en su piel—. Y si te inyectas debajo de la lengua ahí no queda huella. Te deja la boca un poco adolorida si inyectas mucho, pero no deja huellas frescas.

Momentáneamente Julio estaba horrorizado, pero con rapidez recuperó su calma.

—Okay, chavo. Ahora vamos a ver cómo cortas esto y pones la cantidad precisa en la bolsita y la metes en esa pequeña del dios azteca o cualquier chingadera que sea. ¿Qué necesitas? ¿Una báscula o algo?

Sammy sonrió. Después de su dosis recuperó su confianza y se sentía orgulloso de tener conocimientos útiles.

—Todo lo que necesito es azúcar en polvo. ¿Tienes algo?

—Espera un momento —le dijo Julio yendo a su escritorio. Oprimió durante un momento el botón de su intercomunicador y los ruidos inconfundibles de una cocina en movimiento se pudieron oír—. ¿Chepita?

Momentos después le respondió la voz de una mujer:

—Mande, jefe.

—Por favor trae a mi oficina una cajita de azúcar en polvo (sic).

—Ahorita —se oyó la respuesta.

Momentos después Julio respondió al suave llamado que se oyó en su puerta y tomó el polvo de azúcar que le llevó la mujer. Después de cerrar y correr el pasador de la chapa le entregó en el baño a Sammy el azúcar. Éste ya había vaciado la heroína en una toalla de papel. Sammy la midió a ojo y mezcló un montoncito del polvo con el azúcar y después miró a su tío. Los ojos de Julio tenían vida y en ese momento aparecía una sonrisa de aprobación en sus labios. Su actitud generalmente apática había desaparecido. Sammy le preguntó:

—Okay, man. Una dosis por bolsita. ¿Quieres una dosis suave o que pegue duro?

Julio consideró un momento.

—Es mejor débil en cada uno. No hay necesidad de jugar a Santa Claus con los adictos.

Como un verdadero experto Sammy colocó cantidades precisas de aquella mezcla en una bolsita, entonces rápidamente cruzó la oficina de Julio, fue al escritorio de éste y extrajo unos guantes de hule. En seguida aseguró aquella bolsita de plástico con una liga y sostuvo su producto en alto.

—Aquí tienes. Ahora tenemos que ver si encaja en la estatuilla.

Con facilidad la insertó por el agujerito de la figura y la tapó.

—Y a propósito, ¿cuánto vas a pedir por esto? —le preguntó sujetando la figurita.

—Pagué un tostón por las estatuas. Le cuento a la gente que fueron hechas por una tribu de antiguos cazadores de cabezas de Oaxaca, y les quito cinco varos por cada una. Pero empacada como está podré pedirles hasta veinte.

Sammy era rápido para pensar.

Pero no puedes venderlas a cualquiera que entre. Tienes que ponerlas separadas…

—Todo lo tengo pensado. Ven conmigo, te llevaré a nuestro frente.

Cuando Sammy seguía a Julio saliendo de la oficina y caminando por el pasillo hasta el salón comedor su paso era rápido y firme, y su modo de hablar era seguro y animado.

—Tienes todo muy bien preparado, Julie. ¿Y Angie? ¿También está en esto?

—No, ella no sabe nada. Y así quiero que siga. Le he dicho que estoy dejando que me ayudes con la importación y la venta de las curiosidades. No le digas nada. Ella sabe que yo sé lo que estoy haciendo por lo que se refiere al negocio y no me hace muchas preguntas. Excepto acerca del dinero que tomo.

Caminaron al frente cerca de la entrada. Dos o más docenas de parejas se sentaban a las mesas y reservados. Una cajera estaba de pie detrás de la caja registradora que habían colocado sobre una vitrina de cristal conteniendo toros de mármol, de ónix, piñatas chiquitas, metates pequeños, con sus respectivas manos, ambas cosas hechas de piedra; cerillos mexicanos, fistoles de plata, aretes y anillos y mil curiosidades más. Detrás de la cajera y contra la pared había otro armario de cristal mucho más alto con puertas de cristal corredizas y cerraduras. Julio extrajo de su bolsillo unas llaves.

—Aquí arriba es en donde acostumbramos guardar a los dioses aztecas cargados —dijo Julio no sin antes haberle dicho a la cajera que se retirara—. Solamente tú y yo tendremos una llave para este armario. Con artículos que valen veinte dólares tendremos una buena disculpa para mantenerlos bajo llave. Estos son los objetos más caros para la venta. Tu viejo tío Julio ha pensado en todo, ¿no es cierto?

—Yeah, man —dijo Sammy sonriendo.

—Ahora —continuó Julio encendiendo un cigarro puro, no por el placer de fumarlo precisamente sino para jugar su papel de propietario de un restaurante de lujo y próspero—, en esta vitrina guardaremos unos cuantos dioses aztecas vacíos, debajo de la caja registradora. Eso para el caso de que algún gabacho quiera comprarlos sólo por el gusto de tenerlos, y ya sabes que los cargados estarán detrás, en este lugar bajo llave. Tú me traes aquí a los compradores. Y ya estamos en el negocio de menudeo. Y quiero clientes "high class". ¿Entiendes?

Sammy asintió.

—Los tengo. He estado haciendo algunos negocitos con algunos gabachos de high class que les gusta. Por eso es que me ves vestido tan bien como ahora. Voy a su vecindario pareciendo de la alta. Allá se juega seguro y esos chavos pagan doble de lo que puedo conseguir aquí en el "East Side".

—Good. Esa es la clase de clientes que yo quiero conservar. No tengo que decirte que seas cuidadoso para no decir quién te mandó. Tú ve y consigue buenos adictos gringos. Haz más contactos, pero mándalos aquí para que hagan la compra. Creo que estoy haciéndote un favor porque así no tendrás que llevar contigo la droga por toda la ciudad y exponerte a que te encierren por cargarla.

Sammy estaba nervioso pero emocionado.

—¿Estás seguro que aquí no hay peligro, Julie?

—Será tan seguro como tú quieras hacerlo, por eso debes saber bien a quién mandas aquí. Les dirás que si vienen por acá con alguien a quien no conozcas no habrá negocio. Pero les dices también que pueden comprar todos los dioses aztecas que quieran, si es que tienen el "jando" en la mano y los conoces personalmente.

Sammy sonrió.

—No tienes que decirme nada en mi negocio, Julie. Nunca trato de meter a un nuevo cliente hasta que lo observo cuando compra mota o polvo de alguien a quien yo sé que trafica con ellos, y se las truena o se pica. Entonces pienso que está bien.

—Muy bien. Te enseñaré cómo puedes abrir la caja de mi oficina. Cuando quieras el material para embolsarlo, quiero que

todo quede limpio y que no haya trazas de "H" en ningún lado.
Si algo saliera mal con la operación, yo tengo mis antecedentes
limpios. Siempre podré decir que no sabía nada. Que yo era el
chivo expiatorio. Ya hasta tengo un bato a quien echarle la culpa
—sonrió haciendo una pausa y siguió hablando—: Pero nada
va a salir mal mientras tú mandes aquí a los tipos adecuados. Y
será bueno que dejes de traficar con los que no te producen
mucho en el barrio chicano del Este de Los Ángeles. Creo que
te daré una corta de cinco varos en cada dios azteca que vendas.
¿Cuántos crees que puedes mover?

Sammy pensó durante un momento.

—Con buena existencia como la que tienes, si me muevo en
un buen círculo y no aquellos que se van a la cama todas las noches, podría mandar de cinco a diez diarios.

La alegría de Julio era evidente cuando hizo sus cálculos.

Vio a Angie acercarse vestida con un traje mexicano que
muy bien podría haberlo obtenido del guardarropa de una compañía cinematográfica de segunda categoría. Le sonrió cariñosamente a Sammy.

—¡Sobrino! —lo saludó—. ¡Qué bien luces! ¡Y qué buenas
ropas! Debe estarte yendo muy bien en la venta de coches.

—Es… un modo de ganarse la vida, de todos modos —dijo
Sammy modestamente.

—Yeah, pero no va a vender ya coches. Como te dije, mi
dulce Angie, estoy dándole la chamba del jefe del departamento
de curiosidades. Nunca puedes decir lo que pase, pero creo que
ese departamento bien podría llegar a ser una fuente de ingresos
para el negocio. Quiero que de una manera particular se haga
cargo de esas cosas que llaman dioses aztecas, que guardamos
detrás de la vitrina que tenemos cerrada con llave. Son…

—No son dioses aztecas —le dijo Angie sonriendo—. Simplemente son figuras moldeadas a máquina en Baja California.

—Lo que les va a interesar a los compradores es que son dioses aztecas hechos por una tribu feroz de cazadores de cabezas de Oaxaca. A menos que tú quieras venirme con un cuento mejor.

Angelina sonrió disculpándose por querer mezclarse en los negocios de su marido y los dejó solos para ir a charlar con los clientes, deteniéndose en una mesa de americanos para explicarles el significado de la pintura de las dos montañas cercanas a la ciudad de México, contándoles la leyenda de la mujer dormida y del guerrero que lloraba por ella; y se reía cuando esos americanos no podían pronunciar en español el nombre de los volcanes. Les preguntaba si el servicio era satisfactorio. En seguida pasó a una mesa en donde se sentaban unos mexicanos de la clase media, muy bien vestidos, y les preguntó si todo iba bien.

Julio y Sammy regresaron a la oficina, cerrando con llave la puerta detrás de ellos.

Tan pronto estuvieron dentro y sentados Julio le preguntó a Sammy:

—¿Te parece bien todo?

—Tenemos puros ases, hombre. ¿Cuándo empezamos a operar?

—Te enseñaré ahora cómo abrir la caja fuerte, y también el compartimiento del fondo. Te daré una llave para la vitrina de cristal y para esta puerta del callejón. Tú cortas y empacas cuanto material quieras y tengamos ahora a la mano. Desde mañana puedes venir y empezar con los dioses aztecas. Avísales a tus contactos del cambio de operaciones y que tendrán que venir aquí para hacerlo de este modo. Pero tendrás que venir todos los días para manejar esos dioses. Ganaremos muy bien.

—Entiendo —dijo Sammy con entusiasmo. Durante un momento adquirió su rostro una expresión de solemnidad—. Mamá y papá se alegrarán cuando vean que tengo un trabajo contigo, y daddy especialmente se pondrá contento cuando vea que estoy ganando buen dinero —se quedó pensando por un momento y añadió—: Eso creo.

—Cierra la puerta detrás de mí —le ordenó Julio cuando él salió para alternar con los parroquianos y echar una mirada a los prospectos femeninos.

El domingo por la mañana despertó Sammy sintiéndose muy bien. Necesitaba su dosis pero se la pondría baja porque estaba tratando ya de reducirla hasta lo mínimo. Julio quería que estuviera detrás del mostrador de las curiosidades hasta el mediodía y entonces tenía que ser diligente. Oyó moverse a Mariana en el cuarto contiguo al suyo. La oyó que salía calladamente de su alcoba y marcaba un número telefónico. Estuvo escuchando su hermana en el auricular durante un largo tiempo y después colgó para regresar nuevamente a su alcoba.

Se levantó Sammy, se rasuró en el baño y mientras estaba allí con la puerta cerrada se aplicó la heroína. Se vistió con un pantalón ajustado, zapatos bien boleados y una chaqueta fina de color crudo. Peinó sus cabellos y fue a la cocina en donde sus padres estaban leyendo el diario y terminando su desayuno. Fue a calentar aquella salsa de carne con chile en la estufa y como tenía buen apetito frió dos huevos. Cuando se inyectaba sus dosis se la podía pasar fácilmente sin comer, pero no podía permitirse ninguna pérdida de peso. No era para él difícil comer cuando no tenía apetito.

Estaba a punto de decir algo a su padre cuando éste se le adelantó para hablar con su madre.

—¿Qué le pasa a Mariana? Ha estado muy silenciosa últimamente.

Minerva respondió:

—Creo que terminó con ese estudiante universitario gringo. ¿Te acuerdas que hace como una semana nos llamó a los dos para decirnos algo y luego cambió de opinión? Todo lo que nos dijo fue que creía que no iba a seguir mucho tiempo con él. Creo que quería decirnos que ahora anda con un chamaco chicano, pero es muy vergonzosa.

Pete encogió los hombros y dio vuelta a la página para ver la sección deportiva.

—Qué lástima. Era un chamaco bueno. Y también rico.

Minnie se volvió entonces a hablar con Sammy, que empezaba a desayunar.

—¿Tienes que trabajar ahora?

—Yeah. Los domingos son buenos para vender curiosidades.

Tenía Sammy que detenerse en un sitio antes de ir al restaurante. En la casa de la vieja puta. La conoció cuando ella necesitaba un aborto. Sammy la había ayudado y después se enredó con ella. Era vieja para él, quizá tendría cuarenta años, pero aún se veía bien y Sammy le mantenía el vicio. Se inyectaba de vez en cuando, nada fuerte, pero él se pasaba muchas horas platicando con ella y pensaba Sammy que esa mujer era de las pocas gentes a quien él les gustaba. Algunas veces cuando llegaba a esa casa algún visitante, Sammy pasaba a la cocinita del apartamento y esperaba unos veinte minutos. Esa mala mujer estaba muy interesada en él y también en su tío Julio por alguna razón.

Ese domingo Sammy quería darle a ella algunas dosis y decirle acerca de su nuevo trabajo en la tienda de curiosidades de Julio.

Cuando ella le abrió la puerta invitándolo a pasar, como de costumbre usaba solamente una bata para cubrirse. Le preguntó que si necesitaba ir a la cama con ella, pero él le dijo que no porque había estado inyectándose con mucha frecuencia en los últimos días y que esa droga le reducía su capacidad sexual hasta nulificarlo completamente.

Le contó a la mujer acerca del nuevo negocio, de los dioses aztecas y de cuán indispensable era para Julio.

—Muy interesante —dijo ella con una sonrisa rara—, ¿de modo que ahora Julie tiene su negocito de la droga precisamente en la casa?

—Sí, pero vamos a tener mucho cuidado.

—No le has mencionado mi nombre a él, ¿verdad?

—No. Por supuesto que no, Rosa. Siempre me has dicho que nunca lo hiciera.

Preparó ella una dosis suave para cada uno de los dos y dándole un beso maternal lo dejó ir a la tienda de curiosidades.

En los momentos que se encontraba detrás de la vitrina sintió una inquietud vaga. Dudaba seriamente de lo atinado que hubiera sido Julio al establecer ese frente para el trafique de sus drogas en esa tienda de curiosidades. No había lugar en donde esconder el cuerpo del delito si veía llegar a un agente. Pero quizá Julio tenía razón. Aquel sitio era tan seguro para la venta considerando que se veía un lugar respetable, comparándolo con los callejones oscuros, tabernas o lugares establecidos para aplicarse esa droga.

Había pocos parroquianos en el salón comedor, más en el bar, pero la afluencia principal llegaría aproximadamente a media tarde.

Se acercó a él un mesero que llegaba desde el área de la cocina.

—Sammy, teléfono. Puedes contestar aquí.

Tomó el teléfono y oyó la voz de Nano, un drogadicto que frecuentaba una taberna barata cercana.

—¿Sammy?

—Yeah.

—¿Puedes hablar?

—Escupe, hombre.

—Escucha, hay un gringo curro que busca un doctor. ¿Todavía tienes ese contacto?

—Yeah.

—Okay, está esperando. Aquí en el Tortuga. ¿Puedes venir?

—Sí, voy para allá.

—¿Me das mi corta?

—Si resulta te daré diez —y colgó.

Fue a la oficina de Julio y al llamar oyó la voz de su tío que le decía que pasara.

—Tengo que salir por un momento, Julie. Regresaré pronto.

—Okay. Regresa cuando empiece el jaleo fuerte. Yo le echaré un ojo a la tienda.

El amigo de Sammy, Nano, estaba esperando enfrente al Bar Tortuga. Señaló al aparador.

—Es ése. El que está sentado allí.

—Lo conozco —dijo Sammy al verlo.

—¿Lo conoces? ¿Tiene "jando"?

—Noooo. Solamente es un estudiante hijo de ricos que va a la universidad. Sale con mi hermana, o al menos salía. Debe estar tratando de curar a alguna chica bonita a quien se sopló en la universidad.

Sammy entró y después de hablar brevemente con el estudiante salió a reunirse con Nano.

—Dame mi corta, hombre.

—Cuando tenga la mía. Tengo que ir por la camioneta cerrada, buscar al doctor, y como te dije si resulta bien, que así lo espero, te daré tu parte.

Sammy fue a una cabina de teléfono e hizo varias llamadas. En seguida regresó al restaurante de sus tíos. En el momento preciso en que doblaba la esquina vio a Big Ed, el agente de la división de narcóticos, que salía del negocio. Inmediatamente vio que Ed conducía a Julio esposado. A los dos los seguía un hombre con ropas ordinarias. Sammy se detuvo y Big Ed hizo una mueca al reconocerlo.

—Muy bien, muy bien, Sammy. Si hubiera sabido que ibas a venir hubiera esperado otros diez minutos. Habríamos tenido la gran fiesta. Ya te llegará tu tiempo, y tú lo sabes, Sam.

Sammy levantó las manos por arriba de su cabeza y se recargó contra la pared con las piernas abiertas.

—Yo estoy limpio, hombre —le dijo a Big Ed mientras éste lo esculcaba minuciosamente.

—Sí, una vez más, Sam. Como te dije, creo que llegué un poco temprano.

Empujó Big Ed a Julio con rudeza haciéndolo caminar adelante de él. Todos los empleados salieron para ver cómo se llevaban a su jefe. El capitán de los meseros llamó a Sammy.

—Es mejor que llames a Angie, chamaco. Va a ser un fuerte choque para ella. Todavía está en su casa.

SEGUNDA PARTE

En uno de los patios gigantescos de la universidad encajada en la constantemente creciente ciudad de Los Ángeles, el profesor William Rowland estaba dando una clase de sociología.

—Serán ustedes muy honrados por su actuación en este proyecto —estaba diciéndoles el profesor Rowland—. Eso indica la cantidad de imaginación que ustedes muestran, el esfuerzo, el tiempo y la calidad de su obra. Pero aquí no son necesariamente los honores lo que perseguimos. En este experimento intentamos realmente el logro de dos cosas: primero, encontrar un modo para estimular a esos miembros de la minoría que teniendo estudios secundarios continúen su educación al menos hasta el nivel de estudios superiores, y segundo, averiguar por nosotros mismos, por qué existe esa cifra del sesenta al setenta por ciento de estudiantes con estudios secundarios que ya no se empeñan en cultivar su intelecto y por qué esa suspensión de estudios se encuentra limitada a ciertas áreas de nuestra ciudad. Grupos de trabajadores sociales han realizado grandes campañas acerca de este problema, participando en ellas también los departamentos de justicia encargados de experimentaciones probatorias y por diferentes grupos de investigación; y mientras aparentemente han obtenido un buen número de respuestas, parece que nadie es capaz de hacer algo al respecto. Quizá nosotros podamos.

"No será esta la primera vez que esto se haya intentado. Ya se han utilizado con anterioridad estudiantes universitarios para acercarse a los jóvenes indiferentes de corazón duro que se niegan a continuar estudiando. Pero esta vez estoy dándoles a ustedes «carte blanche»; y por decirlo así estoy abandonándolos a sus propios recursos. Estoy asignándoles a algunos de ustedes casos difíciles: el de esa juventud a la que nunca le importó y no pudo esperar el día en que finalizara sus estudios completamente. Algunos de ustedes se enfrentarán a otros casos: a los jovenzuelos que se regresaron y que simplemente perdieron interés y no les importó o no vieron ninguna ventaja en la educación.

"Quizá algunos de ustedes tendrán que recurrir para obtener un diálogo, a entrar a una taberna para tomar una cerveza, o quizá a algún subterfugio para lograr sus propósitos. Y todo eso para demostrar a los jóvenes reacios lo que puede lograrse con los estudios superiores. No lo sé. Hagan uso de su imaginación y quizá alguno obtendrá cierto resultado halagador.

"Por supuesto que ese problema de los que se apartan de los estudios se encuentra en cualquier área en donde existen privaciones económicas, pero por lo visto la curva estadística se eleva bruscamente entre ciertos grupos étnicos, y estamos refiriéndonos a la sección mexicano-americana, aquí, en nuestra propia ciudad, en el Este de Los Ángeles. Si alguno de ustedes llega a reportarnos que ha descubierto que el problema del abandono de los estudios es causado por las barreras culturales; yo personalmente le tiraré de los cabellos. Todos sabemos eso. Pero lo que ignoramos es qué es lo que hace esa barrera cultural tan inaccesible al individuo. Es un complejo. Muy bien, ¿quién es el primero? Stiver. David Stiver. Te dije que debías haber jugado basquetbol. Debido a tu altura siempre cae mi mirada sobre tu cabeza —le alargó al estudiante una hoja de papel—. Aquí está tu caso. Su nombre es Samuel Sandoval. Todo lo que sabemos acerca de él es su nombre, dirección y que cortó sus estudios. En marcha, adiós y buena suerte".

A pesar de las instrucciones del profesor Rowland para que Stiver se pusiera en marcha se quedó por ahí para comparar su caso con los de otros estudiantes. Esperó cerca de la puerta a Martha Coulter, pero vio que deliberadamente lo evitaba y salía por otra puerta. Al diablo con ella.

David Stiver se dirigió entonces a su apartamento de soltero, abrió una botella de cerveza y se preparó un emparedado. Sentado solo y disfrutando del silencio comió y bebió. Con indiferencia tomó la hoja de papel que el doctor Rowland le había dado con el nombre, dirección y número telefónico de Sandoval.

Se preguntó si el modo en que pronunciaba ese apellido era correcto, y deseó haber estudiado un poco de español, en vez de tanto francés y latín. De pronto tomó el teléfono y marcó el número del dormitorio de mujeres de la universidad. Cuando Martha Coulter contestó a su llamado le dijo:

—David, realmente no tenemos nada de que hablar —y colgó.

—Maldita sea —murmuró y volvió a hacer uso del teléfono para marcar el número de Sandoval. Respondió la voz de una mujer madura.

—¡Aló! —esa debía ser la madre de Sammy.

—Hello. ¿Es usted la señora Sandoval?

—Yes, that's me.

—Mmmm... My name is David Stiver, and...

—¿What?

—I said my name's David Stiver.

—Okay —dijo la señora cortésmente—. What do you want?

—I'm a student —le dijo dándole el nombre de la universidad y deseando una vez más saber hablar español—. Me gustaría ver si es posible que fuera yo a su casa esta noche para hablar con Sammy.

—¿Quiere hablar con Sammy?

—Sí. Si eso no interfiere con ningún plan que él tenga esta noche.

—What?

—Dije que si le parecía bien me gustaría ir a hablar esta noche con Sammy.

—Él no está aquí en este momento, pero regresará pronto. ¿Para qué quería hablar con él? Si me dice yo podré decírselo.

—Bueno..., mmm, se trata de la escuela. Dejó sus estudios, ¿verdad?

—Sí, pero eso no es contra la ley. Ya tiene bastante edad...

—Sé que no es contrario a la ley, señora Sandoval, pero, bueno, soy un estudiante universitario y tenemos un proyecto para...

—¿Usted estudia en la universidad?

—Sí, y parte de nuestro..., bueno, ¿le parecería bien si fuera a ver a Sammy? Sólo unos cuantos minutos.

—Seguro. Creo que sí. Él regresará pronto. ¿A qué hora vendrá usted?

—Estaré por allí dentro de una hora más o menos. ¿Le parece bien?

—Creo que sí.

—Muchas gracias. Entonces por allá nos veremos.

—Okay. Good-bye.

Permaneció sentado preguntándose cómo serían Sammy y su familia. Había tenido poco contacto relativamente con gentes de habla hispana, aunque había presentado un estudio sobre las condiciones de vida de setecientos cincuenta mil mexicanoamericanos en Texas.

Recordó entonces la noche de unos cuantos meses atrás en la que estuvo a punto de verse envuelto en un desastre, cuando entró en una pequeña cervecería y entabló amistad con un mexicano-americano. Aquel hombre había sido muy sensible y evasivo. Después de que Stiver había bebido varias cervezas le preguntó al hombre si conocía algunas "spanish girls" por ahí cerca. El mexicano sacudió la cabeza y encogiéndose de hombros le contestó:

—No. No spanish girls. Dont't know any.

—Oh, seguramente que conoces algunas.

—No. La mayoría de las spanish girls están en España.

—Oh, ya sabes lo que quiero decir… —y aquel hombre le había tendido una trampa a Stiver haciéndolo decir una suerte de cosas que jamás había intentado. Pero aquel episodio le enseñó a Stiver algunas cosas. Principalmente que se había formado algunas ideas preconcebidas distintas acerca de los mexicanos. Entre ellas estaba la presunción de que las atenciones de alguien como él, con un buen fondo cultural y social que era obvio, serían algo más que bien venidas para una mujer mexicana.

Había hecho un reconocimiento de sus sentimientos y encontró que tenía algunos prejuicios de los que no se había dado cuenta y desde entonces había trabajado para borrarlos.

Mientras Stiver guiaba su vehículo hacia el Este de Los Ángeles se preguntaba esforzándose más para darse una idea de cómo sería la familia Sandoval. Aunque había estado en la universidad desde hacía más de tres años nunca había ido a esa parte de la ciudad como no fuera para cruzarla por la vía rápida.

Se imaginaba dándole consejos paternales a Sammy, ayudándolo, y determinando sus debilidades escolásticas.

"¿No entiendes la teoría de gravedad de Newton? Es muy sencilla. Mira, Sammy, todos los objetos en este mundo de Dios y en el universo entero, ya sea un grano de arena en las playas de Acapulco o un sol distante de la Vía Láctea, tienen una relación con cualquier otro objeto. Todos se atraen unos a los otros con una fuerza proporcionada al volumen de su cuerpo, ya te explicaré después en qué consisten esos volúmenes, y el cuadro inverso de distancia entre dos centros. Gracias, señora Sandoval, sí le acepto otra tacita de café", y trabajaría con el muchacho por las noches, y sería recompensado con miradas de gratitud. Sí, esa sería su recompensa, el darse cuenta del despertar del entendimiento y la gratitud en el rostro del muchacho, cuando por primera vez empezara a comprender las cosas.

Quizá llevaría a Sammy a alguno de los mejores restaurantes cerca de la universidad en donde se reunieran los estudiantes. Quizá lo presentaría con varios de los jugadores de fútbol. Le permitiría conocer a determinados tipos de coeducadores de los más elevados. Eso lo impresionaría. Le abriría los ojos para un mundo que no fuera ese ambiente sórdido por el cual iba cruzando. Continuó, consciente a medias, con su fantasía acerca de la familia Sandoval. Papá Sandoval sería un hombre de tez morena, de un bigote poblado y abundantes cabellos que se sentiría humildemente orgulloso en sus ropas de trabajo cuando saludara a Stiver.

"Entre, señor, y haga de mi casa la suya", le diría probablemente con un ademán de su brazo barriendo el suelo. "No sabe usted cómo le estamos agradecidos de que distraiga su tiempo valioso para ayudar a nuestro hijo. Él es un buen muchacho. Sería un buen doctor o quizá un excelente ingeniero, si solamente pudiera ser convencido de que necesita educación".

La mamá Sandoval sería una mujer gorda, con senos exuberantes, con esa sonrisa encantadora natural y amistosa que tanto caracteriza a esa raza, por lo menos a la generación antigua que apenas había llegado de los pueblecitos de México.

Ah, sí, Sammy tenía una hermana gemela de acuerdo con la información que había obtenido, sería una jovencita tímida, que se asombraría de que un gringo alto, bien parecido y de mucho valor, llegara a su casa y la admirara.

"Usted es muy hermosa", le diría, y ella se sonrojaría y más tarde iría a decirle a sus amigas lo que le había ocurrido.

Se acercaría a él mamá Sandoval para decirle:

"Tenemos muy poquito en casa, pero permítame que le traiga un chocolatito caliente".

"Bueno, Sammy, dime exactamente en qué consisten tus problemas en la escuela. También cuando cursé mi "high school" hubo muchas veces en que me sentí desanimado. Pero aquí estoy para ayudarte a que aproveches la ventaja de una oportunidad que jamás tuvieron tu padre y tu madre. ¿No es así, señor Sandoval?"

"Óyelo, Sammy, si yo hubiera tenido el «chance» que tú tienes ahora no sería yo un…", se preguntó lo que haría papá Sandoval para vivir.

Encontró la dirección cerca del corazón del barrio mexicano de Los Ángeles, en la Calle Segunda. Era una casa doble, vieja y de dos pisos, separada de la calle por un prado pequeño. Mejor de lo que había esperado, pensó mientras recorrió el trecho que lo separaba de la puerta e hizo sonar el timbre. Fue Pete quien acudió al llamado.

—Yeah? —le dijo.

—Hello. I'm Dave Stiver. From the University. You're Mr. Sandoval?

—Oh, you're the guy. Yeah, come on in —le dijo Pete guiándolo hasta una silla—. Sammy! —gritó Pedro hacia la parte trasera de la casa—. That guy's here.

Stiver se sentó mirando alrededor de la sala. La mayor parte del mobiliario era viejo. Puedo ver dos lámparas de mesa con colores chillantes, que iluminaban abundantemente la sala. A un lado tenían un aparato de televisión con la pantalla más grande que podía conseguirse en el mercado.

Se sentó Pete en un extremo de la sala. Vestía con pantalones sueltos, una camisa de nylon y un suéter ordinario. La cabeza calva le brillaba.

—¿Usted quiere que Sammy regrese a estudiar? —le preguntó Pedro.

—Sí —contestó Stiver sinceramente—. Estamos tratando

de animar a los reacios a que continúen más allá de sus estudios secundarios...

—¿Y para qué? —le preguntó Pete.

—Bueno, porque el certificado de secundaria ayuda considerablemente..., ayuda mucho para conseguir un empleo y...

—¿Cuánto, en dinero, puede ganar con ese certificado?

—Bueno, las estadísticas..., las cifras señalaban un promedio de ingresos para un tenedor de certificado de estudios secundarios de aproximadamente cuatrocientos veinticinco a quinientos dólares al mes, que comparados con...

—Quinientos dólares no es nada —interrumpió Pedro—. Estoy ofreciéndole seiscientos cincuenta para que empiece conmigo, pero no los acepta.

Stiver estaba sorprendido.

—Es bastante para un jovencito, pero un buen salario no es la razón principal de un trabajo. Es una enorme ventaja el tener una educación secundaria.

—Yo nunca la terminé —dijo Pedro todavía con sinceridad.

—Es una lás..., bueno, hemos encontrado a aquellos que generalmente tienen empleos mejor pagados que...

—Yo gano mil dólares al mes. Algunas veces más —dijo Pedro con sencillez.

Durante un momento Stiver se sintió perdido y comentó en seguida:

—Es usted muy afortunado. ¿En qué trabaja?

—Soy el mayordomo de una cuadrilla de trabajadores del cemento. Espero que Sammy venga a trabajar conmigo.

—Qué bueno que tenga usted un oficio, señor Sandoval. Sammy es muy afortunado en tener un padre con la posición de usted. De otra manera tendría que aceptar un empleo como trabajador ordinario.

—Así es como empezaría a trabajar conmigo. Tiene que ser miembro de la Unión de Trabajadores Ordinarios. Y el salario base es mayor de ciento cincuenta dólares semanarios.

Al fin entró Sammy y Stiver se puso de pie.

—Hello, Sammy. How are you?

—Fine —contestó Sammy tomando asiento y sin pronunciar una sola palabra más, como si dijera: Acabemos pronto.

Stiver estudió el rostro hermoso pero débil de Sammy y sus ojeras marcadas; observó su nerviosidad, la que parecía estar tratando de ocultar.

—Tu padre me dice que vas a trabajar con él —le dijo Stiver y Sammy sin contestar encogió los hombros—. ¿No tienes ningún deseo de continuar en la escuela? —le preguntó Stiver.

Nuevamente Sammy encogió los hombros y entre dientes contestó:

—No.

—¿Se te dificultó estudiar?

Sammy pensó un momento.

—Yeah, creo que simplemente no estaba interesado.

—Entró Minnie Sandoval llevando una charola con tazas de café, una jarrita con crema y galletitas. Le presentó la charola al universitario. Ninguno hizo el intento de presentarla.

—Usted debe ser la señora Sandoval —dijo Stiver.

—Gusto en conocerlo. Hablé con usted por teléfono —dijo Minnie en tono agradable. Colocó la charola sobre una mesita y se sentó en silencio.

Sammy se puso de pie mirando su reloj.

—Tengo que irme ahora —dijo—. Tengo que reunirme con algunos amigos. Es importante.

Stiver tartamudeó. Hasta ese momento su tiempo había sido perdido.

—Esperaba que pudiéramos hablar un poco —le dijo.

—¿Acerca de qué? —preguntó Sammy sinceramente.

—Acerca de que quizá regresaras a la escuela. Estoy seguro que si al menos pudieras darte cuenta de las ventajas... —pero se dio cuenta de que Sammy estaba completamente desinteresado, y en ese momento Mariana entró en la sala.

Permaneció de pie mirando a Stiver y su vestido sencillo se entallaba en las curvas de su cuerpo, con los cabellos oscuros cubriéndole su cuello blanco.

Aunque Mariana se veía más joven de lo que en realidad era, debido a su figura que estaba muy lejos de ser la de una niña, podría pasar por una mujer de veinte años, también su actitud contradecía su inmadurez. Sonrió un poco cuando la miró Stiver y fue Minnie la que rompió el silencio.

—Esta es nuestra hija Mariana, gemela de Sammy, aunque no se parecen mucho.

Stiver se puso de pie y saludó cortésmente.

—How are you?

—I'm fine, thanks —dijo ella y él advirtió en su inglés un leve acento mexicano.

—Bueno, tengo que irme —dijo Sammy.

—¿Puedo venir nuevamente cuando tengas un poco más de tiempo para hablar sobre eso? —Stiver preguntó. Sammy encogió los hombros y salió, después de todo no había sido tan descortés.

Stiver se volvió a mirar a Mariana y se le ocurrió una idea.

—¿Todavía estás en la escuela?

Mariana hizo un movimiento afirmativo con la cabeza.

—Me gradué el año pasado. Estaba yo un año adelante de Sammy y ahora voy a una escuela para estenógrafas.

—Eso es muy interesante —dijo Stiver haciéndose el misterioso.

Durante una pausa Pete mordió el anzuelo.

—¿Qué es interesante? —preguntó.

—Que tengan ustedes gemelos y aparentemente con habilidades iguales —al decir esto su mirada estaba fija en Mariana y continuó—, con antecedentes idénticos, sin embargo uno de los gemelos corta sus estudios y el otro continúa aun después de graduarse en sus estudios secundarios. Le diré una cosa, señor Sandoval. Permítame explicarle lo que pretendo. Con su permiso me gustaría estudiar a Sammy y a Mariana, aprender un poquito más acerca de ellos. Ayudaría mucho en la investigación que estamos llevando a cabo acerca de los jóvenes que no quieren estudiar. Vea usted, nuestro departamento de sociología está sumamente interesado...

Con su habilidad para expresarse David Stiver tuvo muy pocos problemas para convencer a Pete y a Minnie que quería estudiar a los gemelos como un tema para tratar de determinar por qué estudiantes de una misma familia reaccionaban de manera diferente.

Se convenció y logró convencer a los padres para que creyeran en que sus razones para el estudio y sus métodos, tenían validez.

Pero en su tercera visita a la casa de los Sandoval solamente había consultado brevemente a Sammy y sí había quedado completamente atraído por la hermosura y la timidez de Mariana. Le sugirió que si quería acompañarlo a visitar la universidad.

—Estará en buenas manos, se lo prometo —le dijo a Pete con una sonrisa que él esperaba fuera indiferente. Pete y Minnie no opusieron objeciones. Ya se habían sobrepuesto mucho a la desconfianza natural que tenían en la clase de gente a la que Stiver representaba.

Mariana sonrió con cierta timidez. David se daba cuenta de que ella sabía exactamente cuál era su aspecto y que mucha gente sin duda debía decirle a menudo cuán hermosa era.

—¿Cómo debo ir vestida? —le preguntó.

Stiver queriendo aparentar indiferencia contestó:

—Nada especial. Es simplemente una salida informal —en realidad era una reunión social cerca de la universidad, pero él no tenía intenciones de llevarla allá.

Entonces Mariana hizo un intento para imitar el tipo de una chica típicamente americana.

—Me echaré cualquier trapo encima —le dijo sonriendo.

David se dio cuenta de que se había establecido entre los dos una relación de simpatía y advirtió también que la frase de Mariana se le subió a la cabeza a los padres.

Una vez en el coche de Stiver, Mariana se sentó con las piernas juntas y recogidas, con las rodillas apuntando hacia Stiver mientras éste guiaba. Lo observaba, pero también miraba de vez en cuando el camino que seguían y notando la nerviosidad de él mientras sorteaba el tránsito pesado en el Este de Los Ángeles. Sabía ella que los americanos no estaban familiarizados con esa sección y que siempre les incomodaba ir allí. Pareció Stiver respirar aliviado cuando tomó la rampa de subida para el viaducto y dejó que el poderoso automóvil se arrojara velozmente hacia adelante.

Llegó ella a la conclusión de que aquel americano le gustaba, pero era sincera para consigo misma y no se permitía pensar que ese hombre fuera un boleto para entrar tan pronto al mundo de los americanos.

—¿Sales a menudo con amigos? —le preguntó.

—Si estás preguntándome que si salgo a bailar o a algún cinematógrafo, te diré que sí.

Durante un buen rato guió en silencio.

—¿Pero no hay ningún estable?

—Todos lo son —replicó un poco disgustada. Fue la primera vez que en su conversación se permitió dar a su voz el tono de sus verdaderos sentimientos. Entonces sonrió ante la mirada de sorpresa que él le dirigió.

Durante un minuto lo miró ansiosa y al fin resolvió algo.

—Dime la verdad —le dijo—. ¿Estás realmente interesado en investigarnos? ¿A los mexicanos del Este de Los Ángeles?

—Vamos, por supuesto —le dijo poniendo mucha sinceridad en sus palabras—. Y... Me gustaría también conocerte mejor. Eres una muchacha muy atractiva.

—Llévame a algún sitio a donde sirvan bebidas —le dijo repentinamente.

Disminuyó Stiver la velocidad y salió del viaducto doblando en la esquina de una avenida, y momentos después entró en el estacionamiento de un salón para cocteles.

Dave sabía de muchos sitios en donde servían a estudiantes universitarios que se encontraban muy cercanos a la edad legal de su mayoría. Generalmente los que conocía eran lugares tranquilos, agradables en donde nunca había problemas y comúnmente sus interiores eran oscuros.

Cuando se sentaron en un reservado con las bebidas ante ellos, ella lo miró fijamente.

—Bueno, empieza a preguntar. ¿Qué es lo que quieres saber acerca de nosotros?

—Tengo la sensación de que te encuentras muy deprimida por alguna razón y que deseas desahogarte.

—No deprimida, al menos no más de lo normal. Es simplemente que..., ¿sabes que tú eres el primer anglosajón con quien he salido fuera del Este de Los Ángeles?

—¿Quiere decir que ya has salido con... anglosajones... antes? —le preguntó sorprendido.

—Vienen a nuestras fiestas y bailes. Usan nuestra jerigonza y se mezclan con nosotros, pero sólo tienen una cosa en la mente. ¿Por qué es eso? Me pregunto por qué los tipos blancos siempre creen que las mujeres de la piel más oscura son más fáciles de llevar a la cama. ¿Puedes decirme por qué?

No fue para ella difícil decir que él estaba sorprendido por esas preguntas y quizá un poco confundido. Sabía ella que su aspecto exterior era engañoso y que a todos los que les hablaba de una manera natural se sorprendían al no encontrar en su interior una doncella tímida y cándida.

—Bueno..., no..., creo que es verdad lo que dices. Quizá es porque a través de nuestra historia, primordialmente por coincidencia, la gente de piel más clara generalmente ha estado en posición de tomar ventaja de los otros —dio esa explicación haciendo uso de toda su habilidad.

—No —dijo ella reflexionando—, no creo que eso tenga mucho que ver con lo otro —ante esa contradicción Stiver parpadeó y Mariana siguió hablando—: Mira, ¿por qué un tipo como tú llega al Este de Los Ángeles y piensa que puede sacar ventaja de una chica mexicana a quien difícilmente conoce?

Stiver pensó un momento y estuvo a punto de decir algo que no quería, pero Mariana prosiguió:

—Entonces te preguntaré de esta manera. ¿Por qué no vas con alguna muchacha blanca a la que apenas conozcas y le haces proposiciones? ¿Acaso no hay muchas de ellas en la universidad?

—Bueno, sí, pero…, mira, Mariana. No he logrado ninguna ventaja, ¿o sí? ¿Y por qué insistes en decir: esos tipos blancos? ¿No te consideras también blanca?

Mariana lo miró fríamente.

—Del modo en que dices eso, crees que es un privilegio llamarte blanco.

—No, no quiero decir eso de ninguna manera, es sencillamente que…, bueno, mira, realmente sólo hay tres razas. La blanca o caucásica, la negra y la oriental. Ahora dime, ¿en cuál de las tres encajas tú? ¿Eres negra? No. ¿Eres de raza mongólica? No. Entonces ¿por qué no llamarte blanca?

—Porque no lo soy. Pero no has respondido a mi pregunta, ¿por qué un… anglosajón, bueno, como tú, trata de atraer a una mexicana a la que apenas conoce y no a otra mujer anglosajona? ¿Acaso no te atraen sexualmente las otras chicas como tú?

David estaba un poco disgustado pero hizo un esfuerzo para pensar en la pregunta. Sin embargo, empezó a responderla sin pensarla para ver qué clase de explicación le salía.

—Nunca iría a hacerle ninguna proposición a una chica a quien difícilmente conozca. Porque no soy de esa clase de…, quiero decir, un tipo decente no…

—Un tipo decente no trata de aprovecharse de nadie —lo interrumpió.

—¡No! Quiero decir, que no se acerca uno a una chica decente y…

—¡Ajá! Respondiste a tu propia pregunta, ¿no es así? No sé

qué calificaciones estés obteniendo en sociología, David, pero esta noche te daré un diez.

La primera reacción de Stiver al ser clasificado por Mariana fue de disgusto, pero en seguida hizo un esfuerzo para examinar lo que ella decía.

—Sé que lo que dices es verdad hasta donde a algunos tipos concierne —dijo pensativo—. Es algo semejante a lo que ocurre con los judíos en la universidad. Cuatro o cinco de ellos se han unido en una especie de pandilla. Arman escándalo como cualquier otro, pero hay algo que me disgusta sobremanera. Cuando salen en busca de chicas, jamás piensan en ir en pos de una judía. Cuando les pregunté la razón me dijeron: Las mujeres judías son para casarse con ellas; y tuve deseos de decirles: ¿Y para qué diablos piensan que sean las mujeres no judías? Pero supe por adelantado cuál sería su respuesta.

—Duele cuando el zapato no es de tu medida, ¿verdad? —dijo riendo suavemente.

Durante un momento permanecieron en silencio, escuchando la música que se oía desde el salón comedor.

Él la observaba ayudado por la luz tenue del establecimiento, apreciando su rara belleza bien conservada. Consideraba su franqueza para hablar, la manera directa que empleaba para decir cosas importantes, que al principio lo habían sorprendido hasta cierto punto, pero empezaba a ver que era una persona franca, franca sí, pero sin exageraciones.

Repentinamente lo vio con firmeza.

—Me gustaría que alguna vez fuéramos juntos a visitar a mis abuelos.

Stiver se sorprendió un poco.

—¿Por qué?

—Oh, simplemente porque me gustaría. Si supieras algo

acerca de ellos, creo que sabrías mucho más acerca de mi familia, pero no sé si sería bueno o no.

—¿Viven cerca?

—En un pequeño pueblo llamado Irwindale.

—¿Irwindale?

—Muy poca gente ha oído hablar de él. Todo lo que hay allí son algunas familias mexicanas y grandes agujeros en la tierra de donde extraen constantemente grava. Pero te gustará mi abuelo. El no habla inglés, pero es el hombre más gentil y amable que jamas hayas conocido.

—¿Vino de México?

—Creo que vino aquí cuando era sólo un niño. Por algunas razones no habla mucho de ello, pero siempre está tremendamente interesado en lo que hacen sus nietos. Puede decirte las fechas de nacimiento de cada uno.

—¿Y qué tiene eso de notable?

—Porque somos cuarenta y cinco nietos.

—¿Cuarenta y cinco? ¡Eso es increíble!

—No. Mi padre tuvo siete hermanos y hermanas, cada uno de ellos seis hijos excepto en mi familia. Entonces calcula.

De regreso a su casa Stiver le preguntó si sabía el nombre de todos sus primos y ella prontamente empezó a enumerarlos dando principio con los hijos del hermano mayor que su padre, y continuó diciendo nombres sin hacer una sola pausa hasta que los enumeró a todos.

—Y también tengo primos por parte de la familia de mi madre —agregó.

—Sería muy interesante poder algún día remontarnos en el árbol genealógico de tu familia. ¿Habías pensado en ello?

—No, pero te apuesto a que tú si has pensado en investigar el tuyo.

Sintió Stiver la pulla.

—¿Sabes algo acerca del lugar de donde deriva tu familia?

—Por el lado de mi padre vinieron de un pueblecito en México llamado Agua Clara. Por lo que hace a mi madre sólo sabe que sus parientes y padres nacieron en Los Ángeles.

—¿Entonces tú no dirías que desciendes de… una antigua familia californiana española?

Ella lo miró fijamente.

—Soy mexicana, David. No es una mala palabra. Quiero oír que la digas —él titubeó—. Vamos, di: eres mexicana. Quiero oírte decirlo.

Él le tomó la mano y la miró a los ojos.

—Eres una hermosa mujer mexicana.

Sonrió ella y dijo amablemente:

—Gracias, sé que es difícil para ti decir esa palabra. Pero no huyas de ella. Lastimas cuando no quieres decirla.

Cuando se detuvo enfrente de la casa de Mariana, ésta hizo ademán de abrir la portezuela del coche, pero él le quitó la mano de la manija y rápidamente corrió alrededor del coche para abrirla.

—Muy amable de tu parte —le dijo con voz apenas audible.

La acompañó David a su casa y al abrir la puerta del frente se detuvo Mariana para decirle:

—Me gustas mucho, Dave —y entró en su casa.

Realmente Pete y Minnie no se vieron afectados cuando se hizo evidente que el interés de David Stiver en Mariana era algo más que académico. Lo aceptaron como lo aceptan los padres cuando una hija empieza a salir con un tipo de hombre poco común. Durante un tiempo Stiver sostuvo el pretexto débil de que estaba interesado en estudiar a Mariana y a Sammy como un caso social, pero Sammy raramente estaba en casa cuando él iba.

La libertad que sus padres le permitieron a Mariana fue definitivamente una concesión cultural, pero sabían que una chica de dieciocho años tenía que ser más o menos considerada como un adulto, aunque Minnie podía recordar que cuando ella fue de esa edad cualquier hombre que quería salir con ella tenía que pedir el permiso de su padre y aun así tenía que salir con ellos todo el tiempo un hermano o hermana. Pero los dos sabían que los tiempos habían cambiado.

Mariana le contó a Stiver lo que había sido vivir en un suburbio de la clase media americana, también acerca del regreso subsecuente al barrio mexicano de Los Ángeles, la carencia de oportunidades para trabajar para aquellos mercados con los apellidos como Sandoval, García, Montes o Rodríguez.

—Realmente —le dijo David una noche cuando la sacaba a pasear—, nunca he encontrado discriminación hacia tu gente. Pero sé que existe. Es un odio.

—No es solamente odio —trató ella de explicarle—. Es una idea. Una idea que tú sabes que los anglosajones tienen cada vez que lo ven a uno.

—Realmente, Mariana, ¿crees que la gente tiene una idea preconcebida cada vez que te ven? Mucha gente no la tiene.

—Quizá no ocurra eso conmigo, al menos no mucho. Soy aceptada porque me consideran hermosa. Eso significa mucho en tu sociedad. Pero toma un mexicano como mi padre. No sabes cómo se siente herido cuando un anglosajón le dice "Pancho".

—No veo nada de maldad en llamar a alguno Pancho.

—No, creo que no podrías verlo. Pero te coloca en el mismo lugar en que estarías si tus compañeros hubieran resuelto decirte que eres como el "Gordo" de las tiras cómicas. Eres un flojo, pero se te saltan los ojos de las órbitas cada vez que una mujer joven pasa a tu lado y la ves…, piensa que eso es como ver a un negro y decir: "Oye, Rastus", o decirle a una persona que tenga facciones de judío: "Abraham". ¿Ves ahora más claro?

—Sí, pero…, no todos los que dicen algo semejante tienen intenciones de insultar…

—No importa, no importa. Lo que cuenta es lo que lastima tus sentimientos.

—Creo que tienes razón. Pero esos problemas, Mariana, sólo salen a relucir cuando hay una gran minoría. En otros lugares, en donde difícilmente saben lo que es un mexicano-americano, no hay nada de estos prejuicios. Esto es lo que ocurre. Es como…

—No entiendo lo que quieres decir, David.

—Quiero decir que en lugares como…, como Montana, o de donde yo vengo, de Illinois, no hay nada semejante a lo que ustedes han pasado.

—¿Quieres decir que en donde no hay mucha gente de una sola minoría no hay discriminación?

—Generalmente es ese el caso. En donde hay una pequeña minoría la actitud de la comunidad es diferente.

—¿Por qué?

—Por muchas razones. Eso lo estudiamos en sociología. A través de algunos estados sólo hay un poco de conocimiento de los orientales y latinos. En esos lugares parecen ser mucho más aceptados.

Durante un momento se quedó Mariana pensativa.

—¿Exactamente en dónde vives, David?

—En un pequeño…, bueno, no es tan pequeño…, pueblo de las afueras de Chicago. Sí es pequeño si lo comparamos con Chicago.

—¿Y allí no tienen grupos minoritarios?

—Tenemos muchos negros alrededor.

—¿Pero no mexicanos?

—Ninguno que podamos mencionar.

—¿Y qué me dices de tus negros del lugar? ¿Cómo los tratan ustedes?

Stiver suspiró levemente.

—Más o menos de la misma manera en que son tratados en otras partes del país. No muy bien.

—¿Y cómo me tratarían a mí?

—Créeme que serías una sensación.

—¿Por qué?

—Porque sí. Porque eres algo que vale la pena ver.

—Hay montones de chicas hermosas en dondequiera.

—Sí, pero ninguna como tú allá en mi pueblo.

—¿De qué manera soy diferente?

—Bueno, tú eres…, tus ojos, casi negros como el carbón. El color de tu piel, tan uniforme y tan…, ese bronceado claro que tiene…, te ves… exótica. Eso es, exótica.

Se quedó pensando unos instantes.

—Exótica quiere decir extraña, ¿no es así? Quiere decir distinta de como tú eres, como si fueras de algún lugar muy lejano.

David se quedó observándola por un momento antes de contestarle.

—Supongo que sí. Yo siempre pensé que al aplicarte esa palabra te veías como si hubieras venido de una isla cercana al Oriente o en el Pacífico del Sur.

—Sí. Eso es lo que yo quería decirte.

Transcurrieron unos momentos en los que viajaron en silencio.

—¿David?

—¿Sí?

—Contéstame algo con toda sinceridad.

—Así lo haré, ¿qué?

—Nunca me llevarías a tu pueblo, ¿o si lo harías? —más que pregunta fue una afirmación—. Quiero decir que no lo harías aunque estuvieras enamorado de mí.

Se esforzó por encontrar palabras para responder, y en sus adentros se dijo que no, que no tenía nada que ver con lo que ella era, o por la apariencia de sus padres. Era…, ¿cómo podría decirle? No podía. Era porque carecía de falsedades. Y porque tampoco sería capaz de distinguir una sinfonía de una obertura, o discutir acerca de Maria Montessori y la educación progresiva, o del arte barroco o del Renacimiento. Pensó acerca de Martha Coulter. Ella sí era mujer de su clase. De apariencia inteligente, aceptada socialmente. Podía imaginársela haciendo cosas que Mariana jamás pensaría en hacer, tales como decorar una casa al estilo colonial francés o mexicano contemporáneo…, mexicano…

De pronto se dio cuenta de algo con sorpresa. De que Mariana no era más mexicana de lo que Martha podía ser europea. Realmente vio que Mariana carecía de cultura. Su casa, sus padres eran faltos de cultura en el sentido nacional. El tipo tradicional familiar, el idioma, todo alrededor de ella era una mezcla.

Si allí en Los Ángeles había una cultura era la cultura de una subcultura. La de ella no era la cultura de la pobreza considerando la pobreza que él había estudiado. No había en su casa adornos del arte azteca ni tampoco alguna influencia morisca.

Se dio cuenta entonces de que ella aún estaba esperando que respondiera a su pregunta. ¿Cuál había sido? Oh, sí.

—¿Podrías llevarme a conocer a tu familia? Me refiero a los abuelos de quienes me hablaste.

Sonrió ella como aceptando un pequeño reto.

—Seguro que sí. Salgamos de este viaducto y toma esa rampa a la derecha.

Cuando se detuvieron en la entrada de grava de la casa del viejo Sandoval, David se impresionó con el patio. Mariana le explicó:

—Las banquetas y los paramentos de la entrada fueron hechos por mi padre, y el piso de cemento del portal también. Las bancas y la mesa las hizo mi tío Poca Luz. El…

—¿Tu tío qué?

—Poca Luz. Quiere decir lucecita.

—¿Por qué lo llaman así?

—Porque…, pero aquí viene mi abuelo.

Al ir subiendo al portal se abrió la puerta y Neftalí Sandoval los saludó. Su cara arrugada, morena, sus cabellos blancos con algunos mechones todavía negros, que hacían juego con su bigotazo. Caminaba encorvado y lentamente y su vista parecía cansada. Usaba una chaqueta deportiva, vieja y de solapas anchas y una camisa de franela; pantalones de algodón de corte anticuado y zapatos que le subían arriba de los tobillos. Dio la impresión de que al ver a su nieta su mundo tomaba vida. La abrazó, y con, una voz medio quebrada por la emoción le dijo algo en español. David tuvo una impresión perfecta de que Mariana era la nieta favorita.

Entonces ella se volvió para presentarlos. Stiver se sentía un poco incómodo hasta que oyó a Mariana pronunciar su nombre y en seguida estrechó la mano del viejo, pero advirtió que el abuelo no la había extendido hasta que él lo hizo. Advirtió la mirada sorprendida en el rostro del hombre cuando le hizo a Mariana una pregunta. Después ella hizo un movimiento afirmativo y respondió.

Una vez en el interior de la casa la abuela sufrió una fuerte impresión al ver a David. De pronto él se dio cuenta de cuán ridículamente desvalido era en ese país si alguien no hablaba inglés. Mariana habló con su abuela y en seguida se volvió para decirle a David:

—Quiere saber si deseas tomar algo.

—...dile que no..., que no por ahora, gracias.

—Ella se sentiría mejor si aceptaras algo.

—...está bien, dile que sí.

Mariana habló brevemente con su abuela y dijo a David:

—Quiere saber qué es lo que comes —David rió un poco y también Mariana, pero ella dijo—: No es broma. Ella no tiene idea de lo que podría gustarte. Le diré solamente que te prepare algún chocolate y tortillas, ¿está bien?

—Muy bien. Será estupendo.

David vio que la casa había sido obviamente amueblada por los muebles desechados por la descendencia del viejo matrimonio. Había una mesa y sillas de madera pintada, una estufa vieja de gas, varias piezas de muebles acojinados y el piso estaba cubierto con tapetes bastante usados. Sobre la repisa de la chimenea estaba un reloj despertador de gran tamaño y una lámpara cuya base era una pantera negra de cerámica brillante. Las paredes estaban pintadas de blanco, pero Stiver pudo apreciar que la casa había sido construida enteramente de piedras sin labrar.

Se sentó en el sofá largo y acojinado y Mariana, continuando aún hablando con sus abuelos, se sentó a su lado. Alicia estaba preparando el chocolate caliente y calentando las tortillas mientras hablaba. La cocina formaba parte de la estancia de la casa. Neftalí Sandoval fue a un cuarto contiguo y regresó con la revista "National Geographic". Se sentó en el mismo sofá al otro lado de Mariana, que le pasó el brazo por encima de los hombros encorvados, y David repentinamente sintió el gran amor que el abuelo y Mariana se profesaban. Mientras se miraban el uno al otro se advertía el gran respeto, y la admiración y el amor que compartían. Sin interrupción habló Mariana con él durante un buen rato, para después volverse nuevamente hacia David.

—Dave, aunque parezca descortés de mi parte, voy a tener que leerle. Siempre me espera para que lo haga. Yo soy la única persona que lo hace para complacerlo. Entre los otros parientes no hay ninguno que lo haga por una razón u otra. Por favor no te sientas incómodo ni pienses que seamos desatentos contigo.

Volvió el abuelo las páginas de la revista y señalando con un dedo un grabado le hizo preguntas a Mariana y esperó a que le leyera. Ella leyó en silencio durante un momento y en seguida empezó a explicarle de lo que trataba aquello. Pudo ver David que era un artículo de la América del Sur y con sumo interés observó cómo fluían las palabras en aquel idioma cantado que él no entendía. Se volvió Mariana hacia él para preguntarle:

—¿Sabes por qué en Argentina los gauchos usan esos pantalones abolsados?

Pensó durante un momento para contestar simplemente:

—No, no lo sé —y se sintió un poco mal cuando ella tradujo su falta de conocimiento en el idioma.

En seguida el viejo Sandoval volvió la página y vio David un cuadro de varias muchachas hermosas acariciando a una llama. Después de una conversación Mariana nuevamente se volvió para preguntarle:

—¿Principalmente para qué utilizan las llamas?

Y nuevamente David pensó durante unos instantes antes de contestar:

—Supongo que como medio de transporte. Y también me imagino que para proveerse de leche, y creo que utilizan sus pieles para curtirlas.

Se dio cuenta de que saltaba a la vista que su respuesta era sólo imaginación, pero era lo único que podía hacer.

Doña Alicia le llevó su chocolate y las tortillas. A falta de palabras la señora le presentó aquello con una amable sonrisa y David se sintió un tonto al hacer lo mismo. Sabía que había perdido su aplomo y se sentía muy incómodo y a la expectativa. La vieja mujer se sentó frente al sofá y permaneció en silencio. Cuando David la veía lo único que la señora podía hacer era sonreír y mover la cabeza. Se dio cuenta de que lo único que podía hacer era lo mismo.

Se dedicó entonces a mirar alrededor de la estancia. De una de las paredes colgaba una piel de res curtida y vieja. El pelo casi había desaparecido y estaba agrietada y arrugada. En su imaginación trató de componer alguna historia probable para esa piel pero no pudo. En un rincón cercano a la estufa había un metate con su respectiva mano. Sabía Stiver que en los siglos pasados los naturales de aquella región habían usado esos artefactos para moler el maíz y se preguntó intrigado cuándo habría sido la última vez que el de esa casa habría sido usado. Cerca de él estaba una guitarra y se preguntó si alguna vez la tocarían.

Transcurrió una larga hora para él y Mariana continuaba leyendo y explicando la revista a su viejo abuelo que escuchaba con toda atención. Finalmente se puso ella de pie como para salir.

—Dice mi abuelo que está muy contento de que hayas venido a su casa y espera que regreses —le dijo a David.

Stiver intercambió las frases rituales diciendo cuánto gusto había tenido de conocerlos, cuánto le habían gustado las tortillas y cuán agradable era la casa. Neftalí Sandoval le dijo algo a la nieta para que se lo dijera a él.

—Dice que te agradecería si tuvieras algunas revistas viejas que tú hayas leído y que pudieras darle.

David respondió con entusiasmo:

—Puedo hacer algo mejor que eso. Conozco una tienda en donde venden revistas en español, allá en Los Ángeles. Dile que con gusto le compraré algunas.

Pero ella no le interpretó eso a su abuelo.

—No, David, en español o en inglés no importaría, no sabe leer ningún idioma.

Se sintió un poco turbado Stiver.

—Lo… siento…, no me había dado cuenta…, yo nunca había conocido a nadie completamente…, quiero decir…

—No te sientas mal. Él no puede entender lo que decimos. Le diré simplemente que tienes algunas para él.

De regreso al Este de Los Ángeles le preguntó ella:

—¿De veras no habías conocido a nadie que no supiera leer?

—No, realmente no. Al menos si es que no sabían, yo lo ignoré. Dios Santo, deben sentirse completamente aislados...

—No, tiene el radio. Hay varias estaciones que transmiten en español. Y tienen la televisión en la que ve la estación mexicana.

—No sabía que hubiera una estación mexicana, ¿transmite desde México?

—No. Desde Los Ángeles. Tú ignoras muchas cosas acerca de... nosotros, ¿verdad?

—No. Creí que las ignoraba. Pensé que aprendería los problemas de las áreas pobladas por los mexicano-americanos, pero ahora veo..., veo que yo o cualquier otro profesor que quiera investigarlos, nunca podrá identificar los problemas de esas zonas hasta que conozcan y vean las cosas como yo estoy haciéndolo.

Sentada muy cerca de Stiver y observando la carretera, Mariana luchaba consigo misma.

Aclarándose la garganta habló al fin:

—David, quiero que vengas conmigo a una fiesta que tendremos mañana en la noche.

—Por supuesto. ¿De quién es la fiesta?

—De algunos amigos. Creo que será bueno para ti.

—¿En dónde?

—En Boyle Heights. No muy lejos de donde vivimos.

—Me encantaría. ¿Quién estará allí? ¿Tu abuelo?

—No. Los parientes anticuados no reciben invitaciones para fiestas en las que se bebe. ¿Irás conmigo?

—Seguro.

—Muy bien. Me recoges en la escuela comercial después de mi clase.

Cuando David vio a Mariana esperando en la esquina cerca de aquella escuela comercial se dio cuenta con sorpresa que involuntariamente su corazón dio un brinco extra y lo sintió hasta las manos. Hacía mucho tiempo que no sentía dentro de sí una cosa semejante. Esa chica, allá en aquella escuela privada de Illinois, lo había hecho sentir lo mismo. Simplemente ante la vista de ella. Y pensó en todo el tiempo que había transcurrido desde entonces y que ya no habría otra que pudiera emocionarlo de otra manera, pero quizá estaba equivocado. Y momentos después Mariana estaba sentada a su lado, sonriendo mientras descargaba un buen número de libros en el asiento trasero para acomodarse a gusto a un lado de él, permitiendo que su falda subiera un poquito arriba de la rodilla.

Momentos después repentinamente se recargó sobre el tablero del coche y se volvió de cara a David. Éste empezó a mezclarse entre el tránsito pesado.

—David, ¿por qué no te has vestido? Quiero decir para la fiesta —le preguntó señalando la sudadera y los pantalones de mezclilla.

—Oh, me entretuve y se me fue el tiempo. Me dijiste que tu fiesta empezaría alrededor de las ocho, de modo que pensé que tendría yo tiempo para ir a mi apartamento para cambiarme.

Esas últimas palabras las dijo él un poco apresuradamente, lo sabía, y vio en el rostro de Mariana un rápido entendimiento y después aceptación. Entonces ella se recargó nuevamente en el respaldo y estiró un poco las piernas. Stiver supo que era más sensible a la actitud y expresiones de ella de lo que él había pensado. Hubo un silencio momentáneo entre ellos y fue Mariana quien lo rompió.

—¡No te imaginas! Ese curso de taquigrafía es un asesinato. Tienes que memorizar, memorizar y memorizar..., ¿sabes que nunca he estado antes en el apartamento de ningún hombre? —lo miró directamente con ese modo típico que ella tenía. Había en el rostro de ella trazas de júbilo como si fuera una niña pequeña que acabara de aceptar un reto que otro niño le hiciera para cruzar un arroyo. Sí, así era y lo advirtió él pensando y sintiéndose presa de un ligero vértigo. "Dios mío, estoy reaccionando como un niño de escuela".

Trató entonces de hablar con indiferencia.

—El mío no es un gran apartamento.

—Y te apuesto a que lo tienes todo revuelto —dijo ella.

—¿Por qué lo dices?

—Porque sí. No creo que hayas tenido muchas amigas desde que salimos juntos.

—¿Entonces crees que las chicas limpian mi apartamento?

—No. Yo creo que tú lo limpias cuando llevas a las chicas. Pero quizá esta vez lo tengas en orden porque pensaste que yo iría. Además no debía yo preocuparme acerca de otras muchachas.

—¿No te importa entonces que tenga otras amigas?

Como impulsada por un resorte y con actitud un tanto furiosa replicó:

—Por supuesto que me importa. ¿Quién crees que soy yo?

Y una vez más guardaron silencio mientras él conducía el vehículo por la vía rápida, para salir después por una rampa cerca de la universidad y llegar a una calle lateral en donde David metió el coche en una entrada angosta en medio de dos edificios de apartamentos. Se estacionó en un sitio reducido y apagó su motor, volviéndose en seguida hacia ella. Mariana lo miró directamente y él supo que ella con deliberación mantenía su rostro inescrutable.

—¿Quieres venir? —le preguntó inclinándose un poco hacia ella. Él no estaba seguro cómo respondería ella, y sintió un poco de disgusto cuando retirándose de su lado abrió la portezuela para salir.

—Por supuesto —dijo ella simplemente.

Lo siguió Mariana a lo largo del pasillo hacia su apartamento y un hombre se asomó por una puerta pretendiendo buscar un diario que no existía. Mientras David insertaba la llave en la cerradura de su puerta iba a decir algo acerca de los vecinos curiosos, pero por la expresión del rostro de ella vio que nada se le había escapado. Lo siguió al interior del apartamento y se paró en el centro de la estancia mirando alrededor. David la observaba. Ella no podía moverse y de eso él se dio cuenta repentinamente sin que su presencia sugiriera sexo. Estaba allí, dentro de ella, en el modo en que movía la cabeza, torciendo su cuello terso, por la forma de sus pantorrillas, de las que él en el coche había visto algo más, lo que sugería que el resto de sus piernas era igualmente invitador. En ese momento ella veía un dibujo que colgaba de la parad y por el modo en que ella colocó la palma de su mano sobre su cadera y echó su cabeza hacia atrás pareció aumentar los deseos de él, como si fuera un juego sutil de charadas. Recordó entonces con un poco de sorpresa cómo actuó ella y se vio cuando la conoció por primera vez. No sólo se veía totalmente distinta en ese momento de cuando la conoció en su casa sino que estaba completamente diferente. De una manera abrupta se volvió hacia él.

—Te apuesto a que vas a ofrecerme una bebida.

—Mmm…, sí, iba a hacerlo —y se dirigió hacia la cocina.

—Cualquier cosa, de todas maneras no me gusta el sabor de nada.

Preparó David dos bebidas sin dejar de observarla desde la cocinita. Mientras tanto ella fue a un librero y permaneció inmóvil mientras veía una fotografía de él con sus padres. Cuando regresó con las copas ella estaba revisando los títulos de sus libros.

—¿Reconoces algunos de ellos? —le preguntó y al momento se arrepintió de haber hecho esa pregunta.

—Solamente éste —respondió colocando el índice en uno. Echó una mirada rápida y se dio cuenta David que era una obra de Bernard Shaw.

—¿Pygmalion? —trató de ligar algún significado.

—Ajá.

—¿Tú lees eso?

—Sí, David, yo leo buenos libros. ¿Extraordinario?

—No. Por supuesto que no. Simplemente que... —estaba todo confuso.

Ella rió de buena gana.

—No tienes que preocuparte. Yo no soy un reto para ti, ni me atrevería a competir con tus gusanos de amigas gringas que devoran los libros.

Sonrió él sin saber exactamente quién de los dos estaba haciendo alarde de crueldad.

—Pero..., ¿por qué leíste precisamente ese?

—Tú no sabes cómo ser sincero, David, pero yo sí. Para decir la verdad cuando era pequeña lo vi en la biblioteca y pensé que podría ser la historia de algún león —y lo miró con sencilla sinceridad. Él empezó a reír pero se contuvo.

—Vamos, ríe. Tienes que aprender a ser sincero.

Entonces si rió a carcajadas.

—Es gracioso —dijo al cabo de un momento.

—Entonces —continuó ella explicando—, cuando lo leí y me di cuenta de todo lo que se trataba, me hizo pensar mucho. Es realmente imposible, ¿no es verdad? Lo que ese hombre trató de hacer con esa mujer.

—Los libros son escritos para que te hagan pensar. ¿Pero tengo curiosidad por qué quisiste leer acerca de leones?

La tomó suavemente del brazo y la condujo al sofá en donde se sentaron completamente envueltos en su conversación.

—Creo que tenía yo doce años o algo así. Había leído muy poco acerca de la vida familiar de los leones, y estaba fascinada. Ya sabes cómo lo impresiona a uno cuando es chico el ver a ese hermoso animal macho con una cabeza de este tamaño —y diciendo eso con ambas manos trazó un circulo en el aire tan grande como pudo. David no miró hacia arriba—. Todo lo que ese animal hace es sentarse en diferentes poses, procrear por supuesto y ocasionalmente pelear por alguna hembra. Realmente es algo digno de admirarse, pero es un irresponsable. Hace un montón de ruidos, pero son las hembras las que crian a los pequeños, organizan la caza y matan. Son las hembras también las que se mantienen alerta para prevenir el peligro.

—¿Y por qué te fascinan tanto?

—No lo sé. Me imagino que porque sé que algún día me casaré con un tipo y…, como todo el resto de nosotras, nunca tendremos nada que decir acerca de donde vivimos, lo que hacemos o de nada. Ya sabes, esa es una cosa acerca de los de tu raza, ustedes les dan voz y voto a las mujeres en todas las cosas. Eso es algo a lo que una mujer como yo nunca puede aspirar.

—A menos que te cases con uno como yo.

Rió ella un poco.

—Creo que siempre hay esa posibilidad. Pero no creas que me hago muchas ilusiones. Además, no estoy muy segura de si me gustaría.

—¿Eh? ¿Qué tiene de malo que te casaras con uno de mi raza?

Pensó ella durante un momento.

—Bueno, primero porque todos ustedes son muy poco sinceros.

—¿Yo? Yo no soy falso.

—No quiero decir que todas las cosas sean falsas o ilegales. Simplemente que no te... encaras a los hechos. Como por ejemplo el tener miedo de preguntarme si sé el significado de alguna palabra poco común. O si leo cierto libro.

—Sencillamente no deseo insultar a nadie.

—No, no es eso. Tú piensas: "Bueno, quizá ella sea lo bastante insincera para pretender que sabe algo cuando en realidad lo ignora, de modo que le seguiré la corriente". Ustedes, los de tu clase, se forman opiniones de las gentes por adelantado y después tratan de cubrirse. Eso no es sinceridad.

—Mira —le dijo tomándole una mano—, no es falta de sinceridad el tratar de ahorrarle a alguien algún momento embarazoso...

—Pues sí lo es, y he notado otra cosa acerca de los anglosajones. Si una persona tiene un defecto de cualquier clase, nunca es mencionado. Es como cuando tú hablas con alguien de quien tú crees que procede de gente inferior pretendiendo que en eso no hay ningún problema. Tú no lo mencionarías.

—Sí, pero es falta de consideración para la persona. Me impresionó realmente cuando me dijiste lo que el nombre del hermano de tu padre significaba.

—¿Quieres decir Poca Luz?

—Sí. ¿Qué razón hay para que le digan así? Me dijiste que quería decir…

—Quiere decir lucecita. Ya te imaginas que está oscuro acá arriba —con el índice señaló su cabeza—. Que no llega mucha luz.

—¿Pero en su cara le dicen así?

—¿Y piensas que no se da cuenta de ello? ¿De que no es muy brillante?

—No, probablemente es obvio que se ha retrasado. ¿Pero por qué ser tan cruel?

—De modo que nosotros lo llamamos "lucecita" en su propia cara. Y tú le dirías falto de inteligencia en sus espaldas. ¿Quién es falto de sinceridad, David?

—No se trata de sinceridad. No tiene nadie derecho a decirle a un hombre una cosa semejante sólo porque no sea muy inteligente.

—¿Y cómo le dirías? Digo, en su propia cara.

—Llámalo por su nombre, cualquiera que éste sea.

—Su nombre es Poca Luz. Así es como todos lo llamaron siempre.

—No puede ser, ¿cómo lo llamaba su madre?

—También ella le decía Poca Luz. Desde que tuvo la edad suficiente para que se diera cuenta de que no las tenía todas consigo.

—Pero…, eso es inhumano. Nunca oí nada tan cruel.

—Me alegro que esta noche vayas conmigo a esa fiesta. Conocerás un primo a quien le decimos Cojo, que quiere decir alguien que cojea. En el caso de él tiene un pie torcido. Y tengo otro tío al que le decimos Cacarizo. Eso se aplica a los que como él tuvieron viruela de pequeños. Su cara es terrible.

—¿Y delante de ellos les dicen esos nombres?

—¿Y por qué no? Se dan muy bien cuenta de ello. En realidad mucho más que ningún otro. Creo que si les dices de esa manera entonces muy pronto realmente ya no les importa. Es mucho menos cruel que pretender que alguien sea diferente de lo que en realidad es. Cómo lo hacen ustedes.

Él rió un poco sintiéndose un inútil.

—Quizá tengas razón. Pero es mejor que si vamos me aliste. Y a propósito, ¿cómo me van a decir a mí? ¿Ya tienes un apodo? ¿Algún otro que no sea gringo?

Ella sonrió.

—Sí, lo tenemos. Mi madre te llama "guapo" cuando habla de ti.

Iba David rumbo a la alcoba y detuvo sus pasos.

—Wah… ¿Cómo dijiste?

—Vamos a ver —pensó por un momento y le explicó—: En inglés tú lo deletrearías W-A-H-P-O. Guapo.

—¿Y eso qué quiere decir? —le preguntó un poco indignado.

—Quiere decir que eres muy bien parecido.

Sonrió Dave y caminó hacia ella, que permaneció erguida mientras él tomaba la cara de ella entre sus manos.

—Sabes una cosa, eres increíblemente hermosa.

Mariana rió tontamente y le preguntó:

—Dime, si tuvieras que elegir un apodo para mí, ¿cuál sería?

Él la miró detenidamente desde varios ángulos y momentos después le dijo:

—Bueno, tienes una nariz un poco hacia arriba, creo que te llamaría nariz respingada.

Se rió ella de buen grado.

—Tienes razón, me dicen La Chata, porque mi nariz es tan pequeña.

—Será mejor que me cambie —le dijo él yendo hacia la alcoba.

Dejó la puerta abierta, pero ella fue y la cerró firmemente no sin antes gritarle:

—Apresúrate o llegaremos tarde.

2

David Stiver y Mariana Sandoval encontraron todos los lugares para estacionarse ocupados en ambos lados de la cuadra en donde estaba la casa destinada para la fiesta. Era una noche tibia y mientras caminaban de regreso hacia la casa Stiver examinaba el vecindario. Trató de analizar el cambio que habían sufrido sus sentimientos acerca de la comunidad desde que a cierto punto se había familiarizado con ella.

—¿Cómo te sientes ahora en el barrio? —le preguntó Mariana adivinando sus pensamientos. Antes de contestarle reflexionó David un momento.

—Estás tratando de enseñarme a ser sincero —le dijo—, de modo que trataré de decírtelo. Me siento como si estuvieras protegiéndome con solo estar conmigo. Tú eres mi especie de pasaporte.

—¿Aún te sientes incómodo?

—...sí, en realidad me siento fuera de lugar.

Durante unos instantes caminaron en silencio y fue Mariana la que habló:

—Yo pienso que todos pueden sentirse formar parte de cualquier vecindario. O al menos así debía ser, pero por supuesto es de otra manera.

Pasaron frente a una casa en donde se sentaban varias personas en la entrada. Un hombre tocaba la guitarra mientras los demás cantaban.

—¿Y tú crees que realmente estaría yo seguro caminando solo por esta calle?

—Estarías seguro con toda esta gente que ves, pero los vagos y malvivientes si podrían hacértelas pasar muy negras. En un vecindario como este, en donde sólo hay casas, no tendrías problemas.

David recorrió las casas con la mirada. Todas parecían por lo menos tener treinta años de ser construidas. En muchas de ellas había prado al frente y algunas tenían coches viejos.

—Mira eso. Cinco coches, todos son un montón de hierros en el frente de la casa y en la entrada. ¿Por qué los tienen allí?

Ella rió.

—Ese lugar es llamado el "paraje chicano". No sé por qué hay muchos como esos allí. Hay un chiste, no sé exactamente cómo va pero se trata de un tipo que estaba tan borracho que no podía encontrar cómo regresar a Boyle Heights, pero sabía que iba acercándose por el número de tiraderos de coches en los frentes de las casas. Tú eres el sociólogo. ¿Por qué crees que haya por aquí tantos tiraderos? En realidad nadie los necesita. Si un coche vale cien dólares y te cuesta arreglarlo ciento cincuenta, un americano lo tiraría, un chicano te dará diez dólares por él.

—Eso me recuerda una fábula griega o quizá fue egipcia. Un hombre amaba terriblemente los diamantes, de alguna manera se puso en contacto con un mago para que todos los guijarros y piedras que estaban a su alrededor se convirtieran en diamantes. Por supuesto que perdieron inmediatamente su valor, pero él siguió pensando que de todos modos eran tan hermosos como siempre. La parte graciosa de esto es que ciertas personas aunque los diamantes carecieran de valor no podrían remediar coleccionarlos y atesorarlos. Aún seguirían obsesionados con los diamantes. Su hábito o codicia era demasiado fuerte para romperlo.

Y llegaron al fin a la casa. La fiesta ya estaba animada. Se detuvieron en la banqueta para terminar su plática en privado.

—¿Y tú piensas que en cierta forma esa fábula es similar a lo de todos esos coches? —le preguntó con interés.

—Sí, creo que aquello que hasta fechas recientes fue un coche, cualquier coche, un artículo de lujo que para ciertas clases solamente representa el poseerlo, aunque sea eso una responsabilidad económica, es realmente una obsesión de su manera de ser.

Ella lo miró con admiración, dándose cuenta David de que cuando lo veía de esa manera siempre provocaba en su interior un calorcito agradable.

—Creo que tienes razón respecto de eso, David.

—Mira —le explicó—, un coche es algo más que una posesión mecánica. Tiene que estar registrado a tu nombre, debes obtener tu certificado de propiedad, y lo más importante de todo, para algunos, aquella gran declaración que tiene que quedar asentada en un archivo en donde esa personita tuya se encuentra como legítimo propietario y nadie más puede reclamarlo sin tu consentimiento escrito en la forma de tu firma. Cuando se trata de poseer un carro el hombre más rico con el *Cadillac* más grande se encuentra registrado de la misma manera en las oficinas de gobierno, y tiene que remitir los mismos papeles, materiales y recibos que certifiquen idéntica propiedad para el más pobre lavaplatos con algún coche desvencijado. El hombre rico paga más por la licencia para usarlo, pero el tratamiento que se le da al lavaplatos es el mismo que recibe el hombre del *Cadillac*. Igualdad efectiva.

—Ya entiendo —afirmó Mariana—. Lo que estás diciendo es que no es realmente el valor de un coche lo importante, sino el poseerlo.

—Sí, es la mecánica de la propiedad. Creo que es todo ese papeleo del registro, enviar los papeles a Sacramento, con tu dirección y tu nombre, y todos esos requisitos lo que realmente es tan satisfactorio para tu gente el poder llamar a ese montón de hierros su propiedad. Pero hablando de otra cosa, ¿dime qué clase de fiesta es a la que vamos? —le preguntó indicando la casa.

Lo tomó ella del brazo conduciéndolo hacia la entrada.

—Entremos —le dijo ella.

El grupo más nutrido de personas estaba en el patio trasero. David estimó que habría unas sesenta o setenta personas entre las que estaban sentadas, paradas o moviéndose hacia todos lados. En un rincón había un grupo de músicos. Parecía que todos cantaran, rieran, gritaran o bebieran. Mariana enganchó su brazo y él se inclinó para oírla.

—Esto no es lo que nosotros de chamacos llamaríamos una fiesta para personas jóvenes. Aquí no se baila swing. Los pocos jóvenes de nuestra edad que ves aquí simplemente les parece bien o llevan la corriente a las personas de mayor edad. Allá están mamá y papá, ¿los ves?

Stiver se volvió para mirar y vio a un grupo de quizá una docena de personas que rodeaban a una cabra. El animal era de mediana edad y se veía alarmado y confuso por la actividad y el ruido.

—¿Para qué es esa cabra? —preguntó David.

—Para comer —repuso ella.

—Pero está viva —dijo David con inquietud.

—Sí, por el momento.

Stiver observó al grupo. Pete acariciaba la cabeza de la cabra, hablando, discutiendo a voces, un poco bebido con otro hombre y se expresaba en español. El hombre con quien discutía dijo algo y todo el grupo rió a carcajadas, excepto Pete. Este sacudió la cabeza y discutió algo más haciendo grandes ademanes. El otro hombre sacudió la cabeza en señal de desacuerdo y los dos continuaron gritándose.

—¿Qué están discutiendo? —preguntó Stiver.

Mariana rió y le oprimió el brazo.

—Mi padre está diciendo que el color de los cuernos del cabrito indican que la carne es dura. Dice que su color púrpura indica que no ha comido los alimentos necesarios. El otro tipo dice que no, que el animal ha sido alimentado con sobras y con cáscaras de sandía, y que eso hace que su carne sea la más tierna de todas.

—¿Y tu padre realmente conoce de cabras?

Mariana rió volviéndose hacia él para explicarle.

—No. Él no sabe nada acerca de ellas. Creo que realmente ha inventado un cuento acerca de esos cuernos color púrpura.

—¿Entonces por qué discute?

—Por gusto. Como ves, papá apenas tendrá un metro y medio de estatura. Tiene un aspecto raro con esa cabeza calva. Es un hombre que ha tenido éxito en lo que emprende y sabe que puede hacer reír a la gente durante toda la noche con sus ocurrencias. Él se da cuenta de que todos saben que está mintiendo. ¿No llevas psicología en la universidad?

David sonrió.

—¿Quieres decir que sólo le gusta hacer teatro?

Lo miró Mariana con gran estimación.

—Eso es exactamente lo que quiero decir. Vamos. Ven a ver a los mariachis.

—Mariachis. Esos son los músicos. ¿Correcto?

—Correcto.

Mientras se abrían paso para cruzar aquel patio amplio de piso de concreto, Stiver buscó algunos ejemplares de vestidos mexicanos o españoles o algún adorno entre las mujeres concurrentes. Inconscientemente se dio cuenta de que había vislumbrado unas piñatas, con adornos en amarillo chillante y color de rosa, y unos cuadros grandes de corridas de toros que habían fijado en una de las paredes. Un cordón de focos iluminaba el patio. A un lado había una cochera destartalada con las puertas abiertas que permitían ver una tartana montada sobre bloques de concreto, de la cual habían quitado las ruedas para ponerlas en otro vehículo. Advirtió que en general las personas de más edad usaban suéteres viejos, pantalones muy holgados y las mujeres vestían de largo y cubrían la parte alta de su cuerpo con chales, mientras la generación de mediana edad lucía trajes a la moda, sin corbata, y los más jóvenes que se aproximaban a su edad vestían bastante bien, con un anacronismo inevitable tal como zapatos puntiagudos o corbatas angostísimas.

Una joven de cabello rubio y pecas se distinguía entre la multitud. Ella y Mariana se vieron al mismo tiempo. La chica estaba acompañada de un joven moreno con pantalones ajustados y una chamarra de gamuza. Cuando las parejas se reunieron la rubia miraba a David.

—¡Betty! —exclamó Mariana con verdadero placer—. Hola, Rudy. ¿Betty, no conocías a Dave? Dave, ésta es mi amiga Betty.

Stiver hizo un movimiento de cabeza en dirección a ella y estrechó la mano de Rudy. Entonces sonriendo le dijo en tono moderado a Elizabeth:

—De modo que es usted.

—Ella es mi amiga blanca liberal de la que te he hablado —le dijo Mariana sonriendo a David.

La sonrisa de Elizabeth fue franca.

—Y no siempre es fácil ser liberal —apuntó, y Stiver advirtió que ella estaba observándolo de pies a cabeza.

David trató de ocultar su reacción cuando vio que Rudy autoritariamente le hacía una señal a Mariana con la cabeza indicándole que quería hablar solo con ella. Advirtió también que cruzó por el rostro de Elizabeth una expresión de disgusto y no fue desapercibido para él la respuesta de enojo que apareció en la mirada de Mariana. Entonces David asintió con un movimiento de cabeza y Mariana se alejó unos cuantos pasos con Rudy. Elizabeth permaneció cerca de David hablando moderadamente.

—Te acostumbrarás a ello después de un tiempo —le explicó Elizabeth—. Al principio parece que estas gentes no tienen modales ni consideración. Pero realmente es sólo un modo de pensar; o de no pensar.

Stiver reflexionó.

—Quizá tenga él algo importante que decirle a Mariana.

—Aun cuando fuera importante, que no lo es, es esa suerte

de cosas a las que nunca te acostumbras aquí. Es muy típico esto de tener algún secreto que comunicarse. Interrumpir a los otros para alejarse y murmurar. Está muy arraigado en ellos ese sentimiento de inferioridad.

—Hablas como graduada en psicología.

—Y soy. En el estado de California, Universidad de Los Ángeles.

—¿Has vivido en esta parte de la ciudad toda tu vida?

—Casi. Mariana y yo crecimos juntas.

—Daría cualquier cosa por poder pronunciar el nombre de ella como lo pronuncias tú.

—Es un nombre hermoso, ¿no es verdad? Cuando se pronuncia correctamente, pero odio oír cuando le dicen "Merryanna". Me vienen deseos de vomitar.

Stiver rió de buen grado.

—Haré lo posible por pronunciarlo como tú. La "A" abierta no es tan difícil, pero sí la "r".

Los dos observaron a Mariana mientras hablaba con Rudy.

Elizabeth continuó su charla con David.

—Ella es algo verdaderamente especial para nosotros, esa muchacha. Hemos sido las mejores amigas desde que estábamos en tercer año, pero ella es algo más que mi amiga. Es algo así como mi estudio especial.

Stiver estaba intrigado.

—¿Cómo dices?

—Mi padre es uno de esos hombres que quieren cambiar el mundo. Nos cambiamos a este barrio porque él pensó que podría hacer algo bueno por la causa. Todos los que pueblan el Este de Los Ángeles caen en una categoría culturalmente excluida. Hemos tratado endiabladamente de dar a Mariana algunos valores realísticos. No pude convencerla de que pasara a estudios superiores después de que nos graduamos en la secundaria. Pero sí la convencí de que ingresara en la escuela comercial en donde estudia. Después de haberla visto convertirse en esa joven orgullosa, sencilla y completamente dulce, su apariencia hermosa no la ha echado a perder, nos hubiera matado el verla casarse tan pronto como cumpliera sus dieciocho años con algún trabajador de fábrica y empezar a tener niños cada año. Una chica como Mariana pertenece al mundo. Si alguien pudiera sacarla del Este de Los Ángeles.

Stiver continuaba observando a Mariana.

—Cómo me gustaría saber de lo que están hablando —murmuró.

—Rudy la está acosando para que le dé una cita.

Stiver mostró su sorpresa.

—Así es —continuó Elizabeth—. Él vino conmigo, ella está contigo, pero eso no lo detiene a él para llamarla aparte y acosarla. Sigue frecuentándonos. Ya te acostumbrarás.

David vio al fin a Mariana sacudir la cabeza y darle la espalda a Rudy. Elevó la voz para que otros la oyeran.

—¡Dije no! Déjame en paz.

El rostro de Rudy se oscureció molesto cuando se dio cuenta de que otros la habían oído. Entonces giró sobre sus talones y se alejó rápidamente.

Mariana llegó a reunirse nuevamente con David y Elizabeth.

—Siento haber tenido que hacer eso, decirlo en voz alta para avergonzarlo, pero son cosas con las que uno tiene que tropezar.

—De modo que por eso deja a Betty aquí parada —murmuró Stiver.

—No te preocupes —dijo Elizabeth—. Ya regresará. Por un momento no puede dar la cara pero se sobrepondrá.

Estaba un hombre sirviendo, en vasos pequeños de papel, ponches en una mesa cercana. Y Mariana se dirigió a él.

—¡Pablo!

El hombre se volvió a verla con una admiración franca en sus ojos.

—¿Mande?

—Danos dos, por favor —le dijo ella, y en seguida sirvió dos vasitos.

Stiver tomó uno y le dijo a Mariana:

—Estoy aprendiendo un poco, ¿pero qué fue lo que él te dijo? Se oyó como si dijera "mande".

—Sí, "mande". Quiere decir, déjame ver, realmente quiere decir "ordéname". Es una forma galante de contestar, ¿no es así?

Stiver consideró un poco aquello. Bebieron su ponche y hablaron mientras tanto con Elizabeth. Aunque personalmente no se interesó en ella, David guardó en su mente el recordar alguna vez reunirse con Elizabeth para hablar más acerca de esas personas. Tenía muchas preguntas que hacerle, y mientras más frecuentaba a Mariana, quería que le respondieran más preguntas.

Minutos después Mariana llamó la atención de David, y éste irguiéndose y mirándola directamente a la cara le dijo:

—¿Mande?

Rió Mariana y le pidió que fueran a ver a los músicos.

Conforme iban acercándose a un grupo que formaban quizá unas treinta gentes que rodeaban a una docena de músicos, lo que tocaban se hacía más ruidoso.

David la miró y le preguntó intrigado:

—¿Por qué las trompetas?

Ella hizo un alto y lo detuvo a él también.

—Esta es música mexicana, no lo que tú llamas española. Tú piensas en esa música española con guitarras suaves, castañuelas y ritmos zapateados. Lo sé. Pero oye esto.

Se abrió paso con él entre aquel grupo hasta acercarse más a los músicos.

Los mariachis formaban un conjunto de dos guitarras, tres violines, dos tololoches, tres cantantes y dos trompetistas. Mientras David los observaba oyó a las trompetas tocando un acompañamiento suave. En seguida, al finalizar el canto, durante unos compases breves las trompetas elevaron su tono para formar un dueto ruidoso, con notas altas y bajas, con juegos de lengua y mil variaciones. Después, cuando empezó la siguiente estrofa y los cantantes reanudaron su canto, las trompetas volvieron al acompañamiento suave. Cuando eso fue repetido dos o tres veces empezó David a tomarle gusto. Se dio cuenta de que durante esos breves cambios se les prestó mayor atención a los trompetistas que hicieron gala de su talento máximo, volumen y destreza. Evidentemente para esa canción en particular había innumerables estrofas, y aproximadamente en la cuarta, dos hombres que se desprendieron del grupo se adelantaron y casi por la fuerza tomaron las trompetas para hacerse cargo del acompañamiento. Sin embargo, al fin del canto, esos dos hombres permitieron a los trompetistas anteriores que se adornaran durante la pausa y se desataron los aplausos entre los espectadores mientras los cantantes daban principio a la siguiente copla. Cuando ésta se aproximaba a su fin, un hombre bastante tomado quitó de las manos del trompetista el instrumento y desplegó gran habilidad para tocarlo con un sinnúmero de notas que adornaron el conjunto sobresaliendo entre todos los instrumentos mientras los cantores descansaban recuperando el aliento para estar listos para la siguiente estrofa. David vio que se trataba de un concurso y que era evidente que todos sabían cómo lucirse.

—Ven, voy a enseñarte algo más —le dijo Mariana conduciéndolo hacia donde estaba el grupo que rodeaba el cabrito.

Por primera vez David advirtió en el piso un gran agujero en cuyo fondo había una cama de carbones encendidos y piedras calientes alrededor. Observó a un hombre que sujetaba las patas traseras del cabrito; a otro las delanteras, mientras uno más sujetaba la cabeza del animal asustado.

—¡Jorobado! —gritó alguien—. ¡En dónde está ese maldito jorobado!

Pete estaba cerca y todo el grupo se volvió en distintas direcciones en busca del jorobado.

—*That damn guy!* —exclamó Pete en inglés como hablando para sí mismo—. Él quería tener el honor y ahora se ha largado. Yo voy a…

—Aquí viene —dijo uno de los que sujetaban al cabrito—. ¡Jorobado! ¡Ándale! Ya no podemos sujetar este maldito animal por más tiempo.

Se sobrecogió David hasta lo más íntimo cuando vio al hombre a quien llamaban jorobado. Su cara estaba cruelmente desfigurada y tenía en su espina una gran joroba que le hacía medio arrastrar los pies al caminar balanceándose como si fuera un pato. El grupo se abrió para permitirle el paso y se acercó desenvainando un brillante cuchillo de cacería.

—*Here I am, guys* —les dijo en inglés con acento mexicano muy marcado—. ¡Viejas cobardes! ¿En dónde estarían ustedes si no fuera por su buen amigo el jorobado, sediento de sangre?

Una mujer que estaba sentada cerca del grupo se puso de pie de un salto.

—¡Sediento de sangre! —exclamó—. Me alegro que lo hayas dicho, Jorobado. Espera, espera. Sólo un momento.

Corrió hacia el interior de la casa mientras el jorobado permaneció mirando al cabrito.

—Ha tenido toda la noche y hasta ahora lo recuerda —dijo aquel hombre deforme, tratando, según pensó David, de fanfarronear como si fuera un pirata. Momentos después regresó la mujer llevando consigo una vasija de metal.

—Okay —dijo sosteniendo el recipiente por abajo del pescuezo del cabrito.

Aunque todo eso se desarrollaba rápidamente, David se dio cuenta de que estaba a punto de ver algo que en particular no le importaba ver. Pero de todos modos estaba fascinado. Miró en su derredor para observar la reacción general. Vio a algunas de las mujeres desviar sus miradas y otras alejarse sonriendo con cierto disgusto. Vio también a Mariana y la encontró observándolo con rostro serio. Regresó entonces su atención al cabrito. El animal aún era sujetado y el de la joroba colocó la hoja de su cuchillo contra el pescuezo de la víctima y con un tajo rápido cortó sin llegar a desprender la cabeza. La víctima se sacudió violentamente como si tratara de brincar pero no pudo mover las patas. Sus pulmones aún respiraban y empezaron a brotar pequeños chorros de espuma sangrienta por cada lado del pescuezo. Volvió los ojos hacia arriba, y la vasija casi se llenó mientras el corazón seguía despidiendo esa vida en forma de sangre que brotaba a través de la vena yugular cortada. Momentos después dejó de luchar el animal.

Hizo su aparición entonces un hombre grande y gordo, cubierto con un mandil blanco y llevando consigo un cuchillo largo de carnicero.

—Ayúdenme. No me dejen todo el trabajo —les dijo a los otros.

El cuerpo inerte fue colocado sobre una lona y empezó el destazamiento. Presenció David cómo la panza era abierta hábilmente y extraídas las entrañas.

—Para los perros —dijo alguien y David entendió que quería decir: for the dogs. El hombre del delantal obviamente era un carnicero de profesión; eso fue lo que dedujo Stiver cuando lo vio desollar al cabrito, cortar las pezuñas y la cola. David estaba un poco intrigado cuando vio que no desprendían totalmente la cabeza y que colocaron el cuerpo entero en un cazo grande. Lo cubrieron en seguida con una manta gruesa y después bajaron el cazo en aquel agujero para colocarlo sobre los carbones encendidos y las piedras ardiendo. La siguiente operación estuvo a cargo de hombres que con palas cubrieron de tierra el agujero poniendo sobre el cazo, carbones y cabrito una capa de unos cuarenta o cincuenta centímetros. El gordo carnicero se limpió sus manos sangrientas en su mandil blanco y dijo:

—Y ahora vamos a entrarle a la fiesta.

La multitud había crecido en el patio trasero y se habían formado corrillos aquí y allá para hablar casi a gritos. En las mesas se veían los garrafones de vino y todos los presentes bebían en abundancia. Mariana y David caminaron lentamente rodeando los grupos.

—Ese hombre "Horo"…, ¿cómo se llama? El que mató al cabrito.

—¿Jorobado? —dijo ella.

—Sí, me hizo estremecer. Es tan… deforme.

—Por eso le llaman Jorobado —David reflejó una expresión de sorpresa en su rostro y Mariana continuó—: hay una obra francesa muy famosa. ¿No la has leído? "El jorobado de Notre Dame". Es clásico.

David se quedó pensando.

—De Notre Dame. Of Notre Dame. Oh, the Hunchback…

—y luego en voz alta dijo—: ¿Quieres decir que lo llaman: "The Hunchback"?

Lo vio a él con una mirada de sinceridad.

—Estoy empezando a ver lo difícil que es para ti entender, David. Solamente espero que tú…

—No —dijo él—. Yo soy quien está empezando a ver un poco.

Se acercaron a una banca en donde estaba sentada una mujer anciana. Tenía la señora un chal cubriéndole la cabeza y su vestido le cubría hasta los tobillos. Le sonrió a Mariana enseñando al reír sus encías faltas de dientes y dijo algo en español. Oyó David a Mariana pronunciar una frase a la que agregó gracias y después volverse hacia él.

—Dice que eres un gringo muy bien parecido y que también pareces un hombre muy rico.

—¿Y qué le dijiste?

—Le di las gracias y ella tiene razón, eres rico, bien parecido y "muy simpático".

Esbozó la mujer una amplia sonrisa, tratando en vano de ocultar con la mano su falta de dentadura. Tomó un vaso lleno de lo que parecía vino rojo y le dijo algo más a Mariana. Esta contestó brevemente y en seguida tradujo.

—Me preguntó si estamos enamorados.

David sonrió.

—¿Y qué le dijiste?

—Le dije que yo sí te amo, pero es todo lo que sé.

Miró Stiver fijamente a Mariana y ella sostuvo esa mirada serenamente. La vieja mujer habló nuevamente y con otra sonrisa le dijo otras palabras a Mariana.

—Quiere saber la señora si la acompañarías con un vaso de vino.

David vio que sobre una mesa que tenían al frente había un garrafón de vidrio con un líquido rojo oscuro y contestó a Mariana:

—Dile que sí…

—Es sangre —lo interrumpió Mariana. David había empezado a estirar el brazo para tomar el vaso vacío que le presentaba la mujer pero se quedó congelado. Miró a Mariana y sintió que los músculos de su estómago se contraían involuntariamente. Empezó a tartamudear y Mariana no dijo nada, no hizo nada; solamente había una ligera sonrisa en sus labios.

—Dile que… yo… —pero para su gran alivio la anciana prorrumpió en carcajadas y David entonces pudo disculparse graciosamente. Mariana lo tomó del brazo y se alejaron.

—¿Por qué —le preguntó David— nadie presenta a nadie?

—Eso es uno de los modales tontos de los chicanos —le respondió filosóficamente—. Esta fiesta no está del todo mal, porque casi se conocen entre sí, pero generalmente la mitad de los que concurren a otras fiestas no se conocen y, contrario a los gringos, ninguno tiene el valor o como tú lo llames para llegar y presentarse, de modo que los que no conocen a nadie simplemente se quedan parados esperando que de algún modo o de otro puedan entablar conversación.

—Dime una cosa —le dijo él mientras caminaban—, esto de… beber sangre, ¿es muy común?

—No —dijo ella enfáticamente después de reír un poco—, no lo es. Solamente los viejos lo hacen. Y creo que la mayoría lo hace para alimentarse. Me imagino que hace años era algo ordinario cuando cada quien comía del propio ganado que mataba. Pero todavía hacen sus morcillas con la sangre —hizo una pausa Mariana y mirándolo a los ojos le preguntó—: En las tiendas americanas puedes comprar morcilla, ¿no es así?

David quedó pensativo por un momento para contestar después:

—Sí, creo que sí. Me imagino que no hay mucha diferencia en beberla al natural.

Ella replicó con gran énfasis en sus palabras.

—Oh, sí, sí que la hay, David. Hay una gran diferencia y tú lo sabes. Pero te apuesto que te gusta comer carne a medio cocinar. Con la sangre brotándole.

Sonrió reflexionando y dijo:

—Sí, sí me gusta de esa manera.

—Y también te apuesto a que si nadie está viéndote, con un trozo de pan comes también la sangre que escurrió en el plato.

—No, hago puré mi papa y la mezclo con esa sangre.

Y ambos rieron.

Dos horas después alrededor de una tercera parte de los invitados se encontraban a punto de tener un colapso o ya lo habían sufrido. David había rehusado beber la mayoría de las docenas de botellas o vasos de vino que les habían ofrecido a él y a Mariana, pero ésta sí había dado buenos sorbos.

David vio a Pete caminar tambaleante hacia un lado del patio y empezar a vomitar. Dirigió la atención de Mariana hacia él. Y llegó otro hombre apresuradamente junto a Pete y lo ayudó a llegar hasta una cerca de la casa. Entonces colocó la cabeza de Pedro sobre la cerca.

—Si tienes que vomitar no lo hagas en mi patio —le dijo.

—Entiendo que ese hombre es el dueño de la fiesta —le dijo

David suavemente a Mariana y ésta lo confirmó, mientras Pedro se sacudía una y otra vez sobre la cerca.

—¿Y qué hace el vecino que vive junto? —preguntó David—. Quizá a él tampoco le guste el vómito en su patio.

Mariana señaló entonces a otro hombre vomitando al otro lado de la propiedad.

—Tienes razón. Allá está él volviendo en el patio del otro lado.

David entendió la gracia de la situación, pero preguntó:

—¿Pero por qué todos beben hasta enfermarse de esa manera?

—Algunos vomitan a propósito. Para tener estómago para aquello. Mira eso.

David vio entonces que varios hombres habían descubierto el cabrito y con unos ganchos estaban sacando del agujero el cazo en que lo habían colocado para hacer la barbacoa. Lo llevaron a una de las mesas y sacaron aquel guiso colocándolo sobre una tabla grande. Muchos de los concurrentes estaban más allá de tener hambre, pero alrededor de unas dos docenas de ellos sí se agruparon alrededor de la mesa olfateando y lanzando exclamaciones de gozo anticipado. El hombre del mandil blanco, con cuchillo en mano, se había ya colocado a un lado del cabrito. Empezaron a circular los platos.

—¡Esperen, esperen! —dijo el hombre mirando en derredor—. ¿En dónde está nuestro invitado gringo? —y su mirada encontró a David—. Come forward, please sir —(acérquese por favor, señor) le dijo a David. Este titubeó, estaba incierto, pero Mariana lo condujo junto a la mesa.

—For you —dijo el hombre a David—, special for you.

Tomó el cuchillo y con toda destreza extrajo uno de los ojos del cabrito y lo colocó en un plato. Lo presentó a David y todos observaban. David contempló aquel ojo humeante sin saber qué hacer. Aquel ojo lo miraba fijamente. David tomó el plato y miró tontamente alrededor. Todas las caras estaban serias. Alguien puso un tenedor en su mano y él lo contempló estúpidamente. Se volvió con una mirada suplicante hacia Mariana.

"Sálvame, por favor", parecía decirle, pero ella solamente sonrió un poco. David nuevamente miró a ese par de docenas de caras que lo observaban ansiosamente. Entonces levantó el tenedor y trató de pinchar el ojo, que era casi del tamaño de una pelota de golf. Se dio cuenta de que estaba duro y difícil de pinchar. Entonces trató con más fuerza. Repentinamente el hombracho del mandil blanco echó hacia atrás la cabeza y se soltó riendo a carcajadas, dándole a David una palmada tan fuerte sobre la espalda que casi lo hizo tirar el plato. En seguida todos los demás soltaron a reír. Ya veía que era una broma. Realmente no habían esperado que él cayera en la cuenta. El carnicero dejó de reír y tomó el plato de la mano de David.

—Mire —le dijo llevándose el ojo todavía humeante a la boca. Lo masticó vigorosamente—. Los ojos son buenos para la vista. ¿No ha notado que yo no uso anteojos? Eso es porque yo como ojos. Es lo mejor en el mundo para la vista.

Aquello hizo reír a David y alguien desde algún lado gritó:

—Pero estás comiendo una parte del chivo que no debías. Debías comerte los sesos —aquello provocó risotadas. Una mujer que David adivinó sería la esposa del carnicero se abrió paso hasta su marido.

—Yo creo que lo que tú debes comer mucho es lengua, porque siempre estás hablando.

El hombre del cuchillo rió de buena gana y replicó a su mujer:

—Mi vida, cuéntales a éstos cuál es la otra parte del animal que como cuando se trata de un macho como éste —la mujer se sonrojó y volvió la mirada hacia otro lado—. Anda, cuéntales, diles cómo soy. Y eso que ya paso de los cincuenta.

Cuando terminaron de comer la barbacoa le dijo David a Mariana:

—Ese cabrito era para chuparse los dedos. Si pudieras vender esto en un restaurante; podrías... —se vio interrumpido por una multitud que hablaba ruidosamente. Volviéndose en dirección de aquellos que gritaban vio David al jorobado abriéndose paso entre varios hombres.

—Yo sé cuando no estoy borracho y puedo manejar mi carro —estaba diciendo el jorobado, luchando por ir hacia su coche estacionado a un lado de la entrada de la casa.

—No manejes. Chocarás —alguien lo previno.

—Solamente vivo a dos cuadras de aquí —dijo el jorobado resuelto—. Voy a mi casa y será mejor que nadie trate de detenerme.

Apenas podía caminar, pero tambaleándose llegó hasta su automóvil. Los otros lo observaban mientras abrió la puerta y sentándose detrás del volante aplicó la reversa. Todos oyeron rugir el motor, a lo que siguió otro chillido de llantas y después un golpe seco. David y Mariana se unieron a los otros que acudieron apresuradamente al asiento delantero para ver lo que había pasado.

El Jorobado había fallado para tomar la salida, por una distancia de tres metros, y las ruedas traseras estaban suspendidas por arriba de la alcantarilla, girando inútilmente mientras el peso del coche descansaba sobre el chasis que estaba montado sobre el paramento de la banqueta. El Jorobado aceleraba el motor, pero las ruedas simplemente giraban en el aire. Al fin salió del coche mirando con resentimiento a los que se agrupaban a su alrededor.

—¡Carajo! Miren lo que hicieron —les dijo el Jorobado acusadoramente—. Ahora estoy atorado.

Examinó la situación y empezaba a desplomarse por lo que tuvo que recargarse contra el coche. Instantes después con paso vacilante fue hacia el parachoques delantero y empezó a empujar en vano. Y entonces se volvió hacia los otros.

—¡Ayúdenme, maldita sea! Si le hacemos el "try", si tratamos, podemos empujar a este son-of-a-bitch a la calle.

El carnicero grandote llegó a su lado.

—Te dije que no manejaras, Jorobado. Ni siquiera puedes andar de borracho.

—Tú cállate la boca y ayúdame a empujar —insistió el Jorobado empujando solo—. Y si no quieres ayudarme, entonces lárgate al carajo, maldito carnicero.

Aunque había quizá más de treinta personas alrededor del coche del Jorobado ninguno se ofreció para ayudarlo. Fue David el que primero advirtió un coche de policía que se acercaba lentamente hacia ellos. Se detuvo precisamente enfrente a la parte posterior del automóvil con las ruedas en el aire. David vio a uno de los policías que en el interior de la patrulla levantaba un micrófono, hablaba brevemente y volvía a colocar en su sitio el aparato. El grupo de mexicanos guardaba ya silencio. El Jorobado se recargaba en su coche buscando apoyo y miraba hacia el auto de policía. Salieron los dos agentes y se acercaron a los de la fiesta, pero en seguida fueron directamente hacia el Jorobado. El alumbrado brillante de la calle iluminaba toda aquella escena. Los dos policías eran anglosajones.

—Por lo que vemos tienen un pequeño problema aquí.

—Él golpeó su coche —dijo alguno del grupo. David sintió que Mariana le oprimía fuertemente el brazo.

—This your car? —le preguntó un policía al Jorobado mirándolo de arriba abajo.

—Yeah, it's mine —respondió el Jorobado.

Los dos agentes fueron hacia la parte trasera del coche y examinaron la situación. David advirtió que los dos hombres miraban en ambas direcciones de la calle como esperando algo. En seguida volvieron con el hombre de la joroba.

—¿Cuando esto sucedió manejaba usted? —le preguntó uno en inglés.

—Sí, solamente vivo a dos cuadras de...

—¿Cuánto has bebido? —le preguntó el otro agente. La pareja de policías era joven, no llegarían a los veinticinco años de edad.

—No estoy borracho, si eso es lo que quieren saber —dijo el Jorobado.

Los agentes de la ley observaron la multitud actuando de manera natural y con confianza en sí mismos. Entonces uno dijo:

—Será mejor que venga con nosotros a la patrulla —y el Jorobado gruñendo caminó con paso vacilante hacia el coche policiaco estacionado en el centro de la calle. La luz roja colocada sobre el techo emitía sus señales luminosas intermitentes y todos los invitados se agruparon en la banqueta.

—Déjenlo libre —gritó en voz alta el hombracho del mandil blanco—. Lo llevaremos a su casa. Solamente vive aquí a dos cuadras.

Uno de los agentes se volvió apuntando con su garrote hacia la multitud.

—Será mejor que ustedes no se mezclen en esto —los previno mientras el otro compañero metiendo la mano en su bolsillo sacó una moneda que colocó sobre la banqueta enfrente del Jorobado.

—Ahora, vamos a ver cómo la levantas —le ordenó.

—No podrá. ¿Qué no ve que es un inválido? —gritó una voz de entre los concurrentes. El policía no prestó atención.

—Vamos, Pancho. Levántala —ordenó nuevamente el patrullero.

El Jorobado, deformado como era tuvo que apoyarse contra el coche patrulla para doblarse por la cintura. La mano con que se sujetaba resbaló y el hombre empezó a caer. El policía evitó la caída y lo hizo girar sobre sus pies sacando al mismo tiempo sus esposas. Por un momento luchó con el Jorobado tratando de forzar sus manos en su espalda. Y el Jorobado sintiéndose lastimado gritó:

—¡No lo haga! No puedo poner mis manos atrás. ¡No se doblan hacia atrás debido a mi joroba! —pero el agente continuó luchando por sujetárselas. Su compañero volvió su atención a los de la fiesta.

—Y ustedes retrocedan, todos —les dijo descansando una mano sobre su pistola, y echando una mirada a lo largo de la calle. David la siguió para darse cuenta de que se aproximaba otra luz roja intermitente; otro vehículo policiaco más llegó en la dirección opuesta y los dos se detuvieron para dar salida a dos agentes de cada patrulla que con paso apresurado llegaron a la escena de la lucha. Dos se mantuvieron vigilando a las gentes que se arremolinaban en la banqueta y los otros dos sujetaron al Jorobado por los brazos, obligándolo a agacharse. El deforme rugió:

—¡Mis brazos! ¡Deténganse! —pero ya tenía puestas las esposas.

El Jorobado daba de puntapiés a sus captores y juraba a gritos. Los tres agentes lo levantaron en peso y lo arrojaron a la parte posterior del interior de la patrulla. La multitud encabezada por el carnicero, se bajó de la banqueta caminando en dirección de los de la policía. Los seis agentes se encararon con el grupo, su expresión era grave y estaban prontos para presentar batalla en línea.

—¡Vamos, ustedes regresen a la banqueta! —gritó uno de los seis.

La multitud se aproximó más.

—Suéltenlo —gritó uno—. Quítenle las esposas —gritaba otro—, ¿no entienden que lo lastiman? Es un inválido.

—No está borracho, está baldado.

Aparentemente sólo David y ninguno de los otros, advirtió que llegaba otro vehículo policiaco y en seguida otro y otro más. Se volvió para mirar en dirección opuesta y vio otros más. Ya se había reunido entre los que estaban ya estacionados y los que iban llegando, una docena de patrullas. Saltaban de ellas los policías con escopetas. El carnicero guiando a otros se dirigió hacia los dos agentes que habían hecho el arresto.

—Miren, señores, no es esa la manera de tratar a un tipo que está…

Un policía corrió para interponérsele y los dos chocaron. Cayó el de la ley dando un salto mortal hacia atrás. Y como si esa hubiera sido la señal otro de los agentes saltó hacia el carnicero, gritando:

—¡Por atacar a un agente de policía, queda arrestado!

Cuando el del mandil blanco se volvió para darle la cara recibió un macanazo que lo hizo doblarse de rodillas con la nariz sangrando. Al instante cayeron sobre él dos policías y le sujetaron las manos por la espalda, y en unos segundos más también él ya estaba esposado.

Los mexicanos se adelantaron gritando histéricamente y como por arte de magia se formó frente a ellos una línea compacta de quince policías, cada uno apuntando con una escopeta contra el grupo.

—¡Raúl! —rugió un policía con galones de sargento. Se acercó a él un agente uniformado mexicano-americano. No necesitó que le dijeran lo que tenía que hacer. Pronto estuvo entre la hilera de escopetas y los del barrio.

Era la primera vez que en su vida veía David escopetas cargadas y prontas a dispararse. Las luces delanteras de los autos policiacos iluminaban la escena como si fuera de día, y pudo ver claramente cada escolta, con ese aspecto frío, duro y pavoroso.

—¡Regresen a sus casas, todos! —les ordenó el policía mexicano-americano.

—¿Desde cuándo tienen que ordenarnos que nos retiremos de la calle? —gritó una voz.

Raúl permaneció desafiante, con la mirada sin alterarse.

—Nada bueno les trae esa actitud. Se ha violado la ley y tenemos que castigarlos. Si se acercan más alguien va a salir lastimado.

Pero ya en esos momentos David notó el miedo en el rostro de Raúl. Un miedo del que se siente atrapado como si no supiera hacia qué lado irse. La multitud se acercó un poco más y surgieron voces de enojo. Menos de tres metros separaba la línea de los policías con escopetas del grupo de la fiesta. Se dio cuenta David, y aparentemente sólo él, que el carnicero había sido metido en otra patrulla y que ya la que llevaba al Jorobado empezaba a moverse lentamente.

David, con el rostro lívido se volvió a mirar a Mariana.

—¡Dios mío! ¡Esto es increíble! —exclamó advirtiendo que la cara de Mariana reflejaba terror. Mirando hacia atrás vio a Pete que se abría paso entre el grupo para ir a enfrentarse a Raúl, que permanecía en su sitio como intérprete entre la policía anglosajona y los de su propia raza. Pete empezó a hablar rápida pero tranquilamente en español. Los dos vehículos con los prisioneros habían abandonado la escena y David se dio cuenta de que el corazón le latía precipitadamente.

—¿Qué está diciendo? ¡Buen Dios! ¡Alguien va a morir aquí!

Pete habló largamente callando a Raúl cuando éste trataba de hablar. El sargento de policía dio una señal y la línea de escopetas empezó a retroceder.

—*Okay, let's get out of here* —ordenó el sargento.

Todos los policías empezaron a entrar en sus patrullas, dejando a Raúl y otro de los autos policiacos con un asustado policía anglosajón esperándolo. Pete continuó su monólogo y Raúl no dijo nada, viéndose indiferente. Al fin éste dio la espalda y caminó hacia el último coche patrulla que quedaba. Mientras esto hacía los chicanos prorrumpieron en enojadas palabrotas gritando amenazadoramente. Raúl trepó en su vehículo, cuando cerraba fuertemente la portezuela chillaron las llantas al arrancar el auto y los de la fiesta quedaron a media calle entre los coches estacionados. Permaneció ahí el grupo hablando con enojo, aparentemente sin ningún plan para dispersarse. Mariana tomó a David del brazo y empezaron a caminar por la banqueta.

—¿Qué va a pasarles? ¿Aquellos dos que se llevaron?

—Los meterán en la cárcel. Los juzgarán por resistir a la policía, embriaguez y quizá una media docena de otras cosas.

—Pero ese hombre, el carnicero. Él no hizo nada. Aquel policía tropezó con él deliberadamente y después pretendió caer.

Mariana le sonrió amargamente.

—¿Realmente quieres ser el liberal blanco? Entonces ve al tribunal y dile eso al juez. No lograrás nada bueno, pero estarás recibiendo una lección real en sociología.

—Aún me cuesta trabajo creer que haya ocurrido. Los policías... estaban listos para disparar.

—Tienes toda la razón. ¿Y crees que todos los que estaban ahí no se dieron cuenta de ello? Y en cada montón de esos guardianes anglosajones siempre hay uno a quien le hace comezón para disparar el gatillo. Nunca sabes cuál, pero existe uno entre el grupo.

—Si no hubiera visto eso y me lo contaran no lo creería. ¿Y eso ocurre a menudo? ¿El que empuñen las escopetas y hagan arrestos injustos?

—Solamente en el Este de Los Ángeles. No, retiro eso. También ocurre en Watts. Quizá sea peor allá.

—Y tu papá, ¿qué estaba diciéndole a ese policía chicano? —usó David esa palabra sin que al principio se diera cuenta de ello.

Ella rió y le explicó en seguida:

—David, no creerías lo que Daddy estuvo diciendo. Le dijo todo, desde hijo de una puta de a dos pesos hasta padre de hijos pervertidos y muchas más cosas en medio de esas. Y también lo llamó Leo Carrillo.

—¿Leo Carrillo? El fue un actor de cinematógrafo.

—Sí, fue un actor. Uno que actuaba precisamente como los hombres blancos le decían que actuara. Que representaba exactamente la imagen de un mexicano como el blanco quería que pensaran acerca de los mexicanos. En Watts llaman a un tipo como Leo Carrillo un Tío Tom.

Y caminaban ya rumbo al coche de Stiver cuando éste se detuvo y colocó sus manos sobre los hombros de ella.

—Mariana, ¿lo pronuncio bien? ¿Tu nombre?

Ella sonrió para contestar.

—Casi, casi. La "R" es casi trinada.

—Mariana, voy a hacer algo acerca de esto. De lo que vi esta noche —ella lo escuchó en silencio, muy seria—. ¿No me crees?

—Yo creo que puedes intentarlo. Daddy trató de ayudar una vez a unos pobres negros. Un contratista los estaba robando. Y los blancos empezaron a decirle "Nigger-lover", amante de negros, y terminó siendo despedido en su trabajo.

—Recuerda mis palabras, Mariana, ya veré que alguno de una posición elevada sepa lo que ha ocurrido aquí esta noche. Si tengo que hacerlo me acercaré hasta el presidente de la universidad para que haga presión y saque esto a la luz pública.

Ella sacudió la cabeza tristemente.

—David, ¿cómo puedes decir lo que es el barrio mexicano del Este de Los Ángeles cuando ni siquiera te conoces a ti mismo? Vamos... a tu apartamento. Sé que es tarde, pero quiero decirte montones de cosas en las que jamás habías soñado.

Pasaban de las dos de la mañana y continuaban sentados juntos en el sofá del apartamento de Stiver, Mariana hablando sin interrumpirse, según él se dio cuenta, por primera vez en su vida, expresando cómo se sentía acerca de las injusticias que había visto en los vecindarios en donde había crecido. El observaba su rostro mientras ella hablaba suavemente, suavizando la voz cuando estaba enojada y algunas veces entrecerrando los ojos cuando recordaba alguna frustración.

—...y entonces, Daddy se puso nervioso cuando discutía con aquel gendarme y sacó una cajetilla de cigarrillos y la abrió. Ya sabes de esa pequeña tirita de papel celofán con la que se desprende la parte superior, bueno, pues él la tiró y voló por la calle. El policía se puso furioso. "¿Está tratando de picarme la cresta?" Le dijo el policía. "Puede merecer una multa de quinientos dólares por arrojar basura en las calles. Y ahora levántela. Pronto". Mientras tanto se había agrupado una pequeña multitud y el policía detuvo el tránsito mientras Daddy salió del coche y buscó por la calle esa pequeña tirita de celofán. Regresó al coche y el policía lo hizo que la pusiera en el cenicero del coche y le dijo a Daddy que se alegrara de que no le levantara una infracción por haber violado la ley al tirar aquella basura, en lugar de darle solamente la que le iba a dar por doblar en una esquina prohibida. Nunca he olvidado eso, aunque yo era muy pequeña, ni cómo Daddy dejó de hablar por el resto del día. Esa vez en lugar de llevarnos a la playa hacia donde íbamos, cambió de rumbo y fuimos a ver a mis abuelos a Irwindale. Siempre que Daddy se siente deprimido y ofendido le entran deseos de ir para allá.

David la tomó de la barbilla y volvió la cabeza de ella hacia la suya.

—Mañana voy a hacer algo para remediar lo que pasó en la fiesta de esta noche.

—¿Y qué vas a hacer?

Antes de contestar hizo una pausa.

—Pondré una queja en el lugar adecuado, cualquiera que éste sea. Me acercaré a alguien para decirle lo que sucedió, al mismo jefe de policía de Los Ángeles si es preciso. Estoy seguro de que no se sabe generalmente que los policías saquen sus escopetas y provoquen arrestos. Voy a darlo a la luz pública.

Ella sonrió francamente.

—Estás convirtiéndote en un caballero con una armadura brillante, David —y después de dar un sorbo a su café continuó—: Creo que vas a hacerlo. Y pienso que voy a ingeniármelas para que te enamores de mí.

Él parpadeó y con cierto embarazo dijo:

—No me di cuenta de que lo hubiera mencionado.

Ella lo miró y abrió grandes los ojos.

—Me imagino que eso es una muestra de lo real que soy para captar las impresiones que causo en la gente. Tú me amas, ¿no es cierto?

Él se volvió a mirar a otro lado un poco molesto.

—Has tratado de enseñarme a ser sincero. Es difícil. Sí, sí te amo, Mariana. Mucho, nunca lo hubiera creído; al principio fue...

—Al principio fui sólo yo. Del modo en que me veo. Sé que me veo bien para los hombres —recalcó sonriendo—. No sabes hasta dónde lo sé. Primero fui para ti diferente, exótica. Pero supe que esto pasaría. No es solamente a mí a lo que amas ahora. Es algo más. Algo muy importante.

Él le tomó ambas manos y la acercó hacia sí mirando en lo profundo de sus ojos para ver si podía descubrir qué era aquello que lo hacía sentirse de esa manera. Con sorpresa se dio cuenta de que ella era una mujer madura, preparada para ser madre, más que ninguna otra muchacha a quien hubiera conocido, pero aun así había en ella suavidad y sexo. Fue esa combinación la que él encontró locamente deseable. Se preguntó extrañamente si no sufriría un poco del complejo de Edipo o si no tendría un poquito de esa madurez rara que miraba por arriba del sexo y del embarazo y de la paternidad como un todo del mismo cuadro de referencia emocional.

—Te deseo, Mariana —le dijo simplemente.

Ella se puso de pie.

—Lo sé. Creo que es el momento apropiado.

La miró él intrigado y le dijo:

—Oh, quieres decir, el momento apropiado para...

—No —replicó ella con una leve sonrisa—, quiero decir que es el tiempo apropiado para nosotros. Estamos listos.

Y con paso firme se dirigió ella hacia la alcoba. Él sentía que las sienes le martillaban cuando la siguió. Ahí estaba ella de pie junto al vestidor y al lecho. Lo miró brevemente y en seguida se despojó de su suéter. Esbozó una leve sonrisa cuando se desabotonó la blusa. La observó sin parpadear, impresionado hasta la medula ante la vista de sus hombros desnudos. Se dio cuenta de que estaba conteniendo la respiración cuando ella hacía a un lado las cubiertas de la cama, cubriendo su cuerpo solamente con el sostén y el medio fondo y metiéndose en la cama se recargó en la cabecera esperándolo. Se veía increíblemente calmada. Se sentó David a un lado de la cama y ella corrió sus dedos entre sus cabellos.

La voz de Mariana era sólo un murmullo y apenas pudo él oírla cuando dijo:

—Ven a mí.

Jugueteó un momento con su corbata y al fin se despojó de ella. Torpemente intentó desabrochar el botón de su cuello. Al fin dio un ligero tirón y el botoncito fue a caer en el vientre desnudo de ella. Advirtió que estaba sorprendido de ver que la piel del vientre y los hombros tenían un tinte uniforme, sorprendido también de que ella no fuera más blanca debajo de sus ropas como todas las otras cuya piel era de un blanco descolorido. Sonriendo un poco tontamente trató de recoger el botón, pero ella fue más rápida y se apoderó de él, y cuando se estrechó contra David atrayéndolo con las manos detrás de su espalda, el puño de ella con el botón se cerraba fuertemente.

Después de un par de días y alrededor de una docena de llamadas telefónicas fue cuando David Stiver llegó en su coche hasta un lote cercano al Centro Cívico de Los Ángeles y se dirigió a las oficinas de policía. Cuando pasaba frente a tres figuras esculpidas en bronce cerca de la entrada del edificio recordó estúpidamente que esas obras habían sido materia del tema de un diario que trató un estudiante de arte a quien él conocía. Sabiendo que él no era uno de aquellos que podían mirar algún objeto de arte para decir si fuera bueno o malo, desechó de su mente aquel recuerdo. Al entrar fue directamente a la oficina de la persona con quien había hecho la cita.

Las paredes de la oficina estaban cubiertas con una madera barnizada, y mientras esperaba pensó que era demasiado tranquila y lujosa para ser la oficina de un departamento de policía.

Finalmente llegó el hombre a quien esperaba. David se preguntó si automáticamente no lo habría disgustado antes de tratarle todo ese asunto...

El hombre miró a David como si un momento antes acabara de escapársele de la mente su nombre.

—Usted es...

—David Stiver.

—Oh, sí. Hablé con usted por teléfono. Usted es profesor...

—Correcto —afirmó David tratando de clasificar su tipo, y resolvió que muy bien podía haber sido el entrenador más joven del grupo de futbolistas de la Conferencia de Los Diez Grandes. Era rubio, con los cabellos perfectamente peinados, y su físico era de un tipo que había sido un verdadero atleta y que aún conservaba su fuerza y su buen parecido. Su rostro de un hombre que ha triunfado parecía inmóvil como si estuviera constantemente preocupado con la incorruptibilidad y la eficiencia.

Se identificó como sargento de la División de Asuntos Internos del Departamento de Policía y se inclinó sobre su escritorio de modo que Stiver tuvo que dejar su asiento para estrechar la mano que le extendía.

—He estudiado el incidente que usted y el profesor... —se volvió a mirarlo inquisitivamente.

—Rowland.

—Sí. Parece que Rowland presentó una queja y se ha encontrado que no hay fundamento para ninguna acción que pueda emprender esta oficina —el rostro del sargento no reflejó la menor impresión.

David parpadeó. Pensó que aquella aseveración era el modo más rápido para eliminar su caso.

—No entiendo. La queja que presentamos fue concerniente al arresto de dos hombres en el barrio mexicano de Los Ángeles...

El sargento levantó una carpeta.

—Sí. Aquí tengo todos los detalles. Parece que ustedes piensan que por parte de los policías hubo ciertos atropellos...

—No parece que yo piense en nada. Yo estuve allí. Vi a policías con cascos de batalla y con escopetas apuntando hacia la gente; uno de ellos deliberadamente tropezó con un hombre a quien después golpearon y...

—Espere un segundo —lo interrumpió el sargento sin alterar la voz y oprimiendo un botón de su aparato intercomunicador. Segundos después una voz atendió el llamado—. Dígale a Jack que venga, por favor —no esperó respuesta y prosiguió hablando con Stiver—. Para ser sincero con usted, le diré que yo no interrogué personalmente a los agentes envueltos...

—¿Y por qué no lo hizo usted?

—Porque tengo asistentes que son completamente capaces de hacerlo. Leí todos los reportes concernientes al caso, incluyendo el que rindió Jack Flowers, que estará aquí en un segundo. Él habló con los policías que estuvieron mezclados en aquella detención.

La puerta del fondo por la que había entrado el sargento se abrió para dar paso a un negro apuesto, bien formado, de alrededor de unos treinta años. Usaba un traje oscuro estilizado y sus cabellos estaban bien atendidos. Hizo una inclinación de cabeza al sargento y se volvió hacia Stiver con amistoso interés.

—Jack —dijo el sargento—, éste es el señor Stiver. Señor Stiver, éste es el oficial Jack Flowers, también de la División de Asuntos Internos. Él interrogó a los agentes que usted nos reporta.

Jack Flowers esbozó una amplia sonrisa y dio unos pasos hacia David con la mano extendida.

—Encantado de conocerlo, señor Stiver —dijo el oficial de policía. Su rostro aún sostenía el interés amistoso.

—También a mí me da gusto —replicó Stiver.

En seguida continuó el sargento.

—El señor Stiver presentó una queja acerca de ese caso. Por eso es que te lo encomendamos a ti, Jack —y volviéndose a Stiver—. Nosotros revisamos cualquier incidente que nos reportan acerca de malos tratos por parte de los agentes policiacos.

Jack Flowers intervino:

—Sí, un departamento nunca puede estar seguro cuando tiene una o dos manzanas malas, de modo que verificamos cualquier reporte —y sonrió sinceramente—. Eso significa caminar mucho, pero para eso estamos aquí.

Recordó Stiver que con excepción de unas cuantas citas por violaciones de tráfico, nunca había estado en contacto con un policía. "Vaya, por Dios, no tengo miedo de hablar", se dijo.

—Aquí el sargento me informa que la investigación no revela ninguna prueba de atropellos por parte de los policías en ese arresto que la otra noche llevaron a cabo en el lado Este —manifestó Stiver confiado.

El sargento intervino rápidamente.

—Nunca dije que hubiéramos hecho una investigación. Dije que habíamos visto el caso.

—Bueno, de la manera que ustedes lo llamen. De todos modos aquí tengo el recorte del incidente que publicó un diario... —extrajo aquel recorte de que hablaba y leyó—: MULTITUD QUE TRATA DE RESCATAR PRISIONEROS. "Una multitud de más de cien personas intentó rescatar a dos prisioneros que estaban bajo custodia de la policía en el Este de Los Ángeles

la noche pasada…" —colocó el recorte sobre el escritorio y
añadió—: Este reporte no es verdadero. Esta es la versión de
ustedes…

El sargento interrumpió:

—No tenemos control, ni queremos tener ninguno, sobre la
prensa libre. Lo que los diarios publican no es de nuestra…

—¿Entonces de dónde obtuvieron ellos esta información?
No había ningún periodista presente cuando eso sucedió.

Flowers sonreía al preguntar:

—¿Cómo sabe usted que no lo había?

—Porque yo estaba allí, por eso —solamente por un momento Flowers dejó de sonreír y David prosiguió—: Pero yo
quiero saber, si esta no fue versión de ustedes, ¿entonces de
quién fue?

—Nuestro libro de arrestos está abierto para los representantes de la prensa libre. No tenemos derecho, bajo ningunas
condiciones ordinarias, el ocultar información de interés público, ni queremos hacerlo.

David notó que el sargento tenía una manera muy particular
que usaba cuando repetía esa frase.

—Bueno, entonces esta es precisamente la versión de
ustedes.

—Si usted tiene diferencias con los reportes hechos por los
periodistas entonces debía usted emprenderla contra ellos —le
dijo el sargento con cortesía.

—Ahora espere un minuto. Espere un minuto. No nos salgamos de la tangente con este asunto de los diarios. Esa noche
yo vi el más flagrante ejemplo de la conducta atroz imaginable
de la policía. Vi a una multitud de gente amigable amenazada
con escopetas, a un hombre al que se le jugó una treta para que
diera la apariencia de haber golpeado a un agente de ustedes…

Flowers lo interrumpió.

—Ese agente que lo arrestó dijo que el hombre trató de arrojarlo al suelo y por eso lo detuvo, por asalto a un agente policiaco y oponerse a un arresto.

—¡Qué asalto de policía ni que mis nalgas! —Stiver estaba enojándose y advirtió que los agentes no daban ninguna muestra de disgusto—. Esa es la cosa más graciosa que haya yo oído.

—Y eso no es lo que el agente envuelto asegura, ni lo que la docena de otras personas que lo vieron afirman.

—Entonces están mintiendo.

El sargento, sin perder la calma, preguntó:

—¿Entonces está sugiriendo que los agentes nuestros que llenaron sus reportes sobre el incidente con toda deliberación alteraron lo ocurrido?

—Si eso es lo que ellos dicen, sí. Mintieron con toda la boca.

El agente Flowers lo miró seriamente.

—Si lo que usted dice es verdad, entonces eso es corrupción entre la policía de este departamento, esa alteración de hechos.

—Muy bien, entonces eso es corrupción. Pero yo sé lo que yo vi.

—Usted sabe, yo conozco al "Doc" Howell de la universidad. Él es el director de Ciencias Políticas.

—También yo lo conozco —Stiver barbotó.

—Bueno —el tono de voz del sargento tenía un dejo de amenaza—, de acuerdo con muchas investigaciones y muchos reportes realizados por grupos independientes y sin ninguna autoridad, el Departamento de Policía de Los Ángeles goza del personal más libre de corrupción que cualquier otro departamento de policía de la nación.

—Ese es un hecho bien conocido —confirmó el agente Flowers—. "Doc" Howell puede verificárselo allá.

—Y aquí está usted tratando de decirnos que lo opuesto es la verdad. Que una docena de policías conspiraron para falsear los hechos y que cometieron una felonía con deliberación y lo hicieron sin ningún interés personal. No veo cómo espera usted que creamos que tenemos esa clase de policías cuando aun el "Reader's Digest" en dos artículos diferentes, por lo menos, ha ensalzado la incorruptibilidad de nuestra fuerza.

—Sí, ya sé todo eso. Pero estoy empezando a ver las cosas un poco distintas. Estoy diciendo a ustedes que el acusar a ese hombre de atacar a un policía fue el acto más odioso.

—Incidentalmente le diré —lo interrumpió el sargento— que aunque el cargo pudo haberse sostenido, fue retirado. Pero no obstante eso, muchos agentes de policía que presenciaron la escena estaban prontos a jurar que aquel hombre atacó al agente.

Flowers intervino entonces.

—Cuando un individuo se vuelve irrazonable y ha infringido la ley en varias formas, tenemos la política de tratar de retirar tantos cargos como sea posible en contra de él. No estamos para perseguir a nadie. Ese hombre fue acusado originalmente de atacar a un policía, de resistir a un arresto, de interferir en otro y de embriaguez. Todos los cargos fueron retirados menos el último.

Stiver estaba un poco turbado.

—Me gustaría poder decirles que fue muy amable de su parte, pero todo fue un atropello desde el principio. Sus policías habían salido a perseguir a alguien. Simplemente por tratarse del barrio…

Ante la presencia del agente Flowers, de raza negra, Stiver se dio cuenta de cuán débil se oiría esa acusación de discriminación. Estaba ya confuso e inseguro.

—Si tratáramos de perjudicar a alguien como usted lo afirmó, ¿habríamos retirado todos los cargos serios que había contra ese hombre?

—Podrían haberlo hecho, sabiendo que no les sería posible sostenerlos.

Sonriendo Flowers le repuso:

—Créame, señor Stiver. Con más de una docena de testigos, todos incorruptibles, todos policías veteranos con buenos antecedentes, esos cargos podrían haberse sostenido. Lo sé. Ignoro cuánto tiempo haya usted estado presenciando procedimientos en los tribunales, pero...

Stiver se dio cuenta de que su creciente enojo lo ponía en desventaja entre cabezas más serenas.

—Esperen hasta que ese caso llegue al tribunal. Ese hombre tendrá cincuenta testigos de que ni siquiera estaba borracho. Todos lucharán contra esa coartada... —se dio cuenta de que era demasiado tarde al ver las miradas de triunfo y alegría en los ojos de los dos hombres.

El sargento habló más tranquilo que nunca.

—Evidentemente usted no sabía que esos dos hombres arrestados aquella noche fueron llevados ante el juez esta mañana y que confesaron haber estado ebrios y haber perturbado la paz.

Stiver se sentó y por un momento guardó silencio.

—No. No lo sabía —dijo finalmente.

—Bueno, ya ve usted, esto es lo que sucede cuando no se entienden esas cosas. Ahora, si cualquiera de esos hombres tuviera cualquier queja acerca de una injusticia que hubieran sufrido, con certeza que no hubieran confesado ser culpables. De nada. Por lo menos yo sé que no aceptaría mi culpa. ¿Y usted, agente Flowers?

Flowers sonrió, contestando:

—Con seguridad que no. No hay poder en el mundo que pueda obligarlo a uno a confesar contra su deseo en este país. ¿Cree usted que nosotros hacemos uso del "tercer grado"?

Stiver estaba exasperado. Se echó hacia atrás en su asiento pasándose las manos por los cabellos, sin saber por dónde empezar de nuevo.

—Muy bien, ahora escuchen. No estoy logrando nada. Soy residente de esta ciudad y quiero satisfacción. Creo que han hecho un pésimo trabajo al revisar este caso. Pienso que cierran ustedes los ojos ante cualquier atropello.

El sargento tomó en sus manos un panfleto impreso.

—Acostumbramos hacer reportes regulares sobre esta clase de cosas. Para la ciudad la hacemos. Todo esto es materia de antecedentes públicos, incluyendo el hecho de que el cincuenta por ciento de todos los cargos de brutalidad investigados por el Departamento de Policía son confirmados y se han tomado las acciones debidas. ¿Cree usted eso?

Stiver titubeó y el sargento sostenía en sus manos lo que sabía que era una prueba de lo que acababa de decir y esperaba.

El agente Flowers intervino una vez más.

—Y el cincuenta por ciento confirmado por un departamento es probablemente la cifra más alta en el país. ¿Le parece a usted entonces que estemos tratando de ocultar mala conducta o brutalidad?

—No…, me imagino que no. Pero no estoy tan seguro de que ustedes hayan investigado realmente esto hasta su más amplia… —se dio cuenta de que el sargento y Flowers intercambiaban miradas. Él se concentró para continuar—. Ahora esperen…, ¿dicen que la mitad de todos los casos investigados se han confirmado y que han tomado las medidas necesarias?

—Así es. Ningún otro departamento...

Stiver lo interrumpió.

—Pero cuando empezamos a hablar, usted, sargento, afirmó que no había dicho que este incidente hubiera sido investigado, ¿no es así?

Los dos agentes de policía se miraron, y Stiver continuó:

—¿Está eso asentado? ¿En ese reporte que tiene usted para los ciudadanos? Cincuenta por ciento de todos los casos son investigados. Eso es lo que usted quiere decir, ¿no es así?

Ninguno de los dos respondió y David prosiguió implacable:

—Muy bien, y ahora contéstenme esto: ¿este incidente del que estamos hablando aquí va a quedar asentado entre sus casos como investigado?

Esperó. Los dos lo miraron y él insistió:

—Estoy esperando una respuesta, sargento.

Con impaciencia el oficial le replicó:

—Mire, señor Stiver. Estamos muy ocupados. Ya le dije a usted que echamos una mirada a eso y que no encontramos nada que investigar.

—¿Y cómo sé que echaron esa mirada?

El sargento sonrió.

—Tendrá usted que aceptar mi palabra. Si piensa usted que vamos a retirar de sus puestos a quince hombres para interrogarlos delante de usted, está equivocado. Este asunto se ha manejado de una manera común.

—Muy bien. Entonces dígame quién resuelve si un caso amerita investigación o no. Dígame quién e iré a verlo. Estoy perdiendo mi tiempo con ustedes.

—También nosotros lo perdemos con usted, señor Stiver, si no le gusta la manera en que este departamento de policía funciona vaya y vea al alcalde de la ciudad.

—Ya lo hice y me envió aquí diciéndome que ustedes manejan esta suerte de caso. ¿Es usted el que decide si un incidente debe ser investigado o no?

—Sí, yo soy —le dijo con enojo.

Stiver permaneció en silencio en su silla, al fin murmuró:

—Comprendo. Un callejón sin salida, ¿eh? —y después alzando la voz y apuntando con la mano hacia la calle prosiguió—: ¿Y qué hay acerca de aquellas gentes allá en el Este de la ciudad? ¿A quién recurren si creen que se ha abusado de ellos?

La compostura del sargento había retornado.

—Si tienen una queja legítima es conducida a través de los canales apropiados.

—¿Y cuáles son esos canales?

Suavemente repuso el sargento:

—A través de esta oficina. Oímos cualquier queja y tomamos la acción indicada.

—Aunque esa acción sea la decisión de no ejercer ninguna acción o simplemente de no investigar —aquello que dijo Stiver no fue una pregunta. El sargento se encogió de hombros.

—Mire, chamaco, su viejo podrá ser un gran personaje allá en Illinois, pero no piense que pueda usted venir aquí para decirnos...

—¿Y qué saben ustedes acerca de mi viejo?

Fijó en Stiver el sargento una mirada inescrutable sin contestarle y él continuó:

—Díganme, ¿qué saben acerca de mí? ¡Buen Dios! ¿Apenas ayer y ya me han investigado? —los miró exigiéndoles—.

¡Respondan! ¿Ya me han investigado? Díganme, ¿qué es lo que averiguaron? ¿Supieron que pinté venado dos veces cuando cursaba el séptimo año?

Los dos jefes de policía simplemente se concretaron a mirarlo. Pero él insistía:

—No pensaron que los hechos en este caso ameritaran una investigación, pero a mí me investigaron recorriendo dos mil millas de distancia.

Era aparente su furia de que hubieran revisado sus antecedentes mientras les daba la espalda, ninguno de los policías le dirigieron una palabra ni hicieron algún ademán para detenerlo. Al llegar a la puerta volvió la cara hacia ellos y los miró. Permanecieron inmóviles, con las caras en blanco esperando su salida. Le dirigió primero al sargento una mirada dura y en seguida del mismo modo al oficial Flowers.

—¡Mierdas! —exclamó golpeando la puerta tras de sí.

Dormitó, despertando lentamente. La luz del sol de la tarde se colaba entre las persianas a medio cerrar de la ventana del muro del este de su alcoba. Ella se había levantado y no había advertido que él estaba despierto observándola.

"Mariana, Mariana", se dijo mientras la veía subirse la falda sencilla de algodón y ajustarla sobre sus caderas suavemente llenas y después cubrirse el torso con un jersey suelto. Dio la impresión de que sus sandalias de piel entraban solas en sus pies y en seguida fue a ponerse al frente del espejo en donde cepillaba sus cabellos negros que le caían hasta la altura de los hombros, con el cepillo que ella guardaba en el cajón del tocador de David.

Cuán singular, penso, había sido con otras chicas que siempre tuvo que esforzarse por no decir:

"Muy bien, y ahora sal de aquí y déjame solo", pero con Mariana deseaba levantarse y charlar con ella, escuchar lo que ella tenía que decir y disfrutar de ser el objeto de sus atenciones. En esos momentos estaba ella poniendo las cosas en su sitio, volviendo los libros a sus casilleros, colgando un suéter o una chaqueta en su "closet". Repentinamente ella vio algo en el piso de ese "closet" y se agachó para levantarlo. Se volvió a mirarlo y vio que estaba despierto.

—¡David! ¿Es esto lo que hiciste con la piel que te traje? ¿Simplemente tirarla aquí en el piso?

Él se sentó estirando los brazos.

—Sinceramente, no había tenido tiempo de buscar un lugar para colgarla. Así como es de vieja realmente me gusta.

—Es la belleza de ella. Parece que perteneció al siglo pasado y así es.

—¿Es aquella que vi en la casa de tu abuelo?

—No es la misma, tenían dos. Detrás de ellas evidentemente que hay una historia real. Mi abuelo me dijo que su padre, mi bisabuelo, tenía muchas cuando decidieron venir a este país, y la familia las fue cambiando por albergue y comida durante el trayecto. Solamente les quedaron dos y me dio a mí ésta. Y yo te la he dado a ti y tú la arrojas en el piso de tu "closet".

—Lo siento —le dijo sentándose en el borde de la cama.

—Esto debe ir sobre el sofá de la estancia —le dijo saliendo de la alcoba—. Vamos, levántate. Tenemos que arreglar este lugar para tus papás. Ya sabes que llegarán dentro de unas cuantas horas.

Cuando él fue a la estancia, ya vestido, ella estaba limpiando los ceniceros, recogiendo los diarios y las revistas y echándolos en un cesto. Con un recorte de un diario en la mano le preguntó:

—¿Quieres guardar el diario que publicó los arrestos..., los de esa noche?

Repentinamente pareció despertar.

—Sí, supongo que sí. Parece que eso fue todo lo que logré después de tantos esfuerzos —y agregó con una sonrisa triste—: Siento haberte fallado, Mariana. Pero lo intenté. Durante dos meses. Y ahora los diarios dicen que es asunto muerto, demasiado viejo ya, y que nadie prestaría atención. Y que de todos modos me enviarían nuevamente a ver al sargento.

Mariana se acercó a él y tomó su cara entre las manos. Ella la rodeó con los brazos recorriendo con las manos su espalda de arriba abajo.

—Lo intentaste, David. Tan duramente como pudiste. Eso es todo lo que cualquiera puede hacer. Y te amo más por ello. Y tengo intenciones de decirles a tus padres acerca del caballero reluciente que personificaste.

Él se volvió hacia otro lado.

—Oh, yo no lo haría todavía —dijo evasivamente y escurriéndose de sus manos—. Además..., creo que mi madre no..., no vendrá en ese avión.

Ella había vuelto a su trabajo pero se detuvo.

—¿Tu madre no viene? ¿Y por qué?

—Bueno, me imagino que tenía... montones de cosas que hacer. Ya sabes que ella siempre está ocupada y en realidad este había sido sólo un viaje de negocios de mi padre y yo les sugerí que aprovecharan para visitarme. Pero Marge sí viene. La querrás, Mariana. Es realmente maravillosa.

—Sí, ya me has contado acerca de ella. Pero tu madre.

Siento tanto que no venga. Le contaste de mí el mes pasado cuando fuiste a tu casa, ¿no es así?

—Sí, por supuesto que lo hice.

—Bueno, pues siento desilusión porque no venga. Yo...

—Mariana —le dijo con un poco de disgusto—, no es como si estuviéramos comprometidos..., o algo...

Lo miró Mariana seriamente y en seguida bajó los ojos haciendo un ligero movimiento de cabeza.

—Sí, David, tienes razón. No es como si fuéramos a casarnos.

Se puso él de pie a su lado y la tomó en brazos.

—Mira, Mariana. No hay razón para que te sientas... como estás sintiéndote. No es como tú piensas...

Ella lo miró intensamente a los ojos y le dijo con voz suave:

—Realmente tienes un buen idilio, ¿verdad, David? —y retorciéndose se soltó de sus brazos, pero él la sujetó nuevamente.

—Mariana, nunca hemos tenido una querella. No empecemos ahora. Dad y Marge estarán aquí muy pronto. Hagámosles grata su estancia.

Viéndolo fijamente empezaron a desvanecerse las arrugas de disgusto de su cara y apareció una sonrisa, un tanto forzada, pero repentinamente se irguió.

—Seguro —dijo alegremente—. Ahora vamos. Apenas tengo tiempo para arreglar aquí mientras preparas un bocadillo, y después tienes que llevarme a casa para que me cambie y de allí irnos para el aeropuerto.

Mientras David preparaba unos emparedados en la cocina le gritó:

—No estás nerviosa por el encuentro con dad y Marge, ¿o sí?

Ella le contestó:

—No hay razón para que lo esté —y esperó el lapso apropiado para agregar—: ¿O acaso la hay?

Su entonación no fue la de una pregunta y lo hizo sentir muy infeliz.

Stiver se preguntó cómo vería Mariana aquello, cuando él estrechaba la mano de su padre y besaba a su hermana en la mejilla al recibirlos en el aeropuerto. Aquí está, pensó. ¿Aquí está, qué? ¿Realmente los había reunido para su propia diversión? No, no lo había hecho por eso, razonó. Estuvo observando su reacción cuando ellos se dieron cuenta de la chica de piel morena que estaba con él. Se dio cuenta de las miradas de los dos cuando tropezaron con la de Mariana y la sostuvieron firmemente para saludarla. Qué es lo que estaban esperando...

Advirtió en su padre y su hermana un interés muy vivo, una admiración y amistad cuando los presentó. Mariana se veía alta, como siempre; su timidez escasamente cubierta, sus labios sujetando sus palabras para darles ese ligero acento latino que hacía resaltar el hecho de que estaba cruzando la zanja para encontrarse con ellos en los términos que ellos fijaran. Solamente cuando sonreía era evidente que aún no llegaba a sus veinte años.

El padre de David, haciendo todo lo que podía por no dar muestras de ser un padre típico o un típico hombre afortunado en los negocios, se portaba notablemente inofensivo. Eso pensó David con afecto cuando el señor Stiver murmuró algo acerca de sentirse verdaderamente agradado y encantado de conocer a Mariana. Marge fue mucho más sincera y original cuando dijo:

—Con sinceridad, ¡cómo puede esperar una mujer de mi edad gustarle a una chica hermosa como tú!

Y después de decir eso rió. "Buena chica", pensó David, "casi inmediatamente podría gustarle hasta al más reacio cínico".

Mariana y Marge iban atrás en el escalador automático que los llevaba rumbo a la entrada de la calle. David oyó a Marge que abiertamente decía:

—...más cerca de los treinta años que de los veinte como estoy, no me vengas con eso de que no los represento.

Y su padre decía mientras tanto:

—...espero que tengas tanta hambre como yo, nunca puedo comer bien durante el vuelo. Vamos a ese hotel del bulevar Sunset...

Se sentaron en el comedor débilmente iluminado y el señor Stiver trataba tranquilamente de romper la concha de su langosta; Marge saboreaba su gran plato de ensalada y Mariana y David entregados a la tarea de picotear su comida.

—Me alegro de que hayas podido venir con tu papá —le dijo Mariana a Marge mientras ésta daba fin a un bocado.

—Bueno, realmente dad siempre tiene miedo de dejarme. Piensa que podría yo volver a casarme. Vive con el temor de tener en sus manos a una hija que se case muchas veces.

—¡Marge! —dijo el señor Stiver con un disgusto cortés—. Del modo en que lo dices parece que ya te hubieras casado una media docena de veces en lugar de una sola.

—Una y media —replicó y se volvió a Mariana—: Soy el esqueleto de la familia. Una vieja divorciada a los veinticinco años. Dad alejó a mí primer marido —y volviéndose nuevamente hacia su padre—: Gracias, dad, a propósito de eso —le dijo besándose dos dedos y colocándolos en los labios del viejo Stiver.

—Marge, por favor no digas "mi primer marido". Parece como...

—Bueno, pues él fue mi primer marido y no quiere decir que necesariamente haya tenido otros, simplemente espero que no haya sido mi último. Así lo espero y tú también.

—Y por lo que respecta a que lo haya alejado...

Marge interrumpió:

—Sí, no es justo que lo diga. Realmente, dad, fui injusta. Mi esposo se desilusionó cuando se dio cuenta de que se esperaba que trabajara en el puesto de la gerencia de ventas que le dio dad.

Mariana rió un poco incómoda.

David le habló a ella.

—Mariana, hay algo que tengo que decirte. Marge piensa que es darse tono... o... que es sofisticado el hablar abiertamente acerca de los asuntos familiares. Yo...

—Oh, ¡por vida de Dios! David, deja de tratar de disculparme. No pienso tal cosa. Si escondo algo, entonces piensas que soy una puritana inhibida, y si no, entonces dices que estoy tratando de ser sofisticada. Simplemente me importa un bledo.

Fue el señor Stiver el que habló en seguida.

—Mariana, ¿tú eres nacida en estos lugares?

—Sí, nací en... Los Ángeles. También mi madre. Somos lo que ustedes llaman aborígenes, eso me imagino.

—¿Cuál es el negocio de tu padre?

—Hace trabajos de construcción. Realmente no sé mucho acerca de lo que hace.

Marge levantó la mirada desde su plato de ensalada.

—Y a propósito, dad, ¿qué es lo que tú haces?

Se vio un poco disgustado y Marge rió de buena gana.

—Realmente, Mariana, si sé lo que hace, pero no sé cómo lo hace. Es dueño de una compañía que vende categoría, para las masas. El lema de la casa es: Categoría a la puerta de su casa.

Mariana se volvió sonriendo hacia el señor Stiver.

—Parece interesante.

—¡Vaya que lo es! Ella tiene razón. Tengo un negocio de ventas de puerta en puerta. Es único. Al menos pienso que lo es, aunque mis hijos piensen que sea gracioso...

David lo interrumpió...

—¡Dad! No creo que sea humorístico. Nunca dije...

—Yo sí —cortó Marge—. Creo que son motines. Dad tiene cientos de vendedores que van de casa en casa vendiendo copias de Rembrandt, cuadros de pared que representan hombres primitivos, lámparas que tienen como base mantequilleras americanas viejas o ruedas de telares, que a propósito, las manda hacer al Japón. Hasta vende relojes eléctricos antiguos, ¿se lo imaginan?

El señor Stiver sonreía.

—Y todo esto parece atroz para mi descendencia pero no para mí. Cuando empecé en este negocio, hace ya mucho tiempo, pensé que estaba llenando una gran necesidad. Y aún pienso de la misma manera. La gente a quienes mis vendedores visitan ordinariamente nunca comprarían nada como..., como eso que Marge acaba de mencionar. A ninguno se le había ocurrido llevar hasta la puerta del señor y la señora Pérez esos objetos de cultura.

—Sin nada de enganche, noventa días para pagar —apuntó Marge—. Pero, dad, por favor, no les llames objetos de cultura.

Esta chica que tenemos aquí probablemente tiene más dotes artísticas en su dedo meñique de lo que nosotros podamos reunir entre todos. Se reiría a carcajadas al ver uno de tus calendarios aztecas que has mandado hacer a España en imitación de mármol italiano.

—Eso no es verdad —protestó Mariana espontáneamente—. Yo no sé nada de arte. Creo que si el señor puede ofrecer réplicas de grandes obras está llenando una gran necesidad. Aun cuando las produzca en grandes cantidades.

El señor Stiver alegró su rostro.

—Gracias, señorita Sando..., yo sé que me perdonará el que no sea capaz de pronunciar su apellido.

—Sando-val —recalcó Mariana—. Acentuando la última sílaba —dijo marcando el "val".

Marge murmuró:

—Si lograra yo hablar con tu acento los volvería locos. ¿No tienes un hermano?

—Sí.

Marge se alegró.

—¿Cuántos años tiene?

David había estado escuchando a medias la discusión y en ese momento pensó en Sammy. Y en seguida en Sammy con Marge. Y vio que no había nada que hacer con la diferencia de edades, pero que sí sería una cosa ridícula. ¿No estaría de algún modo pasando desapercibido el ridículo que hacía él con Mariana? Mientras ellos hablaban trató de imaginársela a sus diez años en Illinois.

Pero no logró establecer una imagen. No encajaba en su niñez. Muy bien, entonces en el barrio mexicano del Este de Los Ángeles, metida en una cocina con un delantal, niños de piel morena arrastrándose en el suelo, hombres como su padre con la cabeza cubierta por sus cascos de acero, hablando a gritos mientras se servían sus guisos picantes, calentando una botella, sirviéndose vino, con sus cabellos negros quizá envueltos en un pañuelo multicolor, riendo y hablando tan chillonamente hasta donde su voz gentil pudiera para competir con las voces ruidosas y los chillidos de los niños, brincando para pasar por arriba de un gran perro echado en medio de la cocina, despreocupado acerca de lo que ocurría del mismo modo que las otras gentes.

Se imaginó que podía ver el vigor con que había nacido Mariana, fuerzas que quizá, eran el resultado de una herencia de resignación que la hacía capaz de soportar cualquier cantidad de incomodidades físicas o arduas labores. Pudo ver, comparando a su hermana con ella, que mataría a Marge el vivir en un apartamento de dos cuartos en el Este de Los Ángeles durante veinte años. Y del mismo modo mataría a Mariana el encontrar el rechace social en Illinois, a pesar de que Marge escupía al oír la mención del rechazo en el círculo social de su madre.

Y se vio arrastrado en sus pensamientos.

—...mi padre odia la sociología... —decía Marge—. No protestes, dad, sí la odias, pero estoy hablando con ella. Ya sabes, algunos jóvenes, a pesar de sus padres, se vuelven "hippies", o les da por la droga. David en vez de eso estudia sociología —hizo una pausa para tomar un bocado y añadió—: Y otras se vuelven divorciadas...

David vio la razón y la lógica de esa charla de Marge al parecer sin sentido, y pensó: pobre mujer. Siempre tratando desesperadamente de ayudar a alguien. En esos momentos trataba de exponer ante Mariana un cuadro de una buena familia, presentarle a los Stiver como en realidad eran, raros, sí, también gente real. Marge siempre trataba de presentar las cosas como realmente eran.

Mariana empezó a hacer esos movimientos casi imperceptibles que hace una mujer cuando está lista para retirarse.

—Realmente tengo varias cosas que hacer, David. Creo que te gustaría estar más tiempo con tu hermana, entonces por qué no permites que tu padre me lleve. Me agradaría tener una oportunidad de hablar con él —David estuvo de acuerdo y le entregó las llaves del coche a su padre.

—Solamente el llevar a una joven como tú podría hacer que me encarara a los viaductos y "smog" de Los Ángeles —dijo el señor Stiver sinceramente.

Mariana le dio las instrucciones respectivas para que la condujera a su casa y durante algunos minutos viajaron en silencio. Al fin ella, volviéndose a mirarlo, le dijo:

—Me imagino que es un cuento muy viejo, ¿no es así? —y las lágrimas brotaron repentinamente de sus ojos.

Sin retirar la mirada del camino, el señor Stiver asintió con un movimiento de cabeza, pero su rostro mostró de pronto arrugas que antes no había reflejado. Después de una larga pausa dijo el señor Stiver:

—Me imagino que ningún padre debería jamás impresionarse. Si es que él educa a un hijo para ser hombre. ¿Lo sabe ya David?

—No. No dejaré que lo sepa, si eso significa que piense que estropeará su vida —y levantó la cabeza al mismo tiempo que parpadeaba con resolución.

—Pero él debería saberlo. ¿Y tus padres?

Antes de responder pensó durante un momento.

—Supongo que usted no entendería esto, pero ellos piensan..., es una especie de costumbre el que crean que cuando una chica se embaraza la culpa es sólo de ella. Y que él solamente será responsable de un hijo si es con su esposa con quien lo ha tenido.

El señor Stiver movió la cabeza afirmativamente.

—Me parece que es la usanza europea, pero, ¿qué vas a hacer?

Ella encogió los hombros.

—Eso depende de David. Averiguaré qué es lo que piensa y si eso pudiera estropear los planes de su vida, simplemente me quedaré en casa con mis padres y tendré el niño. No seré la primera mujer a la que haya sucedido esto ni la última a quien le ocurra.

—Pero..., tú no entiendes, Mariana. En cierto modo es distinto. Aquí la ley establece que mientras David tenga un hijo en cualquiera parte, él será responsable de él...

—Sí, lo sé. Entre nosotros..., entre mi gente, un hijo ilegítimo es simplemente otro miembro de la familia. Pero en el mundo de David sería una gran diferencia en cuanto a que cierta familia le permitiera casarse con una hija, o si sería socialmente aceptable o no, o si el señor don Rico pudiera hacerlo el superintendente de una fábrica. Señor Stiver, como la chica embarazada por David represento para él una amenaza más grande que cualquiera otra cosa en el mundo. No creo que él piense casarse con nadie y menos de una manera especial conmigo. Y cuando él sepa que voy a tener este bebé, seré para él como una bala de cañón atada a su pierna. Me odiará. No existe la menor duda en mi mente de que lo he perdido. Quizá tenga todavía unas cuantas semanas más, uno o dos meses quizá, para ser la chica en su vida. Es todo.

Se volvió el señor Stiver a mirarla y vio en ella un orgullo y fortaleza que jamás había visto en nadie.

—Entonces, ¿qué harás?

Ella sonrió, pero no fue una sonrisa triste.

—Me quedaré en casa con mis padres. Como ya le dije no es esta la primera vez que sucede una cosa semejante.

Durante un buen tiempo ninguno de los dos habló y después fue el señor Stiver quien dijo:

—Mariana, quiero que sepas… que estoy seguro…, que no hay duda de que pudiera ser de nadie más que de David.

Colocó Mariana una de sus manos sobre la que el señor Stiver llevaba puesta en el volante.

—Gracias —le dijo suavemente.

Continuó guiando sin apartar la vista del frente. Y entonces dijo:

—No sé en dónde he fracasado…

—No fue fracaso de usted. No tiene usted la culpa de que las cosas sean como son. No se le puede a usted reprochar nada.

—¿Pero…, entonces, cómo, qué puedo hacer? ¿Cómo puedo ayudar…?

—No hay manera en que lo haga usted. Nada que pueda usted hacer. Excepto que quizá aprenda que hay algunas cosas en las que usted no puede hacer nada. David no aceptaría ninguna ayuda de usted. Ni siquiera consejos. El que usted se viera envuelto en esto, solamente haría que ustedes dos se alejaran más.

La dejó él frente a su casa asegurándole que él sabría cómo regresar al apartamento de David y haciéndola prometer que iría a despedirlos al aeropuerto. Le pidió que si podía entrar a conocer a sus padres, y ella, mirándolo y sacudiendo la cabeza, le dijo:

—¿Para qué?

David tenía deseos de caminar las diez cuadras que los separaban de su apartamento, pero Marge insistió en tomar un taxi. Tan pronto como entraron en el apartamento, sin preguntarle nada empezó a prepararle un "highball", y ella miró en su derredor.

—No está mal este apartamentito. Dad te sostiene con muy buen estilo, eso diría yo.

—Tampoco la pasas mal tú con él —replicó David.

Tomó ella la bebida que le ofreció su hermano y se sentó.

—Mariana es una persona encantadora, David. Estás enamorado de ella, ¿verdad?

Pareció disgustarse.

—Creo que es la mejor. Una muchacha dulce y todo lo demás.

Marge lo miró con afecto.

—Mi más querido hermano, ¿cómo te metes en todas estas...

—¿Estas qué? Por vida de Cristo, no me he metido en nada. Simplemente tengo una amiguita hermosa y de raza latina.

—Muy bien. Está bien. No te has metido en nada. Simplemente estás enamorado y de una adorable muchacha mexicana, es todo. ¿Por qué no la llevas a casa para que la conozca mamá como lo hiciste el año pasado con esa perra Coulter? Mamá pensó que ella era lo mejor que podías encontrar.

Fue David a la cocina y se preparó un trago para él, hablando mientras lo hacía.

—A mamá ya la conoces, ella no entiende todo. Pero si yo tuviera deseos de hacerlo lo haría. Si quisiera casarme con esta chica, no habría nadie que me lo impidiera —regresó a la estancia para sentarse.

—Nada de que nadie te lo impediría ni qué mis nalgas.

Stiver rió un poco.

—¿Sabes una cosa? Tú eres la única chica atractiva a quien yo haya conocido que pudiera decir frases tan vulgares y seguir siendo atractiva. Si Mariana algún día dijera eso... —y su voz se arrastró un poco.

Dio la hermana un sorbo a su "highball" y habló nuevamente.

—Con que así es como están las cosas, ¿eh? Mariana esto, Mariana aquello. Sabes, David, que te envidio tremendamente por esa capacidad que tienes para enamorarte. Yo no puedo. Yo me voy o me caso con cualquier hombre siempre que sea el menos repugnante.

Permanecieron en silencio y David pensó durante un momento.

—Quizá tengas razón, Marge. Pero no importa. Mamá y papá han hecho una labor demasiado buena sobre nosotros. Tenemos que encajar en donde han sido hechos nuestros nidos, allá en Illinois. Aun tú, que piensas que no has encajado bien, estás actuando según el libreto que fue escrito para ti. Las cosas son del modo que son y nunca cambiarán. No sabes nada acerca de Mariana. El mundo suyo es enteramente distinto. El hecho de que mamá sufriría un colapso si llevara a Mariana para que la conociera realmente no establece mucha diferencia. Hay un millón de otras cosas que harían la vida demasiado complicada para ella. Y nuestra vida con nuestras costumbres y valores raros ya es bastante compleja sin considerar el proyecto que se llevaría una vida entera para reformar agujeros redondos en donde encajaran fichas cuadradas. Creo que amo a Mariana, pero muy pronto pasará y ahí terminará todo. No puede ser de otro modo.

—¡Así se habla, Davey! Tú siempre fuiste hecho de esa materia que llega hasta la medula.

Miró a su hermana duramente.

—No me vengas con perradas, Marge.

—Yo voy con perradas a quien me dé la gana. ¡Dios santo! Si alguna vez tuviera algo que hacer con alguno que no fuera de nuestra raza de ratas, cuán pronto hubiera yo hecho a un lado todo.

—Eso es muy fácil de decir, pero nada te ha detenido a ti. Tú amas el modo en que las cosas han sido hechas para nosotros. Tú odias jugar al tenis y todo eso, pero realmente perteneces a la clase en la que nos ha colocado el dinero de papá.

—Dime, David. ¿Cuando empezaste tus estudios para sociólogo realmente planeaste obtener tu grado y después salir a convertirte en un trabajador social de quinientos dólares al mes? ¿O ingresar en el Cuerpo de Paz?

Por un momento se sintió alicaído.

—No. Siempre supe que regresaría con papá para decirle: está bien, tomaré el puesto de superintendente de zona. Simplemente había yo tenido un periodo de rebelión. Pero ahora es diferente. Tengo intenciones de participar en el negocio de papá, y algún día lo administraré por él, y voy a implantar un ciento de ideas acerca de oportunidades de empleo para todos por igual, mejoras y mil cosas más. Realmente, yo…

—David, si con la mierda de toro se pudiera hacer música tú serías una orquesta sinfónica. De modo que así es como raciocinas el no tener valor suficiente para no casarte con la mujer que amas. Estás tratando de decirte que haces un gran sacrificio para que más tarde puedas estar en posición de hacer cambios. ¡Buen Dios! Y yo que pensé que ya lo había oído todo. Al menos yo esperaba que tuvieras alguna excusa original para sentir miedo a encararte a mamá.

Sintió David que su rostro enrojecía ante la verdad de su hermana. Recordó cómo había sido la ocasión cuando voló a pasar las vacaciones de primavera a su casa. Con gran estilo les había dado las noticias de que estaba enamorado de una joven mexicana muy fina, y entonces se daba cuenta de que tal declaración confirmó la aprobación de que no todas las jóvenes mexicanas eran necesariamente finas.

Recordó con un dejo de amargura la conversación con su madre. Ella estaba a punto de salir de la casa para atender una reunión. Como siempre ella estaba vestida más bien conservadoramente pero estilizada, y las ropas que vestía enfatizaban sutilmente su apariencia de los treinta años, aunque ella había admitido el ser varios años mayor.

—David, realmente me encantaría conocer a esa española pequeñita, a pesar del hecho de que pienses que yo sea... —hizo una pausa al ver su mirada de grave disgusto—. ¿Qué te ocurre, querido? ¿Qué fue lo que dije?

David pensó un momento y en seguida puso el dedo en el renglón.

—Ella no es pequeñita. ¿Qué te hace pensar que lo sea? Mide uno sesenta y cinco. Es más alta que tú.

—¿Dije... que fuera chiquita? Con certeza que no quise decir eso. Pero ahora que me lo haces notar entiendo que esa gente es más pequeña que..., bueno, que el promedio de las gentes. ¿No es cierto?

—Quizá si, quizá no. Es probable que haya sido hace una generación. Pero ella no es pequeña. No, madre, es gracioso

que nunca haya oído esa observación con un sonido tan inocente como esa muchacha española pequeñita, pero ya la hiciste.

Entonces fue su madre la que se vio exasperada.

—¡David! Cuánta pena. No hay ninguna observación en lo
que yo dije. Muchacha española pequeñita, es solamente... una
expresión, es todo. ¿No hay algo más que te haya enseñado la
sociología?

—No, madre. Lo que realmente quisiste decir es, déjame
ver..., insignificante. Sí. No tienes razón para saber ni que te
importe cuán grande sea ella. Muchacha española pequeñita es
una expresión de desprecio, te des cuenta de ello o no. No tiene
nada que ver con lo alta que crees que ella sea. Y ella es mexicana. No española.

La señora Stiver se quedó pensando y después replicó:

—Solamente quise ser amable cuando dije "española",
David. Estoy segura que es una chica encantadora y que no le
gustaría ser llamada mexicana... —se detuvo cuando vio la
actitud completa de exasperación de su hijo y prosiguió—. Ni
siquiera podemos ya hablar el uno con el otro, ¿no es así,
David?

David la miró cara a cara.

—Difícilmente.

—Creo que no nos entendemos —dijo la madre.

Hubo una pausa antes de que él contestara.

—Yo te entiendo a ti, madre.

Y ella salió para atender una reunión de las trabajadoras vo-
luntarias para el grupo de su templo que organizaba el proyecto
para mejorar los barrios bajos.

¡Dios! Qué desastre había sido su intento para acercarse a
su madre. Pero aquello había pasado y se encontraba entonces

sentado mirando a Marge. Ésta le devolvió la mirada, y repentinamente los dos sonrieron.

—Mira —le dijo ella alegrándolo—. Papá y yo estamos aquí de visita, y hemos estado aquí sentados hablando acerca de las miserias de la vida. Sólo tenemos para estar juntos esta noche y mañana, de modo que alegrémonos y vamos a dejarnos de conmiseraciones.

Se oyó un llamado en la puerta y David fue a abrirla.

—Ah, papá ha encontrado el camino de regreso. Nos prometió una gran noche a sus costillas. Salgamos.

Se sentaron los tres disfrutando de una variedad después de la cena. Marge bailó y flirtió. David la observó y rió. El señor Stiver estudió a sus dos hijos y habló muy poco. Hacia el fin de la noche Marge estudiándolo dijo:

—¡Dad! ¿Qué te pasa? Te ves a punto de llorar.

Él sacudió la cabeza dándose cuenta de que había bebido demasiado.

—Soy… tan inútil —murmuró y en seguida celebró lo que estaba ocurriendo entre la variedad, pero ellos no lo oyeron.

3

Sábado. Pete y Minnie habían salido de visita. Sammy se encontraba por algún lado menos en la casa.

—Ya le diré ahora —dijo ella cuando marcaba su número, pero se preguntó si lo haría.

La voz de él:

—¿Hola?

—Hi.

—Hi. Es un sábado bonito.

—¿Terminaste de estudiar?

—Sí. ¿Y tú?

—Ajá. ¿Salimos de paseo?

—¿Adónde?

—Oh, a cualquier lugar en el campo.

—¿Te sientes solo?

—Podemos hablar.

—Te recogeré dentro de una hora.

—Estaré esperándote.

"Le diré cuando estemos en el campo y le haré ver lo mucho

que yo deseo este hijo". Pero ella se preguntó si lo haría. Muy pronto sería la graduación de él. No sería capaz de darle una respuesta. Sería mejor que ella lo dejara regresar a Illinois sin saberlo, completamente libre de cualquier presión para que eligiera. Y ella sabía cuál sería esa elección. Sabía que cuando él le dijera adiós ese verano, ella jamás volvería a verlo otra vez. No importaba lo que él dijera. Sí, él prometería, y sería sincero, que regresaría, pero una vez de regreso en su casa él procuraría olvidar. Y había muchas otras muchachas que lo ayudarían a hacerlo. Se ocupó entonces de matar esa hora y después oyó el ruido del automóvil.

—Te enseñaré adónde voy cuando quiero salir al campo sin dejar la ciudad —le dijo ella señalándole hacia un río seco que cortaba el distrito comercial e industrial del Este de Los Ángeles. Estacionó el coche y bajando los dos Mariana lo tomó de la mano para mostrarle el paso a través de una vereda ancha, pedregosa, y seca excepto por un hilito de agua que corría por el centro. Al llegar a ese sitio ella escogió una piedra grande para sentarse y se quitó los zapatos metiendo los pies en el agua.

—Es maravilloso estar descalza. Si pudiera hacer lo que se me antojara no dejaría que ninguno usara zapatos —él estaba observándola y ella se volvió para mirarlo—. Quítate los zapatos, David. El agua se siente bien —él titubeó un poco, pero ella le dijo sonriente—: ¿Tienes miedo de perder tu dignidad? Vamos. Conmigo no te hagas el muy digno.

Buscó David otra piedra y se sentó en ella desatándose los zapatos.

—¡Por Dios que me los quitaré! Nadie va a llamarme quisquilloso y que se salga con la suya.

El sol de la mañana estaba cobrando ímpetus. Las olas de calor reverberante sobre el fondo del río seco eran una advertencia de que las piedras y la arena frescas muy pronto estarían ardientes. Las casas, los edificios y las calles de la ciudad que los rodeaban estaban escondidos por los matorrales tupidos y los árboles que circundaban el banco del río por un tramo de varios cientos de metros de cada lado.

Los únicos ruidos que podían oír eran los que producía el agua y los zumbidos fieros de los insectos cuyo ruido parecía saltar mágicamente de un lugar escondido a otro. Él la observó cuando se alisaba sus cabellos, se arreglaba el vestido, el modo en que veía alrededor observando la arena blanca y las piedras y se le ocurrió que si no la hubiera conocido tan bien podría haber jurado que cada movimiento suyo estaba calculado para acentuar su graciosa belleza.

—¿Qué no disfrutas de la temperatura de verano? —le dijo ella suavemente sin dejar de escudriñar los alrededores.

Stiver desabotonó su camisa. Podía sentir las gotas de sudor que se formaban sobre su piel.

—No pensaba que hubiera alguno a quien le gustara el calor.

—Oh, sí. Para mí es la mejor época del año. Los días más felices de mi vida fueron en el verano —dijo aquello muy pensativa.

—Cuéntame acerca de esos días felices.

Recorriendo la mirada por el lecho del río que los rodeaba, dijo con remembranza:

—Hasta donde puedo recordar cuando llegaba el verano me ponía todas las mañanas unos calzoncillos de niño y era todo lo que usaba hasta que llegaba la hora de meterme a la cama. Buscábamos un prado con riego de aspersión y nos pasábamos todo el día corriendo a través de él. O tomábamos cada uno una manguera para bañarnos o llenábamos bolsas de papel con agua para arrojárnoslas —su rostro reflejó aquellos recuerdos felices, pero instantes después se ensombreció un poco. Él la observaba cuidadosamente.

—Después tuviste algo desagradable —pensó él en voz alta.

—No, realmente no —dijo ella ordenando sus pensamientos y poniéndolos en palabras—. Fue solamente..., bueno, que crecí. Cuando era chica todo era diversión, nada más que diversión cada verano. Corriendo de un prado pequeño para otro. Algunas veces encontrábamos esa clase de aspersores que riegan el agua en un círculo y otras de aquellos que proyectan una regadera hacia arriba. Y peleábamos y jugábamos todo el día. Entonces, cierto día, no creo que pasaría mucho de los diez años, empecé a... desarrollarme. Llegó mamá a buscarme y estaba yo luchando con un niño un año mayor que yo. Tenía sus manos sobre mí en lugares que me imagino no debía haber puesto —sonrió ligeramente al recordar aquello—. Cuando vio aquello mamá se puso furiosa. Corrió bajo el agua y lo arrancó de mi lado. Casi le arrancó la oreja. El niño aulló de dolor y ella lo llamó un "cholito". Entonces...

—¿Un qué?

—Un "cholito" —pensó ella un momento—. Eso quiere decir..., bueno, cholo es un nombre sucio para un mexicano y cholito era un mexicanito sucio. Eso quiere decir. Entonces recuerdo que nos llevó a los dos, al niño y a mí, con los padres de él y les contó lo que había visto que el niño estaba haciéndome. Ahí precisamente el padre, enfrente de nosotros, le dio una azotaina. En seguida mamá me llevó a la casa y empezó a instruirme acerca de cómo estaba desarrollando mi cuerpo y aconsejándome que para el futuro tenía yo que cuidarme de cada niño que se acercara a mí o que trataran de poner sus manos sobre mi cuerpo o de bajarme las pantaletas, o aún peor.

Durante un año o dos me pregunté lo que aquel "peor" sería. Me llevó a una tienda y me compró entonces un traje de baño de una sola pieza para niña. Y después de eso ya nunca pude ir a los aspersores y difícilmente salir sola, porque siempre tenía yo que salir acompañada de mamá o papá —hizo una pausa y rió maliciosamente—. Creo que ese fue el fin de una edad hermosa. Cuando mi cuerpo empezó a llenarse. Cambió el mundo, algunas veces tuve deseos de que no fuera considerada hermosa. Algunas chicas a quienes quise y otras a quienes quiero que son feas, no disfrutan de andar conmigo —su voz se arrastró un poco mientras reflexionaba.

—Eres la primera mujer de entre las que he conocido que se quejan de ser hermosas —dijo en tono de broma.

—Pero ha sido difícil. Y tan innecesario e... injusto. ¿Ya sabes lo que eso ha dañado a Sammy?

Él sintió curiosidad.

—No.

Ella prosiguió:

—Papá siempre lo hacía a un lado y todas las atenciones eran para mí. No solamente papá sino todos los demás. Al verlo a él ahora, jamás lo imaginarías, pero ha sido tan profundamente lastimado que por eso pienso que realmente nos odia a todos. Peor que eso, creo que se odia a sí mismo. Cuando se es atractiva la gente le presta a uno demasiada atención. Toda la gente. Los maestros, los parientes, la familia, los amigos. Y aprendes más rápido. Tan pronto como me adelanté un poco de todo a Sammy, se le hizo imposible alcanzarme. Cuando me acerqué a él algunas veces para ayudarlo, casi empezaba a sollozar y simplemente se rehusaba a hacer nada conmigo —miró a David preguntándole con ansias—: ¿Eres lo suficientemente psicólogo para entender eso?

Él bajó la mirada humildemente.

—No, me temo que no. Pero no creo que debas culparte completamente por lo que le ha ocurrido a Sammy. Y aunque pudieras cargar con la culpa, no serviría ningún propósito. Pero continúa. Cuéntame más acerca de los problemas de ser bonita.

Ella sonrió con timidez.

—Oh, supongo que debía yo ser agradecida. Pero fue en la escuela primaria cuando empecé a ser una especie de representante de la clase o de la escuela. Una vez me rehusé en la escuela secundaria a representar a la escuela y me gané la reputación de ser una jactanciosa terrible. De modo que ahora siempre acepto. Como lo que viene la próxima semana. He sido elegida para representar a la escuela comercial en la fiesta del día de los Caballeros.

—¿La fiesta del día de los Caballeros?

—Sí. Ya sabes. Es una de esas festividades que siempre hacen en dondequiera aquí en California. Cierran unas cuantas calles alrededor de la misión vieja y hay dos o tres días de festejos, al estilo de la vieja California. Para darle a cada uno una idea de los grandes señores. Yo tengo que vestirme con ropas de ranchera y participar en un pequeño desfile y posar para unas fotografías de la Cámara de Comercio. Tengo que oír discursos acerca de "nuestra herencia", saludar a los recién llegados y a las personalidades muy conocidas.

—¿Y eso será la semana próxima? No me habías dicho.

—Lo siento. Pero la disfrutarás. Habrá puestos en las calles en donde venderán antojitos mexicanos, chucherías artísticas, bailes y cantos de mariachis. ¿Nunca has visto una de esas fiestas?

—No, pero parece que será divertido.

—Supongo que sí. Todos los políticos y oficiales anglosajones hablan de cuán pintoresca es la herencia de "nuestros
amigos latinos" y cuán grande ha sido la contribución latina
para la sociedad actual —sonrió Mariana—. De corazón yo sé
cómo ha sido esa contribución después de haber estado en esas
cosas una media docena de veces —se levantó de su piedra y
prosiguió—: Lo que me recuerda una cosa. La escuela pagará
por mis vestidos y tengo que ir a medírmelos ahora. Lo menos
que puedo hacer es que me los ajusten bien. No nos gustaría
que nadie pensara que mis ancestros californianos se vistieron
pobremente. Vamos —lo tomó de la mano haciéndolo que se
pusiera de pie.

Caminaba ella adelante llevando sus zapatos en la mano
cuando regresaban al auto estacionado. Él observaba sus pantorrillas bronceadas y le parecía que tenía las piernas de una
chica que se hubiera asoleado…, y los brazos…, y el cuerpo…

—Y a propósito —le dijo David—, no creo haberte dicho
que he estado investigando un poco sobre la historia desde los
primeros días de California y que tus ancestros californianos tenían muy buenos sastres y vestían muy bien.

—¿Sí?

—Sí. Y te apuesto a que no sabías que todavía hay aquí una
familia vieja californiana que lleva el apellido Sandoval.

—Ajá. Los conocí una vez. En una fiesta como la que se
avecina. O mejor dicho conocí a la señora, tiene alrededor de
unos setenta años, y a un nieto de ella también de apellido Sandoval. Fui coronada dama de la fiesta por ese nieto.

—¿Y qué clase de tipo era él? —se dio cuenta de que la
mención de eso le causó un poco de celos. ¿Por qué? Muy sencillo. Ese tipo Sandoval tendría que haber dejado huella en el es-

píritu de una muchacha impresionable como Mariana. No había duda que él sería bien parecido, tendría riquezas, modales, hablaba español y tenía prestigio.

—Era de la clase común. Había estado bebiendo demasiado y tenía problemas para mantener sus manos quietas. Esas manos a las que les gusta jugar con las chicas tipo campesino. Y apresuradamente lo puse en su sitio.

Abrió la portezuela del coche y la mantuvo abierta para permitir que ella subiera, y cuando se pusieron en marcha él insistió en lo de aquel muchacho Sandoval.

—¿Y cómo lo pusiste en su sitio? ¡No me digas! Le dijiste algunas malas palabras en español.

Mariana rió de buen grado.

—No, lo que hice fue algo más efectivo y sutil que eso. Cuando hablé con él utilicé la forma familiar.

Stiver caviló un momento.

—Forma familiar…, ¿qué quieres decir?

—En español hay dos modos para hablar con alguien. Formal y familiar. Es hasta cierto punto complicado, pero en una situación como esta era cierto que yo tendría que haber usado el modo formal cortés. Le dije cosas amables pero utilizando la forma familiar. Es… demasiado complicado explicártelo. Al hacer eso pudo haberlo tomado como un cumplido, como lo usas tú para hablar a los niños, a los hermanos o a los amigos íntimos. Pero usado impropiamente puede demostrar…, cuál es la palabra que quiero…, desprecio y es demasiado grave.

Recorrieron un buen trecho sin hablar y fue David el que rompió el silencio:

—Bueno, de todos modos, he investigado un poco y averigüé que el pueblo de México de donde vinieron tus abuelos se llamaba antiguamente Agua Clara. Eso quiere decir "clear water", ¿no es verdad? Y escribí algunas requisitorias para ver si puedo investigar algo acerca de tus ancestros. Quién sabe, tú podrías resultar una heredera perdida de una gigantesca extensión de tierra o algo así. Espero que no te incomode.

—No. Será interesante. Pero dudo que existan antecedentes de nosotros. Te sorprenderías. Cuando empiezas a ver en los archivos alfabéticos generalmente puedes tropezar con la mención de casi todos los ancestros de cualquiera en cualquier parte.

Se detuvo enfrente de la escuela comercial y dejó que ella bajara del coche.

—Te llamaré —le dijo ella enviándole un beso.

David Stiver desvió su vehículo hacia el carril de baja velocidad y tomó la rampa de salida cuando vio el anuncio verde "Arboleda". Desembocó en una calle ancha de mucho tránsito que tenía señales luminosas en cada esquina. En ambos lados había banquetas amplias con uno que otro sitio en el cual no había cemento pero había árboles plantados. De lado a lado de la calle cuando entró en la ciudad encontró un letrero grande que decía:

41ª FESTIVIDAD ANUAL DEL DÍA DE LOS CABALLEROS
Organizada por la Cámara de Comercio
de la ciudad de Arboleda

Llamaron su atención los anuncios y adornos a lo largo de ambos lados de la calle, colocados para darle un aire festivo. Guiando hacia el centro de la ciudad pasó a muchos peatones vestidos a la usanza española, mexicana y vieja californiana, todos llevando la misma dirección que él. El sol de la tarde aún quemaba y la hora de las prisas del tráfico iba disminuyendo hasta cierto punto. Advirtió Stiver que sólo ocasionalmente encontraba en los edificios alguno de sabor californiano: un viejo edificio de correos con arcadas y techos de teja roja, una taberna con muros de adobe simulado. En una cuadra que dominaba todo a su alrededor había un salón comedor gigantesco estilo taitiano, con maderas rústicas formando una gran pirámide sobre el techo, y por arriba de la banqueta habían colocado antorchas encendidas y de las ventanas habían suspendido canoas de bambú.

Conforme se aproximaba al centro de la ciudad en donde sabía él que estaba progresando la fiesta, el tráfico se volvió más pesado y más lento. En una de las calles encontró un lugar para estacionarse y continuó su camino a pie por la banqueta. El tránsito de a pie en general se movía en la misma dirección. Vio un automóvil *sedán* viejo cargado con hombres morenos que se detuvo para estacionarse junto a la banqueta. Los ocupantes saltaron cargando maletas y estuches con instrumentos. Sabía que eran músicos. Hablaban en español mientras se aproximaban con paso apresurado hacia la fiesta y todos usaban ropas uniformes de trabajo con el letrero de "Departamento de Sanidad" bordado en la espalda.

Cuando llegó a la siguiente intersección vio que la calle de la derecha había sido cerrada. Había una multitud que hormigueaba alrededor de docenas de puestos y tiendas. El olor penetrante de la comida caliente mexicana invadía el ambiente tibio de la tarde. En ambos lados de la calle crecían grandes árboles de diferentes especies y su follaje se extendía por arriba para encontrarse en el centro, dándole aquello una sensación de túnel a esa calle festiva.

Caminó entre la muchedumbre sin rumbo fijo deteniéndose en los puestos que vendían artículos hechos a mano y curiosidades artísticas, en otros que ofrecían tacos y ensaladas picantes, ropas, exhibición de carretas y vagones hechos por los niños de la escuela para esa ocasión. En un corral diminuto había un buey atado y David leyó, haciéndole gracia, la información que había en un letrero respecto del uso de los bueyes en días de los grandes señores.

Caminaban por dondequiera grupos de niños esperando tomar parte en su faceta particular de la fiesta. Algunos tenían cabellos rubios y rostro pecoso, otros tenían la piel morena y los cabellos negros y sedosos de los latinos, otros más eran negros de raza, pero todos usaban vestidos apropiados; las niñas llevaban sus faldas amponas que les cubrían hasta los tobillos con blusas adornadas con listones, mantillas sobre la cabeza, algunas, y otras cubriéndose los hombros con rebozos. Los niños usaban pantalones ajustados en la parte alta de las piernas y sueltos en la parte baja, chaquetas de gamuza con adornos de cuentas en los puños y en los sombreros.

Entre la multitud que se agrupaba en el centro de la calle vio David a aquel grupo de trabajadores del departamento de sanidad que vestían ya sus vistosos atavíos de mariachis, una mezcla de la usanza antigua española y del garbo de los trabajadores del campo románticos mexicanos. Todos cantaban mientras cuatro de ellos tocaban guitarras.

Pasó Stiver frente a un puesto de exhibición en donde niños vestidos como viejos californianos pretendían estar ocupados en diferentes actividades del siglo diecinueve. Dos niñas

estaban operando una prensa para exprimir uvas mientras
dos niños curtían pieles de res. Una niña leía un diario a los visitantes:

—...a raíz de la derrota de los españoles en 1822, las vastas
propiedades de las misiones en California fueron secularizadas,
esto es, que las tierras fueron transferidas del uso eclesiástico al
civil o a propiedades particulares y se les concedieron grandes
extensiones de terreno a ciudadanos privados...

Siguió aventurando. Después oyó que ella lo llamaba por su
nombre suavemente, como si se diera cuenta de que aquella
cualidad única y gentil de su voz pudiera ser llevada casi por
arriba de cualquier cacofonía. Se volvió hacia donde había oído
la voz y la encontró sentada entre una simulación de la ventana
de un rancho. Se vestía con una falda de montar hecha de cuero,
muy amplia, una blusa ajustada con mangas largas y adornada
con listones; una peineta de concha en sus cabellos con aretes
que le hacían juego. Se sentaba sobre la banca de un portalito
rústico mientras un joven con un traje de caballero muy ajustado pretendía estarle dando una serenata. David no pudo reprimir la risa al ver su expresión de cortés aburrimiento. Se
llegó hasta el barandal del balcón y advirtió que el joven lo observó fijamente durante un instante antes de dar a su rostro una
expresión inescrutable.

—Hola —le dijo—, usted es una encantadora señorita que
está siendo cortejada, ¿no es así?

Ella sonrió de buen grado y dio la impresión de que su presencia la aliviaba. Los ojos del joven que daba la serenata dirigieron rápidamente sus miradas a Stiver y en seguida bajó los
escalones para mezclarse entre la concurrencia.

—Pero no siento deseos de ser cortejada aquí. Hace demasiado calor.

Tenía un abanico de marfil labrado delicadamente con el que se abanicaba. David se dio cuenta de que la miraba embelesado cuando ella tomó un pañuelito y enjugó el sudor de su cuello. Se sintió transfigurado cuando ella sacudió sus cabellos y encogió los hombros, y él pensó que ninguna reina del cinematógrafo aconsejada por los mejores directores podría haber hecho aquellos movimientos simples con más seguridad e independencia femenina. Después de eso ella se volvió a mirarlo y él supo que si no lo había estado antes, en esos momentos ya estaba perdidamente enamorado.

—Por favor no te aburras demasiado...

—No lo estoy —le dijo él con firmeza—, me parece que todo esto es terriblemente interesante —y le señaló con la mirada todo aquel conjunto.

—Solamente tengo que estar sentada aquí durante una hora más. Después el alcalde de Arboleda dirá un pequeño discurso sobre la herencia y legados latinos; yo otorgaré los premios a las mejores representaciones de niños y después —su voz dijo en tono suave— iremos a un apartamento fresco y bonito.

Tan pronto como estuvieron en el automóvil de David para retirarse de la fiesta, ella empezó a hablar.

—Me alegro que haya terminado. Todo es pura burla. Ese alcalde con su discurso acerca de "nuestros buenos vecinos latinos". Había estado bebiendo. ¿Podrías imaginártelo? Estuve a punto de decirle que me quitara de encima sus malditas manos de gringo. No podía soportar eso de que él tratara de adoptar hacia mí esa actitud paternal o no sé qué. Hasta me preguntó qué edad tenía yo y si tenía muchos amigos. Le dije que mi padre era muy estricto conmigo. Eso los asusta, pues de otra manera hubiera tratado de darme una cita aunque me presentó con su esposa, diciendo: "¿No es ésta una encantadora muchacha españolita?" Me sentí enferma. Vamos a tu apartamento, tengo una muda de ropa en mi maleta.

Él advirtió que Mariana parecía preocupada de un modo peculiar mientras él guiaba. Trató de estudiarla sin que ella se diera cuenta y pensó que por la cara de ella veía tristeza como gozo, ansiedad y anhelos. Una preocupación roedora retornó a él. Cuando entraron al apartamento él trató de captar bien las formas de su cuerpo, pero no pudo detectar nada. "Qué diablos", se dijo, "mi intuición está trabajando tiempo extra". Fue ella a la alcoba y él entró a la cocina por una botella de cerveza. Ella lo llamó.

—¿David?

Entró él en la alcoba. Ahí estaba ella de pie con sólo su portabustos y su medio fondo, pero vio la seriedad del rostro de ella y él lo sabía.

—David, tú me amas, ¿no es así?

Él se quedó mirándola. No, no podría estar sucediendo eso. No iba a decirle que estaba embarazada.

—Tienes algo que quieres decirme, ¿verdad?

Sonrió Mariana y él pensó que era una sonrisa muy despreocupada.

—Quizá, pero después —y se movió hacia él, que se puso rígido cuando ella lo tocó con sus manos.

—Dime ahora.

—No, eso puede esperar. No tenemos mucho tiempo. ¿Ya no me deseas?

—Dímelo ahora mismo.

—No. Nada es más importante que el que estemos juntos.

—No. Vas a tener un niño, ¿no es así? —se le había secado la boca y estaba temblando.

Ella permaneció frente a él con los brazos cruzados.

—Sí. Casi había resuelto no decírtelo. No tenías que saberlo. Vas a irte muy pronto…

—¿Por qué dices que no tenía que saberlo? Gracias a Dios que me lo dijiste mientras todavía es tiempo…

Ella esperó y al ver que no continuaba hizo la pregunta:

—¿Tiempo para qué?

En esos momentos él paseaba de un lado a otro de la alcoba.

—Si no me lo hubieras dicho entonces hubiera yo llevado una fuerte impresión al regresar a mi casa. Tu carta con ese párrafo: David, eres el orgulloso papá de un niño desvalido. ¿No serían esas noticias agradables?

Repentinamente ella se sentó en la cama y se desplomó. Al verla él pensó que parecía completamente sin vida…

—Bueno, gracias a Dios todavía hay tiempo de hacer algo.

Levantó ella la cabeza para mirarlo y él pudo ver la fortaleza que había en ella.

—No —dijo ella secamente.

—No me vengas con ese "no", ya sabes que tiene que ser.

—No, no sé lo que tiene que ser. No tendré un aborto.

—Mira, Mariana, yo conozco a tu gente y a tu religión…

—¡Mi gente! ¿Qué manera de hablar es esa?

—…ya sabes lo que quiero decir. A lo que me refiero es que conozco tus creencias, pero conocí a una chica allá en Illinois que tuvo este…

—David, esto no es un asunto religioso. No tiene nada que ver con esto. Quiero tu hijo para que pueda recordarme…

—¿Recordarte? —él pensaba rápidamente—. Mira, ¿tú crees que voy a abandonarte? ¿Que no te deseo para mí? Bueno, estás equivocada, pero tiene que ser de una manera correcta. Tú no sabes que una cosa como esta puede arruinar todo.

Todo para nosotros. Un hijo ahora y nunca tendríamos una vida juntos.

Ella lo miraba fijamente.

—¿Quieres decir que hay una oportunidad para nosotros? ¿Que pudiéramos vivir juntos?

—Eso es precisamente lo que trato de explicarte. Pero no podríamos si enredamos las cosas de ese modo. Tiene que ser de un modo apropiado y correcto. Hacer planes adecuados y todo eso. No podemos simplemente tener un hijo y después regresar a casa y esperar que nos hayan dejado una vida para nosotros.

—Oh, David. Nunca pensé que vendría el día en que no te creyera, pero ha llegado. Estás mintiéndome.

—No te miento. Mira, Mariana, déjame a mí las cosas. Como te dije conocí a un muchacho al que le ocurrió esto. Llevó a la chica a un doctor que la curó en un santiamén. Todo fue fácil y después pudieron tener una vida juntos y la gente nunca pensó que hubiera ocurrido aquello.

—No me importa lo que la gente piense.

—Pero a mí sí. Es muy importante. Y si pudieras darte cuenta de todo lo que estaríamos desperdiciando por lo que cualquiera llamaría "un momento de indiscreción", también sería importante para ti.

—De modo que eso es realmente lo que rige tu vida. Lo que otra gente piensa. Quizá sea importante lo que yo pienso.

—Lo que tú pienses no tiene nada que ver con una vida llena de alegrías juntos. No podemos desperdiciar todo eso. Te prometo que podré conseguir un doctor para que te cure. No habremos perdido nada...

—Si solamente pudiera creerte, David. Si supiera que después tendríamos más niños. Pero no te creo. ¿No puedes verlo? Esta es mi única oportunidad para tener un pedacito de ti, para mantenerme íntimamente ligada al pensamiento de cómo sería si… las cosas…, el mundo, fuera un poquito diferente…, entonces diría sí, este primero no importa.

—Bueno, tú puedes creerme. Pero por Dios hagámoslo correctamente para que podamos tener una vida juntos —se sentó al lado de ella y la tomó en sus brazos. Ella empezó a llorar—. Solamente di que lo harás, Mariana —él la alejó un poco para poder ver su cara y ella continuó llorando—. En estos días no hay peligro de hacerlo… —y él se oyó recitar estadísticamente acerca de cuántas mujeres habían tenido abortos y cómo era eso más fácil que un parto.

—Muy bien, muy bien. Tienes el derecho de esperar ser creído. Quizá yo esté equivocada acerca de lo que para ti signifique más que otra cosa. Quizá tuve razón al dejar que lo supieras en lugar de permitirte regresar a tu casa sin decírtelo.

Mientras ella secaba sus lágrimas se sentaron los dos en el borde de la cama.

—Así estás mejor —dijo él—. Y ahora, ¿no quieres que te prepare un chocolate caliente? Te caería muy bien una taza.

Ella hizo un movimiento afirmativo. Pasó David a la cocina y calentó una poca de leche en un recipiente. Cuando regresó a la alcoba se sorprendió de que en lugar de vestirse ella se había metido en la cama.

—David —y su voz era baja y alterada—. Quiero pasarme contigo toda la noche.

Él sintió que el enojo lo invadía.

—¡Dios santo! Todavía… —pero no terminó la frase.

Mentalmente la terminó: "Todavía tengo una poca de decencia". ¿Y por qué había de decir eso? ¿Acaso sería indecente dormir con ella y qué lo hacía pensar que había perdido la decencia? Y pensó en seguida: "¡Santo Dios! Estoy hundido".

—¿Y qué explicación darías a tus padres? —le preguntó mientras colocaba la taza del chocolate sobre el buró y se sentaba a su lado tomándola de la mano.

—Sí, ¿qué les diré? —se preguntó ella.

Una semana más tarde, el domingo por la mañana, David Stiver despertó disfrutando sólo de unos momentos de paz espiritual que fueron para él un descanso y un lujo antes de que su pesado problema se cerniera sobre su conciencia como una cobija de lana mojada. Se levantó y todavía en pijama fue a preparar una jarra de café. Se llevó una taza a su alcoba y empezó a vestirse. Durante un momento contempló la cama.

"En donde ella estuvo acostada", pensó, para sonreír cuando se dio cuenta de que aquello parecía el pensamiento de un chamaco de escuela secundaria enamorado.

Pero recordó vívidamente esa primera noche. Mariana había sido una trampa viviente. Una tierna trampa viviente. ¿Qué no hubo una obra teatral con ese nombre hace algunos años? Sí, y recordó que entonces pensó que el nombre le pareció positivamente obsceno.

Echó una mirada aprensiva al teléfono. "A menos que me largue de aquí tan pronto como pueda, el aparato empezará a sonar".

"¿Averiguaste algo?", le preguntaría Mariana.

"No", le diría, "pero ten paciencia. El encontrar un cirujano que se dedique a los abortos no es mi fuerte".

Recordó los disgustos del día anterior cuando fue a la casa de dos miembros de la facultad, una mujer socióloga y un profesor de anatomía y fisiología, y les hizo el gran teatro al confiarles su secreto. Los dos supieron por anticipado lo que él quería cuando les dijo que deseaba hablarles acerca de un problema ajeno a la universidad.

Por separado le dijeron los dos que estaban de acuerdo con él; que cada año se acercaban a ellos con el mismo problema una docena o más de estudiantes, hombres y mujeres. Cada uno de ellos les había dicho que a menos que ese embarazo fuera suspendido, se destrozarían muchas vidas. Cuán torpe había sido al esperar ayuda de esos profesores. Y qué era lo que esperaba, llegar y que le dijeran:

"¿Necesitas un cirujano que se dedique a hacer abortar? Por supuesto, aquí tienes el número del que yo veo para esos casos. Dile que yo te mando".

También contribuía más a su inquietud el haber sabido que Sammy era un drogadicto. Si Sammy llegaba a saber que Mariana había sido embarazada por un gringo, no era posible saber lo que podría hacer bajo la influencia de la droga. ¡Por vida de Dios! ¿Cómo había podido meterse en semejante lío?

Mientras cerraba la puerta para dirigirse después a su coche, oyó que sonaba su teléfono.

Aunque eran apenas las nueve de la mañana se sentía cansado. Ese día iba a tratar de ponerse en contacto con el que practicara ese aborto en el Este de Los Ángeles. No tenía idea a dónde ir, ni cómo tratarlo. Pero trataría.

Cruzó las calles del barrio hasta que vio una taberna particularmente en mal estado. Estacionó su coche y entró ordenando una cerveza. Corriendo la mirada alrededor vio a una media docena de muchachos mexicano-americanos bebiendo y jugando en una máquina tragadieces. Su conversación era mitad en inglés y mitad en español. Se dio cuenta de que provocó miradas de curiosidad sentado allí solo, bien vestido y a todas luces fuera de su ambiente. Transcurrió una hora después de la cual se dio cuenta de que al menos en ese sitio no iba a ser capaz de entablar la amistad suficiente con ninguno para preguntarle en dónde podría encontrar al médico más cercano que practicara abortos. Terminó su cerveza y salió, y estuvo seguro de que aquella jerigonza mexicano-americana se había empeñado en una discusión acerca de su presencia. Guió su coche unas cuantas cuadras y encontró otra taberna.

Al entrar inmediatamente se dio cuenta de que ese sitio tenía un ambiente distinto. Siete u ocho hombres se sentaban frente a la barra y a las mesas cercanas observando a una mujer atractiva pasada de los treinta años que bailaba con la música ruidosa de la sinfonola. Uno de los hombres le dijo a ella algo en español y todos rieron. Entonces ella le contestó algo y se repitieron las carcajadas. La mujer vio a Stiver y se acercó a él.

—Ay, a handsome young gabacho —dijo ella—. Come dance with me.

David empezó a bailar con ella, en gran parte para el deleite de los hombres que los veían. Parecían amigables y le gritaban en inglés cosas tales como:

—¡Ponte listo, chamaco, te meterá una zancadilla y te tirará al suelo!

—No te fijes en lo que dicen —le dijo la mujer en su pobre inglés cuando terminaron de bailar y se sentaron junto a la barra—, pero puedes pagarme una copa.

—Seguro —le replicó de buen humor. Durante una hora o más bailó y charló con ella. Los parroquianos eran amistosos y él no sintió ninguna animosidad contra él. Bromeaban, le pagaron una o dos copas y él pagó por una tanda para todos. Finalmente hizo que ella se sentara y la miró seriamente. Pero antes de que él pudiera hablar le preguntó la mujer:

—¿Para qué veniste aquí, guapo?

Él demostró un poco de sorpresa.

—Por un doctor —le dijo con indiferencia.

—Pídeme otro trago —le dijo ella. Y cuando lo tomó dijo—: El mejor lugar para que lo encuentres es El Bar Tortuga. Quiere decir the turtle.

La miró sin entender.

—No comprendo.

—Es un changarro en el que se baila y se bebe sobre la Calle Cuarta pasando Indiana. Te tomará una hora o dos llegar allí y tendrás todo lo que el barrio del Este de Los Ángeles puede ofrecerte.

David le dio las gracias y se retiró.

—Good luck —le gritó ella alegremente y la sinfonola volvió a sonar ruidosamente.

Aquel Bar Tortuga era un agujero más sucio que los otros dos tugurios en los que había estado. La concurrencia era joven, imaginó él que sería más o menos de su edad. Se sentó junto a la barra y después de ordenar miró en derredor.

Al fondo, sentadas y paradas alrededor de unas mesas, había mujeres jóvenes con pantalón de mezclilla ajustado, cabellos negro azabache, un maquillaje grueso sobre sus rostros, los cabellos enredados ridículamente en lo alto de la cabeza y pensó que los jóvenes que las miraban, vestidos ordinariamente y de apariencia malvada, serían más o menos de su edad.

Una vez más se sintió retraído, pero se sentó en la barra a pensar en su problema y esperando alguna oportunidad para ponerse en acción.

—Hi, man.

Oyó una voz que lo saludó alrededor de una media hora más tarde.

Sentado junto a él y observándolo estaba un joven de alrededor de unos veinte años, que a todas luces necesitaba rasurarse, con una camisa de mangas largas y un pantalón que necesitaba plancharse. David le hizo un movimiento de cabeza y esperó.

—No la gozas, hombre, debes tener algo que te pica —le dijo aquel joven utilizando el caló más bajo del hampa.

Stiver interpretó aquello correctamente.

—¿Conoces bien el barrio del Este? —le preguntó David tratando de dar a su voz un tono de confianza y de responderle utilizando más o menos su jerga.

—Escupe, hombre. Si yo no puedo encontraré alguien que lo haga.

—Quiero un médico —dijo David secamente y aquel pillo ni siquiera parpadeó.

—Aguanta —dijo poniéndose de pie y se retiró.

Mirando a su alrededor Stiver vio que nadie había notado el encuentro. Había parejas bailando, el tabernero charlaba en voz baja con un amigo, hablando de alguna conspiración, y la sinfonola ruidosamente tocaba una pieza mexicana. David esperó. Finalmente sintió que alguien llegaba a su lado. Al volverse se encontró cara a cara con Sammy Sandoval.

Si Sammy sintió alguna sorpresa al ver a Stiver, no la demostró. Se paró allí mirando a Dave, presentándole su rostro sin expresión, macilento, pero no obstante de finas facciones. David advirtió que él también usaba una camisa de manga larga

abotonada en los puños y repentinamente entendió por qué.
También entendió el significado de la frase aquella que le dijo la
mujer que le recomendó ese sitio, con la que le indicaba que era
un punto de reunión de drogadictos. Trató de no alterarse y estaba a punto de hablar cuando Sammy le preguntó:

—You want a doctor?

Stiver estaba más asombrado que miedoso y se preguntó si
ni siquiera iba a preguntarle quién era la chica. Antes de contestarle se dio cuenta de que Sammy parecía más nervioso e inquieto que nunca.

—Yeah —le respondió al cabo de unos instantes.

—¿Tienes cuatro billetes? —le preguntó Sammy siempre
en inglés y sin dar ninguna inflexión a su voz.

—Puedo conseguirlos.

—¿Cuándo?

Stiver pensó durante un momento. Una llamada telefónica
a su casa diciendo que necesitaba urgentemente el dinero para
un viaje de investigación. Su padre pegaría de saltos, pero se lo
enviaría de inmediato.

—Puedo tenerlo por la mañana.

—For positive?

—Positive.

Fue el turno de Sammy para pensar.

—Estén aquí al mediodía. Los dos. Le das el dinero a él
—dijo indicándole al vago que se le había acercado primero y
que estaba del otro lado del cristal de la taberna—. Él te llevará
con el médico.

Fue todo, Sammy le dio la espalda y se alejó.

A las doce del día David y Mariana entraron al Bar Tortuga
y se sentaron a una mesa. Casi inmediatamente aquel joven de
apariencia descuidada se presentó ante ellos. A pesar de la hora

la concurrencia del tugurio parecía la misma y bailaba y bebía igual que la noche anterior. David sintió que las chicas con pantalón de mezclilla veían a Mariana y supo que todas ellas sabían el porqué de su presencia.

—¿Tienes los cuatro billetes? —le preguntó el jovenzuelo.

Stiver metió la mano en su bolsillo para sacar un rollo conteniendo los cuatrocientos dólares. Aquel pícaro los tomó sin contarlos y se puso de pie.

—Síganme —les dijo dirigiéndose hacia la salida posterior.

Mariana y David siguieron sus pasos.

Todas las miradas estaban sobre ellos cuando se abrieron paso entre las parejas cercanas a la puerta. Una de las chicas con los cabellos atados en lo alto de la cabeza le dijo algo a Mariana y ésta sonriendo débilmente le dijo:

—Gracias.

—¿Qué te dijo? —le preguntó Stiver nerviosamente cuando salieron al callejón.

Pensó él que cuando Mariana le contestó, lo había mirado acusadoramente.

—Dijo, "good luck". ¿Qué pensaste que había dicho?

Él no respondió. Los condujo hasta una camioneta de carrocería cerrada que se encontraba en el callejón. Mantuvo la puerta de la parte posterior abierta mientras los dos subían y en seguida entró detrás de ellos. Una vez que aquel tipo cerró se encontraron casi en una oscuridad completa. Stiver oyó funcionar el motor para sentir inmediatamente que el vehículo se ponía en movimiento. La cabina del chófer estaba cerrada en la parte de atrás y no había ventanilla.

Sintió la mano de Mariana buscando la suya mientras se dirigían a un rumbo que él ignoraba. Parecía que el vehículo se movía lentamente, pero advirtió que cambiaba de dirección y aumentaba su velocidad. Pudo oír el tráfico de otros transportes que se movían en el exterior y de vez en cuando percibía la respiración de Mariana y trató de recordar que tenía que oprimir la mano de Mariana para infundirle confianza.

Giró la camioneta a la derecha después a la izquierda, una vez más a la derecha, de nuevo a la izquierda y así continuó. Apenas pudo distinguir las manecillas de su reloj y ver que habían estado viajando durante veinte minutos. Entonces sintió que el vehículo disminuía su paso y saltaba en un borde como si cruzara la alcantarilla para entrar en un callejón. Siguieron su curso lentamente y por el eco del sonido pudo deducir Stiver que nuevamente se encontraban en un callejón angosto. Al fin hicieron alto total.

El chófer abrió la puerta posterior y aquel joven desaliñado salió seguido de David y Mariana. Mirando en ambas direcciones Stiver vio que el callejón estaba torcido y que era imposible ver la calle en ningún sentido. A toda prueba, pensó. "Nunca volveré a encontrar ese lugar ni aunque empleara cien años en buscarlo".

Su guía los condujo hacia la puerta trasera de un edificio y les cedió el paso siguiéndolos en seguida. Evidentemente aquella construcción había sido dedicada a oficinas. Mirando a lo largo del pasillo pudo ver las ventanas que daban hacia la calle, cubiertas con tablas. Su joven guía los condujo por una escalera y subieron tres pisos, para seguir después por un pasillo hasta una puerta de entrada. Según todas las apariencias todo el edificio estaba desierto. Al fin, abriendo aquella oficina el jovenzuelo los introdujo y se retiró. Se encontraron Mariana y David en aquel recinto. Un escritorio y dos sillas al frente eran las únicas cosas que ocupaban aquel cuarto. Se abrió una puerta lateral y entró un hombre vestido como médico. Pensó David que ten-

dría alrededor de treinta años y sus facciones eran de un mexicano-americano. Sus modales eran de una persona educada y su
apariencia no tenía tacha.

—I'm the doctor —dijo en mal inglés—. Please have a seat.

Su manera de hablar era la de un hombre educado. Se sentaron David y Mariana y el médico ocupó la silla detrás del escritorio.

Durante un silencio embarazoso Stiver vio a Mariana mirándolo y en sus ojos se leía:

—¡David, please! ¡Please! —pero él haciendo un esfuerzo
retiró la mirada del rostro de ella y aparentó una calma como si
fuera un hombre de acero.

El médico les dijo:

—No quiero saber sus nombres. Han venido aquí en busca
de un aborto. No dispongo de mucho tiempo. Soy médico gra-
duado de la escuela de medicina de la universidad de la ciudad
de México. Mi especialidad es la obstetricia. ¿Están los dos seguros de que quieren seguir adelante con esto?

—Positivamente seguros —dijo Stiver precipitadamente.
Por nada del mundo se volvería a mirar a Mariana. Y pensó:
"Dios santo, que todo salga bien". Jamás se metería en algo se-
mejante.

—Tendré que hacerle algunas preguntas, señorita —le dijo
el doctor a Mariana, tomando un lápiz y un papel.

—¿Cuántos años tiene?

—Dieciocho —Mariana respondió suavemente. Y el médico hizo una anotación.

—¿Y cuánto tiempo piensa usted que haya estado embarazada? ¿Aproximadamente?

Sin titubear respondió Mariana:

—Setenta y cuatro días —y mantenía su mirada al frente. Stiver no retiraba la suya del doctor.

El médico hizo algunas otras anotaciones. Levantó la mirada posándola en Mariana.

—¿Por favor quiere ponerse de pie para que pueda ver su complexión?

Mariana obedeció y David con el rabillo del ojo pudo ver que ella mantenía la cabeza erguida. Hizo el médico más anotaciones.

—Gracias —le dijo—. Y ahora puede sentarse. ¿La fecha de su nacimiento? —se la dijo Mariana—. ¿Recuerda usted qué edad tenía cuando empezó a menstruar?

Con la voz un poco quebrada respondió:

—Pasados los doce años. Doce años y tres meses.

Continuó tomando nota y en seguida prosiguió:

—¿Y cuándo tuvo usted su última regla?

—El quince de hace tres meses —empezó a sollozar y Stiver la miró duramente.

"No, por Dios", se dijo para sus adentros. "No flaquearé".

Durante unos instantes el médico escribió sobre su hoja de antecedentes y una vez más se volvió a mirarla.

—¿Hay alguna otra cosa que usted piense que yo deba saber? ¿Algún... problema femenino que haya tenido en el pasado?

Mariana trató de contener sus lágrimas. Y sacudió la cabeza.

—No..., no —repitió con una voz apenas perceptible—, excepto quizá... Bueno, si necesita usted saberlo solamente lo había hecho con él. Yo era virgen... —y al decir eso arrastró sus palabras.

El médico se sentó quedando pensativo por un momento.

—Comprendo. Bueno —dijo levantándose de su asiento—.
Si me hace favor de pasar por aquí —le pidió indicando la
puerta lateral a través de la que él había entrado. Mariana dejó
su silla y caminó hacia la puerta. El médico miró a David.

—Usted puede observar si gusta —le dijo.

Por primera vez desde que David y Mariana llegaron a
ese sitio se encontraron sus miradas fijamente, ella de pie en
la entrada del cuarto de operaciones del médico y él en la an-
tesala.

—No, esperaré aquí —respondió David.

Mariana aclaró su garganta para poder hablar. Hizo acopio
de una cantidad increíble de valor y su voz era firme aunque un
poquito ronca:

—David, todo hubiera sido tan diferente —y entonces segundos antes de que el doctor cerrara la puerta David alcanzó a
ver una mesa cubierta con sábanas blancas.

Stiver esperó.

Con una mirada rápida consultó su reloj mientras encendía
un cigarrillo. Escuchando cuidadosamente pudo oír el movimiento del tránsito en el exterior del edificio. Desde el cuarto
de operaciones llegó a sus oídos un clic. Transcurrieron cinco
minutos para que volviera a oír otro clic semejante. ¿Sería que
el médico estaría levantando y dejando sus instrumentos?
Quizá había abierto alguna válvula o algo. Transcurrieron
largos minutos y todo estaba en silencio. Calladamente se
paseaba por la oficina, encendió otro cigarrillo y esperó. No
quiso permitirse el pensar acerca de las cosas que podían salir
mal durante un aborto, pero su reloj le decía que ya habían pasado cerca de veinte minutos. Ningún ruido se oía desde la
mesa de operaciones. Suponiendo que ella muriera y que
aquel cirujano utilizara otra puerta para huir. Allí estaba él, es-

perando mientras el cadáver de ella se enfriaba a sólo tres metros de distancia.

Finalmente se abrió la puerta para dar paso al doctor que entró despojándose de la mascarilla del cirujano. En sus labios había una sonrisita de triunfo que le dijo a Stiver lo que deseaba saber.

—Todo salió bastante bien —le dijo el médico. Gotas de sudor perlaban su frente. David advirtió hasta entonces que aquel hombre llevaba en la mano un recipiente de porcelana blanca y que lo ponía ante sus ojos.

—Pensé que le gustaría ver la prueba de que sus trescientos dólares fueron bien empleados —le dijo y David se encontró contemplando aquel recipiente con el feto destrozado.

El doctor sonrió acusadoramente sin decir palabra ante la reacción de horror de David y momentos después le dijo:

—Entre y vea a su amiga. Se encuentra bien. Felicidades.

Stiver entró en aquel cuarto y vio a Mariana inmóvil, formando una montaña blanca con las piernas todavía abiertas sobre la mesa. Su cara era la de un fantasma amarillo blanquecino que contrastaba más con sus cabellos color del carbón. David quedó allí de pie inmóvil, observando cómo los senos de ella se elevaban y se hundían al ritmo de su respiración.

El cirujano esperó hasta que David se había recobrado lo suficiente para escuchar.

—Ahora tengo que irme —le dijo—. Despertará dentro de unos diez o quince minutos. Se sentirá mareada. Ayúdela a vestirse y los mismos que lo trajeron lo regresarán al sitio en donde se encontraron.

—¿Está..., está usted seguro que se pondrá bien? —dijo con voz entrecortada Stiver.

—Nunca podemos estar completamente seguros. Pero escuche. Esto es muy importante. Tiene que tomar grandes dosis de antibióticos. Hay en estas cápsulas lo suficiente —le dijo entregándole un pomo lleno con cápsulas de patente—. No puedo escribirle muy bien una receta, pero con esto tendrá suficiente. Tan pronto como esté en condiciones haga que tome una. Por la noche le dará otra. Una en la mañana y otra en la noche antes de acostarse; y así continúe hasta que las termine. De ese modo no habrá peligro.

David miró estúpidamente el frasco y repitió las instrucciones para poder recordarlas.

—También —continuó el doctor— aquí está otra medicina en caso de que haya hemorragia. Si no se presentara no habrá necesidad de que tome esto —terminó el doctor entregándole otro frasquito con pastillas.

Stiver se volvió a mirar a Mariana mientras el cirujano se quitó su bata para ponerse su chaqueta.

—Debo irme. Buena suerte —y se retiró.

Y allí permaneció David observándola, mirando su cuerpo. Cuán diferente se sentía comparado con aquella noche, ¿cuándo fue? Setenta y cuatro días hacía, ella había dicho. Y de pronto una corriente de alivio empezó a circular por su organismo. Había salido del paso. Todo había terminado. Casi.

Se revolvió ella en la mesa y finalmente abrió los ojos.

Lo miró ella y pronunció su nombre.

—Estás bien, Mariana —le dijo suavemente—. Todo ha terminado, Ahora reposa.

Después de un minuto o algo más ella se sentó mirando su desnudez.

—Dame mis ropas —le dijo ella, y mientras él la ayudaba a

vestirse, sin dejar de mirarlo Mariana le preguntó—: ¿Qué iba a ser, niño o niña?

Dejó su pregunta sin respuesta. La visión de aquello que estaba en el recipiente permanecería con él de por vida, eso lo sabía él. Cuando terminó ella de vestirse buscó David un vaso y lo llenó con agua de la llave. Le presentó una de las cápsulas y ella la tragó.

Permanecieron sentados durante un buen rato mientras ella recuperaba sus energías.

—Vámonos —dijo ella con voz apenas perceptible.

Le ayudó a pasar a la oficína y a salir al pasillo. El mismo tipo descuidado estaba esperándolos. Los condujo por la misma escalera que habían subido y ella bajó lentamente los escalones con la ayuda de Stiver. Éste le dijo a su acompañante en dónde estaba su coche estacionado y entraron en la camioneta cerrada.

El regreso fue tortuoso. Al fin se detuvo el vehículo y parpadearon ante los rayos del sol brillante mientras Stiver ayudaba a Mariana a subir al coche.

—Llévame a casa —le dijo sin mirarlo. Cuando llegaron a estacionarse enfrente de la casa de la familia Sandoval ella había recuperado una medida de energías—. Entraré a descansar. Le diré a mi madre que no me siento bien.

David le entregó los frascos de medicinas repitiéndole las instrucciones que el médico le había dado. Advirtió la etiqueta mexicana y el nombre y dirección de una casa de productos farmacéuticos de Tijuana. Repentinamente tuvo dudas, y en seguida se sintió culpable; pero sólo porque aquellos productos fueran mexicanos no había razón para pensar que fueran malos. La acompañó hasta la puerta y sin darse cuenta volvió apresuradamente a su coche.

uiando su coche con rumbo al oeste de la ciudad sintió un
gran alivio culpable.

"¡Gracias a Dios! He salido de este aprieto", pensó.

Hasta entonces se dio cuenta de que su camisa estaba empa-
pada de sudor y sentía la garganta deshidratada. Cerveza. Eso
es lo que quería. Se síntió alegre al pensar que habia desaparecido ese gran peso de su mente. Llegó hasta la pequeña taberna cerca de la universidad en la que su amigo Amelio atendía
la barra. Entrando tomó un asiento junto al mostrador casi
vacío y ordenó. Inmediatamente dio cuenta de su primer vaso
y ordenó el segundo. Varias cervezas despés tenía la lengua
suelta y la cabeza despejada. Trató entonces de poner a la vista
y en orden los eventos de los meses pasados. Llegó a la conclusión de que el episodio Mariana cubriria todo ese periodo.
Trató de colocarlo como una era en el banco de sus recuerdos. Algo que había empezado en un lugar determinado de su
vida y había terminado de la misma manera abrupta. Y de una
manera definitiva. Sí. Había sido una aventura más. ¿Por qué
había de lamentarla? Todos nos enriquecemos con la experiencia, buena o maia, agradable o desagradable. Dejó que sus
visiones revolotearan en el futuro. Se vio en el suburbio de la
clase alta en Illinois, saliendo con debutantes intelectuales y
despiertas que entendían los problemas del día y tomaban posiciones liberales. Se imaginó verse en el club al cual habia sido
privado de ingresar por ser demasiado joven hacía ya cuatro
años. Cuán valioso sería a su regreso, con cuánta más experiencia y criterio.

Rió para consigo mismo al verse en una reunión social entre

una élite de amigos mientras les decía en el curso de una discutida conversación:

"Cuando estuve en California salí con una chica mexicana, ustedes saben".

Pero en medio de todo eso, lentamente llegó ella flotando de regreso a su mente. El encanto enloquecedor de su fuerza tranquila. La sabiduría primitiva (¿era el de elìa realmente un intelecto sin pulir?) que ella mostraba en todas sus observaciones y decisiones. El gusto modesto de ella en todo lo que hacia, decía y usaba. Aquella fiesta en la playa, cuán nervioso había estado él pensando acerca de la clase de traje de baño en que ella saldría del vestidor, y cuando finalmente había salido para sentarse a su lado, la manera en que le había dicho:

—Espero que no estén asombrados porque es demasiado lo que estoy enseñando de mi cuerpo.

—No, no, Mariana. Tú no eres capaz de enseñar demasiado de ti. Y sí lo hicieras ninguno te censuraría.

El rostro de ella llegó arrollador para flotar enfrente a él sobre la barra. Vertiginosamente llegó a su memoria el recuerdo de su carne y el repentino deseo de poseerla nuevamente lo hizo volver a la realidad y lo atribuyó a la cerveza o a su culpa de lo que había causado, o a una combinación de ambas. Cuando escanció lo único que quedaba del vaso sintió que la garganta se le adormecía con lo picante del gas y lo frió de la cerveza.

—¡Amelio! —llamó, lo que hizo al tabernero aproximarse. A esas horas había poco negocio—. Dame otro vaso —le dijo Stiver con voz pastosa—, y en seguida quiero contarte algo que no creerás.

La mirada en el rostro de Amelio cuando servía el otro vaso de cerveza, se perdió sobre Stiver.

El teléfono estaba sonando. Parecía que desde hacía largo tiempo lo hubiera estado. Sentía la boca gruesa, turbada su mente cuando al fin tomó el auricular para llevarlo a su oreja en el preciso momento en que oyó el clic cuando colgaron, seguido del zumbido para poder llamar. Ya llamarán de nuevo, quienquiera que haya sido. Estaba tirado en la cama y sobre él sólo había los efectos de la borrachera de la noche anterior y sus calzoncillos. Pero había algo por lo que debía sentirse feliz. ¿Qué cosa era? Oh, sí. Aquello había terminado. Pero de algún modo, habiendo recordado eso, sintió como si su júbilo fuera imaginario.

Recordó con la angustia del arrepentimiento el haberle dicho a Amelio la historia de Mariana completa. Y pasó por su mente cuán confuso estaba cuando trató de decirle si estaba enamorado o no. Ese maldito Amelio. Probablemente lo contaría a todos los parroquianos. Bueno..., el teléfono sonó nuevamente. Lo levantó al primer llamado.

—¿Hola?

Antes de que ella dijera nada, ya David la había reconocido por su respiración. Suave, casi como un sollozo.

—¿David?... Te necesito... ahora..., por favor...

Todo su sistema nervioso se reveló. ¿Y ahora qué diablos?

—Mariana, escúchame. Yo sé que es...

Su voz lo interrumpió con urgencia.

—No entiendes. Yo te..., te necesito... ahora. Por favor.

Colgó el aparato y se puso de pie estremeciéndose ligeramente. Mientras se vestía forzó su mente para aclararla, tratando de imaginar las distintas posibilidades de lo que pudiera estar pasando, pero al mismo tiempo temeroso de que ocurrieran. Tuvo el impulso de olvidar todo. Ya había pasado. No podría ya haber un hijo que se interpusiera en la senda de su vida. Cualquier cosa que estuviera deprimiendo a Mariana no le afectaría a él. Ella tendría que resolver sus problemas, cualesquiera que fueran, de la mejor manera que ella pudiera sin importunarlo. Y cualquier otro que se le presentara. Mientras repasaba las cosas y se enfurecía, preparó una taza de café que arrojó en el fregadero cuando sintió que lastimaba su garganta. Otra cerveza lo pondría bien.

Aún discutiendo consigo mismo fue en su coche hasta el bar de Amelio. Y al tomar el mismo asiento junto a la barra vio al hombre que había visto hablando con el tabernero. Amelio estaba singularmente silencioso cuando se acercó a tomarle su orden. Stiver de unos cuantos tragos dio fin a la cerveza y salió de la taberna para dirigirse en el coche a la casa de los Sandoval.

No vio la camioneta de Pete ni el coche de la familia y pensó que probablemente Mariana estaría sola. Pasó un buen rato para que ella acudiera a abrir la puerta y él se contuvo para no lanzar una exclamación de sorpresa al verla. La palidez de su rostro había desaparecido para dar lugar a un color rojizo. Y en sus ojos había una combinación de tristeza y dolor. David se dio cuenta de que ella se encontraba a punto de desplomarse y cuando dio un paso y puso una mano sobre el rostro de ella, sintió la fiebre ardiente que la consumía.

Respiró ella profundamente.

—Oh, David, no me siento bien. ¿Qué debo hacer?

—¡Dios! Mariana, siéntate aquí. Tenemos que llamar a un médico.

—Pero... tomé la medicina, según te dijo el médico.

—Algo debe haber salido mal. ¿Tienes algún médico a quien llamar?

Ella le señaló la mesita del teléfono.

—En la libreta de direcciones. El doctor Yamaguchi. No vive lejos...

David encontró el número y llamó. Momentos después estaba hablando con el médico diciéndole que había una emergencia en la casa de los Sandoval. Colgó y segundos después estaba al lado de Mariana.

—Dijo que estará aquí dentro de cinco o diez minutos. ¿Cómo te sientes?

Ella se recostó sobre el respaldo del sofá y se estremeció con un sacudimiento repentino.

—No muy bien. No quería llamarlo. Ahora mamá y papá sabrán...

—No me importa lo que sepan. Quizá tu condición sea grave. Te traeré una cobija y una poca de agua.

Minutos después llegó el doctor Yamaguchi. Entró en la casa sin llamar a la puerta y Stiver pensó que el facultativo se hubiera indignado si alguien le objetara el derecho de hacerlo.

—Es Mariana —le dijo Stiver indicando el sofá en el que ella descansaba.

Antes de que el médico se arrodillara a su lado su maletín se había abierto. Escuchó a través de su estetoscopio mientras esperaba leer el termómetro. Delicadamente la obligó a abrir los ojos. Respiraba con dificultad. Stiver quedó sorprendido cuando el doctor Yamaguchi leyó el termómetro y después dijo algunas palabras en español. Cuando ella se rehusó a responder repitió las mismas palabras enfáticamente. Entonces se volvió hacia Stiver preguntándole en inglés:

—¿Qué sucedió?

Stiver lo miró sin alterarse.

—Tuvo un aborto ayer.

La pregunta de Yamaguchi fue instantánea.

—¿Ilegal?

David hizo un movimiento afirmativo con la cabeza. Las manos del médico se movieron en el interior de su maletín.

—Póngala en la cama —le ordenó señalando hacia la alcoba inmediatamente—, pronto.

El doctor Yamaguchi fue apresuradamente al cuarto de baño y mientras Stiver ayudaba a Mariana a entrar en la recámara, oyó que el doctor dejaba correr el agua en el lavabo y lavaba sus manos. Regresó instantes después.

—Usted puede esperar aquí —le dijo secamente indicándole la sala.

Stiver permaneció inmóvil un momento mientras el médico advertía el frasco de medicamento que sujetaba Mariana en la mano. Lo desprendió para estudiar la etiqueta, en seguida tomó una de las cápsulas y separó las dos mitades. Probó el contenido.

—¿Usted toma café? —le preguntó a Stiver. Éste asintió—. Entonces tome —le dijo entregándole el frasco con las cápsulas—, puede usted endulzarlo con éstas. Su contenido no es más que azúcar en polvo.

Experimentando un dolor ante la gravedad que implicaba el estado de Mariana, David regresó a la sala para sentarse. Hurgó entre sus bolsillos hasta que encontró un cigarrillo. Encendiéndolo esperó. Minutos después Yamaguchi llegó con pasos apresurados.

—Consiga algo de hielo —le ordenó levantando el teléfono. Desde la cocina Stiver lo oyó ordenar una ambulancia.

—No, yo acompañaré a la paciente. Estoy con ella en este

momento. Sólo tengan la unidad lista y al doctor Corb esperando. Es un caso de su especialidad.

David tomó los cubos de hielo llevándolos a la alcoba. El médico los envolvió en una toalla. Stiver se esforzó por oírlo.

—...tratando de mantener baja la temperatura hasta que lleguemos a...

Mariana yacía en el lecho. El médico le había quitado la mayor parte de sus ropas y en ese momento ella estaba inmóvil respirando profundamente pero a un mismo ritmo, con los ojos cerrados, pero su rostro reflejaba dolor. Perlas de sudor se advertían en el rostro y en el cuello.

David aclaró su garganta.

—Me imagino que querrá usted detalles...

—Ahora no —replicó el doctor Yamaguchi en su manera rápida de hablar—. Habrá tiempo para eso después.

Una vez más colocó el termómetro en la boca de ella y la auscultó por segunda vez con el estetoscopio. Ambos oyeron el débil ulular de una sirena. El médico se volvió a mirarlo.

—Será mejor que salga a la calle y les haga señales para que no tengan que recorrer todo el vecindario buscando esta casa.

La ambulancia se acercó lentamente después de doblar la esquina y el conductor trataba de ver los números de las casas. Stiver bajó a la calle y le hizo señales con los brazos. Al momento el chófer lo vio y aceleradamente tomó la entrada de la casa. Salió Yamaguchi y Stiver lo oyó pedirle a los hombres de la ambulancia una camilla explicándoles que acababa de aplicarle a la paciente una inyección de algo con un largo nombre.

Vio David el coche de los Sandoval que doblaba la esquina lentamente y que en seguida se disparó hacia la casa aplicando los frenos para una parada súbita. Minnie saltó del automóvil y según pensó Stiver, se veía ridícula con su vestido entallado y el excesivo maquillaje que cubría su cara. Caminó lentamente y en seguida vio a los camilleros que sacaban a Mariana de la casa. Corrió hacia ellos pero el doctor Yamaguchi se interpuso, sacudiéndola por los hombros para impedir la histeria inevitable.

—Minnie —le dijo fríamente—, escúcheme. Gracias a Dios que está usted aquí. Mariana está muy enferma, pero creo que se aliviará. ¿Tenemos su permiso para hacer cualquier cosa necesaria para aliviarla? —echó una mirada rápida para ver si los camilleros podían oírlo, sabiendo la importancia posible de eso en una fecha futura.

—¿Qué le pasó? ¿Qué pasó?

El médico la sacudió una vez más repitiendo la pregunta. Mariana se encontraba ya en el interior del vehículo.

—Sí, sí, haga cualquier cosa. ¿Adónde la llevan?

Al hospital del condado. Localice a Pete y llévelo. Estaremos en la sala de emergencia —se separó de ella y empezaba a subir en la ambulancia pero se detuvo y miró a Stiver—. También estará usted allá, ¿verdad?

Aquellas palabras más que pregunta encerraron una orden. Y el médico no esperó ninguna respuesta. La portezuela de la ambulancia se cerró quedando Stiver observando cómo se alejaba. El ruido de la sirena rasgó el aire cuando llegó a la intersección en donde el tránsito era intenso. Stiver se vio de pronto en el centro de una pequeña multitud que se había agrupado enfrente de la casa de los Sandoval. Le preguntó entonces a un hombre que se hallaba cerca:

—¿El edificio ese grande saliendo de la vía rápida, es el hospital del condado? —el hombre sin pronunciar palabra asintió con un movimiento de cabeza.

La entrada de emergencia al lado de aquel extenso edificio semejante a una prisión-fortaleza parecía un hormiguero que se extendía entre las docenas de otros edificios de los complejos adyacentes al hospital. Entró Stiver notando las muchas personas que había allí en la sala de espera, la mayoría de ellas con amargas o atribuladas expresiones. Muchas de ellas parecían resignadas, tranquilas y hasta satisfechas de esperar sin saber hasta que alguno se acercaba a ellas para participarles el conocimiento de lo bueno o de lo malo. La empleada del servicio de información le dijo que Mariana estaba en esos momentos en un cuarto con un médico al fondo del pasillo y nada más.

A través de una puerta David pudo ver el corredor, con cuartos en ambos lados. A través de otras puertas de cristal también advirtió que llegaban ambulancia tras ambulancia para entregar sus impresionantes cargas.

Tomó un asiento desde donde podía ver a lo largo del pasillo con vista a la puerta del cuarto de Mariana. La espera, las reflexiones, los sonidos del hospital, la campanilla sorda sonando suavemente, los murmullos de los parientes y amigos de los enfermos y lesionados, el ulular filtrado de las sirenas acentuaban un fondo a esa escena de clímax.

Tuvo un impulso de huir, de dar la espalda a lo que estaba sucediendo. Ninguno de los que estaban envueltos allí, los padres de Mariana, su hermano, ni ella misma, se podían dar cuenta de la importancia de lo que estaba en juego. La reputación de su familia, la posición en la sociedad que le esperaba, las relaciones con su círculo de amigos en la universidad, amistades que había tenido toda su vida se verían afectadas si él se viera envuelto en un escándalo.

Mentalmente persiguió la idea de alejarse de la situación. Ninguno podía probarle lo que había pasado. Cada año millares de mujeres jóvenes de la esfera social más baja eran embarazadas y acusaban a hombres de familias acomodadas como responsables. Pensaba cuán pronto sus padres llegarían en su defensa con apoyo moral y financiero. La palabra "moral" según revoloteaba a través de su consciente, vacilaba y al fin se detenía. La situación como realmente era repentinamente se volvía sustancial y clara. La gran inmoralidad que existía ahí no era en lo que había sucedido. Descansaba en su traición a esa muchacha que deseaba tan desesperadamente creerlo y amarlo. Vio en esos momentos que la inmoralidad nada tenía que ver con el aborto o libertinaje sexual. Él era un traidor personal.

Bueno, y ya que todo quedaba acentuado, supo que era un bastardo bueno para nada. Prevalecía entonces la pregunta hasta qué grado era bastardo. Si podía traicionarla a ella de esa manera, estropearle su vida, hundirla, considerarla a ella y a su familia como obstáculos perjudiciales en la persecución de su felicidad, sería en un carácter completo el continuar. Semejante al villano de una película que llega al punto en que la fachada de su conciencia y moralidad no le ayuda más a su villanía, podía ya despojarse de su máscara para decir que a él lo único que le había importado siempre no era más que su seguridad y estabilidad social, la pérdida de las cuales él tan petulantemente había pregonado como un liberal. Vio claramente el reto a su familia al salir con ella, al verse envuelto con ella, era realmente como un chiquillo que fanfarroneaba al demostrar cuán lejos él se atrevía a nadar desde la costa, sabiendo o al menos creyendo todo el tiempo que nunca estaba demasiado lejos para regresar sano y salvo.

Se apoderó de él un escalofrío cuando vio a un cura con sotana entrando apresuradamente para hablar con la empleada de información y en seguida entrar por el pasillo llevando una biblia en la mano.

Cuando aquel ministro continuó por el corredor dejando atrás el cuarto de Mariana, Stiver sintió que la sangre volvía a circularle. Todavía no, pensó. Falló por una puerta. Mientras observaba vio al doctor Yamaguchi salir del cuarto de Mariana. El facultativo vio a Stiver y fue hacia él. Era un hombre pequeño, rápido y vivaz.

—Entiendo que usted está involucrado en esto de un modo o de otro —le dijo. Stiver tartamudeó preparando sus defensas. Rió el doctor y se asomó en su rostro una poca de compasión—. No está usted en el banquillo de los acusados. Venga a donde podamos hablar. La cafetería está abierta. ¿Tiene hambre?

Stiver lo siguió por el pasillo y dejaron atrás el cuarto de Mariana. Al pasar frente a la puerta él se rehusó a pensar concretándose a mirarla fríamente. Cruzaba el corredor otro pasillo más. Stiver miró hacia su derecha y vio dos camillas con sus ocupantes cubiertos completamente con una sábana blanca. Se dio cuenta de que estaba asombrado cuando reconoció el atavío familiar de la muerte y vio que el doctor le dirigía una mirada medio burlona.

El pasillo largo emergía brevemente en un vestíbulo en donde una media docena de hombres ensangrentados y golpeados, esposados de manos, esperaban el ascensor mientras un policía los custodiaba.

¿Resultados de algún pleito?, se preguntó. Desde algún sitio detrás de ellos se oyeron los gritos de una mujer y durante un momento Stiver se puso rígido. No, esa voz era la de una niña. Una pareja de hombre y mujer de mediana edad se aproximaba hacia ellos, el hombre sirviendo de apoyo a la mujer mientras ésta trataba de controlar sollozos espasmódicos. ¿Qué tragedia habría caído sobre ellos? Stiver se preguntó.

Un grupo de negros forrados de blanco bromeaban entre ellos mientras empujaban los voluminosos carros cargados de ropas de cama. Al lado de ellos pasó apresuradamente una enfermera con zapatos de suela de goma, y su actitud profesional y resuelta contrastaba de algún modo con su cuerpo bien formado y su rostro hermoso y femenino.

—Usted sabe —le dijo el doctor Yamaguchi mientras sorbía su café y mordisqueaba un emparedado—, tenemos que hacer un reporte a la policía si pensamos que haya en el caso alguna acción criminal.

Stiver, meneando con indiferencia su taza de café, lo miró a la cara.

—No, no sabía eso. Pero parece razonable.

—Aunque ella viva o muera los azules tendrán que tomar cuenta del caso.

David miró nuevamente a Yamaguchi.

—¿Muera?

Yamaguchi adoptó una expresión seria.

—Sí. Está grave. He hecho todo lo que se ha podido y no hay más que esperar para saber con precisión hasta qué punto la ha invadido la infección. Dígame, ¿el doctor que puso fin al embarazo le dio a ella esto? —le preguntó mostrando el frasco que había tomado de la mano de Mariana.

—Sí —contestó Stiver—. Dijo que prevendría la infección.

—Bueno, la hubiera prevenido si el contenido de las cápsulas no hubiera sido suplantado. Vea usted, esos tipos están complicados. Cualquier cosa que ellos compren, si es mala o está contaminada, no pueden evitar sus efectos. No podrán quejarse al Abogado Fiscal del Distrito, ni a los azules ni a nadie —hizo una pausa—. Por eso es que tenemos que atraparlos.

Stiver sacudió la cabeza.

—No puedo decirle quién sea ni en dónde encontrarlo. Nos llevaron allá en una camioneta cerrada y el recorrido finalizó en algún callejón desconocido.

—Pero al menos puede usted identificar a su contacto. ¿Cómo llegó usted a él?

Stiver pensó. ¡Oh, Dios! Qué lío. El contacto era el hermano de la chica, solamente que él tiene la cabeza en las nubes como para darse cuenta de que la chica era su hermana, y ella no sabía que había sido su hermano quien la había puesto en contacto con aquel cirujano practicante de abortos, anónimo. Sus padres no saben todavía que ella estuvo embarazada, ni por quién, o que ella haya tenido ese aborto, ni que su hijo el gemelo de la chica hubiera hecho los arreglos necesarios.

Sintió que le daba un vértigo. Repentinamente supo que había mucho que afrontar. Pete y Minnie sabrían en breve todos los detalles. Temía su reacción. ¿Qué iría a hacer ese drogadicto loco de Sammy cuando supiera que su hermana estaba agonizando?

A través de una mirada vaga vio al doctor.

—¿Va usted a mencionarme en su reporte a la policía como uno de los responsables?

El doctor Yamaguchi consideró por un momento a Stiver, y fue imposible decir si por su mente cruzaban impresiones de disgusto, desdén o lástima. Los inescrutables chinos, pensó David, pero después recordó que el facultativo era japonés.

—No lo sé. Hasta donde estoy seguro en este momento es que la chica está sufriendo de una septicemia como resultado de un aborto. Hasta que no hablemos con ella no sabremos de una manera positiva si fue un aborto ilegal o se lo provocó ella. Si ella muere sin hablar, quizá nunca sabremos.

Stiver se levantó lentamente sacudiendo su cabeza como si hubiera estado estudiando toda una noche.

—Tengo que retirarme —dijo alejándose con paso vacilante.

—Espere un momento —le dijo el médico siguiéndolo. Le entregó una tarjeta—. Puede localizarme casi todo el tiempo en este número. Si es que lo desea.

Stiver se quedó viendo estúpidamente la tarjeta y la metió en el bolsillo de su camisa. Salió abriéndose paso hasta su coche sin cruzar por la sala de espera.

Entrando en su apartamento colocó la tarjeta del doctor Yamaguchi cerca del teléfono. La miró durante un momento y en seguida fue a su alcoba echándose en la cama. Hacía demasiado calor. Se levantó y abrió la ventana para quitarse en seguida la camisa; pasó de nuevo a la cama y finalmente se durmió.

Sintiéndose exhausto David Stiver se arrastró fuera de la cama y haciendo un gran esfuerzo fue a mirarse al espejo. "Sí", se dijo, "te ves terrible". Durante tres días Mariana había estado bajo una atención intensa y constante en condiciones críticas. ¿Cuándo, oh, Dios, cuándo terminaría? Llegó a la conclusión de que tirarse en la cama por las noches era más cansado que sentarse. Y muy pronto vendría la llamada en la puerta. Había estado pretendiendo que atendía sus clases, pero siempre vigilando la puerta. ¿Sería Mariana, o Sammy, o Pete quienes lo señalaran cuando los detectives empezaran a seguir la pista del médico del aborto? ¿Sabrían ya todo lo ocurrido? ¿Estarían esperando hasta que pudieran acercarse a él armados con una acusación de asesinato, rastreando y acusando a todos los que metieron la mano para causarle la muerte?

Llegó a él un rayo de esperanza. Era posible, pero muy improbable que Sammy no hubiera sabido que había sido para su hermana para quien consiguió el médico para que le provocara el aborto. Pete y Minnie no estaban seguros del todo acerca de que Mariana hubiera visto a otros muchachos y que no sospecharan de Stiver, o al menos no estuvieran seguros ni sospecharan lo suficiente para enviar a la policía en su busca. ¿Qué había sido lo que Elizabeth Jameson le dijo cuando llamó la noche anterior?

"Sammy se encuentra siempre sumido en una perpetua niebla narcótica y no podía recordar si había recibido dinero para un doctor o no. Y no le importa otra cosa que su vicio".

Pero Stiver no estaba seguro de eso. Si Sammy realmente no era más que un vegetal en vez de un humano y no le importaba otra cosa que su droga, Stiver de todos modos era a él a quien más temía.

Cuando el teléfono sonó David dio un salto. Fue a contestar y brincó más alto cuando oyó que era Sammy.

—Tengo que verte, hombre —y David le dijo que fuera a su apartamento.

Las dos manos de Stiver temblaban cuando dejó que Sammy entrara. Sammy no habló una palabra hasta después de haber ido a la alcoba, al cuarto de baño y a la cocina. Entonces nerviosamente se sentó en el sofá de la sala. Stiver advirtió que los pantalones de Sammy no eran viejos pero estaban muy arrugados, sus zapatos bien boleados pero gastados y usaba un tipo de camisa que no necesitaba plancharse y tenía mangas largas.

"¿Es mi imaginación", se dijo Stiver, "o tiene esa mirada vidriosa y feliz porque se encuentra volando más alto que un papalote o algo por el estilo?"

—¿Te las arreglaste bien con aquel doctor? —preguntó Sammy.

"¡Buen Dios! ¡No sabe!", pensó David frenéticamente.

Luchó para mantener su voz serena.

—Oh, el doctor. No era para mí. Creo que la gente a quien puse en contacto con él salió bien —repuso observando a Sammy estrechamente, y cuando éste emitió una risita pensó David que pudo haber sido con pleno conocimiento o de sarcasmo.

—Well, man, he estado pensando, ya sabes. Yo no gano mucho en esas cosas. Pero ahora tengo una buena oportunidad. Yo…, mmm…, quería contártelo.

Stiver estaba cauteloso. ¿Era aquello un chantaje? Se sintió asqueado.

—¿Qué clase de oportunidad?

—Bueno, ¿tú conoces a mi tío Julie? Por supuesto que sí. Bueno, ¿ya sabías que hace unos días lo pescaron en un trafique de drogas?

Stiver estaba sinceramente sorprendido.

—¿El tío Julie? ¿Arrestado por traficar con drogas?

—Yeah. Bien atrapado. La tía Angie está bien sacudida. Lo encerraron por traficar con polvo y lo meterán al tanque por eso.

Stiver aún no lo creía.

—Pero…, cuéntame. ¿Cómo sucedió? ¿Realmente es culpable?

Sammy se rió.

—Eso ya no importa. Pero está conectado con la razón por la que quería yo verte. Pienso que ahora ya sabes un poquito acerca de mí, de mi negocio y de mi droga, y creo que todavía puedo echarte algo encima...

David sintió que se acercaba el mordisco.

—¿De modo que para qué me quieres?

Sammy estaba un poco vacilante.

—Bueno, pues antes de que a Julie lo fregaran yo estaba trabajando para él...

—Lo sé.

—Bueno, estaba ayudándolo con otras cosas, con sus chácharas. ¿Ya lo sabías?

—No, no lo sabía —David sintió que le hormigueaba una inquietud, como si estuviera siendo contagiado. Pero tenía miedo.

—Bueno, para acortártela, Julie me pasó todos los detalles de cómo lo hacía. Su contacto y todo. Es a toda prueba. Lo único que necesito es un poquito de financiamiento para empezar a hacerlo en grande.

Stiver notó que cuando dijo Sammy esas palabras su actitud cambió un poco y se dio cuenta de que repentinamente había tenido una vista interior del modo de ser de Sammy: un introvertido, un yo destrozado con muy poca estimación personal, si es que se tenía alguna, con una oportunidad para jugar en grande. También supo que aquella era la peor sacudida para él.

Y su mente trabajó con febril actividad. Sintió una urgencia repentina para limpiarse de todo, ir a ver a Yamaguchi, a los Sandoval, a la policía y contarles todo lo que sabía. Aun implicando a Sammy. De otra manera tendría que arrastrarse ante ese bastardo chantajista. Sí, quizá eso era lo que debía hacer. Esa espera, sin saber quién sabía qué, estaba matándolo.

—Muy bien. De modo que necesitas financiamiento. ¿Cuánto? —toda su vida había oído que con la primera vez que se pagaba a un chantajista, después ya no tenía fin.

—Todo lo que necesito son como trescientos —para empezar, pensó Stiver—. Y con eso me pondré a trabajar. Puedo comprar una carga de material puro. Mezclarlo bien y me dará como dos mil en el barrio.

—¿Y si te atrapan?

—No podrán, hombre. Es el contacto de Julie.

—Y lo atraparon.

—Yeah, pero eso fue porque esa vieja puta viciosa con la que yo estaba tratando supo muchas cosas. No lo sabía yo, pero ella estuvo buscando a Julie durante años porque él la hizo una vez a un lado o qué sé yo. Ese es el peligro grande en el negocio. Pero a mí no me ocurrirá.

—¿En dónde la comprarás?

La voz de Sammy bajó el tono.

—Iré con la camioneta de mi papá a Tijuana hasta cierta estación de gasolina. Estarán esperándome porque Julie ya les dio el número de mis placas. No conozco la conexión pero ellos conocerán la camioneta. Les digo que necesito que me arreglen una llanta y ellos la arreglan. El dinero irá en un tapón de la rueda. Entonces yo voy mientras a la ciudad y ellos ponen la "H" en lugar del dinero. Si algo sale mal, yo puedo alegar que no sabía nada de nada. Muchos traficantes ponen la droga en el coche de alguien que no sabe nada, después consiguen la dirección del chivo expiatorio y la recogen en Los Ángeles.

Stiver pensó durante unos instantes. Se le ocurrió una idea.

—¿Y qué me pasará a mí si te pescan?

—No pueden, hombre. Y aunque así fuera, tú no estás envuelto. Tú prestaste algún dinero a un tipo que conocías. ¿Por qué razón un tipo como tú de rico iba a querer mezclarse en esto? Tú quedas limpio, hombre. Los que la usamos siempre corremos el riesgo solos. Si me atrapan, será la primera vez. Quizá me empujen un año en algún rancho honorable o quizá en algún centro de rehabilitación porque soy menor.

Stiver sintió que debía estremecerse, pero se controló. Estaba endureciéndose. La tragedia de ese jovencito que estaba pronto a aceptar la condena de un año de su vida como parte del juego, como una suerte de peripecia en el trabajo, estaba tan lejos del mundo de sus propias ideas y ambiciones que se le hacía difícil comprenderla. Con seguridad que no hubiera sido capaz de sondearla si no hubiera conocido tan íntimamente a esa familia. Sí, sería interesante razonar y analizar las fuerzas y sistemas que habían acarreado eso, la conducta de la familia, el fondo de los sentimientos de valores personales dentro de los cuales cada una de esas gentes había nacido y que muy pocos disputaban. Pero por el momento tenía un plan para trabajar. De modo que Sammy pensaba que su vida no valía nada. Bueno, quizá así era. Pero la vida de Stiver tenía un valor, tenía una potencia. Si Sammy fuera puesto a buen recaudo durante un buen tiempo…

Le dijo entonces a Sammy que regresara al día siguiente y que mientras él conseguiría los trescientos dólares sobre su coche. Cuando Sammy se presentó, pudo observar Stiver cómo colocaba el dinero sujetándolo con una cinta engomada en el tapón de la rueda. Stiver se gravó en la mente el número de las placas. Le pidió a Sammy los detalles de su viaje, cuándo esperaba regresar, qué rutas tomaría, y tan pronto como Sammy se alejó, apresuradamente fue a su apartamento e hizo una llamada anónima telefónica a la División de Narcóticos del Jefe de Policía del Condado de Los Ángeles.

· 4 ·

El tránsito de vehículos no era muy intenso cuando Sammy se aproximó a la parada antes de cruzar la frontera. Había muy pocos coches esperando adelante de él. El oficial mexicano hablaba brevemente a los choferes en turno y en seguida les hacía señales para que continuaran. Sammy metió la primera velocidad a la camioneta y aceleró lentamente para acercarse al oficial. Se detuvo confiando en que no demostraría su nerviosidad. El oficial mexicano se acercó hasta la ventanilla y miró descuidadamente al interior de la cabina.

—¿Adónde vas? —le preguntó a Sammy en español.

—Aquí na' más a Tijuana —le respondió Sammy.

—¿Vas a estar mucho tiempo?

—No. Sólo voy a echar un vistazo.

El guardia echó una mirada a la cama de la camioneta *Pickup* y en seguida le hizo señales a Sammy para que pasara. Se alejó Sammy para cruzar el puente de Tijuana.

La ciudad era un lugar sucio. Los turistas parecían no advertirlo y hormigueaban en distintas direcciones por las calles. Algunos eran matrimonios con niños, emocionados al sentirse al otro lado de la frontera de Estados Unidos por primera vez. Otros eran hombres jóvenes que iban en busca de mujerzuelas que ellos sabían abundaban en los hoteluchos y casas de asignación diseminadas en todas partes de la ciudad.

Se veían perros echados sobre las banquetas o paseando insolentemente sus cuerpos roñosos con la piel descarnada. El cadáver de uno de ellos, que obviamente había estado muerto desde hacía varios días, se veía junto a una alcantarilla y las moscas luchaban afanosamente por situarse en los sitios más escogidos del animal muerto.

Sammy nunca había estado solo en Tijuana. Las únicas veces que había ido siempre fueron en compañía de sus padres, y no les hubieran permitido a Mariana o a él caminar solos por las calles. En todas esas ocasiones Pete lo había hecho apresuradamente, diciéndoles a él y a su hermana que allí no había nada para ellos. Y Sammy entendía que de algún modo su padre, identificado con la suciedad y corrupción que había en Tijuana, odiaba la manera en que los anglosajones miraban a un chicano y pensaban:

"Es igual a Tijuana".

Guió Sammy a lo largo de la calle principal y pronto vio la estación de servicio que buscaba. Escudriñando en el espejo retrovisor no pudo ver cómo nadie pudiera estarlo siguiendo. Entró en la estación y estacionó la camioneta en la parte del fondo. Había dos empleados atendiendo a otros coches. Un gran letrero anunciaba que la gasolina era libre de impuestos y considerablemente más barata que la que se compraba a dos kilómetros del otro lado de la frontera.

Sammy permaneció sentado esperando, sin perder de vista

a los empleados. Minutos después vio que uno de ellos dirigía una mirada breve a la *Pickup*, y una vez que terminó de servir la gasolina dirigió sus pasos para ir a hablar con Sammy.

—¿Quieres algo? —le preguntó, y no fue desapercibido para Sammy que aquel hombre había visto el número de las placas.

—Necesito que me arregles una llanta —dijo Sammy con nerviosismo.

—¿Cuál? —le preguntó el empleado, y con un movimiento de cabeza casi imperceptible, indicó a Sammy que saliera del vehículo. Entendió Sammy y siguió al hombre alrededor de la camioneta para enseñarle la llanta. Volvió el empleado la mirada para ver si el otro no estaba observándolo y entonces rápidamente se agachó para aflojar el pivote de la válvula. Empezó a silbar ligeramente y el tipo se irguió.

—Sí, está saliéndose el aire —le dijo en voz alta—. Pero no tendré tiempo de arreglarla ahora. Mañana estará lista.

Sammy empezó a sentir pánico.

—Pero…, la necesito ahora…

El empleado lo miró duramente y murmuró entre dientes.

—¡Cállate! He dicho que ahora no podré. No sabía que iban a meter a otro empleado en este turno. No puedo hacer nada hasta que se largue. Además, ¿cómo sabes que los aduaneros no te siguieron?

—Pero… no puedo esperar… —Sammy se dio cuenta de que repentinamente empezó a fluirle la nariz y a dolerle todo el cuerpo. Sacó su pañuelo y se sonó. El empleado diagnosticó correctamente los síntomas.

—Puedo decirte 'onde consigas algo si es que lo necesitas. ¿Cuánto tiempo puedes aguantar? ¿Un par de horas?

—Creo…, creo que sí —tartamudeó Sammy.

—Óyeme bien. Te lo diré una sola vez. Ve al Bar Descanso.
Pregunta por Memo, le dicen "La Chota". ¿Tienes "jando"?

—Yeah.

—Bueno, si no puedes esperar haz lo que te digo y ya. Y
ahora lárgate.

Intrigado Sammy se alejó. Caminó por la calle, internándose más en la ciudad y mirando asombrado a ese mundo que
era extraño para él.

Para cualquier turista Sammy parecía uno más de aquel ambiente. Pero para cualquier oriundo de Tijuana instantáneamente hubiera sido identificado como un pocho, considerado
"gringo".

Cuando llegó a un crucero de calles vio a una mujer vendiendo diarios y revistas en medio del arroyo, sorteando el tránsito de ambas direcciones. Llevaba los diarios debajo de un
brazo y con el otro cargaba a un bebé que no tendría más de
dos semanas de nacido. Sujetaba sus cabellos con una cinta. Su
vestido no era más que unos andrajos largos y caminaba descalza. Pregonaba los titulares de sus diarios y cada vez que el
tráfico se detenía se acercaba a los conductores de vehículos
ofreciéndoles:

—¿Paper, miiister?

El bebé miraba sin comprender el mundo que lo rodeaba,
entrecerrando los ojos y parpadeando cuando la luz del sol le
daba en la cara. Los pechos hinchados de la mujer indicaban
que no había pedido prestado al pequeñito como un artefacto
para atraer la atención.

Sammy continuó caminando. Pasó una línea de carritos que
vendían tacos y tamales en aquellas calles llenas de hoyancos;
a esos carritos estaban enjaezados burros de ojos tristes que
esperaban pacientemente. Por alguna razón extraña que no

entendió Sammy, los burros estaban pintados con rayas evidentemente para que parecieran cebras. Simbolizando al pueblo de México, allí estaban parados, derrotados completamente, sin esperanzas y resignados a cualquier destino que sus amos decidieran para ellos.

Se desvió Sammy hacia donde se había agrupado una multitud en la banqueta. Un merolico estaba ocupado en demostrar un juguete mágico. Colocó un cigarrillo sobre la banqueta y en seguida aparentemente lo paró sobre un extremo para que automáticamente efectuara una voltereta en el aire.

—También ustedes pueden fascinar a sus amigos con este truquito. El juguete será suyo por sólo un dólar.

Entre aquel hormiguero Sammy permaneció inmóvil, sin que nadie lo advirtiera, entre aquella multitud observando el juguete mágico y un puesto de joyería. Vio a una pareja joven, anglosajona, que se acercaba al joyero. La mujer repasó con la mirada las joyas y tomó un anillo de turquesa.

—How much? —preguntó en inglés. El que atendía el puesto, la miró sólo brevemente.

—Twenty dollars —repuso secamente.

La joven le dirigió a su acompañante una mirada y en seguida sacudió la cabeza.

—Muy mucho (sic) —dijo ella queriendo decir que era demasiado—, le daré diez.

El puestero sonrió cortésmente.

—Me costó más que eso —le dijo pretendiendo hablar sinceramente—. Para usted, dieciocho.

La joven sacudió nuevamente la cabeza.

—Mucho —replicó—. I give you eleven.

El vendedor sacudió la cabeza como si la oferta fuera tan ridícula que no había necesidad para mayores regateos. Con una sonrisa de sabiduría la chica tomó del brazo a su acompañante y empezó a alejarse.

—Just a minute —dijo el hombre. La americana y su pareja se volvieron con una sonrisa pronta—. Yo pagué once por él. Déme doce y es suyo, pero si alguien le pregunta diga que pagó diecisiete.

Accedió la pareja entregando al hombre los doce dólares. Sammy había visto muy bien el anillo. Los mismos estaban a la venta en el barrio mexicano de Los Ángeles en dos dólares. Y cuando la pareja se alejaba oyó que la joven le decía a su compañero:

—Y así, mi querido muchacho, es como puedes ahorrar ocho dólares entendiendo a esta gente.

Y abriéndose paso entre aquellos curiosos se dirigió en busca del Bar Descanso. Advirtió que los turistas americanos daban por hecho que él fuera uno más entre aquellos mexicanos mientras que los de allí lo identificaban perfectamente como un turista.

Entró a la taberna y de pie esperó para ajustar su vista a la penumbra del lugar. Aquel tugurio estaba abarrotado de americanos, la mayoría de ellos jóvenes militares. Encontró un hueco cerca de la barra y miró a su alrededor. Cerca de un centenar de gentes estaban sentadas alrededor del tablado mientras una mujer joven y bien formada iba despojándose de sus ropas.

Sammy nunca había visto un espectáculo de esos y se sorprendió cuando la chica quedó desnuda para continuar bailando sugestivamente, haciendo diversos movimientos normales y anormales que sugerían actos sexuales. Los jóvenes soldados americanos gritaban con entusiasmo. En seguida un hombre joven, rubio y gigantesco, que apenas habría cumplido los veinte años, salió a la escena. También él al compás de cierta música fue desnudándose y en seguida los dos se unieron para empezar unos movimientos de rutina que fueron impresionantes aun para los soldados.

Sólo inconscientemente Sammy sintió haber tenido un deseo mucho más grande de aquel para el cual estaba designado a despertar el espectáculo. Mientras presenciaba aquello su principal preocupación fue la de tratar de no dar muestras de sus síntomas. La afluencia de su nariz daba la impresión de que tuviera un fuerte catarro. Dio un salto al sentir que alguien le tocaba el hombro. Era uno de los taberneros. Se dio cuenta de que en México a nadie le importa lo más mínimo que uno se viera menor de diecinueve o veinte años. Ordenó una bebida esperando que algunas acciones peculiares fueran interpretadas como intoxicación.

No quería beber, pero allí estaba de pie mirando la copa, esforzándose por levantarla y beberla. Temblaba su mano cuando la levantó. El sabor era amargo y el alcohol lo enfermaba. Pero tenía que utilizar aquello como un frente. Entonces se dio cuenta de que el tabernero aún seguía allí mirándolo y entendiéndolo.

—¿Todo bien? —le preguntó el de la taberna. Sammy pensó unos instantes. Recordó entonces lo que el empleado de la gasolinera le había dicho: "Pregunta por Memo, «La Chota»". Memo, el policía. Y se preguntó si Memo realmente lo sería, o era solamente un apodo.

—Busco a Memo, "La Chota" —le contestó Sammy.

Sin volverse a mirar a ningún otro lado el tabernero le dijo:

—Es el que está sentado en el tercer banquillo de aquel extremo.

Sammy miró en la dirección que le indicaba y vio a un hombre de mediana estatura como de treinta años que hablaba con una muchacha. Sammy lo estudió cuidadosamente. Se veía típicamente mexicano, bigotes y cabellos negros. Se dirigió entonces hacia él y momentos después encontró que el hombre lo veía esperándolo.

—¿Usted es Memo? —le preguntó Sammy tembloroso. Ya su cuerpo se estremecía por la necesidad de la heroína. El hombre movió la cabeza asintiendo.

Sammy tuvo miedo que tratara de abusar de él exigiendo un precio exagerado por una dosis, de modo que trató de aparentar normalidad.

—Me dijeron que usted podría venderme algo —no había temor de que fuera oído en aquel salón en donde todo el mundo tenía que hablar a gritos. La chica que se sentaba junto a Memo había vuelto su espalda hacia la barra.

—¿Necesitas un pegue? —le preguntó Memo sin alterar la expresión de su rostro.

Sammy titubeó solamente un segundo. Estaba en México.

—Yeah —replicó.

Memo lo miró de arriba abajo brevemente.

—¿Cuánta feria tienes?

—Suficiente —replicó Sammy encogiendo los hombros.

—¿Aguantas una o dos horas? —preguntó Memo mirando su reloj de pulsera.

—Seguro.

—Dame tres —dijo Memo con petulancia.

Sammy sacó de entre un rollo de billetes tres dólares.

—Métete el resto entre los calzones —le ordenó Memo y Sammy obedeció. Terminó aquel hombre apodado "La Chota" su bebida y se levantó para irse—. Vamos —le dijo a Sammy tomándolo suavemente del brazo. Lo condujo al exterior y caminaron por la banqueta sujetándolo por el brazo gentil pero firmemente. En la esquina había un teléfono de policía.

Sin soltar a Sammy, Memo abrió la caja del teléfono y habló brevemente. En seguida colgó y volvió a cerrar la caja.

Un temor externo invadió a Sammy.

—¿Qué es lo que pasa? —le preguntó Sammy, echando una mirada a la mano de Memo que le sujetaba el brazo.

—Quieres una dosis, ¿no es así?

—Sí, pero...

—La tendrás pronto. Sólo guarda tu dinero donde lo tienes y úsalo solamente cuando lo necesites. No tengas miedo.

Después de un par de minutos llegó una camioneta cerrada y se detuvo frente a ellos. Dos policías uniformados salieron del vehículo y uno de ellos dijo respetuosamente a Memo:

—¿Sí, señor?

—Llévenselo —les ordenó Memo empujando a Sammy suavemente hacia ellos.

—Sí, señor —respondió el policía. Una de los dos mantuvo la puerta trasera abierta mientras el otro conducía a Sammy al interior.

Cuando se alejó el vehículo policiaco alcanzó Sammy a ver a Memo regresando al Descanso. Minutos después llegaron a la estación de policía y Sammy fue conducido ante otro agente que estaba sentado detrás de un escritorio.

—¿Borracho? —le preguntó el agente a los dos que lo llevaban y éstos asintieron.

—Vacía tus bolsillos, por favor —le ordenó el que lo recibía. Así lo hizo Sammy y pudo sentir el dinero que se había escondido debajo de los calzoncillos. Los policías dieron la impresión de que estaban desilusionados cuando vieron que solamente llevaba algunas monedas sueltas, pero no lo esculcaron.

—Ven por acá —le ordenó uno de los agentes, y Sammy obedeció. Nuevamente sintió miedo mientras seguía al hombre que cruzaba la puerta para salir a un callejón y después conducirlo hacia el edificio más viejo y deteriorado que hubiera visto en su vida. La entrada estaba cubierta por una puerta gruesa y el policía golpeó fuertemente en ella. Sammy oyó los ruidos que produjo una cerradura de hierro al ser corrida y la puerta enorme giró sobre sus goznes. El agente que lo conducía lo empujó para que cruzara la puerta.

—Borracho —le dijo a otro hombre que como el anterior se sentaba detrás de un escritorio, y en seguida el que fue a entregarlo se retiró. Fue otro policía a cerrar la puerta y correr la cerradura. Sammy se volvió a mirar alrededor.

El escritorio estaba situado directamente en dirección opuesta a la reja de una cárcel. Varios prisioneros se encontraban detrás de las barras y observaban curiosamente.

—¿Cómo te llamas? —le preguntó el guardián. Sammy le dijo su nombre—. Ahora veamos —le dijo el policía pomposamente—, ya fuiste esculcado. Aseguras que no tienes nada de valor. No podemos hacernos responsables si has mentido. ¿Hay algo que quieras confiarme?

Sammy movió la cabeza negativamente y el agente hizo un ademán a otro guardián para que abriera la reja. Sammy entró en la celda común.

Se le vino a la memoria la escena de una película que vio una vez en la que mostraban a unos prisioneros en una galera medieval. Era un cuarto circular con muros y techo de ladrillo cubiertos con mezcla, con ventanas pequeñas, con barrotes de hierro, que estaban colocadas hasta la parte alta de esos muros de cuatro metros de alto. Había alrededor de unos cien hombres y carecían de sillas o literas. Solamente una mesa larga era el único mueble que estaba situado contra una de las paredes y una estufa de dos quemadores, y una llave de agua. La mitad de los prisioneros eran angloamericanos. Sus rostros estaban compungidos y en algunos de ellos se advertía la desesperación. El otro cincuenta por ciento era de mexicanos evidentemente de diferentes partes del país. Algunos estaban bien vestidos y otros parecían limosneros. Casi todos, excepto unos cuantos americanos, descansaban en el suelo, algunos sentados y los más tirados sobre ese piso que era de concreto. Sammy tuvo la suficiente presencia de ánimo para comportarse como un veterano. De una manera hostil se le acercaron dos mexicanos.

—¿De dónde vienes? —le preguntó uno.

—Váyanse al carajo —respondió Sammy alejándose de ellos. Se encogieron de hombros sin interesarles más que su fanfarronada no les hubiera dado resultado.

Caminó Sammy hasta el lado más lejano de la reja y se sentó contra la pared en el piso.

Quedó esperando futuros acontecimientos.

Tres americanos, obviamente soldados vestidos de civil, estaban cerca de la entrada.

—¿No hay noticias de mis compañeros? —preguntó uno de ellos gritándole a uno de los guardianes que se sentaban en el exterior de la celda.

El guardián se levantó y con expresión de enojo se acercó a las rejas. Haciendo uso de un pésimo inglés le contestó:

—¡No! Cuando alguien venga a pagar tu multa ya te avisaremos, y ahora cierra el hocico.

El joven americano se vio apesadumbrado. Permaneció ahí

de pie, inmóvil, con una expresión miserable cuando veía hacia afuera de la galera.

Un jovenzuelo a quien Sammy identificó inmediatamente como mexicano-americano se abrió paso por entre los demás prisioneros para ir a sentarse junto a Sammy, y con la jerigonza conocida americana le preguntó:

—¿Por qué te agarraron, hombre?

—Borracho —replicó Sammy. El jovencillo reaccionó un poco. Solamente un poco ante el conocimiento que le hizo entrecerrar los ojos, pero también Sammy sintió que se retiraba un poco de él, que lo rechazaba.

—Tienes el mono, ¿eh, hombre? —insistió el otro.

—No sé lo que hablas —respondió Sammy tratando de controlar las mariposas que empezaban a revolotear en su estómago.

—No me vengas con esa mierda, hombre —le dijo aquel tipo—. Déjame ver tus brazos.

Tomó el brazo de Sammy para levantarle la manga de la camisa, pero Sammy se sacudió de él. El jovencito sonrió.

—De todos modos estás en el lugar adecuado —le dijo.

—Yeah? —preguntó con incertidumbre Sammy.

—Yeah. ¿Quieres uno? —y se volvió a mirar en derredor—. ¡Hey, Manny! Come here.

De un sitio no muy distante de ellos se levantó lentamente, poniéndose en pie, un hombre moreno, mal vestido, quizá en sus treinta años, que fue hacia ellos. Deliberadamente escogió un sitio cercano y sin hacerse notable se sentó. Sammy instantáneamente lo identificó como un abastecedor.

—Yeah, man? —le preguntó.

El jovenzuelo le habló sin importarle quien los oyera.

—Este gallo quiere. ¿A qué horas?

El que se les acercó miró perezosamente a Sammy. Hablaba en inglés utilizando el caló de los drogadictos.

—Tienes que tener feria, hombre —le dijo—. Palma dos veces y lo tendrás en media hora.

Sammy pensó durante un momento.

—¿'onde está el cagadero? —le preguntó.

Manny rió ruidosamente.

—Allá, hombre —le dijo señalando un rincón.

Sammy se levantó y caminó hacia el sitio buscando una puerta. Cerca de aquel lugar vio un pequeño agujero en el concreto en donde alguna vez hubo un mueble de excusado. Un tubo de agua se extendía desde la pared cercana y él vio entonces cómo se proveía de agua aquel excusado. Se dio cuenta de cómo los otros prisioneros lo observaban divirtiéndose mientras él veía aquel agujero. Volvió sobre sus pasos para regresar con Manny y el otro compañero. Mientras lo hacía, con maña se metió la mano sobre la camisa y los calzoncillos y cuando llegó con ellos ya tenía dos dólares en la mano. Se los entregó a Manny.

—No vayas a joderme, hombre —le advirtió Sammy. Manny se rió una vez más.

—¿Oíste eso, Enrique? No confía en nosotros. ¿Adónde quieres que me largue, hombre?

Desde algún sitio de la galera alguien gritó:

—Éste cree que no somos honrados —y los otros prisioneros soltaron la carcajada, pero Sammy se dio cuenta de que los angloamericanos no participaron de la broma. Ellos simplemente estaban inmóviles o se sentaban con expresión preocupada.

Manny se levantó perezosamente como la vez anterior y caminó hacia la parte del muro de donde colgaba un cartelón de corridas de toros. Hizo a un lado el cartelón y Sammy alcanzó a distinguir en la pared un agujero alrededor de unos veinte centímetros de diámetro. Acercó la cabeza Manny al agujero y gritó:

—¡Hey! One more —extendió la mano metiéndola en el agujero con los dos dólares y repitió el llamado agregando—: ¿No hay alguien en casa? ¿O se fueron a pasar la noche en algún lado?

Una vez más los otros prisioneros se sacudieron a carcajadas. Excepto los americanos.

Sammy se volvió hacia Enrique preguntándole:

—¿Qué les causa gracia?

Enrique le explicó:

—Aquel de allá es el tanque de los criminales. Tú crees que éste es malo, pero está peor allá en donde por lo menos les empujan dos años.

Manny aún sostenía los dos dólares al frente del agujero. Repentinamente apareció un brazo delgado y moreno para recibirlos, pero Manny los retiró.

—No, noooo. No tan de prisa, ¿no te enseñaron tus papás a decir gracias? —la galera nuevamente se llenó de risotadas. Como una cosa viviente en sí, el brazo moreno aflojó sus músculos y se soltó. Manny se volvió hacia los otros—. Ahora veremos una lección de modales —les anuncio a todos—. Primero enseñaremos a los animales ignorantes… —mientras se encontraba dando la espalda al agujero y con la mano sosteniendo los dos dólares se movió un poco quedando al alcance del brazo moreno y el dinero desapareció como un relámpago. Nuevas risas, mientras Manny se vio todo turbado. Mirando en derredor Sammy vio que aun los soldados americanos sonreían.

Regresó Manny con Sammy y Enrique haciendo ademanes de desolación—. Son unas bestias allá dentro —le dijo—. He tratado de civilizarlos, pero no se puede hacer nada.

Sammy se sentó recorriendo la mirada por todos lados.

—¿Cuánto tenemos que esperar?

—No mucho, baby —le aseguró Manny.

—¿Es buena mierda? —le preguntó Sammy.

Manny se vio un poco ofendido.

—Baby, es la mejor mierda del mundo. Probablemente nunca la hayas tenido mejor. Ten paciencia. También yo estoy sudando —y durante un momento el rostro de Manny perdió esa afectada indiferencia de que había hecho alarde y Sammy vio en él unas arrugas de desesperación.

—¿Hasta qué horas puedo salir de aquí? —preguntó Sammy.

La actitud indiferente de Manny había vuelto a él.

—Vamos, baby. Puedes salir ahora mismo. Lo único que tienes que hacer es pagar tu multa.

—¿Y cuánto sería?

—Cuatro varos por borrachera. Todavía tienes eso, ¿verdad?

—Yeah —dijo Sammy.

Repentinamente se oyó una voz poderosa que gritaba:

—¡Sandoval! —era la del guardia que estaba del otro lado de las rejas.

—Están calificándote, hombre —le dijo Manny.

Sammy se puso de pie y respondió:

—¡Acá!

—Eres culpable de haberte emborrachado —le dijo el guardia—. Cincuenta pesos o cuatro días. ¿Tienes el dinero?

Sammy volvió la mirada hacia Manny.

—Diles que no, junior —le dijo suavemente.

—No —gritó Sammy.

—Bueno —dijo el guardia—, o los consigues o saldrás hasta dentro de cuatro días —y se sentó nuevamente detrás de su escritorio.

Sammy se sentó nuevamente para esperar. Y Manny se tiró de espaldas sobre el piso de concreto y trató de ignorar a todo el mundo. Viendo en derredor suyo Sammy vio a la docena o algunos más de soldados americanos que se sentaban formando un círculo alrededor de la reja de entrada. Todos miraban con anticipación como si en cualquier momento fuera a llegar quien los liberara.

Otros estaban de pie o paseaban hablando en alta voz. Después de unos cuantos minutos advirtió la presencia de varios de los prisioneros que estaban vestidos más desarrapados que otros y que miraban hacia el techo. Levantó la mirada y vio una puertecilla directamente por arriba del centro de la galera, otros más de los prisioneros desarrapados estaban agrupándose por abajo de esa puerta mirando también hacia arriba. Finalmente la puerta se abrió permitiendo la entrada de la luz del sol. Contra el azul brillante se dibujó la silueta de un hombre.

—¡Muchachos! —gritó el hombre—. ¡Aquí tienen!

El hombre llevaba un puñado de cigarrillos sueltos y en seguida los arrojó al grupo que se arremolinaba. Instantáneamente los reclusos se arrojaron al piso y empezaron a disputarse los cigarrillos.

Manny levantó un poco la cabeza con un ligero interés y observó.

—Tienen suerte esos mendigos —le dijo a Sammy—. Se conforman con eso.

En unos cuantos minutos aquellos hombres habían recogido

todos los cigarrillos. Algunos habían logrado cuatro o cinco y otros solamente uno o dos. Se sentaron a fumar en silencio. El hombre que les había arrojado aquellos cigarrillos estaba cerrando la puerta. Y Sammy continuó sentado y esperando.

Había empezado a ponerse el sol y la débil luz que admitían las ventanas con barrotes disminuyó. Parpadeaba una luz mortecina que proyectaba un foco colocado en el centro de la galera. Repentinamente dio un salto el cartelón de las corridas de toros. Manny, que aparentemente estaba durmiendo, oyó el movimiento y se levantó al instante caminando hacia aquel lugar.

—Aquí está nuestra ambrosía —anunció. Levantó el cartelón y una mano emergió desde el otro lado de la pared, sosteniendo un condón. Manny tomó el cuello del adminículo y regresó al lado de Sammy. No pasaron desapercibidas para éste las miradas de todos los que se volvieron a mirarlos. Una media docena de los recluidos se acercaron cubriendo a Manny mientras éste desataba el cuello del preservativo. Hubo un prisionero que proporcionó fósforos, un bote con agua y una cuchara.

Y mientras la heroína era preparada ante la vista de todos, Sammy miró en derredor. Los angloamericanos observaban horrorizados. Los mexicanos harapientos también observaban, pero con indiferencia.

—Nuestro recién llegado es primero —anunció en voz alta Manny. Tomó una jeringa hipodérmica y la llenó con el líquido de la cuchara.

—Su brazo por favor, señor —le dijo a Sammy, y éste después de mirar una vez más a su alrededor y vacilante ofreció su brazo. Con mano experta Manny le inyectó el líquido. La media docena de los otros que se habían agrupado extendieron también los brazos.

Manny los barrió con la mirada y acusadoramente le dijo a uno:

—Lalo, tú sólo pagaste la mitad.

—Está bien —repuso Lalo desesperadamente—. Dame sólo la mitad, pero pronto —urgió estremeciéndose.

Manny sonrió.

—Te la daré completa esta vez. Sé que estás ahorrando para salir de aquí. Pero será mejor que traigas más dinero mañana si es que regresas.

No pasó mucho tiempo para que la única luz que había en la galera fuese la del foco solitario que pendía del techo. Eran las ocho de la noche. La heroína había hecho sus efectos y Sammy estaba calmado, descansando y sintiéndose en paz con todos. Pensó en pagar para salir, pero en seguida lo reconsideró.

Manny estaba echado en el suelo con la cabeza acunada en los brazos.

—Manny —llamó Sandoval suavemente.

—Yeah, man —respondió Manny como en sueños.

—¿A qué hora de la mañana podría conseguir otra?

—Muy temprano, hombre —replicó Manny—. Permanece por aquí. Un gallo que no sabe las movidas en Tea Town las pasa negras para conseguir. Quédate hasta que tengas tu pegue de mañana y luego lárgate.

Sammy pensó durante un momento y al fin dijo con el mismo tono suave de voz.

—Okay, ¿pero tengo que dormir en el suelo?

Manny riendo se sentó.

—No. Dame cincuenta. Te alquilare un colchón.

Sammy sacó un billete de un dólar que Manny tomó y levantándose fue hasta el fondo de la galera. Uno de los prisioneros que también había recibido su dosis de heroína se sentaba sobre un montón de cartones que alguna vez habían sido cajas grandes.

—Nuestro amigo quiere un colchón —le dijo Manny.

Aquel recluso tomó el cartón de la parte alta y entregó a Manny el cambio reteniendo el dólar. Regresó Manny al lado de Samuel entregándole el cambio y tendiendo el cartón en el suelo.

—Aquí tienes, hombre. Es tu colchón.

Lo miró Sammy brevemente y se tendió sobre él descansando la cabeza en una mano. Por enésima vez paseó la mirada por aquel recinto. Los soldados jóvenes americanos continuaban sentados formando un semicírculo cerca de la puerta esperanzados. Los prisioneros andrajosos descansaban en el suelo revolviéndose y tratando de encontrar la posición más cómoda. Los que habían recibido la heroína parecían dormir y la cárcel en general iba sumiéndose en un silencio. Al otro lado de las rejas el guardia permanecía sentado con una botella de vino al frente y leyendo una revista. Todos habían ido a descansar durante la noche.

Echando una mirada a las manecillas del reloj se dio cuenta Sammy de que había estado guiando cerca de cuatro horas. Llegaría en corto tiempo a Los Ángeles y entonces con toda precaución disminuyó la velocidad de la camioneta tomando el carril derecho y deteniéndose al fin completamente. Como de costumbre el tránsito estaba muy pesado a lo largo de esa vía rápida. Esperó unos cuantos minutos observando cuidadosamente en su espejo retrovisor. Solamente pudo ver el río constante de automóviles que pasaban. Salió del vehículo y fue hacia la rueda que él sabía que contenía la heroína. Desprendió el tapón y sacó la bolsa de plástico que habían fijado con cinta engomada sobre la rueda.

Volviendo el tapón a su lugar regresó a la camioneta. Los efectos de la última dosis estaban ya desapareciendo y durante un momento consideró prepararse otra. Sólo una pequeña, para sostenerse hasta que estuviera en un lugar seguro en donde realmente pudiera aplicarse una que lo satisficiera.

Le tomó sólo unos minutos y utilizó una cuchara diminuta de la cual se deshizo después de absorber su contenido en la jeringa.

Dejó que los efectos de esa inyección se produjeran transportándolo a lo que él consideraba un nivel agudo de la realidad. Regresó con el vehículo al carril de baja velocidad y continuó rumbo a Los Ángeles. Aún guiando cuidadosamente, no obstante sin llegar a exagerar, siguió por el viaducto y al llegar al punto de intercambio para el centro de la ciudad tomó el carril para desviarse rumbo a Harve y pasó el coliseo para entrar hasta el bulevar Century. Tomó la rampa de salida y allí torció a la izquierda con dirección a Watts. Siguió a lo largo de Century hasta llegar a Avalon en donde estacionó el vehículo, y caminó unas cuantas cuadras hacia el norte volviéndose después hacia la derecha para continuar caminando. Prestó muy poca atención a los miles de caras negras que pasó durante su caminata. Tampoco ellas le dieron gran importancia a él y pensó que sería porque buscaban algo más por qué o contra qué disgustarse. Si sentía hostilidad en esa sección de negros, en cambio tenía una sensación confortante de que él no era el objeto de ella.

Caminó, disfrutando aún de los efectos de la droga, hasta que llegó a una estación de gasolina. Detrás de ésta, que se encontraba situada en una esquina, había una serie de edificios de apartamentos. Cruzando la calle, por todos lados había tiendas con habitaciones u oficinas en los pisos superiores. Sabía que desde una de los cientos de ventanas desde las que se dominaba la estación de gasolina probablemente habría enfocados hacia él algunos catalejos de campo. En el límite de la propiedad que correspondía a la gasolinera, cerca de la banqueta, había una cabina telefónica. Fue hacia ella y entró. Depositó en el aparato la necesaria moneda de diez centavos y marcó un número. Una voz de mujer entrenada atendió el llamado repitiendo solamente el número que él había marcado y adoptando la inflexión de una pregunta.

—Estoy tratando de hablar con el señor Jordan —dijo Sammy.

Pudo imaginarse a la mujer que había contestado que estaría consultando algunas notas o antecedentes.

—Un momento, creo que puedo comunicarlo con él —dijo la voz, y en seguida oyó Sammy el clic y nuevamente el aparato empezó a llamar. Transcurrió un buen rato, pero Sammy tuvo paciencia. Al fin respondieron.

—Sammy, muchacho, tienes una cola de dos kilómetros de largo —dijo una voz profunda y resonante que sin lugar a dudas pertenecía a un negro. El pánico empezó a apoderarse de Sammy.

—¿Estás seguro? —preguntó y faltó poco para que se volviera a mirar.

—Positivo —respondió la voz—. Acaban de estacionarse a unos quince metros de ti. ¿Ves un guayín cuyo conductor da la impresión de que está tomando cerveza?

Sammy volvió un poco la cabeza. Con el rabo del ojo vio el guayín estacionado cerca de la salida de la estación. Un negro se sentaba detrás del volante bebiendo subrepticiamente de un bote de cerveza.

—Sí, lo veo —respondió Sammy.

—Bueno, lo que no puedes ver desde donde estás es a Big Ed que se agazapa al lado del conductor. Te ficharon, Sammy baby.

—¿Qué haré? —preguntó suplicante.

—Si estuviera en tu lugar trataría de llegar al excusado de la gasolinera. Cuando cuelgues corre hacia él como si fueras conejo. ¡Y que tengas un desagüe feliz! —la línea quedó muerta.

Sammy esperó uno o dos minutos más con el receptor en su oreja. Ya podía distinguir que el negro del guayín sólo estaba fingiendo beber la cerveza. Y también el bulto que apenas se asomaba y que estaba acurrucado del lado del chófer negro. Jordan tenía razón. Como un relámpago soltó el teléfono, de un empujón abrió la puerta y con toda la velocidad que le permitieron sus piernas corrió hacia el privado para hombres de la gasolinera, que se encontrarla a unos treinta metros de distancia.

Tuvo al frente la puerta y sujetando la perilla trató de hacerla girar cargando el peso de su cuerpo contra la hoja de madera. Estaba con llave. El de mujeres estaba a sólo unos cuantos pasos y ligeramente abierto. Se precipitó hacia él. Las pisadas ya le caían encima, pero alcanzó a llegar a tiempo para arrojar en la taza del excusado el paquetito mortal que sacó violentamente de su chaqueta y tiró relampagueante de la cadena para el desagüe. Desapareció el paquete y Sammy se volvió para encontrarse cara a cara con Big Ed, agente policiaco de la sección de drogas que hacía su entrada en el cuarto.

Sammy levantó los brazos.

—Limpio como un silbido —le dijo y Big Ed hizo una mueca.

—Esta vez no, Sam.

Big Ed metió las manos primero en sus bolsillos para esconder en los de Sammy lo que había sacado de uno de los suyos. En seguida pretendió hurgar en el bolsillo de pecho de la chaqueta de Sandoval.

—¡Mira lo que encontré! —exclamó sacando algo que parecía un cigarrillo enrollado. En ese momento el negro que se había fingido bebiendo cerveza llegó a la escena.

—George —le dijo Big Ed—. ¡Mira lo que encontré en el bolsillo del Sam Baby! —agitó en el aire un cigarrillo de mariguana. George sonrió y chasqueó la lengua.

Hola?
  —¿David? ¿David Stiver?

—Sí.

—Habla Elizabeth Jameson.

—Oh… Hola, Liz…

—Ya sabías… que Mariana murió el lunes, ¿verdad?

—Sí, lo sabía.

—A las tres de la tarde. Estuve con ella.

—Oh. Me… alegro que hayas estado, Liz.

—Y tú, ¿en dónde estabas?

—Yo…, yo estaba en clases… a esa hora. Me imagino.

—Bueno —un respiro profundo y desigual—, ella murió.

Una pausa larga, larga. Un suspiro profundo. Casi un murmullo.

—¿Qué puedo decirte, Liz?

La voz de ella mantenía un tono bajo, de enojo controlado.

—¿Qué puedes decir? Yo te diré lo que puedes decirme. La

única cosa que me haría sentirme mejor sería que dijeras que en este mismo momento estás tomando estricnina —su voz elevó el tono—..., pero ni diez como tú valdrían una como ella. Malvado, sucio, perverso hijo de...

—¡Elizabeth! ¡Elizabeth! ¡Ya basta, basta! Estás histérica, ya contrólate —en el silencio que siguió Stiver pudo oír su respiración fatigosa.

Después, con voz queda, prosiguió ella:

—Sólo desearía ser lo bastante hipócrita para decirte que siento ese desahogo. Pero no lo soy, ni lo siento. ¿Sabes lo que dijo, David? Antes de que muriera. ¿Quieres saberlo?

No quería saberlo, pero oyó sus propias palabras que quedaron sin pronunciarse que decían:

"Tienes que saber lo que ella dijo, porque tienes que sufrir un poco por lo que eres", y en seguida en voz alta preguntó:

—¿Qué dijo?

Pareció que una gran medida de control se apoderó de Elizabeth.

—El doctor Yamaguchi quiso que supieras lo que había pasado. Yo esperé tres días afuera del cuarto de ella pero no pude verla. En cada momento que recuperaba la conciencia estuvo diciendo: "¿Está realmente aquí? Usted sólo me dice eso, doctor, para engañarme, porque si estuviera lo dejaría entrar para que yo hablara con él". Y el doctor Yamaguchi le contestaba: "Lo siento, pero sólo parientes. Son disposiciones del hospital. Pero allá está, acosándome como tú". Finalmente, cuando se acercaba su fin estaba yo sentada en la sala de espera. El doctor Yamaguchi había enviado a los padres de Mariana a casa diciéndoles que los llamaría si había algún cambio y entonces se acercó a mí para decirme: "Ahora está despierta. Se siente bastante bien, pero su fin está cercano". Le supliqué que me permitiera verla, hasta que finalmente dijo: "No. Si te dejo entrar para que la veas, sabrá que él no está realmente aquí". Dio los primeros pasos para alejarse y su rostro tenía una expresión terrible. Corrí en pos de él y lo detuve. En seguida le dije: "De todos modos ya lo sabe ella, ¿no es así, doctor?" Y él me contestó: "No está muy segura, pero quiero que siga así". Nuevamente iba a alejarse y se detuvo volviéndose hacia mí para decirme: "Realmente estoy imposibilitado para hacer ya nada por ella". Y murió tres horas después. Pero no tienes que preocuparte, David, una de las primeras cosas que aclaró desde el primer día fue que tú y ella habían terminado porque supiste que había salido con otros tipos.

La mente de David había estado girando, pero repentinamente hizo un alto.

—¿Qué dijiste...? ¿Ella dijo eso?

—Sí, David. Ella lo dijo. Tú no la conocías muy bien, ¿o sí? De otra manera no te sorprenderías tanto. Se aseguró de que tú quedaras fuera de responsabilidades antes de que ella muriera —y la voz de Elizabeth iba aproximándose a la histeria nuevamente—. No quería su muerte para no causarte perjuicios, David. En efecto, toda su maldita raza es un terrible dolor en las nalgas para todos ustedes...

—¡Liz! ¡Liz! Ya lo que dices no tiene sentido. Por amor de Dios, Liz, también soy humano. Lo sé, lo sé, nunca podrás imaginarlo, pero por favor, por favor, ya no puedo soportar más —rompió en grandes sollozos y pudo oír que también Elizabeth estaba llorando.

Finalmente ella dijo:

—Espero que tus clases no interferirán con el funeral...

Entre dientes, con los maxilares tensos:

—Por favor, Liz...

Él escuchó cuando ella hizo un esfuerzo para dejar de llorar. Oyó que varias veces empezó a decir algo, y por fin:

—Me imagino que te veré por allá —y colgó.

Stiver volvió a su sitio el receptor telefónico y permaneció sentado inmóvil durante largo tiempo. Después se levantó y yendo a la cocina empezó a preparar café. Pensó que era la hora en que los fantasmas aparecían. El oír la voz de ella, y sentir su mano sobre el brazo. Sí, merecía ese acoso. Pero no llegaron. Se sentó a tomar su café. ¿Sería capaz de asistir al funeral y después olvidarla? Tenía que saberlo. No había razón para especulaciones. Alguien, quizá el Dios en el que no estaba seguro de creer, había tomado la decisión de si él podría estar con ella. Se dio cuenta con sorpresa de que ya no había decisiones que tomar, inútil debatir, maldecirse o preguntarse cómo podía haber sido. Oyó entonces que caía en su buzón algún correo.

Después de unos minutos caminó vacilante hasta la puerta de entrada y vio varias cartas. Estaba a punto de volver la espalda, dejarlas allí, cuando una de ellas le llamó la atención. Era un sobre de otro país, le llegaba de España. La tomó. Le traía la respuesta acerca de la información que había pedido sobre el árbol genealógico de la familia Sandoval. ¿Importaba todavía o ya no? No pudo decidirlo. Y leyó:

Querido señor Stiver:

Estoy refiriéndome a su investigación concerniente a la vieja familia Sandoval del poblado de Agua Clara, cerca de la ciudad de Hermosillo, Sonora, México. Como sin duda usted sabe por sus estudios, se fundó una misión y un pueblo en Agua Clara, en el siglo dieciocho. Es una fortuna y costumbre que los primeros clérigos y exploradores españoles tuvieran el hábito de llevar diarios precisos y extensos; por lo tanto me causa placer estar en situación de enviarle una copia de una traducción mencionando a un Sandoval de Agua Clara. La mención del grupo en el cual usted expresa su interés, es hasta cierto punto breve, pero recuerde que aquí, en el Museo de Archivos, tenemos más de un millón de documentos, diarios y cartas fechadas desde el periodo del Imperio Español que aún no hemos tenido tiempo de examinar. Es muy posible que entre todo ese volumen haya una gran cantidad más en escritos acerca del soldado Sandoval.

La mejor de la suerte en los estudios que lleva en su magnífica Universidad de Los Ángeles y una copia de su documento de fin de cursos, tesis, o cualquier cosa que sea lo que usted esté preparando será grandemente apreciada para mis archivos.

Antonio Beltrán
Historiador
Museo de Archivos
Madrid, España.

Julio 7 de 1785.

...por la Virgen María, la vida de un misionero es de grandes esfuerzos y requiere paciencia y sufrimientos. Este día fueron encontrados en el poblado de Agua Clara tres recién nacidos, obviamente de linaje español con nombres gentiles y primitivos. Las madres juraron por María que no *habían sido informadas por los soldados quienes eran los padres de esos infantes y que cada uno tenía que ostentar el apellido de su padre. Se hicieron necesarias más y repetidas instrucciones a los soldados del fuerte. El grupo nuevo, todos barceloneses, está teniendo dificultades para acostumbrarse al calor y a las reglas. Un cabo, Leoncio Sandoval, con la amenaza de sus armas, arrojó a una familia de su refugio en la villa y tomó para sí a la hija, una joven doncella de menos de quince años de edad. Ese cabo Sandoval es hombre malo y habla de obtener títulos de propiedad de tierras en California para retirarse ya que ha servido en la milicia durante muchos años y en muchas campañas. Ha elevado peticiones para obtener pasaje para su esposa desde España hasta California en donde pueda vivir la vida de una familia hacendada...*

Mayo 1° de 1786.

Bendita sea la Madre de Dios, ya que la nave ha arribado trayéndonos, según espero, especias, telas, tinturas, y los pequeños lujos que nos recompensen en estas tierras remotas de nuestra patria. El soldado Leoncio Sandoval acompañará a nuestra caravana llevando cargas de sebo, pieles y vino hasta el mar para embarcarlas a otros lugares. Sandoval no regresará con nosotros. La nave es portadora de dos obsequios para él. Su esposa de Barcelona y una dádiva oficial de tierras, que lo convierte en propietario de incontables millares de hectáreas de tierra en California, cerca de algún pueblo llamado Nuestra Señora la Reina de los Ángeles, que según yo entiendo está cerca de nuestras dos misiones de California, San Gabriel el Arcángel y la Misión de San Fernando. La joven primitiva que le dio a Sandoval dos hijos se cambiará a los alojamientos de la misión. Tengo mucho trabajo para ella y será muy bien atendida por la Iglesia. Uno de los hijos, el niño, se parece sorprendentemente a su padre, esas facciones españolas fuertes y capacidad intelectual son particularmente conspicuas en este pequeño. Creo que él pertenece a la Iglesia y lo prepararé para ella.

Colocó carta y copias sobre la mesa y pensó. Sí, hasta esto hubiera establecido una diferencia. Repugnaba, pero la hubiera establecido. Todo era una mezcla, ¿no era así? Un soldado rudo, con una familia, pero su amante india dándole dos hijos fuera de matrimonio. La misma ilegitimidad que había costado la vida a una muchacha podría haber sido pasada por alto, si él hubiera dicho:

"Oh, ella desciende de una vieja y fina familia española que se estableció en California antes de que diera principio el siglo pasado".

De haber sido capaz de decir eso, precisamente eso, solamente eso, le habría dado el valor necesario y hubiera sido la diferencia. Y después de haber ocurrido todo empezaba a oír voces, exageradas, como los estereotipos hollywoodenses de sociedades de matronas raras:

"Su aristocracia es completamente aparente".

"Lo castellano prevalece, ¿no es cierto?"

"Íntimamente emparentado con una de las familias españolas californianas que retienen la posesión de propiedades hasta estos días…"

Y se sorprendió pensando:

"Con razón hizo tan bien el papel de reina de la Fiesta de los Grandes Señores", y entonces se dio cuenta de lo que ese pensamiento significaba y se gritó: "Es inútil. No se pueden enseñar ideas arrancadas de la gente".

tiver no entró en la iglesia sino que esperó afuera. Vio entrar a los grupos de gentes vestidos con sus mejores prendas. Calculó que por lo menos atendieron el funeral unas ciento cincuenta personas contando las docenas de niños y quinceañeros. Finalmente empezaron a salir con un cura encabezándolos por la escalinata amplia hasta la banqueta del lado de la calle transitada y casi cruzando el extenso cementerio.

Empezó a seguir a la multitud y vio al grupo familiar más inmediato que dejaba la iglesia por una puerta lateral para ocupar las flamantes limosinas que esperaban. Reconoció a Pete y a Minnie mientras ésta se cubría la cara con ambas manos y Pete la medio sostenía, con su rostro cómico semejando lo trágico del emblema de ese drama. Minnie iba vestida con un vestido negro de tela brillante, realmente demasiado chico para ella. Pete iba de traje y sombrero. Reconoció Stiver a algunos tíos y tías de Mariana. Todo el grupo recorría en los lujosos vehículos el tramo corto que los separaba de la tumba.

Caminó siguiendo al grupo más grande de primos y parientes por matrimonio. Cuando cruzó el cortejo la Calle Primera el tránsito de vehículos se suspendió, no caminaban los asistentes precisamente con lentitud, pero sí lo hacían sin hablar. Y él los siguió.

Se agruparon todas esas caras morenas y ojos negros ante una fosa abierta. Aquellos que llegaron en las limosinas fueron a colocarse al frente del grupo a un lado de la tumba y se sentaron en sillas plegadizas que habían preparado para ellos. Llegó la carroza para estacionarse tan cerca de la angosta calzada como pudo, y los que acompañaban a la carroza, que David no supo quiénes serían, cargaron el ataúd con el cuerpo de Mariana hasta la tumba y lo colocaron sobre dos vigas de madera. El cura estaba de pie a un lado y al fin empezó la última ceremonia.

Las palabras del sacerdote fueron ahogadas cuando Pete y Minnie empezaron a sollozar ruidosamente y muy pronto hicieron lo mismo otras personas que se encontraban cerca de ellos. David buscó a Sammy y entonces recordó estremeciéndose. Y a Julie. Vio a Angie pero faltaba su esposo Julio, y David sintió que se contraía su estómago. En esos momentos Minnie se rehusaba a retirarse y trataba de arrojarse sobre el féretro. La oyó que decía:

—Déjenme verla una vez más, sólo quiero verla una vez más.

Pero un puñado de hermanos y Pete la obligaron a regresar a la limosina, que ocuparon. Lentamente partieron y también lentamente el resto del cortejo empezó a retirarse. Vio al viejo, a Neftalí Sandoval moviéndose entre la multitud y yendo hacia él. David había echado raíces y lo observó acercarse. Sus cabellos blancos sin recortar le cubrían las orejas, sus grandes bigotes recibían las lágrimas que rodaban por sus mejillas.

Se movía lentamente, encorvado y mirando cuidadosamente el sitio en donde iba pisando. Usaba una camisa de franela debajo de una chaqueta deportiva café bastante usada, y sus zapatos inmaculados eran de colores blanco y negro. Llegó al fin al lado de David de cara a la tumba. Empezó a hablar en español y David lo miró. ¿Estaba diciéndole algo a él o a Mariana? La voz del viejo Sandoval era entrecortada, pero se volvió hacia David y continuó hablando; se movían sus bigotes igual que sus labios. David pensó que había captado la inflexión de una pregunta, pero no estuvo seguro. Momentos después ya el viejo no hablaba, sino que simplemente se quedó mirando a David como si esperara una respuesta. Stiver se concretó a mirarlo también, pero encogiéndose de hombros no pudo reprimir el llanto. El viejo movió la cabeza afirmativamente y durante unos instantes puso su mano sobre un brazo de David y éste se sorprendió ante la suave fuerza masculina que sintió en ese toque. Entonces Neftalí Sandoval, retirándose de la tumba, dio lugar a que David se diera cuenta de que uno de los hijos del viejo se encontraba ahí cerca. No pudo recordar cuál de ellos sería.

—¿Qué dijo? —le preguntó David.

La voz de Victorio contestó entrecortada:

—Te preguntó si conociste alguna vez en tu vida a mujer más hermosa —David bajó la mirada y movió la cabeza negando, y Victorio continuó—: Y dijo también que Mariana había sido la imagen exacta de otra jovencita a quien él conoció hace mucho tiempo, pero que jamás existió.

Stiver lo miró intrigado.

—¿Qué quiso decir con eso?

Alejándose lentamente Victorio repuso:

—No lo sé. Me imagino que mi viejo realmente está envejeciendo.

Finalmente se dio cuenta David de que era el último que había quedado junto a la tumba de Mariana. Como todos los demás del cortejo, empezó a alejarse lentamente y momentos después echó una mirada a su reloj y aceleró el paso. Si se apresuraba aún podría llegar a tiempo para el ensayo de su graduación.